清代诗文研究丛书

丛书主编　杜桂萍

康熙朝的政治与文学

以南书房翰林群体的应制创作为中心

殷红　著

中国社会科学出版社

图书在版编目（CIP）数据

康熙朝的政治与文学：以南书房翰林群体的应制创作为中心 / 殷红著. —北京：中国社会科学出版社，2023.12

（清代诗文研究丛书）

ISBN 978-7-5227-2913-8

Ⅰ.①康… Ⅱ.①殷… Ⅲ.①中国文学—古典文学研究—清代 Ⅳ.①I206.49

中国国家版本馆 CIP 数据核字（2024）第 006337 号

出 版 人	赵剑英
责任编辑	张　潜
责任校对	王丽媛
责任印制	王　超

出　　版	中国社会科学出版社
社　　址	北京鼓楼西大街甲 158 号
邮　　编	100720
网　　址	http://www.csspw.cn
发 行 部	010-84083685
门 市 部	010-84029450
经　　销	新华书店及其他书店
印　　刷	北京明恒达印务有限公司
装　　订	廊坊市广阳区广增装订厂
版　　次	2023 年 12 月第 1 版
印　　次	2023 年 12 月第 1 次印刷
开　　本	710×1000　1/16
印　　张	23.75
插　　页	2
字　　数	348 千字
定　　价	128.00 元

凡购买中国社会科学出版社图书，如有质量问题请与本社营销中心联系调换
电话：010-84083683
版权所有　侵权必究

现状与反思：
清代诗文研究的学术进境
（代总序）

杜桂萍

1999年，清代诗文研究还是"一个期待关注的学术领域"[①]，和明代诗文一样，亟待走出"冷落寂寞"的困境；至2011年，"明清诗文研究由冷趋热的发展过程非常明显"[②]，清代诗文研究涉及之内容更为宽广、理解之视域更为开放、涉及之方法也更为多元。如今，明清诗文研究已然成为古代文学研究的一个新的学术生长点，而清代诗文与明代诗文研究在方法、内容乃至旨趣诸方面均有所不同，独有自己的境界、格局和热闹、繁荣之处，取得的成绩也自不待言。无论是用科研项目、研究论著或从业人数等来评估，都足以验证这个结论，而所谓的作家、作品、地域性、家族性乃至总集、别集的研究等，皆有深浅不一的留痕之著，一些可誉为翘楚之作的学术成果则为研究者们不断提及。这其中，爬梳文献的工作尤其轰轰烈烈，新著频出，引人关注。吴承学教授说："经过七十年的发展，近年来的明清诗文研究可谓跨越学科、众体兼备，几乎是全方位、无死角地覆盖了明清诗文的各个方面。"[③] 对于清代诗文的研究而言，大体

[①] 吴承学、曹虹、蒋寅：《一个期待关注的学术领域——明清诗文研究三人谈》，《文学遗产》1999年第4期。

[②] 周明初：《走出冷落的明清诗文研究——近十年来明清诗文研究述评》，《文学遗产》2011年第6期。

[③] 吴承学：《明清诗文研究七十年》，《文学遗产》2019年第5期。

也是如此。回首百廿年之学术演进,反观二十年来之研究状态,促使清代诗文学术进境进一步打开,应是当下反思的策略性指向,即不仅是如何理解研究现状的问题,也关涉研究主体知识、素养和理念优化和建构的问题。袁世硕先生曾就人文学者的知识构成如是表述:"文科各专业的知识结构基本上是由三种性质的因素组成的:一是理论性的,二是专业知识性的,三是工具手段性的。缺乏任何一种因素都是不行的,但是,在整个的知识结构中,理论因素是带有方向性、最有活力的因素。因此,我认为从事文学、历史等社会科学研究的人应当重视学习哲学,提高理论素养,形成科学的思维方法。"① 以此来反思清代诗文的研究,是一个颇为理想的展开起点与思考路径。

一

清代文化中的实证学风,带给一代诗文以独特的性征,促成其史料生成之初就具有前代文学文献难以比拟的完善性、丰富性和总结性,这给当下的清代诗文整理和研究带来难得的机遇,促使其率先彰显出重要的文学史、学术史价值。史料繁多,地上、地下文物时常被发现,公、私收藏之什不断得到公布,让研究者常常产生无所措手足之感,何况还有大量的民间、海外收藏有待于进一步确认与挖掘。这带来了机遇和热情,也不免遭遇困惑与焦虑。顾此而失彼,甚至于不经意间就可能陷入材料的裹挟中,甚而忽略了本来处于进行中的历史梳理,抑或文本阐释工作。史料的堆砌和复制现象曾经饱受诟病,目前依然构成一种"顽疾",误读和错判也时常可见,甚至有过度阐释、强制解说等现象。清代诗文研究的展开过程中,不明所以的问题可以找到很多原因,来自文献的"焦虑"是其中一个重点。这当然不是清代诗文研究的初衷,却往往构成了学术过程的直接结果。张伯伟教授说:"我们的确在材料的挖掘、整理方

---

① 袁世硕:《治学经验谈——问题意识、唯物史观和走向理论》,《中国研究生》2018年第2期。

面取得了很好的成绩，而且还应该继续，但如果在学术理念上，把文献的网罗、考据认作学术研究的最高追求，回避、放弃学术理念的更新和研究方法的探索，那么，我们的一些看似辉煌的研究业绩，就很可能仅仅是'没有灵魂的卓越'。"① 是的，清代诗文研究应该追求"灵魂的卓越"。

文献类型的丰富多元，或云史料形态的多样化，其实是清代诗文研究的独家偏得，如今竟然成就了一种独特性困境，也是我们始料不及。或者来自对于史料存在认知之不足，或者忽略了史料新特征的探求，或者风云变幻的宏观时代遮蔽了有关史料知识谱系的思考。的确，我们要面对如同以往的一般性史料，如别集、总集、笔记等，又有不同于以往的图像、碑刻乃至口述史料等；尤其是，这一切至清代已经呈现了更为复杂的文献样态，需细致甄别、厘定，而家谱、方志、日记等史料因为无比繁复甚而有时跻身于文献结构中心的重要位置。如研究清代行旅诗专题，各类方志中的搜获即可构成一类独立的景观，这与彼时文人喜欢出游、偏爱游览名胜古迹的行迹特征与创作习惯显然关系密切。在面对大量的地域性文人时，有时地方文献如乡镇志、乡镇诗文集都可能发挥决定性作用；而对类型丰富的年谱史料的特别关注，往往形成对人物关系的更具体、细致的解读，促成一些重要作家的别致理解。笔者对乾嘉时期苏州诗人徐爔生平及创作的研究即深得此益。就徐爔与著名诗人袁枚的关系而言，一贯不喜欢听戏读曲的袁枚几次为其戏曲作品《写心杂剧》题词，固然与徐爔之于当世名人的有意攀附有关，但袁枚基于生存、交际诉求进入戏曲文本阅读的经验，几乎改变了他的戏曲观念，一度产生了创作的冲动。② 题跋、札记、日记等史料的大量保存，为文人心灵世界的探究提供了便利，张剑教授立足于近代丰富的日记史料遗存所进行的思考，揭示了日常生活场景中普通文人的

---

① 张伯伟：《现代学术史中的"教外别传"——陈寅恪"以文证史"法新探》，《文学评论》2017年第3期。
② 杜桂萍：《戏曲家徐爔生平及创作新考》，《苏州大学学报》（哲学社会科学版）2007年第3期。

生活与创作情况，并于这些不易面世的文字缝隙处发现了生命史、心态史的丰富信息，为理解个体与时代的真实关系提供了新的维度和视角。① 显然，在面对具体的研究对象与问题时，史料的一般性认知与民间遗存特征有时甚至需要一种轩轾乃至颠覆传统认知的错位式理解。只有学术理念的不断优化，才可能冷静面对、正确处理这些来自史料的各种复杂性，并借助科学的分析方法和理性、淡定的心态，在条分缕析中寻找脉络、发现意义。知其然又能知其所以然，其中之困难重重，实在不亚于行进在"山阴道上"；不能说没有"山重水复"之后的"柳暗花明"，但无功而返、无能为力乃至困顿不堪等，也是必须面对之现实。

　　清代诗文研究过程中的困惑、拘囿或者也是其魅惑所在，一种难以索解的吸引力法则似乎释放着一种能量，引领并吸纳我们：及时占有那些似乎触手可及之存在的获得感与快感，成为一个富有时代性的学术症候。近二十年来，清代诗文研究的队伍扩充很快，从事其他研究的学者转入其中，为这一领域的突破性进展做出了重要贡献，著名学者如蒋寅、罗时进教授等由"唐"入"清"，带来了清代诗文研究崛起所稀缺的理念与经验；如今青年学者参与耕耘的热情更令人叹为观止："明清诗文的研究者主要集中在三十岁至五十岁之间，很多博士硕士研究生加入到元明清诗文研究的行列中，新生代学人已经成为元明清诗文研究的生力军，越来越多地涉足明清诗文的研究。"② 而相关研究成果更是以几何倍数在增长，涉及的话题已呈现出穷尽这一领域各个角落的态势。这一切，首先得益于清代诗文及其相关领域深厚的史料宝藏。各类史料的及时参与和独特观照，为清代诗文研究提供了多元、开阔的视野，为真正打开文本空间、发现价值和意义提供了更多可能："每一条史料的发掘背后几乎都有一个故事，这也是一部历史，充满血和泪，联结着人的活的

---

① 详见张剑《华裳之蚤——晚清高官的日常烦恼》一书相关论析，中华书局2020年版。
② 石雷：《明清诗文研究的观念、方法和格局漫谈》，《文学遗产》2011年第3期。

现状与反思：清代诗文研究的学术进境（代总序） 5

生命。"① 每当这个时刻，发现历史及其隐于漫漶尘埃中的那些惊心动魄，尤其那可能揭示"你"作为一种本质性存在的真正意义时，文学的价值也随之生成、呈现，成功的喜悦和收获的满足感一定无以复加。蒋寅教授说："明清两代丰富的文献材料为真正进入文学史过程的研究提供了可能。"② 21世纪以来清代诗文研究的多维展开已然证明了这一判断。只有对"过程"有了足够的理解，才可能发现"内在层面的重大变革或寓于平静的文学时代，而喧嚣的时代虽花样百出，底层或全无波澜"③ 的真正内涵，而以此来理解清代诗文构成的那个似近实远的文学现实，实在是最恰切不过。譬如乾嘉时期的诗文，创作人群和作品数量何其巨大，文本形态又何其繁复，以"轰轰烈烈"形容这个诗文"盛世"并非不当；然深入其过程、揆诸其肌理，就会洞见这"轰轰烈烈"的底部、另一面，那些可被视为"波澜"的因子实在难以捕捉，其潜隐着、蛰伏着，甚至可以"隐秘"称之："彼时一般文人的笔下，似乎不易体察到来自个体心灵深处的压迫感、窒息感，审美的'乏力'让'我'的声音很难化为有力的'呻吟'穿透文本，刺破云霭厚重的时代天空。即便袁枚、赵翼、蒋士铨、张问陶等讲求性灵创作的诗人，现实赋予他们的创作动力和审美激情都只能或转入道德激情，或转入世俗闲情。"④ 如是，过程视角下的面面观，可能让我们深入到历史的褶皱处，撷出样态迥异的不同存在，借助历史与逻辑相统一的基本方法，廓清其表里关系，解释文学现象的生成机理，进而揭示文学史发展的多样性、复杂性。

作为特殊史料构成的文学文本也应得到特别关注。由于对清代诗文创作成绩的低估，认为清代诗文作品不如前代（唐宋），进而忽

---

① 钱理群：《重视史料的"独立准备"》，《中国现代文学研究丛刊》2004年第3期。
② 蒋寅：《进入"过程"的文学史研究》，《王渔洋与康熙诗坛》，"导论"，中国社会科学出版社2001年版，第2页。
③ 蒋寅：《进入"过程"的文学史研究》，《王渔洋与康熙诗坛》，"导论"，中国社会科学出版社2001年版，第3页。
④ 杜桂萍：《重写与回溯：清代文学创作中的"明代"想象》，《中国社会科学报》2022年9月5日第4版。

略文本细读的现象依旧十分普遍。文学作品在本时期具有更加丰沛的史料意义，已毋庸讳言，大量副文本的存在尤其可以强化这样的认知。实际上，将诗文作品置放于史料编织的"共时性结构"中给予观照，可以为知人论世的研究传统提供很多生动的个案。如陆林教授借助金圣叹的一首诗歌及其他史料的互文，细致考证出其生命结束之前的一次朋友聚会，不仅诗歌创作的时间、地点和参加聚会者的姓名等十分精确，还明晰推断出聚会的前因后果、来龙去脉，尤其是细掘出"哭庙案"发生后即金圣叹生命后期的心态、思想、交往方式等，还原了一次具有特殊意义的人生"欢会"，金圣叹的人格风采亦栩栩如生。① 很多时候，文学文本被视为与外部世界、与读者接受关系密切的开放式而不是封闭性结构，这是值得赞同之处，但到底如何发现与理解其审美性内容，也是研究清代诗文必须直面的关键性问题。蒋寅教授《生活在别处——清诗的写作困境及其应对策略》从全新的视角理解清代文人的创作努力，极富启发意义，值得特别关注。② 从美学、哲学、文化学或心理学等理论维度进入文本，对清代诗文进行意义阐发，是对作为一种古代文化"不可再生的资源"的价值发现，也是一种基于当代文化的审美建构过程。事实上，清代文人从没有放弃文学创作的审美追求，对审美性的有意忽略恰恰是当下清代诗文研究趋于历史化的原因之一。而对文学审美性选择性忽略的研究现状，也从一个侧面说明基础研究仍然处于缺位的状态。只有具有方法论意义的理论介入，才可能将史料与文本建构为一个完整的意义世界，形成对其隐含的各种审美普遍性的揭示、论证和判断。

的确，我们从未如今天一样如此全面、深切地走进清代诗文的世界，考察其历史境遇，借助政治、地域、家族、作家等维度的研究促其"重返历史现场"，或使其禀有"重返历史现场"的资质和

---

① 陆林：《生命中的最后一次欢会——金圣叹晚期事迹探微》，《南京师大学报》（社会科学版）2000 年第 6 期。

② 蒋寅：《生活在别处——清诗的写作困境及其应对策略》，《文学评论》2020 年第 5 期。

现状与反思：清代诗文研究的学术进境（代总序） 7

能力；我们由此发现了清代诗文带来的纷繁的、具体的和独特的文学现象，索解之，阐释之，并以同情之理解的眼光看待置身其中的大大小小的"人"，小心地行使着如何选择、怎样创作、为什么评价等权力。当然，我们也不应放弃探索深厚的文化传统的塑造之力以及清人对有关文学艺术经验的建构与解构；人文研究所应禀赋的主体价值判断，不应因缺乏澄明的理论话语而逐渐"晦暗"。微妙地蛰伏于清代诗文及其相关史料中的那个灵魂性的存在，将因话语方式的丰富、凸显而成就其当代学术研究的意义。丰富的学术话题，将日益彰显清代诗文研究独有的深度与厚度，以及超越其他时代文学的总结性、综合性的优势，而多视角、跨学科的逐渐深入与多元切入，将伴随着继续"走进"的过程而让清代诗文呈现为一种更加丰盈的学术现实。

二

葛兆光教授说："我们做历史叙述时，过去存在的遗迹、文献、传说、故事等等，始终制约着我们不要胡说八道。"① 其实，将"历史叙述"引进文学研究的话语结构中，即借助史料阐释已然发生的文学现象时，也需要有一种力量"制约着我们不要胡说八道"，那应该是思想的力量。我们应该追求有思想的学术。古人云"文章且须放荡"②，既是内容的，也是理念的，而从理念的维度出发，最重要者毫无疑问是方法论的变革。在史料梳理、考订的基础上回应文学现象的发生以及原因，辨章学术，考镜源流，揭示其中各种学术观点和思想的产生、演变及渊源关系，又能逻辑地提取问题、评价其生成的原因，借助准确的话语阐释发明其在文学史构成中的地位和价值，这是清代诗文研究面临的更重要的任务。我们并不急于提出

---

① 葛兆光：《思想史研究课堂讲录：视野、角度与方法》，生活·读书·新知三联书店2005年版，第94页。

② （梁）萧纲：《诫当阳公大心书》，（清）严可均辑《全梁文》卷十一，商务印书馆1999年版，第113页。

有关人类命运的思考，但人文学科的思想引领确实需要这样一个终极指向；而在当下，只有基于方法论变革的理论性思考，才能推动清代诗文研究学术境界的拓展和学术品格的提升。将理论、批评与史料"相互包容"并纳入对文学现象的整体评价，是当代学术史视野下一项涵盖面甚广的系统性工程。

近年，当代文学学科一直在促进学科历史化上进行讨论，古代文学则因为过于历史化而需认真面对新的问题。史料在学科体系中的基础地位，已然成为一种传统，然如何实现史料、批评、理论的三位一体，进而推动古代文学研究理论品格的提升，是人文学科研究应该担负的历史责任。清代诗文研究的水平提升和进境拓展尤其需要这一维度的关切。常见史料与稀见史料的辨别和运用、各类型史料的边界与关系、因主客观因素而形成的认知歧义等比比皆在的问题，皆需要理论性话语的广泛介入。在某种意义上，研究主体理论素养的提升是史料建设工作的根基。清代诗文别集的整理之所以提出"深度整理"的原则，也是基于这样一种理念所进行的学术选择。仅仅视别集整理工作为通常的版本校勘、一般性的句读处理，忽略对其所应具备之学理性内涵的发掘，会形成对别集整理工作的简单化理解。可以说，这种不够科学的态度是别集整理质量低下、粗制滥造之作频出的重要原因。钱理群教授说："文献学是具有发动学术的意义的，不应该将其视为前学术阶段的工作。"[①] 即是对文献研究深邃的理论内涵的强调。将史料及其处理方式视为文献学的重要方法，是专业性、学术性的表达，也是具有鲜明理论意义的方法论原则。在史料所提供的纵横坐标中为一个人、一件事或一种现象寻找历史定位，在史实还原中完成对真相的探索是必要的，然将其置放于一个完整的意义链中，展示或发现其价值和影响，才能促成真正有思想的学术。随意取舍史料，不仅容易被史料遮蔽了眼睛，难以捕捉到一些重要的细节和关键性的线索，也无法发现与阐释那

---

① 王风：《现代文本的文献学问题——有关〈废名集〉整理的文与言》，《中国现代文学研究丛刊》2004年第3期。

些具有重要价值的论题，无法将文学问题、事实、现象置于与之共生的背景、语境进行长时段考察，而揭示其人文意涵、文学史价值，更可能是一句大而无当的空话。注入了价值判断的史料才能进入文学史过程，而具备了理论思考的研究方法才能为诸多价值判断提供观念、方式和视野。

当然，我们也应该避免将一些理论性话语变成某些理论所统摄的"材料"，将史料的文献学研究真正转变为有意味、有生命意识和人文担当的理论研究，这是古代文史研究中尤其需要关切的方法论问题。清代诗文研究中，普遍存在似"唐"类"宋"类的批评性话语，以"唐""宋"论说诗文创作之特色与成就已然体现为一种习见思维。如钱锺书先生之所论，甚为学者瞩目："夫人禀性，各有偏至。发为声诗，高明者近唐，沉潜者近宋，有不期而然者，故自宋以来，历元、明、清，才人辈出，而所作不能出唐宋之范围，皆可分唐宋之畛域。"① 诗分唐宋，尊唐或佞宋，助力于唐宋诗文的发现及其经典化，也打造了清代诗文演进中最有标志性的批评话语。唐宋诗文成就之高，以之为标的本无可厚非，然清代诗文的存在感、价值呈现度究竟如何呢？揆诸相关研究成果，或不免有所失望。唐宋，作为考察清代诗文时一种颇具理想性的话语方式，其旨趣不仅在乎其自身的理论内涵、价值揭示，更应助力于清代诗文系统化理论形态的发现与完成，而这样的自觉尚未形成，显然是相关理论话语缺乏阐释力量的反映。"酷似""相似"等词语弥漫于清代诗文评点和批评中，作为一种意义建构方式，其内蕴的文学思想和批评观念有时竟如此模糊、含混，固然有传统文论行文偏于感性的影响，也昭示出有关清代诗文创作的批评姿态，即其与唐宋之高峰地位永远不可能相提并论。我们并不纠结孰高孰低的评价，清代诗文的独特性和价值定位却是不能不回答的学术问题。作为清代诗文批评的方法论，"唐""宋"应该成为富含内质的话语方式，以之进行相关理论思考时，应关注清人相关概念使用的个性色彩，或修辞色彩，

---

① 钱锺书：《谈艺录》，生活·读书·新知三联书店2001年版，第3页。

创作或理论审视的历史语境，甚至私人化的意义指向，不能强人就我，或过度阐释。整合碎片化的话语成就一个整体性的理论体系内容，对古代文论中的理论性话语给予现代性扬弃，是清代诗文研究理论性提升不可或缺的路径。

进入21世纪的清代诗文研究，早已摆脱简单套用一般社会历史研究诸方法的时代，有意识地探索多学科方法的交叉并用，日益理性地针对史料和时代性话题选用最具科学性的研究方法，已成为观念性共识，并因学科之间的贯通彰显了方法的张力与活力。在具体话题的选取和展开中，来自西方的历史主义、接受美学、结构主义、原型批评等方法，成为与中国传统的知人论世等观照原则融通互助的方法，西方话语的生成语境与中国经验之间的独特关系得到了充分的尊重与关注；以往经常出现的悖逆、违和之现象已得到明显的改善，而对中国传统文论话语的重视也给予文学研究以足够的理论自信。借助于中西经验和多学科方法论的审视，清代诗文丰富的学术内涵正得到有效发现和阐释。但是，如何保持文学研究的独立性和学术旨归，尚需要进一步的深入探讨。如交叉研究方法，已逐渐成为一个广泛使用的方法，在面对复杂的文学现象时，集中、专门、精准地发挥其特点，调动其功能，往往能取得事半功倍的效果。新文科倡导所带来的方法论思考，于人文学科的融合与创新质素的强调亦提供了重要的思维方式和阐释路径。在守正创新的前提下，借助不拘一格的研究方法的使用，进一步发现清代文人的日常生活、心态特征和精神面貌，发现其创作的别样形式以及凝结其中的丰富意义，所生成的发现之乐和成就感，正是清代诗文研究多样性和价值的体现。沐浴在一个文化多元的时代，让我们有机会辗转腾挪于各种不同性质的方法之间，并以方法的形式完成对研究对象的反思、调整、建构和应用，在这一过程中与古人对话，建构一种新的生命过程，这是清代诗文研究带给当代学人的特殊福利。我们看到，近十年许多具有精彩论点或垂范性意义的论著先后问世，青年学者携带着学术个性迥异的成果纷纷登台亮相，清代诗文研究所富有的开拓性进展昭示了一个值得期盼的学术未来。

现状与反思：清代诗文研究的学术进境（代总序）

文学毕竟是人学，是一种基于想象的关于人类存在的思考。发现并理解人作为主体性存在的价值，呈现其曼妙的内心世界景观，借此理解现实世界和精神世界的构成方式，其实是文学研究必须坚持的起点、理应守护的终点，清代诗文研究也必须最后回到文学研究所确立的这一基本规定性。我们不仅应关注"他"是谁，发现其文学活动生成与展开的心理动因，且应回答"他"为文学史贡献了什么，进而理解政治、经济乃至文化如何借助作家及其创作表达出来、折射出来。我们已经优化了以往仅仅关注重要作家的审视习惯，不仅对钱谦益、王士禛等文坛领袖类文人进行着重点研究，也开始关注那些"不太重要"的文人，恰恰是这一类人构成了清代诗文创作的主体，成就了那些繁复而生动的文学现象，让今天的我们还有机会探寻到文学史朦胧晦暗的底部，进而发现一些弥足珍贵的现象。笔者多年前曾关注的苏州人袁骏就是这样一位下层文士，其积五十年之久征集表彰其母节烈的《霜哺篇》，梳理研究后才发现包含着作为"名士牙行"的谋生动力，借助这一征集过程所涉及的文人及彼此的交往、创作情况，能够透视出类似普通文人其实对文学生态的影响非同凡响①，而这是以往关注不够的。作为袁骏乡党的金圣叹本是一介文士，但关于其生平心态和精神世界的挖掘几乎为零。陆林教授的专著《金圣叹史实研究》改变了这一现状。针对这位后世"名人"生平语焉不详的状况，他集中二十多年进行"史实研究"，最终还原了这位当时"一介寒儒"的生平、交游及文学活动。相关研究厘清了金圣叹及相关史实，以往有关其评点理论等的众说纷纭恐怕也需要"重说"；更重要的是还揭秘了一大批名不见经传的普通文人的生活景观："金氏所交大多是遁世隐者、普通士人，对他的交游研究，势必要钩稽出明末清初一大批中下层文士的生平事迹，涉及当时江南地区身处边缘阶层的普通文人的活动和情感，涉及许多向来缺乏研究的、却是构成文学史和文化史丰满血肉和真实肌理的

---

① 杜桂萍：《袁骏〈霜哺篇〉与清初文学生态》，《文学评论》2010年第5期。

人和事的细节。"① 这形成了金圣叹研究的"复调",构造了一个丰满且具有精神史意义的文学世界。所以,越过一般性的史料认知,借助文本阐释等方法,达成实证研究与理论解析的有机结合,进而形成对"人"的审视和意义世界的探讨,才可能建构自足性的文学研究。意义的缺失会使本来可以充满生机的清代诗文研究生命力锐减,其研究的停滞不前自然难以避免。

阮元说:"学术盛衰,当于百年前后论升降焉。"② 清代文学的结束距离我们已百年有余,足可以论"升降"了,而作为距离我们最近的"古代",存在着说不尽、道不完缠绕的诸多问题,亦属正常。彼时的当代评价、20 世纪以来的批评乃至如今我们的不同看法,也在纠缠、汇聚、凝结中参与着清代诗文研究的现实叙事;我们不断"后撤",力求对学术史做出有效的"历史"回望,而"历史"则在不断近逼中吸纳了日渐繁杂的内容,让看似日趋狭窄的"过程性"挤压着、浓缩着、建构着更为丰富的内容,这对当代学人而言,实在是一种艰难的考验和富有魅力的吸引。史实的细密、坚实考索,离不开学术史评价的纵横考量,不仅文学史需进入"过程",文学史研究也应进入"过程",只有当"过程"本身也构成为当代文学理论审视的对象,有关学术创获才更具维度、更见深度。文学史运动中的复杂性是难以想象的,学术史评价更是难而又难,研究者个人的气质、趣味和人格等皆不免渗入其中,对于清代诗文研究亦是如此。好在对一个时段的文学研究进行反思和盘点,也是时代的现实需求和精神走向的表达,作为个中之人,我们有足够的清醒意识与担当之责。吴承学教授在总结七十年来明清诗文研究的成就与不足时,针对研究盛况下应当面对的各种问题,强调填补"空白"和获得"知识"已不是目前的首要问题,如何"站在学术

---

① 陆林:《论明清文学史实研究的学术理念——以金圣叹史实研究为中心的反思与践行》,《社会科学战线》2015 年第 11 期。

② (清)阮元:《十驾斋养新录序》,钱大昕《十驾斋养新录》,杨勇军整理,上海书店出版社 2011 年版,第 1 页。

史的高度,以追求学术深度与思想底蕴为指归"[①] 才是亟需思考的重点。的确如此。琐碎与无谓的研究随处可见,浮泛和平庸隐然存在着引发学术下行的可能性,我们必须克服日渐侵入的诸多焦虑,在过程中补充、拓展、修正、改写清代文学研究的现状。"学术史的高度"某种意义上也是一个时代的高度,清代诗文研究真正成为一代之学,是生长于斯的当代学者们回应时代赋能的最好文化实践。

三

转眼,21世纪又有20年之久了。无论是否从朝代角度总结中国古代文学研究的成绩,清代诗文研究作为一个重要内容和学术热点已然绕不过去。研究成果之数量自不待言,涉及之领域亦非常宽广,重要的文学现象多有人耕耘,而不见于经传的作家、作品也借助于新史料的发现、新视野的拓展而得到关注,相关的独特性禀赋甚至带来一些不同凡响的新的生长点。包容性、专门化和细致化等特征多受肯定,而牵涉问题的深度和切入角度之独特等也提供了启人新思的不同维度。一句话,清代诗文的优长与不足、艺术创获之多寡与特色及其文学史价值等都在廓清中、生长中、定位中。面对纷繁的内容和大大小小的问题,我们往往惴惴不安,而撷取若干问题以申浅论,当是清代诗文研究中需要不断请益的有效方式之一。

譬如清代是一个善于总结的文学时代,这是当代学人颇为一致的观点。然彼时的文人会意识到他们是在总结吗?面对丰厚的文学遗产,清人的压力和焦虑一定超出我们今天的想象。或者,所谓的"总结"不过跟历代相沿的"复古"一样,是一种创新诉求的另辟蹊径。如是,力求在累积的经典和传统的制约中创新,应该构成了有清一代文人的累积性压力。职是之故,他们的创作不仅在努力突破前人提供的题材范围、表现方式和主题传达等,还有很多文人注重日常与非日常的关联、创作活动与非创作活动的结合;不仅仅关

---

① 吴承学:《明清诗文研究七十年》,《文学遗产》2019年第5期。

注并从事整理、注释和评介等工作，还努力注入其中一种"科学"的意识，并将之转化为一种学术。在清代诗文乃至戏曲小说的研究中，我们已经发现了那些足以与现代学术接轨的思想、观念乃至话语，其为时代文化使然，也是一代文学开始的底色。

　　清代文坛总体来看一片"宽和"之气，并没有呈现出如明人那般强烈的门户之见乃至争持；二元对立的思维并不是他们思考问题的特点，恰恰相反，融合式的思考是有清一代文人的主导性思维。比如"分唐界宋"的问题，有时是一个伪命题，相关论述多有不足或欠缺；就清代诗文的总体性来评价，唐宋兼宗最为普遍，"唐""宋"本身又有诸多层面的分类。"融通"其实是多数清人的观念，"转益多师"才是他们最为真实的态度。在这方面，明代无疑提供了一种范式性存在，明人充满戾气的论辩尤其为有清一代文人自觉摒弃。入清之初，汉族文人已在伤悼故国的同时开启了多元反思中的复古新论与文化践行。尽管在规避明人的错误时，清人仍不免重复类似的错误，比如摹拟之风、应酬之气等①，不过"向内转"的努力也是他们践行的创作自觉。如关于诗文创作之"情""志"的讨论，如关于趣、真、自然等观念的重新阐释，等等。只是日渐窄化的思维模式并未给诗文创作带来明显的突破与创获，反而让我们看到了文学如何受制于特定历史时期的政治、文化的诸多尴尬，以及文学的精神力量和审美动能日渐衰退的过程。而清人所有基于整体性回顾而进行的诸种探究，为彼时诗文创作、理论乃至观念上呈现出的总结性特征提供了充分的证据。

　　譬如清代诗文创作"繁荣"的评价，一度构成了今人认知上的诸多困扰。清代诗文数量、作者群体等方面的优势，造成了其冠于历代之首的现实。人们常常以乾隆皇帝的诗歌作品与有唐一代诗歌相比较，讨论其以一人之力促成的数量之惑。而有清一代诗文创作经典作家、作品产量所占数量比之稀少，又凸显了其总体创作成绩

---

　　① 参见廖可斌《关于明代文学与清代文学的关系——以诗学为中心的考察》一文相关论述，《文学评论》2016 年第 5 期。

的不够理想。清代诗文作品研究曾饱受冷落的现实，让这种轩轾变得简单明了，易于言说。量与质的评说，对于文学创作而言是一个仅靠单一、外在诸因素难以判断的问题吗？显然不是。实际上，存世量巨大的清代诗歌作品，很多时候来自普通文人对庸常现实生活的超越，因之而带来内容的日常化乃至艺术的平庸化，审美上的狭隘和琐碎比比皆然，不过其中蕴积的细腻情感、变革力量和剥离过往的努力等，也体现了对以往文学经验和传统的挣脱；没有这样的过程，"传统"怎么可能在行至晚清时突然走向"现代"？

近十年如火如荼的研究，让我们对清代诗文有了更进一步的体认，与之并生的是难以释解的定位困惑。我们往往愿意通过与前代诗文的比较进行价值评判。唐诗宋词一直与清诗研究如影随形，汉魏文、两宋文乃至明文，往往是进行清代文章审视时不可或缺的话语方式。我们常常不由自主地回首那些制造出经典的时代，用以观照当下，寻找坐标或范式。李白以诗歌表达生命的汪洋恣肆，诗歌构成了他的生命意识，杜甫、李商隐、李贺等皆然；但清人似并非如此。在生命的某一个空间，或一个具体的区间，确实发现了诗构成其生命形式的现象，却往往是飘忽而短暂的。以"余事为诗人"在很多时候是一种心照不宣的"假话"或"套话"，这决定了清代诗文创作的工具性特征，而与生命渐行渐远的创作现象似乎很多，并构成了我们今天进行审视的障碍。也因此，相比于那些已经被确认的诗文创作高峰时期，如何理解有清一代诗文创作的所谓"繁荣"，或将继续困顿我们一段时间。

譬如来自不同社会层面的诗文创作主体，形成了群体评价上的"众声喧哗"。几乎所有可能涉及的领域，都有清代诗文作家的"留痕"，所传达之信息的丰富、广泛也超过了历代："上至庙堂赓和、酬赠送迎，下至柴米油盐、婚丧嫁娶，包括顾曲观剧、赏玩骨董等闲情雅趣，日常生活的方方面面全都成为诗歌书写的内容，甚至作诗活动本身也成为诗歌素材。"① 这其中，洋溢着日常的俗雅之趣，

---

① 蒋寅：《生活在别处——清诗的写作困境及其应对策略》，《文学评论》2020 年第 5 期。

康熙朝的政治与文学

也深深镌刻出那些非日常的凝重与紧张,为我们了解和理解文人的生活世界与心灵景观提供了更多可能;在清代诗文作品中,更容易谛见以往难以捕捉的多面性和复杂形态。很多时候,我们撷取的一些文学现象来自所谓的精英创造,他们在实际的社会文化结构中位置突出,有条件也很容易留下特别深刻的历史印迹;但其在那个时代的影响究竟如何,是需要谨慎评价和斟酌话语方式的。袁枚的随园、翁方纲的苏斋,其中文学活动缤纷,颇为今人所瞩目,但其在当时这些主要属于少数文人的诗意活动,对那些长距离空间的芸芸众生究竟怎样影响的?影响到底如何评价呢?至于某些为人瞩目的思想观点,最初"常常是理想的、高调的、苛刻的,但是,真正在传播与实施过程中间,它就要变得妥协一些、实际一些"①;当我们跨越时空将之与某些具有接受性质素的思想或话语相提并论时,大概应该考量的就不仅是接受者的常规情况,也还需要加入一个"传播与实施"关系的维度。因之,我们应特别关注"创造性思想"到"妥协性思想"的变化理路。

如是再回到清人是否以诗文为性命问题,又有另一种思考。李之仪"除却吟诗总是尘"②之说历来影响甚大,以之观照清人的情感世界和抒情方式,却少了很多诗情画意,多了喧嚣的世俗烟火气。文字不单单是生命的形式,更是生命存在的附加物,其生成往往与生存的平庸、逼仄相关。功名利禄与诗的关系从来不是有你无我的存在,而是你中有我、我中有你的现实。为了生存而进行繁复的诗歌活动,是阅读清代诗文时见到最多、感受最为深刻的印象。我们必须面对清代文学中更多的"非诗"存在,正视清诗中的缺少真情,或诗味之寡淡,并以理解之同情面对一切。诗文创作有时不是为了心灵之趣尚,也不是为了审美,反而是欲望的开始、目标和实现方式,由此而生成的复杂的诗歌活动、文学生态,其实是清代诗文带

---

① 葛兆光:《思想史研究课堂讲录:视野、角度与方法》,生活·读书·新知三联书店2005年版,第296页。
② (宋)李之仪:《和友人见寄三首》其三,北京大学古文献研究所编《全宋诗》卷九五四,北京大学出版社1995年版,第11174页。

来的一言难尽的复杂话题，其价值也在这里：这不仅仅是清代诗歌研究的本体问题，也能够牵涉出关于"人"的诸多思考。

譬如文献的生成方式及其形态特征等，带来了关于文献发生的重新审视与评价。以文字而追求不朽，曾经是文人追求形而上生命理想的主要方式，然在文献形态多元的清代，这一以名山事业为目的的实现方式具有了更多的机缘。大量诗文作品有机会留存，众多别集得以"完整"传世，地域总集总在不断被编辑中，这是清代成为诗文"盛世"的表征之一。"牙签数卷烦收拾，莫负生前一片功"①，很多文人通过汇集各个时段的诗文作品表达人生的独特状态，已然成为一种生命存在的方式。如是，在面对丰富的集部文献以及大量序跋、诗话、笔记等，实证研究往往轻而易举，面对汉唐、先秦文献的那种力不从心几乎可以被忽略。不过，清代诗文史料的类型繁复以及动态变化之性征，也容易造成其传播过程中知识的繁杂错讹，甚至促成"新"的知识生成，进而影响到后人的价值判断、学术评价等；而"新""旧"史料的传播过程、原因以及蛰伏其中的一些隐秘性因素，都可能生成新的问题，进而带来文学性评价的似是而非、变化不定。如何裁定？怎样评判？对于今天的我们实在是一个挑战性的选择，是一个难度系数极高的判断过程。根据学术话题对史料进行新的集合性处理，借助其不断生成的新意义链及时行使相关的学术判断，决定了我们对文献学意义的新理解，而避免主观化、主义化乃致强制阐释等，又涉及研究主体学养、修为乃至心态等的要求。如是，在有关文本、文献与文化的方法论结构中，理论具有特殊的建构意义，有时可能超过了勤奋、慧心、知识等一般意义上的文献功力要求。

譬如传统文学对周边文化群的影响和建构，已构成清代诗文研究不可或缺的重要内容。境外史料的不断发现提供了一个重要维度，中国汉语文学不同程度地参与了其他国家与地区文学的发展；但也

---

① （清）邓汉仪撰，陆林、王卓华辑：《慎墨堂诗话》卷十"余垫"条，中华书局2017年版，第409页。

应重视另外一个维度,在沐浴"他乡"文化风雨的过程后,史料的文献形态中多多少少会带有新的质素,即"回归"故国的史料绝对不仅仅是简单的"还原"问题。如何面对返回现场后的史料形态?如何评价其对本土文学建设的重新参与?这是需要格外重视的问题。如是,究竟有哪些异质文化元素曾经对清代诗文创作发生过影响,影响程度究竟如何,都会得到有效判断。19世纪末以来,中国逐渐进入世界结构体系,"他者"不仅参与到近代以来的文学建构,还以一种独特的眼光审视着清代乃至之前的社会、文化和文学;具备平等、类同的世界性视角,才能形成与海外文化的多向度对话,彰显一种国际观念、开阔视野,以及不断变革的方法论理念。立足于历史、现实人生和世界体系中回望清代文学,我们才可能超越传统疆域界限,以全球化视野,进行更全面、准确、深刻的清代诗文省察和评价。就如郭英德教授所言:"一个民族的文化要立足于世界文化之林,就应该在众声喧哗的世界文化中葆有自身独特的声音,在五彩缤纷的世界图景中突显自身迷人的姿态,在各具风姿的世界思想中彰显自身特出的精神。"①

也还有更多的"譬如"。清代诗文各阶段研究的不平衡,已经得到了有效改善,但各具特色的研究板块之间的关系尚需辨析、总结;诗文创作的地域问题,涉及对不同区间地理、人文尤其是"人"的观照,仅仅聚焦经济文化发达的江南并非最佳方略,在北方文明及其传统下的士心浮动、人情展演和文学呈现自有独特生动之处;就清代而言,多民族汉语创作的情况呈现出更为复杂的状态,蒙古族、满族作家对于传统诗文贡献的艺术经验,以斑驳风姿形成汉语雅文化的面貌和风情,值得进一步总结。当然还有清代诗文复古之说,作为寻求思想解放、文学创新的思想方式,有待清理的问题多不胜数,这与中国的文化传统有关,与政治权力之于文学的干预有关,也与作家思维方式中注重变易、趋近看远的习惯等有关。清人复古

---

① 郭英德:《探寻中国趣味:中国古代文学之历史文化思考》,商务印书馆2017年版,第3—4页。

的多向度探索来自一种基于创新的文化焦虑,应给予理解之同情。而学者们关注的唐宋诗之争,不仅是诗歌取向的问题,也不仅是诗歌本质、批评原则、审美特征诸多命题的反映,更不仅仅涉及文学思潮、文学流派等,还是交往原则、权力话语等的体现,标新立异、标旗树帜等的反映,所牵系的一代文学研究中或深或浅的问题,亦有待深入。所以,面对清代诗文研究中的繁复现象,"不断放下"与"重新拾起",都是我们严谨态度、思考过程的生动彰显,而在不远的将来实现丰富、鲜明和具有延展性的学术愿景,才是清代诗文研究进境不断打开、真正敞开之必然。

四

钱谦益说:"夫诗文之道,萌折于灵心,蜇启于世运,而茁长于学问。"① 衡量诗文创作的状况应如此,评估当下清代诗文研究之大势,也不能忽略世道人心之于学术主体的重要作用。一代又一代的学者在这样的历史语境中开启了文化实践的过程,让百廿年的清代诗文研究成长为一门"学问",如今已经很"富有"。基本文献如袁行云《清人诗集叙录》,李灵年、杨忠《清人别集总目》,柯愈春《清人诗文集总目提要》等工程浩大,其贡献不言而喻;而就阐释性著述的学术影响而言,著名学者刘世南先生、严迪昌先生等成绩斐然,其开辟荆荒的研究至今具有不可替代性,正发生着范式性的影响。朱则杰先生依然在有计划地推出《清诗考证》系列成果,进行甘为人梯的基础性文献研究工作,也实践着他有关《全清诗》编纂的执念;蒋寅先生立足于清代诗学史的建构,力求从理论上廓清清代诗歌演进中的重要性问题,也还在有条不紊的探索中。新一代学者的崛起正在成为一种"现象",清代诗文研究的学者群将无比庞大而贡献卓越。作为年富力强的后起之秀,他们的活力不仅体现在著

---

① (清)钱谦益:《题杜苍略自评诗文》,《牧斋有学集》卷四十九,钱曾笺注,钱仲联标校,上海古籍出版社1996年版,第1594页。

述之丰富、论点之纷纭诸方面，更重要的是让清代诗文研究呈现出喧嚣嘈杂的声音聚合，活力、新意和人文精神都将通过这个群体的研究工作得以更好的表达。

作为历史的一个部分，我们应时刻注意自身的局限性以及与历史呈现的关系，研究主体与"世运"的互文从来不仅仅是一个学术问题。一个尊重学术的时代不需要刻意追求主调，清代诗文研究也应在复调中灿烂生存，"喧嚣嘈杂"正可以为"主调"的澎湃而起进行准备、给予激发。而只有处于这样的文化进境中，我们才能切实释解清代诗文的独特性所在，真正捕捉到清代文人的心灵密码，促成一代文献及其文学研究意义的丰沛、丰满，并由此出发，形成有关清代诗文及其理论的重新诠释，进而重构中国古代诗文理论及其美学传统。郭英德教授说："在改革开放的时代语境中，学术研究仍然必须坚守'仁以为己任'的自觉、自重和自持，始终以'正而新'为鹄的，以'守而出'为内驱，'以文会友，以友辅仁'。"[①] 反观清代诗文的当代研究，这确实是一个至为重要的原则。谨以此言为结，并与海内外志同道合者共勉。

---

① 郭英德：《守正出新：四十年中国古代文学研究随想》，《文学遗产》2019 年第 1 期。

目　　录

绪　论 ……………………………………………………………（1）
　一　选题缘起与概念限定 …………………………………（1）
　二　范围界定与应制类型 …………………………………（13）
　三　研究现状与研究思路 …………………………………（21）

第一章　康熙时期南书房翰林与清初文学 ……………………（46）
　第一节　康熙朝南书房的设立与演变 …………………………（47）
　　一　康熙帝设立南书房始末 ……………………………（47）
　　二　第一阶段：内外区隔，不与外事 …………………（51）
　　三　第二阶段：内应外合，参与党争 …………………（56）
　　四　第三阶段：内外流动，考察翰詹 …………………（62）
　第二节　南书房翰林职能及其与康熙帝关系之考察 …………（66）
　　一　词臣讲筵与帝王亲讲 ………………………………（66）
　　二　私人秘书与帝王亲信 ………………………………（71）
　　三　御用编辑与燕许大手笔 ……………………………（79）
　第三节　康熙朝南书房翰林的正统性文学建构及其
　　　　　范式意义 …………………………………………（89）
　　一　拓展应制文学的正统性范域 ………………………（90）
　　二　推尊馆阁应制的理论路径 …………………………（96）
　　三　身份效应与范式意义 ………………………………（102）

第二章　南书房内外：正统性文学建构的词臣典范 …………（111）
第一节　康熙朝的文治场域与张英应制创作之生成 ………（112）
　　一　文治场域与张英翊赞文治的功能追求 ………………（113）
　　二　张英应制创作的政治叙事与书写策略 ………………（119）
　　三　典雅和平的审美呈现与馆阁应制的文学范式 ………（127）
第二节　高士奇《扈从东巡日录》中的"大一统风景" ………………………………………………………（134）
　　一　应制立场与作为行记的《扈从东巡日录》 …………（136）
　　二　"大一统风景"的阐释向度 ……………………………（144）
　　三　"公私两载"的书写路径 ………………………………（152）
　　四　"大一统风景"与文化认同塑造 ………………………（157）
第三节　陈廷敬的道统观及其应制创作 …………………（164）
　　一　道统观的重塑与应制创作的立言之旨 ………………（165）
　　二　"道统在上"的应制书写路径 …………………………（171）
　　三　诗教观及其皇权属性 …………………………………（176）
　　四　"道统在上"的另一层涵义 ……………………………（183）

第三章　礼制与事件：正统性文学建构的"盛世"主题 ……（190）
第一节　褒德显荣：康熙朝南书房翰林战捷献颂的审美考察 ……………………………………………………（190）
　　一　雅颂诗学观及南书房翰林的文学旨趣 ………………（191）
　　二　皇权叙述立场下献颂的国家话语特性 ………………（197）
　　三　典雅恢弘、敷写似赋的颂体应制风貌 ………………（204）
第二节　康熙帝谒明太祖陵及其文学书写 ………………（211）
　　一　谒陵的意象化与对立语境 ……………………………（211）
　　二　今古之思与皇权的正统书写 …………………………（220）
　　三　南巡书写的应制诉求与书写特征 ……………………（226）
第三节　"礼隆前代"与康熙阙里祭孔中的应制书写 ……（232）
　　一　仪式性文本：康熙阙里祀孔中的应制文学 …………（233）
　　二　应制书写的礼制叙事与政治演绎 ……………………（238）
　　三　超越不在场：士人观礼与政治传播 …………………（246）

第四章 正统性建构中的文人心态与应制创作 (254)

第一节 废太子允礽的文学活动及其意义 (254)
一 参与应制：文学教育的开展方式 (255)
二 组织应令：允礽与南书房翰林的文学交往 (261)
三 允礽文学活动的标志性意义 (267)

第二节 "南书房旧史"：朱彝尊的词臣身份认同与诗风嬗变 (275)
一 从"布衣"到"南书房旧史"：词臣身份认同之达致 (275)
二 "四变而为应制之体"：词臣身份认同与应制创作 (281)
三 词臣身份的再追求与应制体之余绪 (286)

第三节 查慎行进入南书房后的文学创作与"慎行"心态 (293)
一 入值南书房后的应制写作 (295)
二 从"江湖"到"庙堂"："慎行"心态的文学呈现 (300)
三 "私人"写作："反慎行"心态的出现 (307)

余论 应制活动、应制文学与康乾时期的正统建构 (316)
一 文盛展演：应制活动的多元开展 (317)
二 文本建构：满族帝王正统形象之塑造 (323)
三 文学规训：应制文学语体风貌的政治意蕴 (329)

附录 乾清宫与南书房相对位置图 (335)

参考文献 (336)

后 记 (355)

绪　　论

一　选题缘起与概念限定

（一）问题缘起

无论是古代文学批评话语，还是现代学术研究，多将应制诗文视为歌功颂德的模式化文本。从纯文学的角度来看，大部分应制诗文的文学性都非常薄弱，这是显而易见且毋庸置疑的事实，无须为之辩解。然而，作为一种艺术价值微薄的文学形式，应制体却能历千年而不衰，尤其到了康乾时期，应制活动特为频繁，应制诗文数不胜数，以至于说"应制"是康乾时期最具代表性的文学风尚之一也不过分。若再放宽视野，纵观文学史演变脉络，即使将这一政治性鲜明的文学风尚置于诸多曾经盛行一时的文学现象中，其在朝野上下的风靡之况也依然引人注目。

卷起康乾时期应制之风的，首先是康熙及其身边的词臣，而后漫及朝野，勾连满汉，贯穿康乾。在"华夷之辨"的制约下，对以满族入关的清朝政权而言，正统建构是其政治的核心命题。康熙时期是清朝进行正统建构的关捩，应制兴盛、颂声大作正是基于这一政治命题而形成的颇为显著的文学风尚，尤以位于康熙朝馆阁顶端、珥笔禁近的汉族文士——南书房翰林群体的应制创作最为典型。

应制在康乾时期成为帝王考察臣僚文学写作水准的重要形式之一，而这一时期的应制又与同为考核方式的科举考试不同。首先是参与者范围不同。科举考试的参与者为未仕士子，且在逐级选拔中，对参与者的身份有层层限定，如参加会试者，往往需要先获得举人身份。应制却是人人皆可参与的，无论已仕还是未仕，在朝还是在野，有时是帝王随时随地出题考核，有时则是士子主动发起诗文进献活动，入仕词臣还需应付翰詹大考中的应制考核。其次是考核内容有异。清代科举考试主要考察制义且清初科举不试诗赋，直至乾隆二十二年（1757）才有"减判增诗"之举。而应制除了帝王限定文体外，大多数情况下应制者拥有主动选择权。康乾时期的应制主要注重诗赋写作能力的考察，这在某种程度上构成了对科举考试的补充。再者，应制较科举考试更为随意。它近似于制举，又较制举便捷，规模可大可小，人数可多可少，可正式可临时，没有明确的规章和程序，一切依帝王的喜好而定。综合来看，应制是较科举更为灵活的选才方式。而究其本质，二者皆为这一时期士人重要的进身之径。

更多情况下，应制仍被视为文学行为，应制活动往往具备文学活动的特征。与一般文学活动不同的是，应制活动的主导者是帝王。在康乾时期，文字狱之屡见不鲜，与应制活动之兴盛，恰可构成一体之两面。文字狱往往以暴力形式划定意识形态、精神思想和文学写作的警戒线，而应制活动则以君臣赓和的形式，在沟通君臣感情的过程中，以一种较为温和的方式传达政治诉求，引导政治、思想和文学的风向。在此基础上，应制活动的多元开展与"盛世"图景之互动，应制写作的话语边界、文学内容和写作策略与圣君形象缔造之互动，应制文本典范与康熙朝文学权力浮沉之互动，皆可经由应制这一话题展开讨论。

具体到康熙时期应制诗文的写作者，尤以南书房翰林为代表。南书房翰林为内廷词臣之一种，康熙朝的南书房翰林以江南汉人文士为主，在康熙朝的政治和文化建设中发挥了重要作用。在政治方面，南书房翰林除了供奉内廷之外，往往兼任外朝翰林院与六部的重要职位，协助清帝灵活地践行着以内治外、以上治下及以外治内、以下治上的治理方式。在文化建设方面，南书房翰林广泛参与到经筵日讲、科举选拔、官方典籍编纂、博学鸿词科、应制赓和等文化活动中，是康熙帝实施文治的重要协助力量。南书房翰林参与应制活动的心理较为复杂。通过比较南书房翰林的应制与非应制创作的异同，揣摩这一特殊群体的应制的真实意图，辨析其应制心态的横向逻辑层次及纵向历时变化，由此可以呈现出康熙朝士人命运和文化性格在正统建构中的丰富样貌与变迁轨迹。

不仅如此，在满汉交融的大背景下，南书房翰林的应制文本还在八旗士子间传播，考察其应制文本在八旗士子间的传播范围与接受程度，或可昭彰出南书房翰林应制对八旗子弟写作汉语诗歌所发挥的权力聚合作用、价值导向功能和文本典范效应。概而言之，从清代文学发展史的宏观视野出发，南书房翰林应制在文学宗尚、文人品格、民族融合、文教格局等层面对清代文学生态产生了诸多正面促进和负面促退效应，可以为我们进一步全面、客观地把握文学史演变心脉提供新的审视角度。

基于此，笔者拟以"朝""野"离立之势作为本书的研究背景，并以清廷正统建构作为本书的立论核心点，结合康熙时期朝阙诗群的突出代表——南书房翰林群体的应制创作，对康熙朝的政治和文学关系予以进一步的考察。

具体而言，之所以选择以康熙朝的政治和文学为研究对象，并以南书房翰林群体的应制创作为切入点，主要出于以下四点考虑。

其一，康熙朝应制创作的特殊性。康熙朝是清代应制创作的第一个高峰期。乾隆和嘉庆时期紧随其后，应制创作亦十分繁荣。其时，"重华宫联句"极尽君臣赓和之谊。而清代其他时期的应制创作，则因君主对于文学的兴致寥寥而黯淡下去。康熙朝政治与文学关系的特殊性，使得康熙时期的应制创作呈现出独特性。首先，从康熙朝应制文学的接受主体来说，康熙朝处于汉族文人由"遗民"向"国朝"过渡的关键时期，建构正统性的需求更为迫切，政治与文学的关系也随之更加紧密。这是其首要的独特性。其次，从康熙朝应制文学的创作主体来看，其中有原本对清朝怀有抵触情绪者如潘耒、朱彝尊，有忠实于康熙的逐权者如徐乾学、高士奇，有在中心权力斗争中保持谨小慎微者如张英，亦有深陷权力漩涡而"形""影"分离者如查慎行，应制文学是他们文学创作中的重要部分，在与其他情境下的文学创作的对立与互补中，彰显出各自的多重品格与复杂心态。应制主体的复杂性,以及由"遗民"而"国朝"的过渡性,是康熙朝应制文学最大的独特性,也是其价值生成的来源。再者,从应制作品的文体特征和生成过程来看,应制文体特征是和清廷正统性建构之目的最为契合的文体,且凡朝贡献纳,节日侍宴、赏赐纪恩、扈从巡狩、祥瑞呈报,祭祀庆寿、大阅视学,康熙朝的每一项文化活动,基本上都生成了大量歌功颂德的应制文本。无论是这种生成过程本身,还是作为生成结果的应制文本,都是康熙帝正统性建构的重要组成部分。所谓康熙"盛世",便是这种正统性建构的结果。这构成了康熙朝应制文学独特性的文本基础。

其二,康熙朝政治与文学关系的特殊性。康熙时期既是清廷统治由"乱"入"治"的关键期,也是清朝文人在"文治"影响下由"遗民"转变为"国朝文人"的转型期,亦是清朝文学步入"恒以官位之力胜匹夫"的渐变期。正是从这个意义上来说,康熙朝的正统性建构是整个清代刚柔并济的文治策略实施的关揵。康熙朝前夕,南明政权倒台。此后,康熙帝先后平三藩,收复台湾,平定准噶尔之乱,稳定与蒙古各部之关系,为稳定的大一统局面的到来扫清了障碍,强大的政治、军事实力也使汉族文人"反清复明"的幻想基本破灭。与此同时,以康熙帝为中心的清廷统治者又十分注重汉文化的学习,采取诸多文治措施,不断笼络汉族文人,并通过对文学的掌控,来实现对汉族士人的钳制与消纳,以维系清廷主流意识形态的统治。在清廷文治的建构过程中,汉族文人开始放松了对清廷的抵触心态,渐而有文人放弃了原来的反清立场,成为清廷的忠实拥护者,甚至为清廷的文治出谋划策,开始参与清廷对其他汉族文人的文治建构,成为康熙文治的协助者和宣传者。一部分身居政治高位的文人开始利用官位的影响力各自笼络文学羽翼,使得文学权力渐渐集中到清廷中央的手中,最终甚至造成"恒以官位之力论匹夫"的局面。需要注意的是,不仅汉族文人是清廷正统性的建构与被建构者,清廷统治者本身,也无法避免地置身于这种建构与被建构的结构之中,潜移默化地受到汉族文化的熏陶。这在一定程度上促进了满汉的交融。

其三，南书房翰林群体及其应制创作对于康熙朝政治和文学关系的特殊性。南书房，亦称"南斋"，是清朝特有的一个非正式机构，设立于康熙十六年（1677）十二月十七日，至清亡才消失。它是清朝词臣的侍值之所，位于乾清宫西南隅，地处内廷切要之地。虽值庐词臣身份来源不一，但入值南书房后皆称"南书房翰林"或"南书房行走"。南书房的职能演变以雍正朝军机处设立为界，可以分为截然不同的两个时期。军机处设立之前，南书房翰林有为清帝"供奉书画、赓和诗句"①、讲经论史之文化职能，又因"地既亲切，权势日益崇"②而渐掌"凡诏旨密勿，时备顾问"③之政治职能，渐显与议政王大会、内阁分权鼎立之势；而军机处设立之后，凡军国机要之事皆由军机处总揽，南书房虽文化职能尚在，但政治职能却大为削弱。康熙朝是南书房最为辉煌之时期。南书房之设立，既是康熙帝削弱内阁与议政王大会威权、实现中央集权的重要政治举措，也是其学习汉族文化、扶持"天家"文化的重要文化措施。而从南书房翰林的构成来看，基本上都是汉族文人，他们被皇权纳入清朝的文治体系当中，是清廷文治的重点建构对象。同时他们又将皇权意志在社会上下播散开来，成为正统性建构主体中的一员。此外，南书房翰林多为博学多才之文人如张英、高士奇、徐乾学、朱彝尊、查慎行等，又因被康熙钦点为南书房行走而颇具政治地位。每每入值之时，或是为康熙帝撰写谕旨，或是承担日讲经筵之务，或是依循帝命编撰书籍，或是与康熙谈诗论文，而每日退值之后则又活跃于京师政坛、文坛，集政治角色与文化角色于一身，在康熙朝正统性的建构中发挥了重要作用。

其四，馆阁文学的价值及其对于文学史叙述的补阙意义。从文学与政治的关系而言，馆阁文学的政治属性要远远高于其他文学，

---

① （清）赵翼：《檐曝杂记》卷二《高士奇》，（清）赵翼、捧花生撰，曹光甫、赵丽琰校点《檐曝杂记 秦淮画舫录》，上海古籍出版社2012年版，第36页。
② （清）赵翼：《檐曝杂记》卷二《高士奇》，（清）赵翼、捧花生撰，曹光甫、赵丽琰校点《檐曝杂记 秦淮画舫录》，第36页。
③ （清）萧奭：《永宪录》卷一，中华书局1997年版，第65页。

集中地体现了政治对于文学的钳制、掌控与利用。同时，馆阁文学作为奉和政治的作品，既受到政治的约束，同时又因为它处在离皇权极近的至高处而对下层文学创作产生了某种示范效应，从而将这种政治约束中产生的思想统治普及、覆盖到地方，从而促进了国家主流政治意识形态的流动。从明清文学史叙述的整体性而言，"学而优则仕"传统社会发展至高度集权的明清社会，馆阁文学必然成为明清文学史的一个不可忽略的构成部分。明清以来，随着经济的变化以及市民阶层的崛起，小说、戏曲等文体迅速发展。因而现有的明清文学史叙述往往以此类地方的、市民的文学创作为叙述主体，而忽略以馆阁文学为中心的中央士大夫的文学创作。略去馆阁文学的明清文学史叙述必然是不完整的，而且略去之后我们也必然无法清晰、完整地把握明清文学史的发展脉络。从士大夫雅文学与市民俗文学之间的对照性而言，以馆阁为中心的中央士大夫文学恰可与小说、戏曲等俗文学的兴盛形成一种对照，显示出文学权力在士大夫阶层和布衣、市民阶层的消长继替，馆阁文学的研究，正可为地方的、市民的文学研究提供一种对照视角。康熙朝应制文学集中体现了馆阁文学的这三点意义。政治性和整体性自是不必再说，就对照性而言，康熙朝应制文学集中体现了文学权力在中央士大夫与布衣、市民间的继替消长。且不说应制文学以传统的诗词文赋为主要文体，只从应制文学的创作主体来看，在康熙时期，地方文人怀抱各类心态、因凭各路途径，不断地被纳入清廷的政治体系之中，一些处于政治高位的文人如王士禛、宋荦等人，依靠政治力量来笼络文学羽翼，借此获取文学权力，进而巩固其政治权力，从而形成"恒以官位之力胜匹夫"的风气，使得文学权力渐渐上移、收归至官方意识形态之中。这对于文学权力的争夺方——市民文学与布衣文学的研究恰可形成对照。

（二）概念界定

对于何为"应制"，目前学界尚无定论，仍存在三种不同的声音。其一，认为"应制"之核心为"应"，以"应"为界将主动进献之作与被动应制之作区别开来。同时，强调"应"之现场性与即席性，将非帝王面命或是非现场赓和之作剔除于应制之外；① 其二，仍以"应"为界将主动进献之作排除在外，但不强调"应"之现场性；② 其三，认为"应制"的核心在"制"，应制之作乃是臣子恭呈给皇帝的作品，仅强调应制的目标读者是以帝王为中心的统治者，不强调其现场性，亦不以主动性和被动性作为判断是否为应制之作的标准。③

上述三种观点都认为应制的接受主体是以帝王为中心的统治者，而其分歧之处主要集中在两个方面，即应制是否必须具有现场性，以及是否必须是臣僚被动受命而作。这种分歧其实根源于应制概念的发展演变以及应制创作在不同阶段所呈现出的不同特征。接下来，笔者拟结合相关应制作品，以及明清时期开始出现的应制选本及应制专集，具体分析今人这种分歧产生的具体原因，梳理应制概念的流变，并对本研究中的"应制"概念加以限定。

"制"是"应制"概念的核心之一，它限定了应制创作的接受主体必须是以皇帝为中心的统治者。这一点自古及今都是毫无异议的。许慎《说文解字》曰："制，裁也。"段玉裁注曰："衣部曰。裁、制衣也。制、裁衣也。"④ "制"本与裁衣有关，有"裁制"之意，又裁衣有规矩尺度，故而衍生出了动词"规定、制定"和名词

---

① 此类观点以程建虎《中古应制诗的双重观照》为主要代表。详见程建虎《中古应制诗的双重观照》，人民出版社2010年版。

② 岳德虎：《初唐应制诗研究》，硕士学位论文，广西师范大学，2006年；李玲：《唐代应制诗研究》，硕士学位论文，陕西师范大学，2008年；王楠：《北宋应制诗研究》，硕士学位论文，温州大学，2012年；王思浩：《盛中唐应制诗研究》，硕士学位论文，陕西理工学院，2014年。

③ 此类观点以叶晔《明代中央文官制度与文学》为代表。叶晔在分析馆阁应制的功能心态及其发展变化时，"根据创作主动性的不同，将馆阁应制分为应制诗文和进呈诗文两大类"，又将其中的奉旨应制诗文细分为帝王面命应制、中官传旨应制和君臣赓和应制三种应制模式。详见叶晔《明代中央文官制度与文学》，浙江大学出版社2011年版，第51—87页；此外，木斋认为："所谓应制词，是指应皇帝或朝廷之命所写或是写给朝廷看的词。"详见木斋《论早期应制应歌词的词史意义》，《江海学刊》2005年第3期；刘荣平亦指出："应制词即是奉帝王或朝廷之命而作的词。但也可以适当放宽限度，因为帝王或是朝廷之命往往以不同的形式体现，或直接，或间接，或明示，或暗示，应视具体情况而定。"详见刘荣平《论唐宋应制词》，《福建师范大学学报》2008年第5期；姜延达亦持此看法。详见姜延达《宋代应制词三论》，硕士学位论文，哈尔滨师范大学，2013年。

④ （东汉）许慎撰，（清）段玉裁注：《说文解字》，上海古籍出版社1988年版，第183页。

"规章、制度"等抽象含义。据《史记》记载,李斯等人在《群臣上帝号议》中奏道:"臣等昧死上尊号,王为'泰皇',命为'制',令为'诏'。"① 尔后,"制"和"诏"便被官方赋予了皇权色彩。② 到了南北朝时期,诗人开始以"应制""应诏"字样为受皇命而作的诗歌命题。③ 几乎与此同时,以"应令"命题的诗歌也随之出现,如徐陵《徐孝穆集》有《山池应令》《征虏亭送新安王应令》等应令诗,《玉台新咏》中也保留了一些应令诗,如刘遵《繁华应令》《顿还城应令》等。此外,《玉台新咏》中还留存了一些以"应教"命题的诗歌,如《拟吴均体应教》《咏主人少姬应教》等。对于此类"应令""应教"诗,清人赵殿成解释道:"魏晋以来,人臣于文字间,有属和于天子,曰应诏;于太子,曰应令;于诸王,曰应教。"④ 也就是说,"应令"是应太子之命创作,"应教"则是应诸王之命创作。从应制创作来看,这三类诗歌的进呈对象均是以皇室为中心的统治者,因而创作主体往往按照应制之内容、体制和风格来撰写应令、应教作品,相似度极高,其间差别,仅是自应制、应令、应教,其自由度略增,诗人个性表达稍微增多而已。但是从现有文献来看,明前并未有将"应令"和"应教"归入"应制"的明确表述。明末吴汶、吴英编选的《历朝应制诗选》,⑤ 也只是将"应令""应教"诗附于"应制"诗之后,并未将其合而为一。清顺治末年,范与良编选《诗苑天声应制集》,明确在《应制诗选引》中说明"应令者,应储君之命也",并选取了梁太子萧统和隋炀帝东宫时期

---

① (汉)司马迁撰,文天译注《史记·秦始皇本纪》,中华书局2006年版,第37页。
② 这里出现了"诏"的概念。"制"与"诏"的词义范围基本一致,唐代武则天时期为避名讳曾将"诏"亦改为"制",须知"应诏"与"应制"本无不同。
③ 李玲:《唐代应制诗研究》,硕士学位论文,陕西师范大学,2008年。据李玲考证,谢庄《七夕夜咏牛女应制诗》可能是现存最早的以"应制"命名的诗歌。
④ (唐)王维著,(清)赵殿成笺注:《王右丞集笺注》卷七,上海古籍出版社1998年版,第115页。
⑤ (明)吴汶、吴英辑:《历朝应制诗选》,《四库禁毁书丛刊补编》第五十四册,北京出版社2005年版,第115—117页。

的应令之作。对于"应教"诗,则"以远嫌故今不取焉"①。可见在范与良看来,"应教"本应属于"应制",而他个人以其"远嫌"故不加选录,才有此一说明。此后,徐倬、张英别集中各有应制专集,其中除"应制"之作外,亦多录"应令"作品,而不辑"应教"。这说明在实际操作中,此时应教作品已因为"远嫌"之故而被时人移出了应制的范畴。要之,应制之作的目标读者乃是以皇帝及储君为中心的统治者。

现场性是否是应制作品的必要判定因素,则涉及应制创作的历时发展问题。明清之前,应制作品多为臣子奉君命即席挥就,唐代还有着激烈的竞争机制,尤其在武后和中宗时期,君臣之间近距离接触的应制活动十分繁盛,如武后时期的"龙门应制"活动:"则天幸洛阳龙门,令从官赋诗。左史东方虬诗先成,则天以锦袍赐之。及之问诗成,则天称其词愈高,夺虬锦袍以赏之。"②再如中宗时期的"昆明池赋诗":

> 中宗正月晦日幸昆明池赋诗,群臣应制百余篇。帐殿前结彩楼,命昭容选一篇为新翻御制曲,从臣悉集其下,须臾,纸落如飞,各认其名而怀之。既退,惟沈宋二诗不下。移时,一纸飞坠,竞取而观,乃沈诗也。及闻其评曰:"二诗工力悉敌,沈诗落句云:'微臣雕朽质,羞睹豫章才',盖词气已竭。宋诗云:'不愁明月尽,自有夜珠来。'犹陡健豪举。"沈乃伏,不敢复争。③

这两则记载淋漓尽致地向我们展现了彼时彼地君臣交会时互放的光亮。君主的热衷以及臣子之间的激烈角逐所激发出的艺术创造力,促进了这一时期应制盛况的出现。然而,现场作诗十分考验诗

---

① (清)范与良:《诗苑天声应制集》,《四库全书存目丛书补编》第三八册,齐鲁书社2001年版,第19页。
② (五代)刘昫:《旧唐书》卷一百九十中《宋之问传》,中华书局1975年版,第5025页。
③ (宋)尤袤:《全唐诗话》卷一,《历代诗话》上册,中华书局1981年版,第62页。

才，不惟有才思敏捷、挥笔立就之人，亦有文思涩滞、推敲难成之人，甚至有一些武将也难免要参与到这种唱和中来。因此，宿构和代应制便应运而生。从目前留存的文献来看，宋时此类现象便已十分常见。北宋范镇在《东斋纪事》中记载道：

> 赏花钓鱼会赋诗，往往有宿构者。天圣中，永兴军进"山水石"，适置会，命赋"山水石"，其间多荒恶者，盖出其不意耳。中作优人入戏，各执笔若吟咏状。其一人忽扑于界石上，众扶掖起之。既起，曰："数日来作一首赏花钓鱼诗，准备应制，却被这石头擦倒。"左右皆大笑。翌日，降出其诗令中书铨定。秘阁校理韩羲最为鄙恶，落职，在外任。①

北宋时期，帝王往往会定期举行赏花钓鱼之会。这是一个常规的应制场合，因而与会的大臣往往或是找人代写，或是亲自宿构，提前准备好这一主题的应制作品。宋仁宗为了测试众臣水平，出其不意地在赏花钓鱼之会上命赋"山水石"，使得应制诸臣措手不及，多露窘态，而成为优人戏谑的佐资。宿构之作已引起宋仁宗的不满，这表明其时宿构现象十分普遍。

明清时期出现了多种多样的应制方式，应制的现场性这一因素更加无法成为应制创作行为与其他创作行为的区分因子。明代黄佐在《翰林记》中谈到翰林院的职能时说道：

> 本院以供奉文字为职，凡被命有所述作，则谓之"应制"。然祖宗皆出于面命，或相与赓和，其后惟中官传旨而已。②

从应制的发展演变来看，明清时期应制作品的创作情形较唐宋

---

① （宋）范镇：《东斋纪事》卷一，清守山阁丛书本。
② （明）黄佐：《翰林记》卷十一《应制诗文》，傅璇琮、施纯德编《翰林三书》，辽宁教育出版社2003年版，第134页。

时期复杂得多。"中官传旨"之应制创作明显不具备现场性。清朝更是如此。这里以张英为例。张英在其康熙四十三年（1704）自辑的五卷应制诗中，多辑不具现场性之作。如他辑入了《归田纪恩诗二十首》，这组诗是张英在康熙二十一年（1682）所作，此时他已为归葬其父而告假还乡。所以这组诗明显不具备应制诗的现场性，却被张英辑入其应制五卷中。这反映出在康熙朝士人的诗学观念中，应制创作的现场性已然成为非必要影响因素。下文所举的臣僚主动进呈之诗作也是应制现场性减弱的有力证据。

与现场性类似，被动性对于应制创作的区分力也随时代之演变而消失。关于臣僚应制而被动赋诗的记载很多，上述武则天时期的"龙门应制"、唐中宗时期的"昆明池赋诗"和宋仁宗赏花钓鱼会赋诗活动皆是此类被动应制模式的典型代表。与此同时，臣僚主动进呈诗文的现象历朝历代也很常见。至明，臣僚主动进呈诗文的行为极其盛行，甚至屡禁不止。[①]逮及清，此类行为之普遍更是有过之而无不及，因而赵执信讽刺那些在康熙南巡时蜂拥献诗的诗人道："不见圣朝爱士过唐明，诗人千里随船行！"[②]这些主动进呈诗文的设定读者也是皇帝，措辞、内容和风格往往都和应制作品一般无二，久而久之便也被纳入到应制创作的体系之中。而这种纳入具体是什么时候发生的，已难以考证，只能根据目前尚可见的明清应制选本和明清别集中的应制专集，推断这种纳入最晚发生在明朝，且逮及清朝，已成为很多人的共识。明嘉靖时期，权臣夏言自辑《应制集》四卷，[③]其中《西苑进呈诗二十四首》《进呈札子三十二首》等便都是夏言主动进呈上观之作；明末吴汶、吴英编选的《历朝应制诗选》

[①] 详见叶晔《明代中央文官制度与文学》。黄佐《翰林记》卷一一《进呈书诗文序》曰："前辈自应奉之外，以己所闻见撰述为书进呈者，殆不数人……乃若进呈诗赋，则多有之……（宣德时）每同游匪颁，荣与士奇等多以诗进，遇令节被召宴游，亦多以诗谢恩。自正统后，此事寝不闻矣。"叶晔即引此文对明代臣僚的主动进程盛况进行了说明，并将其主动进呈起因大致分为国家有重大事件发生后义务撰写、接受赏赐后谢恩、表达个人意见和立场这三种情况。

[②] （清）赵执信：《题顾黄公景星先生不上船图》，（清）赵执信：《饴山诗集》，《清代诗文集汇编》第二一〇册，上海古籍出版社2010年版，第261页。

[③] （明）夏言：《应制集》，嘉靖十六年（1537）何邦美刻本。

是明人应制诗选本。此集中选入了一些臣僚主动进呈之作，其中，杜甫的《端午节赐衣》、窦叔向的《端午日恩赐百索》、梅妃的《谢赐珍珠》等，都是皇帝赐物之后诗人主动撰写之纪恩或谢恩诗。还有几首题目中明显标有"献诗"字样的诗歌亦被选入，如张说《宿直温泉宫羽林献诗》、魏知古《从猎渭川献诗》、郑愔《陪幸昭容院献诗四首》、上官昭容《驾幸温泉献诗三首》。① 清代某些应制专集也辑入了许多主动进呈之作，如徐倬《道贵堂类稿》中自辑有《应制集》三卷，其中多选进呈之作，如《进呈全唐诗录序》②《进呈全唐诗录表》③《进呈全唐诗录刻样札子》④ 等；再如上文提及的张英《归田纪恩诗》其一自注道："壬戌年（1682）三月十八日，舟中恭遇圣寿，望阙行礼毕，赋此。时驾在盛京。"⑤ 可见这首应制诗并不是张英的被动应制之作。类似作品还有很多，这里不再赘述。

  文体包容性的历时增强既是应制创作现场性和被动性减弱甚至于消失的主要原因之一，也是应制不断发展的一大表征。唐宋时期，应制作品大多是诗、词、赋三种文体，其中，应制诗毫无疑义地占据主流地位，不仅现存唐宋别集里的应制作品大多是诗，后世的一些诗话、笔记中所记载、谈论的应制事件，以及所品评的应制作品，文体也大多是诗。词体产生后，应制词也曾流行一时。但是，到了明清时期，应制创作里开始涉及各种各样的文体，以夏言在嘉靖年间自辑的《应制集》四卷为例，其中除了传统应制诗赋之外，还有乐章、颂、致语、讲章、奏札等，体制多样；在其外孙吴一璘在崇祯十一年刻印的《夏桂洲先生文集》⑥ 中，还有"应制事神四六文

---

① （明）吴汶、吴英辑：《历朝应制诗选》，《四库禁毁书丛刊补编》第五十四册，北京出版社2005年版，第115—117页。

② （清）徐倬：《道贵堂类稿·应制集》，《清代诗文集汇编》第八十六册，上海古籍出版社2010年版，第248页。

③ （清）徐倬：《道贵堂类稿·应制集》，《清代诗文集汇编》第八十六册，第252页。

④ （清）徐倬：《道贵堂类稿·应制集》，《清代诗文集汇编》第八十六册，第253页。

⑤ （清）张英撰，江小角、杨怀志点校：《张英全书》下册，安徽大学出版社2013版，第91页。

⑥ （明）夏言：《夏桂洲先生文集》，《明别集丛刊》第二辑，第十五、十六册，黄山书社2016年版，第87页。

表""应制词意""应制赞馔文揭""应制祭文"等文学样式，足见其时应制文体之繁盛。此外，明清人对同一应制体裁内部的区别也越来越精细，如吴汶、吴英之《历朝应制诗选》，便以体裁架构全书，将所选应制诗按照五言古诗、七言古诗、五言律诗、五言排律、七言律诗、七言排律、五言绝句、七言绝句依次呈现编选之作。顺治年间范良所辑《诗苑天声应制集》四卷亦采取此种以体裁为先的编类方法。对于应制体裁之细致分类，亦反映出明清人对于应制文体认知的进步。

综上，应制概念在历史流变中既保有其基本含义，又不断纳入新的时代因素。明清时期出现的新变化，使得明清应制概念迥然有别于明前。本书既以清代康熙朝应制为研究对象，便拟将"应制"概念限定如下：君主专制社会，臣僚以君王及储君为接受主体而创作的文学作品。本书限定"应制"概念，选择以"应制"为切入点，主要是想要将士人应命之作与私人写作加以区分，在应命之作与私人写作的张力中，凸显康熙朝士人应制的独特性。

二 范围界定与应制类型

（一）范围界定

关于康熙朝南书房翰林的构成，鄂尔泰、张廷玉等人受乾隆帝之命辑有《词林典故》一书，卷七有"皇朝南书房入值题名"，详细记录了南书房翰林的姓名及籍贯。《词林典故》的编纂时间为乾隆九年（1744）至乾隆十二年（1747）。书中其他题名如"皇朝日讲起居注官题名"的记录持续到了乾隆十二年，因此，可以借此书中的南书房入值题名来考察康熙十六年（1677）至乾隆十二年（1747）的南书房入值人员情况。为便于讨论，现略去籍贯，将《词林典故》中的"皇朝南书房入值题名"全录如下：

张英、高士奇、励杜讷、熊赐履、张玉书、陈廷敬、王士禛、徐乾学、王鸿绪、朱彝尊、沈荃、孙在丰、孙岳颁、张廷瓒、陈元龙、顾悦履、胡会恩、韩菼、史夔、王掞、查昇、励廷仪、钱名世、查慎行、汪灏、何焯、蒋廷锡、杨瑄、汪士鋐、陈壮履、蔡升元、张廷玉、陈邦彦、王图炳、赵熊诏、贾国维、杨名时、储在文、张照、薄海、魏廷珍、汪应铨、嵇曾筠、吴襄、王传、吴士玉、史贻直、任兰枝、刘于义、张元怀、曹源郊、于振、戴瀚、杨炳、张廷珩、励宗万、蔡玟、法海、杨超曾、孙嘉淦、刘统勋、彭启丰、蒋溥、鄂敏、刘复、钱陈群、鄂尔泰、朱轼、徐元梦、方苞、邵基、张若霭、鄂容安、嵩寿、介福、梁诗正、顾成天、金德瑛、黄孙懋、秦蕙田、汪由敦、嵇璜、徐本、庄有恭、观保、德保、董邦达、张若澄。

此书的编纂者之一张廷玉为首批南书房入值者张英之子，且曾于康熙年间入值南书房，因此这份名单的可信度较高。但是，张英入值南书房时，张廷玉才四岁左右，且其进入南书房的时间为康熙四十三年（1704），因而对南书房的早期入值人员难免有记忆混乱之处，尚需辨明。

首先需要明确的是，这份名单基本按照入值南书房的先后次序排列，可考的是任兰枝、于振、戴瀚、杨炳、张廷珩乃是于雍正元年（1723）入值南书房的，因而可以基本判定任兰枝之前应为康熙朝的南书房入值者。此外，方苞曾分别于康熙朝、乾隆朝两入南书房，在名单中的排序乃是以第二次入值的时间为准，但他也可以算作康熙朝的南书房翰林。其次，该名单中容或有未入值南书房者，如熊赐履虽在康熙早年对康熙帝多有教引，但他在南书房成立的前一年便已因嚼签案罢官，于十数年后方再度入朝，则其不可能在王士禛、徐乾学、朱彝尊等人之前入值，且在其别集及时人为其撰写的墓志铭中，并未找到足以支撑其曾入值南书房的证据。其他人员如孙在丰也存在类似的情况。但与此同时，也并未找到证明熊赐履等未曾入值南书房的明确证据。因此，本书在使用该名单时，不以熊赐履等作为主要讨论对象。此外，有入值南书房而未列入名单者如叶方蔼、纳兰揆叙。叶方蔼或因入值时间不长，至于揆叙则很可能因参与夺嫡之争而被避忌。

综上，本文讨论的康熙朝南书房翰林如下：张英、高士奇、励杜讷、熊赐履、张玉书、陈廷敬、王士禛、徐乾学、王鸿绪、朱彝尊、沈荃、孙岳颁、张廷瓒、陈元龙、顾悦履、胡会恩、韩菼、史夔、王掞、查昇、励廷仪、钱名世、查慎行、汪灏、何焯、蒋廷锡、杨瑄、汪士鋐、陈壮履、蔡升元、张廷玉、史贻直、陈邦彦、王图炳、赵熊诏、贾国维、杨名时、储在文、张照、薄海、魏廷珍、汪应铨、嵇曾筠、吴襄、王传、吴士玉、史贻直、叶方蔼、方苞、揆叙，共49人。①

(二) 应制类型

包括文学职能在内的文化职能是康熙朝南书房翰林的显性核心职能，且因南书房翰林有为康熙"备顾问"之责，须常常扈从于康熙左右，故凡康熙出席的文化活动基本上都有南书房翰林的身影。因而从应制主题来看，康熙朝南书房翰林的应制作品与康熙朝的文治颇有关涉，它本身是国家文化活动的产物，产生于康熙朝的文治体系中，又进一步成为这一体系中的文化点缀和文化符号。为方便探讨南书房翰林应制与康熙朝文治之关联，现按照应制的生成机制将这些应制作品划分为以下三大类别。

其一，时事应制类。此类应制创作涉及很多康熙朝的时政热点。

战事奏捷应制：战事奏捷往往会激起大臣们的应制创作热情，如平三藩之乱时，张英有《恢复岳州奏捷恭纪五言十二韵》《平蜀奏捷恭纪二首》《平滇南诗》等，徐乾学有《平蜀颂》《平滇颂》《平滇鼓吹乐章》等，陈廷敬有《平滇雅》等，朱彝尊有《平蜀诗十三章》等；平定台湾时，有孙在丰《平台湾记》等；平定准噶尔时，有陈廷敬《北征大捷功成振旅凯歌二十首》、高士奇《恭奏漠北荡平凯歌二十首》、熊赐履《北征荡平颂》等。

朝贡献纳应制：这亦是时事应制的重要构成。如葡萄牙献狮时，有王鸿绪《大西洋国进狮子恭纪》、王士禛《大西洋贡狮子歌应制》

---

① 根据张英《南书房记注》、查慎行《南斋日记》《陪猎笔记》、张廷玉《词林典故》以及《碑传集》《国朝耆献类征》《清史稿》《清史列传》和相关别集统计。

等应制之作。

其二，日常应制类。此类应制往往涉及康熙和南书房翰林的日常交往。

讲筵应制：南书房翰林多有兼任日讲起居注官者，因而很多日常应制因此而作，如王鸿绪《补日讲官恭纪二首》《讲筵恭纪二首》、陈廷敬《起居注日讲赐貂裘羔羊各一袭二首》《讲筵赐紫貂文绮白金一事恭赋一首》。张英除了曾任日讲起居注官，还曾为太子之师，其《丁卯九月除礼部左侍郎兼詹事于东宫进讲恭赋纪恩》便是因为太子进讲而作。

巡狩应制：南书房翰林在扈从巡狩之时，也多有应制之作。康熙在位之时，曾六次南巡、三次北征、三次东巡、五次西巡，也曾多次巡幸避暑山庄和塞外。巡行之际，往往有南书房翰林陪侍左右。张英之《南巡扈从诗十八首》、王鸿绪《癸未正月十八日扈驾南巡驻跸郑州南八里赐水园所得野鸭一双恭纪》、徐乾学《圣驾南巡诗十首》《圣驾南巡歌十首》便是扈从南巡而作，高士奇之《行间恭纪》《驻跸沙陀猎赐鲜兔》则是其扈从康熙北征时所作的日常应制诗。

内值应制：南书房翰林在日常入值时亦常和康熙有近距离接触，康熙帝时常与他们谈诗论文，品评书画，赓应唱和。如张英《六月五日特召臣英至懋勤殿上讲中庸及太极西铭之学并命臣英敷陈经书大义复亲洒宸翰书忠孝存诚大字二幅以赐臣不胜荣幸恭赋八首》[①]、陈廷敬《八月八日赐观御府藏画于内殿进诗二首》、沈荃《十二月望日再召入弘德殿皇上命写唐诗二首及敬天勤民四字又命讲〈论语〉恭赋五言八韵进呈》《除日赴乾清门谢恩召问宫门对联字义恭纪》、查慎行《恭和御制立秋喜斋》等应制诗皆可见君臣之风雅际会。

恩赏应制：康熙帝对南书房翰林常有赏赐，体现出对南书房翰林的恩宠和生活关怀，因此产生了大量谢恩应制诗，如王士禛《蒙恩颁赐五台山新贡天花恭纪》《赐贡茶三首》《赐樱桃》《赐樱桃浆》、孙在丰《赐观汤泉应制四律》、朱彝尊《七月晦日赐藕恭纪二

[①] （清）张英撰，江小角、杨怀志点校：《张英全书》下册，第24页。

首》《赐御衣帽恭纪》等应制作品便是受到康熙日常赐物后的纪恩、谢恩之作。

其三，礼制应制类。礼制应制是因国家礼仪制度而产生的应制作品。康熙朝南书房翰林的应制创作有很大一部分产生于国家常规的礼制活动中。康熙朝礼制活动的多样性决定了南书房翰林礼制应制创作主题之多样。

朝会仪应制：朝会仪有大朝礼和常朝礼。据康熙朝《大清会典》载："元旦、冬至、万寿节，俱设大朝，行庆贺礼。天聪六年，定元旦礼，崇德元年，定元旦、万寿礼，顺治八年，定三大节礼，参酌尽制。我皇上崇修典礼，凡遇大节，万方毕贺，仪文尤为隆备。"[1] 除了三大节需要行大朝礼而外，"每月初五、十五、二十五日，行常朝礼"[2]。在大朝和常朝的礼制背景下，产生了一些应制作品。如高士奇《元旦早朝》便因此而生，其中"瑞霭曈曈殿阁开，金支夹路祀初回"[3] 等诗句便描写了大朝仪制之场面；再如陈廷敬《朝日侍值恭纪》云："春色平分淑气迎，龙楼钟鼓报新晴。早随大驾千门出，只后乘舆一马行。夹岸烟花临御道，朱坛紫燎达皇情。礼成载笔还趋直，万岁蓬莱日正明。"[4] 亦是对朝会礼制的应制描绘。查慎行《癸未元日乾清宫早朝》《朝会乐器歌》《元旦太和殿早朝》等应制诗也产生于朝会礼制之中。

万寿节应制：元旦、冬至、万寿节为康熙朝三大节，均有相应的庆贺礼。三大节的礼制活动造就了一大批的应制作品，其中，万寿节应制作品尤多。张英《恭遇太皇太后万寿节敬赋五言十韵》《恭遇皇上万寿节于内殿称贺敬赋二首》，徐乾学《万寿颂》，沈荃

---

[1] （清）伊桑阿等编著，杨一凡、宋北平主编，关志国、刘宸缨校点：《大清会典·康熙朝》第一册，凤凰出版社 2016 年版，第 484 页。
[2] （清）伊桑阿等编著，杨一凡、宋北平主编，关志国、刘宸缨校点：《大清会典·康熙朝》第一册，第 492 页。
[3] （清）高士奇：《清吟堂集》卷第一《元旦早朝》，《清代诗文集汇编》第一六六册，上海古籍出版社 2010 年版，第 5 页。
[4] （清）陈廷敬：《朝日侍值恭纪》，张建伟点校：《陈廷敬集》第一册，三晋出版社 2015 年版，第 174 页。

《三月十八日朝贺万寿圣节恭纪次少陵韵》，孙在丰《万寿颂》、熊赐履《万寿无疆颂》《恭祝皇太后圣寿诗》等大量应制作品均是因万寿节而产生。

耕耤仪应制：耕耤仪是在每年仲春会举行的一项仪礼，主要是为了表现朝廷对农事之敬重。《大清会典》曰："仲春耕耤，敬农事也。我朝举行此典，特命三王九卿为从耕官，盖綦重矣。"① 张英《耕耤礼成恭纪四首》等应制作品即是因此类礼制而生。耕耤礼外，亦有省耕之礼，张英《省耕应制十二韵》《三月十四日上省耕回宫蒙赐水禽诸物恭纪二章》便是例证。

阙里讲书仪应制：阙里讲书仪主要是为了表达朝廷对儒学之重视。《大清会典》载："康熙二十三年（1684），皇上东巡，临幸阙里，致祭先师。奉上谕，祀礼成日，举行读书大典。应讲四书经，由翰林院拟定题请，衍圣公于五氏子孙内选择二人进讲。"熊赐履《康熙甲子季秋圣驾东巡特幸阙里亲祀圣庙礼成恭纪二十二韵》、徐乾学《恭和圣制甲子冬至幸阙里诗十二章》等应制作品皆因此而作。张英《归田纪恩诗》第十六首自序其诗乃是"闻驾幸阙里"② 而恭纪，可见亦是因本年康熙临幸阙里而作。其他南书房翰林如王鸿绪等也有关于康熙驾幸阙里的应制之作。

经筵仪应制：经筵仪主要是为了表现君主精勤求学之积极面貌。《大清会典》曰："国朝经筵大典，始于顺治十四年（1657）。皇上稽古典学，懋勤时敏，举经筵，又举日讲，其仪加备。"日讲的仪式感较弱，实际授学作用大；经筵的仪式感较强，但是实际授学作用微弱。因而此处分类以经筵作为礼制的一类，而以日讲归入日常应制类。经筵仪礼制严格，经筵前一天，需"遣官诣孔子庙致祭"③，且"凡经筵仪注，每年春秋二仲月，礼部札钦天监择日，预行题定

---

① （清）伊桑阿等编著，杨一凡、宋北平主编，关志国、刘宸缨校点：《大清会典·康熙朝》第一册，第514页。
② （清）张英撰，江小角、杨怀志点校：《张英全书》下册，第95页。
③ （清）伊桑阿等编著，杨一凡、宋北平主编，关志国、刘宸缨校点：《大清会典·康熙朝》第一册，第518页。

讲期。其应讲经书及讲官职名，由翰林官奏请钦定；应进讲官，满汉各二员撰拟讲章，缮写满汉文进呈，候钦定后，恭缮正本、副本"①。陈廷敬《经筵纪事八首》、孙在丰《二月十三日上御经筵恭纪十六韵》等应制创作均产生于经筵仪的活动之中。

策士仪应制：策士仪主要是为了表现君主求贤若渴、重选贤举能之态度。策士仪亦是康熙朝礼制的重要组成部分，表现出国家对人才之重视："凡士之举于礼部者，以三月十五日御殿而亲试之，谓之殿试，或以他事更日。"②顺治十五年（1658）时，策士仪已然大备，有"读卷、传胪、上表"等仪。查慎行《初七日太和殿传胪》便是因传胪仪而作。

祭祀礼应制："国家典制，祀事为重。爰自太宗建坛立庙，大祀肇兴。世祖乘时定制，群祀具举。皇上考定乐章，礼文悉备。自京师至天下郡县，俱有祀典。……凡天坛、地坛、祈穀坛、太庙、社稷坛为大祀。……凡朝日坛、夕月坛、历代帝王庙、文庙、先农庙为中祀……凡太岁、神祇等坛，先医、东岳、城隍等庙为小祀。"③王鸿绪《上躬享太庙恭纪》即为大祀中之太庙祭祀，孙在丰《陪祀东岳二首》即为小祀中之东岳祭祀。大祀、中祀、小祀又可以分为郊祀、庙祀和群祀。

郊祀往往与君权神授的观念有关，君权既冀以此举寻求护佑，亦借此宣告和巩固君权之合理性。《大清会典》载："国初，自崇德元年，肇祀郊坛，顺治元年定：每岁冬至祀天于圜丘，夏至祀地于方泽。八年，建朝日坛，以春分致祭，夕月坛，以秋分致祭。四郊大典，于斯毕举。十四年，行祈穀礼于大享殿。其后礼乐仪节，渐

---

① （清）伊桑阿等编著，杨一凡、宋北平主编，关志国、刘宸缨校点：《大清会典·康熙朝》第一册，第518页。
② （清）伊桑阿等编著，杨一凡、宋北平主编，关志国、刘宸缨校点：《大清会典·康熙朝》第二册，第521页。
③ （清）伊桑阿等编著，杨一凡、宋北平主编，关志国、刘宸缨校点：《大清会典·康熙朝》第二册，第621页。

加详备。"① 即"四郊"大典及祈穀之礼均属于郊祀。此外,"若岁旱之祷祀南郊,及大享殿之合祀"②,亦属于郊祀。如王鸿绪之《上幸祈穀午门候驾次仲氏原韵》《正月六日上亲诣郊坛祈穀前一夕瑞雪四布恭纪二律》《上步祷天坛甘霖立需恭纪二首》、张英之《己未孟夏上以天时久旱于宫中致斋三日望日亲诣南郊虔祷读祝版甫毕雨泽应时而至恭纪二首》等均因郊祀礼而作。

庙祀乃是"国家孝享之礼",在康熙朝极为宏备。"太庙由四孟之时享,岁除之祫祭,至奉先殿岁时有荐,朔望有祭"③,还包括"上谥号及升祔之仪"④。熊赐履《庚辰祫祭恭陪》即是为岁末祫祭而作。陵寝祀礼是庙祀的一个重要部分。康熙时期,太祖高皇帝陵称为"福陵",太宗文皇帝陵成为"昭陵",世祖章皇帝陵称"孝陵"(后封为昌瑞山)。陵寝祀礼有山陵躬祭仪、陵上常祭仪等。高士奇《扈从东巡日录》卷上便有"癸丑,谒祭福陵"⑤"乙卯,谒祭昭陵"⑥之录,卷下亦有"己未,告祭永陵"⑦之载,可见南书房翰林曾扈从陵寝祀礼;此外,张英《扈从谒孝陵恭纪》《己巳十一月以山陵事奉命祭告昌瑞山恭纪》等均为陵寝祀礼之产物。

此外,还有"祭告仪",即"国家有大典礼,必先期祭告于天地、社稷、奉先殿及陵寝,或亲诣行礼,或遣官行礼"⑧。孙在丰《圣驾谒陵告捷蒙恩扈从恭纪四首》便为平定三藩之乱后的祭告礼书

---

① (清)伊桑阿等编著,杨一凡、宋北平主编,关志国、刘宸缨校点:《大清会典·康熙朝》第二册,第624页。
② (清)伊桑阿等编著,杨一凡、宋北平主编,关志国、刘宸缨校点:《大清会典·康熙朝》第二册,第624页。
③ (清)伊桑阿等编著,杨一凡、宋北平主编,关志国、刘宸缨校点:《大清会典·康熙朝》第二册,第769页。
④ (清)伊桑阿等编著,杨一凡、宋北平主编,关志国、刘宸缨校点:《大清会典·康熙朝》第二册,第769页。
⑤ (清)高士奇:《扈从东巡日录》卷上,载《清代蒙古游记选辑三十四种》上册,东方出版社2015年版,第229页。
⑥ (清)高士奇:《扈从东巡日录》卷上,载《清代蒙古游记选辑三十四种》上册,第231页。
⑦ (清)高士奇:《扈从东巡日录》卷下,载《清代蒙古游记选辑三十四种》上册,第233页。
⑧ (清)伊桑阿等编著,杨一凡、宋北平主编,关志国、刘宸缨校点:《大清会典·康熙朝》第二册,第821页。

写。高士奇《二月三十日圣驾亲征噶尔丹告祭发京师恭纪二十韵》则为康熙亲征噶尔丹前所行之祭告礼书写。群祀在应制创作中少见笔墨，这里不再展开。

筵宴应制：康熙朝的很多筵宴往往并非是皇帝临时起意，而是有着相应的礼制规定。《大清会典》载："我朝三大节庆贺，俱先期进献，后赐筵宴。"此外，其他典礼以及外藩外国贡使来朝，亦各自有相应仪制的筵宴之礼。南书房翰林的应制创作中有很多侍宴诗，其中很大一部分属于礼制筵宴应制，如朱彝尊的《元日赐宴太和门》、王鸿绪的《壬戌元夕赐公卿及词臣九十三人宴于乾清宫》等，康熙二十一年（1682）之《升平嘉宴同群臣赋诗用柏梁体》也属于节宴应制。而陈廷敬《侍宴外藩郡王赐石榴子恭纪》和《宴廓尔沁诸国贡使侍值赐蒲桃有顷赐西瓜恭纪》便分别生成于外藩筵宴和朝贡诸国筵宴的背景之下。

三　研究现状与研究思路

（一）研究现状

本部分将从应制创作、康熙朝南书房和康熙朝的政治与文学这三个角度对本研究涉及的已有成果进行综述。

1. 应制创作研究现状

应制创作已有研究主要集中在魏晋南北朝和唐宋应制文学方面，明清应制文学研究很少且暂无硕博论文。这些研究主要集中在应制诗、词方面，对其他文体则很少涉及。由于魏晋南北朝和唐宋应制研究与明清应制研究的侧重点大不相同，本部分将对这两个历史阶段的应制研究的现状进行梳理。

（1）魏晋南北朝及唐宋时期应制文学研究

已有研究涉及了这一时期应制文学研究的方方面面，且主要侧重于文体特征和文学史地位考察。在个案层面，个体应制诗人如王粲、潘岳、王维、张九龄、沈佺期、宋之问、苏颋、诗僧广宣、日本诗人管原道真、夏竦等人，均得到不同程度的研究；在群体应制层面，唐代河洛诗人群体、盛唐集贤学士、张说及其周围诗人群体、燕台诗人等，都有研究者论及；① 在断代应制研究层面，魏晋南北朝、初唐、中唐、盛唐、宋朝也均有人研究；应制诗和应制词都有一定数量的研究成果。这些研究主要围绕着以下三个维度展开。

其一，艺术风貌考察。自唐宋以来，便相继出现对应制诗风格的探讨，有的认为应制诗自有其体，如宋代葛立方认为"应制诗非他诗比，自是一家句法，大抵不出于典实富艳尔"。② 更多的是对应制诗的批评，如明人杨慎认为："唐自贞观至景龙，诗人之作，尽是应制。命题既同，体制复一，其绮绘有余，而微乏韵度。"③ 这是古人最具代表性的两种看法。基本上所有应制研究的硕士学位论文都集中在唐宋时期，偶有唐前。研究者都会设置专节从风格角度对应制文学进行观照，如郦惠萍《魏晋南北朝应制类诗歌研究》④、岳德虎《初唐应制诗研究》⑤、鞠丹凤《初、盛唐代应制诗研究》、谢凤杨《初盛唐应制诗研究》⑥、黎慧冉《初唐四帝（太宗至中宗）时期应制诗研究》⑦、李玲《唐代应制诗研究》⑧、贾先奎《宋初应制诗研

---

① 个体诗人研究如入谷仙介《论王维的应制诗》，吕艳《时运交移 质文代变——析王粲归曹后的应制奉和之作》，顾建国《论张九龄应制、酬赠诗的因变特征与启示意义》，崔瑞萍《潘岳应制诗中有标格》，张红花《解读明代台阁体领袖杨士奇的应制诗》，岳德虎《诗家之射雕手——宋之问的应制诗》《试论苏颋应制诗的审美特征及对盛唐诗歌的贡献》，王早娟《中唐诗僧广宣应制诗的艺术特点》，孙刚《夏竦应制诗研究》，赵胜《菅原道真应制诗研究》，周燕《纪昀应制诗略论》，代利萍《张英应制诗与清代南书房文学生态》，陆平《"谁道鲇鱼上竹竿？老年恩遇海天宽"——沈德潜奉和应制绝句论略》，潘务正《王士禛进入翰林院的诗史意义》，肖瑞峰、李娟《"沈宋体"的艺术特征及其形成原因》，李圣华《查慎行文学侍从生涯及其"烟波翰林体"考论》，林啸《毕沅诗歌研究》，罗时进《宫廷文人的"在场"与"走出"——以清代诗人窦光鼐为中心的讨论》。群体诗人研究如殷海卫《论唐代河洛诗人群体的应制诗》，李芸华《盛唐集贤学士的应制诗研究》，曲景毅《诗国高潮的前奏——简论开元前期张说及其周围的诗人群体创作》，邓晓东《顺治右文与燕台诗人群体的复古诗风》等。
② （南宋）葛立方：《韵语阳秋》卷二，上海古籍出版社1984年版，第28页。
③ 杨慎著，王仲镛笺证：《升庵诗话笺证》卷十《桃花诗》，上海古籍出版社1987年版，第307页。
④ 郦惠萍：《魏晋南北朝应制类诗歌研究》，硕士学位论文，温州大学，2016年。
⑤ 岳德虎：《初唐应制诗研究》，硕士学位论文，广西师范大学，2006年。
⑥ 谢凤杨：《初盛唐应制诗研究》，硕士学位论文，暨南大学，2008年。
⑦ 黎慧冉：《初唐四帝（太宗至中宗）时期应制诗研究》，硕士学位论文，温州大学，2016年。
⑧ 李玲：《唐代应制诗研究》，硕士学位论文，陕西师范大学，2008年。

究》①，这些论文分别对各个时期应制文本的艺术特点进行了分析、总结。虽然应制文本在不同的历史时期确实呈现出些许不同的风貌，但是应制文本总体上具有高度模式化的特点，所以此类研究往往具有同质化的倾向。

其二，文学史地位考察。首先是从应制诗与和诗关系的角度进行考察。这个方面的研究成果以程建虎《应制诗对和诗发展的影响——以"和意"和"和韵"为观照点》②为代表。此文将应制诗与和诗的发展联系起来，角度新颖，文献扎实，促进了对应制诗的文学史地位的挖掘。其次是从应制诗与诗风演进关系的角度进行考察。严维哲《初唐诗歌审美意识的走向与陈子昂的诗学观——以"龙门应制"为中心》和葛晓音的《论初、盛唐诗歌革新的基本特征》都比较深入地考察了初唐时期应制诗风对于诗风演进的作用。再次，从应制文学与律诗发展关系的角度进行考察。早在明朝时，胡应麟便以宋之问、李峤和苏颋等人的应制诗为初唐五言律的代表，并且认为"初学者必从此入门，庶不落小家窠臼"③。现代学者在古人的基础上，认为应制诗作为初唐宫廷诗的一个重要组成部分，在律诗艺术和体式定型的过程中扮演了重要角色，如宇文所安《初唐诗》④，葛晓音《论初、盛唐诗歌革新的基本特征》⑤《论宫廷文人在初唐诗歌艺术发展中的作用》⑥，聂永华《初唐宫廷诗风流变考论》⑦，程建虎《中古应制诗的双重观照》⑧都持此观点。由于律诗定型主要完成于初唐，所以这一方面的研究主要对初唐律体的生成、演进过程进行了全面而细致的考察。此外，木斋《论应制应歌对飞

---

① 贾先奎：《宋初应制诗研究》，硕士学位论文，广西师范大学，2008年。
② 程建虎：《应制诗对和诗发展的影响——以"和意"和"和韵"为观照点》，《吉林师范大学学报》（人文社会科学版）2009年第6期。
③ （明）胡应麟：《诗薮》，上海古籍出版社1979年版，第66页。
④ ［美］宇文所安：《初唐诗》，贾晋华译，广西人民出版社1987年版。
⑤ 葛晓音：《论初、盛唐诗歌革新的基本特征》，《中国社会科学》1985年第2期。
⑥ 葛晓音：《论宫廷文人在初唐诗歌艺术发展中的作用》，《辽宁大学学报》（哲学社会科学版）1990年第4期。
⑦ 聂永华：《初唐宫廷诗风流变考论》，博士学位论文，陕西师范大学，1996年。
⑧ 程建虎：《中古应制诗的双重观照》，人民出版社2010年版。

卿体的促成》①《论早期应制应歌词的词史意义》②，刘荣平《论唐宋应制词》③ 还论述了应制词在词体发展过程中的重要意义，不赘。

其三，文学与政治的关系考察。随着研究的深入，在政治视阈下考察应制文学的特殊属性开始成为现代学者新的关注点。一些研究从政治权力下的文人的角度进行考察。入谷仙界《王维的应制诗》④，程建虎《文化资本的获取和转换——从另一个角度观照初唐应制诗的嬗变》⑤《应制诗"冒头"现象及其成因》⑥《应制诗：妥协策略下的政治文本——以梁及唐访寺应制诗中佛教因素的消长为观照点》⑦ 从不同角度表现了士人为了实现权力追求而采取的妥协策略及其与皇权博弈中的无可奈何；何诗海《东晋应制诗之萧条及其文学史意蕴》⑧ 注意到了东晋时期应制诗的萧条，认为应制诗创作活动与最高统治者的文化政策、精神风貌、文学旨趣、审美倾向等息息相关。应制文本往往是向君权妥协下的政治文本，其政治属性大于文学属性。此类研究突破了以往对应制文本文学属性的研究，开始在政治视阈下考察应制作家、作品与政治之间的关系，为应制文学的研究开辟了新道路。

其四，节俗文化和文学地理学角度。在古人的一些关于节日、风俗、城市风物等的诗歌选集中，我们常常可以看到应制作品的身影，如宋人陈元靓所编《岁时广记》，便挖掘出许多应制诗中承载的节俗信息，以此作为考察节俗的重要资料。现代学者在此基础上进行了专门的探讨。程建虎的《文化地理学视域中的长安气质——以

---

① 木斋：《论应制应歌对飞卿体的促成》，《东方论坛·青岛大学学报》2004年第6期。
② 木斋：《论早期应制应歌词的词史意义》，《江海学刊》2005年第3期。
③ 荣平：《论唐宋应制词》，《福建师范大学学报》（哲学社会科学版）2008年第5期。
④ ［日］入谷仙界撰：《王维的应制诗》，维治译，《辽宁大学学报》（哲学社会科学版）1988年第4期。
⑤ 程建虎：《文化资本的获取和转换——从另一个角度观照初唐应制诗的嬗变》，《学术论坛》2006年第5期。
⑥ 程建虎：《应制诗"冒头"现象及其成因》，《大连大学学报》2010年第1期。
⑦ 程建虎：《应制诗：妥协策略下的政治文本——以梁及唐访寺应制诗中佛教因素的消长为观照点》，《西北大学学报》（哲学社会科学版）2010年第5期。
⑧ 何诗海：《东晋应制诗之萧条及其文学史意蕴》，《文学遗产》2011年第2期。

唐长安应制诗中的"地方感"和"秩序感"为考察视角》①《应制诗与长安气质：性别、格调与风俗》②、高萍《王维应制诗与盛唐帝都文化》③ 结合应制文本钩稽了长安气质和帝都气象。此外，也有论文从装饰美学和舞台美学的角度去研究应制诗的舞台效果和装饰美学效果，如程建虎《光影陆离，五音繁会——小议应制诗的舞台美术效果和现场表演感》④ 和《中古应制诗的装饰美学效果》⑤ 等。此类研究将应制文学作为一种还原历史场景的重要信息载体，比较深入地从文化学的角度挖掘了应制文本的文献价值，但是目前仍缺少相关的系统研究。

综上，现代学者基于应制文体的文体特征对唐宋应制文学的艺术风貌和文学史地位进行了详细的考察，突出了应制文学作为一种馆阁创作的文体特征和文学史地位。同时，也开辟出了政治和文化的新视角。其中，政治视角主要侧重于士人对于皇权的策略性妥协，文化视角主要侧重于从应制文本中挖掘美学和节俗信息。唐宋应制文学研究在艺术风貌、文学史地位和文化角度等三方面的考察，均代表着目前各自角度的主要研究成就。而其开拓的政治视角，则为明清时期应制文学的研究奠定了基础。

（2）明清应制文学研究

与唐宋应制文学相比，现代学者开始自觉集中到政治视阈的研究，并在政治视角之下延伸出"外交"这一新方向。

在文学与政治的关系层面，出现了三种方向。

其一，将对唐宋应制文学的研究方法转移到对明清应制文学的

---

① 程建虎：《文化地理学视域中的长安气质——以唐长安应制诗中的"地方感"和"秩序感"为考察视角》，《求是学刊》2013 年第 6 期。
② 程建虎：《应制诗与长安气质：性别、格调与风俗》，《华南师范大学学报》（社会科学版）2013 年第 1 期。
③ 高萍：《王维应制诗与盛唐帝都文化》，《学术探索》2012 年第 8 期。
④ 程建虎：《光影陆离，五音繁会——小议应制诗的舞台美术效果和现场表演感》，《大众文艺》（理论）2009 年第 11 期。
⑤ 程建虎：《中古应制诗的装饰美学效果》，《湖南文理学院学报》（社会科学版）2009 年第 6 期。

研究上，仍然考察作家对政治权力的妥协。此类研究成果较少。严迪昌在《清诗史》中将查慎行的应制作品和写心之作进行了深入的对照研究，借此观照以查慎行为代表的高层文化人士在帝王文治下的心态转变，颇具考察意义，也为应制文学的研究提供了新思路。代利萍《张英应制诗与清代南书房文学生态》认为张英的应制诗保存了一代儒雅谨慎的汉族文臣在与满族政权近距离接触后的心路演变历程①，也是这一角度的研究成果。李圣华《查慎行文学侍从生涯及其"烟波翰林体"考论》一文以查慎行近十年的文学侍从生涯和君臣遇合间的诗歌创作为研究对象，考察查慎行由寒士而入馆阁之后的诗风变化。②

其二，从广义的政治权力层面集中到政治制度层面，从强调皇权对士人的影响转而强调政治制度对文学的影响。这是政治视角的一个新方面。郑礼炬《明代洪武至正德年间的翰林院文学》③涉及明代的翰林院制度和应制文学；叶晔《明代中央文官制度与文学》④亦涉及明代中央文官制度与应制文学；何诗海《明代庶吉士与台阁体》⑤认为在庶吉士制度中生成的馆课应制诗是明代台阁体的重要组成部分，它们在台阁体的发展和繁盛的过程中起了巨大的推动作用。其中，叶晔从制度职能的角度考察了明代各阶段的应制文学创作，推进了应制文学与政治制度之间关系的考察。清代翰林院与文学之间的关系也开始得到系统研究。潘务正的《清代翰林院与文学研究》一书便是代表作。本书问题意识突出，考察了翰林院应制的制度与职能因素。

其三，从帝王文治方面进行考察，将"应制"作为清廷的一种文治手段。相较于对唐宋应制文学的研究，这也是政治视角的一个

---

① 代利萍：《张英应制诗与清代南书房文学生态》，《安庆师范学院学报》（社会科学版）2016年第5期。
② 李圣华：《查慎行文学侍从生涯及其"烟波翰林体"考论》，《求是学刊》2014年第5期。
③ 郑礼炬：《明代洪武至正德年间的翰林院文学》，博士学位论文，南京师范大学，2006年。
④ 叶晔：《明代中央文官制度与文学》，浙江大学出版社2011年版。
⑤ 何诗海：《明代庶吉士与台阁体》，《文学评论》2012年第4期。

新方面。严迪昌在《清诗史》根据《升平嘉宴同群臣赋诗用柏梁体》的人员名单指出，那种被统治者所推崇的雍容、典雅的审美规范的建立正是源于这次应制活动的名单所形成的文治网络，遗憾的是他并未对清代应制的文治意义进行专门探索。之后黄建军先后发表了《陈廷敬与康熙诗文交往考论》《王士禛与康熙的诗文交往考论》《宋荦与康熙文学交往考论》《朱彝尊与康熙诗文交往考论》等论文，探索了高层士人与康熙皇帝之间的频繁交往是如何影响其文学趣味、规范康熙朝文风的。此后，邓晓东《顺治右文与燕台诗人群体的复古诗风》[①]一文探讨了顺治在应制活动中如何通过治诗以实现"治心"的政治目的。于小亮、朱万曙《清代"新正重华宫茶宴联句"考论》[②]一文则以"新正重华宫茶宴联句"为考察重点，认为和历代的宫廷文学活动相比，新正重华宫茶宴联句活动具有更为浓厚的政治色彩，且渐渐作为一种"文学表演"而被纳入清王朝的政治文化建构之中，成为清朝统治者推行政治教化的重要工具之一。以上研究都是将应制创作作为清王朝的文治手段之一，但是对于这一文治手段如何发挥其文治作用缺少进一步的探究。

在"诗赋外交"层面，将应制创作视为一种重要的外交手段。何新华《康熙十七年葡萄牙献狮研究》[③]，侯立兵、郑云彩《海外贡狮与明清应制诗赋》[④]，吴伊琼《明朝与朝鲜王朝诗文酬唱外交活动考论——以〈朝鲜王朝实录〉为中心》[⑤]，王克平《朝鲜使臣在明朝的文学交流》[⑥]，何修身《权近应制诗创作及其诗赋外交意义》[⑦]，陈彝秋《文本沉浮与外交变迁——朝鲜权近〈应制诗〉的写作、刊刻

[①] 邓晓东：《顺治右文与燕台诗人群体的复古诗风》，《文学遗产》2017年第2期。
[②] 于小亮、朱万曙：《清代"新正重华宫茶宴联句"考论》，《苏州大学学报》（哲学社会科学版）2020年第2期。
[③] 何新华：《康熙十七年葡萄牙献狮研究》，《清史研究》2014年第1期。
[④] 侯立兵、郑云彩：《海外贡狮与明清应制诗赋》，《学术研究》2016年第7期。
[⑤] 吴伊琼：《明朝与朝鲜王朝诗文酬唱外交活动考论——以〈朝鲜王朝实录〉为中心》，博士学位论文，复旦大学，2013年。
[⑥] 王克平：《朝鲜使臣在明朝的文学交流》，《南京师范大学学报》（社会科学版）2014年第1期，第132—138页。
[⑦] 何修身：《权近应制诗创作及其诗赋外交意义》，《长春师范大学学报》2017年第11期。

及经典化》①等文章皆立足于"诗赋外交"这种弹性的外交手段，考察当时的外交局面和文化交流。其中，陈彝秋《文本沉浮与外交变迁——朝鲜权近〈应制诗〉的写作、刊刻及经典化》一文根据权近《应制集》的文本形态及文本阐释的变化历程来看文本变迁和外交沉浮之间的复杂关系；陈巍《日本平安时期重阳诗宴的来源及其仪式》②结合唐德宗时期和日本嵯峨天皇时期应制诗和应制活动考察了唐朝重阳诗宴的东传。魏磊《1678年葡萄牙献狮的文学书写》以葡萄牙献诗的应制书写切入对康熙十八年（1679）博学鸿词科举行前后征士的京师诗歌创作研究。③此类研究皆挖掘了应制创作与外交之间的关系，并对应制文本在外交关系中的地位进行了历史性的判断，使得应制文学的研究角度更加多样化，也为我们进一步了解应制文学的价值开拓了新视角。

综上，相较于唐宋时期，现代学者对明清阶段应制文学的研究主要侧重于政治层面，且开始突破皇权政治震慑与士人策略妥协的传统研究视阈，集中到政治制度、职能与文学的关系层面。外交视角的加入，也是明清应制文学研究新的重要方向。值得注意的是，因为考虑到清廷统治与以往汉族统治的不同，在研究清朝应制时，研究者还在制度、职能的基础上加入了"文治"的新视角。但是，对于君臣在"文治"的过程中扮演了何种角色、如何通过应制展开"文治"，以及这种通过应制展开的"文治"对文学产生了哪些影响，都还没有得到专门、系统的研究。更进一步，在清朝这个正统性一直受到汉族士人怀疑和挑战的王朝，应制创作的功能与清前已产生了本质区别，早已不再是纯粹的歌功颂德、粉饰太平之作，而成为清廷建构"大一统"观、巩固"正统性"、塑造"盛世图景"的重要工具。对于清朝应制创作的这一特殊功能和意义，目前尚未

---

① 陈彝秋：《文本沉浮与外交变迁——朝鲜权近〈应制诗〉的写作、刊刻及经典化》，《外国文学评论》2018年第3期。
② 陈巍：《日本平安时期重阳诗宴的来源及其仪式》，《文化遗产》2014年第3期。
③ 魏磊：《1678年葡萄牙献狮的文学书写》，《求是学刊》2021年第4期。

得到研究者的注意和研究。

2. 康熙朝南书房研究现状

南书房是一个由汉族士人组成的非正式机构，其内部人员的任用、罢免及人数多少，不拘品级与出身，皆由康熙帝一人决定，这在一定程度上摆脱了官僚体系的法定升转程序，充分体现了康熙的个人意志。且入值者往往为一时汉族的文学及文化名流，又常常扈从康熙帝参加清廷的各类官方文化活动，承担一定的文化和政治职能，相较于其他官员群体而言，更加体现了康熙帝树立和巩固清廷正统性的政治目的。截至目前，关于康熙朝南书房的研究主要围绕其人员、运转与职能三个角度展开。

(1) 康熙朝南书房翰林

入值人员名单及专长。乾隆朝鄂尔泰、张廷玉等主持纂辑的《词林典故》中列有一份南书房入值人员名单，前文已作说明，此处不再展开。现代学者对此亦有探讨，朱金甫明确指出康熙朝南书房翰林共有34人，但其文中实际涉及36位康熙朝南书房翰林。[1] 钟国文亦认为康熙朝南书房翰林共34人，但具体包括哪些人，以及是不是沿袭朱金甫的看法，都未明确指出。单从他所列举的人来看，熊赐履并不在朱金甫的名单之中。[2] 许文继认为康熙朝大致有47位南书房翰林，并考察了这47位翰林的专长及入值开始时间，[3] 这是目前对南书房入值人员名单及专长考察最详尽的研究。

---

[1] 朱金甫：《论康熙时期的南书房》，《故宫博物院院刊》1990年第2期。分别为：张英、陈廷敬、叶方蔼、沈荃、朱彝尊、徐乾学、王鸿绪、陈元龙、彭廷训、励廷仪、张廷玉、陆葇、杨名时、汪灏、杜诏、何国宗、梅毂成、张廷璐、胡煦、窦克勤、戴梓、沈敬宗、法海。以及高士奇、励杜讷、张伯行、王士禛、钱名世、查慎行、魏廷珍、蒋廷锡、汪灏、贾国维、王兰生、何焯、方苞。

[2] 钟国文：《清代南书房入值人员及制度研究》，硕士学位论文，中国人民大学，2009年。

[3] 许文继：《清代南书房研究》，博士学位论文，南京大学，2012年。按照入值时间排列分别是：张英、高士奇、励杜讷、陈廷敬、叶方蔼、王士禛、朱彝尊、徐乾学、王鸿绪、孙岳颁、陈元龙、陆葇、法海、杨恺、汪士鋐、陈壮履、王原祁、励廷仪、钱名世、查慎行、何焯、汪灏、蔡升元、查昇、胡会恩、汤右曾、顾图河、韩菼、史夔、王掞、张廷玉、杜诏、赵熊诏、陈鹏年、梅毂成、陈厚耀、王图炳、方苞、李鳝、杨名时、胡煦、张照、魏廷珍、张伯行、储在文、张廷璐、蒋廷锡。

身份来源及转变。李乔《康熙朝的南书房》①、涧青《南书房》②、沈瑞英《南书房——康熙时期的政治文化核心》③ 等文均指出，南书房翰林绝大多数是汉族士人，强调南书房乃是康熙朝的"木天储才之要地"和"高级人才库"；梁爱民《康熙朝南书房简述》指出南书房翰林中的一部分由日讲官转为入值，而另一部分则是直接由下面提拔上来，康熙对他们的选择标准是文才；④ 商衍鎏指出入值者不拘原来身份如何，有因馆选而入值者，有非馆选而入值者，有以部曹改官职入值者，有以庶吉士入值者，有举人入值者，甚至有以武人入值者。⑤ 朱金甫、许文继则相继指出南书房翰林大多数是翰詹官员，也有非翰詹官员而以举人、生员身份入值者。其中，许文继还对南书房翰林入值南书房后的官职进行了考察，指出南书房翰林后来大多位居高官。

南书房世家现象。朱金甫指出在康熙朝南书房翰林中，张英、张廷玉、张廷璐乃是父子，励杜讷是励廷仪的父亲，沈荃是沈宗敬的父亲。⑥ 许文继进一步指出蒋廷锡和雍正朝南书房翰林蒋溥是父子，此外如陈廷敬和陈壮履、史夔和史贻直等均为父子，对南书房世家现象进行了一定的梳理，并以张照为例探讨了南书房翰林之间通过血缘和姻缘而建立起的交际网络。

对南书房翰林的研究为考察南书房的政治职能和文化职能提供了佐证，如通过南书房翰林入值前后的身份转变及世家现象等，我们不难判断出南书房是康熙帝培养政治心腹之所。再如，通过对南书房翰林专长的分析，我们可以更好地了解南书房的文化属性。但是，目前研究并未结合南书房内值人员兼职外朝官职这一身份转变现象去进一步了解南书房乃是康熙帝加强皇权、控制外朝的工具，

---

① 李乔：《康熙朝的南书房》，《文史杂志》1986 年第 3 期。
② 涧青：《南书房》，《历史教学》2004 年第 8 期。
③ 沈瑞英：《南书房——康熙时期的政治文化核心》，《秘书》2005 年第 1 期。
④ 梁爱民：《康熙朝南书房简述》，《资治文摘》（管理版）2009 年第 6 期。
⑤ 商衍鎏：《清代科举考试述录》，故宫出版社 2014 年版，第 176 页。
⑥ 朱金甫：《论康熙时期的南书房》，《故宫博物院刊》1990 年第 2 期。

也并未对南书房世家的政治意义和文化内涵作进一步的挖掘,南书房翰林的具体名单及其出入升转等仍然不够明晰。

（2）康熙朝南书房运转

入值渠道与退值原因。商衍鎏指出南书房翰林入值者往往不限身份,"但择学问优长者为之"①。钟国文认为朝廷重臣推荐入值是官员入值南书房的主要渠道,翰詹大考中表现优异、官员丁忧等也是南书房的入值惯例,而退值则往往是因为年老或失职犯错。许文继进一步将南书房的入值途径总结为特旨、廷推、举荐和循例四种。

入值地点及侍从地点。学者如商衍鎏、朱金甫、李娜、许文继、钟国文等都指出南书房的位置是在乾清宫西南隅。但是亦有学者指出由于南书房翰林需陪侍康熙左右,扈从之处尚有其他值房。如李娜认为,康熙帝常居畅春园,园中曾有南书房翰林的值庐。许文继指出南苑中也应该有南书房翰林的值房。关于侍从地点,需要注意的是,入值地点并非南书房翰林的侍从地点,对此,李娜《清初南书房述论》明确指出,皇帝较少到南书房,偶至而入值者需出立门外,呼则入,不呼则出。南书房翰林的侍从地点主要在懋勤殿、养心殿、乾清宫、瀛台便殿等处。②

入值时间与值班方式。关于入值时间,钟国文认为南书房翰林往往是朝夕供奉,许文继根据《南书房记注》《南斋笔记》等文献认为南书房翰林的入值时间往往是在辰时至酉时。关于值班方式,朱金甫认为,南书房翰林有经常性入值者,有临时性入值者,康熙三十三年（1694）之后,又增加了四位翰詹"轮值"的方式。随后,钟国文、许文继、常建华等均对南书房的值班制度进行了探讨,钟国文认为大部分南书房翰林都是长期入值,③许文继根据康熙三十三年（1694）轮值制度的实行将南书房分为前后两个阶段,④常建华《康熙朝的翰林轮值南书房》专门对康熙三十三年（1694）由于

---

① 商衍鎏:《清代科举考试述录》,第176页。
② 李娜:《清初南书房述论》,《清史论丛》2008年号。
③ 许文继:《清代南书房研究》,第34页。
④ 许文继:《清代南书房研究》,第34页。

党争而实行的轮值制度进行了考察,具体探讨了翰詹官员的轮值情形、轮值官员考试、轮值目的和轮值意义,并进一步指出受太子之争影响,轮值制度于康熙四十七年停止,后又于康熙五十三年(1714)恢复。① 许文继、李娜《南书房行走笔下的入值生活——新发现的几部南书房行走自撰史料》进一步指出,轮值官员的待遇和当时入值的南书房行走基本一样,其研究也表明,在翰詹轮值的同时,仍有常值的南书房翰林。②

办事机制。有研究者开始注意到"行走"这一特殊的入值机制。对于"内廷行走",王钟翰很早就指出:"行走系内廷差使,不设专官而以他官摄行之谓。如南书房、上书房、懋勤殿、毓德殿师傅、军机大臣、章京、奏事处、批本处之为行走而非实官,均是。"③ 此观点对于南书房研究有重要意义。南书房初设之时,康熙曾命南书房翰林仅仅在南书房供奉,并"停其升转",入值一段时间后再根据入值表现加以擢用。但是从张英、励杜讷等人的仕宦经历来看,张廷玉曾言张英在内廷侍值四十年,康熙曾言励杜讷供奉南书房三十余年,而在此期间,二人均在外朝任有官职,可见后来南书房翰林入值的"行走"特性,即"不设专官而以他官统摄"。祁美琴深入研究了"南书房行走"开启的各类"行走"现象后指出,内廷"行走"身份是"本职之外的兼职",他们往往既要常常入值以备皇帝顾问,又要处理本职工作。而内廷"行走"则"是皇帝的殊遇近臣,是清代政治中枢中的臣僚",这体现了"外廷机构的内廷化"及"外朝大臣的近侍化"两种趋势。④ 祁美琴的"行走"研究促进了南书房政治职能研究的深化,进一步证明了南书房的设立是康熙帝借以掌控外朝的重要手段。

研究者对于南书房运转的考察已经较为充分,但对其"行走"

---

① 常建华:《康熙朝的翰林轮值南书房》,《紫禁城》2011 年第 7 期。
② 许文继、李娜:《南书房行走笔下的入值生活——新发现的几部南书房行走自撰史料》,《历史档案》2014 年第 2 期。
③ 王钟翰:《清史十六讲》,中华书局 2009 年版,第 190 页。
④ 祁美琴:《从清代"内廷行走"看朝臣的"近侍化"倾向》,《清史研究》2016 年第 2 期。

机制的考察仍然处于初步阶段。从"停其升转"到"以他官统摄"的转变究竟是何时发生、如何发生以及有什么发生意义,都有待进一步研究。这是考察南书房翰林的政治职能尤为重要的一环。

(3) 康熙朝南书房职能

文化职能。南书房翰林一称本身就包含了对南书房文化职能的肯认。康熙帝设立南书房的初衷,据其谕旨所言,乃是因为"近侍内并无博学善书者,以致讲论不能应对,今欲于翰林内选择二员常侍左右,讲究文义"①。清代学者对其文化职能多有谈论。如张英《南书房记注》,王士禛《香祖笔记》《居易录》,查慎行《南斋笔记》等就对入值时文化活动多有记载。现代学者根据这些文献对南书房的文化职能多有总结和归纳。商衍鎏之《清代科举考试述录》较早谈及南书房的文化职能,指出"凡入值者,应制赋诗,评论字画书史,颁赐珍果馔撰御书以为常,年终代笔赐内外臣工福寿字卷条等"②。黄爱平《南书房》认为南书房翰林的职能之一就是为皇帝讲经论史,撰文写诗,侍奉皇帝读书。③ 李乔《康熙朝的南书房》指出:"康熙帝设置南书房的目的之一,就是向汉族士人学习汉族文化,其中包括语言文字、经史百家、书法绘画、天文地理、算学几何、典掌制度、历代统治经验等方面的内容。"④ 朱金甫《论康熙时期的南书房》将南书房的文学职能归纳为四点:"第一,为皇帝讲经解史,或在皇帝研究经史精义时提供咨询;第二,为皇帝编纂书籍;第三,在皇帝万机之余,陪侍他作文化方面的消遣娱乐,或诗赋唱和、或书法临摹、或古画鉴赏,乃至钓鱼赏花、侍宴伴游;第四,为皇帝整理、撰拟一些特颁谕旨。"⑤ 钟国文《清代南书房入值人员及制度研究》、许文继《清代南书房研究》在此基础上进一步深入考察了南书房在文学艺术、经史之学、学术考据和书籍编纂等方面

---

① 《圣祖仁皇帝实录》卷六十九,《清实录》第四册,中华书局1985年版,第891页。
② 商衍鎏:《清代科举考试述录》,第175页。
③ 黄爱平:《南书房》,《文史知识》1983年第3期。
④ 李乔:《康熙朝的南书房》,《文史杂志》1986年第3期。
⑤ 朱金甫:《论康熙时期的南书房》,《故宫博物院院刊》1990年第2期。

发挥的重要作用。薛帅杰《康熙时期南书房侍从崇尚董其昌书法考论》①则专门探讨了康熙、南书房侍从乃至整个社会对董其昌书法的接受史。总的来说，已有研究肯定了康熙朝南书房在文学、经学、史学、书法、文献考据、书籍编纂等方面的重要职能，肯定了南书房在康熙学习汉族文化、提高统治者修养过程中的重要作用，也有研究者如薛帅杰看到了康熙和南书房翰林对于康熙时期书法风尚的引领，但是总体上而言，并未深入从南书房的文化职能出发，看到康熙对于南书房翰林文化心理和文学创作的影响，也没有对康熙如何借助南书房的文化职能对康熙朝的文风进行"天家"之规范。此外，南书房翰林多从日讲起居注官中来，对于南书房翰林如何通过日讲对康熙帝进行的汉文化熏陶，较少有学者提及。

政治职能。少数研究者认为南书房不具政治职能，以朱金甫为代表。自清以来，大多数人认为南书房具有政治职能，"地处清切"是这一职能产生的主要原因，而承应帝命"撰写谕旨"则是这一职能的主要体现。如萧奭《永宪录》曰："南书房在乾清宫之西南，密迩宸扆。不仅如前代秘书阁、集贤殿入值者止供文翰而已。凡诏旨密勿，时备顾问。非崇班贵胄，上所亲信者不得入。词臣任此为异数。"②再如赵翼《檐曝杂记》曰："时尚未有军机处，凡撰述谕旨，多属南书房诸臣。非特供奉书画、赓和诗句而已，地既亲切，权势日益崇。"③吴振棫《养吉斋丛录》亦曰："章疏票拟，主之内阁。军国机要，主之议政处。若特颁诏旨，由南书房翰林视草。"④皆认为南书房地处禁廷，有撰写谕旨之权，具有政治机构的属性。震钧《天咫偶闻》则将其政治职能总结为"或代拟谕旨，或咨询庶政，或访问民隐"⑤三方面，可以说较为全面地概括了南书房的主要

---

① 薛帅杰：《康熙时期南书房侍从崇尚董其昌书法考论》，《中国书法》2019年13期。
② （清）萧奭：《永宪录》卷一，第65页。
③ （清）赵翼：《檐曝杂记》卷二《高士奇》，（清）赵翼、捧花生撰，曹光甫、赵丽琰校点《檐曝杂记 秦淮画舫录》，第36页。
④ （清）吴振棫撰，童正伦点校：《养吉斋丛录》卷四，中华书局2005年版，第51页。
⑤ （清）震钧撰，顾平旦点校：《天咫偶闻》卷一，北京古籍出版社1982年版，第4页。

政治职能。现代学者在此基础上进行了进一步的探讨。其中,商衍鎏将南书房的起源上溯至清天聪二年(1628)的书房(崇德元年(1636)改为内三院),将文臣入值之制上溯至顺治十年(1653)的太和门入值,并指出康熙朝时南书房翰林的撰写谕旨之职能。① 黄爱平《南书房》、李乔《康熙朝的南书房》、沈瑞英《南书房——康熙时期的政治文化核心》、刘蓉筝《清朝的两个重要机构》②、李娜《清初南书房述论》等文皆从分内阁与议政王大会之权的角度评议了南书房的政治性,且基本上都认为康熙朝的南书房为雍正时期军机处的设立奠定了基础。美国学者白彬菊《君主与大臣:清中期的军机处:1723—1820》一书也认为南书房为军机处的设立提供了经验和人员,且进一步别出心裁地从清廷中枢内皇帝集团的内廷与官僚集团的外朝间的权力争夺的角度分析了南书房的特殊政治作用,但他强调这样的作用是有限的,"还不足以削减满洲人在内廷的影响"③。祁美琴《从清代"内廷行走"看朝臣的"近侍化"倾向》则专从"内廷行走"这一称呼的内涵和外延出发,探讨由南书房开启的"内廷行走"这一现象背后所衍生的朝臣"近侍化"倾向,祁美琴认为,这体现了清代皇权的高度集中及其所引发的官僚体制的重要变化;南书房与康熙朝党争的关系,也得到越来越多的关注。④ 许文继、李娜《南书房行走笔下的入值生活——新发现的几部南书房行走自撰史料》⑤、佟博《朱彝尊与清初南书房党争》⑥ 分别对查慎行与康熙后期储位之争,以及朱彝尊与康熙前期的南北党之争、明珠与徐乾学等人之争的关系进行了考察。

综合而言,目前学者对于南书房政治功能的探讨已经涉及四个

---

① 商衍鎏:《清代科举考试述录》,第175页。
② 刘容筝《清朝时期的两个重要机构——南书房和军机处》,《历史学习》2006年第4期。
③ [美]白彬菊:《君主与大臣:清中期的军机处:1723—1820》,董建中译,中国人民大学出版社2017年版,第22页。
④ 祁美琴:《从清代"内廷行走"看朝臣的"近侍化"倾向》,《清史研究》2016年第2期。
⑤ 许文继、李娜《南书房行走笔下的入值生活——新发现的几部南书房行走自撰史料》,《历史档案》2014年第2期。
⑥ 佟博:《朱彝尊与清初南书房党争》,《北京档案》2015年第2期。

主要角度：一是南书房、议政王会议与内阁的权力分割角度，二是内廷和外朝权力争夺的角度，三是南书房的承上启下及其本身的中枢秘书机构特性的角度，四是南书房与党争关系的角度，较为全面地探讨了康熙朝南书房的政治功用，但是对于南书房在内廷与外朝权力争夺中所发挥的重要作用，只有白彬菊、祁美琴略加提及，还未得到深入挖掘。其中，白彬菊还注意到康熙朝"奏折"这一新的通信方式的出现，但是他仅将其与军机处的政治属性相联系，尚未考察康熙朝"奏折"与南书房政治职能之间的关系。此外，他还从非正式所赋予的"法外活力"的视角探讨了军机处政治职能的行使，这对于康熙朝的南书房研究，同样具有启发意义。

目前南书房的职能研究主要集中在历史学视阈，侧重于结合已有文献对南书房的文化职能和政治职能进行历史认定和归纳总结。但是仍未突破历史学视角，缺少对南书房职能与康熙朝政治与文学间关联的进一步拓展，也未对南书房文化职能的政治功用以及政治职能的文化功用进行综合考察。

综上，南书房在人员、运转和职能上都体现出鲜明的政治和文化属性，且已有研究多侧重于历史学角度，缺少对其文、政结合意义的进一步生发。南书房的非正式性赋予它哪些"法外活力"，及其"行走"特性在内廷与外朝权力争夺中发挥的具体作用，都还有待深入的考察。就本研究而言，对于南书房翰林如何通过其文化职能和政治职能缔造清朝统治的正统性，又是如何在履行文化职能和政治职能的过程中发生心态转变，以及南书房的汉人入值属性有何独特价值，都还需要进一步的考察。

3. 康熙朝政治与文学

上文在概述应制文学和南书房研究现状之时，已部分涉及康熙朝政治与文学研究，本节将不再重复梳理。接下来，笔者拟从清廷正统性的建构出发，从文人、文化活动和正统性建构这三个角度出发，并根据研究需要，对康熙朝政治与文学研究现状进行梳理。

（1）康熙朝文人与政治

文治下的文人是现代学者考察康熙朝政治与文学的最初路径，

也是一直以来的关注重点。朱则杰《清诗史》和严迪昌《清诗史》都是这一研究路径的代表成果。朱则杰为我们勾勒出了顺康诗歌主导声音由怀念故国等不平哀伤之音而转换成点缀升平的"昭代雅音"的这一演变脉络,对于诗人被皇权"招安"前后诗歌创作的变化也提供了丰富的解读,从而使我们能对这一时期诗坛的基本态势形成清晰的认知。但朱著并未专门挖掘诗歌风气由不平哀伤之音转换成"昭代雅音"这一变化的形成过程及形成原因,也未对这一时期清廷文治策略下士人进退两难的矛盾心态进行具体分析。

不同于朱则杰将清廷的文治策略作为影响作家文学创作的诸多因素之一,严迪昌开始将清廷的文治策略作为清诗流变的背景色调来对清初诗人的诗歌创作进行探究。严迪昌对康熙朝的政治与文学研究主要有四大贡献,一是以"朝""野"离立这一政治分野来考察清诗演变,二是发现了"朝"在扩张的过程中,一大批官方或是半官方的诗坛"组织家"如王士禛、宋荦等的出现。这批由皇权一手培植的"朝"的"组织家",成为清廷皇权和"野"之间的沟通者以及对"野"的建构者。三是发掘了不同类型的清初汉族诗人在"朝"的各种文治策略下的不同心态。四是看到了"朝"在借助"组织家"和其他文治策略吞噬"野"的过程中出现的诗坛官场化的现象,并挖掘了赵执信对"挟官位以为重"之批判的诗史意义,这也为我们理解乾嘉时期性灵诗风的兴起找到了入口。这些成果对本书研究路径的选择大有裨益。但是,严迪昌并未专门挖掘君臣之间的应制唱和在"朝""野"离立的过程中扮演了什么角色,也未发掘皇权如何网罗汉族士人,进而或是将其培植成"组织家"以管控其他汉族士人,或是单纯消解其反清情绪的整个过程。

马大勇《清初庙堂诗歌集群研究》[①]沿着严迪昌《清诗史》的指引,选取了清初庙堂诗歌为研究对象,这本书是第一部专门涉及这一研究对象的专著,对于我们了解和评价清初台阁诗群的诗史意义有很大帮助。但是,该书尚未专门挖掘这些台阁诗人的诗歌创作

---

① 马大勇:《清初庙堂诗歌集群研究》,吉林人民出版社2007年版。

与其台阁身份和庙堂经历之间的关系,对这些作家的庙堂创作也未进行集中考察。

张立敏《冯溥与康熙京师诗坛》亦沿着严迪昌所开拓的"组织家"视角,对康熙帝文治中的重要帮手——冯溥在康熙京师诗坛中扮演的重要角色进行了系统考察。该著以冯溥的诗学活动为切入点,细致地描绘了康熙文治的发生过程以及冯溥在这个过程中发挥的重要作用,拓展了康熙朝政治与文学研究的学术空间。① 但是我们也要看到,冯溥只是康熙文治帮手中的"冰山一角",对于康熙朝的"组织家"群体如何各显神通,建构康熙"盛世",目前尚且缺少广泛的考察。

（2）康熙朝文治与文学

文治下的政治文化活动是现代学者考察康熙朝政治与文学关系的延伸路径。伴随着研究的深入,康熙巡狩的政治与文化意义也不断被挖掘。康熙帝多有巡狩之举,与地方名士之间多有文学往来。这些文学上的往来不仅是康熙文治策略的重要措施,也意味着"夷夏之防"的松动。常建华《新纪元：康熙帝首次南巡起因泰山巡狩说》②、张学然的《康熙帝北巡与蒙古三部落进贡考》③、黄建军《康熙南巡与江南文学生态之构建》④ 分别考察了康熙帝在巡狩的过程中如何笼络江南地区以及蒙古部落。此外,常建华《京师周围：康熙帝巡幸畿甸初探》一文认为康熙帝巡视京师附近的畿辅地区,具有显示一统天下及勤政爱民之意;⑤《祈福：康熙帝巡游五台山新探》一文指出康熙五次巡幸五台山是想要调节满、蒙、藏、汉四者的关系,建构满汉蒙藏多元一体的国家形态。⑥ 总的来说,此类研究虽然将康熙帝的巡狩活动作为康熙朝文治的重要方面,但更侧重于古代

---

① 张立敏：《冯溥与康熙京师诗坛》,中国社会科学出版社2011年版。
② 常建华：《新纪元：康熙帝首次南巡起因泰山巡狩说》,《文史哲》2010年第2期。
③ 张学然：《康熙帝北巡与蒙古三部落进贡考》,硕士学位论文,河北师范大学,2011年。
④ 黄建军：《康熙南巡与江南文坛生态之构建》,《求索》2011年第8期。
⑤ 常建华：《京师周围：康熙帝巡幸畿甸初探》《社会科学》2014年第12期。
⑥ 常建华：《祈福：康熙帝巡游五台山新探》,《历史研究》2016年第2期。

史的探索，很少结合具体的文学作品对帝王巡视目的及巡视意义进行探讨。

康乾时期，治统与道统的关系发生新变。李明军《文统与政统之间：康雍乾时期的文化政策和文学精神》考察了儒家诗学复兴中所蕴涵的道统与政统之间及道义尊严和世俗功名之间的冲突。[①] 诸雨辰《弘道以文：文评专书与清代散文批评研究》通过对清代文评专书的考察，探究了在清代散文批评中存在的"'文统''道统'与'治统'之间缠夹、混融、裹挟、轩轾等极其复杂的离合关系"[②]。此类研究成果从治统与文统关系的角度推进了清朝政治与文学的研究。

博学鸿词科也走入研究者的视野。博学鸿词科亦是康熙文治的重要举措。它是"清代特诏举行之制科"[③]，为科举制度进士系内之各种考试之一。李舜臣《"博学鸿儒科"与康熙诗坛》一文指出，五十鸿儒的颂圣作品难以洗去昔日的山林之气而表现出富贵气，但还是在客观上促进了康熙盛世诗学的建立。[④] 魏磊《康熙京师诗坛研究——以"博学宏词"科为中心》[⑤] 通过对博学鸿词科前后的诗歌活动、诗歌创作和诗学理论的考察，走入京师诗坛的发展过程，关注诗歌生成背后所存在的"文学生态链"的问题，都对博学鸿词科与文学的关系研究有所推进。其他也有一些研究成果，这里不再赘述。博学鸿词科是康熙帝的一项重要的文治举措，它对于康熙盛世的建构有重要意义。但是，目前它在康熙"盛世"建构过程中的重要意义，还未得到专门而充分的挖掘。

（3）康熙朝大一统观与政治

从目前的研究来看，清朝的"大一统"观建构仍是清史研究者

---

① 李明军：《文统与政统之间：康雍乾时期的文化政策和文学精神》，齐鲁书社2008年版。
② 诸雨辰：《弘道以文：文评专书与清代散文批评研究》，北京师范大学出版社2020年版，"序"第5页。
③ 商衍鎏：《清代科举考试述录》，第179页。
④ 李舜臣：《"博学鸿儒科"与康熙诗坛》，《民族文学研究》2012年第5期。
⑤ 魏磊：《康熙京师诗坛研究——以"博学宏词"科为中心》，博士学位论文，北京师范大学，2019年。

的专门领域。很少有研究者从文学角度专门考察清朝的大一统观，尽管清朝的"大一统"观与前代已大不相同。杨念群发表了多篇论文对清朝"大一统"观的形成进行了深入的探讨。其《"道统"的坍塌》认为清代以后，帝王收"治统"与"道统"与一身，士林不仅无法教化帝王，而且帝王自身已经形成一系"帝王经学"，一旦动用皇权推广，这种"帝王经学"就会消解士林对"道"的理解，因而这一时期的士林精神结构和身份认同必须放在这样一种制度与思想互动的状态中才能确认自身的位置。① 随后，他在《我看"大一统"历史观》②《重估"大一统"历史观与清代政治史研究的突破》③《清朝统治的合法性、"大一统"与全球化以及政治能力》④《诠释"正统性"才是理解清朝历史的关键》⑤《天命如何转移：清朝"大一统"观再诠释》⑥ 等论文以及《何处是"江南"？：清朝正统观的确立与士林精神世界的变异》⑦ 系统地诠释了他对于清朝"大一统"观内涵、价值和意义的认识。他认为一个王朝想要获得统治的正当性，就必须构造出不同于前朝的正统观，而宋明以来，正统观的阐释大多垄断于汉儒之手，含有鲜明的排斥异族的色彩，明显不适用于以满人身份入主中原的清廷，因而清朝统治者对"正统观"进行了三个方面的建构：一是重新引入"一统"这个空间概念；二是一方面奉行任何政治行动都必须依靠"道德"指引的理学命题，同时又对宋明理学进行了修正和改造；三是逐步建立起独特的"帝王经学"和历史观，以及具有鲜明特色的经学解释体系，并

---

① 杨念群：《"道统"的坍塌》，《读书》2008 年第 11 期。
② 杨念群：《我看"大一统"历史观》，《读书》2009 年第 4 期。
③ 杨念群：《重估"大一统"历史观与清代政治史研究的突破》，《清史研究》2010 年第 2 期。
④ 杨念群：《清朝统治的合法性、"大一统"与全球化以及政治能力》，《中华读书报》2011 年 9 月 21 日。
⑤ 杨念群：《诠释"正统性"才是理解清朝历史的关键》，《读书》2015 年第 12 期。
⑥ 杨念群：《"天命"如何转移：清朝"大一统"观再诠释》，《清华大学学报》（哲学社会科学版）2020 年第 6 期。
⑦ 杨念群：《何处是"江南"？：清朝正统性的确立与士林精神世界的变异》（增订版），生活·读书·新知三联书店 2017 年版。

据此作为指导士林历史观的统一指南,也逐渐在与士林思想的互动中占据主导地位,这是清朝区别于以往朝代的新现象,至今未被透彻地加以认识。[①] 此外,白文刚《政治传播中话语战胜的内在机理——清前期正统性辩护话语策略的理论启示》认为清前期统治者通过创立"大一统"话语体系来取代华夷之辨的话语,较为成功地解决了自身的合法性危机,亦推进了对清初"大一统"观的研究。[②]

不难看出,这些都是历史学视阈中的研究,目前基本上没有研究者专门从"大一统"观的建构角度去研究清初文学,对于康熙朝统治者如何通过文学作品建构其正统性和"盛世"图景的具体过程,也鲜有人涉及。

通过对应制文学、康熙朝南书房和康熙朝政治与文学等研究现状的回顾,笔者认为已有研究尚且存在以下不足。

其一,就应制文学而言,对明清之前应制文学的研究主要侧重于对其艺术风貌、文学史地位等方面的考察,往往片面地对应制文学的单一乏味、歌功颂德等特征予以批评,未从应制体的文体特性出发,肯定应制体创作的"得体"之处;对明清之后的应制文学的研究主要侧重于政治视阈下的考察,但总体侧重政治对文学的影响,而未看到文学对政治的影响。康熙朝是清朝建构正统性的重要阶段,甚至被后世之人奉为"盛世",而应制作品无疑是康熙"盛世"的着力塑造者,但目前尚未有研究者注意此时的应制文学在建构"大一统"观、巩固正统性、塑造康熙"盛世"的政治策略中的重要意义。

其二,就康熙朝南书房而言,首先,在清廷满汉复职的官僚机构中,康熙朝南书房独特的汉人入值属性使其在巩固康熙朝正统性的过程中发挥了独特的作用。已有研究虽看到南书房主要是由汉族文人组成,也意识到了南书房的设立具有笼络汉族文人的政治目的,

---

[①] 杨念群:《"天命"如何转移:清朝"大一统"观再诠释》,《清华大学学报》(哲学社会科学版)2020年第6期。

[②] 白文刚:《政治传播中话语战胜的内在机理——清前期正统性辩护话语策略的理论启示》,《社会科学战线》2017年第7期。

但是并未结合这一特点进一步探讨南书房的设立在康熙朝正统性确立过程中的独特意义。其次,南书房翰林往往从日讲起居注官中挑选而来,入值南书房后也仍然担负着为皇帝讲经论史之责,他们在康熙帝"帝王经学"的形塑过程中起到了一定的作用,目前也缺少考察。再者,对于南书房政治属性和文学属性的考察,也还未有研究从南书房翰林与康熙帝的应制往来出发,考察南书房翰林及其应制在康熙朝正统性和"盛世"图景缔造过程中的政治与文化功能。

其三,就康熙朝的政治与文化来说,康熙朝作为明末清初的士人从"遗民文人"转向"国朝文人"的重要过渡阶段,受到"华夷之辨"的严肃挑战,现有清初文学研究虽然对康熙朝政治对文人与文学的强势掌控有一定研究,但是尚且落后于清史的"大一统"观和正统性研究,尚未考察文人在康熙朝正统性乃至"盛世"建构的过程中究竟发挥了何种作用,也没有进一步研究在康熙朝正统性与"盛世"的建构过程中,"政统"如何侵蚀"道统",以及士林的精神结构和身份认同在文学与政治的博弈过程中发生了何种转变。

(二) 研究思路

综上,已有研究尚有以下探讨空间。其一,就应制文学而言,对明清之前应制文学的研究主要侧重于根据其语词、用典、内容等对其进行文学风貌、写作模式、文学史地位方面的考察。对明清之后应制文学的研究主要倾向于政治视阈下的考察,但总体侧重政治对文学的影响,而文学对政治的建构作用,以及由此引发的政治对文学的规范制约与策略实施,尚需细致考察。其二,就康熙朝南书房而言,首先,已有研究虽认为设立南书房具有笼络汉族文人的政治目的,但并未结合这一特点深入探讨南书房政治作用的发生机制。其次,南书房翰林在康熙帝帝王经学的形塑过程中起到了一定的作用,这还需要进一步探讨。再次,目前对于南书房的政治属性和文学、文化属性尚且缺少系统考察。其三,就康熙朝政治与文学的关系而言,现有清初文学研究虽然对康熙朝政治对文人及文学的制控有一定研究,但关于文学对政治的建构作用及政治对文学的结构性作用还有待深入探讨。

基于以上研究空间，本研究拟以康熙朝南书房翰林的应制创作为中心，考察在清初政治的结构性作用下士大夫文学所生成的时代特质。清初政治层面的正统性建构特性与清初文坛的"朝野离立"特征，是本研究重要的立论基础。正统性是历代王朝政权皆需首要解决的问题。建构正统性是清初政治的核心特点，在此政治语境下，朝野分势构成清初文坛的基本特征。所谓"正统性"，本节主要借鉴杨念群先生的理论，认为其涵义有四：第一义是空间上拥有广大疆域，第二义是时间上依循"武德终始"和"阴阳五行"，第三义是在内外关系上倾向于以"攘夷"强化种族之别。第四义是具备"德行"。宋儒以弱化第一义，强化"攘夷"与"德行"来作为维持王朝正统性的话语策略。[①] 清朝以满族入主中原，疆域辽阔，而其身份恰是为宋明士人所强化的"夷狄"，因此清王朝注重强化疆域特征与帝王"德行"，辩正"夷狄"界限，以此来建构正统性。[②] 所谓"朝野分势"，则主要以严迪昌先生的观点为基础。严迪昌先生认为"清代诗史嬗变流程的特点是：不断消长继替的'朝''野'离立"[③]。所谓文学之"朝""野"，并非单纯是前代意义上的"馆阁之体"与"山林风习"，而分别是"文治"的组成部分与"文治"之下持离心趋势者。[④]

具体而言，主要采取点面结合的写作策略，选择典型南书房翰林及典型应制事件来进行集中探究。本研究拟从以下四个方面对康熙朝政治与文学关系研究有所推进。

第一，注重以正统性建构统筹南书房、南书房翰林及其应制创作研究。南书房研究往往根据史料爬梳其成员、职能、运行及功能。尤其在探讨南书房是否具备政治功能时，仅仅根据南书房翰林的某

---

① 杨念群：《"天命"如何转移：清朝"大一统"观再诠释》，《清华大学学报》（哲学社会科学版）2020年第6期。
② 杨念群：《"天命"如何转移：清朝"大一统"观再诠释》，《清华大学学报》（哲学社会科学版）2020年第6期。
③ 严迪昌：《清诗史》，人民文学出版社2011年版，第15页。
④ 严迪昌：《清诗史》，第15页。

些活动来进行判断。此类研究便于勾勒南书房的外部特征，但忽略了南书房乃是清初文治政策的产物之一。而南书房翰林的独特意义，与其承担的职能类型的关联性并不强，主要是在内廷与外朝之间，南书房翰林始终保持着与康熙帝近距离、长期、频繁的互动，其政治与文学行为由此始终贯注着皇权意旨，是文治策略实施的一部分。其应制创作也在具体职能的履行中成为正统性建构的重要构成。基于此，本研究将借助内廷与外朝的关系考察南书房运行机制的历时演变，以南书房翰林与康熙帝的近距离关系来考察其多重职能，并以此二者为基础探讨康熙朝南书房翰林的应制创作对康熙朝正统性的文学建构。

第二，注重政治的正统性建构追求对应制文学的结构性作用。政治于文学绝对不仅仅是幕布式的背景。尤其到了清朝，政治以其毛细管作用影响文学的方方面面。应制文学是政治场域的直接产物，清朝政权对文治策略的倾向性态度，在应制文学的书写内容、审美风貌、诗学宗尚、主题意旨中均有所体现。基于此，本研究将关注清初以正统性建构为内在追求的文治策略对应制创作的具体影响。具体的操作方法是选择以张英、高士奇、陈廷敬等具有代表性的南书房翰林，立足于三人各有特色、各有侧重的应制创作，聚焦于其应制书写的典范性特征，分析其典范性的具体表现，考察政治场域对于其典范性生成的多向度意义。

第三，注重应制文学对正统性的形塑之效。清初帝王之所以重视以皇权规范文学写作，具有诸多原因，其中重要一点便和文学本身的感染力、号召力、塑造力密切相关。康熙时期是清朝建构正统性的重要阶段，甚至被后世之人奉为"盛世"，而南书房翰林以缔造康熙"盛世"，以儒家道德体系观照帝王德行，无疑是康熙"盛世"的着力塑造者。但目前尚未有研究者注意到此际应制文学在增强朝野士人的国家认同与文化认同、巩固正统性、塑造康熙"盛世"这一政治策略中的重要意义。基于此，本书将以战争、南巡、祭孔中的应制活动作为考察对象，关注南书房翰林对国家事件的应制建构，以期更好地理解应制创作如何配合皇权进行政治展演，如何以文学书写在政治事件中发挥宣传、号召、形塑之用。

第四，注重考察在正统性建构过程中士林心态的变化。综康熙一朝，皇权对文学格局进行了强势新构，士人对"道统"的拥有权也渐渐为"政统"所侵夺。在此过程中，士人的精神结构、身份意识、文学创作在政治与文学的互动、"朝"与"野"的博弈中发生了何种转变，这些需要进一步的考察。基于此，本研究将选择爱新觉罗·允礽、朱彝尊、查慎行作个案研究。爱新觉罗·允礽自幼被立为储君，接受满汉双语教育，作为满族宗室，其参与应制、组织南书房翰林及满族士人应令等汉语文学活动显示出其对汉族文化的接受，具有民族融合的示范性意义。朱彝尊本为抗清布衣，参加博学鸿词科而入《明史》馆，身份转变为史臣。后又被召入值南书房，身份转变为南书房翰林。在此过程中，其身份意识发生颠覆性变化，颇能彰显出康熙朝的正统建构对士人心态的影响。查慎行是康熙中后期的南书房翰林，其"慎行"心态在康熙朝正统建构日趋严密的文网中呈现出异化风貌。这将为研究康熙朝正统建构对士人心态的影响提供民族融合层面的思考及过程视角。

第一章　康熙时期南书房翰林与清初文学

南书房是康熙朝新设的内廷非正式机构，地处乾清门之内。乾清宫是康熙帝的住处及日常处理政务之所，南书房在其西南隅，地理位置清切（相对位置图详见"附录一"）。关于南书房翰林在清朝统治运作体系中居于何种位置，尚有较多模糊之处。有的学者指出："南书房是皇帝的文学侍从内翰林入值之所，现在一般教科书把南书房的政治作用不切实际地夸大，实际上它对于皇权专制和发展没起到做大作用。"① 也有学者根据撰写谕旨、协助康熙帝清除明珠党、为军机处的设立提供经验等功用将南书房视为可以与军机处并立的清朝重要的两个中枢机构。② 此类争议之所以产生，一是因为缺少南书房作为机构运行的制度文献，二是因为南书房的非正式性，使其非常便于根据帝王需要随时调整运行规则，灵活性太强，不便把握。三是南书房翰林往往兼有多重身份，职能混杂，不易辨明。本章拟通过梳理相关历史文献与文人别集，结合已有研究，考察康熙朝南书房在不同发展阶段的功能演变及促使演变发生的核心因素。同时，笔者以为，南书房发挥政治、文化功能的基础并非其机构性，而恰恰是其非机构性与灵活性。相较于外朝常规职能部门，其独特之处应在于与康熙之间近距离、长时间、高频次的君臣互动。这种互动基于具体的职能而展开，兼及文化层面与政治层面，赋予南书房翰

---

① 杜家骥：《杜家骥讲清代制度》，天津古籍出版社2014年版，第13页。
② 李娜：《清初南书房述论》，《清史论丛》2008年号。

林区别于外朝职官的特质。因而本章将以南书房翰林与康熙帝的关系为中心来审察南书房翰林的职能。尤需指出,在"华夷之辨"的历史语境中,南书房翰林成为康熙朝正统文学建构网络中的重要成员。本章将对此作重点论述,以期为接下来的章节写作开拓讨论空间。

第一节　康熙朝南书房的设立与演变

南书房地处乾清宫西南隅,[①] 是清朝内廷词臣值房,常用来指称清廷由内值翰林组成的非正式机构。它自康熙朝设立,一直延续到清末,甚至在宣统帝溥仪身边仍可见南书房翰林的身影。[②] 南书房设立的历史渊源,远可溯于唐代兴起、宋明完善的翰林内值之制,近可溯至清朝入关之前的书房与文馆。在康熙帝设立南书房之后,前后有诸多翰林乃至普通文人以特旨、廷推、举荐、循例等多种途径进入内廷之中,[③] 与帝王产生了近距离的君臣往来。在漫长的历史演变中,康熙朝作为士人心态由明入清之关捩,既是南书房的重要成立与发展时期,也是其在内廷与外朝之间发挥文化和政治功能的重要阶段。目前学者对于南书房的研究主要涉及其成立、运转、功能等多个方面,但多是从整体上对清初或是清朝的南书房进行综观述论,对康熙朝南书房的专门研究尚显薄弱。[④] 本节将以南书房与外朝的关系为切入点,集中考察康熙朝南书房的发展与演变。

一　康熙帝设立南书房始末

南书房设立构想的产生,最早可以追溯至康熙十二年(1673)春。张英《内廷应制集序》道:"康熙十二年癸丑春,天子御讲筵,

[①] 已有研究表明,除乾清宫西南隅的南书房之外,南书房翰林在畅春园、南苑、圆明园等地均有相应值庐。详见李娜《清初南书房述论》,《清史论丛》2008年号。
[②] 李娜:《南书房撤消时间考订》,《历史档案》2008年第1期。
[③] 李娜:《清初南书房述论》,《清史论丛》2008年号。
[④] 朱金甫:《论康熙时期的南书房》,《故宫博物院院刊》1990年第2期。

从容与学士言：'朕欲得文学之臣，朝夕置左右，惟经史讲诵是职，给内庐以居之，不令与外事。其慎择醇谨通达者以闻。'时举臣名入对，上心识之。自是再四咨询，对者无异词。"① 恰逢"三藩之乱"爆发，康熙帝的这一想法被暂时搁置。但由张英的记载可知，当时康熙帝关于选择内廷词臣入值及入值人员、职能、形式的想法已经初具雏形，且强调了不令入值人员参与外朝之事的想法。

逮至康熙十六年（1677），"三藩之乱"基本平定，此前的设想再次被提上议程。本年十月二十日，康熙帝申说诉求，谕令大学士勒德洪、明珠开始着手准备："朕不时观书写字，近侍内并无博学善书者，以致讲论不能应对。今欲于翰林内，选择二员，常侍左右，讲究文义。但伊等各供厥职，且住外城，不时宣召，难以即至。着于城内拨给闲房，停其升转，在内侍从，数年之后，酌量优用。再如高士奇等能书者，亦著选择一二人，同伊等入值。尔衙门满汉大臣，会议具奏。"② 大学士等也当即进行了回应："随会议，口奏：'皇上勤学书写，甚盛事也，皆应钦奉上谕遵行，选择翰林，寻取善书之人，相应交与翰林院可也。'奉旨：'依议。'"③ 十月二十一日，大学士明珠传谕大学士李霨、杜立德、冯溥，学士项景襄、李天馥曰："尔衙门汉大学士、学士将翰林各官内素有名望无疾病者，选择数员据奏。"④ 十月二十二日，大学士李霨、杜立德、冯溥，学士项景襄、李天馥口奏："翰林各官俱属翰林院，臣等应会同翰林院掌院学士选择具奏。" 得到康熙帝的允许后，"内阁会同翰林院选择张英等翰林五员具奏"⑤。由此，继康熙十二年之后的第二次讨论暂时告一段落。

本次讨论过程有四点值得注意：其一，出于观书、写字这两类需求，康熙帝需要的是博学翰林、善书之人这两类人才。其二，康

---

① （清）张英：《内廷应制集序》，江小角、杨怀志点校《张英全书》上册，第319页。
② 徐尚定标点：《康熙起居注》第一册，东方出版社2013年版，第276页。
③ 徐尚定标点：《康熙起居注》第一册，第276页。
④ 徐尚定标点：《康熙起居注》第一册，第297页。
⑤ 徐尚定标点：《康熙起居注》第一册，第297页。

熙帝此时希望入值者仅"在内侍从",停其外朝之升转,实则是对"不令于外事"的再次强调。其三,文学侍从入值之事,最初交由内阁满大学士、勒德洪、明珠属理,随后由满大学士明珠传谕由汉大学士、学士李霨等人负责,最终由翰林院提供合适的人员名单。这显示出满、汉官员在当时的权力等级,同时也表明康熙帝有意选择汉族翰林入侍左右。其四,此时入值翰林乃是由翰林院遴选而生,遴选过程仍受外朝制度的约束,且从列举名单来看,以张英为例,他此时官为翰林院侍讲学士,其上仍有侍读学士、掌院学士二级,在翰林官内并非级别最高者。且应为从五品,品秩不高。

康熙十六年(1677)十一月十八日,入值人员、入值待遇和入值职能基本确定。本日,康熙帝谕令大学士勒德洪、明珠道:"着将侍讲学士张英在内供奉,张英着食正四品俸。其书写之事一人已足,应止令高士奇在内供奉,高士奇着加内阁中书衔,食正六品俸。伊等居住房屋,着交与内务府拨给。"① 又谕勒德洪、明珠:"尔等传谕张英、高士奇,选伊等在内供奉,当谨慎勤劳,后必优用,勿得干预外事。伊等俱系读书之人,此等缘由虽然明知,着仍恪遵朕谕行。"② 最终确定张英、高士奇为第一批入值人员。此前康熙帝曾命选择翰林二员、善书者一二人,但是此时翰林仅有张英、善书者仅有高士奇入值,显然入值人数还有可以补充的余地。张英为从五品,入值内廷后食正四品俸,高士奇本为太学生,因书法得康熙帝赏识,得以留在翰林院办事,入值内廷后加内阁中书衔,食正六品俸,且二人居住房屋,均由内务府拨给,凡此种种,均显示出康熙帝对入值词臣的优待。而高士奇的非进士出身与非翰林身份,也代表着入值人员身份非规定性的一面。此外,康熙帝对"勿得干预外事"的再次强调,表明在他的最初设想中,入值内廷者应当履行且仅履行纯粹的文化职能。

张英与高士奇的正式入值时间,正史并未明确记载,但在张英、

---

① 徐尚定标点:《康熙起居注》第一册,第302页。
② 徐尚定标点:《康熙起居注》第一册,第302页。

高士奇二人的诗文集中有迹可循。康熙二十一年（1682），高士奇扈从康熙帝东巡盛京，张英则因返乡葬父，不能扈从。临别之际，高士奇感叹道："学士臣张英、编修臣杜讷送驾至郭外。臣英时已得请南还，于上马前叩辞。念臣士奇与学士臣英自康熙十六年（1677）十二月十七日同时入值大内南书房，接步随肩，将及五载，晨夕无间，一旦南北分携，马上言别，不禁黯然。"① 明确记录了与张英在康熙十六年十二月十七日同时入值南书房。张英《南书房记注》逐日记录了入值情形，起始日期亦为康熙十六年十二月十七日。且其十二月十七日首句记载道："上命日讲起居注官、翰林院侍讲学士、支正四品俸臣张英，内阁撰文中书、支正六品俸臣高士奇于南书房侍从。"② 同样表明二人是在当天第一次入值。

再者，结合谕令和张、高二人的记载可以推测，临近入值之时，内值地点才最终确定在南书房。需要注意的是，"南书房"并非产生于张英、高士奇入值之后，而是本有其称，在二人入值之前曾作它用。据张英记载："迄十六年丁巳冬，有内廷供奉之命，赐邸舍于瀛台之西，辰而入，终戌而退。乾清宫之西南隅，曰'南书房'，上旧所御读书处也。"③ 也就是说，南书房本有其地，位于乾清宫西南隅，原为康熙帝之书房。自康熙十六年十二月十七日开始，南书房开始由康熙帝旧书房正式转变为内廷词臣侍值之所。懋勤殿是康熙帝学习、理政之地。选择南书房作为词臣内值之所，与其靠近懋勤殿、方便康熙帝随时传召词臣不无关系。

综上，康熙帝在设立南书房之时，多次强调内值者不得参与外朝之事。南书房地处禁廷，入值者是真正的天子近臣，康熙帝告诫张英与高士奇勿与外事，既是切实希望南书房翰林可以充分发挥文化职能，也是要求其保持对帝王的绝对忠诚，避免牵扯外朝政治势

---

① （清）高士奇：《扈从东巡日录》卷上，载《清代蒙古游记选辑三十四种》上册，第220页。
② （清）张英撰：《康熙十六年十二月〈南书房记注〉》，王澈点校，《历史档案》2001年第1期。
③ （清）张英：《内廷应制集序》，江小角、杨怀志点校《张英全书》上册，第319页。

力。同时，康熙帝对汉族翰林的有意选择，也显示出借助南书房学习汉族文化、笼络汉族士人的双重目标。此后，南书房沿着康熙帝最初的设想不断发展，按照不同时期内廷与外朝的关系特点，大致可以分为三个发展阶段，下文将分别对南书房成立之后的三个发展阶段作详细介绍。

二　第一阶段：内外区隔，不与外事

以康熙二十一年（1682）为界，在此之前为南书房发展的第一阶段。这一阶段南书房的具体情况，详见于张英的《南书房记注》。

本阶段南书房入值人员稀少，可分为常值者和临时入值者。常值者为张英、高士奇、励杜讷，三人均在内廷供奉，不参与外朝事务，具有较为明确的分工。张英负责与康熙帝研讨经史，《南书房记注》对此有清晰记载，如康熙十六年（1677）年十二月二十日，张英记道："辰时，上召臣英至懋勤殿。上亲复诵'平天下'一章。巳时，上召臣英至懋勤殿。上阅《通鉴纲目·前编·唐尧帝纪》十条。"[1] 由此可见张英在这一阶段侍值内廷的具体情况：懋勤殿是康熙帝日常处理政务、学习经史之地，南书房是张英每日侍值之所，康熙帝在学习经史之际，常常会召张英从南书房前往懋勤殿陪侍。在侍值过程中，君臣二人时有讨论，如康熙十七年（1678）二月二十一日："巳时，上召臣英至懋勤殿，上复诵'帝曰：俞，地平天成'四节，又亲讲'皋陶曰：帝德罔愆'三节。上曰：'帝德罔愆'一节，朕常涵泳理会，其赞帝舜如天之仁，该括已尽。如'与其杀不辜，宁失不经'二语，觉圣人慈爱恻怛之意，千载如见。臣英对曰：此一节正是圣人与天地合德处，盖天地以生物为德，圣人以体天为心，皇上涵泳此数语，便是仰契天心。"[2] 由于君臣关系所限，张英对讨论过程的记述以称颂康熙帝为主，但细读张英言语，在顺

---

[1] （清）张英撰，王澈点校：《康熙十六年十二月〈南书房记注〉》，《历史档案》2001年第1期。

[2] （清）张英撰，王澈点校：《康熙十七年〈南书房记注〉》，《历史档案》1995年第3期。

从帝意的基础之上,亦不乏对经义的生发和对帝王的引导。

高士奇则负责与康熙帝讨论文学辞章,从《南书房记注》的记载来看,初入南书房时,高士奇主要是陪同康熙帝阅读唐诗。如康熙十六年(1677)十二月二十五日,"酉时,上召臣士奇至懋勤殿。上阅唐诗七首"①。二十六日,"酉时,上召士奇至懋勤殿。上亲阅唐诗六首"②。至康熙十七年四月,在侍读唐诗之外,也陪同康熙帝阅读古文。如康熙十七年四月初四:"巳时,上召士奇至懋勤殿,上阅古文一卷。"③ 六月十四日,"未时,上召士奇至乾清宫,上阅古文十篇,唐诗五首"④。在侍值过程中,康熙帝时常向高士奇谈起对唐诗的理解,如康熙十六年十二月二十日,"未时,上召臣至懋勤殿。谕曰:'朕于经史之暇则阅唐诗。前代帝王,惟唐太宗诗律高华,朕亦常于宫中即景命题,以涵泳性情。'臣士奇奏曰:'从来政治、文翰难以相兼,今皇上勤民听政,日理万机,又于经史词翰无不究心,诚前代罕见也。'"⑤ 约自康熙十七年(1678)五月起,高士奇开始随张英陪同康熙帝阅读《资治通鉴》,如康熙十九年(1680)五月十一日,《南书房记注》曰:"未时,上召臣英、臣士奇至懋勤殿。上亲讲《通鉴》'秦王龁攻赵上党'一章,'楚以荀况为兰陵令'一章。"⑥

此外,高士奇初由"监生充书写序班"⑦,并非科举翰林出身,乃是因书法而得康熙帝赏识。进入南书房后,康熙帝更是时常与其探讨书法,如康熙十六年(1677)年十二月二十四日,《南书房记注》云:"未时,上召臣士奇至懋勤殿。上宸翰金书《御制元旦进

---

① (清)张英撰,王澈点校:《康熙十七年〈南书房记注〉》,《历史档案》1995年第3期。
② (清)张英撰,王澈点校:《康熙十七年〈南书房记注〉》,《历史档案》1995年第3期。
③ (清)张英撰,王澈点校:《康熙十七年〈南书房记注〉》,《历史档案》1995年第3期。
④ (清)张英撰,王澈点校:《康熙十七年〈南书房记注〉》,《历史档案》1995年第3期。
⑤ (清)张英撰,王澈点校:《康熙十六年十二月〈南书房记注〉》,《历史档案》2001年第1期。
⑥ (清)张英撰,王澈点校:《康熙十九年〈南书房记注〉》(一),《历史档案》1996年第3期。
⑦ 王钟翰点校:《清史列传》卷十《高士奇》,第三册,中华书局1987年版,第683页。

衣太皇太后前奏文》，命臣士奇侍观，因奏曰：'皇上楷书深得《乐毅论》兼《黄庭经》笔法。'上曰：'朕向来作书，若一字结构未妥，必连书数十字，然后取古人法帖证之，豁然有会。'臣士奇对曰：'皇上读书作字，惟常自见不足，所以益造精深，正古人日新不已之意也。'"① 或是因为书法出众，高士奇还承担着众多纂辑书写的任务，康熙十七年（1678）五月初十，康熙帝下发的一道谕旨透露了这一信息。其手敕谕高士奇曰："尔在内办事有年，凡密谕及朕所览讲章、诗文等件，纂辑书写甚多，实为可嘉，特赐表里十匹，银百两，以旌尔之勤劳。特谕。"② 可见高士奇书写了大量的密谕、讲章与诗文。

励杜讷作为常值人员，在《南书房记注》中的存在感远远弱于张英与高士奇，留存记录也较少，因而，虽然励杜讷也是南书房成立初期的重要入值人员，但目前学界对励杜讷何时入值及具体的入值情形还缺少清晰的勾勒。康熙十七年（1678）八月初五，励杜讷第一次出现在《南书房记注》中："西洋贡狮子至，臣陈廷敬、臣叶方蔼奉旨在内编纂，因同臣英、臣士奇、臣讷各赋'西洋贡狮子歌'进呈御览。"③ 细读其言，不难发现张英、高士奇、励杜讷早已身在南书房，而陈廷敬、叶方蔼则是因编纂在内。进一步考察相关文献，康熙十七年（1678）闰三月二十一日，《康熙起居注》曰："上召翰林院掌院学士陈廷敬、侍读王士禛至南书房，同侍讲学士支正四品俸张英、内阁撰文中书舍人支正六品俸高士奇编辑。"④ 尚未提及励杜讷。王士禛《蒙恩颁赐五台山新贡天花恭纪》有序云："戊午闰三月，臣士禛同翰林院掌院学士臣廷敬、侍读学士臣英、中书舍人臣士奇内值南书房。"⑤ 王士禛的记录中也没有励杜讷的身

---

① （清）张英撰，王澈点校：《康熙十六年十二月〈南书房记注〉》，《历史档案》2001年第1期。
② （清）张英撰，王澈点校：《康熙十七年〈南书房记注〉》，《历史档案》1995年第3期。
③ （清）张英撰，王澈点校：《康熙十七年〈南书房记注〉》，《历史档案》1995年第3期。
④ 徐尚定标点：《康熙起居注》第一册，第319页。
⑤ （清）王士禛：《渔洋续诗集》卷十一《蒙恩颁赐五台山新贡天花恭纪有序》，袁世硕主编《王士禛全集》第二册，齐鲁书社2007年版，第886页。

影。因此励杜讷的最初入值时间，或是在康熙十七年（1678）闰三月初一之后、八月初五之前。

另一位南书房翰林陈元龙为其诗集《松乔堂诗稿》所撰后序则揭示了励杜讷的常值性质："先是欲得宏通博雅、学术醇正之儒，与共讨论而折衷之，特简在廷，入备顾问，而我师静海励大宗伯文恪公实首膺是选，赐邸瀛台之右，卯而入，酉而出，不徒词章偶俪之学也，每有行幸，公未尝不从，昼日三接，眷予优渥，所称南书房供奉，实昉于此。……时余馆师桐城文端张公暨平湖文恪高公同膺入值之命，此唱彼赓，和鸣协应，洵遭际明良之盛事也。"① 陈元龙的描述显示，励杜讷和张英、高士奇一样，均由康熙帝"赐邸瀛台之右"，都属于第一批供奉的常值人员。

由于励杜讷在《南书房记注》中出现的频次较低，且行动以应制赋诗为主，其在南书房内的具体职责不明。《清史列传》记载了励杜讷受到康熙帝赏识的原因："励杜讷，直隶静海人。初以杜姓为生员。康熙二年，纂《世祖章皇帝实录》，选善书之士，杜讷试第一，赴馆缮录。告成，议叙，授福建福宁州州同，命留南书房行走，食六品俸。"② 与高士奇类似，励杜讷也并非科举翰林出身，同样以善书而进，且在《南书房记注》中又并未有其陪同康熙帝阅读经史的记录，由此可以推测，励杜讷在南书房的主要职责，应与书写、誊抄等有关。

这一时期的临时入值人员，主要包括陈廷敬、王士禛和叶方蔼。第一次临时入值始于康熙十七年（1678）闰三月二十一日，临时入值人员为陈廷敬与王士禛，主要任务是入内编辑，编辑内容不明。至于具体的入值情形，陈廷敬记载道："闰三月二十一日，予与侍读王君贻上（士禛）被召入值乾清宫之南殿，宫中所谓南书房者，侍读学士张君敦复（英）晨夕侍上之值房也。予与贻上入值二十有八

---

① （清）陈元龙：《松乔堂诗集后序》，载（清）励杜讷：《松乔堂诗集》，国家图书馆藏抄本。
② 王钟翰点校：《清史列传》卷九《励杜讷》，第三册，第654页。

日……方是时，含桃始熟，大官初进御，命彻御前盘以赐之。自是则日以为常，风露浓郁，色味兼美，诸臣日得餍饫焉。盖自予与贻上入以及出，含桃之赐相终始也。出之前二日，敦复语予曰：'他日归江南，置隙地为园，构亭其中，名其园为学圃之园，名其亭为也红之亭，子为我记此亭也。'"①这段话为我们留下了早期南书房的诸多信息。首先，"晨夕侍上"，印证了张英这一阶段"不与外事"的内值特征。其次，"入值二十有八日"则表明陈廷敬与王士禛属于连续的临时、短期入值。再次，"入以及出""出之前二日"中明确的"入"与"出"等字眼，加上入值南书房期间，陈廷敬、王士禛均未同时参与外廷活动，这显示出早期南书房入值与外廷职务之间存在严格的区隔。

第二次临时入值始于康熙十七年七月十八日，先后入值者为陈廷敬、叶方蔼、王士禛，终止时间或为九月之后。据载，本年（1678）七月十八日，康熙帝"召翰林院掌院学士陈廷敬、侍读学士叶方蔼入值南书房"②。八月初五日，张英记曰："时，西洋贡狮子至，臣陈廷敬、臣叶方蔼奉旨在内编纂。"八月初六，康熙帝又"召掌院学士陈廷敬、侍读学士叶方蔼、侍讲学士张英、内阁中书高士奇、支六品俸杜讷，同观狮子。……因退归南书房，各赋七言律诗一首以进。"③ "退归南书房"表明此时陈廷敬、叶方蔼在南书房入值。八月十八，张英记曰："臣陈廷敬同侍读学士臣王士禛恭进诗稿，上命臣廷敬、臣方蔼、臣士禛于御前各赋《经筵诗》一章，随命臣士奇捧御制诗集至南书房赐观，传上谕曰：'朕万机之暇，偶有吟咏，未能深造古人。因尔等在内编纂，屡次请观，故出以示尔等。'"④康熙帝之语，表明除陈廷敬、叶方蔼之外，王士禛因编纂任务再次入值南书房。又因陈廷敬在本年七月作《早赴内值同贻

---

① （清）陈廷敬：《也红亭记》，张建伟点校《陈廷敬集》第二册，第632页。
② 《圣祖仁皇帝实录》卷七十五，《清实录》第四册，第969页。
③ 徐尚定标点：《康熙起居注》第一册，第334页。
④ 徐尚定标点：《康熙起居注》第一册，第336页。

上》，其中有"月明骑马共婆娑"①之句，可知王士禛虽然或于陈廷敬、叶方蔼之后才加入本次临时入值，但是入值时间应当也始于七月。本年九月九日，高士奇有《九日值大内南书房同掌院学士陈公侍读学士叶讱庵张敦复两先生杜近公同年限登字高字》②一诗，表明陈廷敬、叶方蔼等本次入值，应该至少持续到了本年九月。

与第一次临时入值不同的是，本次临时入值人员在内值期间，仍然承担经筵、日讲等外廷活动。以陈廷敬、叶方蔼为例，二人时常出现在七月、八月间的日讲中，如七月二十八日，"讲官喇沙里、陈廷敬、叶方蔼、张玉书进讲"，③七月二十九日、八月初一、八月初二等皆如是，这显示出内廷入值方式的初步转变。同时，陈廷敬等人的外廷日讲，与张英、高士奇在内廷的侍读、侍讲形成互补。但是除日讲、经筵之外，陈廷敬等人并未参与外廷政治事务。

综上，在康熙朝，早期南书房主要由张英、高士奇、励杜讷三位常值者和陈廷敬、王士禛、叶方蔼三位临时入值者构成。从南书房翰林承担的具体职责来看，常值者主要承担侍奉康熙帝学习经史，纂辑书写讲章、诗文和密谕等职责，临时入值者则多是因编辑需要短期入值。由于康熙帝此时尚处于壮年求知阶段，张英、高士奇等人对经史、诗文的讲解，在康熙帝汉文化修养的提升过程中发挥了重要作用。值得注意的是，在入值南书房期间，常值者始终不承担外廷事务，"不与外事"的特征较为显著。临时入值者在内值时本不处理外廷事务，后来逐渐转变为内值时仍承担外廷日讲，内外区隔呈现减弱趋势。但是，总体而言，这一时期的入值者，主要承担为康熙帝讲授经史、编辑书籍、抄写誊录等文事，不涉政治。

三 第二阶段：内应外合，参与党争

康熙二十一年（1682）至康熙二十九年（1690），可以视为康

---

① （清）陈廷敬：《早赴内值同贻上》，张建伟点校《陈廷敬集》第一册，第208页。
② （清）高士奇：《苑西集》卷一，（清）高士奇：《清吟堂全集》，《清代诗文集汇编》第一六六册，第382页。
③ 徐尚定标点：《康熙起居注》第一册，第336页。

熙朝南书房发展的第二阶段。在这一阶段，南书房快速壮大，其运转方式及性质较此前发生了较大转变。

首先，入值人员在已有人员基础上有所更新。张英于康熙二十一年（1682）返乡葬父，二十四年（1685）返京，继续入值南书房。高士奇则先后扈从康熙帝东巡盛京、西巡清凉山等，虽或因扈从离开乾清门内的南书房值庐，但是始终作为南书房翰林供奉于康熙帝身边。励杜讷也一直在内。上一阶段的临时人员中，陈廷敬的身影再次出现在康熙二十四年秋之后的南书房中，这在其他南书房翰林的别集中可以找到痕迹，如高士奇本年作有《立秋后五日御史大夫陈公少司农王俨斋入值大内南书房再用前韵》①，王鸿绪集中则有《岁除前二日侍值南书房蒙恩赐左都御史臣陈廷敬户部侍郎臣鸿绪各内府表里八端恭纪》②，表明陈廷敬大致在康熙二十四年（1685）秋第三次进入南书房。

除张英、高士奇、陈廷敬等"旧人"之外，朱彝尊、王鸿绪、徐乾学等"新人"先后入值南书房。康熙二十二年（1683）正月二十日，朱彝尊被召入南书房，有《二十日召入南书房供奉》③一诗为证。二月二日，又赐居禁垣，作《二月初二日赐居禁垣》④一诗。朱彝尊之后，王鸿绪、徐乾学几乎在同一时期进入南书房。康熙二十四年春，张伯行为王鸿绪所撰墓志云："乙丑正月，入值南书房。"⑤ 韩菼为徐乾学所撰行状曰："乙丑，升内阁学士，兼礼部侍郎。……时公奉命日值南书房。"⑥ 考徐乾学升为内阁学士的时间

---

① （清）高士奇：《苑西集》卷五，（清）高士奇：《清吟堂全集》，《清代诗文集汇编》第一六六册，第411页。
② （清）王鸿绪：《望云集》，（清）王鸿绪：《横云山人集》卷十三，《清代诗文集汇编》第一六八册，第213页。
③ （清）朱彝尊：《曝书亭集》卷第十一，王利民校点《曝书亭全集》，吉林文史出版社2009年版，第167页。
④ （清）朱彝尊：《曝书亭集》卷第十一，王利民校点《曝书亭全集》，第168页。
⑤ （清）张伯行：《皇清诰授光禄大夫经筵讲官户部尚书加六级王公墓志铭》，（清）张伯行：《正谊堂续集》卷七，《清代诗文集汇编》第一八二册，第296页。
⑥ （清）韩菼：《资政大夫经筵讲官刑部尚书徐公行状》，（清）韩菼《有怀堂文稿》卷十八，《清代诗文集汇编》第一四七册，第236页。

为本年三月八日，①则其入值时间或在三月八日后，由此可知，王鸿绪、徐乾学二人进入南书房的时间，应均在康熙二十四年（1685）春。

其次，南书房作为内廷非正式机构，与外朝的关联增强，主要表现在南书房翰林承担内外双重职能的普遍化，其中以张英最具典型性。由于康熙的帝王思想体系已经基本成熟，张英的帝师色彩弱化。前期"不与外事"的张英，虽然官职历经侍讲学士、侍读学士、翰林院学士兼礼部侍郎等变化，但具体职责未出内廷，基本未涉外务。康熙二十四年，张英返京，其外朝官职呈现"频徙累迁"的状态，其次子张廷玉为其所撰行述云：

> 府君遂于（乙丑）（1685）七月入都，补原官，充日讲起居注官。……丙寅（1686）三月，升翰林院掌院学士兼礼部侍郎，教习乙丑科庶吉士，充《政治典训》总裁官。……十二月升兵部右侍郎。丁卯（1687）三月，刑部汉堂官俱缺员，上命府君署理……六月调礼部右侍郎，兼翰林院学士，奉旨充经筵讲官。九月转礼部左侍郎，兼翰林院学士，兼管詹事府詹事事。承命侍从东宫，朝夕进讲经书。……戊辰（1688）奉旨，充文武殿试读卷官……（己巳）（1689）十二月升工部尚书，兼管詹事府詹事事。庚午（1690）六月，奉旨兼管翰林院掌院学士事，充《大清一统志》《礼记日讲解义》总裁官，七月调礼部尚书，仍兼管翰林院、詹事府事。容台、官尹、词曹为国家礼乐文章之府，府君以一人绾三绶。②

张廷玉的这段话，详细记载了其父在康熙二十四年（1685）至康熙二十九年（1690）间的外朝职务变动情况。关于张英这一阶段

---

① 《圣祖仁皇帝实录》卷一二〇，《清实录》第五册，第259页。
② （清）张廷玉：《先考予告光禄大夫文华殿大学士兼礼部尚书谥文端敦复府君行述》，载（清）张英撰，江小角、杨怀志点校《张英全书》下册，第482—483页。

究竟还有没有继续供奉内廷,虽缺少明确记载,但可以在时人文集中找到线索。康熙二十六年(1687)张英在署刑部事务,对其署理详情,张廷玉记载道:"府君受事后,一以钦慎平恕为主,昼供奉内廷,张灯后退值,即秉烛阅招册至夜半,不少休。诸所平反,悉当圣意。"① 说明张英在刑部任职时仍在供奉内廷。"与公联事最久"的陈廷敬亦言其"洊历部院,及参大政,入侍帷幄,出践台阁"②。张英的桐城好友也在诗歌中提及他在这一阶段的内值。钱澄之(1612—1693),桐城人,诗文颇负盛名。康熙二十七年(1688)秋,钱澄之准备离都前跟张英告别,其诗曰:"禁城西出是君家,客到门前听暮鸦。上值只疑天欲曙,退朝多在日初斜。"③ 潘江(1619—1702)也是桐城名士,与张英为一生知交,康熙三十一年(1692)春,张英寄书与潘江,潘江以诗十首回之,其一曰:"闻道然藜日值庐,故乡鱼雁少开书。稔知嗫嗒乱人意,且借诗篇问起居。"④ 据诗意可以推测张英在书中向其谈及内值忙碌之事。由此,可见张英之南书房行走职权并未因为出任外朝而消失。再如徐乾学,在外朝担任内阁学士,在内廷侍奉南书房,其兼职方式是"辰入阁中,理事毕即入值,从容文墨,亦时有所献纳"⑤。这都表明南书房翰林"不与外事"的规则已然成为历史。南书房翰林走出内廷,走向外朝,显示出南书房政治职能的增强,也是康熙帝加强帝王集权的重要方式。

最后,伴随着南书房与外朝的沟通,党争激烈成为这一阶段南书房发展的重要特征。高士奇对朱彝尊的排挤是其中较为典型的党

---

① (清)张廷玉:《先考予告光禄大夫文华殿大学士兼礼部尚书谥文端敦复府君行述》,载(清)张英撰,江小角、杨怀志点校《张英全书》下册,第482页。
② (清)陈廷敬:《桐城先生挽诗四十韵有序》,张建伟点校《陈廷敬集》第二册,第378页。
③ (清)钱澄之:《将出都过张宗伯梦敦话别》,(清)钱澄之:《田间诗集》,《四库禁毁书丛刊》集部第一四五册,北京出版社1997年版,第422页。
④ (清)潘江:《木厓续集》卷二〇《以诗代书寄澡青掌院十首》其一,《清代诗文集汇编》第六十九册,第447页。
⑤ (清)韩菼:《资政大夫经筵讲官刑部尚书徐公行状》,(清)韩菼《有怀堂文稿》卷十八,《清代诗文集汇编》第一四七册,第236页。

争事件，对此，时人李光地记载道：

> 泽州语予曰："当日潘次耕、朱锡鬯在南书房，与高澹人不过时文论头略不相下，澹人便深衔之，一日语予曰：'如此等辈，岂独不可近君，连翰林如何做得！'予曰：'如此等人，做不得翰林，还有何人可做？次耕略轻些，至朱锡鬯还是老成人。'高士奇愤然作色曰：'甚么老成人！'将手炉竟掷地，大声曰：'似此等人，还说他是老成人，我断不饶他！'"①

康熙二十三年（1684）正月，朱彝尊便因"以楷书手王纶自随，录四方经进书"②事，遭学士牛钮弹劾，被谪出南书房。同里杨谦为朱彝尊作年谱时指出，朱彝尊被弹劾，乃是"忌者潜请牛学士纽形之白简"。"忌者"或为高士奇，其背后乃是明珠一党。朱彝尊被谪出南书房之后，王鸿绪、徐乾学进入南书房，"朝中形成了以徐乾学、王鸿绪、高士奇为首的江浙官僚集团"③，在当时甚至产生了"九天供赋归东海（徐乾学），万国金珠献澹人（高士奇）"④的传言。起初，高士奇、徐乾学等人均为明珠、余国柱所用，后又分立成南北党。康熙二十七年（1688）二月，在康熙帝的授意之下，高士奇联络徐乾学等人参劾明珠、余国柱，明珠、余国柱因此被革职。随后，高士奇、徐乾学、王鸿绪等江浙官员集团内部之间也产生龃龉。对这一阶段党争的复杂情况，邓之诚曾写道："鸿绪于徐乾学为门生（康熙十二年乾学主考时王成进士），于高士奇为姻戚。三人奉

---

① （清）李光地：《榕村续语录》卷十五《本朝时事》，陈祖武校点，中华书局1995年版，第758页。

② （清）朱彝尊：《曝书亭集》卷第六十一《书棱铭并序》，王利民校点《曝书亭全集》，第615页。

③ 刘建新：《高士奇》，王思治、李鸿彬主编《清代人物传稿》上编第八卷，中华书局1995年版，第175页。

④ （清）爱新觉罗·昭梿撰，冬青校点：《啸亭杂录 续录》卷一《优容大臣》，上海古籍出版社2012年版，第5页。

密谕合谋以逐余国柱、明珠。复自立党相角，遂至俱败。"① 所谓"俱败"，是指康熙帝二十七年（1688），张汧案发，辞连徐乾学、高士奇、陈廷敬等人。徐、高等上疏请归，康熙帝将其以原官解任，命徐乾学"仍领各馆总裁，三日一值内廷"②，高士奇"修书副总裁之项，着照旧管理"③，四日一至内廷。④ 至康熙二十八年（1689），徐乾学与高士奇、王鸿绪等人互相揭发，康熙帝命其皆休致回籍。激烈的党争，是内廷与外朝联通的必然结果。

另需注意的是，随着康熙的帝王思想体系基本成熟，张英等南书房翰林的帝师色彩逐渐弱化，但仍通过承担编辑书籍这一重要职责发挥着文化作用。以徐乾学为例，康熙二十八年（1689），徐乾学在休致回籍之前，上《备陈修书事宜疏》，由此疏可见徐乾学当时承担的书籍编纂任务的具体情况：

> 管理修书总裁事务、原任刑部尚书臣徐乾学谨奏："臣于本年十一月二十二日具疏乞休，二十六日奉旨：'《一统志》关系重要，记载事务需详核。《宋元通鉴》原书抵牾舛错，议论多偏。卿学博才优，参订考据确实，纂集进览。这所奏，俱依议。行该部知道。钦此。'……加以精力就衰，更需一二相助。现在纂修《一统志》《明史》，支七品俸臣姜宸英、臣黄虞稷学问渊博，文笔雅健……在馆十年，尚未授职，分辑《一统志》已有成绪，若得随往襄助，一如在馆供职，庶编辑易成，事竣之日，仍赴史局，似为两便……臣所辑《明史》正德、嘉靖两朝《河渠志》，儒林、文苑等《传》，容臣一并带回编辑……《宋元通

---

① 邓之诚：《清诗纪事初编》卷四《王鸿绪》，上册，中华书局1965年版，第468页。
② （清）韩菼：《资政大夫经筵讲官刑部尚书徐公行状》，（清）韩菼《有怀堂文稿》卷十八，《清代诗文集汇编》第一四七册，第238页。
③ 王钟翰点校：《清史列传》卷十《高士奇》，第三册，第685页。
④ （清）高士奇：《疏请归田未蒙恩许再辞内值奉旨仍居禁城同臣廷敬臣乾学总裁两馆事务四日一至值庐恭纪》，（清）高士奇：《清吟堂全集》，《清代诗文集汇编》第一六六册，第526页。

鉴》，臣回籍亦当加意纂辑。"①

徐乾学之才学，深为康熙帝器重。因而，在外朝担任刑部尚书、在内廷充任南书房翰林之际，又负责管理修书总裁事务，同时编纂《一统志》《宋元通鉴》《明史》等书，可见徐乾学在内廷、外朝间不仅参与政治事务，亦延续着重要的文化职能。

总而言之，内廷与外朝间壁垒的打通，促使南书房这一内廷清切之地在本阶段成为外朝势力、内廷翰林的角逐之所。在这一阶段，南书房翰林不再仅仅是"不与外事"的内廷讲筵、编纂人员，在延续文化职能的同时，更以参与外朝政务而成为康熙帝在外朝的重要势力。内廷与外朝的双重职能和天子近臣的身份属性，赋予了南书房翰林不同于外廷朝官的政治权力，在朝野上下引发了激烈的党争。

四 第三阶段：内外流动，考察翰詹

自康熙二十九年（1690）至康熙末年，是康熙朝南书房发展的第三阶段。除去张英、励杜讷以及被召回朝、重新入值的陈廷敬、高士奇、王鸿绪之外，新入职的南书房翰林主要有张廷瓒、陈元龙、励廷仪、查昇、钱名世、蔡升元、查慎行、方苞、张玉书、蒋廷锡、陈壮履、杨瑄、何焯、张廷玉、汪灏、汪士鋐、储在文等人。本阶段的南书房，仍然在一定程度上承担着内外双重职能，编纂书籍仍是南书房翰林的重要日常，内部的权力争夺也仍然激烈。在此基础之上，本时期的南书房又出现了一些新的重要特征，使其成为康熙帝培养、考察人才的重要场所，这也成为南书房走出内廷的流动方式。

世代入值的现象在这一时期开始出现，并且成为影响南书房翰林入值的重要因素。张英、张廷瓒、张廷玉是父子先后入值的典型代表。张英作为首批入值的南书房翰林，直至康熙四十年（1701）

---

① （清）徐乾学：《备陈修书事宜疏》，（清）徐乾学撰《憺园文集》卷十，《清代诗文集汇编》第一二四册，第388—389页。

致仕方才离开南书房。张廷瓒是张英长子，因"每奉敕作字作文，时蒙嘉奖，遂奉命与诸公同入内廷"①。陈元龙与张廷瓒同时进入南书房，其《传恭堂诗集序》记录了二人的入值时间："癸酉（1693）之夏，又与先生同日被旨入值内廷，嗣后南巡北讨，吾两人辄同扈从，椒除豹尾，形影相依；碛雪边风，艰难同命。"② 也就是说，二人均在康熙三十二年（1693）入值南书房，此时张英尚在官。康熙四十一年（1702）十月，张廷瓒英年早逝。康熙四十三年（1704），张英早已致仕归乡，康熙帝又诏张英次子——张廷玉进入南书房。③ 选择张英父子三人入值，既是康熙帝对南书房老臣的优遇，也是康熙帝培养可靠人员的方式。张廷玉在入值南书房之前，张英对其谆谆教诲道："予侍从内廷三十余年，无事不仰荷圣明教诲指示，得以不致陨越，今汝复承值庐讲筵，地皆亲切，益宜小心谨慎，以报主知。"④ 南书房作为内廷亲切之地，其入值人员除去才华之外，还需要具备忠诚与谨慎这两样重要品质。康熙帝召张廷玉进入内廷栽培，在某种程度上是对张英家教的信任，也由此培植了忠于自身的南书房翰林家族。同时以父子入值的还有陈廷敬与陈壮履、励杜讷与励廷仪等，不再赘述。

轮值现象也开始出现。康熙帝既已在南书房翰林中栽培了张英、陈廷敬等近臣，在本阶段，南书房由于地处清切，越发成为康熙帝考察、培养人才的重要场所，轮值制度便是康熙帝为考察翰詹人才而设。康熙三十三年（1694）五月初七，康熙帝传谕兼管翰林院事尚书张英曰："翰林院原系文学亲近之臣，向因日讲时时进见，可以察其言语举止。近日进见稀少，讲官侍班，不过顷刻，岂能深悉？

---

① （清）张英：《诰授中议大夫日讲官起居注詹事府少詹事兼翰林院侍讲学士冢子廷瓒行略》，载江小角、杨怀志点校《张英全书》上册，第443页。
② （清）陈元龙：《传恭堂诗集序》，载（清）张廷瓒撰《传恭堂诗集》，《四库未收书辑刊》第七辑第二十九册，北京出版社2000年版，第49页。
③ （清）张廷玉：《先考予告光禄大夫文华殿大学士兼礼部尚书谥文端敦复府君行述》，载江小角、杨怀志点校《张英全书》下册，第486页。
④ （清）张廷玉：《先考予告光禄大夫文华殿大学士兼礼部尚书谥文端敦复府君行述》，载江小角、杨怀志点校《张英全书》下册，第486页。

尔与管翰林院事侍郎常书商酌，将翰林院、詹事府、国子监官员，每日若轮四员到南书房侍值，朕不时咨询，使作文、写字，可以知其人之高下，以备擢用。"① 日讲是帝王教育制度的重要组成部分，康熙帝早年十分重视日讲，先后择取了很多翰林充任日讲官，轮流每日为其讲解经史，因而可以在日讲时对讲官进行考察。康熙二十五年（1686），基本经史典籍讲毕，日讲也随之终止。因此，康熙帝感叹近来对翰林官未能深悉，也明确表示，召翰詹、国子监官员进入南书房，是为了观察其人之高下，以备擢用。参与轮值的杨名时详细记载了自己轮值当日的情形：

> 康熙三十三年（1694）闰五月初二日，入值，同班胡润、戴绂、王传、冉觐祖，黎明入禁中，候上听政毕，掌院张英从乾清门西门引入内廷。……既至南书房，随意坐阅书史……小内侍入奏，引入西暖阁，上朝夕读书处。……待之掌院请题，上出题限韵毕。小字注：读朱子文集五言律一首，限十四寒。赐座各一叩首，谢乃坐。小内侍各分韵本，每一诗成，内侍呈进，上手执细阅毕，交掌院看，随令写字，用高丽纸一幅，长二尺，阔尺余，写毕，亦交小内侍呈，阅过，一一收存大内，笔砚及铜尺、诗卷俱阁中预设。大约作诗止可一刻，余连问话写字共数刻，宫禁深严，唯闻昼漏声也。上复细问各人年纪、籍贯，俱启奏毕，上时有他语，问及各人，掌院恐应对有失，少闲即奏："诗、字已完，臣等请旨。"上点头，命出，仍至南书房。②

杨名时轮值当日，一共有五位轮值官员。由张英负责引入南书房，在南书房等候康熙帝传召。随后，五位轮值官员进入康熙帝日常读

---

① 徐尚定标点：《康熙起居注》第五册，第 39 页。
② （清）杨名时：《入值恭纪》，（清）杨名时撰《杨氏全书》卷三十三，《清代诗文集汇编》第二〇七册，第 690 页。

书的西暖阁，由康熙帝亲自出题考核。考核内容主要是诗歌和书法，年纪、籍贯等也会被问及。考核完成之后，五人仍回南书房继续侍值。综合来看，轮值考核过程可谓十分严格、整肃，可见康熙帝对以南书房轮值制度选拔人才的重视。康熙四十七年（1708），或是因为太子废立之事的纷扰，康熙帝暂停了轮值制度，此后又于康熙五十一年（1712）恢复，一直延续到康熙末年。要之，轮值制度是本阶段康熙帝考察、培植、笼络文臣的重要手段。

由于入值人员不断增加，轮值人员众多，且南书房成立已久，新旧南书房翰林之间形成年资差异，因此，选择负责人总督南书房事务，成为形势所需。现有记载中，南书房的负责人先后有两位，即张英与陈廷敬。雍正《山西通志》载："壬午三月，桐城张文端公致仕，命总理南书房事。自是部务毕辄入值，以为常。"① 指出张英、陈廷敬曾相继总理南书房。在张英致仕之后，陈廷敬统领南书房事务，且陈廷敬其实在外朝处理部务后即入值南书房。关于为何以张英、陈廷敬总理南书房，清人吴振棫猜度道："杨绳武撰陈文贞公廷敬神道碑云：'己卯，桐城相国张文端公致仕，遂命总督南书房云云。'按：文贞本值南书房，岂当时入值人多，以大臣统率之，遂云总督耶？"② 在吴振棫的猜想中，张英、陈廷敬总理南书房，或许是南书房入值人数增多的自然安排。张英、陈廷敬对南书房的管理，是南书房在壮大过程中必经的规范化道路，同时也显示出南书房作为非正式的机构，在康熙朝后期逐渐呈现出外朝部院的机构化特征。

在政治演变的视域下，南书房从内廷走向外朝是康熙帝皇权膨胀过程中朝政日趋"内廷化"的结果。在传统政治语境中，内廷象征皇权，与象征相权的外朝对立。祁美琴指出，逮至清朝，"随着皇权的膨胀，在外朝的地位急剧下降、内廷的核心权力枢纽地位凸显的同时，南书房、军机处的出现是其机构变革的标志。'内廷行走'

---

① （清）觉罗石麟监修，（清）储大文编纂：《山西通志》卷一二二，文渊阁四库全书影印本。

② （清）吴振棫撰，童正伦点校：《养吉斋丛录》卷四，第61页。

这一职衔的出现,则是职官变革的标志"①,南书房翰林亦称"南书房行走",是清朝"内廷行走"之一种,"内廷行走"的出现最早便与南书房有关。综合来看,康熙朝南书房始终承担着重要的文化职能,而其发展与演变,本质上是以内廷与外朝的权力拉锯为内在驱动力的,这使其成为映照康熙朝文化与政治的标志性存在。

第二节 南书房翰林职能及其与康熙帝关系之考察

南书房作为康熙朝才出现的非正式机构,实际上在当时并没有严格的职官体制与其相契合,其职能更多地体现为外朝职官体系的杂糅。具体来看,南书房翰林或为康熙帝讲解经史,或在内廷承担编校、抄写之责,就职务类别而言,这些与外廷翰林的职责范畴一般无二。另外,张英、陈廷敬、徐乾学等在内廷行走之时,也处理外朝工部、礼部、刑部实务,就职务类别而言,也无甚特别之处。因而,单纯根据职能来考察南书房的历史作用,并不能得出完全有效的结论。

相较于外朝常规职能部门,南书房的独特之处应在于其地处乾清门之内,位置清切,并由此进一步促进了南书房翰林与康熙之间近距离、长时间、高频次的君臣互动。这种互动基于具体的职能而展开,既有文化层面的,也有朝政层面的,赋予了南书房翰林区别于外朝职官的特质。也就是说,考察南书房的独特作用,必须立足于南书房翰林与康熙之间的特殊关系。因此,本节将结合康熙帝与南书房翰林的关系,尝试对南书房翰林的职能作进一步的探讨。

一 词臣讲筵与帝王亲讲

满汉之争与汉文化中根深蒂固的正统性之辨是康熙帝心中挥之不去的阴影。在青壮年时期,他主动学习儒家经典,企图在经史中寻找对抗正统性之辨的政治资源。康熙帝对于正统性的焦虑是其设

---

① 祁美琴:《从清代"内廷行走"看朝臣的"近侍化"倾向》,《清史研究》2016年第2期。

置南书房的深层原因,早期南书房翰林如张英、高士奇等也因此充当着帝师角色。

在南书房设立之前,帝王教育主要责成于经筵制度。经筵制度形成于宋代,是特为帝王讲论经史而设置的御前讲席,其主要目的是通过教授儒家经典成就君德。清代经筵制度主要包括经筵大典、日讲和经史进呈三项内容。① 其中,"经筵大典"主要发挥彰显康熙帝崇儒重道的仪典作用,持续到康熙末年。"日讲"则是讲官为康熙帝教授经史的主要途径,持续到康熙二十五年(1686)。南书房设立之时,康熙朝的经筵制度已肇开六年有余,日讲官先后为康熙帝讲授了《论语》②《大学》③《中庸》④《孟子》⑤,期间还加入过《资治通鉴》的部分内容。此外,在经筵大典中也曾讲授过《尚书》的部分章节。⑥

南书房成立之后,成为外廷日讲的重要补充。这首先体现在对外廷日讲内容的复习上。张英由日讲起居注官被选入值南书房后,其首要任务便是协助康熙帝复习日讲中学习过的经史内容,如对日讲中讲授过的《大学》和《中庸》,张英进入南书房后,先陪着康熙帝进行了系统的巩固。⑦ 其次则体现在对日讲学习内容的预习上。

---

① 陈东:《清代经筵制度》,《孔子研究》2009年第3期。陈东指出,清代经筵专指春、秋两季举行的经筵大典,即春讲与秋讲两个学期的开学典礼;日讲专指日常课程;经史进呈则指提供给皇帝自学或课外阅读的讲义。
② 应起于康熙十年(1671)四月初十,止于康熙十二年(1673)十一月二十日。其讲毕日期见徐尚定标点《康熙起居注》第一册,第122页。
③ 徐尚定标点:《康熙起居注》第一册,康熙十二年(1673)十一月二十一日——康熙十二年(1673)十一月二十九日,第122—124页。
④ 徐尚定标点:《康熙起居注》第一册,康熙十三年(1674)九月初五日——康熙十三年(1674)十一月十二日,第156—164页。
⑤ 徐尚定标点:《康熙起居注》第一册,康熙十三年(1674)十一月十四——康熙十六年(1677)十一月二十三日,第164—306页。
⑥ 参见陈东《康熙朝经筵次数及日期考》,《历史档案》2014年第1期。
⑦ 康熙十六年(1677)十二月十八日,《南书房记注》载曰:"辰时,上召臣英至懋勤殿,上亲诵《大学》圣经至右传之六章……上复亲讲所谓修身章起,至右传之九章止。"十二月二十一日,康熙帝又"召臣英、臣高士奇至懋勤殿,上亲复诵大学全部"。随后又用这种方式复习了《中庸》。参见(清)张英撰,王澈校点《康熙十六年十二月〈南书房记注〉》,《历史档案》2001年第1期。

如康熙十七年（1678）正月二十八日，康熙帝已经开始在南书房内预习《尚书》，① 而日讲官的《尚书》授讲直至本年二月二十日才开始。② 结合《南书房记注》和《康熙起居注》中记录的康熙帝的学习进程来看，在《尚书》的学习过程中，康熙帝始终坚持在张英的协助之下提前预习。

习经之外，康熙帝还在南书房翰林张英等的陪侍之下阅读了大量史书。首先便是《资治通鉴》。康熙十九年（1680）四月十日，《书经》讲授已毕，康熙对当日讲官道："朕思经史俱关治理，自宜并讲。尔等可进讲《易经》。将《通鉴》讲章陆续送入，令张英在内，每晚进讲《通鉴》。"③ 每晚在张英的陪读下加上了《资治通鉴》的学习。其次便是《明实录》。康熙十八年（1679）九月十八日，"上阅明仁宗、武宗实录"④。十九日，康熙更是与张英论及明武宗与明神宗之废弛游佚。⑤ 此后，他又先后阅读了《明宣宗实录》、《明英宗实录》和《明宪宗实录》等，与张英探讨明朝历代朝政之得失。

南书房翰林为康熙帝讲授经史，体现出汉族士大夫在康熙朝文治政策中由下至上对帝王的积极塑造。在讲授儒家经史的过程中，以张英为代表的南书房翰林时常以经义启沃君心，既注重向其阐发经史的理论性，又注重结合其现实焦虑向其诠释经史之实用性。君臣对于"几"的教与学便很鲜明地体现出这一教学特色和师授功能。所谓"几"，出自《尚书·益稷》，该书中有两段谈到"几"，其一是禹、舜间对话："禹曰：'都！帝，慎乃在位。'帝曰：'俞！'禹曰：'安汝止，惟几惟康。'"⑥ 其二为舜帝之感叹："帝庸作歌曰：

---

① "巳时，上召英至懋勤殿。上亲讲《书经》尧典'曰若稽古帝尧'四章。"参见（清）张英撰，王澈校点《康熙十七年〈南书房记注〉》，《历史档案》1995 年第 3 期。
② "辰时，上御弘德殿，讲官喇沙里、陈廷敬、叶方蔼进讲：曰若稽古帝尧一节、克明俊德一节。上亲讲毕，讲官照常进讲。"参见徐尚定标点《康熙起居注》第一册，第 313 页。
③ 徐尚定标点：《康熙起居注》第一册，第 470 页。
④ （清）张英撰，王澈校点：《康熙十八年〈南书房记注〉》，《历史档案》1996 年第 2 期。
⑤ （清）张英撰，王澈校点：《康熙十八年〈南书房记注〉》，《历史档案》1996 年第 2 期。
⑥ （清）爱新觉罗·玄烨钦定，（清）陈廷敬等编撰：《日讲书经讲义》，中国书店 2016 年版，第 52 页。

'敕天之命，惟时惟几。'"① 康熙十七年（1678）四月二十七日，康熙帝召张英至懋勤殿，与其讨论明季陋习之难去、人心之难改，其言曰："今人沿明季陋习，积渐日深，清操洁己难言之矣。职守亦多至旷怠，罕能恪勤。朝廷良法美意，往往施行未久，即为丛弊之地。朕常欲化导转移，每患积习难去。"② 由康熙之感叹，可见其清除积习、弘敷教化的决心。张英趁此机会引导康熙帝道：

> 人心风俗乃国家根本，但习染既非一朝，则转移亦自不易，惟在我皇上事事常用鼓舞之法，以潜移默化之，则人心自能丕变。臣常闻古人有言：人君之心，与斗杓相似。一东指，则天下熙然而春；一西指，则天下肃然而秋。发之者只在几微，应之者捷于影响。今使天下之人皆晓然于皇上意指之所在，争趋而应之，于以转移天下，如风行海流，虽积习不足为虑也。③

张英主要从两个方向引导康熙帝，一是指出身为帝王其"几微"之心具有巨大作用，进而委婉告诫康熙帝身为帝王言行尤要合于道统之义理，为天下人之法。二是希望康熙帝可以把握"几微"，转移人心习俗。随后，张英又在《书经衷论》中以义理强化了这一教学理路。④ 张英在《书经衷论》中详细阐释其义理道：

> 圣人最重者几，故曰一日二日。万机曰维几，维康曰维时。维几，天下治乱安危之关，人才邪正进退之介。在人主庙堂之上，不过几微念虑之间耳。失此不谨，遂至横决而不可收。故

---

① （清）爱新觉罗·玄烨钦定，（清）陈廷敬等编撰：《日讲书经讲义》，第60页。
② （清）张英撰，王澈校点：《康熙十七年〈南书房记注〉》，《历史档案》1995年第3期。
③ （清）张英撰，王澈校点：《康熙十七年〈南书房记注〉》，《历史档案》1995年第3期。
④ 《书经衷论》是张英"每当讲筵余暇，退入值庐，伏读《尚书》，偶有一知半见，录以纪之"而成，它和《易经参解》《易经衷论》等书均是张英在南书房进讲《书经》《易经》的过程中为加强君心启沃而编撰的重要辅助读物。

日知几者其神乎!①

借助经书阐释文本，张英再次向康熙帝申说帝王"几"之重要性，引导康熙通过掌控一己之"几微念虑"控制天下治乱安危与人才邪正进退。正如张英所言，帝王"几微"之心，可以迅速转移天下。以张英为代表的汉族士大夫以儒家义理教育帝王，显示出南书房翰林在责成君德的过程中所发挥的重要作用。

尤需注意的是，康熙在讲筵中并不是完全被动地接受，反过来也会通过亲讲的方式来由上而下对南书房翰林进行规训。康熙十六年（1677）四月十四日，日讲之时，康熙帝对讲官道："朕先亲讲一次，然后进讲。"讲官喇沙里、陈廷敬、叶方蔼等均"拱立听讲"。② 这应是其第一次亲讲。五月十二日，康熙帝再次亲讲，接着讲官照常进讲③，此后先由康熙帝亲讲、再由讲官进讲成为日讲的主要形式。南书房成立之后，康熙帝也时常在内廷亲讲，如康熙十八年（1679）六月十五日，康熙帝召张英至懋勤殿，为其亲讲《尚书》"周公曰：'呜呼！我闻曰，在昔殷王'"三节及"其在祖甲"二节。④ 张英将本次康熙亲讲的内容记录了下来：

因讲殷三宗无逸之效，上曰："自古帝王崇信方士以求神仙者，不可胜数，如唐之宪宗、武宗、宣宗，皆饵金石之药以求寿考，而不知反以自戕其生，覆辙相寻而不知悔，昔人每深叹其愚。此皆未知无逸可以致寿，圣贤原有切实可信之理也。"臣英对曰："圣言及此，足破前代之惑。臣每思常人之言，惟知安逸可以致寿。至周公独发明无逸寿考之理，义蕴深长，洵非圣

---

① （清）张英：《书经衷论》卷一《益稷》，江小角、杨怀志点校《张英全书》上册，第116—117页。

② 徐尚定标点：《康熙起居注》第一册，第270页。

③ 康熙帝谕学士喇沙里等曰："朕自今后，每日诵《四书》大字毕，讲官将讲章自此一章书下讲起。至讲解之处，随朕意。欲讲时，朕为亲讲。"参见徐尚定标点《康熙起居注》第一册，第274页。

④ （清）张英撰，王澈校点：《康熙十八年〈南书房记注〉》，《历史档案》1996年第2期。

人不能道也。"①

康熙帝在亲讲中以《尚书》义理来反驳为历史上很多帝王所崇信的方术之说，聆听者张英自然可以很直接地从康熙帝的话语中体察到康熙帝本人对方术的拒斥、对"无逸"的推崇，从而在具体的立言与行事中摆正对于方术和"无逸"的态度。由此观之，南书房翰林在为康熙帝讲授经史的同时，也无时不受到帝王的提点与训导。

随着南书房的发展演变，南书房翰林也常常承担典试、教习庶吉士等事务，康熙三十八年（1699），张英长子张廷瓒"典山东乡试"。② 据次子张廷玉为张英所撰行状云："辛未（1691）、甲戌（1694）两科庶吉士，皆奉命教习。"③ 张英父子两代南书房翰林所承担的具体事务，显示出南书房翰林在选拔、培养翰林人才方面也发挥了一定作用。

康熙帝学习儒家经史典籍，既是为了从儒家经典学习治国之道，也是为了深入汉族文化以掌控正统性建构的思想资源。在君臣互动的过程中，南书房翰林向康熙帝传授了儒家文化的精华，塑造了康熙帝的儒家品德，康熙帝也反过来向南书房翰林传达了治道需求，君臣双方由此在正统性建构层面形成了思想的交流与融汇。与此同时，以南书房翰林选拔、培养人才，则彰显出君臣思想交汇后的实践与传播。

二 私人秘书与帝王亲信

随着思想体系的形成，尤其在日讲取消之后，康熙帝在经史学习方面对南书房翰林的依赖程度逐渐降低，南书房翰林作为康熙帝私属势力的政治特征也开始显现。

---

① （清）张英撰，王澈校点：《康熙十八年〈南书房记注〉》，《历史档案》1996年第2期。
② （清）张英：《诰授中议大夫日讲官起居注詹事府少詹事兼翰林院侍讲学士冢子廷瓒行略》，江小角、杨怀志点校《张英全书》上册，第444页。
③ （清）张廷玉：《先考予告光禄大夫文华殿大学士兼礼部尚书谥文端敦复府君行述》，载（清）江小角、杨怀志点校《张英全书》下册，第484页。

首先，从内廷走向外朝，一方面，南书房翰林在外朝任职，可以为康熙帝掌握外朝动态、协助处理外朝事务。不少南书房翰林既在内廷入值，又同时在礼部、吏部、工部等处担任职务，这要求南书房翰林要具有政治才干，可以有效发现、处理问题，并直接、及时向帝王汇报具体情况，提出解决之道。也就是说，南书房翰林担任"外朝职务"，实际上是康熙帝的重要集权方式，便于康熙帝直接掌握和领导外朝各部事务。以陈廷敬为例，康熙二十三年（1684），康熙帝着力清理钱法。本年正月二十六日，康熙帝"调礼部左侍郎陈廷敬为吏部左侍郎管右侍郎事"①，三月二十日，又"命吏部侍郎陈廷敬、兵部侍郎阿兰泰、刑部侍郎佛伦、都察院左副都御史马世济管理钱法"②，康熙帝命令陈廷敬参与其中，是对陈廷敬政治才干的信任，同时也是其安插个人势力的表现。陈廷敬也不负所望，在察识钱法弊病之后，先后撰写《为清理钱法事疏》《制钱销毁滋弊疏》等疏，将问题上呈于康熙帝，并提出了有力的解决措施，协助康熙帝完成了对钱法的改革。

另一方面，南书房翰林也成为外朝官员探知帝王心意与政治隐微的消息渠道。部分南书房翰林参与外朝政治事务，又常常陪侍帝王左右，对康熙帝对具体政务的看法以及与外朝官员的交往情况自然更易知晓。部分南书房翰林利用这一优势在外朝中获得了较高地位，尤其是高士奇，凭借内廷侍从身份在当时招揽了诸多羽翼。康熙二十八年（1689）九月，左都御史弹劾高士奇一党，言其罪行，有言曰：

> 凡内外大小臣工，无不知有士奇之名。夫办事南书房者，先后岂止一人，而他人之声名总未著闻，何士奇一人办事而声名赫奕，乃至如此？是其罪之可诛者一也。久之羽翼既多，遂自立门户，结王鸿绪为死党，科臣何楷为义兄弟，翰林陈元龙

---

① 《圣祖仁皇帝实录》卷一一四，《清实录》第五册，第177页。
② 《圣祖仁皇帝实录》卷一一四，《清实录》第五册，第187页。

为叔侄，鸿绪胞兄王顼龄为子女姻亲，俱寄以腹心，在外招揽。凡督、抚、藩、臬、道、府、县，以及在内之大小卿员，皆王鸿绪、何楷等为之居停哄骗，而夤缘照管者，馈至成千累万；即不属党护者，亦有常例，名之曰"平安钱"。然而人之肯为贿赂者，盖士奇供奉日久，人皆谓之曰"门路真"，而士奇遂自忘乎其为撞骗，亦居之不疑，曰"我之门路真"。是士奇等之奸贪坏法，全无顾忌，其罪之可诛者二也。①

郭琇弹劾高士奇，首要便是着眼于其声名赫奕。高士奇为何声名赫奕，正在于其内外结纳大臣。接着郭琇便集中陈述了高士奇结纳大臣的具体情况，而内外臣工之所以蜂聚于高士奇身边，其根本原因便是高士奇因为日侍内廷而与康熙帝保持着亲近关系，有着"门路真"的底气。对此，赵翼《檐曝杂记》记载道：

> 江村才本绝人，既居势要，家日富，则结近侍探上起居，报一事酬以金豆一颗。每入值，金豆满荷囊，日暮率倾囊而出，以是宫廷事皆得闻。或觇知上方阅某书，即抽某书翻阅。偶天语垂问，辄能对大意，以是圣祖益爱赏之。初因明公进，至是明公转须向江村访消息。每归第，则九卿肩舆伺其巷皆满，明公亦在焉。江村直入门，若为弗知也者。客皆使僮从侦探，盥面矣，晚饭矣。少顷，则传呼延明相国入，必语良久始出。其余大臣，或延一二入晤，不能遍，则令家奴出告曰："日暮不能见，请俟异日也。"诸肩舆始散。明日伺于巷者复然。以是声势赫奕，忌者亦益多。江村率以五鼓入朝，至薄暮始出，盖一刻不敢离左右矣。或有谮之者，谓士奇肩襆被入都，今但问其家资若干，即可得其招权纳贿状。圣祖一日问之，江村以实对，谓："督抚诸臣以臣蒙主眷，故有馈遗，丝毫皆恩遇中来也。"圣祖笑颔之。后以忌者众，令致仕归，以全始终。犹令携书编

---

① （清）郭琇：《华野疏稿》卷一《特参近臣疏》，清钞本。

纂，以荣其行，可谓极文人之遭际矣。①

由此可知，内廷身份为高士奇探听宫廷秘事与康熙喜好提供了极大的便利。"每归第，则九卿肩舆伺其巷皆满，明公亦在焉"显示出南书房翰林在内廷与外朝之间的连通作用。当康熙问及受贿之事，高士奇如实以对，康熙竟也只是"笑颔之"而已，这既显示出康熙帝与高士奇间的亲近关系，也表明南书房翰林在内廷与外朝间的"穿针引线"行为，在某种程度上是得到了康熙帝默许的。

南书房翰林虽或与外朝串通声气，而其归根结底，乃是康熙帝的私属势力。这也是康熙宽宥高士奇的重要原因。明珠一案便是君臣联合的典型事例。康熙二十七年（1688），官员于成龙向康熙帝揭发明珠卖官一事，"说官已被明珠、余国柱卖完"②。康熙二十八年（1689）二月初，康熙帝授意高士奇、徐乾学等人告发明珠，李光地《榕村续语录》对此事记载甚悉：

> 值太皇太后丧，（上）不入宫。时访问于高，（高）亦尽言其状。（明珠、余国柱卖官事）上曰："何无人参？"曰："谁不怕死？"上曰："有我。若等势重于四辅臣乎？我欲去则竟去之，有何怕。"曰："皇上作主，有何不可者。"高谋之徐，徐遂草疏，令郭华野上之。刘楷、陈世安亦有疏。三稿高皆先呈皇上，请皇上改定。上曰："既此便好。"次日遂上。③

二月初十日，明珠便被革去大学士一职，其党羽或休致回籍，或被革职，或以原品解任，明珠一党至此溃散。在查办明珠的过程中，高士奇先是向康熙帝禀明了明珠卖官弄权的具体情况，在得到康熙帝授意后又与徐乾学谋划，由徐乾学撰写谏疏，接着又联络外

---

① （清）赵翼：《檐曝杂记》卷二《高士奇》，（清）赵翼、捧花生撰，曹光甫、赵丽琰校点《檐曝杂记 秦淮画舫录》，第36—37页。
② （清）李光地著，陈祖武校点：《榕村续语录》卷十五《本朝时事》，第743页。
③ （清）李光地著，陈祖武校点：《榕村续语录》卷十五《本朝时事》，第739页。

朝谏官郭琇等,最后将相关奏疏都呈给康熙帝改定。康熙帝在此事件中始终发挥主导作用,高士奇、徐乾学等则完全直接受命于康熙帝,负责具体的谋划与执行,穿梭于内廷与外朝之间,辅助康熙帝谋定外朝之事。正因如此,当时纵有"九天供赋归东海,万国金珠献澹人"之谣,康熙帝也只是"惟夺其官而已"①。

其次,在民间与宫廷之间,南书房翰林充当着康熙帝的耳目。南书房翰林工作的地点虽在宫廷之中,但是日常生活的地方却在紫禁城之外。天子近臣的身份,十分便于他们将宫外的具体情状直接呈现到帝王跟前。早在南书房成立的早期阶段,康熙帝便经常向张英探听京师民情。康熙十八年(1679)七月二十八日,京师发生地震,伤亡惨重。本年八月十七日,康熙帝向在内入值的张英、高士奇问道灾后处置与重建的实际情况:

> 上传谕问曰:"数日京城内外小民庐舍已各整理否?"臣英等对曰:"小民蒙皇上优恤之恩,庐舍已渐次完整。臣英近闻通州一路各被灾之地,人民压死者甚众,其有亲故者,已各自掩瘗;其行道之人,无亲故认识者,尚填壑于街市城垣瓦砾之间,日久腐坏,秽气远闻。道殣之人既为可悯,况今深秋,尚尔炎暑,天道亢阳,诚恐秽气熏蒸,人民露处者,不免沾染疾病之虑,存者、殁者皆未得其所。伏乞皇上传谕地方官速加掩埋,亦安恤灾黎之一端也。"上传谕曰:"所奏是。已谕部速行。"②

康熙帝下询灾后民情,张英等人将相关问题上达帝听,整个过程快速而高效,康熙帝以南书房翰林为其宫墙之外的耳目,与此同时,南书房翰林对具体民间问题的关注,也经由供奉内廷的便利而能得到帝王的直接反馈,这体现出康熙与南书房翰林在处理民间政务时的有效互动。

---

① (清)爱新觉罗·昭梿撰,冬青校点:《啸亭杂录》卷一《优容大臣》,第5页。
② (清)张英撰,王澈校点:《康熙十八年〈南书房记注〉》,《历史档案》1996年第2期。

也有南书房翰林曾担任地方官员，这类南书房翰林则成为康熙帝了解地方省份具体情状的窗口。康熙三十二年（1693），陈元龙入值南书房。康熙五十年（1711），任广西巡抚。康熙五十七年（1718）三月，陈元龙抵京，康熙帝命其扈驾前往热河，再次入值南书房。四月十二日，康熙帝召见陈元龙，其详细对答见于陈元龙《召对恭纪》一诗之序：

> 上一见即云："尔年几何？远去数年，亦觉老矣。"因问粤西风土及官方民隐甚悉，奏对移时。①

在短暂的寒暄之后，康熙帝便直奔主题，向陈元龙询问粤西的情况，而且问得甚是仔细，由此可见康熙与南书房翰林在中央与地方之间的互动。

最后，在帝王与外臣之间，作为康熙帝的"私人秘书"，南书房翰林也常常作为康熙朝君臣的中间人或代言人，协助处理君臣上下之间的联络、恩赏、慰问事宜。外朝大臣李光地对此间情况记录甚多。其《条奏朱子全书目录次第札子》向康熙帝反馈《朱子全书》的修改情况，其中有言曰："本月初二南书房发出朱子书一封，御笔批示：'此书送南书房，交大学士李光地，钦此。'臣祗领检读，已钦遵指示，改正讫，所有缮就第十二卷至第十四卷，谨送交南书房进呈，伏求圣诲。"②根据这一札子还原康熙帝与李光地关于《朱子全书》问题的讨论过程，应是康熙帝先将《朱子全书》批阅意见发给南书房翰林，再由南书房翰林转交给李光地，李光地修改之后，再将修正版本交给南书房翰林，由南书房翰林进呈康熙，可以说，南书房翰林充当着君臣沟通的中间人。

李光地另有三封札子表明南书房翰林还充当康熙帝的代言人，负责分发恩赏：

---

① （清）陈元龙：《爱日堂集》，《清代诗文集汇编》第一八三册，第285页。
② （清）李光地：《榕村全集》卷二十八，《清代诗文集汇编》第160册，第390页。

臣李光地谨奏：本月初一日，南书房传旨，赐臣御书调息箴书扇一握，臣谨叩头祗受讫。(《赐御书调息箴扇恭谢札子》)①

臣李光地恭请皇上万安。本月初九日总管王朝卿传臣至南书房，奉旨颁赐瓠茄、萝卜及腌菜等物，臣谨叩祗受。(《赐热河菜蔬恭谢札子》)②

臣李光地谨奏：本月二十六日，南书房捧出皇上恩赐臣熏细鳞鱼一匣、鲜鹿肉条一匣，另红稻一石，即叩头祗受。(《赐食物红稻恭谢札子》)③

赐物是康熙帝笼络臣子的重要方式之一，在南书房翰林的诗文集中，常可见因答谢帝王恩赏而作的应制诗文。李光地虽未入值南书房，但与康熙帝之间的关系也较为亲近，康熙帝命其"私人秘书"——南书房翰林负责颁赐恩赏之物，既表明了这是其个人对李光地的私下恩赏，同时，令地位清贵的南书房翰林颁发谕旨，也显露出对文士李光地的尊重之意，由此二端，康熙帝更便于实现对李光地的笼络意图。

有时，南书房翰林也代表康熙帝前往大臣府邸慰问。康熙十七年（1678）十一月，陈廷敬"闻母讣，回籍守制"④，康熙二十年（1681），陈廷敬服阙返京，康熙帝遣南书房翰林张英、高士奇前去慰问，陈廷敬为此作《先夫人服除抵京诣宫门候安蒙遣臣英臣士奇慰问恭纪》一诗，诗云：

东华尘土带征鞍，三载重来鬓发斑。通谒竟由中贵使，问安许点阁门班。传宣去久劳垂忆，别奏归朝损旧颜。天语一时

---

① （清）李光地：《榕村全集》卷二十八，《清代诗文集汇编》第160册，第424页。
② （清）李光地：《榕村全集》卷二十八，《清代诗文集汇编》第160册，第426页。
③ （清）李光地：《榕村全集》卷二十八，《清代诗文集汇编》第160册，第432页。
④ （清）陈廷敬：《遵例自陈疏》，张建伟点校《陈廷敬集》第二册，第527页。

纷感激，不禁清泪落潺湲。①

对康熙帝遣南书房翰林前来慰问的行为，陈廷敬心中受宠若惊，因而诗中有"通谒竟由中贵使"语。由陈廷敬此诗，可以更具体地体察当时南书房翰林的清贵地位，也可以进一步感受到，康熙帝让南书房翰林代替自己去慰问大臣，其中是别有笼络的深意在的，南书房翰林代言人的身份也由此更为鲜明。

正因南书房翰林日侍帝王左右，是名副其实的天子近臣，在外朝又很难没有权力网络，为避免其乱政，康熙帝也会有意对其政治势力加以限制，并非一味任其枝蔓。康熙二十三年（1684）选择科考典试考官一事便反映了康熙帝的这一倾向。本年六月初五，礼部题浙江、江西、湖广三省典试主考，开列名单中有高士奇，康熙阅后道："考试举人，关系人材，必差遣学问优通之人，无负职掌。观此开列各官，皆属庸劣，何不举出长于文学者？"②驳回了这一名单。六月十七日，礼部题江南、江西典试主考，又开列高士奇等，康熙帝道："江南地广，人材众多，须差遣学问优通之人，方于事有济。今所开列翰林等官，既无学问优通之人，且更有不由进士、举人出身者。"③又一次驳回。七月二十八日，又顺天乡试，拟差正副主考，拟定名单中有高士奇、张廷瓒等，康熙帝否定道："朕前曾着批本笔帖式刘九思传谕学士云，高士奇等皆非进士出身，张廷瓒等虽系进士出身，俱属年幼。考试关系紧要，若将伊等差遣，难以胜任……且大学士等系国家大臣，凡事当直言，是者是，非者非。若惟逢迎将顺，何益于事？"④高士奇并非进士出身，张廷瓒年龄尚幼，这些情况大学士未尝不知，但是仍将其开列为乡试、会试的主考、副考人员，正如康熙帝所言，其中乃是有"逢迎将顺"之意。

---

① （清）陈廷敬：《先夫人服除抵京诣宫门候安蒙遣臣英臣士奇慰问恭纪》，张建伟点校《陈廷敬集》第一册，第223页。
② 徐尚定标点：《康熙起居注》第三册，第61页。
③ 徐尚定标点：《康熙起居注》第三册，第63页。
④ 徐尚定标点：《康熙起居注》第三册，第76页。

张廷瓒乃是张英长子，高士奇乃是天子近臣，这既是逢迎帝意，也是逢迎高士奇与张英。对于文官而言，典试科考乃是招揽新进士人的大好机会，康熙帝对高士奇等担任科考官之申请一拒再拒，表明他并未过度宠信南书房翰林，并且有意管控南书房翰林在朝中的势力，避免其过度扩张。

三　御用编辑与燕许大手笔

在讲筵之外，南书房翰林还承担着诸多文化职能。首先，代撰御制文或为南书房翰林的独特职能。由于这一职能具有不公开性，因此相关资料十分稀见。康熙中后期的南书房翰林查慎行，其集中的《恭拟佩文斋咏物诗选序》①与《康熙帝御制文集》中的《咏物诗选序》②完全一致，这是十分确切的证据。此外，查慎行集中的某些碑记，也明确标注了"奉旨作"，且显然是拟帝王口吻而作，对此下文还将详细展开。由此可以窥见《康熙帝御制文集》中部分序跋、碑记类文章的来源。除代写御制文外，编辑、校对、翻译也是南书房翰林的基本工作之一。与外廷翰林不同的是，南书房翰林的编辑、校对的内容，多由康熙指定，主要可以分为三类。

其一是御用诗文书画和书籍。《陪猎笔记》乃是查慎行于康熙四十二年（1703）扈从康熙帝在承德山庄避暑期间所撰之日记，详细记录了其本人及陈壮履、励廷仪、汪灏、查昇、蒋廷锡、钱名世、杨瑄八位南书房翰林在扈从期间的工作日常，其中编辑、校正是六位南书房翰林工作内容的重要构成，如六月初一日，查慎行记录道："薄暮，发下宋高宗所书陶弘景《水仙赋》手卷，臣等校阅，中间讹四字，校毕，缴进。"③初三日，"午刻，发下赵子昂真迹二卷，命臣等校正。《秋兴赋》卷中缺四字，讹六字。《桃花源记》卷中讹

---

① （清）查慎行：《恭拟佩文斋咏物诗选序》，范道济点校《查慎行全集》第十一册，中华书局2017年版，第30页。
② （清）爱新觉罗·玄烨：《咏物诗选序》，《康熙帝御制文集》第三集卷二十二，（台湾）学生书局1966年版，第1655页。
③ （清）查慎行：《陪猎笔记》，范道济点校《查慎行全集》第三册，第197页。

二字，校毕，缴进"①。查慎行对康熙帝发下之宋高宗所书陶弘景《水仙赋》、赵子昂真迹、《秋兴赋》等，先是校正，继而上呈，这表明康熙帝在阅读古人作品之前，或有先让南书房翰林校阅，以确保准确性的习惯。

其二是御制诗文集。康熙帝日常喜欢创作诗文，因此编辑御制文集也是南书房翰林的重要工作。据《四库全书总目》，康熙帝诗文集前后分为四集，乃是"以次成编"。康熙二十二年（1673）之前为《初集》，康熙三十六年（1697）以前为《二集》，康熙五十年（1711）以前为《三集》，康熙六十一年（1722）为《四集》。② 前三集均由康熙帝亲自组织文臣编辑，第四集由雍正帝组织编辑。康熙五十年（1711），康熙帝下旨开裁编录诸臣名衔，第一集、第二集编录人员均为张玉书、张英、陈廷敬、王鸿绪、王士禛、高士奇、励杜讷等七人。由南书房翰林之诗文，可以大致知晓御制文集的编纂过程。一般来说，当康熙帝写作诗文之后，南书房翰林先需对其进行誊录、缮写。康熙三十三年（1694），张廷瓒作《侍值南书房缮写御制诗集恭纪》③，便是对其誊写御制诗集的记录。卷帙既多，便需将其分门别类，以次编辑。高士奇曾于《御制文集后序》道："臣荷蒙恩遇，橐笔禁廷，凡有圣作，随时敬慎抄录。历兹岁月，卷帙弘多，次第编辑为《御制文集》四十卷，臣谨序述于后。"④ 可见高士奇在入值过程中，也是需要先对康熙帝日常所作诗文进行"敬慎抄录"，累积之后，集中编辑。王士禛一生两入南书房，第二次是在康熙四十年（1701）左右，其《赐沐纪程》曰："（康熙四十年五月）初六日，同大学士张公英、吏部尚书陈公廷敬、工部尚书王公鸿绪、都察院左都御史励公杜讷赴苑，恭进编次御制诗文集六十卷，

---

① （清）查慎行：《陪猎笔记》，范道济点校《查慎行全集》第三册，第 197 页。
② （清）永瑢等撰：《四库全书总目》卷一百七十三，中华书局 1965 年版，第 1518 页。
③ （清）张廷瓒：《传恭堂诗集》卷三，《四库未收书辑刊》第 7 辑第 29 册，北京出版社 2000 年版，第 76 页。
④ （清）高士奇：《经进文稿》卷四，（清）高士奇撰《清吟堂全集》，《清代诗文集汇编》第一六六册，第 285 页。

凡二十八册。"① 可见，王士禛此次进入南书房，主要任务便是集中编纂御制文集。凡此种种，皆透露出编辑御制文集是南书房翰林的重要工作。而在编纂过程中，南书房翰林是否需要对康熙帝的诗文进行润色，大概因为不便记载，目前尚未见到相关记录。

其三是御定官方大型书籍。南书房翰林需要按照康熙帝的文治诉求编纂书籍，也常常参与外廷常规性编纂工作。据统计，清初南书房翰林参与编纂的书籍甚多。② 关于康熙帝与南书房翰林在编纂书籍方面的关系，仍可据查慎行《陪猎笔记》进行考察，这一日记对《御定佩文斋咏物诗选》的成书过程记录甚详。康熙四十二年（1703）六月初四日，康熙帝命令诸位南书房翰林开始编纂历代咏物诗选，查慎行记录道："奉旨令臣等将古人咏物诗分类编辑，自明日始。"③ 此时康熙帝并未提出具体的编纂要求。初五日，诸位南书房翰林初步商定了凡例，康熙帝命令内府发下参考书目三种："雨中入值。商略凡例八条，紫沧（汪灝）向随东宫行幄，今日奉旨同来编纂。行笈无书，内府发下《唐人万首绝句》一部，《唐诗类苑》一部，《诗隽类函》一部。"④ 此后连续数日，查慎行每日均按照类别编选一卷，如初六日，"辰时入值，选诗分类。先编花卉，余分得荷花"⑤，初七日，"雨中早入值，分编石榴一类"⑥，初八日，"早入

---

① （清）王士禛：《蚕尾续文集》卷六，袁世硕主编《王士禛全集》第三册，第2069页。
② 李娜《清初南书房述论》："康雍两朝官修典籍达数十种，其中南书房翰林参与修纂的书籍书目甚多，涵盖经史子集各部。如经部《日讲书经解义》《日讲易经解义》《钦定康熙字典》《钦定诗经传说汇纂》等，史部有《御制亲政平定朔漠方略》《万寿盛典初集》《明史》《方舆路程考略》等，子部有《御定孝经衍义》《御定佩文斋书画谱》《御定渊鉴类函》《御定佩文韵府》《御定历象考成》《御定韵府拾遗》《御定分类字锦》《古今图书集成》《广群芳谱》等。集部有《御选古文渊鉴》《御定历代赋汇》《御定佩文斋咏物诗选》《御定历代题画诗类》《御选唐诗》等。"所列者大多为康熙朝编选。
③ （清）查慎行：《陪猎笔记》，（清）查慎行著，范道济点校《查慎行全集》第三册，第198页。
④ （清）查慎行：《陪猎笔记》，（清）查慎行著，范道济点校《查慎行全集》第三册，第199页。
⑤ （清）查慎行：《陪猎笔记》，（清）查慎行著，范道济点校《查慎行全集》第三册，第199页。
⑥ （清）查慎行：《陪猎笔记》，（清）查慎行著，范道济点校《查慎行全集》第三册，第199页。

值，分编芍药类"①，初九日，"申刻入值，分编竹类诗，未终卷而出"②，六月十三日后暂停编纂。直至六月二十二日，查慎行记录道："拟上《渊鉴斋列朝咏物分类诗选凡例》八条。编辑六人，除励南湖（励廷仪）已经回京外，乾斋（陈壮履）分兰类，紫沧（汪灏）牡丹，亮功（钱名世）菊花，扬孙（蒋廷锡）海棠，余荷花。各缮样本，先呈御览。"③ 由此可知，此前查慎行记录的编纂行为，实为历代咏物诗的"试编纂"，乃是为了试验凡例是否可行。经过一段时间的试验，确定方案基本可行之后，查慎行等人方将拟定的凡例及缮写的样本呈阅于上。次日，康熙帝回应了凡例及样本："午刻复雨，进呈《分类诗凡例》及选诗五类皆称旨，今日发下，命照此例编纂。"④ 此后，查慎行等人便开始继续按照凡例分工编纂。康熙四十五年（1706）六月，《御制佩文斋咏物诗选序》撰成，其中有言曰：

> 然则诗之道，其称名也小，其取类也大，即一物之情，而关乎忠孝之旨，继自骚赋以来，未之有易也。此昔人咏物之诗所由作也欤？朕自经帷进御，覃精六籍，至于燕暇，未尝废书，于诗之道，时尽心焉。爰自古昔逸诗、汉魏六朝，洎夫有唐，迄于宋元明之作，博观耽味，搴其萧稂，掇其菁英，命大学士陈廷敬、尚书王鸿绪校理之，翰林蔡升元、杨瑄、陈元龙、查升、陈壮履、励廷仪、张廷玉、钱名世、汪灏、查慎行、蒋廷锡编录之，名曰《佩文斋咏物诗》，盖搜采既多，义类咸备，又不仅如向者所云虫鱼鸟兽草木之属而已也，若天经、地志、人

---

① （清）查慎行：《陪猎笔记》，（清）查慎行著，范道济点校《查慎行全集》第三册，第200页。
② （清）查慎行：《陪猎笔记》，（清）查慎行著，范道济点校《查慎行全集》第三册，第200页。
③ （清）查慎行：《陪猎笔记》，（清）查慎行著，范道济点校《查慎行全集》第三册，第206页。
④ （清）查慎行：《陪猎笔记》，（清）查慎行著，范道济点校《查慎行全集》第三册，第207页。

事之可以物名者，罔弗列焉。于是镂板行世，与天下学文之士共之，将使之由名物度数之中，求合乎温柔敦厚之指。充诗之量，如卜商氏之所言，而不负古圣谆复诂训之心，其于诗教有裨益也夫！①

序中所言之校理人员陈廷敬、王鸿绪，及编录人员蔡升元、杨瑄等，皆为其时南书房入值翰林。由这份名单可知，今存之《御制佩文斋咏物诗选》应该便是当日查慎行所言之《渊鉴斋列朝咏物分类诗选》。虽然此序为词臣代拟，但应是揣摩帝意而作。据该序陈述，编选此书，乃是因为"一物之情，而关乎忠孝之旨"，将其镂版行世，乃是为了使得天下文士"由名物度数之中，求合乎温柔敦厚之指"，最终有裨于诗教。以此推之，作为诗歌选本，查慎行等人所撰之凡例与所选之诗例之所以"称旨"，大抵一是因为其凡例可行，二是因为其诗例合乎温柔敦厚之旨，有利于巩固清朝的文化统治。进一步而言，南书房翰林编纂大型书籍的过程，实际上是践行帝王文化统治思想的过程。

南书房翰林从事翻译工作，一般是将满汉互译。康熙三十三年（1694）三月十六日，康熙帝阅读庶吉士散馆试卷，对其质量很不满意，斥责庶吉士教习傅继祖道："且如《资治通鉴》等书，尔衙门翻了几个字，一切书籍皆从内廷翻译颁发者居多。"② 又言："翰林衙门专任作文、翻书之职，如此，则翰林衙门何用！"③ 作文、翻书是清代翰林的两大职责，但应是由于其他翰林官素质未达到相应标准，很多书籍皆由内廷翻译后发出。这从侧面反映出南书房翰林的翻译职能。

其次，撰写各类应制诗文更是南书房翰林的侍值常态，现存南书房翰林的诗文集中几乎均有一定数量的应制之作。除了诗文集，

---

① （清）爱新觉罗·玄烨：《康熙帝御制文集》第三集卷二十二《咏物诗选序》，第1655页。
② 徐尚定标点：《康熙起居注》第五册，第24页。
③ 徐尚定标点：《康熙起居注》第五册，第24页。

南书房翰林之日记如张英《南书房记注》、高士奇《扈从东巡日录》《扈从西巡日录》《松亭行纪》、汪灏《随銮纪恩》、查慎行《陪猎笔记》《南斋日记》等均为我们考察康熙帝与南书房翰林之间的诗文互动提供了具体的背景材料。

应制创作可以分为受命而作和主动进呈两类。以张英《南书房记注》为例，受命而作是帝王考察词臣才能的重要方式，往往由帝王限定诗文题目或主题，或为自由发挥，或是应和帝王之作。《南书房记注》中多有"上又题卧佛寺大树一首，因命臣英、臣士奇各赋诗进呈御览"，[①]"酉时，上驻跸碧云寺山亭，命臣英、臣士奇和《龙湫石上》韵各一首，进呈御览"，[②]"上命臣廷敬、臣方蔼、臣士禛于御前各赋《经筵诗》一章"，[③] 等记录，皆是张英、高士奇、陈廷敬、王士禛等人应康熙帝之命而创作的情况。主动进呈既可以谋求帝王赏识，也是词臣规谏君主的重要路径。康熙十八年（1679）二月初二日，"上阅学士叶方蔼所进册宸八箴，上曰：'此癸丑年（1673）叶方蔼为编修时所进，朕存之几案，时时翻阅，其中多寓规谏，深得人臣立言之体'"[④]，此处康熙帝提及的"册宸八箴"，即为叶方蔼在瀛台宴会上所进献："康熙癸丑，赐宴瀛台，撰八箴以献。圣祖善之，命撰《太极图说》，赐貂裘文绮，累迁刑部侍郎。"[⑤] 由此可知，叶方蔼之八箴，由其主动进献。这不仅使他得到了康熙帝的赏识，也让他通过进献诗文的方式实现了良好的规谏效果，以致于六年之后，康熙帝仍将其放在身边，不时阅读。又因南书房翰林常常扈从于帝王左右，因此凡康熙帝巡幸、祭祀、狩猎、参加经筵等，南书房翰林都要撰写相应的应制作品。

对待南书房翰林的应制诗文，康熙帝通常会仔细阅读。《陪猎笔记》五月二十九日载："辰刻，赐御馔四盘，同人齐赴宫门，进连日

---

① （清）张英撰，王澈校点：《康熙十七年〈南书房记注〉》，《历史档案》1995年第3期。
② （清）张英撰，王澈校点：《康熙十七年〈南书房记注〉》，《历史档案》1995年第3期。
③ （清）张英撰，王澈校点：《康熙十七年〈南书房记注〉》，《历史档案》1995年第3期。
④ （清）张英撰，王澈校点：《康熙十八年〈南书房记注〉》，《历史档案》1996年第2期。
⑤ （乾隆）《江南通志》卷一六五，清文渊阁四库全书本。

所作诗。奉旨留览。……傍晚，发下进呈诗折，御笔批臣慎行《汤山诗》后，云：'此汤非旧有，康熙二、三年间辅臣时始知之，与病人甚有益，昌平州西北二十五里，汤峪之泉自在，非《志》误也。'"① 考查慎行当日所进之《汤山诗》，应为其诗集中的《五月二十五日随驾发畅春苑晚至汤山马上口占四首》。② 或是查慎行针对康熙帝的意见进行了修改，现在已经难以根据此诗来判定当时康熙帝的评语因何而发。所幸查慎行在《人海记》中对此事进行了细致的描述，其《汤泉御札》曰：

> 汤山在昌平州东南，山下有汤泉。行宫在山之东，跨泉为浴池。癸未（1703）五月，随驾驻此，偶阅曹能始《名胜志》云："温泉出昌平西北二十五里之汤峪。"初疑《志》误，是日作诗，因详注此段进呈。明日，上赐御札，云："此汤非旧有，康熙二、三年间，辅臣□□，时人始知之，病者浴此甚有益。昌平州西北汤峪之泉故在，非《志》讹也。"御札随缴进，谨录于右，以见皇上之精于考证如此。③

根据查慎行的描述，他应当是在进呈诗歌中结合汤山的实际位置详注了《名胜志》之误，而面对他的怀疑，康熙帝也以考证的态度给予了回应。南书房翰林与康熙帝如何通过应制诗文进行交流，由此可窥一斑。

除了阅读、品评南书房翰林的诗文，康熙帝几乎每作御制诗文，都会首先发给南书房翰林阅读。对此查慎行《陪猎笔记》中也有较多记录。六月初五日，"发下御制《咏笔》四绝句"④，六月二十一日，"午后，发下御制《咏怀》七绝一首，臣等伏读讫，仍缴进"，⑤

---

① （清）查慎行：《陪猎笔记》，范道济点校《查慎行全集》第三册，第195页。
② （清）查慎行：《随辇集》，范道济点校《查慎行全集》第八册，第930页。
③ （清）查慎行：《人海记》，范道济点校《查慎行全集》第四册，第149页。
④ （清）查慎行：《陪猎笔记》，范道济点校《查慎行全集》第三册，第199页。
⑤ （清）查慎行：《陪猎笔记》，范道济点校《查慎行全集》第三册，第206页。

二十七日,"发下御制《滦河听溜声》七律一首,《立秋喜霁》五律一首,伏读毕,随缴进"①。可以说,南书房翰林往往是康熙帝诗文创作的第一读者。藉由阅读康熙帝御制诗文,南书房翰林自然可以更加清晰地了解帝王的文学喜好,同时将其落实到自己的应制创作中。除了在第一时间阅读康熙帝作品,由于常常陪侍在帝王左右,南书房翰林还近水楼台,可以时常近距离聆听康熙帝谈论对文学创作的看法。汪灏《随銮纪恩》与查慎行的《陪猎笔记》一样,都记录了康熙四十二年(1703)扈从前往承德之事。六月二十日,汪灏在日记中道:"薄暮,上幸东宫行幄,召对。上坐殿左,绣墩西向,太子南向,侍臣北向跪。上谕:'作诗之道,炼字不如炼句,炼句不如炼格,炼格不如炼意。意之所出,诗自随之。'又谕:'读书须见诸实用,毋徒寻章摘句。……'又谕:'文章必先人品,文公、朱子地步既高,命意又远,发为诗歌,自然超人投地。徒擅吟咏,安能与之抗衡。'又谕:'《禹贡》《西铭》诸书,皆透发精理。'"②康熙帝以作文、做人、读书等多方面对太子进行教育,汪灏作为随侍之南书房翰林,耳濡目染之间,更易揣摩帝王的心理和偏好。

此外,撰写祭文、碑文本是翰林院的职责,相关文献显示,特别重要的祭文、碑文,需要南书房翰林撰写、校阅。康熙四十二年(1703)六月二十四日,顺治次子、康熙帝之兄长裕亲王去世。是时,巡幸塞外的康熙帝曾返回京师亲自祭奠,尤可见其重视。据查慎行《陪猎笔记》记载,本年九月初七日,"起更后,掌院传旨,召余辈集行帐,发下谕祭裕亲王文三篇。公同校阅,第一篇系京江师(张玉书)所拟,第二篇系泽州师(陈廷敬)所拟,第三篇系华亭公(王鸿绪)所拟。校毕,漏下三鼓,各回帐房"③。次日,查慎行又记道:"掌院复邀余至账房,与海、满两同年再将谕祭文校定,进呈御览。"④在裕亲王祭文完全定型之前,先由张玉书、陈廷敬、

---

① (清)查慎行:《陪猎笔记》,范道济点校《查慎行全集》第三册,第209页。
② (清)汪灏:《随銮纪恩》,载《清代蒙古游记选辑三十四种》上册,第281页。
③ (清)查慎行:《陪猎笔记》,范道济点校《查慎行全集》第三册,第241页。
④ (清)查慎行:《陪猎笔记》,范道济点校《查慎行全集》第三册,第241页。

王鸿绪三位南书房翰林撰写，次由南书房翰林校阅一次，最后由南书房翰林同外廷翰林进行二次校阅，如此之后方才呈阅于上。在裕亲王祭文的撰写过程中，南书房翰林发挥了主要作用。

撰写朝廷公文也在南书房翰林的工作范畴之中。所谓公文，主要包括典诰诏令与章表奏议两类，前者主要是帝王布告臣民、封赠臣工的文书，后者则是臣工向帝王陈述政见、祝贺谢恩的文书。根据张英《南书房记注》的记载，高士奇曾承担过撰写谕旨之责，但是这与其书法优长有关，尚非南书房的常规职能。随着南书房的发展，撰写谕旨与典诰诏令成为南书房翰林的常规工作。在陈元龙的诗集中，某一诗题透露了这一讯息，其诗题为："五月二十八日，中使宣口敕与南书房内值诸臣云：'陈元龙系老翰林，趁他在此，将御制、御定及内中所修之书已完、未完查明具奏。'诸臣随缮写谕旨呈览，未写'老翰林'三字，上朱笔添入后又批云：'此系温旨，岂可不书？'盖禁中呼'老翰林'最为隆重，臣何人，斯膺此温旨，感愧悚惶，恭纪八绝句。"① 康熙帝先将口谕由中使宣于南书房翰林，南书房翰林随即缮写谕旨，由其未写"老翰林"三字，可以推知南书房翰林并非只是简单地将康熙帝之口谕落于纸笔，而是将其口语雅化成书面文字，这才出现了"老翰林"的遗漏。南书房翰林将其写就后，还需再呈给康熙帝审阅。由于南书房地处禁廷，无论是康熙帝口谕传至南书房，还是南书房拟好谕旨呈阅于上，都是十分方便、快捷的，因此，撰写谕旨演变为南书房的常规职能，也在情理之中。其他公文如典诰诏令等，南书房翰林更是书写良多。张廷玉为其父所撰行状即有言道："府君以一人绾三绶，入宏弼亮之谟，出典寅清之任，润色鸿业，黼藻升平，一时典礼仪制皆由斟酌裁定，而庙堂制诰之词播于遐陬、勒诸琬琰者，胥出府君之手。"②

南书房翰林还承担着审核翰林文章的责任，这与一些重要的南

---

① （清）陈元龙：《爱日堂集》，《清代诗文集汇编》第一八三册，第287页。
② （清）张廷玉：《先考予告光禄大夫文华殿大学士兼礼部尚书谥文端敦复府君行述》，载江小角、杨怀志点校《张英全书》下册，第483页。

书房翰林担任翰林院掌院一职有较大关系。南书房翰林在外朝任翰林院掌院，体现出其以内廷身份担任外朝职官的文化功能。在康熙朝的南书房翰林中，陈廷敬、叶方蔼、张玉书、张英、韩菼、陈元龙等，均担任过翰林院掌院一职。对于诸词臣撰写的文章，翰林院掌院都有审核的责任。康熙二十九年（1690）九月，康熙帝舅父佟国纲在征讨准噶尔的乌兰布通之战中阵亡，编修杨瑄负责撰写其祭文。康熙帝阅读杨瑄所撰祭文后十分不满，十月二十四日，谕大学士云："凡拟撰文章系翰林官职掌，理当加意详慎。文中题义，务期克肖其人，何可意为轻重。今觅杨瑄所撰内大臣都统公舅舅佟国纲祭文，引用王彦章事迹，极其悖谬。且见所撰祭文，每于旗下官员，多隐藏不美之言；于汉人则多铺张粉饰，是何意见？尔等瞻徇情面，不行改削，朕岂容姑释耶！"又道："此等撰文之人若不削籍流窜，何以惩戒将来？尔等可即题参并传张英及撰文者，以从前姚文然、魏象枢、叶方蔼祭文与此祭文较看。"① 最后，编修杨瑄被革职发配奉天，张英"坐不详审更正，议降调。得旨：'罢礼部尚书，仍管翰林院、詹事府。'"② 王彦章是五代时期后梁名将，康熙帝斥责杨瑄引用王彦章事迹，一是因为王彦章曾为后唐生擒，而佟国纲并未被俘虏。二是因为王彦章所事之君为昏庸的后梁末代帝王，触犯了帝王忌讳。由本次杨瑄被贬事件的始末，可见康熙帝对官方文字要求之严格，南书房翰林张英此次受到处罚，乃是因其本身具有审核翰林文章的职责。审核职能实质上也意味着南书房翰林对翰苑文学的规范。

综而言之，在康熙朝的教育体系中，南书房翰林参与着王朝教育的核心部分——帝王教育，同时，在随侍、讲筵的过程中，南书房翰林也时时受到帝王的训导，这意味着汉族儒家传统思想与满族君王帝王经学的碰撞与交流，为康熙朝的正统性建构奠定了思想基础，这种融合后的思想也在南书房翰林典试、教习庶吉士的过程中

---

① 徐尚定标点：《康熙起居注》第四册，第267页。
② （清）李元度辑：《国朝先正事略》卷七《张文端公事略》，清同治刻本。

得到进一步的实践与传播。在康熙朝的政治体系中，南书房翰林身为康熙帝的"私人秘书"，穿梭于内外、君臣之间，既帮助康熙帝掌握外朝权力，又充当着代言人或是中间人的角色，沟通君臣关系。与此同时，其政治权力也始终受到康熙帝的有意限制。在康熙朝的文化体系中，南书房翰林直接秉承康熙帝之意，负责编校御用、御制、御定诗文书画及书籍，满汉文翻译、撰写各类应制文章、撰写公文等更是其入值常态，在此过程中，康熙帝的制约与管控无处不在。进一步而言，由于兼职内廷、外朝的职务特征，南书房翰林的职能呈现出十分复杂的状态。而在复杂之中，与康熙帝的近距离关系，始终是其所有职能形成的核心要素。

第三节　康熙朝南书房翰林的正统性文学建构及其范式意义

清初以来，江浙、秦晋、湘粤等地均遍布着在野诗群，以故国之思与"华夷之辨"为共同的文化心理基础，构成与清朝政权相离立的文学场域，是以"有清一代，大一统远迈汉、唐、元、明，而正统之争，反较历代为烈"[1]。建构王朝认同、确立政权正统，成为清初统治者亟待解决之要务。以文学建构正统、以皇权收编文柄是清初正统性建构的内在要求。顺治帝有意选择钱谦益、吴伟业、龚鼎孳等贰臣为招揽士人之文坛职志。逮至康熙朝，贰臣、遗老相继谢世，而"华夷之辨"引致的朝野分势却仍难以弥合。缘此，康熙帝确立以正统性建构为潜在追求的文治政策，陆续扶持代表官方意志的文学势力，或以之主持馆阁文学，树立官方典范。或以之出任地方职官，收编汉族士人。作为康熙帝深为倚重的文学侍从，南书房翰林张英、高士奇、陈廷敬、王士禛、徐乾学等人是其所扶持的重点对象。面对皇权对文学格局的强势新构，职居密勿的南书房翰林自觉成为正统性建构过程中的重要辅弼成员。目前关于康熙朝南

---

[1] 杨念群：《清朝"文治"政策的再研究》，《河北学刊》2019年第5期。

书房翰林与清初政治及文学关系的研究,以个体研究为主,主要集中在两个方面:其一,考察其与清初诗学的关系。① 其二,集中探讨其与康熙帝之间的文学往来及其在文治中的君臣合作。② 本节将以此为基础,尝试将"华夷之辨"思维浸染下的朝野分势作为此际的文学语境,审视在康熙朝正统建构手段的实施中,南书房翰林如何利用应制创作与策略实施制造康熙盛世,吸纳在野势力,扩充官方阵营,进而形成建构王朝正统性的文学合力。借由其文学意旨和政治诉求,抉发清初政治演进中士大夫文学的时代特质,希冀以此对清初尤其是康熙朝政治与文学的关系,获得更为确切的认知。

一 拓展应制文学的正统性范域

清朝文治以康、乾为盛,相对其他朝代,其独特性在于以正统性建构为内在核心。实际上,顺治帝也应以其右文举措在清初文治版图中稳坐前席。③ 是时,"世祖章皇帝兴治右文,招延俊乂,数举经筵,命儒臣讲论大义,或时巡游南苑,应制赋诗,文学侍从之臣,无不捃藻摘华,对扬休命"④。检视其中右文路径,所依赖者大致为俊茂、经筵与应制,分别指向人才、思想与文学,汉族文人以此为文运肇兴之标志。应制诗文在历代往往被视为文学点缀而与文治无关联,在清初却具备正统性建构功能。孟森评论顺治应制言:"天子则乐就汉人文学之士,书思对命,绰有士大夫之风,居然明中叶以前

---

① 章建文:《清初文学批评语境下张英的文学观——以〈御选古文渊鉴〉为中心》,《社会科学辑刊》2016 年第 6 期;章建文:《论张英对桐城派的贡献》,《北京社会科学》2016 年第 8 期;章建文:《张英与清初桐城的崇白效白之风》,《社会科学论坛》2017 年第 4 期等。

② 黄建军:《陈廷敬与康熙诗文交往考论》,《山西大学学报》(哲学社会科学版)2009 年第 6 期;梁继:《张照与康熙关系考》,《古籍整理研究学刊》2010 年第 6 期;黄建军:《康熙与清初文坛》,中华书局 2011 年版;黄建军:《陈廷敬与康熙〈御选唐诗〉》,《北方论丛》2013 年第 1 期;李圣华:《查慎行文学侍从生涯及其"烟波翰林体"考论》,《求是学刊》2014 年第 5 期;姚燕:《陈廷敬与康熙诗坛》,硕士学位论文,安徽师范大学,2019 年;张兵、汤静:《康熙与高士奇的君臣际遇及其相互影响》,《甘肃社会科学》2021 年第 5 期等。

③ 参见邓晓东《顺治右文与燕台诗人群体的复古诗风》,《文学遗产》2017 年第 2 期。

④ (清)吴伟业:《魏贞庵兼济堂文集序》,李学颖集评标校《吴梅村全集》,上海古籍出版社 1990 年版,第 1156 页。

气象。正、嘉以后，童昏操切之习略无存者，天下忘其为夷狄之君。"① 指出顺治朝应制的文治价值有二：其一，明前期台阁文学兴盛，正、嘉以后，"台阁坛坫，移于郎署"②，文柄旁落。顺治右文则以皇权助推馆阁文学的再次兴盛。其二，有助于抹除天下对清帝的"夷狄"认知。顺治短祚，并未实现孟森所言。综康熙一朝，康熙帝与南书房翰林应制赓和尤多，协助皇权收编文柄与淡化在野汉族士大夫对清帝的"夷狄"体认，成为康熙朝南书房翰林的重要文学任务。

立足于馆阁文学脉络与应制书写传统，就内容而言，南书房翰林的应制创作仍以铺扬鸿业、咏歌盛治为核心内容。推究其中所颂功德的具体构成和表现方式，其一，注重以"亲见"叙述凸显其文德与仁德。徐乾学"自侍禁廷，见皇上聪明时宪，孜孜亹亹，听政之暇，研精覃思于六经之要妙"③，张英"臣自备员史官以来，侍讲筵值内廷者，三十有余年。于皇上早作夜思之际，宵衣旰食之顷，无一时不以爱养生民为心，无一事不以讲求利济为主"④ 等，皆以第一视角为其鸣盛书写增添了征实底色，这与南书房翰林的内廷身份不无关系。其二，疆域辽阔也作为被强力观照的时代表征被统摄于怀归仁义的文治之下，诸如"臣伏见皇上覆育四海，抚有万邦。东西朔南，怀仁归义。声教所通，暇荒异域"⑤ 之类，不胜枚举，显示出以"一统"优势弥补"夷狄"劣势的建构策略。与颂德构成相呼应，南书房翰林所作谢恩应制、讲筵应制、礼制应制尤多，配合文治策略展现了帝王优待儒臣、研讨经史、留心文艺、彰兴礼制、仁被遐荒的右文姿态。其三，就风格而言，延续前代台阁体特征，不出典雅、和平与富丽之外。四库词臣称陈廷敬之著述

---

① 孟森：《清史讲义》，中华书局2006年版，第137页。
② （清）陈田撰：《明诗纪事》第二册，上海古籍出版社1993年版，第1135页。
③ （清）徐乾学：《憺园文集》卷二十五《御赐书记》，《清代诗文集汇编》第一二四册，第568页。
④ （清）张英：《笃素堂文集》卷二《圣德仁民天锡圣寿序》，江小角、杨怀志点校《张英全书》上册，第267页。
⑤ （清）陈廷敬：《北征大捷功成振旅凯歌二十首》，张建伟点校《陈廷敬集》第一册，第8页。

"大抵和平温厚",①评张英应制曰"其间鼓吹升平,黼黻廊庙,无不典雅和平"②,陈元龙论张廷瓒以其"凡侍宴、扈游、感恩、纪事之作皆含英咀华,金铿玉润,如非烟祥风,缘箖万类"③等,均是对其应制风貌的揭示。

概而言之,南书房翰林的应制创作在赓续传统内涵的基础上,尤重以典雅和平的文学书写表现康熙帝的右文风度。这一方面与康熙朝的正统性建构举措桴鼓相应。康熙八年(1669),康熙帝清理鳌拜及其党羽,九年(1670)便设立翰林院,并颁布"圣谕十六条",其中"敦孝悌""笃宗族""隆学校""崇正学"等条例,④渐露文治端倪。康熙十年(1671),肇开经筵、日讲。在"三藩之乱"即将平定之时,又先后设立南书房、诏开博学鸿词科,皆反映出正统性建构的文治铺展。南书房翰林的应制创作既是康熙朝右文之盛的典型标志,又因"斯则鸣国家之盛,匪等月露风云,摅忠爱之忱,可感神人上下者也"而成为康熙正统性建构重要的宣传、昭示、鼓吹文本。另一方面,南书房翰林也以其应制诗文,成为代表官方标准、协助帝王收编文柄的文学典范。康熙三十年(1691),沈麟序高士奇《归田集》道:

> 每读往史,当一代兴隆之际,上有圣君若唐虞,则下必有皋益之臣明良赓歌,肇开应制之风。汉武继文景而治天下,文运彬彬,遂有相如、方朔、枚乘、枚皋辈左右侍从,西京文章独冠千古。唐贞观之盛,虞杨诸贤应制篇章,何异都俞气象。自后燕许、曲江,济济相继,明太祖、成祖之时,有宋景濂、王子克、刘青田、杨东里诸贤,为一代文章风雅领袖,是皆垂

---

① (清)纪昀等:《午亭文编提要》,《景印文渊阁四库全书》第一三一六册,商务印书馆1986年版,第2页。
② (清)纪昀等:《文端集提要》,《景印文渊阁四库全书》第一三一九册,第275页。
③ (清)陈元龙:《传恭堂诗集序》,(清)张廷瓒《传恭堂诗集》,《四库未收书辑刊》第7辑第29册,第48页。
④ (清)爱新觉罗·玄烨:《谕礼部》,《康熙帝御制文集》第一集卷二,第73页。

不朽于千载者也。本朝世祖章皇帝与今上右文之盛，超汉唐有明而过之，骎骎乎唐虞之盛焉。是以在世祖朝则有海虞、娄东、合肥三大家，著望江左，其在今日则有高詹事先生受上特达之知，出入内廷，供奉讲幄，是又千载未有之遭遇矣。①

通过勾稽清前应制方家，将"受特达之知"的高士奇置于顺治朝钱谦益、吴伟业、龚鼎孳之后，位居康熙朝风雅领袖之列。同时，以高氏之作比附司马相如、东方朔、枚乘、张说、苏颋、宋濂等人的应制篇章，则是为了彰显出其应制诗文的典范性。

选择唐诗作为取资范本，是南书房翰林的应制创作确立官方典范地位的重要因素。推重唐诗尤其是初盛唐之作，是南书房翰林较为普遍的应制倾向。田茂遇序王鸿绪诗集言其"论诗尤断断不苟于唐人，力主开、宝间诸公，他瑓瑓弗屑也"②，张英云"唐诗如缎如锦，质厚而体重，文丽而丝密，温醇尔雅，朝堂之所服也"③，皆显示出南书房翰林对待馆阁之作的宗唐意识。值得指出，高氏等人不仅以创作践行宗唐理念，还借鉴明前期台阁文士对唐诗的经典化方向，尤其注重通过彰扬、解读、比附唐诗尤其是唐人馆阁之作的经典性来提升康熙朝应制文学的地位。《三体唐诗》是由宋代周弼编选的唐诗选本。康熙三十二年（1693），高士奇在"尝重订而锓之"的基础上，又"以气格为本"而"遍搜三唐诸集，淘汰练溓，续兹三体，以补伯弼之阙"④。同时，还编选唐诗选本《唐诗掞藻》，是书"仿《文苑英华》之例，分类编录，凡三十二门，皆馆阁之

---

① （清）沈麟：《归田集序》，载（清）高士奇撰《清吟堂全集》，《清代诗文集汇编》第一六六册，第161页。
② （清）田茂遇：《横云山人集序》，载（清）王鸿绪《横云山人集》，《清代诗文集汇编》第一六八册，第1页。
③ （清）张英：《笃素堂文集》卷十五《聪训斋语》，江小角、杨怀志点校《张英全书》上册，第501页。
④ （清）高士奇：《续唐三体诗序》，（清）高士奇选《续唐三体诗》，浙江图书馆藏清康熙朗润堂刻本。

体"①。又自叙其编选缘由:"后人之说诗者为不平则鸣之谈,为穷而后工之论。里阎匹士循声遁迹,弊弊于词章,朝镌而夕琢,得一二清疏、隽冷、佻巧、僻涩之句,为诗家能事。于是祀郊岛为高朕,斥燕许为伧楚,似乎声诗一道,席门穷巷者之所讴吟,而非履丰美者之所得与也。推而极之,不至废二雅而薄三颂不止,亦已过矣。"②在朝野离立的诗学背景之下,所谓"里阎匹士""席门穷巷者"及其所推尊的"郊岛",很难说不是在指代背离清廷正统的在野之士。履丰美者及"燕许",是选本中的唐代馆阁文士,更是高士奇借助此选本来为其张势、揄扬、正名的馆阁诗人群体,二者分别构成了正统性建构的经典资源和现实力量。

  从帝王之师角度审视南书房翰林之应制与康熙朝正统性建构的关系,可以提供另外一种思路。宗唐之所以成为康熙朝对待古典诗学资源的倾向性态度,与南书房翰林对帝王的导引不无关系。已有研究表明,词臣宗唐与康熙帝对唐诗的青睐关联密切。③康熙帝不仅称颂唐诗之盛,"世之论诗者,谓唐以诗赋取士,故唐之诗为独盛。夫唐之诗诚盛矣"④,又指出唐诗为学诗者的优良取法对象:"诗至唐而众体悉备,亦诸法毕该。故称诗者,必视唐人为标准,如射之就彀,率治器之就规矩焉。"⑤康熙帝之宗唐,注重抉发唐诗中"以诗为教"的文治意义,希冀"俾诵习者由全唐之诗沿波讨澜,以上溯夫汾泗之传,而游泳乎唐虞载赓之盛,其于化理人心将大有裨益也矣"⑥。而更进一步而言,康熙帝宗唐,实则与南书房翰林的启导有关。据《南书房记注》,张英与高士奇初入南书房,便有"酉时,上召臣士奇至懋勤殿。上正翻阅唐诗,因谕曰:'杜诗对仗精良,李

---

  ① (清)永瑢等:《四库全书总目》卷一九四,第1773页。
  ② (清)高士奇:《唐诗掞藻序》,(清)高士奇选《唐诗掞藻》,故宫博物院图书馆藏清康熙三十二年(1693)刻本。
  ③ 详参黄建军《康熙与清初文坛》,中华书局2011年版;张立敏《冯溥与康熙京师诗坛》,中国社会科学出版社2011年版。
  ④ (清)爱新觉罗·玄烨:《四朝诗选序》,《康熙帝御制文集》第三集卷二十一,第1649页。
  ⑤ (清)爱新觉罗·玄烨:《全唐诗序》,《康熙帝御制文集》第三集卷二十一,第1638页。
  ⑥ (清)爱新觉罗·玄烨:《全唐诗录序》,《康熙帝御制文集》第三集卷二十,第1638页。

诗风致流丽,诚为唐诗绝调"①之记录,后又"上召臣士奇至懋勤殿,上阅古文一卷"②,日以为常。张英的臣工视角虽使其在记录时侧重康熙帝对高士奇的训谕,但犹可见高士奇确曾陪侍康熙帝阅读唐诗、古文。再据高士奇未便刊行的家藏稿本《蓬山密记》,康熙帝回顾学诗经历曾云:"当日初读书,教我之人止云熟读四书本经而已。及朕密令内侍张性成钞写古文诗文,读之久而知张性成不及。后得高士奇,始引诗文正路。高士奇夙夜勤劳,应改即改。当时见高士奇为文为诗,心中羡慕如何得到他地步也好。他常向我言:'诗文各有朝代,一看便知。'朕甚疑此言。今朕迩年探讨家数,看诗文便能辨白时代,诗文亦自觉稍进,皆高士奇之功。"③由此可知,高士奇在康熙帝学习汉语诗文写作的过程中充当着启蒙老师这一角色。由其在"诗文各有朝代"上的启发,以及其与康熙帝之间频繁的赓和应制,可以推知高士奇或在康熙帝在辨析唐诗正统性建构价值的过程中发挥了重要作用,并由此促进了康熙朝文治策略的形成与贯彻。

　　天子近臣身份意味着进南书房翰林常需扈从帝王左右,从而得以目睹或参与康熙朝的诸多政治事件。南书房翰林由此以集体应制的方式将康熙朝诸多政治事件诸如平定三藩之乱、平定准噶尔、驾幸阙里、东巡、南巡等国家大事等纳入正统性建构序列,如高士奇《恢复岳州宣捷恭纪》《平滇南诗并序》、张英《恢复岳州奏捷恭纪五言十二韵》《平蜀奏捷恭纪二首》《升平颂》等均是因平定三藩之乱而作,陈廷敬《北征大捷功成振旅凯歌二十首》《谨献大驾三临沙漠亲平僭逆圣武雅一首》《圣武雅三篇并序》《南巡歌十二章并序》、杨名时《圣驾三次亲政荡平漠北颂》等乃是为平定准噶尔而呈,王鸿绪《驾幸阙里诗并序》、查昇《驾幸阙里恭纪二十韵》等

---

① (清)张英撰,王澈校点:《康熙十六年十二月〈南书房记注〉》,《历史档案》2001年第1期。
② (清)张英撰,王澈校点:《康熙十七年〈南书房记注〉》,《历史档案》1995年第3期。
③ (清)高士奇:《蓬山密记》,载《丛书集成续编》第40册,上海书店出版社1994年版,第32页。

均为康熙二十三年（1684）康熙帝驾幸阙里而撰，高士奇《扈从东巡日录》《扈从西巡日录》《松亭行纪》、汪灏《随銮纪恩》、查慎行《陪猎笔记》、汪士鋐《北巡避暑圣德诗四十首并序》均是为北巡、西巡而作，张廷瓒《南巡恭纪》《南巡扈从诗》、陈元龙《圣驾南巡恭进诗二十首并序》等皆作于扈从南巡途中。这些进呈之作在叙述政治事件的过程中，以颂德、鸣盛为要务，如陈廷敬《谨献大驾三临朔漠亲平僭逆圣武雅表一首》，以"今神谋独断，圣武布昭。伐罪救民，躬行天讨"等颂词将平定朔漠之功德具于帝王一身，以此"敷宣人事之盛美"①。再者，在主动进呈中，南书房翰林常常根据事件类型、应制唱和、个人专长等选择恰当的应制文体。如上所举，凡诗歌、颂、雅、日记、赋、表等文体，在康熙朝的应制作品中均十分常见。对王朝政治事件的多文体铺张陈写，体现出南书房翰林对康熙朝正统叙事领地的开拓。

二　推尊馆阁应制的理论路径

应制诗文历来备受"典实富艳有余"②"微乏韵度"③等指摘。有明一代，台阁与郎署之争，是士大夫文学的主要特征。逮至清朝，以皇权收编文柄则成为正统性建构语境下新的时代趋势。馆阁应制以其服务于正统性建构的性质，成为皇权认可与扶持的文学典范。与此相悖，在野诗群对应制文学颇具否定之意，如朱彝尊未通籍前论及应制云："后世君臣燕游，辄命赋诗纪事，于心本无欲言，但迫于制诏为之，故其辞多近于强勉。"④认为应制颂词乃违心之语，缺失以诗言志之真意。这实则蕴含着与清廷离心的文学立场。面对在野文人对康熙朝正统性的质疑，又鉴于应制创作文学性之薄弱，南

---

① （清）陈廷敬：《谨献大驾三临朔漠亲平僭逆圣武雅表一首》，张建伟点校《陈廷敬集》第一册，第12页。
② （宋）葛立方：《韵语阳秋》卷二，第28页。
③ （明）杨慎著，王仲镛笺证：《升庵诗话笺证》卷十《桃花诗》，上海古籍出版社1987年版，第307页。
④ （清）朱彝尊：《陈叟集序》，王利民校点《朱彝尊全集》卷第三十八，第442页。

书房翰林将讨论重心转移至政治本位，尝试阐明应制创作的政治必要与政治必然，其理论路径的核心在于以"盛世"绾合应制文学与康熙时代的相互生发关系，进而增加其文学凝聚力，建构以皇权为中心的文学秩序。

"诗教观"为南书房翰林推尊馆阁应制提供了一种理论进路，围绕"诗教"的功能、流通、形态，南书房翰林从三个逻辑层面证明了应制创作的诗教必然性。以陈廷敬《癸未会试录序》为例。其一，为何以诗为教是较为浅层次的问题，"文以载道"的传统批评理念则是其突破口。康熙四十二年（1703），陈廷敬担任会试正考官，锁闱事毕，录文进呈，并作《癸未会试录序》。此文先以"文以载道"来将文运系于道统："夫文以载道，道命于天，传于人。知天之所以命，知人之所以传，夫然后道尊而学正，学正而文兴。则今日道统之传，文运系焉。此其大者也。"文学既为道之载体，便可发挥教化之用，即徐乾学所云"诗之为道，本人情，穷物化，通讽喻，发性灵，其用甚巨"[1]，也即康熙帝所言"在昔诗教之兴，本性情之微，导中和之旨，所以感人心而美谣俗，被金石而格神祇"[2]"先王以诗为教之义，濡染而蒸陶之者，所关甚巨也"[3]。

其二，诗教之权柄归于何处是南书房翰林着力阐释的问题。就理论逻辑而言，文统系于道统，则道统所归，应为文统所归，所以关键在于道统的归属。道统与治统分治之格局在形式上是宋明王朝的立国基础，"儒家精英拥有'道统'，素持教化众生的威望；皇权拥有'政统'，是行政治理的领袖"[4]，而清朝尤其是清初帝王则致力于促进道统与治统的合一，"无形中促使二者会聚于'皇权'的制约之下"[5]。康熙帝尤其较早表现出这一倾向，斥责以"自谓得道

---

[1] （清）徐乾学：《憺园文集》卷二十《南芝堂诗集序》，《清代诗文集汇编》第一二四册，第507页。
[2] （清）爱新觉罗·玄烨：《全唐诗录序》，《康熙帝御制文集》第三集卷二十，第1637页。
[3] （清）爱新觉罗·玄烨：《全唐诗录序》，《康熙帝御制文集》第三集卷二十，第1638页。
[4] 杨念群：《清朝"文治"政策的再研究》，《河北学刊》2019年第5期。
[5] 黄进兴：《优入圣域：权力、信仰与正当性》，陕西师范大学出版社1998年版，第120页。

统之传"① 的理学大臣熊赐履事件便是其这一想法的具现。② 作为天子近臣的陈廷敬先是承袭前人观点，认为在上古三代时期，君师合一，道统在上。孔子之后，君师分离，道统在下。至康熙朝，则言"我皇上以圣德而居天位，天下大治，生民乂安，故知道统之传，果在上而不在下也""今日者亲得圣人而为君师"。③ 将道统的所有权归于帝王，则文统的归属自明。又指出，道统在上与在下的区别在于，"在下者传之师儒，仅寄于语言文字，而在上者则见诸行事之实"④。所谓"行事之实"，其文治表现之一便是使"天下之士，涵濡于雅化，鼓舞于皇风""且多士来自草泽，山陬海涯皆知圣人在上，道济群生，文明之化，光昭下土"。⑤ 文教应由上至下、由朝至野扩散，诗教之权显然也被纳入皇权体系中。

诗教之权既在上而不在下，则还需解决第三个问题，即以何种文学形态为教。对此，陈廷敬先是称赞康熙帝的经史及文学素养："（帝）勤思至道，博极群书，燕闲之顷，耽情《六籍》。慈诲青宫，训督皇子。《诗》《书》讲诵，殿陛之地，俨若邹、鲁之乡；作为文章，巍巍乎与《典》《诰》同风。至于帖括之文，百家之艺，尽在圣明之鉴，岂非道统所归，实有本末兼该、源流共贯者与？"⑥ 将经史及御制诗文视为道统之枝。继而又道："将见由文王以来济济之多士、蔼蔼之吉人复生于亡国，以上佐寿考作人之雅化；而时雍风动，万邦黎献，共惟帝臣，驯至于矢谟赓歌，亮采惠迪之风，以几乎唐、虞郅治之盛，则道之在上而下被其政教者，将永永焉传之千万岁而无穷，又岂五百年之可以数计哉？谨以告多士者，为黼扆献。"⑦ 由

---

① 《圣祖仁皇帝实录》卷一六三，康熙三十三年（1694）闰五月癸酉，《清实录》第五册，第785页。
② 康熙帝关于道统的具体观点及斥责熊赐履始末详见罗检秋《从"崇儒"到"重道"——清初朝廷对民间理学的认同及歧异》，《北京师范大学学报》2022年第4期。
③ （清）陈廷敬：《癸未会试录序》，张建伟点校《陈廷敬集》第一册，第581、582页。
④ （清）陈廷敬：《癸未会试录序》，张建伟点校《陈廷敬集》第一册，第581页。
⑤ （清）陈廷敬：《癸未会试录序》，张建伟点校《陈廷敬集》第一册，第580页。
⑥ （清）陈廷敬：《癸未会试录序》，张建伟点校《陈廷敬集》第一册，第582页。
⑦ （清）陈廷敬：《癸未会试录序》，张建伟点校《陈廷敬集》第一册，第582页。

"共惟帝臣,驯至于矢谟赓歌"等语可知,在陈廷敬看来,应制赓和乃是士大夫辅弼帝王实现"道之在上而下被其政教"之政治愿景的文学形态。《史蕉饮过江诗集序》对应制创作的诗教形态性作了更具体的阐述:"昔周之盛,以文王、周公之圣,化行俗美。其时名卿贤士,赓扬《雅》《颂》,播诸朝庙。下至《兔罝》《考槃》之野人遗民,莫不能诗。太史采之,顺其音节,被之管弦,盖诗之为教弘矣。"① 在由上至下的文教格局中,名卿贤士之赓扬应制属于在朝文学,而野人遗民所颂则为在野文学,二者均具有诗教功能,体现出一种理想的朝野文学关系。

作为另一种理论路径,"文章关乎世运"的传统理念为区分馆阁应制与在野文学的价值提供了具体思路。检视清初离朝士人的文学立场,本质上更多是政治姿态的传达。鉴于此,南书房翰林将应制文学的兴盛视为盛世表征,试图重建符合正统性建构诉求的文学价值体系。康熙二十二年(1683)左右,张英序《补岩居近科程墨选序》曰:"从来世运,当太平之日,朝野清宴,民物恬安,则其文应之亦必有鸿庞醇厚、邕和宽博之气。上以此求,下以此应,不谋而合。譬如春林之鸟,暖漾之鱼,不自知其声音之和而泳游之适。暄融之草木,不自知其枝叶之扶苏,华实之昌茂。必无有激楚噍杀之音,萧槭寒枯之色,足以奸乎其间。汉之极盛,则有董子、贾子之文;唐之极盛,则有许公、燕公之诗。……当今海内荡定,祲氛廓清。天地太和之气,氤氲融结,则一时文章之士,必争趋于昌明俊伟,颢博端凝,以应国家之盛,如董、贾、燕、许诸人者。"② 张英建立起文章与世运的历史关联,凡盛世皆有醇厚宽博之文,凡末季则有激楚噍杀之音。又康熙朝为盛世,应有文章表国家之盛。从世运变化的角度来佐证康熙朝庙堂应制的时代必然性,以不合时宜来否定在野激楚噍杀之音,既抬升了庙堂应制的文学地位,又强化了

---

① (清)陈廷敬:《史蕉饮过江诗集序》,张建伟点校《陈廷敬集》第一册,第622页。
② (清)张英:《笃素堂文集》卷四《补岩居近科程墨选序》,江小角、杨怀志点校《张英全书》上册,第303页。

康熙时代的盛世特征，这充分体现出张英的在朝立场。

基于文章与世运的关系，"《雅》《颂》之遗"成为南书房翰林所认可的足以表彰康熙盛世的时代强音。这依托于对《诗》学体系中《风》《雅》《颂》的价值辨析。从其原义来说："《风》者，室家之诗也。《雅》者，朝廷之诗也。《颂》者，郊社宗庙之诗也。始于室家，行于朝廷，达于郊社宗庙，故曰：'造端乎夫妇，察乎天地也。'"① 三者通常皆被视为诗教经典。立足于在朝立场，南书房翰林为《风》与《雅》《颂》设立了价值畛域。以徐乾学为例。其《憺园二集序》云：

> 诗之为教也，《风》与《雅》无以异也。然而黍离降而为风，圣人于此恒有不得已之防，焉非谓风之不如雅也？诗至于风，又降而为列国之风，而变而无所复入矣。是其音节之间，疏数之数，厚薄广狭之分，必有不同者矣。变至于风，无所复入，而溢而为骚，又由骚而为曲、为引、为歌行各体，樊然并出，汉人因之收为乐府，夜诵代著新声，三百之遗无几。圣人知其然而欲为之防而不得，故于雅亡之际有深忧焉。自乐府衍而为五七言，寂寥于两晋，淫靡于六代，唐人振其颓响，而五七言近体复生，则又汉魏六朝之极变，而与三百篇迥别者也。然其尽态极妍而无可复加，亦何异《风》之与《雅》乎？②

徐乾学指出，《诗经》之《风》《雅》，皆为诗教体系中的经典资源。但后来，黍离等家国兴亡之思进入"风"之类别中，与温柔敦厚之诗教相违，引起了圣人的警惕。此后，"风"之格愈降，风貌内涵也发生异变，先后递变出骚、曲、引、歌行、乐府等多种形态，看似兴盛，而诗教之意几近荡然。"雅"则在寂然中面临着消亡风险。推究徐乾学言圣人具有"风"盛而"雅"亡之忧，实则是以

---

① （清）李光地：《诗所》卷三，《景印文渊阁四库全书》第86册，第60页。
② （清）徐乾学：《憺园文集》卷十九，《清代诗文集汇编》第一二四册，第504页。

"风""雅"分别指代"野""朝",隐含着对"野"盛而"朝"衰状态的反拨。唐诗的兴起解决了"风"降而"雅"亡这一诗学问题。徐乾学指出,五七言近体虽与《风》《雅》体式相异,但是其"尽态极妍"之神韵却直承《风》《雅》,也即均为诗教的诗学形态。徐乾学辨析"风""雅"的文治意图,由此充分展露出来。

将南书房翰林的应制创作形塑为"《雅》《颂》之遗"则是更进一步的叙述策略。《随辇集》是高士奇扈从期间的应制诗集,徐乾学为其作序,开篇道:"夫诗始于赓歌,通于乐律,将以鸣国家之盛,宣忠孝之怀,此其本也。中古以还,风骚之体盛,而雅颂之义微,激昂感慨之词多,而和平窈眇之音寡。于是乎有穷人益工之谈,有不平则鸣之说,盖诗人之溺其职久矣。"① 在他看来,诗歌之本是鸣国家之盛、宣忠孝之思,而非个体抒情。雅颂"和平窈眇之音"与鸣国家之盛、宣扬忠孝之思的诗歌根本相承相通,而风骚之"激昂感慨"则背道而驰,从风骚体盛而雅颂义微的角度来重新辨察"穷人益公""不平则鸣"说。又引入李白、杜甫为馆阁应制张目:"自昔名世宗工如李白、杜甫、苏轼、陆游之伦,何尝不思扬光蜚英,竭笔墨之能,润色鸿业,而无如身在万里,希得近天子之光华。"②唐代诗人莫过于李杜,即如李杜,何尝不以润色鸿业、应制鸣盛为诗学追求,只是未伴圣君左右而已。进而由历史反观康熙时代:

> 我皇上稽古崇儒,延登才俊之士,孜孜如弗及,而詹事首以文学被宠遇,赐第周庐,日值禁中,备顾问,驾所巡幸辄从,御制诗篇,每令属和。慰问频仍,赐赉稠叠。主上右文,诚超迈百王。而詹事之遭逢,逾于古人远矣。夫不登崇台不可以言高,不窥九渊不可以言深,乡曲小生骤而颂甘泉赋羽猎,虽工弗类。今詹事身依日月,亲睹天廷紫宫之崇闳,千乘万骑之雄

---

① (清)徐乾学:《憺园文集》卷十九"焦林二集序",《清代诗文集汇编》第一二四册,第512页。
② (清)徐乾学:《憺园文集》卷十九"焦林二集序",《清代诗文集汇编》第一二四册,第512页。

丽，与夫奎章宸翰之日星昭回，重以笃厚殊数，浃沐恩波，忠孝之思，郁盘于中而洋溢于外。其诗之昌明浑厚，粹然大雅，有《卷阿》《鱼藻》之遗音，而非寻常应制之词所可及宜也。①

在徐乾学看来，在历朝帝王谱系中，康熙帝右文之勤，超迈百王。在历代诗人序列中，高士奇遭逢帝王恩遇之深，也远逾古人。再加上天子近臣身份为高士奇带来的"身依日月"之便，其诗篇展现出春容醇雅风貌，堪比《诗经》中《卷阿》《鱼藻》的雅颂之音。稽古崇儒的鼎盛时代与春容大雅的雅颂遗音，借由在朝政权与馆阁应制的融会贯通，成为应对在野士人质疑的言说策略。

三　身份效应与范式意义

中国古代作家往往具有多重身份，就南书房翰林而言，既是政治身份，也是文学身份。其身份与应制文本之间存在密切联系。身份视角下应制文本的正统性建构意义也应得到重点关注。

首先，其民族身份构成释放出康熙帝招揽汉族士人、崇儒重教的文治信号。已有研究者指出，南书房翰林几乎皆是汉族文人，较少有满族文人入值。②究察清代外朝官制，形式上虽采取满汉复职、并设制度，而在运行中实以满官为主导，"康熙初，政归八旗，汉人杜立德、冯溥、王熙、宋德宜与（李）霨，皆无所预，仅被文学顾问而已"。③汉族士大夫在庙堂中难以施展才华，无论在朝在野，这无疑会提高汉族士人认可清廷正统性的精神难度。同时，"华夷之辨"的传统观念更易滋生汉族士人的文化断裂之感。值此之际，康熙帝在内廷设立南书房，选择汉族文人入值，听其讲授经史文学，并日与赓和，在朝汉族士大夫的政治期待或将由此增加，帝王的礼儒声名也由庙堂中心向四周扩散。康熙二十一年（1682）春，"三

---

① （清）徐乾学：《憺园文集》卷二十"随辇集序"，《清代诗文集汇编》第一二四册，第513页。
② 李乔：《康熙朝的南书房》，《文史杂志》1986年第3期。
③ 邓之诚：《清诗纪事初编》卷五《李霨》下册，第613页。

藩之乱"尘埃落定，康熙帝即将东巡盛京祭祖，张英以葬父请假归里，暂离帝侧。京师士人由此展开了一场大规模的送别酬唱活动。据统计，约有24位在朝官员共作54篇诗、赋、序等为其送行。就身份而言，送别者皆是汉族在朝士大夫。[①] 儒士、帝师、词臣这三种身份在这些送别诗文中尤其得以突出，强调其儒士身份者如翰林院侍讲王鸿绪之"钜儒特简参密谋"[②]，翰林院检讨汪楫之"龙眠先生今大儒"[③]。强调其帝师身份者如刑部主事汪懋麟之"启沃无形实帝师"[④]，翰林院修撰归允肃之"帝心优渥倚名贤，内殿从容奏讲筵"[⑤]。强调其词臣身份者如文华殿大学士冯溥之"燕公巨手曲江清，风度从来识老成"[⑥]，左春坊左赞善徐乾学之"燕国文章藏禁苑，曲江丰度赏宸衷"[⑦]，翰林院编修陆葇"字出鸡林重，诗成凤闼传"[⑧]，指向其应制诗文。

就张英而言，三重身份的糅合是其此际作为南书房翰林区别于外朝士大夫的身份内涵。从送别者的角度来看，这三种身份乃是汉族士大夫群体的儒家理想，儒士与帝师身份意味着可以责成君德，传承儒道。与帝王赓和应制则是至高的文学荣誉。王鸿绪、冯溥等人对张英身份作儒式剖析，一方面显示出康熙时期汉族士大夫群体由南书房翰林的入值而复燃的儒家理想，或者也可以说，南书房翰

[①] 详见章建文《张英请假归里同僚送别活动的话语考察》，《安庆师范大学学报》（社会科学版）2020年第2期。
[②] （清）王鸿绪：《送学士张梦敦前辈请假葬亲用李空同东山草堂歌原韵》，（清）王鸿绪：《横云山人集》，《清代诗文集汇编》第一六八册，第209页。
[③] （清）汪楫：《送龙眠先生假归》，（清）汪楫：《悔斋集》，《清代诗文集汇编》第一四〇册，第746页。
[④] （清）汪懋麟：《送梦敦学士假归桐城八首》（其一），（清）汪懋麟：《百尺梧桐阁遗稿》，《清代诗文集汇编》第一五一册，第575页。
[⑤] （清）归允肃：《送张敦复学士给假南旋四首》，（清）归允肃：《归宫詹集》，《清代诗文集汇编》第一五八册，第439页。
[⑥] （清）冯溥：《送张敦复学士给假归葬》（其一），（清）冯溥：《佳山堂诗二集》，《清代诗文集汇编》第二十九册，第715页。
[⑦] （清）徐乾学：《送张敦复学士四首》（其二），（清）徐乾学：《憺园集》，《清代诗文集汇编》第一二四册，第349页。
[⑧] （清）陆葇：《送张东山学士暂归桐城》，（清）陆葇：《雅坪诗稿》，《清代诗文集汇编》第一一九册，第677页。

林的汉族身份构成,为汉族士大夫群体提供了以教化清帝来传承儒道的心理安慰。另一方面,对这三种身份的书写也可以看出在朝士大夫对康熙帝右文举措的积极迎合,其送别诗文成为扩大南书房翰林身份效应、向天下朝野宣传康熙帝右文政策的文学文本,也即文治的文本构成。自帝王的角度而言,则意味着其设立南书房、召南书房翰林日侍讲幄、令南书房翰林赓和应制等文治策略取得了初步成功。要之,南书房翰林的汉族士人身份及其应制行为在沟通汉族朝野士人与庙堂关系之间发挥着联结作用。

其次,入值身份的超常规性则为士人提供了另一种仕宦路径,尤其引发地方士人的应制热潮。常规仕途准入身份乃是科举出身,而南书房翰林的准入身份则较为多样。作为非正式的内廷机构,其选拔入值者的方式主要有特旨、廷推、举荐、循例四种。① 其中特旨和举荐不拘出身与品级,颇具灵活性。在康熙朝前期,入值者常需经过御试,应制诗文是重要考核项目。因特旨入值者如高士奇,他在受命入值南书房时作纪恩应制诗,诗中有小字注曰:"康熙十年蒙恩考取留翰林院办事,次年闰七月二十五日,召见懋勤殿,赋七言律诗、五言律诗各一首应制。嗣后屡蒙恩召。"② 高士奇未中顺天乡试,乃是国子监生,因钟、王书法初蒙康熙帝赏识,考取翰林院办事。而其后之所以"时蒙恩召"、入值南书房,与其擅长应制有较大关联。因举荐入值者如何焯,其门人沈彤为其所撰墓志铭云:"四十一年(1702)冬,圣祖南巡驻涿州,召直隶巡抚李光地语询草泽遗才。李公以先生荐,遂召值南书房。明年,赐举人,试礼部下第,复赐进士,改庶吉士,仍值南书房。"③ 同赴召者还有查慎行,全祖望为其所撰墓表曰:"康熙壬午圣祖东巡狩,以泽州陈公荐,驿召至行在,赋诗,随入京,诏值南书房。"推荐何焯入值者是李光地,推

---

① 李娜:《清初南书房述论》,《清史论丛》2008 年号。
② (清)高士奇:《恩擢内阁撰文中书舍人支正六品俸于禁城内给赐房屋供奉内廷感戴隆恩恭纪四十韵》,(清)高士奇:《清吟堂全集》,《清代诗文集汇编》第一六六册,第 460 页。
③ (清)沈彤:《翰林院编修赠侍读学士义门何先生行状》,(清)何焯:《义门先生集》,《清代诗文集汇编》第二〇七册,第 264 页。

荐查慎行入值者乃是南书房翰林陈廷敬。应制诗文是进入南书房的重要考核内容。查慎行《赴召集》编诗"起壬午十月，终癸未五月"，首诗为《赴召纪恩诗并序》，其序先记述了自十月十七日闻命后奔赴行在的过程，又曰："闻命之下，惭恧徊徨，罔知所措，敬赋纪恩诗二章，恭呈御览，可胜惶悚之至。"① 由此推测其初次考核或是命其自定题目应制。次诗为《二十日召赴行宫钦赐御书程子视箴一幅恭纪十六韵》，由诗题可知首诗应作于十七日之后、二十日之前，且此诗为谢恩礼应制，应也是检验其诗艺之作。除何焯、查慎行外，同被召入南书房者还有钱名世、汪灏二人，且进入南书房后，赓和应制以为常，并由此得到会试机会："上召海宁举人查慎行、武进举人钱名世、长洲监生何焯、休宁监生汪灏于南书房屡试诗及制举文，特赐焯、灏举人，明年一体会试。"②

高士奇、查慎行、钱名世、何焯、汪灏等以举人或监生身份，通过应制诗文考核进入南书房，成为天子近臣，获得仕途身份。此类超常规性质的拔擢不免激发诗人的应制热情，尤其到康熙中后期，每遇帝王巡幸，献诗献赋者不计其数，形成了"不见圣朝爱士过唐明，诗人千里随船行"③"献诗颂者，络绎于途"④ 的盛况。而南书房翰林的文学创作则是士人的重要学习范本。以福建文人林佶（1660—1722）为例，其《献赋始末》云：

> 康熙四十五年（1706）九月二十日，皇上北巡归，驻跸密云县。臣佶恭以所为《日月合璧五星连珠赋》一册，并手书《御制诗集》二函驰献行在。……坐须臾，随驾翰林杨瑄、蔡升元、查昇、查慎行、钱名世、汪灏、蒋廷锡至，尚大人传旨云："此是福建举人林佶所进的册子，著汝等看过，并带去试他学问

---

① （清）查慎行：《赴召纪恩诗》，范道济点校《查慎行全集》第八册，第902页。
② （清）王士禛：《香祖笔记》卷一，袁世硕主编《王士禛全集》第六册，第4479页。
③ （清）赵执信：《题顾黄公景星先生不上船图》，（清）赵执信：《饴山诗集》，《清代诗文集汇编》第二一〇册，第261页。
④ （清）爱新觉罗·玄烨：《全唐诗录序》，《康熙帝御制文集》第三集卷二十，第1638页。

如何。"诸翰林随将佶带至查学士昇账房中,以御集中"野静知民乐"为题,命赋五言排律八韵。……诸翰林始回奏云:"顷考林佶的诗好,所进写的御制集亦好。"上随遣内侍出问臣佶:"你是福建哪处人?"臣佶对云:"是福州府侯官县人。"又问:"多少年纪了?"臣佶对云:"四十七岁了。"又问:"是哪一科中的?"臣佶对云:"是己卯科中的。"……随问翰林:"汝等认得他么?"诸翰林对云:"他是福建名士,臣都闻得他名。"查昇奏云:"他极善楷书,是学赵子昂一派的。"钱名世奏云:"他师父是前翰林编修汪琬,学问甚好,古文极得他传授。"内侍一一回奏。上喜云:"他替我写的诗集煞干净,留览。赋册发与掌院揆叙等再细看。"……谕内务府监造员外郎张常寿:"举人林佶着在武英殿办事。"①

林佶原是己卯科举人拣选知县,其主动献赋的意图乃是希冀以文字结主知。由此可见,康熙帝以灵活方式选择文人入值内廷,对士人产生强烈的应制召唤。在林佶得到康熙帝青睐的过程中,应制诗文的写作能力与南书房翰林查昇、钱名世等人在御前的称赞均发挥了重要作用。而诸翰林之所以在御前极力举荐林佶,或许还与两位不在场的人物密切相关,即南书房总督陈廷敬与曾经两度入值南书房的诗人王士禛。《清史列传》云:"(林佶)文师汪琬,诗师陈廷敬、王士禛。琬之《尧峰文钞》、廷敬之《午亭文编》、士禛之《精华录》,皆其手书付雕。廷敬、士禛之集皆刻于名位烜耀之时,故世以是称之。"② 传中所列诸书,再加上王士禛《古夫于亭稿》,便是有名的"林氏四写"。林佶《午亭文编》后序称:"戊寅(1698)冬,佶初至京,得及先生门,尝求所刻集,先生慎不出。比乙酉(1705),佶再入都,先生始授编辑。"又言:"钝翁、阮亭

---

① (清)林佶:《献赋始末》,(清)林佶:《朴学斋文稿》,《清代诗文集汇编》第二〇五册,第603—605页。
② 王钟翰点校:《清史列传》卷七十《林侗 侗弟佶》,第十八册,第5729页。

二公，佮曩所从受业。"① 其文诗汪琬，诗师陈廷敬、王士禛，以及与陈廷敬等人的交往，或是其应制诗文符合官方标准、得到诸翰林推荐的潜在因素。

　　复次，南书房翰林借助文学文本传达政治意图、寻求进身之阶，这为地方士人示范了文学行为在谋求仕进方面的功利性效用，从而促进朝野诗风的转变。上文提到高士奇编选的两部选本《续三体唐诗》与《唐诗掞藻》，均成书于康熙三十二年（1693）。考察其历史情境，康熙二十八年（1689），左都御史郭琇弹劾其结党营私，高氏离京返浙。在编选此二种选本期间，正谪居在乡。至康熙三十四年（1695）秋奉诏入都，再度入值南书房。里居期间，其门人王原由高氏"口不言朝政"自守姿态中却预言"公归田之乐，非可久据"，② 应是据其文学文本窥探出了高氏的复起意图。审视高士奇谪居五年间的文学行为，编选唐诗尤其是唐代馆阁诗选本是其中较为显著的活动。施诸廊庙是其重要的编选目标：

　　　　是集诗格务取华整，诗题必关典制，虽不专应制一体，大要可施于廊庙。一时朝士之菁华，实千载作家之楷式也。③

　　选本是文学批评重要形式。高士奇编选唐诗尤其馆阁之作，其文学意图在于推重有唐华整之诗，为朝士提供楷式，实则是以唐诗选本亲近康熙朝的文治政策，以唐人之作规范人心：

　　　　庶几唐世廊庙诸作，犹有雅颂之遗音乎！自贞观、景龙迄于开宝间，君赓而臣和，莫不衔华佩实，泽于儒雅，其文典以

---

① （清）林佶：《午亭文编后序》，载（清）陈廷敬著，张建伟点校《陈廷敬集》第三册，第1022页。
② （清）王原：《归田集序》，载（清）高士奇撰《清吟堂全集》，《清代诗文集汇编》第一六六册，第164页。
③ （清）高士奇：《唐诗掞藻》凡例，（清）高士奇选《唐诗掞藻》，故宫博物院图书馆藏清康熙三十二年（1693）刻本。

则，其音平大而雍容，发乎情而止乎义，有以起人忠敬之思，而荡涤其淫佚之气。①

可见高氏在编辑选本之初，便有对文治举措的配合与示好之意。与此相应，编辑、印刷个人应制集也在高氏的策划之中："士奇近归田里，追思畴西之荣遇，裒集其随辇诸诗，登诸剞劂。"② 此集即为《随辇集》。今存康熙三十二年（1693）冬姜宸英为其所撰之序，③亦可佐证编刻时间。其随辇篇什为士人检索帝王圣德、赓唱康熙盛世提供了一种现实的参照系。高士奇在此期间的诗歌多收入《归田集》，此集约编成于康熙三十三年（1694），在刻画闭门自守、饶有闲情的自我形象以剥除结党嫌疑之余，多传达怀恋朝阙之意。如《庚午元日》道：

鸡声欲报雨声微，高下云开露晓晖。委佩不随三殿侣，扁舟难得五湖归。红笺懒自题春帖，白石凭人筑钓矶。北望九霄恩罔极，未明还检旧朝衣。是日北望行礼。④

在乡居慵懒状态的反衬之下，对北望九霄、天色未明便检视朝衣、北望行礼等行为的文本叙述，均指向希望再次被朝阙接纳的政治意图。

在编选唐诗、裒集个人应制集、在日常写作中贯穿朝阙之思等一系列文学示好行为的助力之下，高士奇终于得偿所愿，重返南书房。而这些文学示好行为的实效性，则成为士人谋求进身提供了可行性思路。即以唐诗选本而言，在高士奇之后，尤不乏以唐诗选本为进身之阶者。康熙四十四年（1705），以翰林院侍读告老归乡的

---

① （清）高士奇：《唐诗掞藻》序，故宫博物院图书馆藏清康熙三十二年（1693）刻本。
② （清）高士奇：《唐诗掞藻》序，故宫博物院图书馆藏清康熙三十二年（1693）刻本。
③ （清）姜宸英：《随辇集》序，载（清）高士奇撰《清吟堂全集》，《清代诗文集汇编》第一六六册，第456页。
④ （清）高士奇：《归田集》卷二，（清）高士奇撰《清吟堂全集》，《清代诗文集汇编》第一六六册，第171页。

徐倬在康熙帝南巡时进献《全唐诗录》,其《进呈全唐诗录序》云:"窃念诗之为教,诚可鼓吹休明,而唐之为诗,洵足追攀骚雅,藏之文苑。"① 体现出他对康熙朝文治内涵的深入理解,是以康熙帝言"展卷而读之,与朕平时品第者盖有合焉",并"嘉其耄年好学,迁秩礼部侍郎,以为天下学者之劝"。② 徐倬可谓复制了高士奇的进身之策,而在这种模式化的认同路径的背后,是士人与帝王基于康熙朝正统性建构的通力合作,发挥着"为天下学者之劝"的实际功用,最终促使宗唐在康熙朝中后期成为诗坛风尚。因此,在考察此际之文学风尚时,尤需注意在背后执掌诗坛大权的政治力量。

通常情况下,身份效应会促进南书房翰林应制创作的传播。与此同时,南书房翰林之所以能从康熙时期众多朝野士人中脱颖而出,本质上在于南书房翰林能以文才赞襄文治。其应制创作既是康熙政治的文学点缀,更以贯注其中的文治内涵发挥着建构正统性之用。因此,其应制创作本身,亦以其确切的政治理解、潜在的文治精神与合宜的文学呈现而成为康熙朝的应制范式。这由康熙朝的三部诗文选本可窥一斑。其一是官方诗文选本《皇清文颖》,收康熙中叶至乾隆九年(1744)间的帝王、宗室及馆阁诸臣诗文。其中,康熙朝应制篇什入选最多者分别是张英、高士奇、王鸿绪、张玉书、陈元龙、查慎行、励杜讷、朱彝尊、陈廷敬,均为南书房翰林。③ 其二是《本朝馆阁诗》,由阮学浩、阮学濬兄弟二人于乾隆二十二年(1757)编选,其选诗以《皇清文颖》为基础。其凡例云:"圣祖仁皇帝延接儒臣,南书房应制之篇腾辉史册。"④ 是以康熙诸臣诗入选是集者,其数量较多者有高士奇、张英、查慎行、陈元龙、王士禛、陈廷敬、张玉书、蔡升元、朱彝尊、励杜讷等,均曾入值南书房。

---

① (清)徐倬:《应制集》下卷,(清)徐倬《道贵堂类稿》,《清代诗文集汇编》第八十六册,第248页。
② (清)爱新觉罗·玄烨:《全唐诗录序》,《康熙帝御制文集》第三集卷二十,第1638页。
③ 根据《皇清文颖》统计,详见(清)陈廷敬、张廷玉、梁诗正编《皇清文颖》,《故宫珍本丛刊》第646册—650册,海南出版社2000年版。
④ (清)阮雪浩、阮学濬编:《本朝馆阁诗》凡例,天津图书馆藏清乾隆二十三年(1758)刻本。

其三为《凤池集》，是由浙江文人沈玉亮、吴陈琰等编选的清初应制诗集，约编刻于康熙四十四年（1705），值得注意的是，此集中所选诗人不仅包括庙堂文人，也包括地方士人。馆阁文人中，以高士奇居首。由此可见高士奇之应制创作在浙地乃至江南地区已有一定的知名度。地方士人入选者颇多，入选篇什多为帝王巡幸时的进呈、恭纪之作。入选应制作品除各体应制诗外，还有应制词，甚至有应制戏曲。① 由此一选本之编选，可见出南书房翰林的应制创作在地方士人间的经典化，亦可见出康熙朝应制文学作为文治手段的强功利性，促使其作为一种文学潮流由政权中心向地方蔓延。

在清初朝野离立的文学语境中，为了突破华夷之辨，让"自古得天下之正者，莫如我朝"的正统观成为天下士人之共识，康熙帝采取了诸多文治举措。南书房翰林依托于天子近臣的身份，置身于结构化文治之网的上端，以其应制创作、理论建构、身份效应及其范式意义，促使应制成为康熙朝的文学风尚。在应制创作层面，康熙朝南书房翰林的应制之作改变了"文学装饰"的性质，以其鸣盛内核、典雅风格、宗唐倾向成为宣扬帝德、黼藻文治、津梁后学的文学典范。与此同时，南书房翰林以帝王之师的身份协助康熙帝完成了唐诗文治价值的辨析，促使宗唐发展为文治政策的有机构成，并借助皇权之力流向王朝的四面八方。又以天子近臣的身份对康熙朝的政治事件加以多文体书写，文治叙事领地由此得以进一步拓展。在理论建构层面，南书房翰林立足"诗教观"与"文章关乎世运"的传统文学批评理念，建构起以皇权为中心的诗教体系，赋予应制创作"雅颂遗音"的典范性质。南书房翰林的汉族士人身份、超常拔擢的性质、借助文学文本传达政治意图的进身策略及其应制创作的经典化，使其应制行为与应制文本在地方士人中形成了一种馆阁向心效应。由此，文柄归依于皇权之下，而"帝王"与"盛世"，也在南书房翰林的勾勒中渐渐显露出更为清晰的面目，以此汇入正统性建构的政治图景之中。

---

① （清）沈玉亮：《凤池集》，北京大学图书馆藏康熙四十四年（1705）刻本。

第二章　南书房内外：正统性文学建构的词臣典范

清朝与以往朝代的不同之处在于，其政权合法性深受宋明以来日益强化的"华夷之辨"威胁。在正统性的分辨中，主要存在着两股文学力量：一方信守"华夷之辨"，拒绝承认清朝的合法性，对清廷采取不合作态度。另一方则试图突破华夷观念，分解离心队伍。从某种程度上说，这构成了康熙帝设立南书房的心理背景。康熙帝从朝野上下先后选择各类文人入值，时常与之对扬赓唱、命其应制赋诗。就帝王而言，康熙帝的此类行为削减了汉族士人对其基于"华夷"理念而产生的"夷狄"想象，营构了其自身崇文右儒的圣君形象。就南书房翰林而言，逮至康熙朝，清初的文坛职志诸如钱谦益、龚鼎孳、吴伟业等相继谢世，康熙帝企图培养符合皇权意志、足以与离心文学力量相抗衡、又具有文学权威性与号召力的官方文学势力，南书房翰林乃是合宜之选。就其中生成的应制文本而言，它们必须服务于康熙朝此一文治策略的实施。南书房翰林作为天子近臣，身份清贵，不仅应制机会颇多，累积了丰富的应制经验，而且对康熙帝的个人偏好、政治理念、文学需求都远较其他士大夫更为了解，因而其应制之作往往作为官方文学典范而变成士人应制之楷式。本章选择张英、高士奇、陈廷敬作个案分析，考察南书房翰林的应制书写的典范性及其与正统性建构间的相互作用关系。

第一节　康熙朝的文治场域与张英应制创作之生成

应制是一种政治性鲜明的文学现象，本为人臣遵奉帝王之命现场创作，后来也包括主动进呈及非现场创作。作为文构形态的应制文学，涵盖诗、词、戏曲、颂、赋等多种文体，涉及历代作者甚多，既有翰苑官员，也不乏下层文人。在以褒显功德、颂赞升平的文学书写点缀、缔造"盛世"的同时，应制创作常常遭受"命题既同，体制复一，其绮绘有余，而微乏韵度"[①] 等批评。此类批评道出了应制文学的先天性文学弱点，但忽视了具体的政治语境和雅颂传统。

经明初和嘉隆年间的应制兴盛之后，康熙朝特殊的文治场域再度为应制文学提供了沃壤。其中，桐城士人张英（1637—1708）的应制创作颇具代表性。就应制诗而言，张英有《应制诗》五卷，附于《存诚堂诗集》后，多为其自辑。[②] 其中，卷一收应制诗53首，作于康熙十二年（1673）春至康熙十六年（1677）冬。康熙十二年（1673），37岁的张英，开始同熊赐履（1635—1709）、孙在丰（1644—1689）、陈廷敬（1638—1712）等数十位日讲官轮班为年仅20岁的康熙帝（1654—1722）面授四书五经。此时康熙帝年纪尚轻，学识尚浅，求知欲旺盛，张英同众讲官皆年长，学识较为完备，对康熙帝多有启沃，但其个人功能并未充分凸显；卷二至卷三收应制诗197首，作于康熙十六年（1677）冬至康熙二十一年（1682）春。康熙十六年（1677）十二月十七日，张英与高士奇（1645—1704）作为首批南书房翰林正式入值南书房，由于侍奉禁近，写作了大量应制作品。步入供奉内廷的新阶段后，张英日侍讲幄，为康

[①] （明）杨慎著，王仲镛笺证：《升庵诗话笺证》卷十《桃花诗》，第307页。

[②] 张英《应制诗》有四卷本和五卷本两个版本系统，本节所用为《张英全书》所校五卷本，其底本为清光绪二十三年（1897）张氏重刻本。根据张英所作《讲筵应制诗序》和《内廷应制诗序》，可基本确定五卷本的卷一至卷三为张英自辑。版本详情参见张体云《张英年谱》，安徽人民出版社2017年版，第401页。

熙帝讲授《尚书》《易经》等经史典籍。在此阶段，康熙帝的思想体系日益完备，明确召见张英的次数至少有581次，有时一日数次，远多于同时期外廷日讲总数的221次，①可见张英在康熙帝经史教育中的独特作用；卷四至卷五收应制诗88首，作于康熙二十一年（1682）至康熙三十一年（1692）。在三藩平定之后，康熙二十一年春，张英请假返乡葬父，里居三年有余，期间亦有应制诗。康熙二十四年（1685）秋，张英返回京师，仍供奉南书房，同时开始任职外朝，步入了内廷、外朝兼职的又一新阶段。在此阶段，康熙帝的思想基本成熟，其标志是康熙二十五年（1686）外廷日讲的取消。此外，散见于《笃素堂诗集》的应制诗有23首，多作于康熙三十二年（1693）至康熙四十一年（1702）间。这一阶段，张英仍兼供内廷与外朝，最终以文华殿大学士兼礼部尚书、经筵讲官的身份致仕。总的算来，张英共有应制诗361首。除应制诗外，其他应制文体如赋、颂、表、跋等也有30余篇。

综上，由于供奉南书房等特殊机遇，张英与康熙帝保持着长期、近距离、日常的君臣往来，其应制创作数量甚夥，诸体兼备，时间涉及康熙帝由年轻到成熟这一重要历史阶段，内容关乎康熙朝前中期政治书写的诸多方面，且其自辑行为体现出对应制体的自觉认知，可以代表康熙朝应制文学的主要特点。本节将以张英的应制创作为中心，立足于雅颂传统和康熙朝的正统性建构诉求，考察康熙朝的文治场域对其应制功能追求的规定作用，探讨张英应制创作的政治叙事与书写策略，体察其应制文学风貌形成的政治制约因素，以期通过揭示张英应制创作的具体生成，拓展康熙朝文学研究的政治视野。

一　文治场域与张英翊赞文治的功能追求

"庶几文治，再现三古"② 是康熙朝的重要政治策略，其正统性

---

① 参见章建文《论张英对桐城派的贡献》，《北京社会科学》2016年第8期。
② （清）爱新觉罗·玄烨：《康熙帝御制文集》第二集卷三十五《石鼓赞有序》，第1141页。

建构的政治诉求有别于汉族王朝政权。"文治"源于周文王,《礼记·祭法》曰:"文王以文治。"① 其内涵为"以文治政,以文治世,并进而以文为基本原则,从上至下建构其政治体制及整个社会秩序"②,为历代汉族政权所推崇。"正统性"的原始涵义包含空间(大一统)、时间("五德终始"和"阴阳五行")、内外(种族、德性)三项内容。经过宋儒的建构,第一义被弱化,而第三义被突出,正如杨念群所言:"宋代儒者谈论'正统'多突出第三义即道德教化的力量,希望在'攘夷'的背景下努力彰扬'德性'优势,对'正统'包含的空间广大之义多避而不言。"③ 为了突破"华夷之辨"的文化威胁,清朝的正统观建构产生了新的特点,其中包括重新引入"大一统"来突出第一义优势,以及贯彻宋明理学、隆兴礼制、夺取道统来对第三义劣势做出有说服力的自我辩正。④

为了突破宋儒弱化"一统"、强化以"种族"划分畛域的叙述体系,建构清朝的正统性,文治被康熙帝贯彻至治道的诸多方面,为康熙朝的应制创作营造了特殊的政治语境:在思想形态上奉行程朱理学,康熙帝曾发"非此不能知天人相与之奥,非此不能治万邦于衽席,非此不能仁心仁政施于天下,非此不能外内为一家。读书五十载,只认得朱子"⑤之慨叹;在体制形态上崇建礼乐制度,强调"朕企慕至治,深惟天下归仁,原于复礼"⑥;在话语策略以"天意要荒同职贡,人欢闾井共升平"⑦等突出"大一统"的疆域优势和

---

① (清)爱新觉罗·玄烨钦定,(清)陈廷敬等编撰:《日讲礼记解义》下册,中国书店2016年版,第268页。
② 彭亚非:《中国正统文学观念》,社会科学文献出版社2007年版,第36页。
③ 杨念群:《"天命"如何转移:清朝"大一统"观再诠释》,《清华大学学报》(哲学社会科学版)2020年第6期。
④ 杨念群:《"天命"如何转移:清朝"大一统"观再诠释》,《清华大学学报》(哲学社会科学版)2020年第6期。
⑤ (清)爱新觉罗·玄烨:《康熙帝御制文集》第四集卷二十一《朱子全书序》,第2296页。
⑥ (清)爱新觉罗·玄烨:《康熙帝御制文集》第二集卷三十一《日讲礼记解义序》,第1088页。
⑦ (清)爱新觉罗·玄烨:《康熙帝御制文集》第二集卷四十六《入关见雨膏润泽禾苗茂遂喜而有作》,第1298页。

第二章　南书房内外：正统性文学建构的词臣典范　　115

心系民生的仁德追求。其文学表征则是空前地"以皇权之力全面介入对诗歌领域的热衷与制控"，建立起"庞大的朝阙庙堂诗歌集群网络"，企图"定'一尊'于诗界"。①

就应制文学而言，文治场域表现出对儒家雅颂传统的召唤，这形成了康熙朝应制创作的诗学语境。顺治十六年（1659），有感于明代嘉隆以来，曲学之臣为博君主容悦而以青词等进献好文之君，"不能骎骎乎臻大雅之盛"，导致了"政府风以空疏，士习崇其浮伪"②的雅颂失范局面，范与良以唐人应制为轨范，编选应制集《诗苑天声》。此书前有钱谦益、李楷之序。其中，钱谦益道：

　　以景龙、开元之大篇，嗣赓歌之盛。以天宝、元和之雅音，继《出车》之什。

序中还有"二京三都以赋补颂"③之语。李楷亦道：

　　天都眉生选古人之诗以三唐应制为端，而上溯于汉之柏梁，下及于明代之作者，此雅之遗意也。历代郊庙之章亦为搜罗，此颂之一体也。④

二人皆以唐人应制为雅颂一脉，且均不满于"风人之思盛而雅颂微"⑤"近日选家多主于风人"⑥的风雅颂失衡现状，钱谦益还由此

---

① 严迪昌：《清诗史》，第16—19页。
② （清）范与良：《诗苑天声序》，范与良编《诗苑天声》，载《四库全书存目丛书补编》第三十八册，齐鲁书社2001年版，第11页。
③ （清）钱谦益：《诗苑天声序》，范与良编《诗苑天声》，载《四库全书存目丛书补编》第三十八册，第6、4页。
④ （清）李楷：《诗苑天声序》，范与良编《诗苑天声》，载《四库全书存目丛书补编》第三十八册，第7页。
⑤ （清）钱谦益：《诗苑天声序》，范与良编《诗苑天声》，载《四库全书存目丛书补编》第三十八册，第3页。
⑥ （清）李楷：《诗苑天声序》，范与良编《诗苑天声》，载《四库全书存目丛书补编》第三十八册，第7页。

将范与良此选与《文选》类比，肯定其对雅颂文学的辨体之功。范与良直言选诗目的乃是希望"凡幼学壮行，广治敷化，俾其咸有可循，学者存诚养气以正其基，师友渊源以正其学，兵农礼乐以裕其才，天人历数以精其蕴"①，表达了召唤应制文学雅颂功能的愿望。延至康熙朝，文治场域强化了对以应制创作召唤雅颂传统、与"风人之旨"共同建构诗教的文学期待。这一诗学语境同样映射进张英应制创作的功能追求之中。

南书房翰林的身份底色是康熙朝的文治场域形塑张英应制文本的基础。首先，张英侍值南书房二十余年，与康熙保持着密切的政治交往。对此，韩菼（1637—1704）曾言："若我桐城公之受上知，可谓深矣。不夙则暮，侍禁廷将二纪，一德同心，谋谟叶赞，不待爰立，如内相不啻。及相，亦仍时时在值也。"② 这使其创作心理和文思笔意都始终被圈限在官方政治场域的中心地带。由于珥笔禁近，张英对康熙帝敷行文治之意确有"一德同心"之默契。其应制作品中多有"恭维皇帝陛下，文治光华，武功赫濯"③，"窃臣一介竖儒，学殖窭陋，叨逢皇上右文之代"④，"窃惟我皇上振兴文治，崇奖儒术，为振古所未有"⑤ 等语，可见张英对康熙帝宣扬文治理念的有意配合。其次，康熙二十四年（1685），张英葬父后再次奉诏入阙，在入值内廷的同时，开始担任外朝职务，即张廷玉所言"容台、宫尹、词曹为国家礼乐文章之府，府君以一人绾三绶"⑥。这一阶段，

---

① （清）范与良：《诗苑天声序》，范与良编《诗苑天声》，载《四库全书存目丛书补编》第三十八册，第12页。
② （清）韩菼：《笃素堂文集序》，载江小角、杨怀志点校《张英全书》上册，第217页。
③ （清）张英：《笃素堂文集》卷三《恩赐羊酒食物谢表》，江小角、杨怀志点校《张英全书》上册，第277页。
④ （清）张英：《笃素堂文集》卷三《请假归葬疏》，江小角、杨怀志点校《张英全书》上册，第279页。
⑤ （清）张英：《笃素堂文集》卷四《丁丑会试录序》，江小角、杨怀志点校《张英全书》上册，第291页。
⑥ （清）张廷玉：《先考予告光禄大夫文华殿大学士兼礼部尚书谥文端敦复府君行述》，载江小角、杨怀志点校《张英全书》下册，第483页。

张英"既操笔内庐,暨钧衡台席"①,利用外朝职务之便,掌管国家礼乐文章,将其在内廷深入领略的正统性建构理念,作更全方位的昭示、宣传与建构。

昭示、宣传、建构文治以塑造正统性,正是张英的应制文本被时代议题赋予的功能追求。为此,张英曾有"补衮何能赞文治,书绅常恐辜殊恩"②之自问。康熙四十年(1701)秋,陈廷敬为《存诚堂诗集》作序,其中写道:"余以先生之文铺陈鸿业,鼓吹斯文,敷为典诰,伸为雅颂者,能言之士必将颂说而传之。"③肯定张英发挥了应制创作的雅颂功能,对文治有昭示、宣传、建构之功。作为康熙朝文治场域中的文学形态,张英应制创作的文本功能追求有哪些具体特点呢?

以具体类别而论,张英的应制创作围绕多种政治事件展开,凡巡狩、筵宴、节庆、讲筵、祭祀、战捷等,均有相应之作。巡狩应制如《碧云寺扈跸恭纪》,筵宴应制如《五日西苑泛舟侍宴纪恩四首》,节庆应制如《恭遇皇上万寿节于内殿称贺敬赋二首》,讲筵应制如《侍从西苑进讲恭纪四章》,祭祀应制如《长至日上躬祀南郊恭纪五言十二韵》,战捷应制如《平蜀奏捷恭纪二首》等。凡国之大事与君臣日常,凡内廷与外朝,皆有涉及。

以应制主体而论,张英与康熙帝在文治建构中是互动关系,这促进了张英应制创作功能追求的双重性。一方面,张英作为康熙朝文臣,以撰文为本职,以迎合上意为进身之资。张英常在应制文本中由身份职能牵连起创作缘由。康熙二十三年(1684),康熙帝在第一次南巡途中谒祠阙里,张英作《驾幸阙里赋》以显隆帝德。其序曰:"臣幸际昌时,得瞻巨典。虽固陋蔑劣,不足以发挥鸿业,然

---

① (清)陈廷敬:《笃素堂文集序》,载(清)张英撰,江小角、杨怀志点校《张英全书》上册,第215页。
② (清)张英:《存诚堂诗集》"应制二"《闰三月二十二日蒙赐上所御凉帽鞋袜及罗纥表里恭赋》,江小角、杨怀志点校《张英全书》下册,第35页。
③ (清)陈廷敬:《笃素堂文集序》,载(清)张英撰,江小角、杨怀志点校《张英全书》上册,第216页。

珥笔承明，职兹记载，颂扬休美，敢况司存。谨拜手稽首而献赋。"① 便是以职能为应制起因。再进一步考察此赋的写作场景，因葬父而乞假里居的张英其实此次并未扈从帝驾、亲临阙里，其相应的职务写作本可随之暂歇。而在此乡居之际，张英仍以"职司记载"为由献赋，大力褒扬康熙帝"崇德之圣心"，表现出对康熙帝的积极呼应，这体现了张英以文字结主知的权力心态。

另一方面，在康熙帝思想尚未成熟之时，张英有意以应制创作呼应以颂为谏的儒家传统。康熙十七年（1678），康熙帝以御制诗十章赐张英与高士奇同观，随后二人"各恭纪七言诗四首，进呈御览"②。张英的前三首诗均为"睿词天藻日光辉""玉韵金声震八纮""岂献唐宗吟爽气，谩夸汉武赋秋风"之类的纯粹颂扬辞采之语，至最后一首，则曰："五字高吟岂漫言，还同六义与流传。崇高在德真天语，不是寻常月露篇。"诗下以小字注"圣制有'崇高原在德，壮丽岂为威'之句"③。此诗巧妙地抓住了康熙帝诗中的崇德之语，刻意对其加以放大、突出和强调，以雅颂之显德功能讽谏康熙帝要更加重视德行。这种讽谏方式赓续了董仲舒以来"忠臣不显谏"④的政治传统和人臣规范，也体现了对汉代赋家以颂为讽的文学接受，显示出张英内心以儒家雅颂传统疏引帝德、启沃君心的自我期许。随着康熙帝思想的日趋成熟，张英应制中谏的成分越来越少。

以思想指向而论，昭示程朱理学的道德伦理成分是张英应制创作的重要思想旨归，这在某种程度上有以雅颂正声构建诗教之意，也是对康熙朝文治的理念奉行。张英为康熙帝讲筵所撰写的《书经衷论》《易经衷论》等教学辅助文本，均以程朱理学为重要的理论基础：《书经衷论》全书多"程子所谓""朱子云"⑤之类的直接引

---

① （清）张英：《笃素堂文集》卷一，江小角、杨怀志点校《张英全书》上册，第 234 页。
② （清）张英撰，王澈校点：《康熙十七年〈南书房记注〉》，《历史档案》1995 年第 3 期。
③ （清）张英：《存诚堂诗集》"应制二"《恭睹御制诗十章敬赋四首》，江小角、杨怀志点校《张英全书》下册，第 32 页。
④ （汉）董仲舒：《春秋繁露》卷二《竹林》，上海古籍出版社 1989 年版，第 16 页。
⑤ （清）张英：《书经衷论》卷三，江小角、杨怀志点校《张英全书》上册，第 153、168 页。

用,《易经衷论》更是"大抵以朱子《本义》为宗"①。张英重视的程朱理学,是符合康熙帝正统性建构需要的文治化的程朱理学,并非仅是形而上的性理。早在康熙十二年(1673),康熙帝曾阅读宋儒周敦颐的《太极图》,命张英等人撰《太极图论》。② 张英在阐释"太极"之意时,便以伦理色彩浓厚的"仁义礼智信"为"太极"中"健顺之理"③。其应制创作的思想指向,也可用以伦理道德为核心的"健顺之理"来概括。以其《纂修孝经衍义御制序文冠于卷首镂板行世恭赋四首》之三为例,其诗曰:"琬琰新镌布国门,深知锡类九重恩。欲令海甸同风化,不独周庐教虎贲。"④ 此诗抉发出康熙帝敕修《孝经衍义》一举中蕴涵的"欲令海甸同风化"诉求,落脚于程朱理学之"仁体孝用论",以此彰显康熙帝以孝德治天下的理学旨归,最终融入康熙帝通过奉行宋明理学来突破华夷叙述框架的正统性建构之中。

要之,张英应制创作"翊赞文治"的功能追求,产生于康熙帝建构满族政权正统性的独特文治场域,也体现出对雅颂传统这一诗学语境的回应。在满汉融合的特殊民族背景下,汉臣张英应制创作的功能追求既存在谋求仕进的传统属性,也产生了塑造正统性的时代特质,同时还暗含着赓续雅颂传统、以儒治国的自我期许,这种多重属性塑造了其应制书写的政治品性和叙事风貌。

二 张英应制创作的政治叙事与书写策略

褒显功德、颂赞太平是历代应制创作的主要内容,张英的应制创作也不例外。不同之处在于,相对历史上其他王朝的应制创作,特殊的正统性建构诉求为康熙朝的应制书写树立了叙事框架。相对于康熙朝的其他应制创作,南书房翰林的天子近臣身份,更为张英

---

① (清)永瑢等撰《四库全书总目》卷六,第39页。
② 徐尚定标点:《康熙起居注》第一册,康熙十二年(1673)十一月初七,第120页。
③ (清)张英:《笃素堂文集》卷七《太极图论》,江小角、杨怀志点校《张英全书》上册,第362页。
④ (清)张英:《存诚堂诗集》"应制五",江小角、杨怀志点校《张英全书》下册,第113页。

的应制创作增添了别样视角。以上构成了张英应制创作独特的政治叙事。总体而言,其政治叙事与书写策略主要有三点值得关注。

第一,张英的应制创作在内容上关涉中央礼制尤多,在书写策略上注重以文学阐释彰扬礼制内涵。中央礼制围绕天子展开,对仪注、宴享、服饰、乐章、表笺、礼节等大大小小事宜均作了细致的规定,为康熙帝自证正统性制造了严密的权威体制系统。以五礼为中心,张英的应制创作涉及的天子礼制详见表2。

表2　　　　　　　张英应制创作与礼制系统关联表[①]

分类	礼典	诗例	数量
吉礼	圜丘	长至日上躬祀南郊恭纪五言十二韵	1
	躬祷郊坛礼	己未孟夏上以天时久旱于宫中致斋三日望日亲诣南郊虔祷读祝版甫毕雨泽应时而至恭纪二首	2
	山陵恭祭礼	扈从谒孝陵恭纪	3
	阙里祀礼	驾幸阙里赋	2
	耕耤礼	耕耤礼成恭纪四首	4
	历代帝王陵寝祀典	南巡扈从诗十八首(车驾至会稽恭纪禹陵)	3
嘉礼	皇帝三大节	恭遇皇上万寿节于内殿称贺敬赋二首	6
	太皇太后三大节	恭遇太皇太后万寿节敬赋五言十韵	1
	谢恩礼	闰三月二十二日蒙赐上所御凉帽、鞋袜及罗纻表里恭赋	86
	大宴礼	除夕养心殿侍宴应制	6
	颁诏礼	十二月十六日欣逢皇太子大庆颁诏中外恭纪五言十韵	1
	巡狩	恭赋南巡颂德诗	17
军礼	奏凯	恢复岳州奏捷恭纪五言十二韵	3
	讲武	南苑扈从讲武二首	4
宾礼	山海诸国朝贡礼	西洋贡狮子歌	2
凶礼	太皇太后丧礼	康熙二十七年正月恭赋大行太皇太后挽辞六章	6
	皇后丧礼	恭赋孝昭皇后挽诗四首	4
		总计	151

① 本表格根据《大清会典·康熙朝》《清史稿》《张英全集》整理。

第二章　南书房内外：正统性文学建构的词臣典范　　121

由表格可知，凡祭祀、战捷、谢恩等礼，都在张英应制创作中有所体现，这与康熙帝恢弘礼制有关。就康熙朝正统性建构的特殊性而言，大力建设礼制是康熙帝尝试突破宋儒的叙述体系、力求达致以"礼制"消弭传统种族差异之政治图景的重要手段。① 此时，张英的应制创作彰显昭示、宣传、建构之功能，成为形塑、推广中央礼制涵义的时代文本。其中，谢恩应制诗颇具代表性。

张英侍从内廷二十余年，谢恩应制诗尤多。谢恩礼是君臣之间的常用礼仪，其用意为彰显君臣的尊卑秩序，昭示君臣的融洽关系。谢恩应制诗与谢恩礼相关，康熙朝之"常朝仪"曰："三大节大朝而外，每月初五、十五、二十五日，行常朝礼。皇上御殿，百官分班侍立。其见朝、常朝、谢恩等官进前行礼。"② 规定谢恩礼的时间是每月的常朝日。"见朝、辞朝、谢恩仪"则规定了谢恩礼的具体礼节："国初定：凡王以下各官，升赏或缘事者，俱于每月常朝日行谢恩礼。……至王以下文武各官，升迁谢恩者，行三跪九叩头礼。赏赐财物谢恩者，行二跪六叩头谢礼。赏赐食物者，行一跪三叩头礼。凡赏赐谢恩，止用便服行礼，不用朝服，行礼时不赞。"③ 可见凡受赏赐或升迁者均需按照具体礼节行谢恩礼。与具体礼节相行的乐章有《隆平》《显平》《庆平》《治平》四章。礼节和乐章相互配合，以体制形态彰显了谢恩礼的礼制涵义。张英的应制创作则以文学形态形象地昭示了谢恩礼的体制内涵，以两首谢恩诗为例：

　　艺苑词曹比凤池，鸡栖敢傍最高枝。丹梯目慑云霄近，碧草心衔雨露滋。东观崇阶容屡陟，西清秘阁许频窥。承恩便诏当筵谢，不待鹓班晓漏时。(《康熙十八年二月蒙恩转侍读学士

---

①　杨念群：《何处是"江南"？：清朝正统观的确立与士林精神世界的变异》，第11页。
②　（清）伊桑阿等编著，杨一凡、宋北平主编，关志国、刘宸缨校点：《大清会典·康熙卷》第一册，第492页。
③　（清）伊桑阿等编著，杨一凡、宋北平主编，关志国、刘宸缨校点：《大清会典·康熙卷》第一册，第495页。

恭纪二章》其二)①

  珥貂自昔重承明，况复珍裘积累成。如雪谩夸狐腋贵，当风不数貂头轻。日华朝映香云绕，霜颖晴看紫雾生。拜赐何能酬渥泽，垂衣常顾祝升平。(《十二月二十五日蒙赐御用貂裘一领恭纪二首》其二)②

  第一首诗为升迁谢恩诗，作于康熙十八年（1679），由"承恩便诏当筵谢，不待鹓班晓漏时"句，可知张英因在内廷供奉，日侍康熙帝左右，其谢恩礼也随之进行了灵活调整，乃是承诏谢于当筵，不必等到常朝日康熙帝御殿之时。此诗先以鸡栖凤池、身近云霄、碧草雨露之比感念康熙帝的知遇，颂扬君主之尊崇，继以"东观崇阶容屡陟，西清秘阁许频窥"等句详写君主礼遇，在区分君臣尊卑的前提下营构了君臣的和乐关系，昭示了谢恩礼"假乐大君，天位以正。苾下有容，监于万方"③的礼制内涵。第二首诗为赏赐谢恩诗，前三联铺写御用貂裘的贵重、珍奇，至尾联，"拜赐何能酬渥泽"是在表达愿为君主效力之意。"垂衣常顾"既是写君王恩重，也是以"黄帝、尧、舜垂衣裳而天下治，盖取诸乾坤"④之典，将诗歌意旨深化为彰显康熙帝以礼治国的文治涵义，又以此颂扬康熙朝为三代治世，与谢恩礼"治定功成，中和建极。飞龙在天，凤仪于庭"⑤等礼制内涵相应和。谢恩诗对谢恩礼的书写与昭示，是张英以应制创作彰扬礼制内涵的表现。

  第二，颂赞"大一统"与褒显"仁德"皆是张英政治叙事的重

---

① （清）张英：《存诚堂诗集》"应制三"，江小角、杨怀志点校《张英全书》下册，第65—66页。
② （清）张英：《存诚堂诗集》"应制三"，江小角、杨怀志点校《张英全书》下册，第62页。
③ （清）伊桑阿等编著，杨一凡、宋北平主编，关志国、刘宸缨校点：《大清会典·康熙卷》第一册，第496页。
④ （清）爱新觉罗·玄烨钦定，（清）陈廷敬等编撰《日讲易经解义》卷十七《系辞下传》，下册，中国书店2016年版，第294页。
⑤ （清）伊桑阿等编著，杨一凡、宋北平主编，关志国、刘宸缨校点：《大清会典·康熙卷》第一册，第496页。

要构成,以"仁德"统摄"一统"则是其应制书写的重要策略,与康熙帝御制诗呈现出呼应之势。清朝作为异族入主中原,"其优势在于疆域恢弘,远迈前代",而其劣势在于异族身份难以突破宋儒打造的以"种族"区分"德行"的壁垒。① 因而在康熙帝的御制文集中,"一统"与"仁德"书写皆十分常见。以其亲征准噶尔期间所作诗歌为例,康熙三十五年(1696)至康熙三十六年(1697),康熙帝曾三次亲征准噶尔。康熙三十五年,康熙帝行经蒙古哨界,看到明成祖在永乐八年(1410)四月十六日亲征出塞时勒铭之白石,作诗一首,其序曰:

> 朕今过此,适在四月十四日,山原犹昔,时日同符。朕谓明成祖之率师而行也,与今日异。其时出边皆敌人也,今蒙古悉我效力之人。(《经明成祖勒铭处指示扈从诸臣并序》)②

相似的时间,相同的地点,明成祖时的异域,已被清朝收为国土一隅。在此对比中,康熙帝强调清朝"一统"功绩的意图显而易见。"仁德"是清初统治者突破民族畛域的重要话语工具,皇太极便曾借"仁德"申说由明至清之天命转移:

> 岂明国朱姓之始即有为帝王者乎?古云:皇天无亲,惟德是辅。又云:民罔常怀,怀于有仁。由此观之,匹夫有大德可为天子,天子若无德,可为独夫,是故大辽乃东北夷而为天子,大金以东夷灭辽举宋而有中原,大元以北夷混一金宋而有天下,明之洪武乃皇觉寺僧而有元之天下。③

康熙帝颇谙乃祖之志,其亲征诗中的"仁德"书写常常作为统

---

① 杨念群:《"天命"如何转移:清朝"大一统"观再诠释》,《清华大学学报》(哲学社会科学版)2020年第6期。
② (清)爱新觉罗·玄烨:《康熙帝御制文集》第二集卷四十六,第1293页。
③ 《太宗文皇帝实录》卷二十八,天聪十年四月十五日,《清实录》第二册,第371页。

摄 "一统" 功绩的叙述框架出现。《二月三十日亲统六军徂征漠北》作于亲征准噶尔之初,首句以 "惟天尽所覆,眷命畀我清" 强调清朝疆域之广大,继而便以 "狡焉窥北疆,属国横相撄" "怙终恣跳梁,边鄙摇群情"① 等突出噶尔丹之不仁,最后将 "一统" 书写汇入 "皇皇仁义师,声讨必有名" 的 "仁德" 框架之内。

张英对康熙帝亲征准噶尔的应制书写可与康熙帝的御制诗作互文性观照。其《圣德勤民颂》之序称扬康熙帝三驾绝漠的 "一统" 功绩道:"迩年以来,中外无疥藓之疾。服教畏神者,远自日出扶桑,极于流沙,莫不梯山航海,奉琛载贽。"② 极写疆域之广。《圣武三临绝塞荡寇功成颂》之序则具体、细致地将收服准噶尔的 "一统" 功绩纳入正统性的 "仁德" 要义之内。他先是以 "仁民" 将战争缘由合法化:

> 斯时荒远之区,脱有梗我王化、伏莽跳梁之人,则将来必益为边患,则必调发转输,以远烦禁旅,劳顿九州之民。此圣心所以惓惓焉。为国家计久远,为生民谋休息,为万世立太平,必欲荡涤此狡寇厄鲁特噶尔丹者。③

"伏莽跳梁之人,则将来必益为边患" 可与康熙帝之 "怙终恣跳梁,边鄙摇群情" 对读。张英既将准噶尔的叛乱归结为脱离王化,又进一步将出征准噶尔的动因归结为忧虑国计民生,在书写仁与不仁之间的张力中为征伐正名,显示出张英强大的政治叙事笔力。紧接着分述康熙帝三次亲征的破敌详情,突出康熙帝 "至明" "至诚" "至断" 等致胜品质,最后将其统归于 "至仁":

> 而总归于圣心之至仁,视边方为一体,而不忍数罹其灾也。

---

① (清) 爱新觉罗·玄烨:《康熙帝御制文集》第二集卷四十六,第1291页。
② (清) 张英:《笃素堂文集》卷二,江小角、杨怀志点校《张英全书》上册,第263页。
③ (清) 张英:《笃素堂文集》卷二,江小角、杨怀志点校《张英全书》上册,第260页。

第二章　南书房内外：正统性文学建构的词臣典范　　125

登寰宇于衽席，而不忍以一事烦苦吾民也。……仁天下，子万民之心至矣，蔑以加矣。今者，逋寇悉平，荒远无不臣之国；边烽尽息，诸蕃皆乐利之年。①

经过张英的书写，康熙帝亲征准噶尔由仁民而开始，因仁民而进行，又以仁民为旨归，最终造就了"荒远无不臣之国"的"一统"图景，不仅借助儒家的"仁德"话语资源为征讨准噶尔制造了合法性，更以"仁德"作为"一统"的根本前提，集中展现了对康熙帝建构正统性的主动配合。

第三，颂扬康熙帝之文德并将其纳入道统谱系，也是张英政治叙事的重要构成，其书写策略是强调自身的南书房翰林视角。康熙朝君臣围绕"十六字心传"②所作之阐释集中体现了康熙朝由文德介入道统这一正统性建构路径。"十六字心传"的递相授受往往被视为道统相传。康熙十五年（1676）正月，康熙帝在其父顺治帝御书"正大光明"四字之后恭跋道：

世祖章皇帝御笔书"正大光明"四字，结构苍秀，超越古今。仰见圣神文武，精一执中，发于挥毫之间，光昭日月，诚足媲美心传，朕罔不时为钦若。③

"正大光明"出自《易经》，康熙帝以此四字媲美"十六字心传"，将其与"精一执中"的道统内涵相联系，乃是以顺治帝对经义之重视、掌握与留传，建构其父及自身在道统谱系中的地位。康

---

① （清）张英：《笃素堂文集》卷二，江小角、杨怀志点校《张英全书》上册，第261—262页。
② "十六字心传"出自《尚书》："（舜）帝曰：'天之历数在汝（禹）躬，汝终陟元后。人心惟危，道心惟微，惟精惟一，允执厥中。'"（参见李民、王健撰《尚书译注》，上海古籍出版社，第32页）朱熹《中庸章句序》对其阐释道："盖自上古圣神继天立极而道统之传有自来矣。其见于经则'允执厥中'者，尧之所以授舜也；'人心惟危，道心惟微，惟精惟一，允执厥中'者，舜之所以授禹也。"［参见（宋）朱熹《四书章句集注》，中华书局2011年版，第16页］
③ （清）爱新觉罗·玄烨：《康熙帝御制文集》第一集卷二十八《跋皇考世祖章皇帝御书正大光明四字后》，第405页。

熙十七年（1678），此题跋勒石告成，张英、陈廷敬、高士奇等南书房翰林一同在内廷蒙恩赐观、应制赋诗，① 三位南书房翰林的应制创作均围绕着康熙帝的题跋展开，强化经义与道统乃至正统的联系，以张英之诗为例，诗曰：

> 圣祖宸章日月昭，传心精义接唐尧。典谟四字垂千古，藻翰重华见两朝。如睹挥毫临墨沼，欣看勒石炳丹霄。吾君孝德兼文德，作述同光万祀遥。（《世祖皇帝御书正大光明大字　今上御制题跋　勒石告成　蒙恩赐观恭纪》）②

首联以经义勾连"十六字心法"，建构了由尧帝至顺治帝的道统授受脉络。颔联则进一步建构了尧帝至顺治帝、再至康熙帝这一道统谱系。由此，可见康熙朝君臣以经义之掌握将清帝纳入道统谱系这一话语建构路径。

作为南书房翰林，张英身处禁近二十余年，日侍讲幄，天子近臣是其与康熙朝外廷应制作者的重要区别。张英常在应制写作中对此天子近臣视角加以强调，以之作为建构康熙帝道统地位的叙事元素。上诗颈联"如睹""欣看"等虽隐含着近臣视角，但尚不具代表性，再以《请假归葬书》为例。三藩之乱平定之后，张英上呈此书请求返乡葬父，其言曰：

> 窃臣一介竖儒，学殖谫陋，叨逢皇上右文之代，拔置词曹，旋擢讲幄，复蒙简命供奉内廷。伏睹我皇上励精听政之暇，研经究史。讲贯讨论，寒暑无间，夜分不辍。臣每从细旃广厦之侧，仰圣学之高深，窥懋修之纯笃。恭听睿谟，敬睹宸翰。③

---

① （清）张英撰，王澈校点：《康熙十七年〈南书房记注〉》，《历史档案》1995 年第 3 期。
② （清）张英：《存诚堂诗集》"应制二"，江小角、杨怀志点校《张英全书》下册，第 36 页。
③ （清）张英：《笃素堂文集》卷三，江小角、杨怀志点校《张英全书》上册，第 279 页。

先勾勒了由授翰林官至担任日讲起居注官、再至入值南书房的过程，紧接着便介入南书房翰林视角，强调对康熙帝勤研经史、圣学高深的亲睹，以天子近臣的旁观视角拓展了文德书写的强度和深度。综观历代应制创作，康熙朝的文德书写尤为突出，这与康熙朝君臣力图突破宋儒以"种族"区分"文化"优劣的屏障有关。在这样的时代背景下，张英以南书房翰林的天子近臣视角使其文德书写得以强化，也由此形成了自身应制创作的突出特点。其文德书写与康熙帝的"治天下之道，莫详于经"①"帝王道法，载在六经"② 等话语形成了统一的道统建构体系，为康熙朝君臣宣扬"万世道统之传，即万世治统之所系也""道统在是，治统亦在是"③ 等观念、进一步制造治统合法性奠定了逻辑基础。

综上，张英的内廷应制虽仍以颂赞功德、吟咏太平为主，但康熙朝文治场域下的政治需求，促使其选择以礼制、一统与仁德、文德书写为政治叙事的主要内容，并相应采取彰扬礼制内涵、以"仁德"统摄"一统"、引入南书房翰林视角等书写策略。这促进了其应制文本时代品性与个人特点的形成。其政治叙事和书写策略均指向昭示、宣传、建构康熙朝正统性的政治内涵，成为康熙朝文治场域中的标志性文本符号。

三 典雅和平的审美呈现与馆阁应制的文学范式

康熙朝以正统性建构为宗旨的文治场域，催生了张英内廷应制创作的文本功能、政治叙事和书写策略，在全方位的客观制约与主动建构之下，以何种文学风貌呈现应制创作的政治叙事，是张英的应制创作生成所面临的最后一个重要问题。

四库馆臣将张英台阁文学的风格概括为"典雅和平"，其言曰：

---

① （清）爱新觉罗·玄烨：《康熙帝御制文集》第一集卷十九《文献通考序》，第304页。
② （清）爱新觉罗·玄烨：《康熙帝御制文集》第一集卷十九《日讲易经解义序》，第307页。
③ （清）爱新觉罗·玄烨：《康熙帝御制文集》第一集卷十九《日讲四书解义序》，第306页。

> 英遭际昌辰，仰蒙圣祖仁皇帝擢侍讲幄，入值禁廷，簪笔雍容，极儒臣之荣遇，矢音赓唱篇什最多。其间鼓吹升平，黼黻廊庙，无不典雅和平。至于言情赋景之作，又多清微淡远，抒写性灵。台阁、山林二体，英乃兼而有之。①

"典雅和平"是对张英以应制为主体的台阁文学风貌的概括。这种应制品格为其次子张廷玉（1672—1755）所继承、发扬。张廷玉在康熙朝后期亦曾入值南书房，为康雍乾三朝天子近臣。他对应制创作的典雅和平风格作了详细的申说：

> 夫应制之篇，以和平庄雅为贵，气虽驰骋有余，而音之厉者，弗尚也；意虽跌宕可嘉，而格之奇者，弗尚也；语虽新颖巧合，而体之佻者，弗尚也；词藻虽丰、征引虽博，而言与事之凡俗者，弗尚也。鞞铎之振厉不足语云门、韶濩之铿锵，林鹤之幽深不足语建章、鸂鹈之巨丽，雉头蝉翼之瑰异不足语山龙黼黻之文章。扬子云有言：诗人之赋丽以则。又曰：中正则雅。而王仲淹以谨而典、约以则为君子之文，居承明著作之庭，当授简簪笔之任，固不徒以抽秘逞妍、俪红媲白为能事也。②

张廷玉分别从"气""意""语""词藻""征典"等角度限定了应制创作典雅和平风格的义域。"音厉""格奇""体佻""事俗"，均在不同维度上与"雅正"相对，被张廷玉置于应制审美的对立面。"鞞铎之振厉不足语云门、韶濩之铿锵"等语，点明了应制创作审美要求与其应用场域有关。"居承明著作之庭，当授简簪笔之任"则进一步揭示了其馆阁品性。作为康熙朝文治场域中政治叙事的审美呈现，张英典雅和平的应制风貌，与康熙朝文治场域中馆阁

---

① （清）纪昀等：《文端集提要》，《景印文渊阁四库全书》第一三一九册，第275页。
② （清）张廷玉：《澄怀园文存》卷九《同馆课艺序》，江小角、杨怀志点校《张廷玉全集》上册，安徽大学出版社2015年版，第179页。

文学的风格规范具有密切关系，以其应制诗为例，具体可以从以下三方面理解。

首先，唐人高华典雅的馆阁应制诗风，是康熙帝文学宗唐的重要构成。关于康熙帝的文学宗唐及其对清初文学的影响，前人已多有论述。① 康熙帝宗唐，实则以宗其馆阁应制诗风为主要的风格宗尚。具体来看，康熙帝宗初盛唐，他曾以读书、作诗之法教育身边年轻的文学侍臣道："学诗当取法李白、杜甫，初唐、盛唐之诗。"② 进而言之，康熙帝宗初盛唐，含有以初盛唐的应制诗风规范康熙朝馆阁文学之意。以康熙二十四年（1685）正月的翰詹考试为例，先看毛奇龄对此次考试的书写：

初盛唐多殿阁诗，在中晚亦未尝无有，此正高文典册也。近学宋诗者，率以为板重而却之。予入馆后，上特御试保和殿，严加甄别。时同馆钱编修以宋诗体十二韵抑置乙卷，则已显有成效矣。③

"初盛唐多殿阁诗"，说明康熙帝宗唐，尤其是宗初盛唐，实际上乃是宗其殿阁诗。再进一步来看，钱编修被抑制乙卷，乃是由其宋诗体十二韵而起。而本次考试只有《懋勤殿早春应制》为排律诗，④ 也就是说，钱编修所作"宋体十二韵"，乃是应此题而作。由此，可知康熙帝在馆阁考试中所区分的唐宋体，实则是针对应制诗而言。康熙帝经常以应制诗考察官员，本次《懋勤殿早春应制》

---

① 如黄建军《康熙与清初文坛》，中华书局2011年版；张立敏《冯溥与康熙京师诗坛》，中国社会科学出版社2011年版。
② 徐尚定标点：《康熙起居注》第七册，康熙四十二年（1703）五月二十八日，第126页。
③ （清）毛奇龄：《西河合集·诗话》卷七，庞晓敏主编《毛奇龄全集》第三十六册，学苑出版社2015年版，第46页。
④ 关于此次考试题目，《词林典故》记载道："二十四年（1685）正月，御试翰詹诸臣于保和殿，经史赋一篇，《懋勤殿早春应制》五言排律诗一首。越二日，上亲擢徐乾学等十一人，再试于乾清宫，《班马异同辨》一则，《乾清宫读书记》一通，《扈从祈谷坛》七言律诗一首。"参见（清）鄂尔泰、张廷玉《词林典故》卷四，傅璇琮、施纯德编《翰学三书》，第88页。

《扈从祈谷坛》，即为其例。结合此次考试的阅卷标准和考试效果，不难看出康熙帝以唐体应制规范中央馆阁文学的政治意图。此外，成书于康熙五十二年（1713）、由康熙帝亲加考订的《御选唐诗》，同样体现出康熙帝对唐人应制诗的偏好，① 也可为证。康熙帝的这一倾向影响了康熙朝馆阁应制诗的审美走向，沈德潜谈及以文字获知于康熙帝的文人徐班（1672—1738）的应制风格，曾说道："香树以诗受知圣祖，修书内廷，常追随属车豹尾间。故其诗多近唐人应制。"② 便体现了对康熙帝以唐人应制诗风规范清初馆阁文学的具体认知。

其次，康熙帝宗尚唐人应制诗风，促进了张英宗唐之应制审美的产生。相对于康熙朝其他馆阁士人，张英供奉南书房二十余年，对康熙帝的宗唐实质可谓了然于心，《南书房记注》便为例证。现存文献表明，《南书房记注》实为张英主动进呈的应制作品。③ 从其内容来看，《南书房记注》特意留存了康熙帝阅读唐诗的诸多记录，如"酉时，上召士奇至懋勤殿。上阅唐诗十首"等。与此同时，书中也对康熙帝谈论唐诗之语勤加记载，如"朕观唐人诗，命意高远，用事清新，吟咏再三，意味不穷。近代人诗虽工，然英华外露，终乏唐人深厚雄浑之气"④ 等。此外，张英等南书房翰林颂赞康熙帝之诗文，也以唐为筏。康熙十七年（1678）五月，康熙帝幸黑龙潭，张

---

① 参见熊梓灼《康熙〈御选唐诗〉研究》，硕士学位论文，四川师范大学，2018年，第27页。
② （清）沈德潜等编：《清诗别裁集》卷二十八《徐班》，下册，上海古籍出版社2013年版，第1159页。
③ 其一，据王澈校点之注，可知《南书房记注》文献中有几处朱笔批示，如康熙十六年（1677）十二月二十日，张英记康熙帝言曰："朕于经史之暇阅读唐诗。前代帝王，惟唐太宗诗律高华，朕亦于宫中即景命题，以涵泳性情。"王澈注曰："朱笔：但恐古人之意深远，未能即得。"王澈所校《南书房记注》"选自馆藏宫中档案"，结合朱笔批示的谦逊之意及宫中档案的文献来源可知，此朱笔批示当为康熙帝本人在阅读《南书房记注》时所写。其二，《康熙帝御制文集》第一集中，卷第二十六、二十七均为杂著《讲筵绪论》，共录入张英《南书房记注》中记录的康熙帝言语八十五则。此集为康熙帝亲自组织张英、陈廷敬、王士禛等文臣编纂，将张英《南书房记注》中的言语录入，应当是康熙帝本人之意。这都说明张英之《南书房记注》确为进呈御览的应制文本。
④ （清）张英撰，王澈校点：《康熙十六年十二月〈南书房记注〉》，《历史档案》2001年第1期。

英、高士奇扈从，其间康熙帝作《同大学士侍卫等幸黑龙潭途中》，张英、高士奇恭读后赞道："皇上御制诗，声调乃盛唐元音。"① 便是从气象、风格层面肯定康熙帝诗作的唐人风范。

在了解康熙帝的宗唐倾向及其风格构成，又频繁受命应制的情况下，张英选择以唐人应制风格呈现其应制创作，具有政治必然性。他对此有清晰自觉的认知，《聪训斋语》为其家训，其中有言曰：

> 唐诗如缎如锦，质厚而体重，文丽而丝密，温醇尔雅，朝堂之所服也。宋诗如纱如葛，轻疏纤朗，便娟适体，田野之所服也。中年作诗，断当宗唐律，若老年吟咏适意，阑入于宋，势必所至。立意学宋，将来益流而不可返矣。②

明确主张以唐诗为"朝堂之所服"，强调学诗也当从唐律入门。但并非所有唐诗都能成为"朝堂之所服"，"如缎如锦""质厚体重""文丽丝密""温醇尔雅"即为其风格规范。它要求情感、内容必得温柔敦厚，气质、风貌必得典重高华。

从创作上来看，张英典雅和平的应制审美风格，确与唐人应制之垂范密切相关。现以张英对初盛唐"燕许大手笔"苏颋的学习来看唐人应制对张英应制的影响，以下面两首类似题材的应制诗为例：

> 帝迹奚其远，皇符之所崇。敬时尧务作，尽力禹称功。赫赫惟元后，经营自左冯。变芜梗稻实，流恶水泉通。国阜犹前豹，人疲讵昔熊。黄图巡沃野，清吹入离宫。是阅京坻富，仍观都邑雄。凭轩一何绮，积溜写晴空。礼节家安外，和平俗在中。见龙垂渭北，辞雁指河东。睿思方居镐，宸游若饮丰。宁夸子云从，祇为猎扶风。（苏颋《奉和圣制至长春宫登楼望稼穑

---

① （清）张英撰，王澈校点：《康熙十七年〈南书房记注〉》，《历史档案》1995 年第 3 期。
② （清）张英：《笃素堂文集》卷十五《聪训斋语》，江小角、杨怀志点校《张英全书》上册，第 501 页。

之作》）①

　　皇心崇稼事，睿虑重田功。问俗神尧似，勤民大禹同。频年颁汉诏，午夜诵豳风。北阙韶光丽，南郊淑景融。土膏方泽泽，牟麦正芃芃。耕稼乘时令，艰难启圣衷。诏传青蟑外，辇驻绿畴中。河汉星将晓，沧溟日在东。树边听好鸟，泽畔见飞鸿。清哔双旌远，期门七校雄。桑阴闲稚子，芹曝献村翁。草映鸾坡碧，花围黼帐红。篝车纷绮陌，畚锸遍芳丛。还许驱黄犊，何须避玉骢。讴谣忘帝力，歌颂达宸聪。蔀屋温纶溥，茅檐御路通。苍生陈疾苦，赤子赖姘懞。补助恩常渥，涵濡德至崇。敷天安衽席，荒服靖兵戎。华黍呈嘉瑞，千秋祝屡丰。（张英《省耕二十韵》）②

　　苏诗作于开元年间，张诗作于康熙十八年（1679）鸿博御试，二诗皆以帝王关心农事为歌颂主题。从结构、内容上看，张诗开篇六句以尧舜等古帝王为比，称颂君王之敬天勤民，对苏诗有明显的模仿痕迹。自"北阙"后则与苏诗的构思基本相同，均先写农事，次写百姓安居乐业之状，视野开阔，气象太平。所不同者，张诗采用铺叙手法，笔触更为详尽。从形式上看，二诗皆语词雅致，对仗工稳，韵律和谐，张诗效仿苏诗贯押东部韵，与排律体式融合，形成了昌盛、庄重的气势。由此，可见为了塑造康熙盛世，张英汲取了苏诗润色鸿业的"开元盛世"书写经验。

　　再次，康熙帝宗尚唐人应制诗风，本质上表达了对汉唐正统观的国家认同，与其回归不以"种族"划分"文化"的汉唐模式这一正统性建构诉求相对应。杨念群曾道，"清统治者建立正统性的核心精神可以说基本上依赖于儒家意识形态，只不过他们更加推崇宋以前的汉唐正统观"③，这是由于"汉唐时代'诸夏'与'夷狄'的种

---

① （清）彭定求等编：《全唐诗》第三册卷七十四，中华书局1979年版，第810页。
② （清）张英：《存诚堂诗集》"应制三"，江小角、杨怀志点校《张英全书》下册，第67页。
③ 杨念群：《何处是"江南"？：清朝正统观的确立与士林精神世界的变异》，第11页。

第二章　南书房内外：正统性文学建构的词臣典范　133

族界线恰恰不如宋朝以后被界定得那样黑白分明"。① 为此，张英尤其推重唐人应制"美盛德之形容"、润色鸿业的雅颂特征，以之与康熙帝的正统性建构特点相呼应。"美盛德之形容"是儒家传统的雅颂观念，要求以"颂美王政为雅音、而雅音必须典丽"，唐朝功业使得初盛唐应制产生了"'升文辉九功''循躬思励己'这类带有崭新时代色彩的内容"②，为"美盛德之形容"的传统应制注入了"大一统"的时代精神。对此，张英曾道：

> 从来世运，当太平之日，朝野清宴，民物恬安，则其文应之亦必有鸿庞醇厚、邕和宽博之气。上以此求，下以此应，不谋而合。……汉之极盛，则有董子、贾子之文；唐之极盛，则有许公、燕公之诗。类皆典硕敦重，足以养国家长裕之气，以蕴藏涵蓄其所不尽，断非末季文人之所能及者。噫！文章关乎世运，可不慎哉！可不慎哉！③

"鸿庞醇厚、邕和宽博""典硕敦重"，类于"质厚而体重，文丽而丝密，温醇尔雅"的风格义域，皆为"朝野清宴，民物恬安"的"大一统"时代应有的应制品格。张英有意以其典雅和平的应制风格，使其应制创作成为康熙朝的"董子、贾子之文"与"许公、燕公之诗"，追寻汉唐的大一统风范，以之建构康熙朝的正统性。

此外，张英以其典雅和平的应制创作为清初馆阁应制提供了文学范式。康雍乾时期编选的两部馆阁选本对张英应制诗文的青睐，明确揭示了张英对于清朝前期馆阁应制的文学范式作用。其一是《皇清文颖》，此集历经康雍乾三朝编纂，终由张廷玉、梁诗正等人

---

① 杨念群：《何处是"江南"？：清朝正统观的确立与士林精神世界的变异》，第11页。
② 葛晓音：《论初、盛唐诗歌革新的基本特征》，《中国社会科学》1985年第2期。关于宫廷应制与初盛唐诗歌变革的研究，还可参考（美）宇文所安著，贾晋华译《初唐诗》，生活·读书·新知三联书店2004年版；尚定《走向盛唐》，中国社会科学出版社1994年版；聂永华著《初唐宫廷诗风流变考论》，中国社会科学出版社2002年版。
③ （清）张英：《笃素堂文集》卷四《补岩居近科程墨选序》，江小角、杨怀志点校《张英全书》上册，第303页。

编成于乾隆十二年（1747）。作为官方大型诗文选本，它体现了清朝统治者以官方选诗形塑馆阁文学乃至整个诗文界的文治策略。其中，张英的应制诗入选84首，应制赋、颂、跋等入选约14篇，数量位列第一。① 其二是《本朝馆阁诗》。乾隆二十二年（1757），科举考试增加诗歌考察。是年，为了便于广大士子"涵泳津漱，斐然成家，和其声以鸣国家之盛"②，阮学浩、阮学濬兄弟以《皇清文颖》为基础编选了《本朝馆阁诗》，张英的应制诗入选85首，仅次于梁诗正与高士奇。这都在一定程度上表明张英的应制创作在康雍乾时期曾发挥文学范式之用。沈德潜曰："本朝应制诗共推文端，入词馆者，奉为枕中秘。"③ 即是对这一范式作用的揭示。

绾言之，作为康熙朝文治场域中典型的文学形态，张英应制创作之生成深受正统性建构的政治宗旨与雅颂传统诗学语境的规范。这种规范中包含着张英个人能动性的发挥，体现了以其为代表的南书房翰林对康熙帝恢弘文治的主动配合。他既发挥应制文学对政治的润色之用，以形象、直观、典雅的文学书写，力求宣传、昭示、建构康熙帝的圣帝形象，缔造康熙朝的纸上盛世，又发挥政治对文学的导向作用，以典范的形式助力康熙帝收编文学，以文学集权辅助思想集权、政治集权。张英的应制创作在清初文学权力上移的过程中发挥了一定的作用，与康熙朝的制度形态、思想形态，均统一于消弭华夏之辨、塑造正统性的政治诉求之中，成为一道与"盛世"图景双向建构的文化景观。

第二节　高士奇《扈从东巡日录》中的"大一统风景"

清人以满族入主中原，历经康雍乾三朝开拓，地理版图囊括南

---

① 数据统计本于（清）陈廷敬，（清）张廷玉等编选《皇清文颖》，《故宫珍本丛刊》第646册—650册。
② （清）阮学濬：《本朝馆阁诗后序》，（清）阮雪浩、阮学濬编《本朝馆阁诗》，天津图书馆藏清乾隆二十三年（1758）刻本。下文数据据此统计。
③ （清）沈德潜编：《清诗别裁集》卷九《张英》上册，第344页。

第二章　南书房内外：正统性文学建构的词臣典范

北，幅员极广。在疆域的历史形成中，为了建立"多元一体"的政治统合模式，康熙帝依循、运用"天下"之政治逻辑，① 试图突破华夷之辨，实现思想版图与地理版图的大一统。"巡幸"即是其实践策略之一。据统计，自康熙二十年（1681）至康熙六十一年（1722），康熙帝共进行了128次巡幸。② 巡幸本身的实际意义和复杂内涵，以及清朝特殊的政治诉求，使其成为康熙帝建构清朝正统性的重要手段。巡幸作为古礼，原本秉持着儒家经典所赋予的省视万方、观民设教、讲武蒐狩等文治意义。③ 在巡幸过程中生成的巡幸文学，兼有政治建构与映射衍变之价值，颇具独特风貌。

"东巡"主要指康熙皇帝对盛京等东北边疆地区的巡幸，④ 这一地区不仅是清朝"龙兴之地"，也是清初满蒙等少数民族的重要聚集区域，更是清初汉族文人文化认知中的关外"夷狄"之地。此前学界多以南巡为研究重点，或考察南巡与江南士人、文学与文化之关系，⑤ 或探讨南巡在清人"民族—王朝"统治形成中的政治角色，⑥ 对东巡关注较少，且集中在政治与历史层面，文学研究不多。⑦

为此，本节拟以高士奇《扈从东巡日录》为切入口考察南书房

---

① 张志强：《超越民族主义："多元一体"的清代中国——对"新清史"的回应》，《文化纵横》2016年第2期。
② 郭松义主编：《清代全史》第3卷，辽宁人民出版社1995年版，第40—47页。
③ 如"先王以省方观民设教"（（清）爱新觉罗·玄烨钦定，（清）陈廷敬等编撰：《日讲易经解义》卷六，上册，第187页。）"天子适诸侯曰巡狩，巡（《孟子·告子》）狩者巡所守也。诸侯朝于天子曰述职，述职者述所职也。无非事者，春省耕而补不足，秋省敛而助不给""古之畋猎，自天子达诸侯，秋则狝，春则蒐，非有情与杀戮，故无取于盘游，盖以除时稼之所害，示军容之克修。"（《全唐文》卷五三七，裴度：《三驱赋》，第5452—5453页）
④ 注：本节所讨论之"东巡"，不包括前往山东孔庙等地的巡视。
⑤ 如吴建《康、乾南巡期间的文化活动研究——以江南人文景观为中心》，苏州大学博士论文，2017年；刘欢萍：《乾隆南巡与江南文学文化》，博士学位论文，南京大学，2013年，等等。
⑥ 如[美]张勉治：《马背上的朝廷：巡幸与清朝统治的建构（1680—1785）》，董建中译，江苏人民出版社2019年版。
⑦ 如甘露：《乾隆帝东巡御制诗研究》，硕士学位论文，黑龙江大学，2019年；彭海洋：《康熙帝东巡与东北边疆防务》，硕士学位论文，辽宁大学，2021年；闫雨婷：《清帝东巡盛京与清鲜关系》，硕士学位论文，山东大学，2013年；王佩环：《清帝东巡》，沈阳出版社2004年版；[日]园田一龟：《前清历代皇帝之东巡》，"盛京"时报社1930年发行；白文煜：《清帝东巡研究》，辽宁大学出版社2015年版。

翰林的东巡书写。顺治帝在位时曾多次意欲东巡，皆因国内局势未定而作罢。康熙十年（1671），康熙帝开启了清帝的第一次东巡，但君臣皆未留下什么文学作品。直至康熙二十一年（1681），三藩之乱终于平定，康熙帝才开始进行第二次东巡。在本次东巡的过程中，康熙帝本人及满汉词臣才开始着意对沿途风景加以书写。《扈从东巡日录》便是高士奇为此次扈从撰写的一部日记体行记，它对沿途风景的阐释向度，为此后的东巡文学提供了书写范式。本节将高士奇围绕东巡途中的历史、人文、自然景观所塑造出的帝国风景称为"大一统风景"，在史学界已有研究的基础上，立足于本次东巡的相关文学书写，探讨高士奇作为南书房翰林的词臣应制立场，如何在与行记文体的相互作用中，实现边塞风景的"大一统化"，以此透视清初汉族词臣如何借助儒家经典资源和词臣叙述策略，突破巡幸争议和华夷之辨，获取清初士人对东北边疆地区的民族认同乃至清朝统治的文化认同。

一 应制立场与作为行记的《扈从东巡日录》

行记是一种专述行旅的文学样式，作者身份是其内容、体式和写法的重要影响因素，由之可将其划分为僧人行记、聘使行记、文臣行记、个人旅行记、域外人士来华行记等多种类别。① 据此可将《扈从东巡日录》列为文臣行记。身份是文学外部因素内化为文本元素之介质，"文学创作并非是主体的直接言说，而是主体一定身份言说的产物"②。已有研究多将《扈从东巡日录》作为研究其时历史、民俗的史料，而很少关注高士奇的身份和文学之间的相互作用。③ 那么《扈从东巡日录》的作者高士奇，究竟是何身份？这种身份又赋予他何种写作立场和知识经验？它们又是如何策应作者的写作目的、文学理念和话语系统，进而作用于文本写作内部？这都需要进一步

---

① 李德辉辑校：《晋唐两宋行记辑校》"前言"，辽海出版社2009年版，第1页。
② 赵辉：《主体身份经验与文学外在向内在的转换》，《西南大学学报》（社会科学版）2017年第2期。
③ 如兰延超《高士奇及其〈扈从东巡日录〉研究》，硕士学位论文，东北师范大学，2010年。

第二章　南书房内外：正统性文学建构的词臣典范

的探究。

　　高士奇（1645—1703），浙江平湖人，早年科举不第，潦倒京师。康熙十年（1671），27岁的高士奇因康熙帝赏识而由国子生考送翰林院，渐得康熙帝信任。康熙十六年（1677）十二月十七日起，与翰林院侍讲学士张英一同入值南书房，供奉内廷十余年，官至翰林院侍讲学士、詹事府詹事。高士奇多次扈从康熙帝巡幸边塞，《扈从东巡日录》《扈从西巡日录》《塞北小钞》《松亭行记》等均是他对扈从巡幸经历的记载。其中，《扈从东巡日录》是高士奇扈从康熙帝巡幸东北边疆地区所作。本次东巡时在康熙二十一年（1682），此时"三藩之乱"尘埃落定，康熙帝以"云南底定，海宇荡平，前诣永陵、福陵、昭陵告祭"为由，离开京师，前往盛京，后又深入吉林，巡视东北边疆。本书纪程始于康熙二十一年（1682）二月十五日，止于本年五月初四，凡七十九日，逐日记录了往返京师途中的山川美景、习俗风物、逸闻轶事、诗文掌故及君臣往来。全书分上、下两卷，卷上先是抄录了出发前诸人的送别之作，继而记录了从京师至盛京途中的所见所闻。卷下记录了从盛京出发，深入吉林，又返回京师的过程。该书前有陈廷敬、张玉书、汪懋麟、朱彝尊及高士奇本人撰写的五篇序文。后有附录，在本次扈从期间，高士奇留在松花江上旬有余日，"目睹土人日用、饮食、生殖之殊，因考辨名实而详书之"。①

　　关于巡幸扈从人员构成，同行之比利时传教士南怀仁言"巡幸队伍包括康熙帝、皇太子允礽、三位后妃、各位王爷、各级官员及随从人员等七万余人"②，另一同行者张玉书（1642—1711）言"维时丰镐旧臣暨熊罴虎贲宿卫之士，与扈从者，以数千百计。而汉文臣则内廷供奉侍讲高君澹人及侍读学士孙君屺瞻与书三人而已"。③人数记载虽异，但据此可知，扈从人员主要包括皇子后妃、诸王大

---

①（清）高士奇：《扈从东巡日录》附录，载《清代蒙古游纪选辑三十四种》上册，第252页。
②［比利时］南怀仁：《鞑靼旅行记》，薛虹译，吉林文史出版社1986年版，第136页。
③（清）张玉书：《扈从东巡日录》叙二，载《清代蒙古游记选辑三十四种》上册，第210页。

臣及护卫后勤，队伍庞大，汉文臣却仅有高士奇、张玉书（1642—1711）、孙在丰（1644—1689）三人。又本次随从诸臣皆由康熙帝"钦点"①，其时盛京、吉林等东北地区，民族与文化构成仍以满蒙、武事为主，而三位汉文臣皆为江浙文士，与东巡区域语言、风习有差，难有用武之地，仅命三位汉文臣扈从，或许便是虑及于此。

再者，较南巡而言，清帝东巡并不需要携带大批词臣前往。为什么是"不需要"呢？我们可以通过对比康熙对巡幸口外与南巡的态度来加以分析。据南书房翰林陈邦彦记载，康熙帝谈论南巡时曾道："江南水土不比口外，口外去一无所事，山水又好。江南去未免事情烦杂，又须时刻留心驾驭。"② 有研究者据此认为，康熙喜欢巡幸塞外是出于游牧民族对塞外山水天然喜好以及巡狩习武的需要。③事实上，这更与当时江南与塞外的文化差异息息相关。江南作为汉族士人的聚集地，儒学底蕴深厚，此处士人受"华夷之辨"浸润已久，因此在南巡途中，康熙帝必须以繁盛的文事活动来迎合、笼络江南士子。而东北作为关外"龙兴之地"，自古便与中原存在文化区隔，清朝入关后又在此长期实施封禁政策，较江南而言，此时的东北地区不仅地广人稀，且在文化上较为落后，因此东巡并不需要清帝"时刻留心驾驭"，文事活动既少，所需词臣便少。

既然如此，为何康熙帝本次东巡仍要将高士奇等三位汉文臣置入庞大的巡幸队伍呢？这首先要从三位汉文臣的身份与职能开始说起。张玉书时为内阁学士，有协助康熙帝处理折本之责，如二月二十八日，"上御行幄，扈从大学士明珠、学士王守才、张玉书、席柱捧折本面奏请旨"④，相关记载颇多。孙在丰时为翰林院侍读学士，按康熙朝之翰林院词臣，例有讲筵、记注、恭撰进奏等职责，⑤ 孙在

---

① （清）高士奇：《扈从东巡日录》卷上，载《清代蒙古游记选辑三十四种》上册，第215页。
② 陈邦彦：《匏庐公日记》，第256页。
③ 刘水云：《〈匏庐公日记〉与清康熙内廷及民间演剧》，《戏曲艺术》2020年第1期。
④ 徐尚定标点：《康熙起居注》第三册，第229页。
⑤ （清）鄂尔泰、张廷玉：《词林典故》卷三《职掌》，傅璇琮、施纯德编《翰学三书》，第46—54页。

第二章　南书房内外：正统性文学建构的词臣典范　139

丰本次扈从主要负责记注，这也有明确记载："扈从起居注官库勒纳、牛钮、孙在丰、朱马泰。"① 高士奇时为翰林院侍讲，张玉书以"内廷供奉侍讲"称之，"内廷"二字缘于高士奇的南书房翰林身份。作为内廷供奉侍讲，高士奇并无外廷翰林的常规职能，其工作任务完全依康熙帝某天或某阶段的个人需求而定。根据张英《南书房记注》，其职能主要是纂辑、书写密谕及康熙帝所览奏章诗文，也包括讲解经史与唐诗等，尤其随时随地有诗文应制之需。三位词臣的身份和职能，表明康熙帝在东巡途中既有政治需求，也开始产生文化诉求，这是本次东巡区别于首次东巡之处。

　　三位汉文臣中，高士奇能写出《扈从东巡日录》，与其南书房翰林的身份和职能直接相关。一方面，就入仕途径而言，高士奇乃是未经科举而获翰林身份的特例。科举是绝大多数文人包括张、孙二人跻身翰林之途径，而高士奇却并非科举出身：康熙二年（1663），高士奇初入浙闱，不第。次年，高士奇携家入京，生活贫困，卖文自给。康熙十年（1671），书法御试第一，初得康熙帝特擢，留翰林院办事，康熙帝开始命其缮写经筵日讲的御览讲章。康熙十一年（1672），"闰七月廿五日，蒙召见懋勤殿，问籍贯年齿，命作大小字、赋五七言近体诗应制。明日，献《东巡赋》，称旨"②。此后，高士奇时蒙康熙帝召见。康熙十六年（1677）十二月十七日，以内阁中书舍人的品级与张英同时入值南书房，赐第西安门外，供奉内廷。康熙十九年（1680），由于在南书房供奉勤慎，康熙帝谕吏部授高士奇为翰林，"部议授为额外翰林院侍讲"③。回顾高士奇得到康熙帝赏识的过程，我们可以看到，书法与应制诗文在其中发挥了很大作用。甚至可以说，高士奇作为南书房翰林所拥有的内廷殊遇，起源于其应制诗文所置换来的权力。

　　由此，应制立场在《扈从东巡日录》中颇为鲜明。当强烈的应

---

　　① 徐尚定标点：《康熙起居注》第三册，第238页。
　　② （清）高士奇：《城北集》卷四《秋日书怀》其二，（清）高士奇：《清吟堂全集》，《清代诗文集汇编》第一六六册，第351页。
　　③ 王钟翰点校：《清史列传》卷十《高士奇》，第三册，第685页。

制立场进入到行记文体中，则自然地在行记原有文体的基础上，引发了一些值得注意的现象。它首先直接影响到高士奇对行记主体与表现视角的选择，即以帝王代替书写者作为行记的文学主体，与此同时，个体的主观视角也为宏观的意识形态视角所覆盖，具体表现为个体与帝王的互动无处不在，或为真实，或为预设。真实如"驻跸王保河奉观，御制山海关诗，恭和进呈"①"是日，奉观御制望医巫闾山诗，恭和进呈"②等，皆记录了君臣赓和这一典型的应制模式，由之所作《恭和御制山海关诗》《恭和御制过吕翁山诗》等应制之作，皆会直接接受康熙帝的文学审视。预设则可对读《松亭行纪》所载：康熙二十年（1681）三月二十二日，在扈从康熙帝巡幸塞外时，高士奇奉命在侍卫的陪同下前往盘山游赏，游归后作得《赐游盘山记》一篇、《盘山》《李静庵》《正法禅院》等诗十首。次日高士奇入侍帐殿，康熙帝与其有如下对话：

> 上问："尔游盘山曾有诗否？"臣士奇对曰："此地山川类多雄伟，盘山细石长松，境独幽秀，真为名区畴，昔梦寐思得一游，不意扈从之时蒙赐臣登眺。行幄中曾草记一篇、诗数首，所怀尚未能尽。"上曰："俟至温泉录出，朕将览焉。"③

从诗歌风格和创作情境两个维度来看，高士奇本次游盘山所作之诗、记，皆非应制之作，但它们最终也被康熙帝阅读。应该是意料及此，《盘山》等诗，尤其是《赐游盘山记》，均迎合帝意，围绕寄托暇心、难忘君恩展开，这揭示了高士奇等南书房翰林文学非应制诗的应制立场。相较其他汉文臣而言，供奉廷内时，高士奇等可谓"日捧图书随帝座，风吹咳唾接天颜"④；扈从巡幸时，其他汉文

---

① （清）高士奇：《扈从东巡日录》卷上，载《清代蒙古游记选辑三十四种》上册，第223页。
② （清）高士奇：《扈从东巡日录》卷上，载《清代蒙古游记选辑三十四种》上册，第227页。
③ （清）高士奇：《松亭行纪》，载《清代蒙古游记选辑三十四种》上册，第186页。
④ （清）施闰章：《高澹人中翰出纸书因赋赠》，（清）施闰章撰，何庆善、杨应芹点校《施愚山集》诗集卷四十，第三册，黄山书社1992年版，第350页。

第二章 南书房内外：正统性文学建构的词臣典范

臣尚需"钦点"，而如高士奇则是"供奉内廷，例当扈跸"①；在扈从途中，更是"秘书日日随行殿，玉勒前头珥笔来"。②其职能乃是为康熙帝讲论经史诗文，无论廷内廷外。南书房供奉的身份则决定了其文学创作始终处在康熙帝文学审视的目光之内。这意味着其日常活动中的诗文，都有可能需要呈之于上，进入应制的意义系统中，应制立场成为南书房翰林文学创作中至关重要的塑造性元素。其时，东北地区是地接朝鲜、沙俄的重要边疆，盛京又是清朝的"龙兴之地"，康熙帝此巡不仅是展谒三陵以告平定三藩之功，更为巡视边疆、制定抵御沙俄之策。高士奇作为南书房翰林，此行乃是例行扈从，在途中又"随身笔研，近侍銮舆，载路旌旆，独携书卷"，③仍有供奉之职能。这决定了其巡幸文学写作的应制立场，进而促使《扈从东巡日录》具有如"圣德巍巍，超轶前古，岂臣蠡测管窥所能尽述。惟就见闻所及，纪其大略，庶比古人扈从日录之义，藉以不朽，臣实幸甚"④等赓扬帝德、建构巡幸合法性的功能属性。因而《扈从东巡日录》之记文，及所收高士奇创作的15首应制诗、24首非应制诗和6阕词，大多具有浓厚的应奉色彩，其风景书写也由此在个体与帝王的互动中呈现出强烈的政治化审美。这是《扈从东巡日录》作为词臣行记与其他类型行记的重要区分点。

注重记录行踪是行记文体与游记的重要区别。行记生成于"目标明确且在目的地有任务或使命"的"行"之中，而游记则生成于"平常的无意图的自我决定"的"游"之中。⑤故行记注重记录行踪，游记注重书写山水。在《扈从东巡日录》中，高士奇详细地记录了每日的行踪，如"甲午，马首东骛。微风振斾，过三河县""丙申，驻跸丰润县城西""丁酉，驻跸王家店东北，滦州界也"等。⑥对

---

① （清）高士奇：《扈从东巡日录》卷上，载《清代蒙古游记选辑三十四种》上册，第215页。
② （清）爱新觉罗·玄烨：《行殿读书示翰林侍讲高士奇》，载《清代蒙古游记选辑三十四种》上册，第249页。
③ （清）高士奇：《扈从东巡日录》自序，载《清代蒙古游记选辑三十四种》上册，第214页。
④ （清）高士奇：《扈从东巡日录》卷下，载《清代蒙古游记选辑三十四种》上册，第251页。
⑤ 王立群：《中国古代山水游记研究》，中国社会科学出版社2008年版，第98页。
⑥ （清）高士奇：《扈从东巡日录》卷上，载《清代蒙古游记选辑三十四种》上册，第221页。

行踪的认真记录，使得沿途风景按照行进路线得到规律呈现。在不断的前进与书写中，行程中的风景持续叠加着历史与现实的双重意蕴。如经过永平府城南时，高士奇描绘当地风景道："永平，古孤竹国。秦汉时为右北平地。李广曾守北平，夜出见虎，弯弓射之，没羽，比明乃知为石。今府城东南十五里，峰峦峭拔，下多溪谷，射虎石其遗迹也。驻跸抚宁县城西。"既有眼中风景，又有历史剪影。再如，路过抚宁县时，他写道：

> 庚子，过抚宁县。郭外多乔木，参差睥睨。经渝关驿。为唐之渝关。去山海关六十里，以渝水名，故又曰临渝关。《纲目》所载，唐太宗征高丽回，从飞骑三千人驰入临渝关道，逢太子进新衣，即此地耶。午后，微雨清埃，驻跸二十里铺。夜听海潮，声殷然鞳鞺，意甚慨慷。念古人抱书挟剑，从军万里，号为壮游。今寰宇澄平，六龙巡幸，所过皆丰沛之地，臣恭列侍从，蒙恩更渥，此又千载一时，勉哉。此行敢惜况瘁耶。

郭外乔木，午后微雨，黑夜海潮，皆为作者对行踪中现实风景的感知。至于唐太宗征高丽回、太子进新衣与古人抱书挟剑，则是作者所作的历史联想。在历史与现实的交织中，高士奇将风景的意义指向"寰宇澄平""所过之地皆丰沛之地"的"大一统"意涵。

又行记本多以散笔行文，唐宋以后，随着文人成为行记的重要作家群体，韵文逐渐进入行记，或散于记中，或附于记后，使其开始具备韵散结合的特色。目前已有学者指出《扈从东巡日录》韵散结合的特征，但仅将其作为佐证材料，并未作专门论述。① 《扈从东巡日录》中的应制诗，同时被高士奇收入《随辇集》卷七中。应制诗是高士奇的应制立场进入行记的直接体现，在此层面上，散体文往往起着为应制诗布置背景之用，其功能类似于诗词之注或序，如三月初四日，高士奇记曰：

---

① 如路海洋《论清代蒙古行记中的纪行诗》，《内蒙古社会科学》2020 年第 3 期。

第二章 南书房内外：正统性文学建构的词臣典范　143

　　壬子，凌晨微雨。车驾过盛京城中，卤簿尽设，观者填塞道路，咸颂太平天子。是日，谒福陵、昭陵毕，复入城，观旧时宫殿。谨按，天聪十年丙子夏四月，内外贝勒、文武群臣，以征服朝鲜、混一蒙古、兼获玉玺之瑞，宜上尊号，以顺民心。劝进再三。……乙酉，祭告天地，受宽温仁圣皇帝尊称，建国号为大清，改元为崇德元年。朝贺礼成，颁诏大赦。定宫殿名：以中宫为清宁宫，东宫为关雎宫，西宫为麟趾宫，次东宫为衍庆宫，次西宫为永福宫，台上楼为翔凤楼，台下楼为飞龙阁，正殿为崇政殿，大门为大清门，东门为东翊门，西门为西翊门，大殿为笃恭殿，东牌坊为文德坊，西牌坊为武功坊。大殿之侧，东西各创五亭，为诸贝勒大臣议政之所。规模弘整，华而不侈，俭而合度。仰窥文皇帝经营创业，有典有则也。①

　　记文先交代康熙帝车驾至盛京，继而回顾了天聪十年皇太极在盛京称帝之经过，接着花了较多笔墨特意交代了各宫殿名字及相对位置，称赞各宫殿弘整合度。此日，高士奇赓和康熙帝作《恭和御制过奉天宫旧宫》一诗曰："倚天层构势穿窅，山海群输景物雄。丰水君王周卜世，沛宫父老汉歌风。金楹玉泻云常蔚，绣桷丹甍雪始融。拟赋东京须十载，凭临早已动宸衷。"② 此诗主要写盛京之宫殿，前二联突出了盛京旧宫作为"龙兴之地"的地位，照应了记文对皇太极立国的回顾及对康熙帝驾至盛京的记录，颈联以诗笔勾勒宫殿外观，凸显其恢弘。与重记录、重写实的记文相比，诗歌对盛京旧宫的书写更为凝练形象，二者在内容上也各有侧重。"凭临早已动宸衷"则指向康熙帝的御制诗，其诗曰："双悬凤阙隐金铺，想见龙飞握瑞符。殿列丹霄崇大政，宫开紫极接神区。君臣际会风云日，版籍留存山海图。堂构有怀追往事，土阶俭朴示规模。"③ 由此，可

---

① （清）高士奇：《扈从东巡日录》卷上，载《清代蒙古游记选辑三十四种》上册，第228—229页。
② （清）高士奇：《扈从东巡日录》卷上，载《清代蒙古游记选辑三十四种》上册，第229页。
③ （清）爱新觉罗·玄烨：《康熙帝御制文集》第一集卷三十六《盛京旧宫》，第502页。

知御制诗对盛京宫殿的描画、由"旧宫"兴起的对祖宗建业之追想,皆被高士奇巧妙地以记文与应制诗予以回应与迎合。即应制立场使其记文与诗歌形成了一个与康熙帝诗歌具有互文关系的整体,《扈从东巡日录》中的韵笔与散笔也因此实现了高度融合,从而拓展了其作为行记的文学空间。

高士奇充分发挥了行记文体的优长,使得沿途风景在个体与帝王的互动、历史与现实的交织以及韵文与散文的互文等多重维度中强化了政治属性,最终成为意识形态的注脚。

二 "大一统风景"的阐释向度

明确了高士奇的应制立场及《扈从东巡日录》的文本特征之后,我们可以进一步了解作为词臣的高士奇对巡幸空间的阐释。本次东巡由京师出发,出山海关,历经松山等地,到达陪都盛京后,又深入吉林,最后从东北返回京师。途经之行旅空间,以时空交融的景观形式进入《扈从东巡日录》这一日记体行记中。而天子近臣的身份,促使高士奇处处站在应制立场上认识、验证、诠释景观,形成了政治化的空间阐释向度,其中尤以对军事景观、陪都盛京和异域空间的文学建构最具代表性。

军事景观指历史上的防御或用武之地,主要与巡幸的讲武古义相联系。其中尤可注意者为山海关。明初,徐达镇守燕地,相度地形,依据地理形势修筑山海关。明万历年间,努尔哈赤统一女真各部,东北女真由此转变为明王朝的主要军事防御对象,山海关的地位也随之更为扼要。明清之际,山海关是军事要塞,正如戴逸所言:"山海关是屏蔽北京的要塞,而锦州乃是山海关的门户。清朝为了夺取北京,争夺全国的统治权,就必须先打下锦州和山海关。因此,在明朝灭亡以前的几年内,这里成为明清之间激烈争夺的战场。"[1]当此之际,山海关可谓是阻挡清军入关的关键。山海关作为明长城的重要组成部分,还应该将其置于长城的整体内涵中加以考察。

---

[1] 戴逸:《简明清史》上册,中国人民大学出版社2018年版,第84页。

第二章　南书房内外：正统性文学建构的词臣典范　145

于传统士人而言，长城自修筑以来便有心理界限的内涵。《汉书》云："秦始皇攘却戎狄，筑长城，界中国。"①《后汉书》云："天设山河，秦筑长城，汉起塞垣，所以别内外，异殊俗。"②可见在传统观念中，长城南北有内外之别、华夷之分。在守边意识明显的明朝，长城作为心理界限的内涵被进一步凸显，朱元璋便曾言："自古帝王临御天下，中国居内以治夷狄，夷狄居外以奉中国，未闻以夷狄居中国治天下者也。"到了明后期，长城所别之"外"，尤其指东北女真。万历年间，士人颜季亨为《九十九筹》一书，专为抵御满洲筹策。他谈论北部边境形势道："我国家所急在东北山海之外日缩。"③谈及边关："盖开辟之初，天造地设此连亘之山，以为华夷之限。"④他还从历时角度详细地回顾了长城在历代的自然及心理界限意义：

> 按长城之筑，起临洮至辽东，延袤万余里，然此岂独始皇筑哉！昭王时已于陇西北地上郡筑长城以据胡矣，亦非尽秦筑也。赵自代并阴山，下至高阙为塞，燕自辽阳至襄平，亦皆筑长城，是则秦之前固有筑者，岂但秦也？秦之后，若魏，若北齐，若隋，亦皆筑焉。盖天以山川险隘限夷狄，有所不足，增而补之，亦不为过。……设使汉之继秦，因其已成之势，加以修葺。魏之继汉，晋之继魏，世世皆然，则天下后世亦将赖之以限隔华夷，使腥膻桀骜之虏不得以为民害矣。⑤

清朝入关以后，山海关军事要塞的地位逐渐式微，然而山海关

---

① （汉）班固：《汉书》卷九十六上，中华书局1962年版，第3872页。
② （南朝宋）范晔撰，（唐）李贤等注：《后汉书》卷九十，中华书局1965年版，第2992页。
③ （明）颜季亨：《九十九筹》卷三《经理城堡》，载郑振铎辑《玄览堂丛书》第九十七册，"国立中央"图书馆1941年影印本。
④ （明）颜季亨：《九十九筹》卷三《固守关阙》，载郑振铎辑《玄览堂丛书》第九十七册，"国立中央"图书馆1941年影印本。
⑤ （明）颜季亨：《九十九筹》卷三《经理城堡》，载郑振铎辑《玄览堂丛书》第九十七册，"国立中央"图书馆1941年影印本。

仍是士人心中区分内外、华夷的深刻界限。

清帝如何看待山海关的双重内涵呢？二月二十三日，康熙帝出山海关。高士奇在《扈从东巡日录》中详细记录了君臣围绕山海关展开的一段对话：

> 上顾臣士奇曰："山海为畿辅第一雄关，前代竭天下征输以供兵戍之用，我朝定鼎燕京，内外一家，关门清晏，无所用其险矣。"臣士奇奏曰："臣闻前代自万历以来，君臣晏安，将帅失和，其治边以能名者，不过修缮城壕，多筑墩堡，粮饷徒致虚糜，兵马全无核实，恃山海、居庸、紫荆等关为门户，而党锢纷争，生民日蹙。流寇李自成以乌合之众一呼，京师不守，险之不足恃也，明矣。皇上求治不遑，惟务修德，又能远鉴前失，社稷苍生之福也。"①

刚刚经历过"三藩之乱"的康熙帝，对"华夷之辨"的力量自然仍有着深切的认知，这促使他迫切地想要在文化上消解这种力量，山海关刚好可以成为帝王借以引导舆论风向的切口。从这个角度上来说，《扈从东巡日录》之所以会有这段对话，几乎是一种历史与政治的必然。根据山海关的历史意蕴，我们再来看君臣二人的这段对话，便能清楚地明白君臣二人在山海关这一处地理风景中贯注的意识形态内涵。康熙帝之语，实则是在以地理"大一统"消解山海关的军事意蕴。高士奇则是从"在德不在险"的角度强调清朝相对前明之修德，实则是在以儒家内部的德性资源消解山海关作为心理界限的内涵。君臣二人之对话，很难说没有借助山海关界限意义的消解来塑造清朝正统之意。

除了对话，这种政治意图在君臣的诗歌赓和中得到更为确切的抒展。此日康熙帝作《山海关》诗，其序言曰："连山据海，地固金汤，明时倚为险要，设重镇以守之。我朝定鼎燕京，垂四十年，

---

① （清）高士奇：《扈从东巡日录》卷上，载《清代蒙古游记选辑三十四种》上册，第223页。

关门不闭。既非设险,还惭恃德。"① 在"大一统"的基础上吸纳了高士奇所言之"在德不在险"。其诗歌则在序言基础上突出前明山海关在军事上"重关称第一,扼险倚雄边"的军事地位,铺叙当时边局紧张给战士、百姓带来了"戍歌终岁苦,插宇不时传""征输困百年"等困苦之状,而其结局不过是"漫劳严锁钥,空自结山川"而已。而入清之后,"历数归皇极,纲维秉化权",以险为卫转变为以德为卫,山海关的历史功能消失。高士奇之和作步御制诗之韵,同样强调对山海关历史意义的消解:先以"历代称重险,相沿置内边""壁类千丁凿,门容一箭传"刻画山海关在历史上的险要地位,又道"绸缪终失守,燮伐迅乘权",点明其险要之不足恃,最后言"休哉清晏久,扃钥自天然"②,乃是对康熙帝"内外一家,关门清晏"的回应。在君臣对话中,山海关不再具备历史上尤其是明代以来的军事防卫功能,一来入清后版图扩大、民族融合带来了一统局面,自然无需设防;二来清朝重视德行化权,恃德而不恃险。《扈从东巡日录》虽未载康熙帝之诗,但对君臣对话和恭和之诗记录甚明,尤可见高士奇是在迎合康熙帝的政治诉求,借助文学文本消解山海关的界限内涵,以之申述清朝的正统性。

其他诸如松山、连山等,皆为皇太极用武之地,与明清之间的关键战役——松锦之战密切相关。二月二十六日,康熙帝驻跸锦县杏山西七里河,在行围的过程中经过松山、连山、塔山、吕翁山等地。这些地点在其他历史阶段很少进入文学文本,并不具备如山海关一般深厚的历史意蕴。而对于明清易代来说,则意义非凡,是皇太极突破关宁锦防线的关键。高士奇截取崇德六年(1641)、七年(1642)的战役片段,借由战争遗址召唤出明清战争的历史记忆,并通过叙述策略突出清朝战力之强。写明朝军队阵容尤突出其人数众多:"共率骑兵四万、步兵九万,计十三万人。"③ 而对清朝军队

---

① (清)爱新觉罗·玄烨:《康熙帝御制文集》第一集卷三十六《山海关并序》,第499页。
② (清)高士奇:《扈从东巡日录》卷上,载《清代蒙古游记选辑三十四种》上册,第223页。
③ (清)高士奇:《扈从东巡日录》卷上,载《清代蒙古游记选辑三十四种》上册,第224页。

则强调皇太极战术之精:"文皇帝先遣诸贝勒大臣各以精兵伏于杏山、连山、塔山及沿海诸要路。"① 追溯战争结果则强调双方伤亡数量之悬殊"追击尽破明兵十三万于吕翁山下,陆地杀敌五万有余""赴海死者以数万计"②,而"我兵止伤八人,及厮卒二人耳"③,而对战争中曾有的"清人兵马死伤甚多"④ 的失利局面绝口不提。

高士奇突出清军战力之强,应与其欲凸显本次东巡的讲武之意有关。唐宋以来,帝王巡幸常被臣僚劝阻,顺治帝便因此未曾实现东巡夙愿,康熙帝早年也曾因臣子劝阻放弃东巡。⑤ 讲武是巡幸合理化的言说方式之一。清朝入关,尤恃武力,因而清初颇重武德。此时恰逢三藩平定之时,康熙帝本次东巡的官方理由即为祭祀祖先以"告成功",此时正是锻炼士兵、宣扬武德、彰显满族传统的大好时机。康熙帝一路尤重行围,多有射虎之举,正史和高士奇行记均多有记载,如"月余以来,杀虎数十。前代所未有也"⑥,皆有彰显武力、震慑异心之意,同时,也是对满洲尚武文化的展示与发扬。就当日所过战争遗址而言,康熙帝以"十万健儿皆解甲,一时大帅此成禽……遂使关西如破竹,至今战气昼阴森"⑦ 回忆吕翁山所发生过的重要历史事件,使用诗歌文本建构吕翁山这一对清朝历史尤为重要的地理景观。此类帝意自然也为高士奇轻易捕捉,其恭和之作中便以"风霆迅扫六师移,高垒星罗指顾宜……此地孤军衔白壁,当年合队卷朱旗"⑧ 等呼应康熙帝诗歌对清军武力的宣扬,从而将政治

---

① (清)高士奇:《扈从东巡日录》卷上,载《清代蒙古游记选辑三十四种》上册,第224页。
② (清)高士奇:《扈从东巡日录》卷上,载《清代蒙古游记选辑三十四种》上册,第224页。
③ (清)高士奇:《扈从东巡日录》卷上,载《清代蒙古游记选辑三十四种》上册,第224页。
④ 吴晗辑《朝鲜李朝实录中的中国史料·仁祖大王实录六》六十九年(明崇祯十四年),中华书局1980年版,第3687页。
⑤ 详细始末参见吴世旭《从"展孝思"到"告成功":清帝东巡的缘起与奠基》,《青海民族研究》2021年第4期。
⑥ (清)高士奇:《扈从东巡日录》卷上,载《清代蒙古游记选辑三十四种》上册,第234页。
⑦ (清)爱新觉罗·玄烨:《康熙帝御制文集》第一集卷三十六《吕翁山是圣祖太宗文皇帝擒洪承畴处》,第500页。
⑧ (清)高士奇:《随辇集》卷七《恭和御制过吕翁山诗》(去松山三四里许,太宗文皇帝用武之地),(清)高士奇:《清吟堂全集》,《清代诗文集汇编》第一六六册,第498页。

第二章　南书房内外：正统性文学建构的词臣典范　　149

军事内涵贯注到吕翁山这一地理景观之中。

　　陪都盛京是本次东巡的礼制展演空间。福陵、昭陵、永陵分别是努尔哈赤、皇太极和清皇室远祖梦特穆等人之墓。以三藩底定前往盛京告祭永陵、福陵、昭陵，是本次巡幸的官方缘由。作为王朝孝道的体现，告祭祖宗陵墓实则既是康熙帝迎合汉族士大夫所选择的一种言辞之道，也是激励王朝情感的重要方式。①"敬天"是由"法祖"延伸出的礼制内涵，因而在康熙君臣笔下，福陵、昭陵、永陵皆被塑造为"灵山佳气迥，寝庙瑞云张"②"峰峦迭迭水层层，王气氤氲护永陵"③"龙蟠依斗极，凤翥豁群方"④"自殿外望之，则百水回环，众山俯伏，群趋争赴，拱会朝宗，洵天建地设，为亿万年之神丘也"⑤的王气汇聚之地。"敬天"之下，"法祖"更多地与治统谱系相联。三月初六日，康熙帝告祭福陵，作诗曰"挥蛇曾握剑，定鼎有遗弓"⑥，即是将奠定清朝基业的努尔哈赤比为汉高祖刘邦和黄帝。初八，告祭昭陵，再以"卜世周垂历，开基汉启疆""汗尝趋石马"⑦将皇太极与周成王和唐太宗相比附。三月十一日，告祭永陵，又以"一自迁岐基盛业"⑧以周朝迁岐喻清朝迁都盛京。高士奇相应的恭和之作中多有"式廓邠岐业，长贻镐雒功"⑨"丹洲虞瑞

---

①　[美]张勉治：《马背上的朝廷：巡幸与清朝统治的建构（1680—1785）》，董建中译，第61页。
②　（清）爱新觉罗·玄烨：《康熙帝御制文集》第一集卷三十六《初八日告祭昭陵恭述十二韵》，第502页。
③　（清）爱新觉罗·玄烨：《康熙帝御制文集》第一集卷三十六《三月十一日雪中诣永陵告祭》，第503页。
④　（清）高士奇：《随辇集》卷七《恭和御制告祭昭陵礼成》，（清）高士奇：《清吟堂全集》，《清代诗文集汇编》第一六六册，第499页。
⑤　（清）高士奇：《扈从东巡日录》卷上，载《清代蒙古游记选辑三十四种》上册，第229页。
⑥　（清）爱新觉罗·玄烨：《康熙帝御制文集》第一集卷三十六《三月初六日告祭福陵恭述十韵》，第502页。
⑦　（清）爱新觉罗·玄烨：《康熙帝御制文集》第一集卷三十六《初八日告祭昭陵恭述十二韵》，第502页。
⑧　（清）爱新觉罗·玄烨：《康熙帝御制文集》第一集卷三十六《三月十一日雪中诣永陵告祭》，第503页。
⑨　（清）高士奇：《随辇集》卷七《恭和御制告祭福陵礼成》，（清）高士奇：《清吟堂全集》，《清代诗文集汇编》第一六六册，第499页。

启，赤伏汉符长"①之句，记文中也有"昔周太王迁于岐山，开有周八百年基业。兹山地脉深厚，气势蜿蟺，殆我朝之岐山耶"②等语，努力塑造清朝祖宗基业与中原王朝的祖述关系。此外，康熙帝与高士奇均对祭祀之日的礼制场面加以强调，如"展礼威仪整，申诚俎豆丰"③"千官尊大典，进退尽锵锵"④"升馨昭圣武，执罍展宸衷。两序陈弘璧，诸藩抚大弓"⑤"銮仪传彩杖，羽卫列军厢"⑥等，"敬天法祖"的巡幸理念在隆重而壮大的礼制展演中得到强化和宣扬，巡幸的合理性得以进一步充实，而陪都盛京作为清王朝"龙兴之地"的空间涵义，也由此被纳入儒家治统的谱系中。

三月十二日，展谒永陵之后，康熙帝以谒陵事毕，"欲巡视边疆，远览形胜，省睹祖宗开创之艰难，兼讲春蒐之礼"⑦，由盛京而深入吉林，进入高士奇所谓的"异域"空间。张玉书、孙在丰二位汉文臣"偕部院诸臣被命还留都祗候"，而高士奇"独从銮舆，备历松花、混同、白山、黑水诸胜"⑧，由此展开了独特的异域叙写。北疆气候苦寒，故作者笔下多记录途中冰雪，如"春雪初融""涧底寒冰，春深未解""落叶积雪，穷年相仍"⑨。雨尤其笼罩着异域行程："庚午，雨""辛未，宿雨未霁"⑩"乙亥，冒雨登舟"⑪"晨

---

① （清）高士奇：《随辇集》卷七《恭和御制告祭昭陵礼成》，（清）高士奇：《清吟堂全集》，《清代诗文集汇编》第一六六册，第499页。
② （清）高士奇：《扈从东巡日录》卷上，载《清代蒙古游记选辑三十四种》上册，第233页。
③ （清）爱新觉罗·玄烨：《康熙帝御制文集》第一集卷三十六《三月初六日告祭福陵恭述十韵》，第502页。
④ （清）爱新觉罗·玄烨：《康熙帝御制文集》第一集卷三十六《初八日告祭昭陵恭述十二韵》，第502页。
⑤ （清）高士奇：《随辇集》卷七《恭和御制告祭福陵礼成》，（清）高士奇：《清吟堂全集》，《清代诗文集汇编》第一六六册，第499页。
⑥ （清）高士奇：《随辇集》卷七《恭和御制告祭昭陵礼成》，（清）高士奇：《清吟堂全集》，《清代诗文集汇编》第一六六册，第499页。
⑦ （清）高士奇：《扈从东巡日录》卷下，载《清代蒙古游记选辑三十四种》上册，第233页。
⑧ （清）张玉书：《扈从东巡日录》叙二，载《清代蒙古游记选辑三十四种》上册，第210页。
⑨ （清）高士奇：《扈从东巡日录》卷下，载《清代蒙古游记选辑三十四种》上册，第234、235页。
⑩ （清）高士奇：《扈从东巡日录》卷下，载《清代蒙古游记选辑三十四种》上册，第236页。
⑪ （清）高士奇：《扈从东巡日录》卷下，载《清代蒙古游记选辑三十四种》上册，第238页。

第二章　南书房内外：正统性文学建构的词臣典范　151

兴细雨犹零，流云未歇""舟行二十里，风雨歘至，骇水腾波，江烟泼墨"①，此为其气候之异。物产丰饶为异域的又一特征。三月二十七，驻跸大乌喇虞村，此村落居住人口皆为八旗壮丁。此地"山多黑松林，结松子甚巨。土产人参。水出北珠，江有鲟鱼，禽有鹰鹞、海东青之类，兽有麋鹿、熊、豕、青鼠、貂鼠之类，颇称饶裕"②。独特的气候和物产造就了此地居民特有的生活特征和居住方式。因地处偏僻北疆，贸易以银布而不以钱，住房乃是联木为栅，上以板覆，再加以草。吃食粗陋，衣物"富者不过羔裘、紵丝、细布，贫者惟粗布及猫、犬、獐、鹿、牛、羊之皮，间有以大鱼皮为衣者"③。又气候艰苦寒冷，住处"屋高仅杖余。独开东南扉。一室之内，炕周三面，熅火其下，寝食起居其上"④。粮食作物稷、谷、稗因三月之前地冻，八月之后陨霜，故在三月播种，八月收获。再由天然物产丰富，居民"夏取珠，秋取参，冬取貂皮，以给公家及王府之用"⑤。高士奇还分别详细记载了取珠、采参、取貂皮的具体细节，如取珠："珠蚌生支江山溪中，人于五六月间入水采老蚌，剖取最大者充贡。其色微青，不甚光莹，亦不常有。但清水急流处色白，浊水及不流处色暗。亦往往有得细珠者，不敢私取，仍投水中。"⑥而在简陋原始的生活环境之下，高士奇笔下北疆居民的性格大有上古朴实之风，大乌喇渔村的居民"男女耕作，终岁勤动"⑦，宁古塔处亦"人劲勇，重信义，道无拾遗，人不敢私斗。官民相习，狱无枉系，宛然有陶唐氏之风焉"⑧。"官民相习"之语，显然是为了显示清王朝治理之功。即使缺少君长统属、散居山谷、行踪不定，难

---

① （清）高士奇：《扈从东巡日录》卷下，载《清代蒙古游记选辑三十四种》上册，第242页。
② （清）高士奇：《扈从东巡日录》卷下，载《清代蒙古游记选辑三十四种》上册，第239页。
③ （清）高士奇：《扈从东巡日录》卷下，载《清代蒙古游记选辑三十四种》上册，第239页。
④ （清）高士奇：《扈从东巡日录》卷下，载《清代蒙古游记选辑三十四种》上册，第239页。
⑤ （清）高士奇：《扈从东巡日录》卷下，载《清代蒙古游记选辑三十四种》上册，第239页。
⑥ （清）高士奇：《扈从东巡日录》卷下，载《清代蒙古游记选辑三十四种》上册，第239页。
⑦ （清）高士奇：《扈从东巡日录》卷下，载《清代蒙古游记选辑三十四种》上册，第239页。
⑧ （清）高士奇：《扈从东巡日录》卷下，载《清代蒙古游记选辑三十四种》上册，第241页。

于管理的伊车满洲人，也都因"皇上以德抚之"①而"渐归王化，移家内地，被甲入伍，隶宁古塔将军及奉天将军部下，亦有入京为侍卫者"②。

高士奇本为江浙文士，进入东北边疆后，气候、物产、住民习性等皆在其眼中呈现出"异"的状态，而这种自然、原始、艰难之"异"，却并非是无序而混乱的，它为"皇上之德"所抚慰和规范。由此，对异域的叙写，在某种程度上是高士奇对巡视之观民设教古义的呼应，从而也汇入对建构巡幸合理化和王朝正统性的话语体系之中。

综上，随着行旅路线的延伸，高士奇眼中的风景在变，对风景的阐释也在发生改变，他注重借助巡幸古义来建构巡幸的合法性，对沿途风景加以不同的书写，这些书写带着他对风景独特的阐释向度，成为康熙朝独特的"大一统"风景。

三 "公私两载"的书写路径

考察《扈从东巡日录》的写作立场和空间阐释，不难发现立足于南书房翰林的职能与身份，高士奇有意借助是书寻找北疆作为地方的"大一统"意义，其对巡幸空间的阐释向度，兼具"公私两载"的双重视野，彰显出高士奇塑造文化认同的路径探寻。

所谓"公私两载"，即官方书写与私人书写的结合，官方书写与其应制立场相协应。是书在体制和内容上以具有官方属性的编年体史书为范本。高士奇自序言："蔡中郎述礼上陵，以示学者。金文靖记行北辙，传在《艺林》。以臣不文，方之增愧，缮本既就，题曰《扈从东巡日录》云。"③可知高士奇应是取法于明代金幼孜之《北征录》《北征后录》。这两部行记分别作于永乐八年（1410）扈从明成祖亲征阿鲁台、永乐十二年（1414）扈从明成祖亲征瓦剌。作为

---

① （清）高士奇：《扈从东巡日录》卷下，载《清代蒙古游记选辑三十四种》上册，第238页。
② （清）高士奇：《扈从东巡日录》卷下，载《清代蒙古游记选辑三十四种》上册，第238页。
③ （清）高士奇：《扈从东巡日录》自序，载《清代蒙古游记选辑三十四种》上册，第214页为

扈从行记，高士奇的《扈从北行日录》延续了金幼孜的写法，其体例多先记日期，次记驻跸地点，再写途中景观或康熙帝活动，与官方编年正史颇为相似，如：

> 二十三日辛丑，上出山海关。是日，行围，有三虎，上射之，殪二虎；皇太子射殪一虎。上驻跸王白河地方。是日，前卫驻防佐领金榜魁、条子边上高台堡章京满丕等来朝。①
>
> 辛丑，上出山海关。行围，射殪二虎。驻跸王保河地方。②
>
> 辛丑，出山海关。关本元时迁民镇，故明中山王徐达守燕，相度地形，筑为关隘。门通一线，雉堞两重，北山南海，四塞险固。……是日，行围桦皮山，皇上亲射三虎。皇太子年甫九龄，引弓跃马，驰骤山谷间，矢无虚发，见一虎，射之立毙，万人仰瞻，莫不震颂，自此每合围时，射虎甚多，不能尽纪。③

由此可见，《扈从东巡日录》之著事体例与编年体正史保持着高度一致，皆按日期、行踪、活动的次序记录每日行旅。注重记录巡幸队伍的驻跸地点，且记录围绕帝王展开。因此，是书在体式、内容上均与官方编年体史书具有相似之处，具有一定的官方代言性质，存有信今传后的留史之意。

究其文体，《扈从东巡日录》本是文人日记体行记。这一体式起源较早，盛行于南宋，楼玥的《北行日录》即为其代表性文本。较《扈从东巡日录》而言，《北行日录》先记日记，次记天气，再记个人行旅事宜，如"十一月一日，癸丑，晴，讲礼何季膺叶先生（宪平）、闾丘监丞尤监簿（袤）访及仲舅赴副使会"④，日记体例严谨，而《扈从东巡日录》则对天气多有疏而未载之处，更注重逐日记录行经地点，且个人行旅记录之外，对君主行动记录颇详，如前所述，

---

① 徐尚定标点：《康熙起居注》第三册，第229页。
② 《圣祖仁皇帝实录》卷一〇一，《清实录》第五册，第15页。
③ （清）高士奇：《扈从东巡日录》卷上，载《清代蒙古游记选辑三十四种》上册，第223页。
④ （南宋）楼玥：《北行日录》，载《攻媿先生文集》卷一一九，北京大学图书馆藏宋刻本。

具有官史特征。但需要注意的是，私人书写仍然是《扈从东巡日录》的主要部分。一方面，记文对个人的交往、活动、情绪等多有记录。个人交往如张英与高士奇同时入值南书房，二人"接步随肩将及五载，晨夕无间"，而此次东巡张英因请假回乡葬父而未能扈从，出发之日，张英前去送驾，高士奇以"马上言别，不禁黯然"[①]记录了离情别绪。旅途风景经高士奇的诗人之思跃然纸上："丙申，驻跸丰润县城西。自玉田至此八十里，中地多汀渚，时有凫鹭飞鸣上下，麦陇稻塍，畴壤绣错……是夜云黑无月，周庐幕火，望若繁星也。"[②] 偶尔闪过的思绪也屡见披白："春寒甚厉，拥絮不寐，袭以重裘，思沽村醪饮之，夜深不可得"[③]"得家信，知老母康健，白云子舍欣慰私衷"。[④] 在介绍行经地点的历史因革时，高士奇征引了丰富的史地文献，如"壬寅，路出十三山下。五代史胡峤《北行记》云：东行过一山，名十三山，云去幽燕西南二千里。《辽史》燕王淳讨武朝彦至乾州十三山，皆此地也"[⑤]，此为其个人学识的展露。另一方面，除应制创作外，《扈从东巡日录》中也有很多非应制的作品，以诗词形式书写了旅途见闻和个人情怀。四月十三日，康熙帝驻跸夜黑城西塔克图昂阿地方。[⑥] 是日，高士奇"雨中过夜。黑河见梨花一树，惨澹含烟，为赋《南楼令》词一首"，其词曰：

浅草乱山稠，惊沙黑水流。好春光，只似穷秋。刚得一枝花到眼，冷雨打，几层休。

遥忆小红楼，玉人楼上头。月溶溶，吹和香篝。肯信东风欺绝塞，都不许，把春留。[⑦]

[①] （清）高士奇：《扈从东巡日录》卷上，载《清代蒙古游记选辑三十四种》上册，第220页。
[②] （清）高士奇：《扈从东巡日录》卷上，载《清代蒙古游记选辑三十四种》上册，第221页。
[③] （清）高士奇：《扈从东巡日录》卷上，载《清代蒙古游记选辑三十四种》上册，第221页。
[④] （清）高士奇：《扈从东巡日录》卷上，载《清代蒙古游记选辑三十四种》上册，第242页。
[⑤] （清）高士奇：《扈从东巡日录》卷下，载《清代蒙古游记选辑三十四种》上册，第248页。
[⑥] 徐尚定标点：《康熙起居注》第三册，第236页。
[⑦] （清）高士奇：《南楼令》，（清）高士奇：《蔬香词》，《清吟堂全集》，《清代诗文集汇编》第一六六册，第326页。

第二章　南书房内外：正统性文学建构的词臣典范　　155

　　对比应制创作，该词由黑河雨中梨花展开惜春怀乡之情，单纯抒发文人之思。这类非应制创作，均可归入私人书写，赋予《扈从东巡日录》私人日记的性质。

　　而就公私关系而言，私人书写虽在篇幅上占据主体部分，但限于应制立场，它在文本中从属于官方书写，形成私人书写的官方化。在《扈从东巡日录》中，康熙帝是空间移动即"行"的主体，而高士奇则是"观"和"感"的主体，也是书写空间移动的主体。高士奇以个人对康熙帝之行的所观所感，实现以私写公之目的。这主要表现为高士奇的私人书写以应制立场为底色，非应制创作同样指向对北疆地理空间公共意义的探寻。三月十四日白天，高士奇亲睹康熙帝率皇太子行围讲武的壮观场面，"遇虎，则皇上亲率侍卫二十余人，据高射之，无不殪者"①。是夜，驻跸哈达河。面对"雨晴山空，圆月当空"之佳境，高士奇"坐听行漏，夜深不寐，作《笛家》词一首"②，其词曰：

　　　　鱼尾捎残，兔华生满，遥天淡泞，薄云忽送疏疏雨。黑山不断，银砾无边，柳阴谁插，青青如许。碎叶当城，倡条踠地，宛似笆篱护。计征途，几千里，此夜偶随落絮。

　　　　最苦，沙场当日，王龙按曲，万叠关山，白雁题书，一绳乡路。冷落，着尽铁衣人老，若个刀环归去。我今何愁，毡车茸帽，静把更筹数。烧炭兽，炙黄羊，况有泻壶浑乳。③

　　此词明显并非应制之作，上阕写东北边疆夜景，下阕则指出东北边疆本是历史上的征战之地，昔人在此饱尝铁衣人老之苦，而今作者身在此地，却是"毡车茸帽，静把更筹数"，享受着"烧炭兽，炙黄羊，况有泻壶浑乳"，毫无他朝征人愁苦之状。今昔差距由何而

---

① （清）高士奇：《扈从东巡日录》卷下，载《清代蒙古游记选辑三十四种》上册，第234页。
② （清）高士奇：《扈从东巡日录》卷下，载《清代蒙古游记选辑三十四种》上册，第234页。
③ （清）高士奇：《笛家》，（清）高士奇：《蔬香词》，《清吟堂全集》，《清代诗文集汇编》第一六六册，第325页。

来？高士奇并未明言。而其词中安静的风景和悠然的姿态，却生动地向我们揭示了其中缘由，自然是因为清朝武功肇定，才使得昔日的杀伐之地如今转变为万里封疆之一隅。虽然此词并未像应制诗文那样直接发扬盛美，但它契合了当日康熙帝讲武行围、宣扬武德的内在精神，也更形象地彰显了清朝的一统功德。

东北边疆还常常召唤出高士奇个人的江南记忆。在其观照之下，北疆风景秀美者有如江南，如四月三日，在大乌喇渔村，高士奇看见"岸花初放，错落柔烟"，以为"似江南杏花烟雨时，不知身在绝塞也"①。惊人心魄者亦如江南，四月四日，行舟松花江上，突遇风雨，一时"骇水腾波，江烟泼墨"，这一幕又使高士奇联想起幼时的江南经历："因念幼稚家居，八月望夜登吴山绝顶，观钱塘江潮，月色横空，江波静敛，悠悠逝水，吞吐蟾光，澄澈如练。顷焉，风色陡寒，海门潮起，月影银涛，光摇喷雪，白浪奔飞，声撼山岳，使人毛骨欲竖。语云'十万军声半夜潮'，良不诬也。松花江有潮不怒，但过眼惊心，身共水天。"②相应词作中"咫尺苍茫，狂飙骤卷，怒涛喷雪。讶盆翻白雨，松林转黑，红一线，雷车掣"③之句，既写眼前的松花怒波，也写记忆中的钱塘江潮，而"辽日遗墟，金源旧事，断垣残堞"等北疆历史也在南北相似的风景中汇入统一的历史脉络。高士奇以其江南经验作为观看北疆风景的方式，经过江南风景本身所凝聚的文学记忆和生活意蕴的同构，北疆风景或许更能在江南文士心中激荡出某种熟悉的亲切感，自此而言，可将其视为高士奇促进北疆地理空间摆脱夷狄色彩、建构清朝正统性的具体实践。

在《扈从东巡日录》文学接受的过程中，其鸣盛扬美的文本价值因康熙朝官方政治诉求而被凸显出来。康熙二十一年（1682）九月，时为翰林院掌院学士的陈廷敬评价是书，即着意突出儒者扈从

---

① （清）高士奇：《扈从东巡日录》卷下，载《清代蒙古游记选辑三十四种》上册，第242页。
② （清）高士奇：《扈从东巡日录》卷下，载《清代蒙古游记选辑三十四种》上册，第242页。
③ （清）高士奇：《扈从东巡日录》卷下，载《清代蒙古游记选辑三十四种》上册，第242页。

巡幸、执笔备书对帝王文德的彰显："凡所以彰其君接近儒者，宠之帷幄，兹以腹心，虽在道途，犹其勤如此，可以为简册之光也。"①又强调高士奇此书彰君之美的重要价值："主上亲近儒臣，引之密勿深严之地，一时君臣感会，启沃谟猷，有外廷所及不知者，微澹人记载之文，讽咏之言，即使求得其事，书而藏之，其得如澹人之所自为言而可传于后者欤？则言之关于彰君之美，而以为简册之光者，不綦重且亟欤？"②对该书意义的抉发聚焦于其对帝王亲近儒臣的记载。内阁学士张玉书同样强调高士奇的儒者身份，点明"从来扈跸朝陵，儒臣之荣遇"，又言"读是编者，上以扬圣德，下以摘国典，大以镜形胜，小以别物产"③，以歌咏盛美为是书价值所在。纂修《明史》主事汪懋麟亦深谙高士奇北疆书写的文本诉求，称赞此书"用彰我皇上英武远略，垂戒于万世者实大，岂仅以诗词夸雄丽也"④，翰林院检讨朱彝尊则先将高士奇扈从巡幸置入巡幸的历史脉络中加以考察，联系周之史籀，汉之班固、崔駰、马融等古时扈从文臣吟咏记载巡幸之事，先言"古者君出，史载笔，士载言，盖必有文学之臣从"，又言"凡获与扈从者，至铭之彝器以永厥世，期以铺扬盛美于无穷，自古然也"，而高士奇之作，"方之古铭诗无愧，其可传于后无疑也"⑤，同样从铺扬咏颂的角度肯定其官方价值。在陈廷敬、张玉书、汪懋麟、朱彝尊等人的协作之下，《扈从东巡日录》的官方意义被勾勒得益为清晰。

四 "大一统风景"与文化认同塑造

上文提到，康熙十年（1671），康熙帝进行了他的第一次东巡，也是清帝的第一次东巡。康熙十一年（1671），高士奇献《东巡赋》，这成为其早期获得康熙帝认可的因素之一。从高士奇的人生行

---

① （清）陈廷敬：《扈从东巡日录》叙一，载《清代蒙古游记选辑三十四种》上册，第209页。
② （清）陈廷敬：《扈从东巡日录》叙一，载《清代蒙古游记选辑三十四种》上册，第209页。
③ （清）张玉书：《扈从东巡日录》叙二，载《清代蒙古游记选辑三十四种》上册，第209页。
④ （清）汪懋麟：《扈从东巡日录》叙三，载《清代蒙古游记选辑三十四种》上册，第212页。
⑤ （清）朱彝尊：《扈从东巡日录》叙三，载《清代蒙古游记选辑三十四种》上册，第213页。

迹来看，生长于江南的高士奇，此前从未有过关外之行。在康熙帝首次东巡时，高士奇也并未扈从。因此，《东巡赋》集中颂赞帝王巡幸之仪而缺少对东北地区的风景刻画。① 那么，在本次扈从之前，高士奇心中的东北面貌如何？换而言之，《扈从东巡日录》之前，受历史文化的影响，汉人文士如何看待东北地区？

这可以从吴兆骞开始说起。吴兆骞（1631—1684），字汉槎，曾因科场案被发配到宁古塔。顺治十六年（1659），吴兆骞前往宁古塔，"一时送其出关之作遍天下"②，对其出山海关后在东北边疆的生活环境多有想象，如董以宁《遥送吴汉槎戍宁古塔》有句道："远戍何所在？乃在古辽阳。离家一万里，回首非故乡。""故乡"云云存有隐晦的内外之别。又曰："朝成明妃叹，暮悲蔡琰琴。"③ 明妃、蔡琰，皆曾流落匈奴，以之为比，可见董以宁心中自有成见。吴伟业《悲歌赠吴季子》较为知名，其诗云："山非山兮水非水，生非生兮死非死。……绝塞千山断行李……八月龙沙雪花起，橐驼垂腰马没耳。白雪皑皑经战垒，黑河无船渡者几。前忧猛虎后苍兕，土穴偷生若蝼蚁。大鱼如山不见尾，张鬐为风沫为雨。日月倒行入海底，白昼相逢半人鬼。"④ 虽然送别之作难免会使用夸张手法渲染离别情绪，但当时汉人文士对东北边疆的极端化偏见由此仍然可窥一斑。吴兆骞本人在出关之际，作《山海关》《出关》《榆关老翁行》等诗，尽言即将远戍的悲酸。在吴兆骞出关的复杂心境中，远离"汉家故国"的忧愁占了很大一部分。其《山海关》曰："回合千峰起塞垣，汉家曾此限中原。城临辽海雄南部，地枕燕山控北门。寂寞鸡鸣今锁钥，凄凉龙战昔乾坤。高台难忆中山业，远木苍苍自

---

① （清）高士奇：《经进文稿》卷一《东巡赋并序》，（清）高士奇：《清吟堂全集》，《清代诗文集汇编》第一六六册，第256—257页。

② 叶衍兰、叶恭绰编，黄小泉、杨鹏绘：《清代学者象传》第一集《吴兆骞》，上海书店出版社2001年版，第106页。

③ （清）董以宁：《遥送吴汉槎戍宁固塔》，（清）董以宁：《正谊堂诗文集》，清康熙书林兰荪堂刻本。

④ （清）吴伟业：《悲歌赠吴季子》，李学颖集评标校《吴梅村全集》，第257页。

黄昏。"①《出关》诗又云："边楼回望削嶙峋,笮箄喧喧驿骑尘。敢望余生还故国,独怜多难累衰亲。云阴不散黄龙雪,柳色初开紫塞春。姜女石前频驻马,傍关犹是汉家人。"② 关外与关内,并非仅存在简单的地域差别,对其时的汉人文士而言,更有心理认同上的差距。

虽然深知自清朝入关以来,这种无处不在的文化心理的区隔便无处不在,若要消解它绝非短期内所能做到。但是对于康熙帝而言,东北边疆尤其不应该为汉人文士所轻视,毕竟这里是清朝的发源地,若是发源地尚且被排除在汉人文士心理认知的文化版图之外,则清廷就更加难以获得名正言顺的正统地位。尤其到了康乾时期,清帝作为"囊括满、蒙、汉等不同族群和区域的新的天下之主"③,自然要重建东北边疆的地位,规范文化秩序,塑造文化认同,以适应多元一体的发展需要。

相较于普通士人,这一时期的汉族词臣较为灵敏地在诗文中体现出对清帝此类心态的把握。可以说,高士奇以其官方化的私人书写,建构出了一种汉族文人审视巡幸空间的典型方式。但需要明确的是,这种审视方式并不是高士奇个人的文学选择,而是汉族文官在康熙朝日益增强的政治规约、权力角逐和文学钳制下所产生的群体趋向。早在巡幸队伍启程之初,康熙朝的上层汉族文官便积极地藉由私人性质的送别盛会,开始对本次东巡进行集体性文学书写。

具体而言,在高士奇扈跸出行之前,共有十四位汉族文官,包括翰林院学士兼礼部侍郎张英、詹事府詹事兼翰林院侍读学士沈荃、国子监祭酒王士禛、左春坊左赞善兼翰林院检讨徐乾学、翰林院编修陆菜、翰林院编修励杜讷、翰林院检讨毛奇龄、翰林院检讨严绳孙等当时颇具知名度的汉族文士,为其赠别。这些赠别之作被高士奇有意识地放置在《扈从东巡日录》的开篇,诗歌存 18 首,词作存

---

① (清) 吴兆骞:《秋笳集》卷二《山海关》,《清代诗文集汇编》第 122 册,第 231 页。
② (清) 吴兆骞:《秋笳集》卷二《出关》,《清代诗文集汇编》第 122 册,第 231 页。
③ 张志强:《超越民族主义:"多元一体"的清代中国——对"新清史"的回应》,《文化纵横》2016 年第 2 期。

4首，它们均不约而同地在送别的私人语境之中，融入了对帝国"大一统风景"的营构。如张英写道："峰连长白影嵯峨，送子东随警跸过。万骑云屯看渤海，三春冰泮渡辽河。龙门史笔登临助，燕国诗篇扈从多。圣主恩深丰沛日，属车常和大风歌。"①张英也是江南人，从未去过辽东。他想象了长白、渤海、辽河三风景，侧重表现边疆之壮阔，期待高士奇以龙门史笔与延续手笔书写东巡事件，展示帝国风景。"丰沛"之典，熔铸着"大一统"与"龙兴之地"两类涵义，除了张英，詹事府詹事兼翰林院侍读学士沈荃与南书房翰林励杜讷也在诗歌中以此典来形容辽东之域，沈荃诗曰："频年宿值居中禁，此日东巡扈翠华。路绕青山森木叶，江连黑水涨松花。六龙过沛思弘烈，七乘随骖属大家。漫咏皇华持节去，巫闾北望渺云霞。"励杜讷诗云："才雄倚马随仙跸，豹尾云中第一班。东出榆关应赋海，北经华表自铭山。陵园地迥风烟阔，丰沛春深草木闲。帐殿频年书盛事，绵囊又满属车还。"他们都试图以强烈的政治属性来消解长期以来关外之域所背负的地理及文化层面上的成见。再如徐乾学、陆葇之作，想象了高士奇在"白山明霁雪，黑水积寒烟"②的北疆美景中"委佩趋轮殿，赓歌继柏梁"③，落脚于高士奇的随行情状和文臣职能，以此言明康熙帝本次东巡乃是为了法祖，而携带文臣体现了对儒臣的亲近。汪懋麟诗曰"古之英主每巡狩，八骏腾骧出天厩。有时仓卒不载书，即以儒臣置左右"④，则直以高士奇之扈从指向康熙帝对儒家文化的尊礼。此外，王士禛之"万骑羽林随豹尾，几人玉斧侍龙颜"，严绳孙之"千里旌旗箄野，簇鸡翘、五色乱云霞"⑤，黄虞

---

① （清）张英诗，（清）高士奇《扈从东巡日录》卷上，载《清代蒙古游记选辑三十四种》上册，第215页。
② （清）徐乾学：《送高澹人扈跸》，《憺园文集》卷七，清康熙刻冠山堂印本。
③ （清）陆葇诗，（清）高士奇：《扈从东巡日录》卷上，载《清代蒙古游记选辑三十四种》上册，第216页。
④ （清）汪懋麟：《送澹人侍讲扈从谒陵》，（清）汪懋麟：《百尺梧桐阁遗稿》卷四，《清代诗文集汇编》第一五一册，第574页。
⑤ （清）严绳孙：《南浦·送高澹人扈从南巡》，（清）高士奇《扈从东巡日录》卷上，载《清代蒙古游记选辑三十四种》上册，第217页。

第二章　南书房内外：正统性文学建构的词臣典范

稷之"千山雪净齐驱马，四海波恬正建橐"① 则展示了巡幸庞大而严整的规模。高层云等人"太乙神祇歆九庙，钩陈羽卫肃千官"② 的祭祀想象，同样具有彰扬巡幸之礼制内涵的功能。巡幸作为一项古礼，当其队伍在社会空间经过之时，庞大严整的规模无疑会在臣民中间制造出舆论效果，发挥引导之用。而相关的文学书写，则使其礼制意义得到更广泛、更长久的流传。

以高士奇为代表的朝阙文臣对巡幸的政治建构，客观上体现出皇权体系下朝阙成员在清初朝野离立大势中的共识、默契与配合。在朝野离立之势中，这些文学书写作为"朝"的一方，与"野"间持续强化、建构的"夷狄"视角形成对抗。进而言之，高士奇将朝阙诸臣具有政治建构意义的诗词完整地收入《扈从东巡日录》，并将其置于开篇的位置，除了增强行记文本的鸣盛功能之外，在一定程度上也具有将这一私人化的送别活动转换为文坛盛事的意味。这种看似私人化的书写行为，与行记中应制创作等官方话语相辅相成，以一种更喜闻乐见的方式进入文学接受的视野，从而影响同时代其他文人观看巡幸、理解巡幸风景的角度，襄助康熙帝实现文轨齐同的文学塑造。

进一步来看，相较于外朝词臣的文学写作，高士奇塑造出的"大一统风景"既呈现出独特风貌，又发挥着独特作用。就本次东巡而言，凭借着敏锐灵活的觉察力、舂容雅正的笔力以及天子近臣身份的便利，高士奇塑造出的"大一统风景"，首先确立了此后东巡文学乃至巡幸文学的官方书写范式。即以上文所论之山海关诗而言，有明以来，士人歌咏山海关，往往笔势豪壮，胸臆悲慨，极力描绘山海关之险要，寄寓个人抵御外敌、保家卫国的雄心壮志。如陈仁锡《山海关前屯副将饮》其一曰："宁前一线扼咽喉，壮士提刀孰与俦。山海当关蹲虎豹，肝肠如雪彻箜篌。精严壁垒云麾壮，吐

---

① （清）黄虞稷诗，（清）高士奇《扈从东巡日录》卷上，载《清代蒙古游记选辑三十四种》上册，第219页。
② （清）高层云：《送家侍讲澹人扈从东巡四首》，《改虫斋诗略》下卷，松江图书馆藏。

纳天河楼橹稠。结发屯奴七十战，何愁李广不封侯。"① 这是传统边塞诗的重要写法之一。但是康熙帝既自诩"内外一家"，则旧时边关风景便不再具有分界意义，词臣尤不能沿袭旧时写法。高士奇笔下的"大一统风景"作为具有政治审美内涵的德性风景，试图改变传统边塞诗的思想意蕴。

就张英、沈荃、徐乾学、陆葇、汪懋麟等诸多汉族词臣而言，经由君臣之间在行旅途中的交流，高士奇的边塞诗显示出更为准确地迎合帝国需求的新面向。当然，这种新面向并不是高士奇的专属，同行词臣也很快捕捉到新阶段边塞诗的写作要点。孙在丰在本次东巡途中先后作《蓟州道中望盘山》《夷齐庙》《庐峰口》《榆关》《澄海楼》《出山海关》《一片石》《长城》，同样按照行踪先后收于诗集中。综观其东巡诗，可以发现在启程之初，其诗歌并不注重强调"大一统"与"德性"，自《出山海关三首》后，其诗中开始出现"广莫丽神州，乐土以无疆"②"始知惟众志，成城乃金汤"③ 等叙述，这显示出词臣在面对长城这条敏感的分界线时的不得不谨慎书写。此外，孙在丰作出这种转变，或是根据扈从词臣间的相互交流而及时作出的调整。相较之下，纳兰容若在此行中的作品则更加凸显出书写性情的特点，最为大家熟知的莫过于那阙《长相思》，词曰："山一程，水一程，身向榆关那畔行，夜深千帐灯。风一更，雪一更，聒碎乡心梦不成，故园无此声。"此词中的"故园"，是并无风雪之声的故园，因此它绝非指关外之域。这一方面显示出新一代满洲士人身份认知的改变，另一方面，也表明纳兰容若于此行政治目标的游离。当然，纳兰容若并非以词臣身份扈从，彰扬盛美并非其职责所在。

---

① （明）陈仁锡：《山海关前屯副将军饮》其二，（明）陈仁锡：《无梦园初集》"海集三"，明崇祯六年（1633）刻本。
② （清）孙在丰：《出山海关三首》，（清）孙在丰：《孙司空诗钞》，《清代诗文集汇编》第163册，第354页。
③ （清）孙在丰：《长城》，（清）孙在丰：《孙司空诗钞》，《清代诗文集汇编》第163册，第355页。

第二章　南书房内外：正统性文学建构的词臣典范

其次，高士奇塑造的"大一统风景"，在一定程度上显示出新时期的政治风向。逮至康熙时期，频繁的应制活动不仅发挥着笼络士心之用，同时，应制优劣的判定标准，实则蕴含了王朝的政治风向。就本次东巡而言，高士奇与康熙帝对"大一统"与"德性"的讨论，以及高士奇笔下的"大一统"风景，不仅为当时的官方文学写作设立了意识形态标准，更是一种政治风向的文学昭示。这种意识形态标准为后来的清帝和词臣所承继。乾隆帝、嘉庆帝及道光帝均曾进行东巡，对沿途风景的书写主旨大多以康熙君臣本次东巡诗文为创作典范。如乾隆《古长城》一诗曰："延袤古长城，东西数万里。其说出蒙古，克勒木迤逦。汉书称龙堆，仿佛疑既此。蜿蜒走山川，见田岂谬拟。向曾为之记，浅言抉深理。天地自然生，南北限以是。设云人力为，早应就堕圮。然今果限谁，内外一家矣。"① 乾隆朝词臣于敏中言："山河之固，在德不在险。舜时幽营之地界在辽水东西，后代德不能及远，乃有边防。明初徐达筑边墙，自山海关西抵慕田峪一千七百余里，陇塞又安足恃乎？国家威德远扬，舆图式廓，每岁恭值避暑、行围，自古北口外兴桓名胜之区，清跸所临，皆为都邑。奚有于此疆尔界也？"② 乾嘉时期的词臣戴衢亨之《恭和御制出山海关作元韵》："倚山环海势分明，辽沈咽喉指旧京。楼橹当时空设险，壶箪载路不知兵。亿年昊眷凝东顾，三辅岩疆拱北平。共仰翠华来日下，榆关秋早曙风清。"③ 其对山海关的观照皆一如高士奇时。

辽东是清朝之前的关外之域，如何书写辽东，实际上涉及到士人如何看待"内外""华夷"等问题。康乾时期的所谓"文治"，实则是通过官方文化活动干预、控制士人思想，应制活动即是其中的

---

① （清）爱新觉罗·弘历：《古长城》，载（清）李鸿章等修，（清）黄彭年等纂《畿辅通志》（光绪）卷10《帝纪十·宸章三》，《续修四库全书》第628册，第382页。
② （清）于敏中：《钦定日下旧闻考》卷一五二《边障一》，《景印文津阁四库全书》第499册，第338页。
③ （清）戴衢亨：《恭和御制出山海关作元韵》，（清）董诰辑《皇清文颖续编》卷八十九，清嘉庆武英殿本。

重要环节。如果说，"文字狱"是以暴力形式圈出文学写作的禁区，那么，文学写应制活动则是以一种温和的方式，试图建立文学写作的准许活动范围。正是在这个层面上，高士奇以《扈从东巡日录》塑造的"大一统风景"，既体现了清帝通过应制活动对官方意识形态的宣扬，也显示出词臣经由应制活动对官方意识形态的实践与传播，并由此成为康乾时期馆阁词臣边塞诗书写的典范。

第三节 陈廷敬的道统观及其应制创作

道统和治统是儒家文化中颇为重要的一组概念。在汉族士人的传统观念中，治统为天子之位，指向"君"，由皇权掌控。道统则为圣人之教①，指向"师"，由儒家士大夫持有。上古三代之后，道统与治统便处于分离状态。已有研究认为，宋明以来，治统与道统分治的格局至少在形式上仍是立国之基础，而入清之后，这种传统范式被力求"治道合一"的清帝打破，致使士大夫失去批判政治权威的理论立足点，②"'文治'格局也随之改变，上涉君臣关系，下涉基层文教格局"③。

陈廷敬（1638—1712），字子端，号说岩，晚号午亭山人，山西泽州人，现存诗文集主要有《尊闻堂集》八十卷、《午亭文编》五十卷、《午亭山人第二集》三卷、《午亭集》三十卷。④ 顺治十五年（1658）考中进士，选庶吉士，自此步入仕途。他颇具吏干，康熙帝先后命其担任翰林院掌院学士、工部尚书、户部尚书、吏部尚书文渊阁大学士等重要职务。同时，诗才颇得康熙帝青睐，康熙帝曾赞其各体诗"清雅醇厚，非集字累句之初学所能窥也"。⑤ 更曾充日

---

① （清）王夫之：《读通鉴论》卷十三《成帝》，第 925 页。
② 黄进兴：《优入圣域：权力、信仰与正当性》，第 99 页。
③ 杨念群：《清朝"文治"政策再研究》，《河北学刊》2019 年第 9 期。
④ 详参李卫锋、张建伟《陈廷敬文集版本考》，《山西档案》2017 年第 3 期。
⑤ （清）爱新觉罗·玄烨：《康熙帝御制文集》第三集卷四十九《览皇清文颖内大学士陈廷敬作各体诗清雅醇厚非集字累句之初学所能窥也故作五言近体一律以表风度》，第 1985 页。

讲起居注官、讲筵讲官，入值南书房，担当帝师，取得了良好的教学效果，对此，康熙帝自述曰："朕政事之暇，惟好读书，始与熊赐履讲论经史，有疑必问，乐此不疲。继而张英、陈廷敬以次进讲，于朕大有裨益。"① 以上应是康熙帝褒扬其为"极齐全底人"②的重要原因，陈廷敬也由此在康熙朝的文治格局中占据一席之地。

对康熙朝文治策略的回应和推进，形塑了陈廷敬的道统观念及应制书写的时代性面貌。目前学界前辈对陈廷敬的生平行迹、政治功绩、文学创作的整体情况及其在康熙诗坛中的地位等多有考察。③本节拟在此基础上，以康熙朝道统和治统关系之新变为背景，考察陈廷敬的道统观，探讨其道统观的应制实践，以期透视陈廷敬的应制诗文在康熙帝"治道合一"的政治建构过程中所发挥的具体功能。

一 道统观的重塑与应制创作的立言之旨

治统归于君，向来少有争议。士人所争夺者，常在于道统。宋代以后，道统尤其成为士大夫履行"格君心"之职责、约束君王权力的思想基础，由此形成了治统在上而道统在下的理论格局。明清易代之季，道统与治统之分殊与相维尤为坚持遗民立场的在野士人强化，如王夫之便十分强调道统的独立性：

> 儒者之统与帝王之统并行于天下，而互为兴替，其合也，天下以道而治，道以天子而明。及其衰，而帝王之统绝，儒者犹保其道以孤行而无所待，以人存道，而道可不亡。④

---

① 徐尚定标点：《康熙起居注》第三册，第454页。
② （清）陈廷敬：《午亭山人第二集》卷一《苑中谢恩蒙谕卿是老大人是极齐全底人臣感激恭纪二首》，张建伟点校《陈廷敬集》第三册，第824页。
③ 参见卫庆怀编著《陈廷敬史实年志》，山西人民出版社2009年版；魏宗禹、魏文春著《陈廷敬学论》，山西人民出版社2018年版；任茂棠主编《陈廷敬大传》，山西人民出版社2012年版；姚燕：《陈廷敬与康熙诗坛》，硕士学位论文，安徽师范大学，2019年；陈桂霞：《陈廷敬及其诗歌研究》，硕士学位论文，山西师范大学，2012年；张晓璐：《陈廷敬文学创作研究》，硕士学位论文，西北师范大学，2020年；卫玥：《陈廷敬诗学思想与诗歌创作研究》，硕士学位论文，华中师范大学，2021年。
④ （清）王夫之：《读通鉴论》卷十五《文帝》，第1127页。

"儒家之统"即为道统,"帝王之统"即为治统。王夫之以为,当二者统合得宜时,则道统凭借治统而彰,治统借助道统而明。当道统不能发挥作用时,治统也会随之消亡。显然,王夫之站在儒士的立场上,更强调道统之于天下兴亡的根本性作用。需要注意的是,在王夫之所言道统与治统之合势中,道统掌握在儒者手中,对帝王行协助之责,保持着永久的独立性,即"儒者之统,孤行而无待者也,天下自无统,而儒者有统",① 以下责上,从而形成合势。

而陈廷敬同样强调道统与治统之合,其道统观却与王夫之有本质区别。《癸未会试录序》是陈廷敬论述道统的一篇重要文献,其有言曰:

> 惟天阴骘下民,笃生圣人,作之君,作之师,自伏羲、神农、黄帝、尧、舜、禹、汤、文、武皆以圣人之德,居君师之位,以行其政教。道统之传,常在上而不在下也。若有其德而无其位,则不得君师之位以行其政教之实,故自孔子以来,道统之传常在于下。揆之天降生民之意,岂适如此哉?且夫天道贞观,无往不复。故知今日者道统之传,果在上而不在下矣。在下者传之师儒,仅寄于语言文字,而在上者则见诸行事之实。②

此文作于康熙四十二年(1703)。陈廷敬所列举伏羲、神农、黄帝、尧、舜、禹等,皆为儒家知识系统中的上古三代帝王,他意在以此说明,在上古三代,道统在上而不在下,道统可以"见诸行事之实";自孔子以来,道统在下而不在上,道统"仅寄于语言文字"。所谓"作之君,作之师""居君师之位,以行其政教",实则是强调上古三代帝王君师合一的身份,以此将康熙帝"治道合一"的政治需求合法化。需要辨明的是,陈廷敬所强调之道统、治统之

---

① (清)王夫之:《读通鉴论》卷十五《文帝》,第1130页。
② (清)陈廷敬:《癸未会试录序》,张建伟点校《陈廷敬集》第二册,第581页。

合，并非依照宋儒及王夫之等儒士所设计，乃是士人"通过提升君王的道德意识获得'师'的尊崇地位，并由皇帝这个至尊原点出发推及众民，形成联贯扩散的统治秩序"①，而是由帝王一身兼掌道统和治统，二者均在上，形成合势。这是陈廷敬之道统观较宋明儒士的分殊之处。

陈廷敬的道统观在清初上层文官中并不具备独特性，其他诸多汉族文臣如李光地的文集中亦有此类言论，其言曰：

> 臣又观道统之与治统，古者出于一，后世出于二，孟子序尧舜以来至于文王，率五百年而统一续，此道与治之出于一者也，……孔子之生东迁，朱子之在南渡，天盖付以斯道而时不逢，此道与治之出于二者也。自朱子而来，至我皇上又五百岁，应王者之期，躬圣贤之学，天其殆将复启尧舜之运而道与治之统复合乎？②

同样因循儒家文化中对尧舜等上古三代古帝治道合一的传统建构，为康熙帝的政治诉求寻找古典依据，同时强调康熙帝以帝王之身兼具道统与治统的可能性。

康熙朝上层文官在塑造治道关系上方向的一致性，乃是受康熙朝的政治语境影响。在御制文集中，康熙帝多次清晰地表达了自己的道统观念，其《日讲四书解义序》中有言曰："朕惟天生圣贤，作君作师，万世道统之传，即万世治统之所系也。"③ 以君师一体、道统与治统一体。《日讲书经讲义序》亦道："天生民而立之君，非特予以崇高富贵之具而已，固将副教养之责，使四海九州无一夫不获其所也，故古之帝王奉若天道，建都树屏以立其纲，设官置吏以张其纪，经天纬地以尽其才，亲亲尊贤以弘其业，黎民阻饥而为之

---

① 杨念群：《清代"文治"政策再研究》，《河北学刊》2019年第5期。
② （清）李光地：《进易论序》，（清）李光地：《榕村全书》卷十，《清代诗文集汇编》第一六〇册，第173页。
③ （清）爱新觉罗·玄烨：《康熙帝御制文集》第一集卷十九《日讲四书解义序》，第305页。

教稼,五品不逊而为之明伦,为礼乐以导其中和,为兵刑以息其争讼。"① 凡其所列古帝王,皆既为之政,又为之教,践行政教合一之责。

由此再来看陈廷敬的道统观,可见它反映出陈廷敬对君心的准确揣度。他的善于揣度君心,自然与其长期与康熙帝之间保持着外廷朝臣所不具备的近距离交往息息相关。康熙十一年(1672),陈廷敬充日讲起居注官。起初是负责记注,考察其时记注官的职责,"凡御门、升殿、视祝版、经筵、殿试、读卷,及上元、岁除、外藩来朝锡宴,记注官皆侍班,有事坛庙、谒陵、亲耤、视学、大阅、校射、迎劳凯旋受俘及驻跸南苑、巡幸搜狩,记注官皆扈从"②,作为记注官,陈廷敬与康熙帝接触频繁。康熙十六年(1677)三月初四,陈廷敬开始履行日讲职责,先后与喇沙里、张英、叶方蔼、孙在丰等其他日讲官为康熙帝讲授《通鉴纲目》《孟子》《尚书》和《易经》,自康熙十六年三月初四至康熙二十二年(1683)四月二十二日,共进讲179次。入值南书房更是陈廷敬与康熙帝保持频繁、密切交流的重要机遇。康熙十七年(1678)闰三月,陈廷敬与王士禛入南书房内编辑。本年七月,正式入值南书房。此后,除去康熙十八年(1679)至康熙二十一年(1682)八月丁母忧回籍守制,康熙三十一年(1692)八月至康熙三十三年(1694)十一月丁父忧在籍服阕之外,直至去世,陈廷敬几乎皆保有南书房行走之资格。康熙四十一年(1702),南书房翰林张英致仕,陈廷敬接替张英之后,奉命总宪南书房事,更是与康熙帝多有往来。其门人林佶曾言陈廷敬"历仕五十余年,其在细旃宸幄论思之地者几四十载",便指向其因充日讲起居注官、行走南书房而与康熙帝得以长期保持的近距离关系。

在与康熙帝近距离的接触过程中,陈廷敬时常需要阅读、奉和御制诗文。康熙帝的御制诗文尤其作为文治中"师"之表率,为朝

---

① (清)爱新觉罗·玄烨:《康熙帝御制文集》第一集卷十九《日讲四书解义序》,第306页。
② (清)鄂尔泰、张廷玉:《词林典故》卷三《职掌》,傅璇琮、施纯德编《翰学三书》,第48页。

阙群体垂示了法则。康熙十七年（1678）九月初十，康熙帝奉太皇太后幸遵化温泉，往返途中多有诗兴，现存《康熙十七年九月初十日，奉太皇太后临御温泉恭纪五言排律八韵》《驻跸平家滩》《潞河晓起至太皇太后行殿问安》《山中获野禽恭进太皇太后》等御制诗二十首，据陈廷敬载，"十月朔日，召臣廷敬赐观"①，陈廷敬阅毕，作《赐观御制诗并序》，其序颂赞康熙帝之诗"譬诸黄钟天球，自洋洋而竦听。穆乎璿霄碧汉，仍荡荡而难名"，其诗则奉和御制诗之意涵，如"圣母欢清暇，天王奉豫游""往来见诚孝，制述必殊尤"②等句奉和了康熙帝诗歌中"寝门恭问慈颜喜，还愧无能作赋歌"③等孝思。陈廷敬诗集中凡如《恭和御制喜雨诗》《恭和御制赐辅国将军俄启诗有序》《闻湖南捷音恭和圣制》《奉和御制杜相国致政归宝坻》等诗皆为陈廷敬奉和御制诗而作，无一不体现出对御制诗旨意的迎合。命令臣僚作诗、进呈诗文是康熙帝考核臣僚诗文水平的另一重要方式。早在康熙十六年（1677）三月十二日，在陈廷敬、张英、喇沙里三人进讲之后，康熙帝以"治道在崇儒雅"且三藩之乱渐定、正当修举文教为由，命令"翰林官将所作诗赋词章及真行草书不时进呈"④。次年二月二十二日，康熙帝令"学士喇沙里传谕学士陈廷敬、户部侍郎王士禛，各携所作诗稿进呈。上御懋勤殿召见，命各赋诗二首，赐膳而退。上命题：一召见懋勤殿，一赐膳"⑤，陈廷敬诗集中《召见懋勤殿应制》《赐膳应制》二诗，当是为此而作，其中"已见文章昭代盛，向来雨露禁林偏。吾君一德同尧舜，长愧夔龙际会年"⑥等句均显示出对康熙帝修举文教之意的取悦，诸如《题画扇应制四首》等诗皆是作于类似的语境中。此外，其集中还有许多"恭纪"诗，如《赐砥石砚恭纪》《赐貂裘恭纪》

---

① （清）陈廷敬著，张建伟点校：《陈廷敬集》第一册，第209页。
② （清）陈廷敬著，张建伟点校：《陈廷敬集》第一册，第209页。
③ （清）爱新觉罗·玄烨：《康熙帝御制文集》第一集卷三十二《潞河晓起至太皇太后行殿问安》，第459页。
④ 徐尚定标点：《康熙起居注》第一册，第266页。
⑤ 徐尚定标点：《康熙起居注》第三册，第310页。
⑥ （清）陈廷敬：《召见懋勤殿应制并序》，张建伟点校《陈廷敬集》第一册，第204页。

《赐人参恭纪》《赐玻璃器大小十四恭纪》等，多因受康熙帝之恩赏而作，鸣盛之意浓厚。要之，与康熙帝长达四十余年的近距离接触，使得陈廷敬集中的应制之作尤多，且多以鸣盛为要。

"在上而不在下"的道统观是陈廷敬以应制鸣盛的思想基础。他曾亲授门人林佶编辑其文集，在即将编成之日，曾让林佶叙述简末，又去书与林佶曰："平生学术，师法河津。"① 河津，即明代山西理学家薛瑄（1369—1464），林佶道："河津之学，以复性为宗，而文与诗皆雅健绝伦，渊源最正，断为紫阳以后一人。"指出薛瑄为朱熹传宗。而陈廷敬"以正学自命""作为诗、古文词，其标准一以河津为的"，也就是说，陈廷敬之诗文意旨，远承朱学，近绍薛学，即"紫阳之后，正学之统，归于河津，先生直接其传"。② 在此基础上，林佶肯定陈廷敬乃是"贯文与道而一者"，将其诗文的本质归之于朱学、薛学之道的载体。进而言之，陈廷敬以文学载道，乃是因为有"皇上兼集古今道统之大成，而先生在见知闻知之列"之契机，其文学"钟鸣谷应，玉振金宣"，又使得"古今来治与道分者，先生亦贯而一之"。③ 而陈廷敬之诗文将治与道贯而为一的具体表现，林佶以为，正在陈廷敬的《癸未会试录序》中，也被其实践在《午亭文编》中："所谓'惟尹躬暨汤，咸有一德'者，先生于《癸未会试录序》中发其端，佶敢于是编之成昌其说。"④ 陈廷敬在嘱托林佶作序之后，又特地去信陈述"平生学术，师法河津"之理念，则林佶对陈廷敬的理解应与其本人之意较为接近。至于陈廷敬之诗文何以能将治与道合二为一，可以在《癸未会试录序》中找到其内在理路：

> 我皇上论世知人，崇朱子之学，颂其诗，读其书，存诸德行，见于文章，举而措诸天下之民，使尧、舜、禹、汤、文、武之道常在上而不在下，故道统之传，由下以归于上者，此正

---

① （清）林佶：《午亭文编序跋》，载张建伟点校《陈廷敬集》第三册，第1021页。
② （清）林佶：《午亭文编序跋》，载张建伟点校《陈廷敬集》第三册，第1021页。
③ （清）林佶：《午亭文编序跋》，载张建伟点校《陈廷敬集》第三册，第1021页。
④ （清）林佶：《午亭文编序跋》，载张建伟点校《陈廷敬集》第三册，第1021—1022页。

其时也，此乃天之所以降生下民之意也。臣常伏而思之，天下之士，涵濡于雅化，鼓舞于皇风者亦已久矣。而圣人之道，传之在我皇上者，天下之人将皆知之，而其所以朝斯夕斯实用其力者，天下之人或未能窥其详也。……将见由文王以来济济之多士、蔼蔼之吉人复生于王国，以上佐寿考，作人之雅化；而时雍风动，万邦黎献，共惟帝臣，驯至于矢谟赓歌，亮采惠迪之风，以几乎唐、虞郅治之盛。则道之在上而下被其政教者，将永永焉传之千万岁而无穷，又岂五百年之可以数计者哉？谨以告多士者，为黼扆献焉。①

康熙帝正如尧、舜、禹、汤等古帝，以德、文贯道，又将其措诸天下之民，从而使得道统由下而归于上，又由上而施于下。其臣僚则为"济济多士、蔼蔼吉人"，辅佐康熙帝将道进行由上及下之涵濡，这正如陈廷敬在另一篇文章中所言："今天子以圣人而为君，行尧、舜、禹、汤、文、武之道，将必有如皋陶、伊尹、周公其人者以为之相。"②作为辅助康熙襄成郅治的天子近臣，其褒扬盛美的应制诗文自然也以将道统收归于上、施之于下为写作目的，因而也成为治道合一系统的重要组成部分。从这个角度来看，其"在上而不在下"道统观造就了其诗文"使世之趋正学、述道统者有所归，且有所法，愈知明良之盛"③"和声以鸣盛"的立言之旨，这尤其构成了其应制之作的本质特征。

二 "道统在上"的应制书写路径

陈廷敬作为天子近臣，在康熙朝道统观念发生新变的时代语境之下，相应地调整了自己对治道关系的理解，并将其贯入文学创作尤其是应制创作中。四库馆臣以"燕许大手"称之，言其"亦可谓

---

① （清）陈廷敬：《癸未会试录序》，张建伟点校《陈廷敬集》第二册，第580页。
② （清）陈廷敬：《大司寇魏环溪先生七十寿序》，张建伟点校《陈廷敬集》第二册，第604页。
③ （清）林佶：《午亭文偏序跋》，载张建伟点校《陈廷敬集》第二册，第1022页。

和声以鸣盛者矣"①，便是对其以应制创作襄成郅治的立言之旨的概括。

综合来看，陈廷敬在应制创作中主要选择了两条文学书写路径来辅助康熙帝建构新的治道关系。其一是通过刻画圣君形象来为"在上而不在下"制造合理性。所谓"圣君"，乃是治道合一的衍生物，即圣人和帝王的结合体。介于在以往士人所认知的治道关系中，治统本在上，而道统乃在下，因此证明道统在上是康熙朝词臣应制诗文的重中之重，而塑造康熙帝的圣人形象，即"师"的形象，则是证明道统在上的主要切入点。康熙十二年（1673），陈廷敬充日讲起居注官，时有进讲，康熙帝多有赏赐，陈廷敬因此作有《讲筵赐紫貂文绮白金恭赋三首》《赐貂蟒朝衣一袭》等应制诗。其中，《经筵纪事八首》尤其值得注意。陈廷敬这八首经筵应制诗，很好地将康熙帝举行经筵与道统在上联系到一起。具体而言，四书五经往往被认为是道统的重要载体，是以组诗之其一道："展书绨几晓风清，铜尺横斜压未成。天子直将经义熟，玉音开卷已分明。"突出了康熙帝对经义之烂熟于心。其二曰："缥带红签钿轴齐，御书房在殿廊西。《五经》同异诸儒别，一一重瞳自品题。"召诸儒辨别五经同异之后，又对经义自行涵泳，凸显康熙帝学习经义之谨慎、精细。其三有言曰："玉几丹霄昼漏长，讲章才罢即封章。"其四曰："阁门钥入进书来，红蜡光中对御开。知是至尊勤夜读，三更燕寝月徘徊。"深夜苦读如书生，形象地勾勒出勤学的帝王形象。其五曰："第二摘头点笔时，起居亲切近臣知。年来神藻光青简，日历长编御制诗。"②则是在彰显康熙帝的文学才能。陈廷敬的这组经筵纪事应制诗，选取了康熙帝学习儒家经典、进行文学创作的代表性场景，形象地刻画了一位具有良好儒学修养的帝王，使康熙帝的帝王身份附着上了一层"师"的色彩。

与应制诗侧重表现场景的形象书写不同，其应制文注重通过说

---

① （清）永瑢等：《四库全书总目》卷一七三，第1522页。
② （清）陈廷敬：《经筵纪事八首》，张建伟点校《陈廷敬集》第一册，第167页。

理来对康熙帝为何具有"师"的身份作逻辑阐释。关于康熙朝道统为何实现了"由下而归于上",陈廷敬根据时间循环的规律力证其合理性:"天之郑重夫在上者之传,故以五百年为断。其不必五百年者,盖仅寄之语言文字以衍斯道于绝续之交,特在下者之事也。惟是师儒之统,转而属之帝王,则五百年之期断然其不爽者,将复和焉。此所谓后之由下以归于上者,莫不皆然也。盖自周子、二程子、朱子而来,至于今五百年矣。"① 意在以五百年一交递的时间规律,说明康熙帝恰好绍述五百年前周敦颐、程颢、程颐、朱熹等人所传之道统,这不仅通过话语诠释将道统权交至康熙帝手中,更将其纳入由周敦颐、二程、朱熹至康熙帝这一道统谱系中。至于康熙帝如何做到治道合一,陈廷敬亦曾作详细说明。康熙二十六年(1687)五月十一日,康熙帝召陈廷敬、汤斌、徐乾学、高士奇等十二位文臣于乾清宫考试。其首题为"昊天与圣人皆有四府,其道何如?"② 陈廷敬之文以春夏秋冬为昊天之四府,以《易》《书》《诗》《春秋》为圣人之四府,通过逻辑分析得出"天能尽物,圣人能尽民,亦能尽物",而"圣人者,天之所生也。天生圣人,以生长收藏之权委之圣人而天不与",由此题目抉发出天生圣人、圣人法天而尽物、尽民的逻辑关系,最后点明主题道:"我皇上尽性达天,仁民育物,作君作师,参两天地。"③ 以层层思理逐步论证康熙帝上能法天尽性、下能仁民尽物的圣君身份,突出其君师合一的身份属性。

其二则是以强调"声教"来叙述"道之在上而下被其政教"的教化过程及结果。或许正是因为陈廷敬的文学思想较为符合康熙朝的文治方向,康熙帝将重要的官修书都交由他主持或编纂,以至于"时纂辑《三朝圣训》《政治典训》《平定三逆方略》《皇舆表》《一统志》《明史》,廷敬并充总裁官"④。康熙四十九年(1710),时任

---

① (清)陈廷敬著,张建伟点校《陈廷敬集》第二册,第581页。
② 徐尚定标点:《康熙起居注》第三册,第454页。
③ (清)陈廷敬:《昊天与圣人皆有四府其道何如》,张建伟点校《陈廷敬集》第二册,第552—553页。
④ 王钟翰点校:《清史列传》卷九《陈廷敬》,第三册,第641页。

文渊阁大学士的陈廷敬已经七十三岁，康熙帝仍"谕南书房侍值大学士陈廷敬等"酌议《康熙字典》之式例，① 可见康熙帝对陈廷敬之信任。书籍编成之后，按例需要"奉表随进以闻"。康熙二十五年（1686）闰四月二十八日，时为左都御史的陈廷敬与内阁学士牛钮、徐乾学将已编好的一百卷《鉴古辑览》进呈御览。陈廷敬随进《进鉴古辑览表》，其中有言曰：

> 先奉《上谕》："古昔圣贤、忠臣、孝子、义士、大儒、隐逸，凡经史所记载，卓然有关于世运者，详察里居、名字、谥号、官爵及所著作，纂成一书。历代奸邪，亦附于后，以备稽考。"又奉旨赐名《鉴古辑览》。……兹盖伏遇皇帝陛下寤寐求贤，旰宵思治。不轻天下之士，遹隆圣作之功。东壁西清，自衍图文之奥；深宫燕寝，高披册府之藏。自古治忽之机，实关贞邪之故。宸衷独见，欲昭示于臣民；手勅亲裁，更丁宁于纶绋。②

陈廷敬先是陈述《鉴古辑览》的编纂动机，乃是因为康熙帝希望将古往今来经史中的圣贤、孝子、义士等"卓然有关世运者"纂成一书。文章结尾以颂扬帝德为主，将"欲昭示于臣民"作为康熙帝"自衍图文之奥""高披册府之藏"的最终目的，突出了康熙帝对于教化的重视。康熙帝阅毕，亦言此书"劝戒昭然，有裨治化"③，回应了陈廷敬等人在表中所建构出的帝王教化之意，将《鉴古辑览》定义为康熙帝向民众昭道之作。

《御制文集拟后序》是陈廷敬阐释道统自上而下传播路径的又一篇重要的应制文。在此文开篇，陈廷敬先讲述了圣人人文化成之道：

---

① （清）爱新觉罗·玄烨：《谕南书房侍值大学士陈廷敬等》，《康熙帝御制文集》第三集卷十六，第1584页。
② （清）陈廷敬：《进鉴古辑览表》，（清）陈廷敬著，张建伟点校《陈廷敬集》第二册，第540—541页。
③ 王钟翰点校：《清史列传》卷九《陈廷敬》，第三册，第641页。

第二章 南书房内外：正统性文学建构的词臣典范

> 圣人参两仪而则二曜，该物序而察民彝，演为图畴，以教万世，则人文化成之道懋焉。是知觉世牖民，开物成务，必赖亶聪首出，躬文德以表建于上，而昭宣于修辞立训。英华发于和顺，笃实著为辉光，然后三物以惇，四术以备。户佩诗书之泽，人游儒雅之林。而一时之生其际者，即山陬海澨，靡不涵濡盛化，以近天子之光。则岂非上圣之宏规，太平之骏烈也哉？①

在此基础上，大力称赞康熙帝"逊志典学，励精勤政，德业之隆，治功之盛"，以示道统之在上。进而转入对康熙帝之"圣藻天葩，形诸篇翰"的具体叙述，其言曰：

> 时而咨儆有位，元首股肱之歌也；时而讽谕民俗，荡平正直之训也；时而切指物类，户牖杖履之铭也；时而浏览景光，阜财解愠之奏也。盖惟皇上，徇齐性成，缉熙时敏。质本生知，而犹好学；圣由天纵，而又多能。以故蓄诸中而彰诸外者，抒写化工，浑涵元气，镕裁古今，陶铸万汇，炳煌焜耀，至于此极。臣叨尘法从，久侍经帷，每聆玉音，推解经传奥旨。发前圣未发之微言，传古人不传之深意。下及诸史百家，罔不旁通曲畅，而深宫清燕，未尝一时辍书册不观。臣固知圣谟洋洋，并六艺而昭天壤者，洵有所原本也。虽义蕴高深，同体冲漠神明于意言之表，非臣庶所能仰窥万一，而即而求之，引伸而抽绎之，则仰观俯察之机，时行物生之妙，可以想见端倪，沐浴鼓舞于不自已矣。②

俨然将康熙帝比为圣人，将御制文集塑造为道统的载体。继而又颂扬康熙帝之御制文集"将见流布寰区，昭垂典则，咸得瞻日月

---

① （清）陈廷敬：《御制文集拟后序》，张建伟点校《陈廷敬集》第二册，第577页。
② （清）陈廷敬：《御制文集拟后序》，张建伟点校《陈廷敬集》第二册，第577页。

之末光,挹河海之余润,彬彬乎有所感发兴起,以永成夫道一风同之治,猗与盛哉!"① 也就是说,随着康熙帝御制文集的传播,道可由康熙帝传递至给民众,天下之人都将得到涵濡圣化。根据上文所述的陈廷敬对道统的认知,对于道统在上与道统在下孰优孰劣,他曾以"在下者传之师儒,仅寄于语言文字,而在上者则见诸行事之实"力证道统在上的必要性。在他看来,道统在下,则"道"仅仅是文字。道统在上,才能使"道"得到更为广泛的传播,从书本上走出来而见诸行事之实。而此文对于康熙帝御制文集的颂扬,则自"见诸行事之实"的角度书写了康熙朝"由上而及下"的道统传播路径,以此重申了传统的诗教观念,从而完成了对康熙朝新型治道关系的逻辑建构。

三 诗教观及其皇权属性

鉴于汉族士人的"华夷之辨"对中央文化权力所构成的潜在威胁,康熙朝君臣对治道关系的阐释,相对上古三代后的汉族王朝,出现了道统在上之新变。传统儒家文化中为士大夫所掌握的道统话语权由此开始让渡于帝王,而康熙帝则将理想帝王设计为集治统与道统于一身的圣主。这是康熙帝及为其服务的朝阙网络将文化权力收归中央的重要话语策略。当康熙朝君臣将这一设计投入到诗文中,便构成了康熙朝颇具正统性建构意蕴的诗教观。作为天子近臣,陈廷敬的诗教观在康熙朝颇具代表性,其诗教观的应制实践,则体现出清初朝野之间在诗界权力上的博弈。

康熙帝对道统观的一再申述,规范了陈廷敬等一众上层文官的应制话语表达。在此背景下,陈廷敬借助各类应制文体对"在上而不在下"的道统观以及道统观"由上而及下"的传播路径做了形象细致、逻辑严整的书写,上文对此已有详细论述。需要注意的是,在道统观的新变之下,陈廷敬等康熙朝上层文官对传统的诗教观进行了相应的改造。《礼记·经解篇》曰:"其为人也温柔敦厚,《诗》

---

① (清)陈廷敬:《御制文集拟后序》,张建伟点校《陈廷敬集》第二册,第577页。

教也。"① 温柔敦厚的诗教观是儒家诗学在阐释《诗经》的过程中产生的中国古代诗学理论最重要、最基础的诗学观念之一，康雍时期的诗教观以排斥变风变雅、维持盛世之音为新变化。② 究其实质，这种诗教观的变化与道统观的新变一脉相通。道统既在上，则康熙帝便为教化之主体。道统既需由上而及下，则在此过程中馆阁文臣便为辅助帝王施行教化的重要群体，由此，康熙帝的御制诗文集、官方编选的大型诗文集、馆阁文臣的应制诗文等，便都成为诗教的范本。如陈廷敬曾受命编辑《咏物诗选》，康熙四十五年（1706）编选完成之后，《咏物诗选序》道："于是镂板行世，与天下学文之士共之，将使之由名物度数之中，求合乎温柔敦厚之指，充诗之量。如卜商氏之所言，而不负古圣谆复诂训之心，其于诗教有裨益也。"③ 表现上仍是谈诗教，但这种由康熙帝亲自授意编选、发行的官方诗选，实则披着温柔敦厚的诗教外衣，而以皇权来收编朝野的诗歌写作。

作为南书房翰林，陈廷敬正是直接服务于为康熙帝这一政治目的上层文官，儒家传统的诗教话语，自然也被他用来佐证、辅助皇权对诗界权力的收编。《全唐诗录》乃是由康熙帝南巡期间江南文人徐倬所编献，与康熙帝的诗教理念十分契合，因此得到康熙帝的大力称赏。康熙四十五年（1706），康熙帝在其卷首作序道："在昔诗教之兴，本性情之微，导中和之旨，所以感人心而美谣俗，被金石而格神祇。"又明确指出希冀以徐倬此集来引导海内诵习者以唐诗性情之正为作诗标准："俾诵习者由全唐之诗沿波讨澜，以上溯夫汾泗之传，而游泳乎唐虞载赓之盛，其于化理人心将大有裨益也矣。"④ 为发扬唐诗教化人心之用，康熙帝迁徐倬为礼部侍郎，"以为天下学

---

① （清）爱新觉罗·玄烨钦定，（清）陈廷敬等编撰《日讲礼记解义》卷五十三《经解》，下册，第313页。
② 毛宣国：《作为清代诗学价值基础的"温柔敦厚"诗教观》，《中国文学研究》2021年第2期。
③ （清）爱新觉罗·玄烨：《康熙帝御制文集》第三集卷二十二《咏物诗选序》，第1656页。
④ （清）爱新觉罗·玄烨：《康熙帝御制文集》第三集卷二十《全唐诗录序》，第1638页。

者之劝"。又命陈廷敬为此集作后序,陈廷敬先引经据典曰:

> 大庭、轩辕,邈哉邈矣!唐、虞之称诗也,帝舜则曰:"勑天之命,惟时惟几。"而申以喜起之义,曰"百工熙哉",以勉其臣。大禹则曰:"九功惟叙,九叙惟歌。"而申以董戒之义,曰:"劝之以九歌,俾勿坏。"以训其民。是诗之所以训勉其臣民而通于政教者,见于虞、夏之书,可考而知也。周之兴也,武王既定天下,巡狩述职,陈列国之诗,以行其庆让。孔颖达述巡狩之礼,引《王制》曰:"命太史陈诗以观民风。"是《二南》之诗,得于巡狩,此周初政教之美所由传也。宜、平以还,正变迭奏,邶、鄘而下,失得互陈。微独当时采风,知列国之政教,而考古论世者亦可以得其升降污隆之故焉。汉、魏去古未远,六朝以来,余波绮靡。①

帝舜和大禹之言,皆见于《尚书》,陈廷敬引用经书之语,首先论证了诗歌自虞、夏以来便是训勉臣民、通于政教的重要工具。继而论述了周朝与春秋战国时期的诗歌发展,指出诗歌的观风功能。陈廷敬引经据典地梳理了诗歌的历代发展,其目的在于勾勒出历史上诗歌与政教之间的关系,借助古典资源阐明其诗教观点,为接下来叙述唐诗的教化意义奠定话语基础。论及唐诗时,陈廷敬道:

> 洎夫有唐,太宗起而振之,本《国风》《雅》《颂》之遗,有古歌、今律诸体。上倡其鸿制,下衍其清音,彬彬盛哉!以及中晚之际,与周诗正变约略相仿。故观全唐之诗,愈有以知政教之所关为尤重焉。②

在前述诗教观的基础上,尤其突出初唐诗歌"上倡其鸿制,下

---

① (清)陈廷敬:《御定全唐诗后序》,张建伟点校《陈廷敬集》第二册,第582页。
② (清)陈廷敬:《御定全唐诗后序》,张建伟点校《陈廷敬集》第二册,第582页。

衍期清音"的意义和价值，对中晚唐诗风的演变，也以周诗正变与之比拟，在历史的基础上进一步强化了唐诗对于政教的积极意义，也进一步发掘了康熙帝命令校刊《全唐诗录》、迁徐倬为礼部侍郎等行为的文治象征意义。又继言曰：

> 我皇上接唐、虞之统，阐文、武之传。躬致升平，协和万国。士咏于室，农讴于田，蒸蒸然有《诗》《书》《礼》《乐》之风。而九重深念，时省兆民，黄发歌衢，垂髫击壤，何其盛与？盖天下涵濡于圣泽之中者，于今久矣！惟我皇上，以道德之纯粹，发为事功；以性情之中和，孚于民物。举凡彰施于政令诏诰之间，皆原本《六经》，度越前史。而下之观感而化，咏歌蹈舞于不自知者，则有近乎诗教之兴，《传》曰："王者之风，必本圣人之化。"夫惟功德之隆，有以致此也，至若御制诗文，经纬天地，陶铸万汇，炳炳琅琅，留玉几而秘金函者，犹未尽登琬琰，昭布域中。而往往搜罗编缉百家有用之书，足以佐邦政、裨世教者，亟令剞劂，以训勉臣民。焕乎文教之美，莫与京矣！会翰林侍读徐倬进《全唐诗录》，皇上览而嘉焉，迁倬礼部侍郎以风厉天下。命以大府之金，校刊于其家。既亲制宸章，冠之简首，复命臣等为《后序》。臣廷敬自以烛火荧光，在日月之下，屏营累息，经涉岁时。伏念我皇上功德之巍巍既如彼，文教之煌煌又如此，此即大舜之勅时几、熙百工，大禹之劝九歌、俾勿坏之至意也，即诗教之所感乎，遂可因全唐之《诗录》，溯成周之《二南》，而永媲美于中天之盛也矣！①

"我皇上接唐、虞之统，阐文、武之传，躬致升平，协和万国"等语，言明了康熙帝的正统地位。后文"天下涵濡于圣泽之中者今久矣""以道德之纯粹，发为事功""下之观感而化"等语肯定了康熙帝对道统的持有及康熙帝以帝王之位增强了道统的实效性。在此

---

① （清）陈廷敬：《御定全唐诗后序》，张建伟点校《陈廷敬集》第二册，第582页。

之间，诗歌则成为"圣人之化"的关键之环，由此赋予了康熙帝作御制诗、嘉奖徐倬、下令校刊《全唐实录》等帝王行为以诗教裨益世教的意义。检视陈廷敬的论述逻辑，我们可以发现，陈廷敬所提倡的诗教，其实本质上是皇权教化。在他的道统观之下，儒家士人在诗教中扮演着次于皇权的角色。具体而言，康熙帝掌握着道统，是诗教的主体。相应地，由于民众并未掌握道统，则必然成为诗教的承受者，这正如陈廷敬所言，"下之观感而化，咏歌蹈舞于不自知者，则有近乎诗教之兴"，下之咏歌蹈舞皆是对康熙帝文教之美的反映，而这也成为诗教盛兴的一种表现。由此可知，陈廷敬在道统观异变之下的诗教观，其实意味着将诗教之权完全收归于皇权。

诗教之权既由皇权掌握，因而士人之诗文唯有服务于皇权，才能更好地促进践行诗教。陈廷敬向康熙帝举荐过诸多汉族文人如王士禛、汪琬、查慎行等，王士禛之"改翰林"，汪琬之"举鸿博"，"皆文贞所荐"[1]。查慎行之入南书房，也是"以大学士陈廷敬荐"[2]，从某种角度上来说，这也是陈廷敬辅助康熙帝以"朝"收编"野"的具体方式之一。其集中有劝导汪琬出试鸿博之书信，其言曰：

> 今世卿大夫士鲜自重，至使世疑其沽名声，少实用，是以迟回于中而不果也。足下读书乐道，如天云卷舒，其视仆为何如耶？古之圣贤，莫如孔子、孟子。孔子、孟子所遇之时最难，而终不肯少贬其道，变其所说而易其所守。今朝廷清明，圣天子在上，而直以卿大夫士之不能自重取疑于世为解者，吾诚不知其何心？足下其谓之何耶？足下所乐者，孔子、孟子之道，孔子、孟子所遇之时如彼，栖栖皇皇，游于列国诸侯卿大夫之间，未尝一日不欲行其道，不敢于山林泉石偃然俯仰，与世遂绝也。今足下所为，乃异于孔子、孟子矣。且主上亲拔足下于

---

[1] （清）杨钟羲著，雷恩海师、姜朝晖校点：《雪桥诗话》卷二，人民文学出版社2011年版，第113页。

[2] 赵尔巽：《清史稿》卷四百八十四，第四十四册，中华书局1977年版，第13366页。

侪流，叠有恩礼，视众人为独厚，或未宜如此而遂已也。足下竟何以自解耶？①

早在康熙十八年（1679）博学鸿词科之前，在内廷入值时，康熙帝曾问道"今能为古文这者谁与？"，陈廷敬便以汪琬对，可见陈廷敬十分看重汪琬作为文章大家的文学之才。而汪琬"方卧尧峰，不肯起"②。陈廷敬以"今朝廷清明，圣天子在上"劝勉汪琬出仕清廷以"行其道"，既显示出他为清廷招揽文学之才的努力，也显示出他对于文教在朝而不在山林泉石间的词臣认知。

需要指出的是，作为康熙帝身边的高级文臣，陈廷敬主动以其应制诗文和声以鸣盛，而其本身，更是康熙帝有意树立的诗教典范。早在顺治时期，陈廷敬便在京师诗坛上颇为活跃，对此，陈廷敬曾回忆道："顺治中，廷敬在翰林，大宗伯端毅龚公（芝麓）以能诗接后进，先生与今宰相合肥李公天馥、今户部侍郎新城王公士禛、吏部郎中刘公体仁、监察御史长洲董文骥及海内名能诗之士，后先来会。顾予亦以诗受知龚公，日与诸子相见于词场。"③ 当时，"实已岿然揽古文魁柄"的汪琬便以"此公异人也"④ 称赞刚刚年逾弱冠的陈廷敬，又言"方有高名"。王士禛亦奇其诗。⑤ 由此可见，陈廷敬年少时的诗学交游既广，诗学才能也颇受京师诗坛肯定，以至"新城王渔洋、昆山徐健庵与午亭公，并人所习知"⑥。或许正是注意到陈廷敬与王士禛在诗坛上的地位，康熙十七年（1678）正月，康熙帝同时召见王士禛与陈廷敬，"且更命各以近诗进见于懋勤殿，温语良久"。⑦ 其时陈廷敬进呈诗中有《赐石榴子》一诗，诗曰：

---

① （清）陈廷敬：《与汪钝翁书》，张建伟点校《陈廷敬集》第二册，第657页。
② （清）陈廷敬：《翰林编修汪钝翁墓志铭》，张建伟点校《陈廷敬集》第三册，第703页。
③ （清）陈廷敬：《翰林编修汪钝翁墓志铭》，张建伟点校《陈廷敬集》第三册，第703页。
④ （清）陈廷敬：《翰林编修汪钝翁墓志铭》，张建伟点校《陈廷敬集》第三册，第703页。
⑤ （清）陈廷敬：《午亭文编序跋》，张建伟点校《陈廷敬集》第三册，第1020页。
⑥ （清）杨钟羲著，雷恩海师、姜朝晖校点：《雪桥诗话》卷二，第113页。
⑦ （清）陈廷敬：《召见懋勤殿应制》，张建伟点校《陈廷敬集》第一册，第204页。

"风霜历后含苞实,只有丹心老不迷。"① 颇得康熙帝褒美。随后康熙帝又出《召见懋勤殿应制》和《赐膳恭赋》二题命王、陈二人赋诗。康熙帝对王士禛、陈廷敬的应制考察,显示出选拔文学之才之意,本年三月,陈廷敬与王士禛便被召入南书房,同张英、高士奇在内编辑。② 此后,陈廷敬更是长期在南书房行走,当其在值庐时,康熙帝曾以"今之诗人,孰与尔等比"问之,对其诗才予以了充分肯定,也可见康熙帝召其进入南书房,未必没有对其诗坛地位的考虑和利用。

此后,康熙帝与陈廷敬常有诗歌上的互动,康熙四十四年(1705),康熙帝作《览皇清文颖内大学士陈廷敬作各体诗清雅醇厚非集字累句之初学所能窥也故作五言近体一律以表风度》,诗曰:"横经召视草,记事翼鸿毛。礼义传家训,清新授紫毫。房姚比就韵,李杜并诗豪。何似升平相,开怀宫锦袍。"③ 康熙帝主要从陈廷敬"升平相"和"诗人"的双重身份入手,以"房姚"比之是对陈廷敬"横经召视草,记事翼鸿毛"政治才能的肯定,以"李杜"比之则是对其"礼义传家训,清新授紫毫"诗歌才能的肯定,"礼义"言其诗歌的意旨,"清新"言其诗歌的风貌。从现存文献来看,《皇清文颖》中收录了陈廷敬诸如《赐樱桃恭纪》《讲筵纪事五首》《阅农应制》等应制之作。康熙帝此诗,不仅将陈廷敬其人塑造为汉族文臣的榜样,同时也将陈廷敬之应制诗树立为诗教典范。四库馆臣言陈廷敬"值文运昌隆之日,从容载笔,典司文章,虽不似王士禛笼罩群才,广于结纳,而文章宿老,人望所归,燕许大手,海内无异词焉,亦可谓和声以鸣盛者矣"④,"人望所归"的文坛地位,与康熙帝对其政治上的重用与文学上的鼓吹不无关系,而康熙帝所推崇的清雅醇厚的诗风,也自然会随着陈廷敬的"和声以鸣盛"而增强了诗教层面的号召力和传播力。

---

① (清)陈廷敬:《侍宴外藩郡王赐石榴子恭纪》,张建伟点校《陈廷敬集》第一册,第167页。
② 徐尚定标点:《康熙起居注》第一册,第319页。
③ (清)爱新觉罗·玄烨:《康熙帝御制文集》第三集卷四十九,第1985页。
④ (清)永瑢等撰:《四库全书总目》卷一七三,第1522页。

四 "道统在上"的另一层涵义

将陈廷敬等清代士大夫所描述的道统谱系置于道统观念的历史演变中,方能见出其道统观与前代士人的区别所在。

基于《孟子·尽心下》[1],韩愈在《原道》中叙述道统传授脉络曰:"斯吾所谓道也,非向所谓老与佛之道也。尧以是传之舜,舜以是传之禹,禹以是传之汤,汤以是传之文、武、周公,文、武、周公传之孔子,孔子传之孟轲,轲之死,不得其传焉。荀与扬也,择焉而不精,语焉而不详。由周公而上,上而为君,故其事行;由周公而下,下而为臣,故其说长。"[2] 建立了由尧、舜、禹、汤、文、武、周公到孔子的道传脉络。陈寅恪论韩愈,将"建立道统,证明传授之渊源"作为韩愈在唐代文化史上具有特殊地位之要证。[3]

经过北宋士人的揄扬,《原道》逐渐确立经典地位。值得注意的是,刘成国指出,韩愈在《原道》中所建立的道统谱系,为北宋各儒家学派争取正统地位提供了新颖的话语表述方式。[4] 例证之一便是程颐在论述程颢之儒家正统地位时所采用的叙述策略:"周公没,圣人之道不行;孟轲死,圣人之学不传。道不行,百世无善治;学不传,千载无真儒。……先生(程颢)生于千四百年之后,得不传之学于遗经。……圣人之道得先生而后明,为功大矣。"[5]

结合程颐的论述,再来审视陈廷敬之谱系叙述,显而易见的是,陈廷敬与程颐采用的是完全相同的叙述方式,仍然是在利用儒家传

---

[1] 《孟子·尽心下》:"由尧舜至于汤,五百有余岁;若禹、皋陶,则见而知之;若汤,则闻而知之。由汤至于文王,五百有余岁,若伊尹、莱朱,则见而知之;若文王,则闻而知之。由文王至于孔子,五百有余岁,若太公望、散宜生,则见而知之;若孔子,则闻而知之。由孔子而来至于今,百有余岁,去圣人之世,若此其未远也,近圣人之居,若此其甚也,然而无有乎尔,则亦无有乎尔。"

[2] (唐)韩愈:《原道》,马其昶校注,马茂元整理《韩昌黎文集校注》,上海古籍出版社1986年版,第18页。

[3] 陈寅恪:《论韩愈》,《金明馆丛稿初编》,生活·读书·新知三联书店2009年版,第319页。

[4] 刘成国:《文以明道:韩愈〈原道〉的经典化历程》,《文史哲》2019年第3期。

[5] (宋)程颐:《明道先生墓表》,《河南程氏文集》卷第十一,王孝鱼点校《二程集》,中华书局1981年版,第640页。

统话语资源来推衍新理念。但其指向却迥异于传统：程颐是在为儒道争取正统地位，而陈廷敬则将康熙帝比之为三代圣君，以此来增强帝王的文化权力。

如果仅仅将目光停留在陈廷敬在应制诗文或著作中所描述的道统谱系，单一地审视其较前代所产生的新变，我们将会很轻易地将陈廷敬视为一位完全维护皇权而抛弃儒士职责的士人，凡其思想理念、文学创作和诗学观念似乎都围绕着皇权而展开，并没有太多值得探讨的意义。这种片面的的审视角度无疑会削弱以陈廷敬为代表的清初在朝士大夫文化心理的复杂性与丰富性，遮蔽历史的真实。若要更为全面地论究陈廷敬的文学与思想，则须以其应制的应命之作与私人的自我写作之间的张力为切入点，将其应制之作和道统观念放置在其整体思想和整体创作中加以考察。

通常为我们所注意的是，陈廷敬在应制之作中以颂美之词来强化道统在上的论断。但需要分辨的是，这种颂美带有"结果"性质。为达到此一"结果"，帝王需要经过漫长的习得过程。而习得过程中的种种规定性，正是陈廷敬在其私人写作和经筵讲义中所反复申述的内容。

经解文是陈廷敬文章的重要组成部分，《午亭文编》《尊闻堂集》中存经解文一百余篇，所解之经涉及《周易》《尚书》《诗经》、"三礼"等儒家经典。陈廷敬自言解经乃是"以孔子为归"[①]。其中，解易之文尤多，这或许与康熙帝的喜好有关。其解经之语并非单纯地疏解经义，更在解经的过程中，阐明律己、警世、谏君的经世之意。如《震上坎下》曰："天下大势决于民而已矣。初九能大得民，天下焉往，以此为成卦之主，宜也。凡言得者，以有失之者也，九五是也。九五有膏，而自屯民既散矣，膏岂能常享哉？是昧于大小之分者也。出内之吝谓之有司，是小以屯为正，则吉也。隋有洛口之仓，唐有琼林、大盈之库，隋唐之君不能施于民而徒为寇资，是大以屯为贞则凶也。……合而论之，屯之济与不济，在民之得与不

[①] （清）陈廷敬：《午亭文编》卷二十五，《陈廷敬集》第二册，第450页。

第二章　南书房内外：正统性文学建构的词臣典范　　185

得，民之得与不得，在于膏之屯与不屯。自古以来，屯难之世，国之兴亡未有不如此者也。"① 正如此处所引，在陈廷敬的经解文中，曾经的历史事件与王朝兴亡往往作为解经之例证大篇幅出现，最终指向现实的王朝治理。这篇经解文旨在劝诫当权者应当重民，实际上为所谓的"圣君"应该建立何种君民关系提出了要求。《兑下乾上》云："履之九五，象传所谓刚中正，履帝位，而不疚光明者也。而爻之辞曰：夬履，贞厉，垂戒之意深焉。善乎！云峰胡氏之言曰：其下者不患其不忧，患其不能乐。在上者不患其不乐，患其不能忧。故于履坦系之贞吉，喜之也；于夬履系之贞厉，戒之也。"② 在上者应有忧在下者之心，这同样是对君民关系的规定。

《乾下坤上》《坤下乾上》论及君子与小人，实是立足于君臣关系谈任人之道。如《乾下坤上》曰："保泰之道，虽在君子，主之者君也。由泰而否，常在承平之世，故以帝乙为言。帝乙，殷之贤君，《尚书》所谓自成汤至于帝乙，罔不明德恤祀是也。归妹为人君，顺从君子之象。君子道长，小人道消，非君而谁望哉？初曰吉，二曰广大，三曰有福，五独曰以祉元吉，世之常治而不乱，君子之常进而不退。福与吉，未有过于此也。"在陈廷敬的经解文中，"君"常指帝王。"君子"则指持正道之士人。在这里，陈廷敬强调"保泰之道，虽在君子，主之者君也"，即在处理"道"中之"君"与"君子"的关系，主张"君"的主导性。这与其"道统在上"的观念相合。结合此文来分析，可知陈廷敬之所以突出"君"的主导性，或是试图通过极力突出君王的决定性作用来提高君王任用君子的积极性。

在陈廷敬看来，道统在上，则在上者自身需具有良好的修养。其《离下艮上》曰："日月五星之运，错行乎二十八宿经星之次舍，此天文也。君臣父子兄弟夫妇朋友粲然有礼以相接，截然有分以相守，此人文也。观乎天文以察时变，观乎人文以化成天下，此天子

---

① （清）陈廷敬：《午亭文编》卷二十五，《陈廷敬集》第二册，第452页。
② （清）陈廷敬：《午亭文编》卷二十五，《陈廷敬集》第二册，第458页。

之文也。惟仰承天道，俯顺民彝，天子能修其身而后可以化成天下。由是日月五星无朓朒薄蚀慧孛飞流之变，而各顺其运行之常，天下文章孰大于是？尧之文思安安，舜之濬哲文明皆是道也。"修身是天子化成天下的必要前提，进而言之，天子以修身而化成天下，才是道统在上的本质意义。

通过解经来反复申述治国为君之道，设定圣君的详细标准和具体路径，是陈廷敬经解文的重要旨归。道统在上，则君王自然是治道合一的圣君。成为圣君，须得按照儒家思想修身、重民、任贤。这才是陈廷敬道统观的完整逻辑。除经解文外，这种逻辑也是其经筵讲章和论体文等著述的基本理路。陈廷敬多次充当日讲官和经筵讲官，其《经筵讲章》序云："臣前后为日讲官兼经筵讲官者八年，又为经筵讲官者五年，为日讲官进讲者三年，为经筵讲官进讲者自丁巳（1677）秋至戊午（1678）秋丁母忧去，又自壬戌（1682）春至丁卯（1687）秋。"① 也就是说，在康熙二十六年（1687）之前，陈廷敬充当帝师已有八年之久，这段时间正是康熙帝求知欲最为旺盛的青壮年时期。康熙二十一年（1682）八月初八日，陈廷敬充任经筵讲官，讲授《俾万姓咸曰大哉王言又曰一心哉王心》一节，其讲章开篇即曰："此言君德纯而人心悦服也。"突出君德的首要位置。在疏通文义后，陈廷敬开始表达由经义而展开的理性思考："臣因是而绎思之，天位甚尊，所不能欺者下民之愚贱；深宫虽远，所不能掩者主德之纯疵。惟此讴歌颂悦之舆情，端属天佑民归之盛世。"② 帝王若要达致治道合一之盛世，若要道统在上，就绝不可以欺骗下民，帝德也要能禁得住在下者的注视。康熙二十三年（1684）二月初九日，其《其行己恭其事上也敬其养民也惠其使民也义》讲章又曰："臣因是而绎思之……盖为小心可肩大任，而有圣主自得贤臣。"③ 此处将圣主作为得贤臣的前提。若主不圣，那如何

---

① （清）陈廷敬：《尊闻堂集》卷四十七《经筵讲章》序，张建伟点校《陈廷敬集》第三册，第940页。
② （清）陈廷敬：《尊闻堂集》卷四十七《经筵讲章》，张建伟点校《陈廷敬集》第三册，第940页。
③ （清）陈廷敬：《尊闻堂集》卷四十七《经筵讲章》，张建伟点校《陈廷敬集》第三册，第941页。

能要求臣贤呢？

　　在论体文中，陈廷敬也表达过类似观点，如其《萧何为相论》先云："顾高帝或可以及尧、舜、禹、汤、文、武之为君，而萧何必不可以及舜、禹、皋陶、伊尹、周公之为相。"继而又在文中设一客问曰："且闻之主圣则臣贤，表端则影直。有尧、舜、禹、汤、文、武之君，而后有舜、禹、皋陶、伊尹、周公之相。今不察高帝之为君，而咎萧何之为相，是犹表曲而责直影也。"① 接着陈廷敬又现身作答，肯定了这一提问的合理性。《好名论》分上下篇，乃是陈廷敬为帝王答疑而作，对此，陈廷敬自注曰："尝进讲殿中，蒙问三代以下惟恐不好名，其时奏对大指如此，退而广为论云。"是以此论非常清晰地体现出对帝王行为的疏引。由其上篇，我们可以初步揣度出以陈廷敬称颂康熙帝为三代圣君的深层心理。文章开篇先提出论点云：

　　　　臣尝言三代以下惟恐不好名，此衰世之论，非盛世之所宜有者。非谓名非盛世所宜者，谓好名之流弊足以为盛世之累也。

　　在此，陈廷敬先对个人论点进行辨析：并非不能好名，而是主张避免好名之流弊。那么，什么情况下可以好名呢？他以三代以下之贤君为例继续道：

　　　　三代以上帝王，其名最著于世者，无过尧、舜、禹、汤、文、武，使君人者好尧、舜、禹、汤、文、武之名，求尧、舜、禹、汤、文、武之实而因以成其名，安见名之遂不可好哉？即三代以下之贤君如汉文帝、唐太宗、宋仁宗三君者，人主诚好其名而求其实，虽或不能如三代之盛时，亦可谓间世之英君谊辟也。

---

①（清）陈廷敬：《尊闻堂集》卷五十《萧何为相论》，张建伟点校《陈廷敬集》第三册，第943页。

君王可以好名，但所好之名应是尧、舜、禹、汤、文、武之之名，并且应该在好名的基础上求其实。如此之好名，甚至具有巨大的积极作用。由此出发，我们便可以了解到陈廷敬等词臣为何在应制诗文中一再称颂康熙帝为三代圣君。从好名的层面上看，对这些颂语的解读不应该局限于阿谀奉承，它们其实也不失为激发帝王的好名之心，并促使帝王求其实的策略性话语。从这个角度来讲，君王好名是有益于建立盛世的。但是，君王好名也可成为盛世之累，何也？陈廷敬道：

> 人君之好恶不可有所偏，使天下漠然不见其好恶之迹，而天下之真好真恶出焉。……是以人君如天，浑浑耳，穆穆耳，不言而四时成化，无为而品物咸亨，故曰惟天为大，惟尧则之，荡荡乎民无能名焉。……若人君之所好一有所偏，则其流弊不可胜言。上好忠直之名，则下多上书告密之事；上好长厚之名，则下多模棱脂韦之习；上好廉介之名，则下多布被脱粟之伪；上好恬退之名，则下多处士捷径之巧；上好真率之名，则下多囚首垢面之诈；上好敏给之名，则下多利口便捷之奸。人主苟一不察，而贪荣嗜利之徒习为小人穿箭之行，探其情而逢其欲，则名实之真乱矣。故曰足为盛世之累者，此也。且上有好者，下必甚焉。①

"人君如天"，乃是极言帝王地位之尊崇。既身处上位，那么其言行便自然会为在下者所效仿与追逐。因此，人君之好恶不可有偏，否则便会酿成举国上下的不良风气。陈廷敬表面上处处极力强调帝王的至高无上的地位，却又处处以这至高无上的权力作为警戒帝王谨言慎行的源由，表面上处处在奉承，实际上却又处处在约束。

只有将陈廷敬的道统观置于其整体思想体系中，我们才能了解

---

① （清）陈廷敬：《午亭文编》卷三十二《好名论》，张建伟点校《陈廷敬集》第二册，第544页。

陈廷敬复杂的文化心理。逮至康熙时期，清朝逐渐转入文治阶段。少数民族入关所引发正统性焦虑以及君主专制的不断强化，促使康熙帝对文化权力的渴求较历代帝王为烈。上文所提到的康熙帝斥责"自谓得道统之传"的熊赐履之事，实际上向士人传递了一个重要的政治信号："道统在下"的思想观念，已然失去了可以容纳它的政治环境。由此出发，传统的文统观自然也不再适合康熙时代。在这种情形下，陈廷敬以应制颂语称扬"道统在上"，其中确实包含着他在追逐权力的过程中对皇权所做出的让步、顺从与妥协。但是，结合其私人创作及经筵讲章背后的另一层逻辑，我们又可以看到，在满汉融合的过程中，陈廷敬如何在"道统在上"的新语境下，积极调整话语体系，并做出以"道统在上"反过来约束皇权、责成君德的新尝试。陈廷敬之所以成为康熙时期"人望所归"的"文章宿老"与"燕许大手"，当不仅仅在于其善于勾画应制谀辞，更在于其所做出的新尝试，为清前期士人如何在"道统在上"的新形势中坚守传道底色做出了良好的示范。

第三章　礼制与事件：正统性文学建构的"盛世"主题

康熙在位六十一年，一生进行过颇多政治实践。在文治方面，曾多次东巡、北巡、南巡、西巡、祈雨、祭祀，并在巡幸中进行视河、讲武、祭祖、祭孔、谒祭明孝陵、会见蒙古藩王等活动。在武功方面，先后平定三藩之乱、收复台湾、抵御沙俄、亲征准噶尔。在每一件具体政治事件的背后，都有南书房翰林陪同扈从的身影。他们借助献赋、献颂、献诗、撰写日记与组诗等应制行为，以儒家道德体系对国家事件予以深切观照，探讨其文治内涵，贯注颂德意旨，抉示盛世主题，以此凝聚朝野的国家认同与文化认同，从而将政治事件转化为正统性叙事领地，这有裨于形成"多元一体"的民族统合模式。针对康熙帝平定三藩与准噶尔、亲谒明孝陵、亲至阙里祭孔三类政治事件，南书房翰林呈献过较多应制作品，本章将以此为表现对象，讨论南书房翰林在应制书写中如何将盛世主题融入康熙朝正统建构的文治精神之中。

第一节　褒德显荣：康熙朝南书房翰林战捷献颂的审美考察

"颂"在传统诗学语境中主要具有三个向度的含义，其一是《诗》颂篇章，其二是颂体，其三是雅颂并称，与"风"相对，指代庙堂文学。颂体依托于《诗》颂篇章，根植于雅颂诗学观，在康熙朝南书房翰林的应制创作中成为一道颇为显著的文学景观。康熙帝一生平定三藩、统一台湾、三次亲征准噶尔、外御沙俄、进军安藏，促进了历史中国的领土统一。其中，平定三藩和亲征准噶尔这两次军事战捷引发了南书房翰林的集体献颂。在"华夷之辨"的民族心理背景之下，在野文人如何看待这两次战争？作为中央文官的南书房翰林又是如何通过颂体书写建构战争的性质、巩固康熙帝的正统地位？其献颂又具有何种审美特性？这都需要进一步的考察。

一　雅颂诗学观及南书房翰林的文学旨趣

"颂"本源于《诗经》之篇章分类。《诗经》诗篇按照《风》《雅》《颂》分为三类，又细分为十五国风、大雅、小雅与周颂、鲁颂、商颂。宋人郑樵曰："乡土之音曰'风'，朝廷之音曰'雅'，宗庙之音曰'颂'。"[1] 言简意赅地指出了《风》《雅》《颂》的分类标准。具体而言，三者在艺术形式上"表现为音乐类型风格的差异"，其中，就诗歌体制而言，"'风'多为民歌，大都采用重章叠句；'雅'用雅言写作，基本上是严整的四言诗；'颂'为宗庙乐歌，因其配合歌舞，一般比较短小，不太讲究句式的整齐"[2]；在应用场合上则"表现为乡土、朝廷、宗庙的差异"[3]。其中，"'风'即地方的乐调，'国风'即各地区的乐声；'雅'是中原正声，即西都的乐调……'颂'则是宗庙祭祀的乐调，声乐特缓"[4]。概言之，《风》《雅》《颂》的文学分类标准在早期侧重于文体层面的差异，主要是针对《诗经》具体诗篇的分类。

在《诗经》经典化的过程中，《颂》诗篇演变为固定文体，正如已有研究所言，"大抵在西周初年，今本《诗经》中《颂》和《大雅》，即以祭祀乐歌的身份构成了正乐的主体"[5]，此后，"人们

---

[1]　（宋）郑樵：《通志》卷七十五《草木昆虫略·序》，浙江古籍出版社影印本1988年版。
[2]　郭英德：《中国古代文体学论稿》，北京大学出版社2005年版，第41页。
[3]　郭英德：《中国古代文体学论稿》，第41页。
[4]　郭英德：《中国古代文体学论稿》，第41页。
[5]　郭英德：《中国古代文体学论稿》，第40页。

将堂下之歌称为'诗',堂上之歌称为'雅',庙堂之歌称为'颂'"①。

后来,"雅颂"往往并称,文人逐渐以"雅颂"指代庙堂文学,而以"风"指代山林文学。以清初而论,顺治十七年(1660)前后,范与良辑应制集《诗苑天声》,李楷(1601—1670)为其作序,开篇先言当时选家"多主于风人,而范子矫之,其意深矣",显露出二分"风"与"雅颂"之意。范与良专选应制之作,以矫正诗文"多主于风人"弊端的行为,却引起时人质疑:"夫子删诗,风与雅颂并重,此独抑风,何也?"对此,李楷解释道:

> 本末之辨,贵贱之等也。《击壤》《康衢》,非风乎?而《尚书》则存明良之《赓歌》,朝廷之重于草野也,不既昭昭乎?夫朝廷者,雅也,君臣正则天下治。凡于朝廷之上有作者,皆雅之属也,进之而颂,颂先世之功德形容。……风者,主倡者也。列国不同风,由于雅之不修于朝廷,雅举而风举矣。颂者,可以意推矣。……夫诗之近于雅颂者,诗道之尊者也。小儒之戋戋写愤抒忧,治天下者之所鉴,非治天下者之所依也,请以此为学诗者商焉。②

李楷的回应,至少有三个方面值得我们注意。其一,何为雅颂?何为风?在他看来,凡于朝廷之上有所作者为雅颂,小儒写愤抒忧者为风。其二,雅颂与风在地位上有本末、贵贱、尊卑之分,雅颂为本,风为末。其三,就功能而言,雅颂重于风,雅颂举则风举,雅颂有利于正君臣、治天下,风则仅为此提供借镜,而并非治国理世之据。显然,李楷乃是从诗歌与政治的关系角度,依据在朝与在野的不同立场辩证了雅颂与风的文学价值。

---

① 郭英德:《中国古代文体学论稿》,第40页。
② (清)李楷:《诗苑天声序》,范与良编《诗苑天声》,载《四库全书存目丛书补编》第三十八册,齐鲁书社2001年版,第7—9页。

综上,"雅颂"在文学批评史中主要有三个向度的含义,其一是专指《诗经》中的《雅》《颂》诗篇,其二是特指由《雅》《颂》诗篇体制而演变而来的雅颂文体,其三则是与"风"相对,指代中正和平的庙堂文学。

李楷在入清后任宝应知县,并非上层文官。而南书房翰林盘桓在政治中心,对雅颂的崇尚较李楷自然有过之而无不及。高士奇之《唐诗掞藻序》言:"诗有四始,而雅颂三焉。雅颂之作也,君卿大夫拜飏相赓、燕享相牢,以之褒显功德而协和神人,其用至广,其道甚盛也。"而"唐世廊廊诸作,尤有雅颂之遗音乎"①,以"雅颂遗音"标举唐诗意旨。陈廷敬序张英之《笃素堂文集》曰:"余以先生之文铺陈鸿业,鼓吹斯文,敷为典诰,伸为雅颂者,能言之士必将诵说而传之"②,以"雅颂"定位张英诗文的鸣盛价值。徐乾学为高士奇《随辇集》序,亦有言曰:"夫诗始于赓歌,通于乐律,将以鸣国家之盛,宣忠孝之怀,此其本也。中古以还,风骚之体盛而雅颂之义微,激昂感慨之词多而和平窈眇之音寡。于是乎有穷人益工之谈,有不平则鸣之说,盖诗人之溺其职久矣。"③ 同样对风骚盛而雅颂微的状况不满,在他看来,诗歌应以和平窈眇的雅颂之音鸣国家之盛,宣忠孝之怀,这是诗歌的内在价值,也是诗人的根本任务。而因激昂慷慨之词盛而兴起的穷而后公、不平则鸣之说,则是雅颂不振的结果。

雅颂诗学观之所以得到南书房翰林的普遍认可,源于它本质上的在朝本位。早在春秋时期,孔子便开始在《诗经》的《风》《雅》《颂》分类中强调朝野、上下之别:"孔子曰:……《颂》,坪德也,多言后,其乐安而迟,其歌壎而篪,其思深而远,至矣。《大雅》,盛德也,多□……《小雅》,□德也,多言难而怨怼者也,衰也,小

---

① (清)高士奇:《唐诗掞藻序》,(清)高士奇选《唐诗掞藻》,故宫博物院图书馆藏清康熙三十二年刻本。
② (清)陈廷敬:《笃素堂文集序》,载江小角、杨怀志点校《张英全书》上册,第217页。
③ (清)徐乾学:《憺园文集》卷二十《随辇集》序,《清代诗文集汇编》第一二四册,第512页。

矣。《邦风》其纳物也博，观人俗焉，大敛财焉。其言文，其声善。"①早有学者指出，孔子此言，"其论《风》曰'纳物''观俗''敛财'，是由下而上的通道"；"其论《雅》《颂》多言'德''坪德''盛德'，则是由上而下的教化"②。也就是说，《风》本为下，而《雅》《颂》本为上，二者之间"存在着一种上与下、边缘与中心、未化与已化的对立"③，从在朝与在野的关系上来说，"雅颂以君王为本位"④。而当《风》《雅》《颂》由特指演变为"风"与"雅颂"的泛指、进入文学批评的范畴之后，其性质上的"在朝"与"在野"之别得到进一步的强化，雅颂诗学观也成为帝王及其身边的文学侍从企图以在朝诗文引领诗界风向的重要理论工具。

以清朝而论，在儒家"华夷之辨"的文化背景之下，清人入关之后，前朝遗民尤多。是以清初山林文人的在野立场中，又较其他历史时期多了一重民族立场。如遗民傅山（1607—1684），便是清初坚守山林立场的典型代表。《清史稿》详细记载了他拒不入仕的整个过程：

> 康熙十七年，诏举鸿博，给事中李宗孔荐，固辞。有司强迫，至令役夫舁其床以行。至京师二十里，誓死不入。大学士冯溥首过之，公卿毕至，山卧床不具迎送礼。魏象枢以老病上闻，诏免试，加内阁中书以宠之。冯溥强其入谢，使人舁以入，望见大清门，泪涔涔下，仆於地。魏象枢进曰："止，止，是即谢矣！"翼日归，溥以下皆出城送之。山叹曰："今而后其脱然无累哉！"既而曰："使后世或妄以许衡、刘因辈贤我，且死不瞑目矣！"闻者咋舌。至家，大吏咸造庐请谒。山冬夏着一布衣，自称曰"民"。或曰："君非舍人乎？"不应也。卒，以朱

---

① （春秋）孔子：《孔子诗论》，见《上海博物馆藏战国楚竹书》（一），上海古籍出版社2001年版，第127—129页。
② 程维：《中国赋学批评范畴研究》，博士学位论文，南京大学，2015年，第18页。
③ 程维：《中国赋学批评范畴研究》，第17页。
④ 程维：《中国赋学批评范畴研究》，第17页。

衣、黄冠敛。①

傅山固辞帝诏，后又誓死不入京城大门，不任清官而自称"民"，死后以朱衣、黄冠敛，这一系列的具有象征性的行为，表面上是在拒绝官位，实则是身处易代之际而对遗民气节的坚守。而在明清易代的背景之下，其遗民气节中更渗透着"华夷之辨"这一重要影响因子。傅山拒不出仕的心理机制，正是清初的在朝士人与在野士人根本分歧的缩影。

康熙朝是清初遗民诗人转换为国朝诗人的重要时期，在这一在朝文学介入在野文学的发展动向的过程中，"雅颂"的在朝本位恰可利用。康熙三年（1664）至康熙八年（1669）宋荦（1634—1713）任黄州通判期间，徐乾学作《寄宋牧仲时为黄州别驾》寄之，其诗曰：

> 黄州雄郡淮楚交，昔日邾城蕞尔地。甘宁得檄不肯行，陶侃临江议欲弃。习战空闻黄祖军，分兵竟误征西计。蕲春北渡人烟稀，隔岸樊山见旗帜。一自车书混一年，永安重镇朱旛至。木陵关口近仙家，绿杨堤畔多游骑。竹楼青绝雪堂间，人物风流自兹异。梁园才人相家子，出入明光执戟侍。翱翔合在凤凰池，佐郡一麾宁称意。天令江介识王祥，碧油车幰青丝辔。雅颂应教变楚声，廉平自足风群吏。昨予来食武昌鱼，君方谒帝承明庐。录别酒楼余十载，石头屡误洪乔书。一鹤西飞掠江面，临皋清梦今何如。②

徐乾学认为，黄州本是蕞尔小地，引用甘宁与陶侃二典，意在进一步说明黄州历来不受重视，且人烟稀少，可谓偏远。"车书混一年"应指入清之年。自从入清之后，黄州开始渐有"木陵关口近仙

---

① 赵尔巽：《清史稿》卷五百一，第四十五册，第13855—13856页。
② （清）徐乾学：《憺园文集》卷四，《清代诗文集汇编》第一二四册，第316页。

家，绿杨堤畔多游骑"的烟火气息，也成为"竹楼青绝雪堂间，人物风流自兹异"的诗酒风流之地。而宋荦作为"梁园才人相家子"，徐乾学对其提出了"雅颂应教变楚声"的诗学要求，即希望宋荦发挥雅颂正声的引导之用，以上化下，一改黄州地区的"楚声"，使其符合温柔敦厚之诗旨。徐乾学之语，表明了对"雅颂"以在朝教化与在野功能的深切期待。

指向庙堂文学的"雅颂"诗学观既为康熙朝南书房翰林提供了以在朝文学弥合在野文学的理论支撑，又被落实到诗学实践之中，影响了南书房翰林在创作中崇尚雅正典则的审美旨趣。宋荦评价徐乾学之诗文，认为徐乾学如苏颋、张说、晏殊、杨亿等人一般，既具在朝之位遇，又具庙堂之文才，"为文雄赡典则"[1]，正是庙堂文学艺术风格的典范。曹文埴（1735—1798）评张玉书之诗文曰："又况逊历通显，际会昌期，高文典册，既与谟训雅颂相表里，下及一名一物之纪，亦出于洽闻殚见，足以资掌故而示来兹，如公之文者，岂不伟哉！"[2] 张玉书以在朝之位，作高文典册，"要归于导扬鸿业、黼黻升平"，重视文章意旨之正。四库馆臣评陈廷敬，称赞其堪比盛唐苏颋、张说，为"文章宿老，人望所归，燕许大手，海内无异词焉"[3]，同样是着眼于陈廷敬诗文崇雅黜浮的庙堂风貌。

南书房翰林在应制中对雅颂文体的选择，既是对庙堂风貌的践行，更是对"雅颂"作为一种文体的回应。雅颂作为文体，应符合庙堂文学的雅正风貌，其使用又往往凭依于特定的礼制基础。以康熙朝而论，群臣进献雅颂往往集中于国家大事。检视康熙帝和南书房翰林的雅颂体创作，康熙帝的雅颂体创作主要有《福陵颂》《昭陵颂》《孝陵颂》《大德景福颂》《祈穀坛颂》《二典颂》《禹陵颂》，除《二典颂》外，或为祭祀而颂，或为圣寿节而颂，或为祈穀礼而

---

[1] （清）宋荦：《憺园文集序》，载（清）徐乾学《憺园文集》，《清代诗文集汇编》第一二四册，第257页。

[2] （清）曹文埴：《张文贞公集序》，载（清）张玉书《张文贞公集》，《清代诗文集汇编》第一五九册，第378页。

[3] （清）永瑢等撰：《四库全书总目》卷一七三，第1522页。

颂，皆有一定的礼乐制度作为背景。南书房翰林的应制创作则主要分为三类，一是为万寿节而作，如王士禛《万寿颂》；二是为巡狩而作，如查昇《南巡颂》；三是为战捷而作，如徐乾学的《平蜀颂》《平滇颂》，王鸿绪的《永清漠北颂》《大告成功颂》，陈廷敬的《平滇雅》《圣武雅》等等。其中，战捷雅颂体应制以战捷礼为礼制背景，又涉及康熙帝平定"三藩之乱"、三次亲征准噶尔这两次重要的国家性历史事件，尤具考察意义。下文即围绕张英、陈廷敬、徐乾学、高士奇、王鸿绪、叶方蔼、杨名时等人的战捷雅颂体应制，讨论在雅颂诗学观念的作用之下，康熙朝南书房翰林的战捷书写及其雅颂体创作的文学意蕴。

二 皇权叙述立场下献颂的国家话语特性

何为颂？刘勰曰："容告神明谓之颂。"[①] 告神的礼制属性要求颂之"义必纯美"[②]，也规定了颂体应以颂德为主体，即"颂者，容也，所以美盛德而述形容也"[③]。所谓"国之大事，在祀与戎"，战争涉及国家主权，关乎边境的安定和领土的完整，在儒家传统语境中，具有"义"与"不义"之分，是以战争开始需注重"师出有名"，战争过程需强调王道、圣德。战捷作为战争的结果，使用文学话语为其盖棺论定，更是宣扬王朝合法性、建构帝王权威、稳定士心民意的重要方式。颂体的功能特性使其十分契合于国家话语的应用语境，就康熙朝战捷颂体应制而言，其结构特征、书写内容、叙述策略等均围绕着建构正统性的皇权叙述立场展开。

就结构特征而言，南书房翰林的战捷颂体应制的叙述脉络明显呈现出模式化的特点。其结构形式基本上由序引和四言颂诗组成，序引的叙述逻辑一般按照战争的发展状态作线性书写。康熙十九年（1680）正月，清军收复成都。平蜀是平定"三藩之乱"中的重要

[①] （南朝梁）刘勰著，范文澜注：《文心雕龙注》，人民文学出版社1962年版，第157页。
[②] （南朝梁）刘勰著，范文澜注：《文心雕龙注》，第157页。
[③] （南朝梁）刘勰著，范文澜注：《文心雕龙注》，第156页。

阶段性胜利，是时，徐乾学作《平蜀颂》颂扬战捷。其开篇先交代了平蜀的战争背景：

> 皇上抚驭万方，至仁大武。闵西南一隅久罹兵革，元凶既毙，余孽未平，谕诸将乘时翦灭，所司刍粟相继不用命者，以逗挠诛无赦。师中莫不震詟，惟贼恃有全蜀，为之障蔽，悉师阆中，以延朝夕之命。皇上遣重臣驰赴秦陇，指授成画，督趣进师，诸臣稽首听命。①

宏观介绍了战况发展和战争双方的大致情况。继而言道：

> 康熙十九年（1680）正月庚子，将军臣良栋以其师由龙安入，经历深阻，遂抵成都，一镞不遗，降其丑类。将军臣丹、臣进宝亦于是月癸卯，以其师由朝天关入，贼众鼠骇蚁溃，遂克。保宁擒贼吴之茂等贼王，屏藩穷蹙，自缢露布以闻。②

以简笔勾勒出平蜀战争的过程和结果，进一步则铺叙了战争后的蜀地太平景象的重现：

> 流亡者返故业，涂炭者获更生，扇以皇风，与之宁息，人怀骨肉，户解倒悬，固西土之荷恩，实普天之沾庆。③

最终则将平蜀之战置于整个平定"三藩之乱"的战争中，以对战争彻底结束的深厚期望收束全文，其言曰：

---

① （清）徐乾学：《憺园文集》卷一《平蜀颂并序》，《清代诗文集汇编》第一二四册，第271页。
② （清）徐乾学：《憺园文集》卷一《平蜀颂并序》，《清代诗文集汇编》第一二四册，第272页。
③ （清）徐乾学：《憺园文集》卷一《平蜀颂并序》，《清代诗文集汇编》第一二四册，第272页。

第三章 礼制与事件：正统性文学建构的"盛世"主题　199

至于滇黔阻险，逆孽逋诛，扬旆整戈，指期殄灭，吹迅风而扫坠叶，回夏景以溃春水，荡定之勋，崇朝可竢。①

检视全文，序引全篇基本按照战争的发生、发展、结束及个人的未来展望的脉络进行叙述。

相应地，颂诗也采用线性叙事的手法展现平蜀过程。其开篇与序引类似："圣人践祚，咸覆寓内。卬荐冉駹，罔弗置吏。惟十有二年，闵久镇之，劳使使往谕，还之于朝。滇惟首祸，拒命作逆。旁煽他部，竞立垒壁，群顽嚣哗，弄兵佐乱。"② 滇首祸乱，战争开始。与序引不同的是，此处将蜀地战争溯源至康熙十二年（1673）"三藩之乱"开端之际。接着描写"矫矫虎臣，厉兵秣马。伐鼓扬旌，自天而下"③ 后敌我双方的交战场面，最终以"既焚其巢，纳欵相继。俘斩厥魁，外无妄杀"④ 交代"武功告成"的战争结果。颂诗以四言韵文为主，偶有五言，虽体式上与序引不同，但二者的叙事思路基本一致。

颂体应制的模式化不仅表现在同一篇中序引与颂诗在叙事逻辑上的一致性，也表现在不同应制主体所撰写的颂体应制具有较强的趋同性，即使战捷背景不同。王鸿绪的《大功告成颂》乃是为平定准噶尔而作，结构上也分为序引和颂诗两部分。其序引虽篇幅较长，开篇先以大量笔墨颂赞康熙帝的一统成就，但仔细寻绎其叙述思路，便可发现与徐乾学的《平蜀颂》十分相似。在开篇大篇幅颂德之后，王鸿绪便开始转入对战争过程的回顾，同样也是先言战争前敌我概况：

---

① （清）徐乾学：《憺园文集》卷一《平蜀颂并序》，《清代诗文集汇编》第一二四册，第272页。
② （清）徐乾学：《憺园文集》卷一《平蜀颂并序》，《清代诗文集汇编》第一二四册，第272页。
③ （清）徐乾学：《憺园文集》卷一《平蜀颂并序》，《清代诗文集汇编》第一二四册，第272页。
④ （清）徐乾学：《憺园文集》卷一《平蜀颂并序》，《清代诗文集汇编》第一二四册，第272页。

夫噶尔丹跳踉塞外，顽犷剽悍，并吞诸部落，摇毒磨牙，皇上悯喀尔喀横被撅噬，颁示尺一，令解仇怨，并归天朝。乃景桀骜不悛，潜窥边障，等冒顿之日骄，效夜郎之自大，苟非弘彰天讨，迅行扫荡，则厥谋益狡，厥势益猖，边民重困，岂非中外大患哉！①

接着写战争过程，依次对康熙帝三临朔漠的战争情形加以概述，先后以"方法驾之初出也""既法驾之再巡也""及法驾之三临也"推动叙述进度。这场战争最终以噶尔丹"仰药而毙"，其他敌对势力"遗种俱尽"而结束。战争结束之后，例当对战争区域进而安抚教化，对此，王鸿绪道："皇上乃奏凯旋，綵凤池露布，扬威荒徼，锡福边氓，普示止戈。"②徐乾学《平蜀颂》作于"三藩之乱"尚未完全结束之时，而王鸿绪《大功告成颂》则作于朔漠平定之后，因而其结尾并未表达出对战争未来走向的展望。就颂诗而言，王鸿绪之颂诗也以四言韵语展现序引的书写思路，先写战争之发生是因为准噶尔"张牙穷荒，蹂躏属国，爰侵我疆"③，破坏了北疆稳定，引起康熙帝震怒而"亲御甲裳"，此为其初征朔漠。又通过"再征""三举"，实现了"鸡鹿万里，无不臣者"的"大一统"愿景。总体而言，虽然应制主体不同，叙述事件相异，但徐、王二人的战捷颂体应制却保持着叙事逻辑的贯通，推及其他南书房翰林的战捷颂体应制，也均符合这一特点。这体现了南书房翰林战捷献颂"和声以鸣盛"的性质，也由此导致了颂体作者个人主体性的消失。

从写作内容、书写意图上来看，南书房翰林充分发挥了颂体"美盛德而述形容"的文体功能，同时，以帝王为颂德主体，又体现

---

① （清）王鸿绪：《横云山人集》卷三《大功告成颂》，《清代诗文集汇编》第一六八册，第33页。
② （清）王鸿绪：《横云山人集》卷三《大功告成颂》，《清代诗文集汇编》第一六八册，第34页。
③ （清）王鸿绪：《横云山人集》卷三《大功告成颂》，《清代诗文集汇编》第一六八册，第34页。

第三章　礼制与事件：正统性文学建构的"盛世"主题

了应制文学的特点。如上文所述，颂体战捷应制多采用线性书写的叙事逻辑。颂德也按照战争发生、发展、结束的顺序展开。换言之，之所以将战争的各个阶段加以铺展，或许便是为了充分宣扬帝德。以杨名时《圣驾三次亲征荡平漠北颂并序》的序引为例。首先，战争之始，敷陈康熙帝以仁德、武德覆罩一统：

> 臣闻宅中绥外，沛湛恩于率土者，至德之所以兼容。攻昧除残，布神武于万方者，濯灵之所以遐畅。方夫运谋于穆清之上也，决大疑而经大猷，及夫观成于耆定之期也，迩胥安而远胥至。钦惟皇帝陛下，乾行不息，离照无私，披图则凿齿雕题，尽归声教；数赟则梯山航海，毕献共球。①

凿齿雕题，因仁德而尽归声教。梯山航海，因武德而濯灵暇畅，以文德、武德覆载天下一统，从而使得国家耆定，近安远至。这是康熙帝作为帝王之"圣德"。而准噶尔威胁了国家统一，又挑战了康熙帝的仁德与武德，这导致了战争的发生：

> 独厄鲁特噶尔丹职贡久驰，凶顽自怙，侵其邻国。喀尔喀兵威相胁，荼毒恣行，维时圣衷悯厥类之胥戕，睿算允属邦之内附，屡颁纶汗，交合辑宁。逆寇不悛，称兵罔忌。于是皇威震怒，天讨立加。②

在杨名时笔下，准噶尔既已凶顽自怙，而康熙帝仍然怜悯子民，迫于准噶尔称兵罔忌才震怒出兵，这使得康熙帝之出兵，成为对仁德与武德的践行、对统一的维护，在叙述的反差中强化了颂德效果，此为以战争之始颂德。其次，战争过程中，强调康熙帝的智敏与勤苦：

---

① （清）杨名时：《杨氏文集》卷十一《圣驾三次亲征荡平漠北颂并序》，《清代诗文集汇编》第二〇七册，第638页。
② （清）杨名时：《杨氏文集》卷十一《圣驾三次亲征荡平漠北颂并序》，《清代诗文集汇编》第二〇七册，第638—639页。

> 内断群谋,远规鸿策,帅六师而临荒裔,机宜动出乎万全。亲三驾以定北边,布置周施乎百盛。载离寒暑,备经栉风沐雨之勤劳。远历山川,奚啻旰食宵衣之况瘁。①

既肯定了康熙帝的军事才能,也突出他在亲征过程中的不辞劳苦,进而又以"皇上不忍一方失所"的仁民心绪作为其志敏和勤苦的内核,此为以战争之过程进行颂德。最后,战争结束之后,则总以圣人表彰康熙帝之德:

> 唯圣人能断以决谋,不辞天下之大劳。唯圣人能勇以集业,休征叠见,莫非诚意。得天之符,巨憝速殄,悉由神机握算之密允。②

将其圣德归结为上承天意、秉有神机,构筑康熙朝的正统性,此为以战争之结束颂德。由此可知,南书房翰林在叙述战争发展的过程中,采用夹叙夹议的方式,根据战争的发展阶段在叙事中相应地添加颂德笔墨,使康熙帝之盛德随着战争发展的每一阶段得以全方位呈现,以颂德方式确立了康熙帝的圣君地位。

介于在野立场与皇权叙述立场的不同,南书房翰林的颂体应制作为国家话语,在叙述策略层面与地方话语呈现出较强的互动性。一方面,地方话语以"夷夏之辨"质疑战争的合法性,而国家话语以上承天命为战争定性。这在"三藩之乱"时期较为显著。此乱起于康熙朝前期,是时犹有较多遗民,在野者的抗清情绪仍然弥漫甚广。吴三桂方在抗清檄文中以"共奉大明之文物,悉还中夏之乾坤"③为出

---

① (清)杨名时:《杨氏文集》卷十一《圣驾三次亲征荡平漠北颂并序》,《清代诗文集汇编》第二〇七册,第639页。
② (清)杨名时:《杨氏文集》卷十一《圣驾三次亲征荡平漠北颂并序》,《清代诗文集汇编》第二〇七册,第639页。
③ (清)夏琳撰,林大志校注:《闽海纪要》卷三"康熙十三年"(1674),福建人民出版社2008年版,第86页。

第三章　礼制与事件：正统性文学建构的"盛世"主题　203

师之名，便是对时人遗民情绪的准确利用，也达到了"天下骚动，伪檄一传，四方响应。八年之间，兵民交困"① 的舆论效果。屈大均（1630—1696）在此感召之下赴湘参加抗清斗争，他在这一时期的诗歌如"利剑苟在掌，即可操宰制。获报君父仇，于孝乃不细。努力赴戎行，介胄不挥涕。上天悯苦心，所希赐智慧"② 中对民族情绪多有感性生发，颇具煽动性。作为亲历之人，屈大均之诗文对当时在野之舆情概况有所映照。因而如何在平定战争的过程中利用文学制造有效舆论，又如何在战争结束后重整公共舆情，均为中央文臣的文学任务。高士奇《圣德神武颂有序》便是以文学话语将吴三桂等人建构为天命破坏者的典范：

> 臣闻上天之所以成育万物也，春夏则长养之，秋冬则肃杀之，其间雷霆风雨，有时而搏击，有时而润泽，要皆生物之心也。人君体上天生物之心，动静务合乎天，礼乐征伐，绥辑四海，一出于至仁，所以法天道也。故古者圣人未尝志于用兵，未尝去兵以为治。皇帝峻德，同天仁义，礼乐之化敷于宇内，小大遐迩，熙然如春。惟是逆贼三桂以一介戎行，觊冒恩私，邀窃荣宠，不能竭诚尽节，专挟奸回，潜蓄叛志，乘其自请归田之衅，煽惑人心，称兵滇境，扰乱我陇蜀，骚动我荆湘，两粤、七闽，相继狂悖。③

上天对万物有长养亦有肃杀，帝王上承天心，则对待国家有礼乐亦需征伐。如此一来，康熙帝出兵平定三藩，便成为"法天道"的合理之事。高士奇由天命切入征伐之名，以此来淡化吴三桂等人的起兵檄文中所激扬起的民族情绪。

---

① 《圣祖仁皇帝实录》卷九九，《清实录》第四册，第1246页。
② （清）屈大均撰，陈永正校笺：《屈大均诗词编年校笺》，上海古籍出版社2017年版，第623页。
③ （清）高士奇：《经进文集》卷第二《圣德神武颂有序》，（清）高士奇：《清吟堂全集》，《清代诗文集汇编》第一六六册，第267页。

另一方面，地方话语以战争劳民伤财为念，而国家话语则以大一统为出战正名。沈德潜《秋怀五首》作于康熙六十年（1721），体现了他对于康熙帝攻打噶尔丹及其后继者策妄阿拉布坦、企图征服西北边疆的态度，虽与官方立场一致，但又有矛盾之处。① 其一曰："破屋黄茅卷夕风，千村禾黍偃西东。哀哀寡妇愁无利，契契劳人咏有馌。转饷即今连塞下，算缗自古重吴中。催科抚字烦良牧，莫使荒原叫雁鸿。"其三曰："王师屯戍几经年，帝子临戎赴极边。稽颡虚传唐突厥，转输远过汉居延。庙堂赤舄忧劳外，郡邑牂羊涕泪前。闻道西安正氛祲，秋风万井少炊烟。"② 二诗展现了西北边疆战事对当时民生的影响，也为我们保留了当时在朝之外文人的质疑声音。对此，南书房翰林在颂体应制中也尽力调和。以陈廷敬《圣文神武至德颂》为例，强调大一统的历史统绪为出征西北辩正，序引首言曰："惟我皇上，圣文神武，躬御大宝，君临万邦，于今三十载矣。维时九垓轨道，四海波澄。至德所敷，际天蟠地。"又言："盖区宇荡平，中夏肃穆，有由然也。至如外藩之地，辽远之区，其属四十有八，部众地大，蘖牙间生。而自我皇上建极以来，治化光被，四十八部之长，皆谨凛震慑。"其颂诗开篇亦道："上圣垂统，巍巍皇皇。仁育义正，怙冒万方。时雍风动，谣俗乐康。迩安达慕，恩遍遐荒。幅员西东，朔南万里。日月出没，至无涯涘。罔不率从，我疆我理。"③ 为进一步以大一统局面的破坏突出准噶尔挑衅对国家主权的危害铺垫了统绪基础，从而以维护领土完整的必要性试图冲淡时人对出征西北的质疑。

三 典雅恢弘、敷写似赋的颂体应制风貌

褒德显荣是颂体的主要文本功能，在应制语境中，帝王成为颂

---

① 潘务正：《作为讽喻的事件——沈德潜时事讽喻诗考论》，《苏州大学学报》（哲学社会科学版）2022年第3期。
② （清）沈德潜著，潘务正、李言编辑点校：《沈德潜诗文集》，人民文学出版社2011年版，第842页。
③ （清）陈廷敬：《圣文神武至德颂并序》，张建伟点校《陈廷敬集》第二册，第663—664页。

第三章　礼制与事件：正统性文学建构的"盛世"主题

德主体。战捷作为国之大事，自然容易引发南书房翰林的集体应制书写。颂体是康熙朝战捷应制的重要文体，在皇权叙述立场的制约之下，不仅在结构特征、书写内容、叙述策略等方面呈现为正统性建构的国家话语特征，在审美风貌上也表现出典雅恢弘、敷写似赋的写作趋向。

在语词特征上，颂体原与"以告神明"的祭祀仪式有关，这一应用场合对其语词有"颂惟典雅，辞必清铄"①的本色要求，这一传统延续到康熙朝南书房翰林的战捷颂体应制中。南书房翰林如张英、高士奇、陈廷敬、徐乾学等人，皆为饱学之士。或曾担任帝师，为康熙帝讲解经史，或亲受康熙帝之任命，编纂官方经史典籍。职是之故，南书房翰林撰写颂体战捷应制，十分注重采用适宜的经史典故入颂，形成典雅恢弘风貌。以徐乾学的《平滇颂并序》为例，它由序引和颂诗两部分构成，颂诗部分共十六章，全引如下：

　　惟帝元祚，文轨既同，盘江洱海，版隶驿通，填压维藩，敢贪天功，宿兵縻饷，未复于农。其一。
　　假窃威灵，张官置吏。物产丰积，潜为奸利。腹忮貌恭，嚅咻为惠。圣哲几先，幄帷谋秘。其二。
　　宸衷独运，众虑或殊。宣厥旋归，宁棘毋徐。彼戢其翼，其究将舒。寝谋则蹶，革心则无。其三。
　　几不可需，事不可狃。养痈终溃，其毒孔厚。天语温然，恤其劳久。有弗共命，雷霆在后。其四。
　　彼昏神昧，恃力猖獗。敢行称乱，干我黄钺。蠢尔狂且，听彼诱胁。一时猬起，奸宄草窃。其五。
　　于赫皇威，整我禁旅。攻车同马，震叠荆楚。幺麽小虫，奋臂我拒。我夺其壁，深入其阻。其六。
　　贯盈于髦，天夺其魄。釜鱼槛兽，技穷能索。天监辄罚，畀于鬼伯。裂肩分脾，以俟刑磔。其七。

---

①（南朝梁）刘勰著，范文澜注：《文心雕龙注》，第158页。

惟兹关陇，惟兹边庭，惟兹百粤，瓯闽荆衡，惟黔惟蜀，曰咸底平，折首获丑，王师有征。其八。

王师有征，殄彼凶竖。曈曈滇方，如暗斯曙。如热斯濯，如熯斯雨，如渴斯浆，如馁斯饫。其九。

四时代谢，亦有金行。民用五材，谁能去兵。帝缵武功，既克告成。武功告成，帝曰息民。其十。

息民伊何，民力殚矣。输将孔劳，惟师之以。矧师所处，实多转徙。中田有棘，不见秬秠。其十一。

帝曰施仁，给复赐租。斥关去禁，养老字孤。涤瑕洗垢，咸在赦除。登贤进良，载广厥途。其十二。

小大之吏，必以廉善。允厘百工，各守尔典。武功爵级，不参铨选。贵游执经，论秀艺苑。其十三。

上功于祖，让善于天。精意荐馨，都宫郊坛。沈璧瘗河，以报安澜。瘗玉岱•，戒乃侈谈。其十四。

如天之仁，覆帱八荒。受福王母，有庆元良。鼎铉一德，济济岩廊。寿域日跻，纯固敦庞。其十五。

猗欤醇风，臻于刑措。昔陈原野，惟滇之故，滇功既奏，天下大酺。于昭颂声，来许垂裕。其十六。①

其采用经史典故入颂诗的情况如表3所示：

表3　　　　　　　　　经史典故入颂诗的情况

《诗经》	《尚书》	《左传》	《汉书》	《周易》	《后汉书》	《史记》	其他
18	10	5	5	3	3	3	19

引用频率超过三次的典籍如上表所列，其中有两点颇可注意。

其一，从用典出处来看，如上文所言，徐乾学主要采经史典故入诗，使用频率最高者为《诗经》，《风》和《颂》各使用3次，

---

① （清）徐乾学：《平滇颂并序》，（清）徐乾学：《憺园文集》卷一，《清代诗文集汇编》第一二四册，第274—275页。

《雅》使用 12 次。其次是《尚书》《周易》等经籍与《左传》《汉书》《后汉书》《史记》等史籍。直接用词者如"维藩""寝谋""蠢尔""况且""于赫"等，直接用语者如"敢行称乱""奸宄草窃""深入其阻""天夺其魄""允厘百工"等，间接化用者如"其究将舒""雷霆在后""攻车同马""中田有棘，不见柜黍"等，还有用经史之句式者，如其九之"如暗斯曙，如热斯濯，如熯斯雨，如渴斯浆，如馁斯饫"的"如……斯……"的连喻式样，便是借用了《诗经·小雅·斯干》"如跂斯翼，如矢斯棘，如鸟斯革，如翚斯飞"①的句法。值得注意的是，其中某些典故诸如"雷霆""叠震""幺麽小虫""干我黄钺"等语典还在战争语境中表现出了清廷作为大国无坚不摧的轩昂气概。由此可知，经史典籍是徐乾学《平滇颂》重要的话语来源，促进了颂诗典雅恢弘意味的生成，也使其更具国家话语风貌。

其二，从用典意图上看，徐乾学所使用的经史典故，多具有鲜明的正统性建构涵义。以使用频率最高的《诗经》和《尚书》为例。就来源于《诗经》的典故而言，"蠢尔"采自《诗经·小雅·采芑》"蠢尔蛮荆"②句，此诗称颂周宣王之臣方叔征讨荆蛮之事，"蠢尔"在原籍中是形容蛮荆之语，此处徐乾学以之形容三藩，暗含以周朝喻清朝之意。"攻车同马"采自《诗经·小雅·车攻》"我车既攻，我马既同"③句，此诗记录周宣王会同诸侯田猎之事，原句用来展现周朝军队的整齐精良，徐乾学以之形容清朝军队，褒赞之意显在。"震叠荆楚"中的"叠震"一词，采自《诗经·周颂·时迈》"薄言震之，莫不震叠"④，原诗与周武王克商的文治、武功有关，徐乾学此处用来表现"三藩之乱"后荆楚对清朝的慑服态度，点明了清朝的正统地位。"深入其阻"出自《诗经·商颂·殷武》"挞彼

---

① 陈子展撰述：《诗三百解题》，复旦大学出版社 2001 年版，第 710 页。
② 陈子展撰述：《诗三百解题》，第 670 页。
③ 陈子展撰述：《诗三百解题》，第 674 页。
④ 陈子展撰述：《诗三百解题》，第 1133 页。

殷武，奋伐荆楚。深入其阻，裒荆之旅"①句，此诗本是祭祀殷高宗武丁之乐歌，原句是在颂扬殷高宗征服荆楚一事，徐乾学此处以此典比附康熙帝对三藩的平定，以殷高宗喻康熙帝，也体现出对康熙帝正统性的尊崇。就来源于《尚书》的典故而言，"敢行称乱"②出自《尚书·汤誓》，商汤讨伐夏桀时，在檄文中以之控诉夏桀罪过，徐乾学此处用以批评三藩之逆乱。"干我黄钺"中的"黄钺"一词，出自《尚书·牧誓》，"黄钺"象征帝王权威，周武王伐纣之前，曾在牧野誓师，便是"左杖黄钺，右秉白旄以麾"③；"允厘百工"④出自《尚书·尧典》，乃是写尧的德政。"各守尔典"⑤出自《尚书·汤诰》，本是商汤推倒夏桀之后对诸侯国的教导，徐乾学使用这两个典故是为了称扬康熙帝战后的息民德政。要之，为徐乾学所选用的经史典故，多将康熙帝平定三藩之事与古帝王的武功、德政相比拟，不仅使战争合法化，也将康熙帝置于儒家古帝王的历史统绪中，具有鲜明的正统性建构功能。

叙述手法层面，刘勰言其"敷写似赋，而不入华侈之区"⑥。由于赋的内容和功用明显表现为颂的倾向，汉代赋、颂往往并举或不分。⑦换言之，赋体铺陈多是为了追求"颂"的效果。王沂孙《读赋卮言》曰："赋者，铺也。"⑧自颂体而言，它在敷写方式上也反过来借鉴赋之铺陈却又不入其华侈。南书房翰林的战捷献颂对赋之铺陈也多有运用。关于颂体中序引和颂诗的关系，刘勰曾概括道：

---

① 陈子展撰述：《诗三百解题》，第1262页。
② （清）爱新觉罗·玄烨钦定，（清）库勒纳、叶方蔼等编撰，李孝国等今注：《日讲书经解义》上册，第99页。
③ （清）爱新觉罗·玄烨钦定，（清）库勒纳、叶方蔼等编撰，李孝国等今注：《日讲书经解义》上册，第201页。
④ （清）爱新觉罗·玄烨钦定，（清）库勒纳、叶方蔼等编撰，李孝国等今注：《日讲书经解义》上册，第6—7页。
⑤ （清）爱新觉罗·玄烨钦定，（清）库勒纳、叶方蔼等编撰，李孝国等今注：《日讲书经解义》上册，第110页。
⑥ （南朝梁）刘勰著，范文澜注：《文心雕龙注》，第158页。
⑦ 易闻晓：《论汉代赋颂文体的交越互用》，《文学评论》2012年第1期。
⑧ 徐志啸：《历代赋论辑要》，复旦大学出版社2001年版，第78页。

第三章 礼制与事件：正统性文学建构的"盛世"主题

"又崔瑗《文学》，蔡邕《樊渠》，并致美于序，而简约乎篇。"① 即是对序繁诗简这一颂体形态的概括。就南书房翰林的战捷献颂而言，序引虽繁，而颂诗不简。但是就对赋法的借鉴来看，其序引更具考察价值。以张英之《升平颂》为例，其序引在铺陈康熙在平定"三藩之乱"过程中的帝德时写道：

> 若我皇上八年来，宵衣旰食之心，则臣知之最深。念赤子罹于汤火，急欲一旦出而登之衽席之上，每复一城一邑，必严谕以无扰百姓，至仁也。武臣进止，皆恭请庙算以行，万里之外，视如眉睫之间，凡一经圣虑，则险者平，难者易，成功奏绩，刻日而应，至神也。简任将帅，以武勇智略为经，以持重宽爱为纬，畴咨而举，推毂而行，至慎也。减膳撤悬，力崇简约，以佐天下兵食之需，故军兴岁久，常赋不益，至俭也。阃外将帅，时赐手勅申诫，其有能靖寇抚民者，则洒宸翰，制诗篇，解御服以褒异之，至厚也。数年来，屡避正殿朝贺，一方底定，宫中必焚香亲告天祖，至敬也。未明求衣，昧爽听政，日昃不遑暇食，夜分省览章奏不辍，以筹划天下，至劳也。捷书至，必敬告两宫，亲承色笑欢声溢于殿陛之间，至孝也。歼渠魁而舍胁从，逆命者诛之，归命者抚之，赦过宥罪，布大诰于天下，至信也。天下之人，但见八年之内，殄灭群寇，绥靖多方，震古铄今，武功若此之盛，而能尽知我皇上深宫之中，神武胜算，焦心劳思，如此之不易易哉！②

横向铺叙是赋体铺陈写物的方式之一，张英此处敷写的对象乃是帝王之德，他分别从至仁、至神、至慎、至俭、至厚、至敬、至劳、至孝、至信这九个方面横向对帝王之德展开了全面铺叙，用颇具气势的话语增加了颂德效果。与此同时，战争的线性发展也在横

---

① （南朝梁）刘勰著，范文澜注：《文心雕龙注》，第158页。
② （清）张英撰，江小角、杨怀志点校：《张英全书》上册，第149—150页。

向铺陈的精心部署中得以不断推进,这既彰显出张英对赋法的灵活运用,也是赋法本身对颂体的渗透。除了铺叙帝王之德,南书房翰林还以纵向铺叙敷写康熙帝的大一统成就:

> 臣请以载籍往事征之:黄帝当五十一战之余,北逐荤粥尚已,顾书阙无传,蔑由纪实;周家忠厚开基,武德未竞。畎戎白翟,屡躏郊畿。宣王中兴,用其臣尹吉甫,薄伐猃狁,当时美大其功,形诸歌咏,然止驱除域内而已;汉高帝既定天下,以灭项之威,自将击匈奴,乃三十万众被围七日,解角始出。文帝时,寇萧关,烧回中宫,欲亲勒兵征之,而终不果;至武帝,撼高文之宿愤,简猛将,率劲旅,频年征讨,犁其王庭,顾杀伤相当,中国亦耗,及后巡朔,方示武节,而单于远遁幕北,势无如何。迫郅支呼韩相攻,遣子入侍,欵塞请朝,盖在孝、宣之世,始收其效也;唐太宗初患颉利,与盟便桥,不数岁,遂生擒之,然功成英、卫,曾非自将;明成祖三征阿鲁台,颇有斩获,而巨魁卒逸。此皆旷代雄才,流辉竹素,以今絜古,功勋百之。且圣如尧舜禹,贤如高宗,诗书所称盛矣。丹浦之战,三苗之征,防风之戮,鬼方之伐,威及东南,而止未闻荒沙绝域、瀚海天山之外,筑京观而封神丘,扬天子旌旗,树九重麾节也。夫德迈七十二君,而声名流百千万祀帝王,安民之极规,非我皇上而畴克致哉?①

将康熙帝与汉族王朝历代帝王相比较,是南书房翰林的颂德方式之一。王鸿绪在文中铺叙历代帝王之武功得失:黄帝战功赫赫,但是文献记载无多;周朝经常遭到四方侵犯,直到周宣王中兴,才讨伐来犯者,虽然时人对其多有颂扬,但是毕竟周宣王只是驱除域内的外敌而已;到了汉朝,汉高祖亲征匈奴,但以三十万众而被围。

---

① (清)王鸿绪:《大功告成颂》,(清)王鸿绪:《横云山人集》卷三,《清代诗文集汇编》第一六八册,第34页。

汉文帝时，匈奴入萧关，烧了回中宫，文帝虽欲亲讨而无果。汉武帝时，虽频年征讨，但是也仅是与匈奴两败俱伤而已。及至孝、宣，情况才有所好转。唐太宗虽生擒颉利，但乃是倚仗英国公李勣和卫国公李靖之力；明成祖三征阿鲁台，虽有所成，却未擒住主力。即使是尧舜禹三代时期，虽有丹浦之战等，但仅是威震东南区域，从未有如康熙帝之征服朔漠者。敷陈历代帝王得失，是南书房翰林战捷献颂的普遍书写方式，不仅在历时对比中突出了康熙帝的大一统之功，也使得康熙帝进入汉族帝王的谱系之中，强化了其正统地位。

综上所述，南书房翰林的战捷献颂，在颂体的文体制约下，以典雅恢弘的文学风貌规范国家话语书写，又借鉴赋体的铺陈之法，采取横向铺叙和纵向铺叙相结合的方式，使得帝德得以全方位地展现，从而在文学话语的层面上促进了康熙朝正统性的建构。

第二节　康熙帝谒明太祖陵及其文学书写

康熙帝一生六次南巡，五次至金陵亲谒明太祖陵，行祭拜之礼。已有的研究成果或是从历史角度描述谒陵史实，分析谒陵原因，[1] 或是考察谒陵作为文化策略的应用机制，[2] 或是概述谒陵诗文。[3] 康熙帝谒明太祖陵作为礼制性的政治事件，得到了康熙君臣的大力书写。这些文学书写背后是何语境？康熙帝君臣又以何种文学叙写方式建构政治正统性？这都需要进一步的考察。

一　谒陵的意象化与对立语境

"山陵之制，莫备于汉"[4]，汉朝之后，谒祭陵庙便以完备规制

---

[1] 如郑玉超《康乾二帝拜谒明孝陵原因探析》，《中国石油大学学报》（社会科学版）2008年第5期。

[2] 如李恭忠《康熙帝与明孝陵：关于族群征服和王朝更替的记忆重构》，《南京大学学报》（哲学·人文科学·社会科学版）2014年第2期。

[3] 如林盼：《"钟山山势如龙蟠　孝陵松柏何丸丸"——明清文人笔下的明孝陵》，《故宫学刊》2008年第1期。

[4] （清）张廷玉等撰：《明史》卷六十，中华书局1974年版，第1471页。

进入到王道政治的礼制体统中。每逢重要节日，或遇国家大事，王朝均需以致祭帝王祖宗为先务，一来向天下臣民彰扬"敬天法祖"之念，二来在政治心理上寻求祖先护佑。是以明朝甫立，朱元璋便遣官致祭仁祖陵，后续又展开了对祭告之礼的一系列讨论。洪武十四年（1381），孝陵开始营建。次年，马皇后入葬，定名"孝陵"。洪武十六年（1383），孝陵礼殿既成，朱元璋命皇太子前往致祭。洪武二十六年（1393），命令"车马过陵，及守陵官民入陵者，百步外下马，违者以大不敬论"①。可见，在朱元璋生前，孝陵礼制已渐趋完善。

孝陵祭礼的正式确立，则是在建文初年，详细规定为："每岁正旦、孟冬、忌辰、圣节，俱行香。清明、中元、冬至，俱祭祀。勋旧大臣行礼，文武官陪祀。若亲王之藩，过京师者谒陵。官员以公事至，入城者谒陵，出城者辞陵。国有大事，遣官祭告。"② 这表明孝陵祭礼之频繁与隆重，也侧面透露了具备参与孝陵祭祀资格的主要成员。顾炎武《孝陵图》之序曰："当先朝时，又为禁地，非陵官不得入焉，其官于陵者，非中贵即武弁，又不能通谙国制，以故其传鲜也。"③ 同样揭示出，谒陵主体除帝王、亲王而外，便是勋旧中贵、文武官员之流，普通士人难以进入孝陵"禁地"瞻拜。

作为明朝君臣坚持实践和积极阐释的政治公共事件，拜谒孝陵由此成为明代官员诗文的重要题材。从本质上说，谒陵书写是孝陵祭礼的副产品，诸多谒陵诗的篇名提示了这一属性。或因行香礼而作，如陈敬宗的《是日孝陵行香》、陈邦瞻的《元日孝陵回署试笔》、严嵩的《元日孝陵陪祀》。或由祭祀礼而作，如陈元凯的《至日孝陵即事》、李玑的《清明上孝陵》、王世贞的《清明日谒孝陵》。陪祀谒陵诗尤多，如边贡的《中元陪祀孝陵》、丁肇亨的《陪祀孝陵口占》《中元再上孝陵陪祀》等。也有因以公事至金陵而作者，

---

① （清）张廷玉等撰：《明史》卷六十，志第三十六，礼十四，第1471页。
② （清）张廷玉等撰：《明史》卷六十，志第三十六，礼十四，第1471页。
③ （清）顾炎武：《孝陵图并序》，刘永翔校点《顾炎武全集》第21册，上海古籍出版社2011年版，第361页。

如戚元佐的《奉使留都恭谒孝陵二首》。此外，张瀚《松窗梦语》记载道："南京孝陵则百官莅任者必往恭谒，永永为例。"① 汤显祖《迁祠部拜孝陵》应是为此而作。除诗歌外，记文中也常常可以见到明代官员对自身谒陵行为的清晰记录，如姚希孟《游灵谷小记》："癸酉（1633）十一月，既赴留院任，初三日恭谒孝陵。"② 在明人的持续书写中，"孝陵"逐渐意象化，主要有三个特征。

其一，依赖于祭陵礼制的长期规约，谒陵成为明代官员政治职事和公共书写的重要构成，形成了颂功德与颂祥瑞两种传统，呈现出政治面向。就颂祥瑞而言，孝陵既为"高皇帝体魄所藏、神灵所宁"③，又"孝陵一抔土，百世之命攸关"④，则孝陵祥瑞常被用来佐证、宣扬继任者的权力来源的合法性。策划、书写孝陵祥瑞也成为特殊历史时期巩固政权的有力策略。甘露和神龟是孝陵祥瑞呈现的主要形态，以永乐二年（1404）的神龟祥瑞和永乐十七年（1419）的甘露祥瑞规模最大。永乐二年十月，明成祖"思惟太祖高皇帝成功盛德，将纪功孝陵以告万世。既得碑，求趺未获，获神龟，乃并得趺焉"⑤，梁潜、胡广、黄淮、杨士奇、杨荣等一众大臣纷纷献赋献颂。永乐十七年（1419）十一月，甘露降于孝陵松柏之上，金幼孜、陈敬宗、王直等作有应制赋颂。明成祖靖难夺位，孝陵的特殊意义，促使孝陵祥瑞成为塑造其政权合法性的舆论助力。⑥ 在政治演绎中生成的诸多孝陵祥瑞应制的一个突出特点是，将甘露或神龟的出现归因于神明和太祖的充分认可。胡广《神龟颂》曰："太祖高皇帝功德塞于天地，上至孝，感通神明，故山川百灵发此嘉祥。"⑦

---

① （明）张瀚：《松窗梦语》，清抄本。
② （明）姚希孟：《循沧集》卷二《游灵谷小记》，明清阁全集本。
③ （明）归有光：《上总制书》，周本淳校点《震川先生集》卷八，上海古籍出版社1981年版，第176页。
④ （明）李邦华：《李忠肃先生集》卷五《留枢责任甚重疏》，清乾隆七年（1742）徐大坤刻本。
⑤ （明）梁潜：《泊菴集》卷一应制《神龟赋》，清文渊阁四库全书补配清文津阁四库全书本。
⑥ 叶晔：《明代中央文官制度与文学》，第53—68页。
⑦ （明）胡广：《胡文穆公文集》卷九《神龟赋》，清乾隆十五年（1750）刻本。

金幼孜《瑞应甘露诗》道:"煌煌瑞牒难备录,又见甘露来兹辰。皇心乾乾尚谦抑,德配轩尧与天一。上帝景命重眷顾,太祖神灵永昭格。"① 均以文学话语力证朱棣以孝德感通神明,方才招致祥瑞天降。

在为永乐政权提供合法性证据的同时,孝陵祥瑞应制也增强了孝陵的神道色彩,渲染王气成为此后谒陵书写的典型叙写方式。李东阳的《重谒孝陵有述》具有代表性。成化十六年(1480)秋,翰林院侍讲李东阳充应天府乡试考试官,② 第二次拜谒孝陵,③ 诗曰:"龙虎诸山会,车书万国同。星躔环斗极,王气绕江东。地涌神宫出,桥分御水通。丹炉晨隐雾,石马夜嘶风。日月无私照,乾坤仰圣功。十年瞻望地,云树郁葱葱。"④ 纵观全诗,李东阳并未以细笔刻画孝陵山川具体样态,全篇均以宏阔视角勾勒孝陵龙虎山会、日月环绕、王气笼罩的地灵特征。此诗被王锡爵等选入《国朝馆课经世宏辞续编》,位于"五言排律"之首,"高朗""雄丽"风格的形成,与其对王气的极力渲染不无关系。⑤ 再如严嵩《谒孝陵》:"遥看钟阜上,御气满层霄。"⑥ 蔡羽《孝陵篇》:"钟山何峣峣,江水何滔滔。巍巍黄屋青云高,熊罴万窟封虎牢。上有日月精,下有龙凤穴。金银生紫气,岚霭飞英烈。"⑦ 在"王气""紫气""御气"纵横弥漫的诗笔之下,孝陵山川化身为皇权与神权的交汇之地。

就颂功德而言,纪述祖先功德,是谒陵的礼制意图之一。凡谒陵之作,几乎均会追忆明太祖的"神功圣德"。此处仍以李东阳的谒陵诗为例。成化八年(1472),李东阳告假南归,《南京谒孝陵有

---

① (明)金幼孜:《金文靖集》卷二《瑞应甘露诗》,清文渊阁四库全书本。
② 《明宪宗实录》卷二〇五,《明实录》第六册,台湾"中央研究院"历史语言研究 1962—1968 年影印本,第 3581 页。
③ 注:第一次是在成化八年(1472)。
④ (明)李东阳:《怀麓堂文续稿》卷三《重谒孝陵有述》,清康熙二十年(1681)刻本。
⑤ (明)王锡爵纂:《皇明馆课经世宏辞续集》卷十四《五言排律》,明万历二十一年(1593)周曰校刻本。
⑥ (明)严嵩:《钤山堂集》卷九《谒孝陵》,明嘉靖二十四年(1545)刻增修本。
⑦ (明)蔡羽:《林屋集》卷三《孝陵篇》,明嘉靖八年(1529)刻本。

第三章 礼制与事件：正统性文学建构的"盛世"主题 215

述》应为其北返途中所作，诗人首次谒陵，诗曰："礼乐千年会，征诛四海空。商周终愧德，唐汉敢论功。凤历归真统，山龙绕旧宫。秋风霸陵树，落日鼎湖弓。万国讴歌在，余生覆载中。小臣瞻拜地，江汉亦朝东。"① 其颂德部分主要称颂了朱元璋的礼乐成果和统一建树。此诗前半部分颂德，后半部分悼念，文辞俱佳，是明人谒陵的典范之作。因此，姜南《蓉塘诗话》以"辞理俱到，最为西涯平生得意者"② 称之。颂德、追思是谒陵书写的主要模式，再如杨守阯《孝陵恭谒有述》："淮海龙飞入建康，金戈铁马净欃枪。不阶尺土兴如汉，尽革夷风治过唐。三纪衮衣明日月，万年陵寝肃风霜。小臣瞻拜祠宫外，惟见参天树色苍。"③ 先是追忆了朱元璋以金戈铁马之姿驱除元人、恢复汉祚的开国功绩，继而以敬拜姿态抒发遥思。谢铎《谒孝陵有感》："万年腥秽此祛除，尚忆清尘避属车。一代山河开国地，五朝陵寝奉祠初。庙谟睿断真天锡，铁马晨衣俨帝居。白发小臣惭再拜，报恩无路只欷歔。"④ 同样运用了这一模式。由颂德的模式化书写，可知明人所追念的太祖功德，一是驱元，二是立国。孝陵为灭元之后明朝的肇基之地，其在传统民族视域下的正统性意义由此得以展现和巩固。

其二，拜谒孝陵在诗人笔下蕴藉着个体境遇，寄寓着理想与抱负。如徐渭《恭谒孝陵》："二百年来一老生，白头落魄到西京。疲驴狭路愁官长，破帽青衫拜孝陵。亭长一杯终马上，桥山万岁始龙迎。当时事业难身遇，冯仗中官说与听。"⑤ 此诗作于万历三年（1575）。此前入狱的徐渭在万历元年（1573）获得保释，结束了七年的牢狱生活，开始江浙之游。⑥ 相较于其他谒陵诗，徐渭并未以孝

---

① （明）李东阳：《怀麓堂文续稿》卷一《南京谒孝陵有述》，清康熙二十年（1681）刻本。
② （明）姜南：《蓉塘诗话》卷三《谒孝陵诗》，明嘉靖二十二年（1543）张国镇刻本。
③ （明）曹学佺编选：《石仓历代诗选》卷四百二十八明诗次集六十二，清文渊阁四库全书补配清文津阁四库全书本。
④ （明）谢铎：《桃溪净稿》卷三十四《谒孝陵有感》，明正德十六年（1521）台州知府顾璘刻本。
⑤ （明）徐渭：《徐文长文集》卷七，明刻本。
⑥ 周群、谢建华：《徐渭评传》，南京大学出版社2006年版，第77页。

陵为观照核心，而是将视线聚焦于个体"老生""白头"的身体样态、"疲驴狭路""破帽青衫"的坎壈境遇和落魄、忧愁的精神面貌，从而消解了谒陵之作应有的庄严与崇高风格。此诗尚存徐渭行书手迹（现存南京市博物馆），将其狂狷书风与此诗"真我"的叙写方式结合来看，更可见其佯狂个性。① 最终朱元璋昔日的铁马生涯和开国功业还是在他心中泛起了涟漪，透露出他心中尚未泯灭的功业向往。再如汤显祖《迁祠部拜孝陵》："寝署三年外，祠郎初报闻。臣心似江水，长绕孝陵云。"② 万历十七年（1589），汤显祖升为南京祠祭司主事。"臣心似江水，长绕孝陵云"的誓愿是在述忠，更是对"致君尧舜"理念的选择与坚守。此时的孝陵，包蕴着他的政治理想。万历十九年（1591），汤显祖上呈《论辅臣科臣疏》，便是他"长绕孝陵"的政治实践。

其三，孝陵选址"南京钟山之阳"③，依山傍水的营构理念与金陵古都的深厚底蕴，促使孝陵与金陵山水形成景观群效应，走向审美层面。天启元年（1621），时任南礼部祠祭司郎中的钟惺作《五看雪诗》，其引曰："雪无畅于庚辛之冬春者，看雪无博于庚辛冬春钟子之在白门者。由今想之，于木末亭，于鸡鸣寺塔下，于乌龙潭，于孝陵，于秦淮之舟。大要木末之雪秀，秀于木、于烟。鸡鸣寺眺后湖，后湖之雪旷，旷于湖。乌龙潭之雪幽，幽于潭，亦于木、于烟。孝陵之雪雄、雄于陵。秦淮雪舟，前此未有也。雪则蒋山，蒋山之雪活，活于从水看山。退寻追赏，作五看雪诗。"④ "五看雪诗"分别为《木末亭看烟雪》《鸡鸣寺塔下看后湖雪》《乌龙潭看雪》《孝陵看雪》《秦淮濯雪》。孝陵太祖陵墓的"身份"，并不是诗人的审视重点，它与木末亭等地点并列，是诗人的观雪之地。其《孝陵看雪》曰："王气养晨寒，积厚光亦融。松楸自森肃，陵谷乃郁葱。

---

① 申旭庆：《徐渭的佯狂与狂狷书风》，《中国书法》2021年第10期。
② （明）汤显祖：《玉茗堂全集》诗集卷十二，明天启刻本。
③ （明）黄道周：《博物典汇》卷四《历代帝王之祀》，明崇祯刻本。
④ （明）钟惺著，李先耕、崔重庆标校：《隐秀轩集》卷二，上海古籍出版社1992年版，第46页。

一白难思议，万象无始终。鞠躬向山爽，六龙在其中。"① 孝陵以其帝王陵寝的王气与森肃，映衬出雪景之雄，成为金陵雪景的组成部分。此时，其政治属性让位于审美属性。再如天启三年（1623），朱之藩采用诗、画结合的形式将此前不断累积的"金陵八景""金陵十八景""金陵二十景"扩充为"金陵四十景"②，第一景"钟阜晴云"即为钟山。次年，熊明遇则以诗、记结合的形式步伍其后，其《金陵四十景记》和《金陵四十景诗》，第一景题为"钟山紫气"，记言道："梁以前七十余寺，今为孝陵神烈山，松柏参天，罘罳炫日，鼎鼐升香，合紫气而郁蓊，将万岁见其彤云之聚矣。"③ 孝陵绾合着历史底蕴、政治隐喻与自然山树，以其复杂的审美内涵融入金陵的景观体系中，熔铸了"钟山紫气"。

值得注意的是，孝陵存在于"谒"之现场，也存在于"非谒"状态下的联想与驰念中。以王世贞为例，万历十六年（1588）谒孝陵，作《清明日谒孝陵》。万历十七年（1589）再谒孝陵，作《恭谒孝陵有述》。拜谒而外，"孝陵"也屡屡出现在其笔端。如《过定远问忠臣遗迹有感》："甲第杳非故，子城余至今。烧痕寒不泯，沙色昼常阴。无复风云迹，偶然天地心。孝陵回首处，紫气一何深。"诗人访问定远忠臣遗迹，以"忠"的内核将思绪绵延至南京孝陵，实现"忠"与"君"的共振，诗歌意旨随之延宕开来。再如隆庆六年（1572），乡居丁母忧的王世贞听闻张佳胤升为都察院右佥都御史，将巡抚应天等地，④作《喜肖甫中丞开府吴中》贺道："熙朝词客见骞腾，晋国扶风尔代兴。一节尽监诸校尉，两年超拜大中丞。清霜吐豸来开府，紫气成龙拱孝陵。见说平吴应入相，只今雄剑已堪凭。"⑤ 王世贞笔下的孝陵，总是弥漫着"紫气"。因为张佳胤要

---

① （明）钟惺著，李先耕、崔重庆标校：《隐秀轩集》卷二，第46、47页。
② 汤宇星：《明代南京城市风景的建构——从"金陵八景"到"金陵四十景"》，《艺术工作》2019年第5期。
③ （明）熊明遇：《文直行书诗文》诗部卷十三，清顺治十七年（1660）熊人霖刻本。
④ 《明穆宗实录》卷六十二，《明实录》第十册，第1510页。
⑤ （明）王世贞：《喜肖甫中丞开府吴中》（其二），《弇州四部稿》卷四十一《诗部》，明万历刻本。

来巡抚，诗人幻想着"紫气"汇聚成龙，拱卫着孝陵，借此传达了恭维意图。摆脱"谒"的姿态，凭借士人的思想和意识进入文学话语，是孝陵从实体走向意象化、符号化的重要路径和标志。

在祭礼制度与政治演绎的规定、制约、激发之下，明人以"谒"或"非谒"的姿态，对孝陵作以公共、个体、景观等多重面向的观照，由此，无数的个体经验汇聚为孝陵的丰富意涵，形成了一个时代的集体记忆。"集体记忆附着于其载体之上，不能被随意移植。……不仅在空间与时间上是具体的，而且，我们认为，它在认同上也是具体的"①，"孝陵"就是这样一个熔铸了王朝记忆的载体。正是这些饱满的群体记忆，共同制造了凝聚着文化认同的"孝陵"意象。

逮至明末清初，"孝陵"作为文化记忆和群体认同的载体，易代境况促使它迅速转变为南明政权夺取正统性的权势性标志。崇祯十七年（1644），福王朱由崧拜谒孝陵后才登基。弘光元年（1645），南京沦陷，福王被虏，唐王朱聿键继承皇位，拜谒孝陵几乎成为唐王政权凝聚人心的口号，如福王曾誓曰："自允监国之后，若一日孝陵未见，一日西北赤子未援，一统田疆未复，即是孤负祖负民，如剑在心，如汤沃背，断断不与鬼盗并立于天壤。"②《思文大纪》多有关于唐王"上以孝陵未见，疆土未复，不受庆贺"③；"一誓清孝陵，二誓葬列庙"④；"朕承大统十一月，不见孝陵，情势离阻，愧怅甚深"⑤等记录，皆映射出孝陵在明末的政治凝聚意义。

对士人而言，孝陵则是情感寄托和心灵归宿，能够激荡出巨大的精神力量。最典型的是以孝陵象征明朝国祚，以"孝陵"之黯淡萧瑟折射国祚之衰微，铺展复杂情绪。夏完淳是明末清初抗清志士。

---

① ［德］扬阿斯曼：《文化记忆：早期高级文化中的文字、回忆和政治身份》，金寿福、黄晓晨译，北京大学出版社2015年版，第32页。
② （明）陈燕翼：《思文大纪》卷一，清钞本。
③ （明）陈燕翼：《思文大纪》卷四，清钞本。
④ （明）陈燕翼：《思文大纪》卷四，清钞本。
⑤ （明）陈燕翼：《思文大纪》卷五，清钞本。

其《翠华篇》哀弘光之倒,便是以"紫骝十万胡儿猎,孝陵草木青烟歇。芳乐苑中啼鸟稀,景阳宫外行人绝"① 渲染亡国哀伤。顺治三年(1646)秋,夏完淳仿庾信的《哀江南赋》,作《大哀赋》。面对"玉鼎再亏,金陵不复,公私倾覆,天地崩离"的亡国景象,其序言云:"高庙之馨,十七世而旁移。孝陵之泽,三百年而中斩乎?此天时人事,可以疾首痛心者矣。"② 以孝陵之泽中斩言亡国之状。其《故宫行》作于乙酉变后,先忆六朝繁华,次述登宿金陵旧都时所目睹的"游鹿争衔上苑花,流莺自啭台城柳"等劫后惨淡,诗末道:"台城下接孝陵西,无限枝头乌夜啼。杨花风起过江去,薄暮如烟满大堤。"③"孝陵"意象在诗尾处的出现,将全诗意旨由怀古转折、落实到伤今,指向夏完淳心中的深沉悲痛。

然而,消极情绪并不意味着沉沦。"孝陵"更是不灭的火种,将士人的爱国精神提纯,指引着士人奋起抗清,复兴国祚。永历元年(1647),夏完淳被清廷捕获,在南京狱中,他写下《御用监被鞫拜瞻孝陵恭纪》:"城上钟山色,松杉落翠微。朝光群鸟散,暝色二龙飞。璧月沉银海,金风翦玉衣。孤臣瞻拜近,泉路奉恩辉。"④ 不久便慷慨就义。此诗象征意味十分浓厚。对此,苏雪林《南明忠烈传》分析道:"末一首用的是象征笔法,'朝光'句言福王在南京尚未成为气象,而清兵一到,君臣仓惶遁逃。'暝色'句指鲁、唐二王活跃于浙、闽之事。'璧月'句指明室之将亡,但月缺能圆,恢复亦正有日。'金风'句用杜甫《昭陵》诗'玉衣晨自举'典故,希望明太祖能如唐太宗之显灵也。'"⑤ 舍生取义的夏完淳,从孝陵储存的王朝记忆中汲取了永恒的力量,也为孝陵注入了超拔的民族精神。

---

① (清)夏完淳:《翠华篇》,白坚笺校《夏完淳集笺校》上册,上海古籍出版社2016年版,第231页。
② (清)夏完淳:《大哀赋》,白坚笺校《夏完淳集笺校》上册,第2页。
③ (清)夏完淳:《故宫行》,白坚笺校《夏完淳集笺校》上册,第221页。
④ (清)夏完淳:《御用监被鞫拜瞻孝陵恭纪》,白坚笺校《夏完淳集笺校》上册,第338页。
⑤ 苏雪林:《南明忠烈传》上编,中国文化服务社1941年版,第92页。

二 今古之思与皇权的正统书写

清朝入关之后，犹不乏自发谒陵者："一二孤忠遗老，于社稷沦胥之后，既儳然亡奈何矣。独往往歌哭陵上，摅其志士之悲。百世之下，闻其风者，犹足以警顽钝，振骫骳焉。"① 与之相应，谒陵书写也未间断，如顾炎武便曾七谒孝陵，留下《恭谒孝陵》《再谒孝陵》等诗作。谒陵成为怀念故明的象征性行为，相关谒作则持续累积着孝陵的文化意涵。谒陵之举与清朝统治的对立关系由此强化。淡化谒陵的创伤性记忆成为清初帝王笼络江南士心的突破点，是以康熙帝六次南巡，除康熙四十二年（1703）遣皇太子往奠外，② 康熙二十三年（1684）、二十八年（1689）、三十八年（1699）、四十四年（1705）、四十六年（1707）均在南巡途中亲谒明太祖陵，展开系列政治行动，随行词臣则发挥应制文学的政治功用，力求将孝陵叙事纳入清朝的政教话语系统。他们从权位功用的角度出发，销蚀谒陵叙事的情感意蕴。其叙写方式是引入"怀古"的文学传统和心理机制，突出皇权秩序的规律性、必然性与传承性。

怀古主题为清初遗民眷恋故国、拒斥异族的易代情怀提供了栖身之处，也因此成为康熙朝君臣进入谒陵叙事较为合宜的文学姿态。时间的亘古绵延与空间的沧桑变换作为怀古情绪的常见塑造性元素，为康熙朝君臣提供了缓和对立性的可行路径，即以时间的亘古绵延突破朝代更迭的记忆模式，以空间的沧桑变换强化朝代更迭的历史事实。金陵旧都自古便是怀古胜地，正如上文所述，孝陵在明朝时期便已成为金陵一景，与其他金陵旧迹形成景观群效应。因此，金陵在康熙朝君臣的诗文中往往构成了谒陵的诗学地理背景。康熙二十三年（1684）十一月初二日，康熙帝先"遣内阁学士席尔达于明太祖陵读文致祭"，又于巳时"率内大臣、侍卫、部院官员往谒明太

---

① （民国）王焕镳：《明孝陵志》，南京出版社2006年版，第37页。
② 徐尚定标点：《康熙起居注》第七册，第107页。

祖陵,于孝陵殿前行三跪九叩礼。次于宝城前三奠酒"①。凡康熙帝谒明太祖陵,祭礼尽皆如是。康熙帝御制文集中的《过金陵论》即是为本次谒陵而作,对明太祖陵及布景中的金陵,康熙帝进行了如此描述:

> 金陵,《禹贡》扬州之域。秦立郡县为秣陵,两汉因之。孙权时称建业,东晋及宋、齐、梁、陈地号佳丽。隋、唐之间,六朝旧迹,渐致湮没。南唐李氏始更筑城,名金陵府。明有天下,建都于此。窥明太祖之意,以为宅中图大,控制四方,千百世无有替也。岁在甲子,冬十一月,朕省方南来,驻跸江宁。将登钟山,酹酒于明太祖之陵。道出故宫,荆榛满目,昔者凤阙之巍峨,今则颓垣断壁矣。昔者玉河之湾环,今则荒沟废岸矣。路旁老民,跽而进曰:若为建极殿,若为乾清宫,阶磡陛级,犹得想见其华构焉。夫明太祖以布衣起淮、泗之间,经营大业,应天顺人,奄有区夏。顷过其城市,间阎巷陌,未改旧观,而宫阙无一存者。睹此兴怀,能不有吴宫花草,晋代衣冠之叹耶!②

首先需要注意的是,此论中的"金陵",乃是康熙帝谒明太祖陵后巡礼视野中的金陵。自上古三代至秦、汉、魏晋,再至隋唐、五代、明、清,在时间的历史演进中,金陵历经时间的洗礼,明清政权更迭的尖锐感也随之被寻常化。从六朝"佳丽"演变为被湮没的陈迹,至前明故宫的巍峨凤阙、玉河湾环改换为断壁颓垣、荒沟废岸,金陵地理环境的明清之变,则昭示着天命国祚的转移。其《金陵旧紫禁城怀古》一诗也有相似的表达:"秣陵旧是图王地,此日銮旗列队过。一代规模成往迹,六朝兴废逐流波。宫墙断缺迷青锁,

---

① 徐尚定标点:《康熙起居注》第三册,第113页。
② (清) 爱新觉罗·玄烨:《康熙帝御制文集》第一集卷十八《过金陵论》,第296—297页。

野水湾环剩玉河。"① 明人笔下陪都金陵和太祖陵寝那曾经氤氲荡漾着的"王气"与"紫气",在其笔下都消散殆尽。

用时间的绵延稀释前朝记忆,用空间的变换彰显改祚事实,这种叙写方式奠定了康熙朝词臣随驾谒陵书写的思维框架。此次谒陵,高士奇随行其中。在此期间,其集中《登雨花台》《登报恩寺塔》《观旧紫禁城》与御制文集中《雨花台》《幸报恩寺》《金陵旧紫禁城怀古》,虽非步韵,但从诗题的追随,可以见出这三首诗或为作为天子近臣的高士奇阅读帝作后的揣摩之作。其《观旧紫禁城》云:"旧业销沉烟水乡,子城残迹半苍凉。寒风古树摇芳乐,夜月疏钟断景阳。圣主偏怜陵谷变,前朝漫诩甲兵强。螭头龙尾依稀在,剩有啼鸦宿女墙。"② 高士奇笔下的金陵,同样是苍凉、萧瑟、消沉的,这固然与时值冬季有关。但后二联却透露出他以灰色绘制金陵的原因。"圣祖偏怜陵谷变",应当是指康熙帝谒明太祖陵、作《过金陵论》。"前朝漫诩甲兵强","漫"字透露出诗人对明清易代的情感立场。前明灭亡是历史的必然演变,清代明祚是今朝的既定事实,高士奇同样凭借怀古思致,以时空的改换交织出明清易代的规律性和客观性,在潜移默化中瓦解着遗民谒陵书写中蕴藏了群体记忆的对抗性表达。

依托怀古机制,康熙君臣凭借对历史客观、规律演进的文学阐释,站在遗民明清易代情绪的制高点,又更进一步,凸显怀古之"鉴今",对抗遗民怀古之"伤今",以理性的历史认知调和遗民的主观情感。康熙帝《过金陵论》的后半部分,便是这一思维模式的书写典范:

> 明自文皇靖难之后,尝以燕京为行在。宣德末年,遂徙而都之,其时金陵台殿苑囿之观,声名文物之盛,南北并峙,远

---

① (清)爱新觉罗·玄烨:《康熙帝御制文集》第一集卷四十,第546页。
② (清)高士奇:《随辇集》卷九,(清)高士奇:《清吟堂全集》,《清代诗文集汇编》第一六六册,第513页。

胜六朝。迨成平既久，忽于治安。万历以后，政事渐弛，宦寺朋党，交相构陷。门户日分，而士气浇漓，赋敛日繁而民心涣散。闯贼以乌合之众，唾手燕京，宗社不守；马、阮以嚣伪之徒，托名恢复，仅快私仇。使有明艰难创造之基业，未三百年而为丘墟。良可悲夫！孟子曰：天时不如地利，地利不如人和。有国家者，知天心之可畏，地利之不足恃，兢兢业业，取前代废兴之迹，日加儆惕焉，则庶几矣！①

金陵旧宫为何从繁华兴盛堕为荒芜凋敝？康熙帝从历史教训的角度给出了答案。他先是宏观勾勒了金陵在明前期的繁盛，继而转入分析明朝自万历后的政治弊端，最后从儒家的经典资源中汲取了"人和"的思想经验，在历史客观中寻找理性规律。康熙二十八年（1689），康熙帝第二次南巡，再次亲谒明太祖陵，作《再过明故宫》，诗曰："楼台金粉已沉销，不独诗人说六朝。月落宫垣春寂寂，经过惟叹草萧萧。"② 康熙三十八年（1699），三谒明太祖陵，作《过明太祖陵有感》，诗云："拔起英雄草昧间，煌煌大业岂能删。玉鱼金碗虽如故，烟雾低迷独怆颜。"③ 面对明亡教训，二诗"皆在低徊兴叹之中，表现着庄重自警之意"④。

与谒陵之作慨叹兴亡的意旨相异，康熙帝在驻跸江宁期间的其他旅作，完全展现出另一种风貌。如第二次南巡所作之《巡幸江宁》，其诗曰："南省封疆惟此区，江流环绕壮规模。华旗芝盖重临幸，二水三山半画图。吏事莫先田野治，民情但愿闾阎孚。不知比岁恩波洽，止听黄童白叟呼。"⑤ "二水三山"，来源于李白的《登金陵凤凰台》"三山半落青天外，二水中分白鹭洲"。这里的"金陵"，

---

① （清）爱新觉罗·玄烨：《康熙帝御制文集》第一集卷十八《过金陵论》，第296—297页。
② （清）爱新觉罗·玄烨：《康熙帝御制文集》第二集卷四十，第1265页。
③ （清）爱新觉罗·玄烨：《康熙帝御制文集》第二集卷五十，第1342页。
④ （清）爱新觉罗·玄烨撰，王志民、王则远校注：《康熙诗词集注》，内蒙古人民出版社1995年版，第422页。
⑤ （清）爱新觉罗·玄烨：《康熙帝御制文集》第二集卷四十，第1265页。

与明太祖陵和金陵故宫的萧瑟、凋零完全区隔开来，壮丽而和乐，不仅彰显出康熙帝吸收历史、以古"鉴今"的治理成果，也以政权更迭后的社会风貌打破"伤今"立论的现实基础。南书房翰林在扈从途中，也十分注重以应制创作描绘国泰民安之状。康熙四十四年（1705），时为南书房翰林的张廷玉扈从康熙帝南巡，当写明孝陵及其周边景观时，其诗云："钟山遗迹气萧森，瞻拜常邀玉趾临。帝德无私同覆载，不徒谦抑圣人心。"① 小字注曰："圣驾亲酹酒明太祖陵。""遗迹""萧森"等认知，符合祭陵之肃穆，显然也与康熙帝对明太祖陵及其周边景观的定位接近。当写明孝陵之外的江宁时，诗言："铃铎和鸣振午风，浮图九级峙珠宫。龙旗过处香云绕，翘首天花落半空。"② 又俨然是盛世光景。鼓吹升平本是应制创作的"天职"，而将康熙君臣的谒陵、观谒之作与南巡途中的盛世形塑对照来看，则更能见出康熙君臣南巡叙写的政治策略性质。

怀古机制为康熙君臣提供的另一种调协思路是承古而思今。清人将明代发展为"古"的重要时段、不断在文学创作中重写与回溯明代，构成了这一路径的诗学语境。③ 利用祖述态度逾越满、汉藩篱，借助宪章立场绍承正朔地位，是清朝进入合法统绪的重要凭信。明太祖作为开国帝王，其身份、功业及明代的政治、文学建构，使其成为有明一代的精神象征和正统标志。《礼记·礼运》云："夫礼，先王以承天之道，以治人之情，故失之者死，得之者生。"④ 谒祭明太祖陵便是康熙帝运用礼仪秩序建构满族统治者与前明承续关系的重要方式。称颂明太祖功德是承古政治话语模式的前提。康熙三十八年（1699）四月，大学士伊桑阿等人认为遣大臣致祭即可，康熙帝以"洪武乃英武烈之主，非寻常帝王可比"⑤ 为由坚持亲谒，

---

① （清）张廷玉：《澄怀园诗选》卷四，江小角、杨怀志点校《张廷玉全集》下册，第183页。
② （清）张廷玉：《澄怀园诗选》卷四，江小角、杨怀志点校《张廷玉全集》下册，第183页。
③ 杜桂萍：《重写与回溯：清代文学创作中的"明代"想象》，《中国社会科学报》2022年9月5日。
④ （清）爱新觉罗·玄烨钦定，（清）陈廷敬等编撰：《日讲礼记解义》卷二十四《礼运》，上册，第391—392页。
⑤ 徐尚定标点：《康熙起居注》第六册，第179页。

又亲撰祭文道：

> 帝天锡勇智，奋起布衣，统一寰区，周详制作，鸿谟伟烈，前代莫伦。朕曩岁时巡，躬修醳荐，仰其遗辙，不囿成规。兹因阅视河防，省方南迈，园林如故，睇松柏以兴思，功德犹存。稽典章而可范，溯怀弥切。亲酹重申，灵其鉴兹，尚期歆享。①

不久，康熙帝又称赞明成祖为"创业开基、有为之君"，命令督抚及织造府官员对颓圮的园寝加以修理。又御书"治隆唐宋"四字，交与曹寅俟后悬为匾额。康熙帝肯定明太祖功德，表面上致敬了前代开国之君，以其为帝王典范，实则突破了清初"华夷"视角下的满、汉对立，站在帝王谱系上与前代开国之君展开正朔对话。而与前明承继关系的树立，也以统一立场打通了康熙帝与江南文人之间的阻隔。

在承古视域下，南书房翰林对康熙帝谒明孝陵的文学书写，在以词臣视角呈现谒陵活动的基础上，侧重在历史脉络中突出康熙帝谒陵之异。康熙二十三年（1684），张玉书作《圣驾诣明太祖陵颂有序》，其序云：

> 比至江宁，循视风土。以明太祖陵宅钟山之麓，咨命具仪，吉蠲展奠。冬十一月癸亥，法驾诣陵，及门降辇。既入升，自右阶入殿，行三跪九叩礼。既兴从殿后入神路门，所司设芗几于升仙桥，侍臣奉爵，上亲酹酒三，仍拜如前。周环览观，抚缭垣倾圮，林木翦败，申诫司香宦寺及奉陵人户守护勿怠。越日，复降谕旨："追美明太祖混一区宇之功，肇造基业之盛。饬地方官吏严督军民，禁遏樵牧。春秋时享，务肃将祀。事仍，传勅诸大吏以时修治，惟谨于戏。"自唐以后，凡前代陵寝所在，辄命有司典祀。宋艺祖下诏修葺，史书遂侈为美谈。兹以

---

① （清）爱新觉罗·玄烨：《康熙帝御制文集》第二集卷四十一，第1233页。

当代万乘之尊，特诣胜国山陵，亲致拜奠，礼文隆渥，踰于常祀，是乃千古盛德之举，在昔帝王未有行者，行之自今日始。于时垂白之叟，含哺之氓，罔不感仰圣仁，至于流涕。臣书方以衔恤抵广陵，蒙恩召见于御舸之侧。退而见大学士臣明珠、王熙，翰林臣常书、朱玛泰、高士奇，具为臣言，相与叹诵久之。①

一方面，通过与前代帝王的比较突出康熙帝谒陵之异：亲致拜奠，此为一异。三跪九叩等礼文踰于常祀，此为二异。下诏修葺，此为三异。另一方面，则通过旁观者的反应来表现异处。在观看康熙谒陵的过程中，"垂白之叟，含哺之氓"的反应是"感仰圣仁，至于流涕"，随行官员张玉书、明珠、王熙、常书、朱玛泰、高士奇等人的反应则是"相与叹诵久之"。谒陵之异，展现出康熙帝礼加前代之渥。再如陈廷敬《圣驾展礼明太祖孝陵恭纪》："皇情思往代，旷典逮前王。封树生春色，山川贲宠光。云霞扶御辇，日月拥垂裳。展礼如禘祀，敷词每肃将。臣工纷感动，士卒亦彷徨。一念同天大，千龄应运昌。历观前史遍，孰与圣恩长。纪载无双笔，讴歌自万方。恭陪逢喜起，伏谒在班行。拟进封人祝，还赓天保章。"② 同样表明历观前史而未有如康熙帝国之谒明太祖陵者，"臣工"与"士卒"的反应映衬出谒陵的礼制成效。

三 南巡书写的应制诉求与书写特征

康熙帝亲谒明太祖陵是南巡期间的典型政治行为，审察康熙朝词臣的谒陵创作，还应将其置于南巡中一系列政治事件的文学书写中加以考察。南巡是康熙帝收编江南士心、构建正统认同的重要方式，南书房翰林的南巡应制创作具有何种特征？康熙帝谒陵在南巡文学话语中占据何种地位？

---

① （清）张玉书：《张文贞集》卷一，清康熙五十七年（1718）松荫堂刻本。
② （清）陈廷敬著，张建伟点校：《陈廷敬集》第二册，第342页。

第三章　礼制与事件：正统性文学建构的"盛世"主题

首先，组诗成为南巡书写的最佳文学表达方式。南巡是康熙朝政治活动的开展及政治理念的昭示，多层面的政治事件意味着政治叙事内容的扩张，组诗作为可以包涵较多叙事内容的诗歌形式，成为南书房翰林南巡应制叙事的主要形态。代表性的创作如张英的应制组诗《南巡扈从诗十八首》，诗成于康熙二十八年（1689）诗人扈从南巡期间。张英截取了南巡期间的十八件政治公共事件创作了十八首诗，分别为《车驾至畿辅道上民献嘉禾数岐以示从臣》《诏免山东来年田赋》《展礼泰山神祠给守祀者金岁以为常》《扈从观趵突珍珠二泉》《车驾由宿迁亲览河堤后复临幸高堰阅视》《诏蠲江南累年逋赋》《诏赠取士额录功宥过释罪辜并恤商贾徒役》《诏民间武德结彩建碑》《扈从登虎丘》《扈从登金山》《扈从登邓尉山》《扈从登灵岩山》《扈从登吴山》《车驾至会稽恭纪禹陵》《扈从渡钱塘经过云栖虎跑泉飞来峰》《车驾幸钟山酹酒于明太祖陵》《扈从登北极阁》《阅武并赏宴驻防将士》。综合来看，这一组诗连续表现了康熙帝第二次南巡的综合创构。

具体而言，张英对所选取的每一个政治事件的文学呈现都存在特殊的颂德指向。其中，《车驾至畿辅道上》《诏免山东来年田赋》等指向康熙帝的民本思想，如《车驾至畿辅道上》云："春风转诏律，时巡历郊原。王道广周咨，冀以康黎元。衢路撤警跸，羽卫祛殷繁。万姓趋马首，填塞窥井垣。皆言年谷好，比岁丰鸡豚。麦穗三两岐，敢以陈至尊。圣心益嘉悦，慈颜弥霁温。民天在粒食，农事古所敦。稼穑允为宝，珠玉安足论。再拜纪惇史，大哉真王言。"[1] 诗人截取百姓呈献嘉禾这一叙事片段，建构了君民之间的和谐关系：君王为了改善民生而巡幸，百姓由于生活丰足而将嘉禾呈献君王，君民之间的良好互动，展现了康熙帝重民的一面。《展礼泰山神祠给守祀者金岁以为常》《车驾至会稽恭纪禹陵》《车驾幸钟山酹酒于明太祖陵》等诗则指向康熙帝对礼制的重视及对历代帝王的遵礼。如《车驾幸钟山酹酒于明太祖陵》曰："春雨洒轻尘，江干

---

[1]（清）张英：《存诚堂诗集》"应制四"，江小角、杨怀志点校《张英全书》下册，第99页。

草微绿。鸾旗卷惠风，驾言钟山麓。前代已丘墟，寝园在空谷。圣人一举事，千古超恒局。在昔修禋祀，展礼必躬肃。今兹再临幸，青茅酒重漉。侍臣咸虎拜，仰止天颜穆。赐金遍守围，松楸禁樵牧。厚德塞穹壤，仁风被草木。书以范百王，永永光简牍。"① 以康熙帝展礼躬肃、整修禋祀、赐金守陵人、禁止樵牧等敬陵、护陵的代表性举措为叙事的主要组成元素，体现康熙帝的仁厚之德，塑造康熙帝的继承者形象。《阅武并赏宴驻防将士》等则聚焦于康熙帝之武德，诗言道："秣陵带京口，控驭称要地。海邦届吴越，星罗联指臂。各列水犀营，清时饬武备。特简丰沛英，卫霍领骠骑。六龙御东南，神武麾七萃。霜雪耀戈甲，荼火望旌帜。射侯必饮羽，鹰隼逊猛鸷。圣泽靡不周，师徒悯劳绩。爰歌采薇篇，饮食亦古义。遍锡上方金，共沐投醪赐。"② 先言金陵的军事地位，次写阅武所见清朝军兵之锐，终以康熙帝赐宴收束全篇。既彰武力之强盛，又显康熙帝之恩遇。张英以组诗形式，对康熙帝第二次南巡途中的政治事件进行了诗史性记载，又使用剪辑手法截取典型片段，从不同角度颂赞帝德。

以组诗形式展现南巡的政治实践，也是其他诸多南书房翰林的叙事选择。康熙三十八年（1699），张英之子张廷瓒与陈元龙、张曾庆等扈从南巡，张廷瓒作有《南巡恭纪诗二十首》，陈元龙作有《扈从圣驾南巡恭进诗二十首并序》，张曾庆作有《圣驾南巡诗五十首并序》。康熙四十四年（1705），张廷玉扈从南巡，作《乙酉春日扈从圣驾南巡恭赋纪恩述事诗四十首》。这些组诗均与张英的《南巡扈从诗十八首》类似，以述事为重要内容，以颂德为内在指向。其中，张廷玉在每首诗后均以小字加注，依次记述了"发潞河""奉命在御舟前行""每日行驻处皆御舟甚近""蒙赐朱橘果饵""诏山左迎驾居民毋得践踏禾麦""臣父远来迎驾相见于清江浦""扈从阅

---

① （清）张英：《存诚堂诗集》"应制四"，江小角、杨怀志点校《张英全书》下册，第105页。
② （清）张英：《笃素堂文集》"应制四"，江小角、杨怀志点校《张英全书》下册，第106页。

第三章　礼制与事件：正统性文学建构的"盛世"主题　　229

黄河""上亲阅河堤指示善后之策"四十种事，① 除涉及南巡途中的政治公共事件之外，也记录了张廷玉及其父张英与康熙帝之间的君臣交往。其中，第三十三首诗即写康熙帝谒明太祖陵事。

要之，南书房翰林以组诗形式叙述南巡事件，在组诗形式的设计、规范、整合之下，帝德得到了全方位展现，谒陵之仁德则是帝德的一个重要维度。

其次，地理景观的应制书写。南巡本质上是以帝王为中心的系列性行旅活动，所经之地如明孝陵、雨花台、报恩寺、燕子矶等，多为江南地区底蕴深厚的人文地理景观。以文学书写将政治话语注入南巡行旅空间的特殊诉求，催生了扈从词臣南巡行旅应制写作的地理系列化。以高士奇为例，康熙二十三年（1684），三十岁的康熙帝第一次南巡，高士奇为扈从词臣之一。本次南巡自本年九月二十八日启程，十一月二十九日返京。本来仅是东巡山东，十月八日，以"黄河屡岁冲决，欲亲至其地，相度形势，察视河工"为公开目的，康熙开启了南巡之旅。第一次南巡的康熙帝在行旅途中，按照地点的切换，以《晚经淮阴》（淮阴）《平山堂》（扬州）《天宁寺》（扬州）《由仪真乘巨舰至京口》（扬州至镇江）《金山》（镇江）《试中泠泉》《妙高台》（镇江）《铁瓮城》（镇江）《竹林禅院在润州城南竹径数里》（镇江）《夜过丹阳》（丹阳）《锡山》（无锡）《吴闾》（苏州）《虎丘》（苏州）《句容道上》（句容）《雨花台》（南京）《幸报恩寺》（南京）《金陵旧紫禁城怀古》（南京）《燕子矶夜泊》（南京）《高邮湖见居民田庐多在水中　因询其故，恻然念之》（高邮）等系列性的诗作表现南巡行旅空间。特殊之处在于，虽以传统文人行旅诗书写沿途景观，但在帝王视角之下，这些诗作重在表现政治意蕴而非审美意蕴，如《雨花台》："何地飞花雨，清空无片云。江山恣暇瞩，草树出清芬。城郭参差见，楼台远近分。人家百万户，烟火尽氤氲。"② 雨花台不仅为其提供了俯瞰城郭、楼

---

① （清）张廷玉撰，江小角、杨怀志点校《张廷玉全集》下册，第180—184页。
② （清）爱新觉罗·玄烨：《康熙帝御制文集》第一集卷四十，第546页。

台的视角,更为其提供了一个表现太平气象的政治角度,其他地理景观在其诗中也多发挥着类似的政治功用。

高士奇作为天子近臣,其应制之作也形成了行旅空间的系列化。其《随辇集》卷八有《奉和御制平山堂原韵》《奉和御制由仪真乘巨舰至京口》《奉和御制登金山原韵》《奉和御制试中泠泉原韵》《奉和御制妙高台原韵》《京江竹林寺修竹数里上为留跸移时晚宿御舟恭纪》《奉和御制锡山原韵》《奉和御制吴阊原韵》等,卷九有《由丹阳至江宁上以所乘马命臣士奇乘之并赐御服貂裘恭纪》《扈从至江宁府恭纪》《登雨花台》《登报恩寺塔》《观旧紫禁城》《陪祀明太祖陵恭纪》《夜泊燕子矶次早登矶眺览》等,这些诗作迎合帝意,以地系事,以行旅空间呈现盛世图景。如《京江竹林寺修竹数里上为留跸移时晚宿御舟恭纪》:

> 润州城南水之陬,竹林寺外多修竹。绵延数里青琅玕,风来戛击响寒玉。含烟冒雪多奇姿,孤翠亭亭自森束。渭亩淇园宁必夸,东南筼箭美前录。盛时警跸此经过,偶向招提寄遥瞩。清阴一片声飀飀,竟午盘桓驻鸾躅。丛篁结盖荫翠旗,粉箨垂鞭引朱毂。顾兹良久方传呼,缓辔斜阳赏未足。流形品物遭殊荣,微臣抚念感幽独。圆质虚中称圣情,大哉乾元参化育。托根本在岩阿间,讵意君王慰心目。伶伦采之谐律吕,还奏龙吟与凤曲。①

竹林寺,即康熙帝诗题中的"竹林禅院","在镇江府城南五里"。② 康熙帝《竹林禅院在润州城南竹径数里》云:"一径入深竹,数里来上方。丛生岩磴密,枝拂云烟长。华旗出林际,芝盖停三阳。飒飒吹霜风,碧叶纷翱翔。山斋颇幽寂,万籁含虚光。触物感予怀,

---

① (清)高士奇:《随辇集》卷八,(清)高士奇:《清吟堂全集》,《清代诗文集汇编》,第510—511页。

② (清)爱新觉罗·玄烨:《康熙帝御制文集》第一集卷二十《南巡笔记》,第319页。

歌彼《淇奥》章。"① 先写竹林茂盛、婀娜、幽静之态，尾句提及《淇奥》篇，以竹喻君子，表达求贤之意。高士奇此诗，前半部分写竹，次写康熙帝对竹之欣赏，最后借竹申意。"大哉乾元参化育"语出《中庸》："唯天下至诚，为能尽其性。能尽其性，则能尽人之性；能尽人之性，则能尽物之性；能尽物之性，则可以赞天地之化育；可以赞天地之化育，则可以与天地参矣。"② 高士奇使用这一语典，既是称赞康熙帝能使物尽其性，更是隐喻其可使人尽其能，这是对康熙帝诗歌意旨的回应。末四句既是写岩阿之竹为康熙帝欣赏，也是以竹喻己，感恩康熙帝对自己的赏识与恩遇。由此可见，竹林寺对康熙帝和高士奇而言，不仅是一处自然景观，更是君臣二人展演盛世君臣关系的政治空间。

由此可知，康熙君臣在南巡过程中使用以地系诗的传统方式，形成了系列化的行旅创作。在此过程中，君臣二人不断将南巡景观政治化，随着行旅的推进，越来越多的景观在序列化的文学书写中成为康熙君臣的文治叙事领地，明孝陵书写是其中的代表性政治景观。

其三，以日系事的行旅诗撰写也是南巡文学的重要表现形式。张英的《南巡扈从纪略》具有代表性，该文作于康熙二十八年（1689）康熙帝第二次南巡期间，按照日期记录了自己的南巡见闻，如记录正月月底之事："二十五日宿清河。是日诏蠲江南历年逋赋。二十六日宿清水潭，是日薄暮有风。二十七日宿宝应之南。二十八日宿瓜洲。是日经淮扬，见闾阎之间供帐甚盛，上命撤之。二十九日辰刻渡江，扈从登金山，饮第一泉。旧传第一泉在江中，今井在半山，非是。上乘舟至焦山。予辈不能望。三十日宿丹阳。"③ 凡诏蠲江南历年逋赋、命令撤除供帐等具有代表性的政治行为，张英都将其系于具体日期之下，为其组诗中截取的叙事片段保留了具体的

---

① （清）爱新觉罗·玄烨：《康熙帝御制文集》第一集卷四十，第545页。
② （清）爱新觉罗·玄烨钦定，（清）陈廷敬等编，李孝国等今注：《日讲四书解义》上册，中国书店2018年版，第69页。
③ （清）张英：《笃素堂文集》卷十三，江小角、杨怀志点校《张英全书》上册，第473页。

历史背景。其叙谒陵之事道："二十六日至金陵之次日，上诣明太祖陵致祭，予辈从之。上行礼诚敬，奠酒，三跪九叩，严肃异常，命诸臣皆于牌楼前下马，真千古帝王之盛事也。享殿宝城宛然无恙，松楸原鹿咸得其所，守陵太监赐以银白金，亲慰劳之。此事可法千古。"① 以纪实性的日记文字记录了康熙帝第二次谒祭明太祖陵的具体行为。以日系事的文学形式，按照时间顺序记录了康熙帝南巡的过程及细节，有利于使康熙帝在南巡中的政治事件得到清晰的、历史的呈现。将谒陵放置于整个南巡来看，可将其视为南巡过程中诸多政治实践中重要一环。

第三节 "礼隆前代"与康熙阙里祭孔中的应制书写

自汉至唐，祭孔逐渐进入国家祭祀系统，变成国家常祀祭典。孔庙由家庙蜕化为官庙，由阙里遍布天下州县。唐代以降，孔庙独尊释奠礼。在此过程中，孔子形象历经教书夫子、"帝王师"、"万世道统之宗"之抬升，祭孔由是具备尊崇道统的独特含义，② 即"孔子以道设教，天下祀之，非祀其人，祀其教也，祀其道也"。③ 康熙二十三年（1684），康熙以适逢平定三藩、收复台湾之后的首个甲子年为由，开展了第一次南巡。在本次南巡途中，康熙举办了三次祭礼：致祭泰山、致祭明太祖、致祭孔子，体现了此后南巡无法比拟的政治象征意义。④ 康熙阙里祀孔，首开清帝亲至阙里祀孔之典。在此之前，仅有汉高祖、汉明帝、汉章帝、汉安帝、北魏孝文帝、唐高宗、后周太祖、宋真宗、金睿宗、金熙宗等十位帝王亲至阙里祭孔。与此前十位帝王相较，康熙阙里祀孔非但典礼特隆，远迈前代，更特以撰写御制诗文、征集应制诗文等诗学活动贯穿其中。

---

① （清）张英：《笃素堂文集》卷十三，江小角、杨怀志点校：《张英全书》上册，第477页。
② 黄进兴：《优入圣域：权力、信仰与正当性》，第242、231、245页。
③ （清）张廷玉：《明史》卷一三九，第13册，第3982页。
④ 常建华：《新纪元：康熙帝首次南巡起因泰山巡狩说》，《文史哲》2010年第2期。

第三章　礼制与事件：正统性文学建构的"盛世"主题　233

围绕此一礼制事件，康熙御制《泉林记》《阙里古桧赋》《过阙里》《阙里古桧》等诗文数篇，群臣应制诗、文、记、赋多达数百篇。在儒家诗礼文化传统中，应制诗文与阙里祀礼互涵共进的文化治理方式，内蕴康熙君臣独特的政治诉求。

一　仪式性文本：康熙阙里祀孔中的应制文学

司马迁曰："孔子以诗书礼乐教，弟子盖三千矣。"[①] 传承道统，需要依托诗书礼乐之教。在儒家诗礼文化传统中，"诗"以优雅的语言方式来实现"审美教化"，"礼"则以相对刚性的方式来进行"仪式规训"[②]。阙里祀礼属于国家典礼，应制之作属于庙堂文学，二者分属为"礼"与"诗"的王权范畴。在此范畴中，应制文学的审美价值薄弱，但是，它作为一种君臣联动的文学形式，具有特殊而显著的仪式性，这正与康熙阙里祀礼强烈的仪式规训诉求相契合。

"仪式性"是说，抛开其内容、风格等意义，应制文本的形式存在，便可以起到彰显帝王文德、塑造政治权威的作用。孔毓圻编纂《幸鲁盛典》的过程，可以为考察康熙阙里祀孔中应制文学的仪式性提供具体的切入角度。孔毓圻（1657—1723），字钟在、号兰堂，孔子第六十七世嫡孙，康熙七年（1668）袭封衍圣公，在本次康熙阙里祭孔中，孔毓圻是重要的陪祀者，以其"圣裔"身份彰显着康熙礼奉先师、崇儒重道的治国理念。[③] 驾幸阙里次年，衍圣公孔毓圻疏请主编《幸鲁盛典》，并选择其胞弟——翰林院五经博士孔毓埏为副，及江南苏州府长洲县乙丑科进士金居敬、浙江嘉兴府嘉善县儒学增广生员曹晃、嘉兴府海盐县乙丑科进士俞兆曾、江苏苏州府嘉定县戊午科举人孙致弥等八位文人为纂修者，于康熙二十五年（1686），开馆纂修。康熙二十七年（1688），初稿告成，共十八卷。康熙四十年（1701），纂成终稿，共四十卷。此书编纂，前后耗时

---

① （汉）司马迁：《史记》第6册，中华书局1959年版，第1938页。
② 朱承："'诗礼复兴'与回溯传统的社会心态"，《探索与争鸣》2020年第8期。
③ 孔勇：《清代皇帝祭孔与衍圣公陪祀之制初探》，《历史档案》2017年第1期。

十六年。除以御制诗文"独标卷首"之外，关于《幸鲁盛典》编纂体例和各卷内容，孔毓圻在凡例中道："首纪巡幸，次及临幸庙、林典礼，次及加恩圣伦、推恩五氏子孙，次及遣祭原圣、推恩后裔，次及开扩林地、议通壁水，次及赐碑，次及修庙，次及皇子告祭，次及再赐修庙碑文，次及推恩先贤先儒子孙，而终之以纂修事宜，至于臣僚颂言，皆以送到职衔为序，其地方职官及臣等诗文附于卷末。"① 前部分述礼，后部分录诗，这一编纂体例首先显露出以诗副礼的编纂意图。此外，仅有御制诗文和应制诗文两类文学创作有进入《幸鲁盛典》的资格，这表明应制诗文对于幸鲁盛典的建设具有独特意义。

《幸鲁盛典》十八卷初稿已佚，但据孔毓圻述，初稿"计正文一十四卷，颂扬诗文四卷"。② 四十卷终稿计有正文二十卷，诗文附录二十卷。较初稿相比，正文部分只是新增四卷，补入康熙二十七年（1688）后诏令修整孔庙、皇子告祭等事，诗文附录却增加了十六卷之多。究其原因，主要是初稿上呈后，除指出三十二条不当之处外，康熙还认为其"诗文所载尚少，亦令增入"，因此孔毓圻继续"遴选诗文增入"③，直至终稿完成。

由此可知，在《幸鲁盛典》中大量录入相关的应制诗文，并不是孔毓圻根据一己好恶所做的决定，而是他与以康熙为代表的清廷官方达成的共识。检视此书中的应制之作，由于类似同题共作，文本内容千篇一律。也就是说，录入诗文"量"的多少，事实上并不会影响"质"的完善度。既然如此，为何初稿上呈后，康熙会以"诗文所载尚少"而令其继续增入？应制篇什之"量"对于"幸鲁盛典"的建构究竟有何意义？在正式编纂之前，孔毓圻与廷臣反复疏请、议礼的内容为我们揭示了应制诗文之"量"与其仪式性功能之间的关系。孔毓圻在题请撰述事宜的第三封疏书中道：

---

① （清）孔毓圻、金居敬等编撰：《幸鲁盛典》，凡例，《景印文渊阁四库全书》第六五二册，第9页。
② （清）孔毓圻、金居敬等编撰：《幸鲁盛典》卷二十，第254页。
③ （清）孔毓圻、金居敬等编撰：《幸鲁盛典》卷二十，第255页。

第三章　礼制与事件：正统性文学建构的"盛世"主题

> 衍圣公臣孔毓圻题为"御制天章既焕，臣僚撰述宜衷。谨报明开读、开馆日期，再请俞旨"事：……臣稽往古历代帝王，凡孔庙碑记、祝词俱出廷臣撰述，未闻宝翰亲挥。若唐宗幸宅之诗，宋帝东临之赞，章宗一咏，明祖一诗，虽洋洋圣谟，千秋永宝。而寥寥篇什，体制未弘，从未有亲洒宸翰，高文大篇，如我皇上之文，同日月之丽天，并行不息；若源泉之涌地，万派争流。涵泳义类，陶铸古今。庙记溯章述之功能，序赞备始终之条理，乃至泉林、桧树，亦摅昭旷之典。……抑臣更有请者，自古都俞吁咈之朝，必载赓歌。圣驾巡幸，扈从诸臣既有应制，班联之上，亦多恭颂之词。记颂诗赋，体制不同，皆以赓扬盛美，黼黻休明。即臣等愚昧，亦思有所撰述，以纪希遘之典。臣拟汇辑，编为艺文一卷，附之集后，上采卷阿鱼藻，以志喜起之休风；旁及夏谚衢谣，益见右文之盛。伏乞敕下该衙门，凡臣僚一应篇什，许其岁内各自缮写，邮寄到臣。容臣编辑成书，一体进呈。①

同前两次一样，康熙将孔毓圻的第三封疏书交给礼部商议，礼部议后回禀曰：

> 礼部题前事：……逖稽往籍，爰溯曩徽，唐虞之君臣赓和，成周之雅颂矢音，以及炎汉柏梁、初唐应制，咸存撰制，并有和歌，于以黼黻休明，发扬嘉美。况乎恭逢盛世，欣睹熙朝，崇儒重道，烁古振今。凡属臣僚，无不乐为宣赞。相应如衍圣公所请，凡扈从部院诸臣，即在廷臣僚，其有著为文辞铺扬鸿钜者，无论诗、赋、颂、记，俱限于一月内缮写，交与翰林院，由翰林院裁订，送臣部转发。其衍圣公孔毓圻等有作，亦听采录。务择其渊粹、有裨风雅者，为艺文一类，附之卷内，非特益孔庭家乘之荣，实以征圣代文治之盛。如此则我皇上尊崇之

---

① （清）孔毓圻、金居敬等编撰：《幸鲁盛典》卷二十，第249—250页。

盛之意，奕祀光昭，而臣子颂扬踊跃之情，亦得以稍抒万一矣。①

值得一提的是，在前两次请示编纂事宜时，孔毓圻先是上疏请求"敕下部衙门将一应临幸阙里事宜：圣制、圣谕、告文、祝文、礼乐仪制、讲章以及扈从人员、陪祀执事诸臣名爵，各行颁发到臣，以便汇其纂入"。②复又请示纂修人员名单，均并未提及拟在卷内附录应制诗文一事。之所以第三次上书，乃是因为前两次疏书得到了回应，收到了官方下发的《幸鲁典礼》二本及御制文章七篇。孔毓圻的第三次疏书及礼部的议礼结果，至少反映了应制诗文的三重文示意义。

其一，符合孔子及孔庙的文化意涵。孔子与诗关系密切。众所周知，孔子提出了温柔敦厚的诗教观，孔子删诗说也为历代众多士人所认可。孔庙"诗礼堂"之名，便是由孔子曾教导孔鲤"不学《诗》，无以言""不学礼，无以立"③而来。孔子主张"诗礼相成"，《孔子家语》记录了其"志之所至，《诗》亦至焉；礼之所至，乐亦至焉；乐之所至，哀亦至焉。《诗》礼相成，哀乐相生"④的言论。诗礼文化是孔子及孔庙的独特文化意蕴。因此，御制诗文与应制诗文的呼应，及朝野上下的和声鸣盛，所造成的文章炳蔚、诗文兴盛之象，最能彰显祭孔这一礼制活动的特质，也是康熙表现尊孔重儒的方式。

其二，彰显君臣的一体性。在儒家的政治理想中，君臣赓和是太平盛世的表征，即孔毓圻所言"自古都俞吁咈之朝，必载赓歌"。"都俞吁咈"出自《尚书》。《尧典》曰："帝曰：'吁！咈哉！'"⑤

---

① （清）孔毓圻、金居敬等编撰：《幸鲁盛典》卷二十，第250—251页。
② （清）孔毓圻、金居敬等编撰：《幸鲁盛典》卷二十，第244页。
③ 《十三经注疏》整理委员会整理：《论语注疏》，北京大学出版社2000年版，第261页。
④ 王国轩、王秀梅译注：《孔子家语·论礼第二十七》，中华书局2011年版，第330页。
⑤ （清）爱新觉罗·玄烨钦定，（清）陈廷敬等编撰：《日讲书经解义》，第9页。

《益稷》曰："禹曰：'都，帝！慎乃在位。'帝曰：'俞。'"① "都俞吁咈"作为尧舜禹君臣在商讨政务时的常用叹词，被后世士人用来指代君臣之间的和谐、融洽的交流活动。又由于这种和谐、融洽的君臣关系，一般出现在太平盛世，"都俞吁咈"也进一步象征着士人心中理想的治世政治。礼臣提到诸如成周雅颂、汉武君臣柏梁联诗、初唐君臣应制等，均是为后世所追念的盛世之下君臣的文学唱和活动。其乐融融的君臣唱和，是"都俞吁咈"的文学具现，御制诗文与应制诗文则是这种文学活动的文本呈现。在君臣一体的理想政治中，御制诗文在应制诗文的呼应中才能更具有文治意义。孔毓圻特为"御制天章既焕，臣僚撰述宜衷"而上第三疏，正是试图从传统政治理想的历史积淀中汲取"盛世"的诗性建构路径。

其三，体现和声鸣盛的合理性。在孔毓圻最初的选诗计划中，既要"上采卷阿鱼藻，以志喜起之休风"，又要"旁及夏谚衢谣，益见右文之盛"。《卷阿》《鱼藻》是《诗经》篇什，均是贤臣颂扬周王之词，指代盛世在朝之作。"夏谚"是夏时俗语，"衢谣"为尧时击壤之歌，指代治世中的在野篇什。监生刘石龄在献诗结尾道："野人作歌同击壤，惭愧清庙明堂诗"，② 也是此意。这本质上关涉应制作者身份来源的多样性问题。"臣僚颂言，皆以送到职衔为序"的编排方式，正便于身份的区分。孔毓圻一共选入213位作者的221篇应制诗文作品。③ 从作者的身份分布来看，以官员品级而论，既有太子太傅保和殿大学士兼礼部尚书王熙、文华殿大学士兼吏部尚书加一级宋德宜、户部尚书管兵部尚书事梁清标、礼部尚书张士甄、经筵讲官吏部尚书熊赐履、经筵讲官刑部尚书张玉书等中央高级官员，也有江西吉安府知县刘德新、山东兖州府滋阳县知县王纶部等地方基层官员；以文武官员而论，既有南书房翰林高士奇、张英、查昇、孙岳颁，翰林院编修张廷瓒、赵执信，翰林院检讨刘坤，翰

---

① （清）爱新觉罗·玄烨钦定，（清）陈廷敬等编撰：《日讲书经解义》，第52页。
② （清）刘石龄：《伏睹幸鲁盛典恭纪》，（清）孔毓圻、金居敬等编撰：《幸鲁盛典》卷四十，第498页。
③ 同一位作者的组诗以一篇计。

林院庶吉士潘宗洛等以撰写应制诗文为本职的词臣，也有总督仓场户部右侍郎张集、兵部督捕侍郎赵士麟等翰苑外官员；就民族身份而言，还选入了觉罗逢泰、文岱、阿尔塞、高其伟、耿古德、尹太、阿进泰、杨万程、董泰、才住等满洲翰林的作品；值得注意的是，孔毓圻、孔毓埏、孔传志、孔尚任等孔氏后裔及五经博士颜懋衡、曾贞豫、孟贞仁、仲秉贞与仲承述父子、东野沛然等颜、曾、孟、仲、周公后裔的作品也都附于卷末。在传统文学与政治关系的批评视域中，诗歌直接参与政治运作的方式主要有两种，一是以诗观政，一是赋诗言志。① 兼顾中央与地方、翰苑词臣与其他官员、满族与汉族、圣裔与士人等多种身份的选诗标准，则为应制诗文在以诗观政与赋诗言志的传统中，建构"处处为康衢，人人为击壤"② 的盛世图景，最大效用地发掘颂声洋溢、和声鸣盛的合理性，奠定了诗学批评范畴的基础。

二　应制书写的礼制叙事与政治演绎

康熙阙里祀孔中的应制诗文，既以其形式存在述说着帝王祭孔中文学应制种种丰富的文治内涵，则其文学书写更需与其仪式性相匹配。皇权象征治统，孔子象征道统。康熙以少数民族帝王身份，亲至阙里祭孔，相较于汉族帝王，更具有正统建构的政治喻义与文化内涵。在此一礼制叙事中昭示满族帝王的正统地位，是少数民族政权的特殊政治需求，也促使其礼制叙事在文本内容、意象选择、风格特征方面呈现出独特风貌。

（一）凸显"异数"：从彰明礼义到"道统在上"

常建华总结康熙本次南巡的政治意图道："首次'南巡'的最大意义在于政治上的象征性，致祭了泰山象征天命所归，颂清功业，接续了中国历史的大一统之治统；致祭孔子则表明接续了儒家的道统，同时也表明了治统所归。加上康熙帝到达苏州及江南这一代表

---

① 彭亚非：《正统文学观念》，第66—67页。
② （清）孔毓圻、金居敬等编撰：《幸鲁盛典》卷二十，第244页。

第三章　礼制与事件：正统性文学建构的"盛世"主题　　239

着中国士大夫精英文化而在清初顽强抵抗清军的地区，隐喻着清朝彻底征服了中国。而南巡归途康熙帝致祭明太祖，在于承认明朝统治的合法性，以争取汉族士大夫之心，认同清朝的统治。"① 省视康熙在首次南巡中举行的另外两大具有浓厚政治意味的祭礼，自然不难领会出其祭孔之举的特殊政治诉求。孔子之后，"道统在下"是当时士人的普遍认知。在下之道统以"华夷之辨"的质疑对清朝政权构成思想威胁。因此，以"道统在上"来将道统收归治统之中，成为康熙努力塑造的新的治道关系。② 在本次南巡之前，康熙君臣已经开始有意识地称颂道统在上，但仍然是零散、不成体系的。直至本次祭孔，应制群臣开始在诗文中大规模地集中颂扬康熙的道统权威。若要突破"道统在下"的传统思维，则礼制及其叙述重心均需做出相应调整。

就礼制而言，阙里祀仪程式鲜明而严格，凡服饰、仪注、站位、乐章、陪祀人员、从祀人员等，均需经过礼臣对前代礼典的详细稽查与考索，方能最终确定。同年五月开始编纂的《大清会典》，详细录入了康熙本次祭孔的详细仪式，如：

> 上具补服升辇，仪仗全设，进曲阜南门，诣奎文阁前降辇。赞引官、对引官导上由甬道旁行，至大成殿拜位前立。典仪唱乐舞生就位，执事官各司其事。赞引官奏就位，上就拜位立。典仪唱迎神，协律郎唱举迎神乐，奏《咸平》之章，乐作。赞引官奏跪、叩、兴，上行三跪九叩头礼，兴，王以下陪祀各官及分献官俱随行礼毕。③

---

① 常建华：《新纪元：康熙帝首次南巡起因泰山巡狩说》，《文史哲》2010年第2期。
② 详见黄进兴《优入圣域：权力、信仰与正当性》，陕西师范大学出版社1998年版；姚念慈《康熙盛世与帝王心术：评"自古得天下之正莫如我朝"》，生活·读书·新知三联书店2015年版；杨念群《清朝"文治"政策再研究》，《河北学刊》2019年第5期。
③ （清）伊桑阿等编著，杨一凡、宋北平主编，关志国、刘宸缨校点：《大清会典·康熙朝》第二册，第868页。

诸如此类，康熙阙里祀孔的仪式细节总体上呈现出严格遵循前代传统的特点。若论其独特的礼仪设计，则主要体现在以下方面：其一，亲祀阙里。其二，在孔子像前行三跪九叩礼，前代帝王亲祭行二跪六叩礼。其三，在诗礼堂举办讲筵，并由孔裔孔尚任、孔尚鋕担任讲官。其四，周览庙亭、车服、礼器。其五，亲书"万世师表"悬额殿中。其六，撤銮仪曲盖留置殿廷。其七，御制《阙里古桧赋》，又御制《过阙里》诗赐孔毓圻。其八，驾幸孔林，在孔子墓前行三跪九叩礼。其九，亲摘孔林蓍草。其十，赐衍圣公孔毓圻、五经博士孔毓埏等圣裔及曲阜县知县孔兴认等日讲四书、易经、书经解义各一部。另赏赐袍服、文绮、白金等甚丰。其十一，蠲免曲阜徭役。其十二，御书"节并松筠"坊额褒扬孔毓圻祖母陶氏。其十三，遣恭亲王长宁及礼部尚书介山致祭周公庙。商鸿逵指出，康熙祭孔可谓"极尽亲挚倾慕之能事"，康熙"算得上历代皇帝尊孔的典型"，[①] 确实道出了康熙祭孔的独特性。

礼隆前代之举，显然是康熙展现崇儒重教之态的象征性行为。然而一来客观记录无法让人形成现场感，二来若非深知祭孔典礼的历史因革，便很难从客观仪式及其记载中明确康熙阙里祀孔礼隆前代的独特指涉。应制文学则能在具体的礼制叙事中凸显礼仪设计中独特之处，即其"异数"之举，进而抉发、彰明礼仪的政治意图，将其转变为便于理解与传播的文学话语。因此，繁琐的古礼程式往往被一笔带过，而康熙的"异数"之举则成为阙里祀孔应制书写的叙事主线。以励杜讷撰《幸鲁颂》为例，其序曰：

> 康熙甲子冬十一月，皇帝命法驾，诣阙里，释奠先师，礼肃九拜，甚旷典也。既进弟子员讲书毕，遍观车服礼器，抚嘉植，阅丰碑，忾然遐慕，弥切景行，爰御书牌额，作赋咏诗。奎画天章之盛，振古如兹，洵为创见。云汉昭回，庙堂增重。已复谒林，展拜游览久之，乃撤帐前曲柄伞，留于庙庭。赐赍

[①] 商鸿逵：《论清代的尊孔和崇奉喇嘛教》，《社会科学辑刊》1982年第5期。

圣裔一下，章服币帛有差，进讲者二人，授以官。异数深恩，皆往代所未有。是举业，不惟东鲁之父老诸生欢声雷动，凡在列群工，薄海横经之士，仰见圣天子笃学右文、崇儒重道如此，其勤拳恳挚也，相率感愤濯磨，蒸蒸向风，而宣圣王之统绪，更极昌明。①

励杜讷并没有花费笔墨用来描绘礼仪程式，他先是强调礼肃九拜为旷典，进弟子员讲书、遍观车服礼器、抚嘉植、阅丰碑、御书牌额、作赋咏诗等为创见，谒孔林、展拜孔子墓、撤留帐前曲柄伞、赐赍圣裔等，皆为"异数深恩""前代所未有"，继而以观礼者的群情涌动来强化"异数"的效果，最后点明主题，以康熙崇儒重道之"异"，而将其置于道统统绪中。其他应制诗文几乎均围绕康熙祭孔之"异数"而展开，或如励杜讷之文，历叙其"异数"所在，或仅选择其中的一件或几件展开。如颜渊后裔颜懋卿献诗曰：

桧楷多年圣泽新，宸游历历动咨询。抚摩彝器千秋碧，顾盼图书四壁春。自是庙亭留曲盖，即看碑版勒王纶。缥缃文绮同时赍，更沐兴朝一视仁。②

他便是选择抚桧、观礼器、留曲盖、作御制诗、赏赍赐物等"异数"入诗的。这些"异数"的书写，无一例外地服务于对康熙承续道统的称颂。如高士奇之应制赋在叙述"异数"之后，得出结论道："维我皇之凝祉兮，絜尧樽与舜瑟。综性道而焕文章兮，建君师之极则。"③史夔诗篇也以"旷代心源接素王，时从洙泗

---

① （清）励杜讷：《幸鲁颂有序》，（清）孔毓圻、金居敬等编撰：《幸鲁盛典》卷二十五，第322—323页。

② （清）颜懋卿：《恭纪幸鲁盛典诗二首》其二，（清）孔毓圻、金居敬等编撰：《幸鲁盛典》卷四十，第499页。

③ （清）高士奇：《幸阙里赋有序》，（清）孔毓圻、金居敬等编撰：《幸鲁盛典》卷二十三，第298页。

洁烝尝"①道统的呈递作为礼隆前代的前提，在"于尧舜孔孟之传，实有心得，故尊崇之典有加无已"②，"圣心直与天心接，君道还兼师道明"③，"道统尊宣圣，心源接我皇。后先如合节，今昔永相望"④，"以心印心，以道证道"⑤，"惟圣能尊圣，君师道并崇"的模式化逻辑中，不断得到强化。

（二）"心传"具现：礼制空间与意象选择

道统本质上是"心传"。书写康熙阙里祀典中礼隆前代之处，毕竟仍属于客观表现的范畴。若要建构康熙在"心传"谱系中的地位，还需要表现其与孔子在精神上的会通，从而努力在心灵与思想层面争取天下儒士的共鸣。因此，在阙里这一礼制空间中寻找孔子的精神载体作为文学意象，成为应制书写在祭孔叙事中的重要策略。

关于阙里孔庙和孔林，历代士人留下不少诗文作品，如汪克宽《夫子之墙赋》、祝尧《手植桧赋》、李东阳《奎文阁赋并序》、汪舜民《谒林》、金湜《谒庙》等。这些诗文按照主题可以分为两类，一类是直接以谒庙或谒林为主题，一类则借助孔子生前事迹或孔庙遗迹，托物言情或言志。在文学与情感的积淀中，夫子墙、古桧、杏坛、洙泗、击蛇笏、舞雩台、蓍草、泉林等成为承载着深厚意蕴的重要意象。康熙在祭孔的过程中，选择泉林、古桧树作为主要的文学书写对象，撰写了《泉林记》、《阙里古桧树赋》及《阙里古桧》诗。在《泉林记》中，他特意提到"相传为子在川上处，云旁有古寺，厥名'泉林'"。在前往曲阜孔庙途中，康熙途径此地，发"当日杖履所经，周览原泉，默契道体，喟然发水哉之叹者，其即斯

---

① （清）史夔：《圣驾幸鲁释奠先师礼成恭颂》，（清）孔毓圻、金居敬等编撰：《幸鲁盛典》卷二十七，第347页。
② （清）孔毓圻、金居敬等编撰：《幸鲁盛典》卷十九，第225页。
③ （清）仲秉贞：《恭纪幸鲁诗二章》，（清）孔毓圻、金居敬等编撰：《幸鲁盛典》卷四十，第501页。
④ （清）丛克敬：《纂修幸鲁盛典告成恭纪四十韵》，（清）孔毓圻、金居敬等编撰：《幸鲁盛典》卷三十九，第476页。
⑤ （清）叶淳：《圣驾幸鲁记》，（清）孔毓圻、金居敬等编撰：《幸鲁盛典》卷三十一，第394页。

第三章 礼制与事件：正统性文学建构的"盛世"主题　243

地耶"之畅想，又在此地"瞻眺久之，恍乎如有所得"。① 对"古桧"的选择，更加体现出康熙注重在礼制空间中选择可以与汉族士人产生共鸣的意象，试图从精神层面进入到汉族士人的情感共鸣体系之中。孔毓圻记录了康熙写作《阙里古桧树赋》的背景：

> 上前至大成门门左，观先师手植桧。上问："此树未朽，何以无枝？"衍圣公孔毓圻奏曰："自故明弘治十二年，庙毁于火，御赞殿、大成门俱被焚，桧在门殿之间，经火，枝叶尽脱，孤干独存，今有二百年矣，不枯不荣，其坚如铁，色亦如之，俗呼为'铁树'。"上命侍卫入栏，抚摩良久，称其神异，御制《阙里古桧赋》。②

观其《阙里古桧赋》，注重突出古桧树"涵元气以不朽，与至道而并存"的精神内涵。康熙选择古桧树，自然不仅仅是因为其奇异的生命力，更因为在诸多孔子意象中，其"遗根重萌""枯槎不朽"特征，最能接通士子心中儒道不灭的精神信仰，是以"儒生学士，低徊瞻相，起敬起爱，形诸诗笔，匪直比于甘棠之勿剪、嘉树之封殖而已"。③

康熙之咏桧树，得到应制诸臣的热烈呼应，阙里古桧成为康熙阙里祭孔应制书写的重要意象。翰林院学士孙在丰献《陪祀圣庙奉命分献述圣恭纪二十韵》中有言曰："宝书贻复壁，霜桧历千春。道统川无息，王风地少垠。"④ 直接以古桧树象征道统的无边无垠、流传不息。内阁学士兼礼部侍郎李振裕献《皇帝亲祠阙里雅一篇》，其八云："皇陟泉林，厥流孔㴆。皇抚桧文，厥枝孔虬。憩之植之，曰

---

① （清）爱新觉罗·玄烨：《泉林记》，（清）孔毓圻、金居敬等编撰：《幸鲁盛典》卷一，第14—15页。
② （清）孔毓圻、金居敬等编撰：《幸鲁盛典》卷七，第85页。
③ （清）孔毓圻、金居敬等编撰：《幸鲁盛典》卷七，第86页。
④ （清）孙在丰：《陪祀圣庙奉命分献述圣恭纪二十韵》，（清）孔毓圻、金居敬等编撰：《幸鲁盛典》卷二十二，第280页。

惟尼父。皇心愉愉,爰纪爰赋。"① 集中笔墨以陟泉林、抚桧文、作记作赋之事,来具现康熙与孔子的精神交流。再如巡抚河南都察院右都副御史王日藻以康熙抚摩桧树与契合"心传"相关联,其诗有云:"桧老摩挲久,槐疏芰憩遍。攀条思手植,怀古契心传。"② 其他诸如蓍草、杏坛等意象,也都是以其深厚的精神意蕴栖息在士人的精神深处。通过此类意象来表现帝王与孔子的"心契"及对"心传"的绍承,是康熙君臣建构"道统在上"的重要方式。

(三) 典雅庄重的文学风貌

"国之大事,在祀与戎",康熙亲至阙里祀孔乃是国家典礼,若要达到崇儒重道的礼制效果,一则应制文体须具有较大的叙事容量,以便全面容纳康熙亲祀阙里中的"异数",并展现政治气势和典礼之隆重。二则应制语体须符合正式、庄严的礼制场合。

就文体而言,以《幸鲁盛典》而论,在其收录的 221 篇诗文中,诗多以长篇或组诗来达到饱满、张扬的叙事效果。其中,长篇古体或排律共有 111 首,组诗共有 54 组。排律有长达百韵者,如王熙《圣驾释奠阙里兼幸孔林恭纪百韵》。组诗有容量多达 20 首者,如俞兆曾之《纂修幸鲁盛典告成恭纪》,便包括七言律诗 20 首。尤可注意者,除战捷应制外,四言雅颂体在康熙朝其他应制场合并不多见,而在《幸鲁盛典》中竟有 27 首之多。观其体式,四言颂诗如徐乾学《圣驾幸阙里颂》、陈元龙《幸鲁颂》等,四言雅诗如曹禾《圣政雅》、徐元文《东巡雅十三章》,均是模仿《诗经》中的《雅》《颂》而来,这更体现出康熙朝应制书写"雅颂之遗"的定位。典礼应制尤需效仿《雅》《颂》,对此,清初文人计东在《答诸弟子论诗二十五则有序》中云:

五古、七古者,且勿亟下笔。请先读古诗三百篇,不熟则

---

① (清) 李振裕:《皇帝亲祠阙里雅一篇》,(清) 孔毓圻、金居敬等编撰:《幸鲁盛典》卷二十二,第 285 页。
② (清) 王日藻:《圣驾幸鲁恭颂二十韵》,(清) 孔毓圻、金居敬等编撰:《幸鲁盛典》卷二十三,第 287 页。

不知兴比赋之义，诗虽工，杨用修所呵'村夫子'也。何仲默《明月篇序》先我言之矣。《风》《雅》《颂》不明，则不知赠答、寄讽及典礼应制之法。赠答、寄讽莫详于《国风》、变《小雅》，典礼应制莫善于《大雅》、正《小雅》《颂》，涵泳而深辨之，思过半矣。①

《雅》《颂》四言诗体原为庙堂、宗庙之音，且"雅音之韵，四言为正，其余虽备曲折之体，而非音之正也"，②使用《雅》《颂》古体，既能表现天子祭孔之肃穆，也可以传达宗经之旨。文计有11篇，其中，赋有9篇，记有2篇。赋最擅长表现政治文化时势，③诸臣选择赋体，应与其便于铺陈"异数"与时势有关。张英《大驾幸阙里赋》、高士奇《幸阙里赋》等均以赋体铺陈祭孔盛典与圣德。

典雅庄重的语体呈现也有助于礼制内涵的传达。应制文学属于庙堂文学，其语体强调正式度与庄典度，是以清人论及应制语体曰："应制，诗人多以为俗，不甚讲究。然使非原本经术，立言得体，有质有文，有声有色，以草野而庙堂，则可骇矣。备拟诸作，未尝刻画雕凿，而语皆大方，未尝错采镂金，而词必典雅，应制家金科玉律也。"④由清人之论可知，典礼应制尤需"以庙堂而庙堂"，而避免"以草野而庙堂"。若要以庙堂气象彰显典礼之庄严肃穆，一来应制语词需要具有美奂性，以便彰显帝王权威。二来语典、事典等需要来源于经史系统。这均属于语体范畴。以陈元龙之《幸鲁颂》为例，其叙述康熙祭孔之经过云：

驾方东巡，爰税于鲁。防山匪高，诞圣则尊。沂水匪深，

---

① （清）计东：《改亭文集》卷十二，《清代诗文集汇编》第九七册，第226—227页。
② （晋）挚虞：《文章流别论》，（清）严可均辑《全晋文》卷77，商务印书馆1999年版，第820页。
③ 许结：《汉赋：极具中国特色的赋体巅峰之作》，《中国民族》2022年第2期。
④ （清）得一道人评，见（清）陈梦雷《松鹤山房诗文集》诗集卷六《立秋》后，清康熙铜活字印本。

毓粹则神。鸾旂浘浘，玉车辚辚。百辟咸从，瞻望清尘。閟宫巍峨，天地同寿。我皇至止，言献其茆。登降益虔，循樯而走。岂曰为恭，隆师惟厚。隆礼惟何，言登其堂。诸生济济，说经琅琅。咨访遗迹，故府所藏。有服有器，有图有章。爰有灵柯，先圣所植。摩挲文理，缅怀手泽。①

其中，语典、语字、句式多来源于经史，语典如"鸾旂浘浘，玉车辚辚"采自《小雅·采菽》，"我皇至止，言献其茆"采自《鲁颂·泮水》，"循樯而走"出自《左传》。语字如"匪"，《诗经》常以其表否定之意，后世则多用"非"，而此处陈元龙却特意使用"匪"字来表否定。句式如"言……其……""有……有……"皆为《诗经》常用。诸如此类，皆可见出陈元龙有意从《诗经》等经史典籍的语词、语法系统中汲取表达构件，助其形成古朴肃穆的艺术风貌。

三　超越不在场：士人观礼与政治传播

康熙亲至阙里祀孔，主要是为了向天下臣民尤其是汉族士人宣示"道统在上"的政治理念，如何将此主流意识形态传递给士人与民众，并获得他们的接受和认同，促进政治整合，是展礼的最终目的。让臣民直接观看展礼过程，是对其进行仪式规训最为直接而有效的路径。据孔毓圻记载，在康熙进入曲阜之后，"士庶观者，以数万计"，② 显示出帝王亲祀的舆论轰动效应。但是，祭孔的具体仪式主要在孔庙内进行，参与人员仅限孔毓圻、孔毓埏、孔尚任等圣裔及各级朝廷官员，礼制空间既有限，参与人员亦有限。如何超越不在场，在臣民接受层面扩大礼制影响与政治效应，是康熙阙里祀孔最终实现政治效果的关键步骤，文学应制等文学及文化方式在这一

---

① （清）陈元龙：《幸鲁颂有序》，（清）孔毓圻、金居敬等编撰：《幸鲁盛典》卷二十九，第362页。

② （清）孔毓圻、金居敬等编撰：《幸鲁盛典》卷四，第48页。

第三章　礼制与事件：正统性文学建构的"盛世"主题　　247

政治传播中发挥着重要作用。

　　官方征集应制诗文的行为促进了康熙朝君臣之间的政治沟通与官员系统的思想统一。如前所引文献，官方征集应制诗文的方式，主要是在廷臣僚将各自撰写的应制作品缮写完毕后，交于翰林院进行筛选。由于《幸鲁盛典》最终是要交由康熙御览的，因而这一择优选入的方式，必然会更加鼓动群臣全力创作应制诗文的热情。从"投稿"人员的身份来看，如前所述，凡中央与地方、翰苑内和翰苑外、满族与汉族乃至圣裔等不同级别、不同类型、不同性质的官员皆积极参与，多有投赠。尤需注意的是，在这些"投稿"人员中，很多当时并未在场参与典礼，比如南书房翰林张英，考其生平，康熙二十一年（1682），张英以葬父为由，乞假回乡。当康熙驾幸阙里之际，张英仍在桐城里居，并未扈从。其《归田纪恩诗二十首》之十六题为《闻驾幸阙里恭纪》便可为证。除此诗外，他另撰《大驾幸阙里赋并序》一篇，被孔毓圻选入《幸鲁盛典》之中。作为这一礼制事件中的"不在场者"，张英在此赋中对康熙阙里祭孔的"异数"铺陈甚悉，大力颂赞康熙的道统地位。可见为了撰写此赋，张英需要对康熙阙里祀孔中的种种经过进行充分探听，并且深入了解康熙阙里祭孔的政治诉求。在了解意图、表达认同的过程中，久而久之，官方意识形态难免会内化至其思维方式之中。进一步而言，从中央到地方基层各级、各部官员等整个官员系统，在场的或不在场的，都在围绕康熙阙里祀孔，努力写作应制诗文，这一方面显示官方对此事的重视程度之高、宣传力度之大，以至于营造了浓烈的政治氛围。另一方面，则反映出应制诗文征集起到了良好的政治沟通效果。

　　基层士民的教化，与职官系统思想的统一和约束同等重要。由康熙阙里祀孔而衍生出了一系列著作及文学文本，它们的传播与扩散，也会在无形中促进阙里祀礼所承载的主流意识形态在基层士民中间的接受。首先是御制诗文的传播。康熙二十四年（1685），孔毓圻在上奏给康熙的疏书中道："臣兹贺万寿，甫入都门，闻有御制《古桧赋》。臣不胜欢跃，即购求抄本，熏沐恭诵。"① 按理，御制诗文作为"圣制宸篇"，应由官方整理、出版，民间不得私自抄录、售卖，而孔毓圻竟然在京城买到了康熙御制《古桧赋》的抄本，这实在令人深思。由此可以大胆推测，御制《古桧赋》的流传与售卖，应当都是经过康熙默许的，甚至或许还有官方力量的助推，正因"古桧"这一文学意象具有特殊意蕴，御制《古桧赋》的传播，不仅可以彰显康熙的文学、文化修养，也便于进入士人情感与思想的深处，获取更多的文化认同。

其次是《幸鲁盛典》《出山异数记》及相关笔记。关于《幸鲁盛典》诗文征录的作用，上文已有详细论述，此处则就《幸鲁盛典》整体而言。《幸鲁盛典》之编纂，是凝定与彰扬康熙阙里祀孔典礼及其政治内涵的重要步骤。孔毓圻在疏请编纂《幸鲁盛典》时，着重强调的是其公开性："容臣遵奉镂板，进呈御览，即颁行天下。庶普天率土，咸仰尊师重道之崇闳。桑户蓬枢，共瞻圣制宸篇之浩博。"② 但是事实却并非如其所言，《幸鲁盛典》撰成之后，在当时并未实现大范围的流播。康熙三十三年（1694）后，张潮（1659—1707）开始着手编辑《昭代丛书》。奉康熙之命南下治河的孔尚任在扬州与之结交，便询问张潮能否将自己撰写的《出山异数记》收入丛书。张潮欣然同意，并跋此书曰："驾幸阙里，馆中既有'幸鲁盛典'以恭纪之矣，然吾辈伏处菰芦，亦何从得见之乎？今东塘先生自以其所躬被之恩，特详记其始末，俾读书衡泌者，咸不啻恭逢其盛。"③ 张潮是当时有名的书商，尚且无从阅读《幸鲁盛典》一书，可见此书或因数量有限、卷帙浩繁等原因，在短时间内并未流传开来。不过，张潮虽未曾展阅，却曾听过此书，可见书册流传虽有限，但是官方编有此书却为士人所知。再来看孔尚任的《出山异数记》。在康熙阙里祀孔期间，孔尚任全程在场，此书正如张潮所

---

① （清）孔毓圻、金居敬等编撰：《幸鲁盛典》卷二十，第245页。
② （清）孔毓圻、金居敬等编撰：《幸鲁盛典》卷二十，第253页。
③ 张潮：《出山异数记跋》，孔尚任撰：《出山异数记》，《昭代丛书·乙集》卷十八，《丛书集成汇编》第二一四册，第422页。

第三章　礼制与事件：正统性文学建构的"盛世"主题　　249

言，乃是孔尚任"自以其所躬被之恩，特详记其始末"。张潮自言从此书中详细了解了此际祭礼："戊寅冬，先生以所记《出山异数》相邮示，因备知圣朝尊师重道之隆与君臣遇合之雅。"① 以为此事"非独先生之异数也，实吾道之异数也"。② 有鉴于此，张潮曾建议孔尚任将书名更改为《幸鲁承恩私记》，但是孔尚任以书札回复道："《幸鲁盛典》，久付史官。'出山'私记，乃一家言也，仍旧名为是。"③ 由此可知，不同于《幸鲁盛典》的官方编纂性质，《出山异数记》属于私人著述。从张潮与孔尚任的对话中，可见二人对《出山异数记》的私人著述性质均十分明确。公私著述声名或书册的流传，多少会扩散阙里祀典的礼制效果。

此外，时人笔记对康熙阙里祀孔及《幸鲁盛典》情况的记录，同样具有传递政治信息的功能。如王士禛《香祖笔记》记载道：

　　上东巡幸曲阜，谒至圣庙，庙门外降辇步行，行三拜礼，留御前曲柄伞于大成殿，命家祭即陈设之，古今未睹之异数也。事详《幸鲁盛典》。按宋故事，天子谒孔庙，止行肃揖之礼；庆历四年五月，仁宗特行再拜礼。乃至先圣后圣，其揆一也。《盛典》，衍圣公孔毓圻疏请翰林院庶吉士孙致弥、乙丑进士金居敬予之门人纂修。④

虽笔墨不多，但将康熙阙里祭孔的礼隆前代之处及《幸鲁盛典》的情况作了概括介绍，便于"不在场者"对康熙阙里祭孔一事作粗略了解。

应制诗文以附着于别集的形式传播，也会促进阙里祀典公共性

---

① 张潮：《出山异数记题辞》，孔尚任撰：《出山异数记》，《昭代丛书·乙集》卷十八，《丛书集成汇编》第二一四册，第409页。
② 张潮：《出山异数记跋》，孔尚任撰《出山异数记》，《昭代丛书·乙集》卷十八，《丛书集成汇编》第二一四册，第422页。
③ 顾国瑞、刘辉：《孔尚任佚简二十封笺注》，《文献》第九辑，书目文献出版社1981年版，第139页。
④ （清）王士禛：《香祖笔记》卷七，袁世硕主编《王士禛全集》第六册，第4608页。

之达成。根据前文所述，在康熙阙里祀孔的过程中，无论是在场或不在场，应制者皆为各级官员。相对普通士人而言，由于经济与政治身份上的优势，官员出版个人著述，自然要容易许多。考察此次应制投稿官员个人著述的出版情况，可以发现很多官员的诗文别集均存有康熙时期的版本。以南书房翰林而论，张英《笃素堂文集》、高士奇《清吟堂全集》、徐乾学《憺园文集》、王鸿绪《横云山人集》均存有康熙刻本，可见其当时出版之况。而这些别集或将应制诗文独立成卷置于别集中，如高士奇《随辇集》《经进文稿》便专门收录应制诗文。其中，《随辇集》是应制诗集，收入《奉和御制过阙里原韵》《御书万世师表四字留阙里恭纪》，《经进文稿》是应制文集，收入《驾幸阙里赋》。另有一些拟应制作品，也随着士人的诗文集一起出版，如陈梦雷的《松鹤山房诗文集》，今存清康熙铜活字排印本，其中录有其《拟驾幸阙里释奠颂》，可以为证。要言之，官方的应制征集，促使朝野上下撰写了大量的应制诗文。这些应制诗文又多被士大夫存入自己的文集中。伴随着个体诗文集的出版，它们也将得到进一步的传播。对于不方便阅读官方典籍的人而言，阅读士大夫别集中阙里祭孔的应制诗文，无疑要更为便利。

　　文本传播而外，士人可以经由观看康熙阙里典礼及士人的典礼应制所制造出的礼制景观，而受到更为直观而具体的教化。在本次阙里祀孔的过程中，康熙不断以御制诗文、书法作为文化载体，将崇儒重教、"道统在上"的政治意识形态贯注于其中。御制书法、诗文在以碑石、匾额等物质形式建设孔庙礼制景观的同时，也宣扬了文化权威与政治正统。在康熙驾幸阙里之后，很多士人慕名前往阙里孔庙。对此，孔毓圻道："臣见四方人士来登阙里者，瞻仰御盖，焜耀庙庭，无不致敬，忭舞导扬。"[①] 这促使康熙君臣致力于在孔庙制造更多的礼制建筑，以便士人观瞻。康熙二十四年（1685），孔毓圻将御制《古桧赋》勒石桧树间。因康熙御赐《阙里诗》，孔毓圻特意疏请建造宸翰阁一座，并将御制《阙里诗》镌石竖碑于诗礼

―――――――

① （清）孔毓圻、金居敬等编撰：《幸鲁盛典》，第244页。

堂内。康熙御赐"万世师表"四字，也经镂匾，悬设于大成殿正中一面。将御制诗文刻石、镂匾，十分便于来往士人欣赏康熙的书法与诗文，展现康熙的文化素养，进而塑造康熙的文化形象。此外，孔毓圻还在康熙驻跸之处建驻跸亭，留御伞处建伞橱。诸如此类，不一而足。

对未能参加康熙阙里祭孔仪式的士人而言，观看礼制景观是了解当时盛况的重要方式。而士人对礼制景观的应制或非应制书写，皆会进一步丰富礼制景观的政治、文化意蕴。这种相成关系可以结合张玉书观看礼制景观后的应制书写来作集中论证。康熙二十三年（1684），张玉书因在家守孝，未能扈从参礼。康熙二十六年（1687），他路过阙里孔庙，在备观曲阜孔庙的礼制景观后道："迄丁卯夏，以刑部尚书奉命入京师。从沂水迂道肃谒圣庙，乃获闻车驾临幸隆仪，异数之详，因得备观。留赐曲盖及御书庙额，与御制诗赋赞记之文，天章云藻，照耀宇宙，载籍以来，所未有也。"[①] 这显示出礼制景观对礼制内涵的凝聚、昭示意义。在进献的应制诗三十韵中，张玉书以诗注并行的方式来描写礼制景观，如在"杏绕古坛濡雨露，桧标孤干老冰霜"旁，张玉书注曰："孔子手植桧，高三丈，有奇围四尺，在杏坛左侧。毁于金贞祐，苗于元至元，自明弘治中复毁，又历二百年不枯不荣，其干如铁。御制《古桧赋》勒石桧间。"将康熙时代新增的御制《古桧赋》及其碑刻融续于千百年来历史文化的脉络之中。再如，诗句"诏留曲盖辉车服"后有注曰"留曲柄伞于庙庭"，"咏叶宫声夏徵商"后有注曰"御制五言律诗一首"，"宝额大书悬禹画"后有注曰"'万世师表'四大字"，"穹碑蠹立焕尧章"后有注曰"御制碑文并书碑，高一丈八尺，广六尺五寸，重七万斤，立于金声门右。"此类应制文本，皆是礼制景观的政治、文化注脚。查昇作为南书房翰林，曾在内廷见过御制御书的阙里碑文，并进献《南书房观御制御书阙里碑文恭纪四首》，被孔毓

[①]（清）张玉书：《圣驾临幸阙里释奠先师恭纪》，（清）孔毓圻、金居敬等编撰：《幸鲁盛典》卷二十一，第268页。

圻收入《幸鲁盛典》中。后来，在拜谒阙里孔庙、看到"万世师表"匾额后，他又感叹作诗曰：

> 策马争驰到孔林，参天松柏昼森森。虬枝手植从来古，御笔亲题又自今。御书"万世师表"四字。才入圣门沾化雨，伫邀主眷作甘霖。鲰生也得同瞻拜，欲溯源流思不禁。①

查昇此诗，并非应制之作。徘徊于古与今、"圣门"与"主眷"之间，其在追溯道统源流时的未言之思，自然指向康熙"盛世"的"道统在上"。康熙君臣在阙里孔庙制造的诸多礼制景观，便是在士人对政治、文化记忆的如此唤醒与书写中，叠加着它的历史内涵。

在古代，庙学相依、依庙建学是孔庙建筑的重要特色。② 对此，元人马端临记载道："古者入学，则释奠于先圣先师，明圣贤当祠之于学也。自唐以来，州县莫不有学，则凡学莫不有先圣之庙矣。"③ 与学堂相依而建的格局，促使孔庙更加遍布天下。因此，孔庙礼制景观的建设具有广泛性意义。除了阙里孔庙，天下学宫的礼制景观，皆因康熙本次阙里祀孔而得以更新，如康熙二十四年（1685），康熙下令将御书"万世师表"四字勒石，颁给直隶各省、府、州、县儒学，悬置匾额。这些举措在士人间产生的影响，可从当时洪洞士人范鄗鼎撰写的《重修学宫碑记》中略微观之：

> 会天子东巡如曲阜，谒孔庙。礼成，御制"万世师表"匾额颁于学宫，御制"学达性天"为额颁于周（敦颐）、张（载）、二程（程颢、程颐）、邵（雍）、朱（熹）书院，诏群臣纂辑《幸鲁盛典》，是天子留心学宫者如是。一时贤公卿如江南学臣李公振裕有"从祀应行厘正"一疏，太常寺许公三礼有

---

① （清）查昇：《同尹侍读冒雨至曲阜谒圣庙》，《清代诗文集汇编》第一七七册，第70页。
② 黄进兴：《优入圣域：权力、信仰与正当性》，第230页。
③ （元）马端临：《文献通考》卷四十三，中华书局1986年版，第411页。

"宋六子上汉唐诸儒"一疏,既尹顺天有《改圣庙释奠仪注》一书,是公卿之留心学官者如是。今沁源官师绅衿亟亟于学官,其得风气之先者乎?①

范鄗鼎敏锐地察觉到,在康熙阙里祀孔之后,沁源官师绅衿发生了"亟亟于学宫"的变化,风气在悄然发生变化,由此可见礼制景观对天下士心发挥着很强的示范性。应制征集活动,以及诗文著述、礼制景观等文化载体,促使士人超越不在场限制,实现精神上的"观礼",康熙阙里祭孔的政治效应,也因此得到更大范围的传播,这促使其成为康熙朝政治史与儒学史上的重要事件。

孔庙历来是政治与文化的汇流之处。康熙亲至阙里孔庙祭孔,本质上是其宣示道统所有权的政治仪式。在儒家的诗礼传统中,康熙君臣将国家典礼与庙堂文学相结合,发挥应制文学的仪式作用、书写功能与传播效力,宣扬满族帝王"道统在上"与"治道合一"的祭孔内涵。在康熙的影响下,雍正大力增祀先儒,乾隆甚至八次亲祀阙里,远超前代规制。这与康乾时期理学的发展与考据学的兴起息息相关,牵动着康乾时期的政治、思想与人心之变。应制文学作为皇权建设文本,展现并参与了文治政策的具体实施过程,在仪式、内容、传播向度始终是配合康乾祭孔典礼达成政治意图的重要文学形式,其内容、意象、风格等为贴合祭孔这一独特的政治、文化事件而呈现出殊异风貌。正是在政治、文化与文学的互涵共进中,清朝的正统建构进程得以有效推进,这有助于深化我们对康熙朝文学与政治、文化关系的认知。

---

① 孔兆熊、郭兰田编著:《沁源县志》卷七,北岳文艺出版社2006年版,第384—385页。

第四章　正统性建构中的文人心态与应制创作

康熙朝的正统建构对文人心态产生了较大影响，这种影响在不同时期、不同身份、不同民族的文人身上呈现出不同的形态。南书房翰林既是清廷建构正统性的"帮手"，又是康熙朝正统建构的对象。当由明入清的遗民进入南书房，成为文学侍从，其身份意识会发生什么变化？满族士人对应制活动与应制文学的接受，其中包含着何种政治、文化意蕴？康熙中后期，当正统建构逐渐形成日趋紧密的文网，此时的南书房翰林心态出现哪些特征？他们又是如何处理应制创作与私人创作的关系的？这些都是本章试图探讨的问题。爱新觉罗·允礽是康熙朝立而又废的皇太子，与南书房翰林时有文学酬唱。朱彝尊既是曾经的抗清志士，又是与王士禛并称"朱王"的重要文人，他先通过己未（1679）词科进入仕途，又于康熙二十二年（1683）被召入值南书房。查慎行则是康熙中后期由江湖进入庙堂的南书房翰林。本章将结合爱新觉罗·允礽、朱彝尊、查慎行的应制创作和应制心态，尝试对以上诸问题做出回答。

第一节　废太子允礽的文学活动及其意义

康熙文坛应制活动频繁，凡君臣赓和、应制赋诗、主动进呈等应制形式均十分普遍，满族与汉族、中央与地方、翰苑内外的士大夫皆积极参与。爱新觉罗·允礽（1674—1725）是诸多应制者中较为特殊的一位。允礽，康熙第二子。康熙十四年（1675），刚满周岁的允礽被立为皇太子。康熙四十七年（1708）九月，被废除太子名位。次年（1709）三月，复位。康熙五十一年（1712）十月，再度被废，禁锢咸安宫。此后，清朝再未公开册立过皇太子。允礽自幼蒙父亲康熙亲自教养，后来又以当朝名臣张英、李光地、熊赐履、汤斌等为师。在严格的皇太子培养体系中，允礽"通满汉文字，娴骑射，从上行幸，赓咏斐然"。① 至康熙中后叶，"九子夺嫡"进入白热化。在激烈的政治竞争中，允礽仍然积极地参与应制、组织应令。由于废太子的敏感身份，其诗文大多佚失，现仅存诗30首，主要见于《皇清文颖》《熙朝雅颂集》《晚晴簃诗汇》等。康熙诸子之中，第十七子允礼与第二十一子允禧得到学界的较多关注。自幼被当作储君培养、接受满汉双语教育的允礽，其汉语文学活动在康熙朝的正统建构中具有独特的示范性意义，而这尚未得到学界的关注。本节拟立足于满汉融合的时代语境，以允礽的汉语文学活动为中心，考察满族宗室在应制、应令中的复杂心态及其文学影响。

一　参与应制：文学教育的开展方式

正是因为康熙非常热衷于以帝王身份开展文学活动，康熙朝的应制文学创作出现繁荣局面。在这繁荣之中，以康熙诸子为代表的满族宗室是应制队伍中颇为引人注目的存在。允礽作为皇太子，在日常读书、参与政事、扈从巡幸、家庭聚会等场合，无不处于康熙、臣僚与其他皇子的注视之中。文学教育是皇太子培养体系的重要组成部分。在培育太子的过程中，康熙与其展开了多形式的文学交流，而应制写作则是康熙考察其文学素养、敦促其文学研习的基本手段。

在允礽年幼时，康熙不时以御制诗形式向其传授读书与为学之法。皇太子教育关系重大，因此，允礽在成长的过程中，须得向父亲康熙汇报学习进度，康熙则将个人学习心得谆谆传授。康熙二十三年（1684），在第一次南巡途中，康熙收到时年仅十一岁的允礽

---

① 赵尔巽等：《清史稿》卷二百二十，第30册，第9062页。

从京师寄来的临摹仿书,作诗一首以示回应,诗云:"奎文一画开天象,保氏先教识六书。笔势须知贵严正,好将功力足三余。"① 一来告诉允礽笔势应力求严正,二来告诫其练习书法贵在勤奋和坚持,要充分利用"三余"时间。不久,允礽又寄来书信,向父亲汇报已经读完"四书",康熙又作教子诗曰:"先圣有庭训,所闻在诗礼。虽然国与家,为学无二理。昨者来江东,相距三千里。迢遥蓟北云,念之不能已。凌晨发邮筒,开缄字满纸。语语皆天真,读书毕四子。髫年识进修,兹意良足喜。还宜日就将,无令有间止。大禹惜寸阴,今当重分晷。被卷慕古人,即事探奥旨。久久悦汝心,自得刍荛美。"② 在三千里之外的江宁,康熙将其对允礽的思念、收到书信的欣喜、展阅满纸天真后的欣慰,以及对允礽珍惜光阴、涵泳诗书、探奥索隐的希冀,一一寄寓笔墨之中。如此既可以向允礽传递读书、习字之法,以诗言教的方式在无形中也会敦促允礽学习解读汉语诗歌。

及其年岁渐长,赐观御制诗成为康熙以文学书写向儿子允礽等进行情感与价值观教育的路径之一。军国大事既攸关国运,也为康熙教育太子提供了良机。康熙三十六年(1697),康熙为征讨噶尔丹第三次亲征,得胜归来途中,驻跸怀来县,允礽前去迎接。康熙作《怀来示皇太子》一诗,诗曰:"春初凤驾回当暑,探尽黄流岸曲迁。只为敉宁筹远驭,不辞烦苦历征途。"③ 先是以诗叙事,春初出发,暑热方返,时间的跨度背后,是沙场征伐、探视黄河之苦辛。继而以诗言情,表达为维护国家安定而不辞辛苦的情感。康熙专作此诗以赐允礽,是希望他也具备这样的吃苦耐劳、为国尽力的精神。这种用意在三天后的示允礽等诸皇子诗中表达得更

---

① (清)爱新觉罗·玄烨:《康熙帝御制文集》第一集卷四十《途中览皇太子仿书以示之》,第545页。
② (清)爱新觉罗·玄烨:《康熙帝御制文集》第一集卷四十《江宁驻跸皇太子启至请安兼报读完四书》,第546—547页。
③ (清)爱新觉罗·玄烨:《康熙帝御制文集》第二集卷四十八《怀来示皇太子》,第1319页。

为清晰:"行尽龙荒到凤城,三回寒暑事长征。只须勤俭思无逸,说与艰难远道情。"①"说与艰难道远情"的目的正是培养诸子"勤俭思无逸"的品格。在日常生活中,新作甫成之际,康熙时常将其传示给允礽及诸皇子观看。康熙四十三年(1704),康熙前往南苑校猎,皇太子允礽、皇三子允祉等均在扈跸之列。时值季冬,天降大雪,康熙以为瑞兆,御制《南苑晚雪》一诗,"诗成,示东宫及诸殿下"②,其诗曰:"七月伤多雨,三冬少问天。晴开逾至日,云作近新年。猎雪宜岐麦,银花润旱田。辛劳催短鬓,忧乐验谁先。"③隆冬时节,新年将近,康熙看见新麦茂盛,旱田得润,回忆一年的甘苦和岁月的逝去,心中忧乐交集,难免慨叹。正如普通人家的父亲,向子女述说生活艰辛与得来之不易。这种心绪以诗歌为载体,通过康熙作诗、太子观诗而得到传递。

相较于赐观御制诗文,在召对中御试诗赋是康熙对允礽更为直接的文学教育与考察途径。在此情境中,允礽及诸皇子常常需要应制赋诗,自然地在日常学习和生活中形成研练应制诗文的习惯。陈梦雷自戍所被召回京师后,成为皇三子允祉的文学侍从。陈氏有记载曰:

> 皇帝三十八年(1699)夏,南巡狩至于吴越,甫还跸京师,诏皇三子诚王,以臣梦雷侍王读书于乾清宫中之懋勤殿。盖我皇上万几余暇,稽古论道之所也。臣闻命,踧踖屏营。既入侍,乃知我皇上每以昧爽视朝毕,入御乾清。东宫殿下暨诸皇子皆环列左右,讲肆经史,论治道,或御试以经义、策论、诗赋,率寅入酉出以为常。踰月,又侍王扈跸畅春,读书北园竹树水石之傍,间以稻田顷许,无亭榭丹艧之饰;左图右史,无声伎

---

① (清)爱新觉罗·玄烨:《康熙帝御制文集》第二集卷四十八《诸皇子来迎示之》,第1320页。
② (清)陈梦雷:《蒙圣恩以御制南苑晚雪诗题赐恭纪有序》,(清)陈梦雷:《松鹤山房诗集》卷五,《清代诗文集汇编》第一七九册,第122页。
③ (清)爱新觉罗·玄烨:《康熙帝御制文集》第三集卷四十八《南苑晚雪》,第1979页。

玩好。每晨，东宫殿下偕诸皇子入问省视，膳毕，退各就池馆，读书或赋诗，间临池染翰，虽盛暑不辍。①

据陈氏记录，他曾先后在乾清宫和畅春园中随侍皇三子读书，并目睹了康熙与允祉等诸皇子之间的日常相处。乾清宫中的懋勤殿是诸皇子学习之所，康熙下朝之后，便至乾清宫，允祉与诸皇子环列其左右。除讲经论史之外，康熙还会考察诗赋写作。畅春园中的北园也是允祉等人的读书之所，诸皇子悠游其间，在考试的压力之下，赋诗亦成为允祉及诸皇子重要的生活日常。值得指出的是，在召对活动中，康熙还会直接指示作诗之法。汪灝的《随銮纪恩》记录了详细的情形：

> 薄暮，上幸东宫行幄，召对。上坐殿左，绣墩西向，太子南向，侍臣北向跪。上谕："作诗之道，炼字不如炼句，炼句不如炼格，炼格不如炼意。意之所出，诗自随之。"又谕："读书须见诸实用，毋图寻章摘句。朕向读赵充国屯田封事，心然其言。千前年征厄鲁特，到宁夏时，以封事中语验之，句句与风俗吻合，益信古人言非泛设。"又谕："文章必先人品，文公、朱子地步既高，命意又远，发为诗歌，自然超人头地。徒擅吟咏，安能与之争衡。"又谕："《禹贡》《西铭》诸书，皆透发精理。"又云："朕凡读书，必百遍之外，是以随口熟诵，不讹只字，非徒恃天资也。"久之出殿，烛已数易。②

康熙教导允祉，作诗重在立意，读书须见诸实用。《禹贡》出自《尚书》，《西铭》为北宋理学家张载所作。康熙推崇朱熹的诗歌，以及《禹贡》《西铭》等书，侧面表现出在诗文写作中，他强调以

---

① （清）陈梦雷：《恭拟〈课余集〉后序》，《松鹤山房文集》卷十，《清代诗文集汇编》第一七九册，第345—346页。
② （清）汪灝：《随銮纪恩》，毕奥南整理《清代蒙古游记选辑三十四种》上册，第280—281页。

第四章　正统性建构中的文人心态与应制创作　259

经史、理学为根柢。从汪灏的这段记载中，我们可以知道，诗文写作技巧的谈论，也是康熙召对太子时谈论内容的重要构成。

　　受命撰写御制诗的倡和诗或者同题诗也是皇子们的生活常态。四皇子胤禛，也就是后来的雍正皇帝，在撰写《禁苑秋霁应制》时所作之序，记录了康熙父子唱和的具体情境。其序曰："康熙庚辰（1700）秋七月十九日，时雨初霁，风日清朗，新凉入座，林沼澄鲜。皇父听政之暇，亲洒宸翰，御制《禁苑秋霁》诗一章，命诸昆弟分赋应制。臣未及与，向晚趋庭，荷蒙颁示。天籁琳琅，云章绚烂，回环捧颂，莫测高深。又命臣补赋。"① 其诗曰："灵囿逢秋霁，西山晓翠张。澄波添太液，爽气发长杨。丛桂含香嫩，疏桐转影凉。宸襟披拂处，鱼藻有辉光。"② 康熙原诗为："树冷催蝉咽，荷疏表影长。深秋残暑气，微爽待高阳。户外远尘迹，园中多蕙香。溶溶新雨霁，吟乏愧成章。"③ 详味胤禛之记录，康熙原诗乃是即景即情而作。诗成之后，命在场皇子们写作应制诗，可见这一父子唱和活动具有即时性。胤禛当时不在场，当他趋庭之际，康熙又将御制诗赐观，还命其补赋应制诗。"补赋"说明这一活动的即时娱乐性弱，考核性强。胤禛之诗，乃是依御制诗之韵而作，风格典雅雍容，寓颂圣之意，可见御制诗与应制体限定了皇子唱和应制的风格、主题与内容。康熙父子间的此类唱和互动，本质上可以将其视为是半开放式的诗歌考试。

　　再来分析允礽残存的应制诗。综上可知，在赐观、御试、唱和等父子间的文学活动中，康熙或是以御制诗为载体，对允礽等诸皇子进行情感、价值观教育，或是以应制诗为媒介，在应制活动中进行文学教育，引导其培养文学兴趣，考察其文学写作水平和经史文化修养。在此背景之下，允礽写作应制诗的动机，应当包含应对应

---

① （清）爱新觉罗·胤禛：《世宗宪皇帝御制文集》卷二十二《禁苑秋霁应制有序》，《清代诗文集汇编》第二四〇册，第 396 页。
② （清）爱新觉罗·胤禛：《世宗宪皇帝御制文集》卷二十二《禁苑秋霁应制有序》，《清代诗文集汇编》第二四〇册，第 397 页。
③ （清）爱新觉罗·玄烨：《康熙帝御制文集》第二集卷五十《禁苑秋霁》，第 1347 页。

制考核、反馈学习效果、展现文学素养等诸多方面。以其《恭和御制见龙行》为例，其诗云：

> 长川大泽龙所都，飞空上下风云俱。我皇乾健协龙德，坐清海若驯天吴。是时江流净如练，蜿蜒百尺垂萦纡。伏朝御座鳞甲动，指挥似有神灵驱。昔闻黄龙出江浒，负舟犹复儆神禹。岂如圣德造化参，郊薮来游翔且舞。点翰惟严顾諟心，中正粹精居九五。祯符叶应非偶然，万国臣民欣作睹。①

康熙文集仍存《见龙行》诗及自序。此诗作于康熙四十四年（1705）四月三十日南巡驻跸金山之际。本次南巡，允礽随驾，故而有此恭和之作。康熙自叙《见龙行》的写作缘由云："是日申刻，无风雷，惟细雨一阵，既过而西南现龙，横亘数十丈，宛转移时，遂入云端。问及土人，非起蛟也，名为龙见，以为祥瑞等语。朕亦不以为异，故援笔漫成《见龙行》以示左右。"② 为了分析允礽和诗的特点，现将康熙原作《见龙行》录入如下：

> 在田在天连二五，纯阳变化参吞吐。非如起蛟坏田庐，又非密雾伤园圃。云端前后发祥光，逶迤上下行有矩。而乘六龙以御天，不违施德普时雨。有亢有悔有亏盈，首出庶物用精明。大哉龙德从其类，发挥纯粹须经营。长江一派何泱漭，素波万里尽澄泓。象震凌云敦元气，日新顾諟玩无声。③

康熙原作为歌行体，以《周易》为经，贯穿起全诗的结构与内

---

① （清）爱新觉罗·允礽：《恭和御制见龙行》，《皇清文颖》卷六十一，《故宫珍本丛刊》第 649 册，第 288 页。
② （清）爱新觉罗·玄烨：《康熙帝御制文集》第三集卷四十九《见龙行并序》，第 1993—1994 页。
③ （清）爱新觉罗·玄烨：《康熙帝御制文集》第三集卷四十九《见龙行并序》，第 1993—1994 页。

容。该诗可以分为两部分来进行解读,前四句以首句为纲,此句"在田""在天"不仅是对龙位置变化的描述,也是以"见龙在田,利见大人"①"飞龙在天,利见大人"②来言其祥瑞,强调天意。后四句以"有亢有悔有亏盈,首出庶物用精明"为纲,此句分别用"亢龙有悔,盈不可久也"③及"首出庶物,万国咸宁"④来警戒自己居安思危,保证国家长治久安,强调人事,敬天意而尽人事是诗歌的主旨。"在田""在天""纯阳""六龙""亢悔""庶物""龙德""顾諟"则均为《周易》《尚书》中语,显示出康熙深厚的经学修养。允礽应和之作亦为歌行体,次句即以乾健与龙德分言天命与君德,总体回应了对康熙原诗敬天授时的主旨。在解诗与唱和之间,允礽以应制诗展示出个人的阅读、写作水平及经史熟练程度,同时,颂圣旨归也显示出对皇权的尊崇之情。由此可见,对于允礽而言,写作应制诗可谓说是综合性的文化与思想考察。此外,允礽所作《陪驾幸五台山》《金莲花》《赐荔枝五枝恭纪》三诗,也可基本判定为应制之作,其写作情况应与这首《恭和御制见龙行》相似,不再赘述。

二 组织应令:允礽与南书房翰林的文学交往

对允礽来说,进呈诗文或应制赋诗,均带有不同程度的被动意味。组织应令则不然,是他主动开展的文学活动。在激烈的夺嫡之争中,允礽与词臣的政治关系十分微妙:他虽是高高在上的国之储君,却需要交结词臣,招揽羽翼。这种政治关系尤其渗透到其组织的应令活动中。南书房翰林的应令作品,记述了他们与允礽之间的文学交往活动。

在畅春园、西苑等地读书之际,少年允礽时常会开展应令活动。张英《丁卯九月除礼部左侍郎兼詹事于东宫进讲恭赋纪恩》一诗,

---

① (清)爱新觉罗·玄烨钦定,(清)陈廷敬等编撰:《日讲易经解义》卷一,上册,第22页。
② (清)爱新觉罗·玄烨钦定,(清)陈廷敬等编撰:《日讲易经解义》卷一,上册,第24页。
③ (清)爱新觉罗·玄烨钦定,(清)陈廷敬等编撰:《日讲易经解义》卷一,上册,第29页。
④ (清)爱新觉罗·玄烨钦定,(清)陈廷敬等编撰:《日讲易经解义》卷一,上册,第26页。

记录了他开始侍从太子讲席的时间，此时允礽十四岁。在张英的应制集中，此诗之后乃是《畅春园中朝暮侍东宫讲席恭纪》，诗云："一径穿萝密，千峰与席平。隔花闻鹤唳，绕坐听泉声。广厦延朝旭，陈编惬睿情。衰庸惭复喜，经史翊休明。"① 本年畅春园刚刚建成，此诗以畅春园讲席为主题，结合畅春园的优雅景致，称颂允礽敦好诗书之趣尚。《苑中玉楼春牡丹一株高数尺花开数百朵恭赋应皇太子令》曰："洛水名葩上苑东，当阶繁艳许谁同。疑张锦幄笼深碧，似叠绡衣簇浅红。花重偏教凝晓露，枝高更觉引和风。独先众卉亭亭立，领袖姚黄魏紫中。"② 此诗为赏花而作，言牡丹傲然群芳，实则是以此称颂允礽身份之高贵。康熙喜好书法，常常赐字给大臣。允礽也效法其父，张英《辛未十月蒙东宫睿笔大字二幅特赐恭纪二首》即是为其赐字谢恩而作，其一主要以"精义微言日探寻""温清时闻庭训切，诗书弥见睿宫深"③ 来称赞康熙教养之严、允礽修养之佳。其二则以"秀比五云瞻凤彩，丽如百琲粲珠光"④ 来赞其书法之精妙。《西苑五龙亭进讲蒙东宫赐鱼恭纪二首》其一曰："五龙亭接水云隈，定省初从御苑回。宫柳阴浓莲叶小，一溪烟雨泛舟来。"⑤ 记述了允礽定省后泛舟归来的场景。其二云："溪堂避暑晚凉宜，新得文鳞碧水湄。讲诵罢时沾赐渥，甘泉风味侍臣知。"⑥ 读书、钓鱼、词臣献诗，允礽的日常生活，在张英的笔下充满风雅之意。

及其长，夺嫡之争日益炽烈，允礽仍频繁组织应令活动。康熙四十二年（1703）五月，索额图因助允礽"潜谋大事"而被拘禁，不久，逝于幽所。而允礽也已然"渐失上意"。⑦ 正是在本年五月，康熙巡幸塞外，允礽随驾。查昇、陈壮履、蒋廷锡、钱名世四位南

---

① （清）张英：《存诚堂诗集》"应制五"，江小角、杨怀志点校《张英全集》下册，第112页。
② （清）张英：《存诚堂诗集》"应制五"，江小角、杨怀志点校《张英全集》下册，第115页。
③ （清）张英：《存诚堂诗集》"应制五"，江小角、杨怀志点校《张英全集》下册，第117页。
④ （清）张英：《存诚堂诗集》"应制五"，江小角、杨怀志点校《张英全集》下册，第117页。
⑤ （清）张英：《存诚堂诗集》"应制五"，江小角、杨怀志点校《张英全集》下册，第120页。
⑥ （清）张英：《存诚堂诗集》"应制五"，江小角、杨怀志点校《张英全集》下册，第120页。
⑦ 赵尔巽等：《清史稿》卷二百六十九，第33册，第9991页。

第四章　正统性建构中的文人心态与应制创作　　263

书房翰林及新进入南书房的词臣查慎行、汪灏皆在扈从之列。① 本次巡幸直至九月底方返回京师。在此过程中，允礽发起多次应令活动。塞外殊物容易触发应令活动。据汪灏记载，六月十三日，"见塞外蝴蝶大径尺。皇太子云：'罗浮山茧子，向年人自岭外贡至，当春养出，绕殿而飞，其大不过如此'"。② 六月十五日，查慎行在日记中提到"辰刻，入值。奉东宫教，作《塞外蝴蝶》绝句一首"。③ 其诗曰："罗浮仙种几时来，金粉天生不染埃。忽见一双同照影，始知隔水有花开。"④ 诗中引入了允礽之语。围场射猎是康熙巡幸塞外的重要活动，颇能体现满族的尚武精神。观猎活动也进入应令诗中。九月初六日，康熙、太子行围，六位南书房翰林皆随行。查慎行在日记中详细记述了射猎的场面："已而，向近山射猎，余辈立马以待。须臾，射得角鹿二，以紫驼负之而来。复往对面山岗树林丛密处，先令随行将士入林搜逐，东宫单骑引弓持满，立于林外，凡鹿之奔突而出者，随手射之，无不命中。"⑤ 又作应令诗《初六日随东宫射猎蒙赐全鹿野雉恭纪十首》，描写围猎场面，抒发观猎之情。如其二曰："林深谷邃转坡坨，黄叶声中掣电过。一箭拦回飞走路，随身数骑尚嫌多。"⑥ 其五曰："英姿雄略似吾皇，连日分围猎涧冈。赤豹黄熊皆进御，充庖一味不私尝。"⑦ 其十曰："平生未习穿杨技，老去空存见猎心。惭愧书生叨异数，酬恩无地感恩深。"⑧ 以诗歌书写射猎活动，注重树立允礽文武兼备的储君形象。

---

① （清）查慎行：《陪猎笔记》，范道济点校《查慎行全集》第三册，第191页。
② （清）汪灏：《随銮纪恩》，毕奥南整理《清代蒙古游记选辑三十四种》上册，第279页。
③ （清）查慎行：《陪猎笔记》，范道济点校《查慎行全集》第三册，第202页。
④ （清）查慎行：《敬业堂诗集》卷三十《随辇集·塞外蝴蝶应东宫令》，范道济点校《查慎行全集》第八册，第937页。
⑤ （清）查慎行：《陪猎笔记》，范道济点校《查慎行全集》第三册，第240页。
⑥ （清）查慎行：《敬业堂诗集》卷三十《随辇集·初六日随东宫射猎蒙赐全鹿野雉恭纪十首》，范道济点校《查慎行全集》第八册，第952页。
⑦ （清）查慎行：《敬业堂诗集》卷三十《随辇集·初六日随东宫射猎蒙赐全鹿野雉恭纪十首》，范道济点校《查慎行全集》第八册，第952页。
⑧ （清）查慎行：《敬业堂诗集》卷三十《随辇集·初六日随东宫射猎蒙赐全鹿野雉恭纪十首》，范道济点校：《查慎行全集》第八册，第952页。

将视线收回紫禁城内。由于允礽及诸皇子的读书之所距离南书房很近:"本朝禁中宫殿门名,大概仍明之旧,与《酌中志》所载略同。乾清门之内为乾清宫,宫之东曰昭仁殿,西曰宏德殿。东宫及诸王读书之所,一在门之东,曰东书房;一在门之西,曰西书房,皆北向。翰林院值庐曰南书房,与西书房才隔一垣。"① 这更为应令活动的开展提供了便利。需要注意的是,当允礽随驾出行在外,而南书房翰林留守宫内南书房时,允礽甚至仍会跨越地理空间的局限,以应令活动来实现交流。康熙四十三年(1704)十二月十二日,康熙驾幸南海子(即南苑),允礽扈从。七日之后,查慎行收到允礽传来的命令:"早入内廷,李笔帖传东宫令,著紫沧(汪灏)、亮功(钱名世)、西谷(蒋廷锡)及余四人,各赋《砚池冰》七律一首,仍以睿制诗见示。即属稿进呈。"② 一个"仍"字,说明此类活动并非少数。其诗集中对这次应令经过叙述更详:

> 十二月十九早,奉东宫令:"南苑冬夜寒甚,偶见砚池结冰,以'砚池冰'为题,汪灏、钱名世、查慎行、蒋廷锡四人可各赋七律一首。"又自制七律以示改正:"雪明书幌易生寒,水静圆池墨未干。乍结琉璃漆砚里,自成珠玉彩毫端。微涓倍有清莹色,一滴还深碧锦湍。冻释烟云浮几上,须知下有黑蛟蟠。"臣慎行恭和云:"研朱滴露一泓宽,喜见冰花结作团。粉色映笺云母白,墨光铺几水精寒。入怀珠玉生衾底,呵气蛟龙上笔端。计日东风先解冻,词源如海富波澜。"③

允礽因"偶见砚池结冰",便命人从南苑传旨至南书房,限定题目,将自制七律传示,命四位南书房翰林赋诗唱和,这不失为风雅之举。查慎行之诗,在形式上依允礽诗作之韵,在内容上应和允礽

---

① (清)查慎行:《人海记》卷下,范道济点校《查慎行全集》第四册,第145—146页。
② (清)查慎行:《南斋日记》,范道济点校《查慎行全集》第三册,第430页。
③ (清)查慎行:《敬业堂诗集》卷三十一《直庐集》,范道济点校《查慎行全集》第八册,第983—984页。

诗中的"珠玉"与"蛟龙"之比，尾联则更近一步，期待春天带来如海的词源。允礽与四位南书房翰林的异地酬唱，也是允礽与南书房翰林保持文学交流的一种方式。

除了中央文官，组织应令也是允礽在巡幸途中接见地方在籍词臣时与之进行文学交流的常用方式。康熙四十四年（1705），康熙第五次南巡，允礽随驾。四月初四日，曾经入值南书房的词臣朱彝尊在杭州行殿朝见允礽。据同行者查嗣瑮记载："四月初四日，扈从词臣传东宫教，同应者四人：侍讲臣（徐）倬、检讨臣（朱）彝尊、詹事臣（陈）元龙、编修臣（查）嗣瑮。"[1] 也就是说，当日应令者有四人，均为浙江人士，徐倬早已辞官归乡，朱彝尊被罢官后再未入京，陈元龙此时请假在家养亲。据朱桂孙、朱稻孙为其祖朱彝尊撰写的行述记载，在朱彝尊朝见之前，允礽曾遣近侍询问朱彝尊"饮食药饵之类，及有子几人，孙几人，曾出仕否"。在觐见时，"令旨赐座赐食，命赋《白杜鹃花》诗"[2]。朱彝尊集中存《咏白杜鹃花应东宫教》，诗曰："银榜璇题一道通，仙华移植冠芳丛。色殊李白宣城见，状比嵇康岭外工。照水影齐红踯躅，卷帘香动玉玲珑。梯航万里来何幸，采入尧山睿藻中。"[3] 此诗围绕牡丹花的"色"与"状"展开，先以李白、嵇康之典来点明其"色"与"状"之异，又以"照水""卷帘"来为其"色"与"状"增添动态之美。尾联以"尧山睿藻"，兼颂盛世与太子。总体而言，此诗应制得体，是以"皇太子称善勿置，特书'风吹夹漈'四字匾额以赐，又赐七言对联云：'白雪新词传乐府，青云旧路接仙班。'"[4] 允礽所赐的匾额与七言对联，实际上可以视作他对朱彝尊此诗的品评。在允礽出题——朱彝尊作诗——允礽品评这个过程中，允礽与朱彝尊进行了

---

[1] （清）查嗣瑮：《查浦诗钞》卷八《咏白杜鹃花》，《清代诗文集汇编》第一八六册，第573页。

[2] （清）朱桂孙、朱稻孙：《皇清钦授征仕郎日讲官起居注翰林院检讨显祖考竹垞府君行述》，王利民校点《曝书亭全集》，第1035页。

[3] （清）朱彝尊：《曝书亭集》卷二十一，王利民校点《曝书亭全集》，第262页。

[4] （清）朱桂孙、朱稻孙：《皇清钦授征仕郎日讲官起居注翰林院检讨显祖考竹垞府君行述》，王利民校点《曝书亭全集》，第1035页。

完整的文学与情感交流，向父亲康熙及地方士人展示出崇雅礼才的一面。

另需注意的是，允礽在命令词臣应令作诗之外，还会阅读词臣进呈康熙的应制之作。这在其与查慎行的文学往来中体现的尤为明显。查慎行在扈从行记中多次记录，其进呈诗折经御览发还之后，往往会再转呈给允礽，如"前日所进诗折，今日亦发下。再呈东宫睿览"①"午后，发下前所进《兴安岭》诗折，以臣慎行诗置第一。随呈青宫睿览，亦蒙褒奖"②"午前，写《射豹》诗折，进呈御览。发下，再呈东宫睿览"③。推测其原因，一来应是学习南书房翰林的应制技法。二来前面章节已经提到过，康熙会在词臣的进呈诗折中写作批语。且由康熙将查慎行进呈诗"置第一"可知，康熙还会对众词臣进呈的应制诗区分优劣。通过阅读御览发还后的诗折，可以了解康熙的文学喜好及文化关注点。不仅是应制诗，允礽还十分关注南书房翰林的文献编纂进度。如在南书房翰林受康熙之命编纂《渊鉴斋历代咏物分类诗选》期间，允礽多次前去索观，如"午刻，东宫亲幸值房，索观《咏物诗选》稿本"④"东宫同十三皇子临值庐，遍观余辈数日内所抄诗"⑤。而他之所以这么关注，或是为了应对康熙的临时查问。

在激烈的夺嫡之争中，允礽之所以热衷组织应令活动，与南书房翰林进行频繁文学交流，可能有以下原因：其一，年少时接受的文学教育培养了他的文学兴趣。其二，在应令酬唱等文学交流中学习应制之法。其三，试图以雅好文学的储君形象获得康熙认可。除此之外，以文学活动行政治拉拢、探听政治消息应是潜伏于文学活动表面的深层政治意图。逮至康熙中后期，南书房成为各路势力争斗之地。对此，曾经短暂入值南书房的方苞在为查慎行所作墓志铭

---

① （清）查慎行：《陪猎笔记》，范道济点校《查慎行全集》第三册，第220页。
② （清）查慎行：《陪猎笔记》，范道济点校《查慎行全集》第三册，第239页。
③ （清）查慎行：《陪猎笔记》，范道济点校《查慎行全集》第三册，第243页。
④ （清）查慎行：《陪猎笔记》，范道济点校《查慎行全集》第三册，第207页。
⑤ （清）查慎行：《南斋日记》，范道济点校《查慎行全集》第三册，第292页。

中回忆说:"时论皆曰:'南书房,争地也,未有共事此间而不生猜嫌、怀媚嫉者。'"① 全祖望在查慎行墓表中更道:"南书房于侍从为最亲,望之者如峨眉天半。顾其积习,以附枢要为窟穴,以深交中贵人探索消息为声气,以忮忌互相排挤为干力,书卷文字反束之高阁。苟非其人,即不能容。"② "于侍从为最亲"的特质,促使南书房翰林成为允礽等诸皇子的重点笼络对象。在康熙中后期的南书房翰林中,与允礽来往尤为密切者主要有汪灏、查慎行与汪灏。查慎行的《陪猎笔记》《南斋日记》留下许多记录。如"是晚,东宫射得一虎……召臣灏、臣名世、臣慎行至行幄前"③ "午前,偕紫沧、亮功赴东宫召,随蒙赐宴"④ "晨入值庐,早饭后,再同紫沧、亮功赴东宫召,赐饮赐馔,从容竟日"⑤。允礽频繁而固定地传召此三人,不会仅仅是为了交流文学。康熙四十七年(1708)九月,允礽初次被废。本年十一月,查慎行被停止入值南书房。次年四月,查慎行、钱名世、汪灏三人奉命暂时不再入值南书房,改去武英书局编书。这与其与允礽交游过密或许不无关系,也侧面反映出允礽以文学活动结交南书房翰林的背后,隐含着政治招揽、探听消息的意味。但从其客观效果来看,这促进了允礽对于汉语言文学的关注与学习。

三 允礽文学活动的标志性意义

应制诗或应令诗,均属于汉语文学创作。关于允礽,不仅要看到其储君的政治身份,还应注意满族宗室的民族身份。作为满族政权的储君,允礽除接受汉语教育外,还要学习其母语满语。康熙以汉语诗歌对允礽进行知识、情感与价值观教育,命其写作汉语应制

---

① (清)方苞:《詹事府少詹事兼翰林院侍讲学士查公墓表》,刘季高校点《方苞集》上册,上海古籍出版社1983年版,第361页。
② (清)全祖望:《翰林院编修初白查先生墓表》,朱铸禹汇校集注《全祖望集汇校集注》,上海古籍出版社2000年版,第865页。
③ (清)查慎行:《陪猎笔记》,范道济点校《查慎行全集》第三册,第238页。
④ (清)查慎行:《南斋日记》,范道济点校《查慎行全集》第三册,第259页。
⑤ (清)查慎行:《南斋日记》,范道济点校《查慎行全集》第三册,第260页。

诗，以及允礽自觉组织应令活动等行为，正是在满汉交融的历史进程中，显示出其独特的文学史意义。

首先，在夺嫡的过程中，政治竞争投射到文学活动中，形成允礽及诸皇子间的文学竞争。由康熙培育皇太子的过程，可以见出康熙十分重视储君的文化修养，深恐"皇太子不深通学问，即未能明达治体"。对于其他皇子，亦欲以诗书礼节教养之："即朕于众子，当其稚幼时，亦必令究心文学，严励礼节者，盖欲其明晓道义，谦益持身，期无陨越耳。"① 当然，作为满族帝王，康熙也十分警惕允礽及其他皇子的"耽于汉习"，因此在允礽身边同时安排满族老师，让他们"奉侍皇太子，导以满洲礼法，勿染汉习"。② 不过，康熙所谓"勿染汉习"，主要是强调在允礽及诸皇子的教育中，"文武要务并行，讲肆骑射不敢少废"，特命"皇太子、皇子等既课以诗书，兼令娴习骑射"③。因此，诸皇子在年少时就接受了良好的汉文化教育。康熙二十六年（1687）六月，皇太子开始读书于畅春园无逸斋。六月十日，康熙至无逸斋中，皇太子允礽及皇长子、皇三子、皇四子、皇五子、皇七子、皇八子俱侍奉在侧。康熙取下书案上的十余本经书，交给汤斌，命其"信手拈出，令诸皇子诵读"，汤斌随翻经书，而"皇三子、皇四子、皇七子、皇八子以次近前，各读数篇，纯熟舒徐，声音郎朗"。④ 此事显示出康熙对诸皇子汉文化教育之严格与重视。

汉语文学写作是汉文化教育中的重要一环。康熙之雅好文学，对储君文学修养的重视，以及不时的文学考察，在无形中会促进允礽及诸皇子的文学写作与文学竞争。以皇四子胤禛的应制创作为例。《雍邸集》七卷是其未登皇位前的诗集，当其即位之后，为其作序曰："朕素不娴声律，每于随从塞北、扈跸江南，偶遇皇考命题属

---

① 徐尚定标点：《康熙起居注》第三册，第466—467页。
② 徐尚定标点：《康熙起居注》第三册，第467页。
③ 徐尚定标点：《康熙起居注》第三册，第467页。
④ 徐尚定标点：《康熙起居注》第三册，第473页。

第四章　正统性建构中的文人心态与应制创作　269

赋，勉强应制，一博天颜欢笑。"① 虽是谦虚之语，但也透露出应制是其诗歌创作的重要促发力量。其集中应制诗颇多，显示出满族皇子良好的文学修养，如《恭侍乾清宫》云：

殿阁参差际碧天，玉阶秋草静芊绵。云开北阙祥光满，雨过西山霁色鲜。宾座金炉香霭霭，彤墀仙掌露涓涓。承欢频和温颜接，凛惕趋跄绣戺前。②

此诗注重韵律，颔联与颈联对仗工整，从形式上显示出胤禛对于汉语律诗文体的把握。且"碧天""金炉""祥光满""霁色鲜"等词语以其美奂性装饰着皇家荣耀，庄贵典雅，显示出胤禛对汉语应制语体的熟练把握。不仅胤禛的应制诗，其他皇子的应制诗也呈现出如此雍容典雅的文学风貌，与皇家尊贵相映成彰。如皇五子允祺《乾清宫侍宴》云：

仙禁初舒一叶蓂，瑞云时向玉阶停。尧尊香满春前举，天语温多醉后听。无限恩光分几席，始知乐事聚家庭。年年此际陪欢宴，四海雍和万类宁。③

同时，针对以不同的应制事件，皇子们会选择相应的叙写风格。如皇十三子允祥《恭和御制耕织图诗》：

历历三时况，如陈七月篇。秋云青甸里，春雨绿畴边。圣政先无逸，皇心重有年。孜孜宵旰意，总向画图传。④

---

① （清）爱新觉罗·胤禛：《世宗宪皇帝御制文集》卷六《雍邸诗集序》，《清代诗文集汇编》第二四〇册，第233页。
② （清）爱新觉罗·胤禛：《世宗宪皇帝御制文集》卷二十二《恭侍乾清宫》，《清代诗文集汇编》第二四〇册，第381—382页。
③ （清）爱新觉罗·允祺：《乾清宫侍宴》，徐世昌辑《晚晴簃诗汇》卷五，上海三联书店1988年版，第79页。
④ （清）爱新觉罗·允祥：《恭和御制耕织图诗》，徐世昌辑《晚晴簃诗汇》卷五，第79页。

康熙之御制《耕织图》诗，强调勤俭重农，允祥的这首应制诗便以相对朴素的风格适应这一应制语境。凡此种种，皆表明诸皇子应制诗写作的纯熟。此外，严迪昌曾言："无论允礽、允祉、允祺、允祥，还是永禄、允礼、允禧，以及弘昼、弘瞻辈，均有诗文之集。但皇子们所作诗不外乎逞才自娱而已，难脱'熙朝雅颂'的堂皇富贵味。"① 事实上，就康熙朝的皇子而言，无论是皇子们"均有诗文之集"的现象，还是诸皇子诗歌中的"堂皇富贵味"，应制及其典雅富丽的语体要求都应在其中发挥了一定的促进作用。

其次，虽然组织者是帝王与储君，但应制、应令本质上仍是文学活动。允礽积极参与应制，并在南书房翰林间展开应令活动，显示出满族宗室对汉族士人诗歌酬唱这一传统文学活动的接受。正因为应制、应令的组织者是帝王、储君，在权力的高压下，除了汉族词臣要写作应制、应令、应教诗，满族士人若要谋求仕进，也难以置身于应制、应令、应教之外，这促使诗歌酬唱这一文学活动，由满族上层的接受，实现向下的蔓延。

就应制而言，在应制盛行的大环境中，满族臣僚也免不了要写作应制诗，即使是纳兰明珠这样的满族重臣。纳兰明珠，纳兰性德之父，满族正黄旗人。铁保《熙朝雅颂集》中存且仅存其《汤泉应制》一诗。康熙二十年（1681）三月，康熙拜谒世祖孝陵后，奉太皇太后驻跸马兰峪温泉，并赐诸位从臣游温泉。南书房翰林张英作有《温泉歌应制》，高士奇作有《驻跸马兰谷今多呼作峪赐观温泉应制》，皆以应制诗纪此事。明珠之《汤泉应制》亦是为此而作。其诗曰：

> 御天来风辇，浴日启龙池。淑景黄图早，朝晖紫幄披。落花萦彩仗，初柳拂珠旗。野迥纡皇览，銮停拥地祇。翠岩深窈窕，琼构郁参差。萝磴时留跸，松门不翳茨。方塘含皎镜，文甃净涟漪。却望园陵近，弥深弓剑思。山川开丽瞩，草木得华滋。豫悦千秋洽，阳和庶物宜。每勤长乐养，独奏广微诗。溜

---

① 严迪昌：《八旗诗史案》，《西北师大学报》（社会科学版）2004年第3期。

第四章 正统性建构中的文人心态与应制创作

暖春频驻，波暄律罢吹。逾涯涵帝泽，曲逮被臣私。并命观温渚，相将陟涧湄。气凝浆五色，味绝露三危。凛节何由度。恩光实在斯。赤鳞游自异，锦雁饰奚为。瑞已征灵液，祥应颂玉芝。远侔尧德俭，只法禹宫卑。孝理能驯鹿，仁风遂化鸥。抚躬多窃幸，好爵久相縻。喜共清泉挹，如从丹洞窥。濯磨欣有赐，调变愧无奇。愿托潺暖水，年年奉圣慈。①

此诗有序，序中叙述了康熙赐观温泉及命令群臣应制的缘由："康熙辛酉（1681）三月，驻跸马兰峪，召扈从诸臣观于温泉，命臣宣示上意，使得周历游眺。"② 也表明 "宣示上意" 是其应制意图。所谓 "上意"，明珠在序中先有所点明，即 "孝思俭德"。明珠此诗为二十四韵，全诗先以 "却望园陵进近，弥深弓剑思" 写祭祀世祖孝陵之孝，再写奉太皇太后临幸温泉之孝，最后则以 "远侔尧德俭，只法禹宫卑" 来颂赞帝王俭德。全诗脉络清晰，词句典雅，颂德分明，体现出写作者良好的汉语诗歌写作水平。

就应令而言，允礽会召满族士人参与应令活动。查慎行就曾记载过这样的情况：

> 东宫随召余及紫沧、亮功赴行宫。时满如九、海天植两同年、周秉节州牧已先在。东宫举杜诗拈题分韵，余赋得 "远色有诸岭"，限二萧韵，作七律一首，东宫赋得 "高山四面同"，限一东韵，余不悉记。③

满如九，④ 即觉罗满保，据《八旗通志》载："觉罗满保，满洲

---

① （清）明珠：《汤泉应制谨序》，（清）铁保辑，赵志辉校点补《熙朝雅颂集》，辽宁大学出版社1992年版，第368页。
② （清）明珠：《汤泉应制谨序》，（清）铁保辑，赵志辉校点补《熙朝雅颂集》，辽宁大学出版社1992年版，第368页。
③ （清）查慎行：《陪猎笔记》，范道济点校《查慎行全集》第三册，第205页。
④ 《八旗艺文编目》《白山诗词》等谓其 "字九如"。详见（清）恩华纂辑，关纪新整理、点校《八旗艺文编目》，辽宁民族出版社2006年版，第92页；（清）铁保纂辑《白山诗词》，吉林文史出版社1991年版，第5页。

正黄旗人。康熙三十三年（1694）进士，改庶吉士，授检讨。三十八年（1699），充浙江乡试副考官，寻充日讲起居注官。"①海天植，即海宝，据《八旗诗话》载："海宝，字天植。满洲人，康熙甲戌（1694）进士，改庶吉士，散馆授检讨。"②他们均参加了此次应令活动，且允礽乃是从杜诗中拈题分韵，具有很强的随机性和规定性，对满保与海宝的汉语诗歌写作能力提出了很高要求。诸如此类的应令活动，满族士人也不得不参加，这会在一定程度上为他们的汉语诗歌学习，加入一些强制性的政治力量。

最后，允礽等对应制、应令的热衷，也有利于满族文化形象的构建。统治阶层在应制、应令活动中的表现，在文人眼中，往往具有强烈的文化象征意义。如王士禛在《香祖笔记》中论及唐武后时期的应制活动，尤愤懑难平，耿耿于怀：

> 唐武后游石淙倡和诗，首御制，自皇太子、相王以下，和者十六人。相王之后，次梁王武三思，次内史狄仁杰，次奉宸令张易之、麟台监中山县开国男张昌宗，又次鸾台侍郎李峤、凤阁侍郎苏味道、夏官侍郎姚元崇，奉宸大夫汾阴县开国男薛曜书，久视元年五月刊于平乐涧之北崖。诸诗惟李峤、沈佺期二篇差成章，余皆拗拙，可资笑柄耳。黄冈叶并叔封垂知登封县，撰《嵩阳石刻集记》，始著录之，而删去九首，不为无见。而朱竹垞太史憾其阙略，以得睹全碑爲喜，则亦好奇之过也。当牝朝淫昏之世，二张每侍行幸，预倡和，已令千古齿冷，而列衔于李峤、苏味道辈之前，诸人亦俯首甘之，当时君臣上下，岂复知有羞恶之心哉！③

---

① （清）爱新觉罗·弘历钦定：《八旗通志》卷一百五十二《人物志》，清文渊阁四库全书本。

② （清）法式善：《八旗诗话》，载《中国诗话珍本丛书》第16册，北京图书出版社2004年版，第630页。

③ （清）王士禛：《香祖笔记》卷二，袁世硕主编《王士禛全集》第六册，第4496—4497页。

在王士禛看来，在武后开展的应制唱和中，诸臣所作之诗，仅有李峤、沈佺期二篇可观，其他不过是"可资笑柄耳"。在此情形下，"二张"之"预倡和"，竟列于李峤、苏味道之上，这乃是"令千古齿冷"之事，他还由此见出当时君臣上下没有羞恶之心。此外，叶封撰《嵩阳石刻集记》并删诗九首，朱彝尊却又以得见全碑为喜。虽然王士禛、叶封、朱彝尊三人对待唐武后游石淙倡和诗的态度不尽相同，但不可否认的是，帝王组织的文学活动，即使历经数百年，也是后世士人孜孜谈论的话题。凡应制诗的写作水平、参与人员、位列次序等皆在士人的评判之中。康熙朝的应制兴盛，其中或许便有对这一士人心理的利用。在此背景之下，康熙对典雅庄重的应制创作之推崇，本质上乃是服务于其政治形象的树立。而他注重考察允礽等皇子的应制诗写作，在一定程度上促使允礽的文学写作，在应制的影响下，整体上呈现出典雅的特点。而这最终也服务于满族政权文化形象的塑造。这种关系可以从王士禛的另一段记录中进行考察：

> 上驻跸杭州，山阴耆民王锡元同胞兄弟五人，见于行宫，长次系双生，皆年八十，三年七十八，四年七十六，五年七十五，率子侄凡十七人，孙十八人。赐宴，赐缎锦各一疋，又赐御书扁额"一门人瑞"，皇太子赐联"五枝锦树荣今代，百秩仙筹萃一门"。见邸报。①

"见邸报"之记录，对于我们了解康熙为何热衷应制、并且重视允礽的文学教育具有重要的文献意义。这表明当时康熙、允礽在南巡过程中诸如赐御书匾额、赐对联等行为及其匾额、对联的内容，皆会被写到邸报进行公示。进而也可以推测，诸如赐诗、召集大型应制等活动，应当也会被载于邸报之上。因此，凡帝王、储君的文学写作便不可不慎重。又王士禛《居易录》记载：

---

① （清）王士禛：《香祖笔记》卷九，袁世硕主编《王士禛全集》第六册，第 4656 页。

赐致仕工部尚书熊一潇御书曰"怡情泉石",致仕内阁学士徐嘉炎御书曰"直西清",又一联云:"树影不随明月去,溪声长送落花来。"又唐人张旭"隐隐飞桥隔野烟"绝句一首。皇太子赐嘉炎睿书"博雅堂"大字,又一联云:"楼中饮兴因明月,江上诗情为晚霞。"又赐睿制诗一首云:"玉台词藻重徐陵,经笥由来博雅称。每见趋陪鹓鹭侧,神仙风度在觚棱。"①

由此可知,作为储君,允礽与康熙均需在某些公开的政治场合或事件中赐诗、赐匾额、赐对联。这些赏赐作品中蕴涵的书法与诗歌,将为士林所注目,从而影响满族统治阶层文化形象的构建,最终服务于满族政权的正统建构。虽然这些诗歌、匾额或有词臣代笔,但总体而言,代写或储君亲写的文学写作均具有很强的示范性意义,不可不慎重,这或许是康熙本人、储君及词臣均着意于典雅庄重的应制文学的重要原因。

综上,作为少数民族政权的储君,允礽自幼接受满、汉双语教育。自其年少时起,康熙便十分注重以汉语御制诗对其进行情感、态度与价值观教育,又以应制诗写作考察其汉语诗歌写作水平。在康熙"雅好文学"的亲身示范和着力引导下,允礽也热衷于组织应令活动,与词臣之间展开诗歌往来,既以此配合康熙朝的文治政策,也试图以此来行政治招揽。进而言之,在康熙中后叶的夺嫡之争中,康熙以应制进行文学考核的方式及其对储君汉语文学修养的重视,促使诸皇子皆十分留心汉语文学,文学修养在政治竞争中得到客观提升,以康熙诸子为主体的应制、应令、应教活动均随之频繁,满族士人也逐渐参与其中。这类汉语文学活动在满族宗室及士人间的盛行,有助于满族文学形象的树立,从而促进满汉文化的融合。

---

① (清)王士禛:《香祖笔记》卷二,袁世硕主编《王士禛全集》第六册,第4309—4310页。

第二节 "南书房旧史": 朱彝尊的词臣身份认同与诗风嬗变

在己未（1679）词科中擢布衣为词臣是康熙帝彰显礼贤姿态、招揽士望人心的重要手段。孟森曾道："天子而能留意及布衣，自为天下将定，以收人心为急，当时士为民望，能得士即能得民，故与制科委屈周全至如此。"① 此言便是对康熙帝政治意图的准确揭示。作为清初"四大布衣"② 之一的朱彝尊（1629—1709），自然成为康熙帝的重点网罗对象，在被擢为翰林之后，又获入值南书房之殊遇。在此过程中，朱彝尊放下早年的抗清立场，身份意识开始转化为清廷词臣。词臣身份认同的最终达致，使得政治对其文学创作的内在制约迅速增强，其诗风由之一变。本书将以朱彝尊之由布衣为词臣为主要切入点，考察词臣身份认同与其诗风嬗变的关系，以期借此观照康熙帝的文治策略对士人心态及文学创作的影响。

一 从"布衣"到"南书房旧史"：词臣身份认同之达致

古人在文章、书信落款处自题身份、名号，本为寻常，而朱彝尊的自题有竹垞、醧舫、金风亭长、小长芦钓鱼师、布衣秀水朱彝尊、南书房旧史秀水朱彝尊等数十种之多，颇可注意。综而观之，这些自题与朱彝尊的人生轨迹大致相应。③ 其中，竹垞、醧舫、金风亭长、小长芦钓鱼师等皆与其住处相关，而"布衣秀水朱彝尊"和"南书房旧史秀水朱彝尊"则比较特别，指向朱彝尊不同时期的社会身份及其对自身身份的认知。

"布衣"往往指代未曾出仕者。在康熙十八年（1679）通籍之

---

① 孟森：《明清史论著集刊》（下），《己未词科录外录》，中华书局2006年版，第494页。
② 关于"四大布衣"，一说为李因笃、姜宸英、严绳孙、朱彝尊，一说为李因笃、潘耒、严绳孙、朱彝尊。"三布衣"指进入史馆之潘耒、严绳孙、朱彝尊。具体参见孟森《明清史论著集刊》（下），《己未词科录外录》，中华书局2006年版，第494页。
③ 张宗友：《朱彝尊年谱》，凤凰出版社2014年版，第4、10页。

前,"布衣"是朱彝尊自题身份的主要用语,如"顺治乙未(1655)畅月,布衣秀水朱彝尊书"①等,这首先是其对自身社会身份的标示。朱彝尊生于崇祯二年(1629),尚未在明朝取得任何功名身份,便遭逢明清鼎革。康熙十七年(1678)正月,康熙帝诏开博学鸿词科,朱彝尊有荐于朝。次年三月,五十一岁的朱彝尊被擢居一等,授翰林院检讨,充《明史》纂修官,②自此才改变布衣身份。

在布衣身份期间,朱彝尊"历游燕晋、齐鲁、吴楚、闽粤之交"③。早年,他曾在吴越、闽粤同魏耕、屈大均等人组织抗清活动,直至顺治十八年(1661)魏耕等人被清廷抓获。④次年,朱彝尊前往永嘉(今浙江温州)避祸,自此转徙燕晋、齐鲁等地,先后在山西按察副史曹溶、山西布政史王显祚、山东巡抚刘芳躅、直隶通永道龚佳育等处过了长达十七年的游幕时光。此外,又分别在康熙三年(1664)、康熙六年(1667)、康熙九年(1670)、康熙十一年(1672)、康熙十七年(1678)年五入京师。

结合通籍前的行迹检视其诗歌创作,不难发现除标示社会身份外,随着朱彝尊在不同时期的心态变化,"布衣"的内涵也有所不同。在抗清阶段,自称"布衣"是其抵抗清廷姿态的隐性传达。顺治十一年(1654),朱彝尊结识魏耕,开始参与反清事宜。⑤同年,其《寂寞行》一诗道:"寂寞复寂寞,四壁归来竟何讬。男儿不肯学干时,终当饿死填沟壑。布衣甘蹈湖海滨,饥来乞食行负薪。不然射猎南山下,犹胜长安作贵人。"⑥以贫不求显言说义不仕清。而随着对清廷认可的加深,"布衣"的易代色彩逐渐褪去,更多指向与

---

① (清)朱彝尊:《曝书亭集》卷六十八《题柯山寺壁》,王利民校点《曝书亭全集》,第665页。

② (清)朱彝尊:《曝书亭集》卷三十九《腾笑集序》,王利民校点《曝书亭全集》,第452页。

③ (清)朱彝尊:《曝书亭集》卷三十六《感旧集序》,王利民校点《曝书亭全集》,第422页。

④ 朱则杰:《朱彝尊研究》,凤凰出版社2020年版,第109、129页。

⑤ 张宗友:《朱彝尊年谱》,第59页。

⑥ (清)朱彝尊:《曝书亭集》卷三《寂寞行》,王利民校点《曝书亭全集》,第65页。

第四章　正统性建构中的文人心态与应制创作　　277

官绅相应范畴的涵义，这在其京师诗歌中有较多体现。康熙十三年（1674），朱彝尊身在京师，第四次入都的他与辇下诸臣来往频繁，早年"犹胜长安作贵人"的想法也在多年游幕和四入京师的过程中消散殆尽，相应的交游应酬之作也增多。本年，朱彝尊应王崇简之招，与钱澄之等人宴集于丰台药圃，有诗曰："上苑寻幽少，东山载酒行。发函初病起，出郭始心清。一老风流独，群贤少长并。甘从布衣饮，真得古人情。"①王崇简早在康熙三年（1664）便以礼部尚书身份致仕，因而朱彝尊称其为"尚书"。"甘从布衣饮，真得古人博"夸赞王崇简作为礼部尚书，不拘身份高下之别，同众布衣饮宴，以之表达对主人王崇简的奉承之意。此时，朱彝尊对"长安贵人"已没有早年的拒斥之态，由此也可见出他对清廷态度的转变。

这种对清廷由抵抗到认可的态度转变在鸿博待试期间更为显著。康熙十八年（1679），在鸿博开考之前，朱彝尊作《古意投高舍人士奇》一诗，其中有言曰：

奕奕九成台，泠泠五弦琴。威凤刷其羽，歌舞乐帝心。朝仪灵沼上，夕息高梧阴。览辉千仞余，求友及邃深。爰居本海处，亦复辞烟浔。东门一戾止，游目嘉树林。和风动闉阇，百鸟啁啾吟。独无笙簧舌，臆对难为音。主人轸物微，饲花若黄金。食之非不甘，愧莫报以琛。寄言鸾凤侣，释此归飞禽。②

"和风动闉阇，百鸟啁啾吟"或指众多鸿博征士在达官之门奔竞之况，有记载道："康熙十七年（1678），仿唐制开博学鸿词科，四方之士，待诏金马门下，率为二三耆臣礼罗延致。"③"独无笙簧舌，

---

① （清）朱彝尊：《曝书亭集》卷九《王尚书崇简招同钱澄之毛会建陆元辅陈祚明严绳孙计东宴集丰台药圃四首》其一，王利民校点《曝书亭全集》，第142页。
② （清）朱彝尊：《曝书亭集》卷十《古意投高舍人士奇》，王利民校点《曝书亭全集》，第157页。
③ （清）陈康祺：《郎潜纪闻二笔》卷十五《佳山堂六子》，（清）陈康祺撰、晋石校点《郎潜纪闻初笔二笔三笔》，中华书局1997年版，第613页。

臆对难为音"则表达了在众人奔忙间的无所适从之感。作为"博学鸿词科中圣祖的得力助手"①,冯溥(1609—1691)门下此时"设食受室,灿然成列者,已不啻昭王之馆、平津之第也"②,而朱彝尊却"独未获游公之门"③;试后,他又在家信中道:"冯中堂(冯溥)怪我不往认门生,杜中堂(杜立德)极贬我诗,李中堂(李霨)因而置我及汪于一等末。"④皆为其"臆对难为音"的佐证。此诗写作之时,其浙江同乡高士奇(1645—1704)方被擢入南书房不久。或是因为不得冯溥等人助力,朱彝尊先在诗中对南书房内高士奇与康熙帝和谐的君臣交往展开想象,以此恭维高士奇,继而陈述困顿之状,表现出明显的投谒之意,相较之下,"释此归飞禽"则显得言不由衷。由此,可见朱彝尊在考试之前便产生了脱下过往之"布衣"、穿上清廷之"朝衫"的身份追求。

康熙十八年(1679),朱彝尊被授为翰林院检讨,这意味着其"布衣"身份的终结、"词臣"身份的开始。所谓词臣,乃是朝廷中以馆阁翰苑官员为主的知识精英。就清朝而论,其主要任务为"载笔史戚,陈书讲幄,入承僚直,出奉皇华"⑤,具体而言,则有经筵日讲、纂修翻译书史、考选庶吉士、主考会试与乡试、侍值扈从、应制诗文等职责。⑥

穿上"朝衫"之后,朱彝尊屡蒙康熙帝赏识,先是在《明史》馆修史,至康熙二十年(1671),"天子赠置日讲记注官……是秋出

---

① 张立敏:《冯溥与康熙京师诗坛》,第90页。
② (清)毛奇龄:《佳山堂诗集》序,载(清)冯溥撰《佳山堂诗集》卷首,《清代诗文集汇编》第29册,第514页。
③ (清)朱彝尊:《曝书亭集》卷六十六《万柳堂记》,王利民校点《曝书亭全集》,第650页。
④ (清)朱彝尊:《曝书亭集外诗文补辑》卷十一《彝尊家信十札》(其二),王利民校点《曝书亭全集》,第1017页。
⑤ (清)鄂尔泰、张廷玉:《词林典故》卷三《职掌》,载傅璇琮、施纯德编《翰学三书》,第38页。
⑥ (清)鄂尔泰、张廷玉:《词林典故》卷三《职掌》,载傅璇琮、施纯德编《翰学三书》,第46页。

典江南省试"①。纂修《明史》、担任日讲起居注官与出典江南乡试，皆为词臣职责所在。朱彝尊对待这些任务很尽心，以典试为例，在还未南下之前，他在家书中写道："主恩□，惟有立誓矢慎矢公。"②这封家信虽残缺，但从"主恩"等词和其他家信来看，朱彝尊之所以要"矢慎矢公"，乃是感念"皇上拔于众中"，自觉"惟有同事一心，揽真才以佐盛治"。③本次典试的结果也正如朱彝尊所愿，时人皆谓之得士，被誉为清初第一直臣、时任刑部尚书的魏象枢，在朱彝尊自江南返京之后，穿朝衣过朱彝尊拜，说道："江南乡试，为关节贿赂所汩久矣。兹得子澄清之。吾非拜子也，庆朝使之得人也。"④

康熙二十二年（1683）正月二十日，"天子召入南书房，赐宅景山之北，黄瓦门东南。"⑤朱彝尊的身份再次发生重要变化。关于南书房，乾隆朝宗室爱新觉罗·昭梿（1776—1830）道："本朝自仁庙建立南书房于乾清门右阶下，拣择词臣才品兼优者充之。"⑥康熙十六年（1677）十二月十七日，张英和高士奇作为第一批南书房翰林正式入值南书房，此后陈廷敬、叶方蔼、王士禛、徐乾学等人也时有入值。南书房地处禁近，身份清要，凡入值南书房者，皆称为"南书房翰林"，为词臣中之佼佼者。

明清十分重视翰林出身，康熙帝曾道："翰林院乃是储养人材之地。"⑦翰林职位清华，进入翰林院、成为一名词臣是古代众多文士子的理想。按例，进入翰林院需要经过严格的科举考试选拔，以布

---

① （清）朱彝尊：《曝书亭集》卷三十九《腾笑集序》，王利民校点《曝书亭全集》，第452页。
② （清）朱彝尊：《曝书亭集外诗文补辑》卷十一《竹垞家书三通》其二"辛酉七月"，王利民校点《曝书亭全集》，第1016页。
③ （清）朱彝尊：《曝书亭集》卷八十《贡院誓神文》，王利民校点《曝书亭全集》，第745页。
④ （清）朱彝尊：《曝书亭集》卷三十八《尚书魏公刻集序》，王利民校点《曝书亭全集》，第436页。
⑤ （清）朱彝尊：《曝书亭集》卷三十九《腾笑集序》，王利民校点《曝书亭全集》，第452页。
⑥ （清）爱新觉罗·昭梿撰，冬青校点：《啸亭续录》卷一《南书房》，第282页。
⑦ 徐尚定标点：《康熙起居注》第三册，"康熙二十三年二月初三"，第10页。

衣入翰林并不常见，因此朱彝尊曾言："故事，翰林非进士及第与改庶吉士者，不居是职。而主人（朱彝尊）以布衣通籍，洵异数也。"① 鸿博中以布衣选入翰林者其实仅有朱彝尊、李因笃、严绳孙、潘耒等数人而已，② 而在由布衣擢词臣的众人中，朱彝尊又是唯一入值南书房者，更见康熙帝对其恩遇非常。进入南书房后，朱彝尊的词臣身份又得到进一步的加强。

与此同时，朱彝尊对其词臣身份的认同感也最终形成，这从其离开南书房后的选择可以见出。康熙二十三年（1684）正月，朱彝尊坐牛钮弹劾落职。三月，"自禁垣徙居宣武门外海波寺街古藤书屋"③，作诗曰："诏许携家具，书难定客踪。谁怜春梦断，尤听隔墙钟。"④ 以"春梦断"喻南书房入值生涯之终结，短短二十字道尽委屈、不甘与落寞。此后，他坚持留在京师，谋求复官机会。期间曾因穷困从古藤书屋搬至槐市斜街，终于在康熙二十九年（1690）得补原官。⑤ 但好景不长，康熙三十一年（1692），再次被罢，方绝望离京。这段长达八年的续梦期，显示出朱彝尊对词臣身份的深深眷恋与认同。

离开京师之后，"南书房旧史"成为其撰写文章、书信最常用的身份标识，诸如"康熙岁在昭阳协洽（1703）八月初吉，南书房旧史秀水朱彝尊谨序"⑥；"岁在屠维赤奋若（1709），月在则余，壬寅朔，南书房旧史秀水朱彝尊序。时年八十一"⑦ 之类，在朱彝尊后期

---

① （清）朱彝尊：《曝书亭集》卷三十九《腾笑集序》，王利民校点《曝书亭全集》，第452页。
② （清）乾隆敕撰：《皇朝文献通考》卷四十八《选举考（二）·举士》，文渊阁四库全书本。
③ （清）杨谦：《朱竹垞先生年谱》，（清）朱彝尊著、王利民校点《曝书亭全集》，第1048页。
④ （清）朱彝尊：《曝书亭集》卷十二《自禁垣徙居宣武门外》，王利民校点《曝书亭全集》，第172页。
⑤ 张宗友：《朱彝尊年谱》，第377页。
⑥ （清）朱彝尊：《曝书亭集外诗文补辑》卷五《迎銮集序》，王利民校点《曝书亭全集》，第947页。
⑦ （清）朱彝尊：《曝书亭集》卷三十五《五代史记注序》，王利民校点《曝书亭全集》，第410页。

文集中尤为常见。考察同一时期的其他南书房翰林，则较少有此现象，如侍值南书房二十余年之久的张英，几乎未在文集中以南书房翰林自我标识。这一特殊现象体现出朱彝尊晚年对南书房翰林身份的自豪与追忆，也显示出其词臣身份认同经过通籍前对清廷态度的渐变、担任翰苑官员时期的词臣职责强化，最终形成于南书房侍值期间。

二 "四变而为应制之体"：词臣身份认同与应制创作

具体到文学写作层面，朱彝尊的词臣身份认同促进了其诗歌创作"四变而为应制之体"。朱彝尊对自己的诗歌风格转变有过论断，其言曰："予舟车南北，忽不暇黔，于游历之地，览观风尚，往往情为所移。一变而为骚诵，再变而为关塞之音，三变而吴伧相杂，四变而为应制之体，五变而成牧歌，六变而作渔师田父之语，迄未成一家之言。"① 其中"四变而为应制之体"，便集中指其在南书房行走期间诗歌的创作风格。

从地理位置上看，南书房在乾清门内，地处内廷，距康熙帝学办公、学习的乾清宫、懋勤殿非常近，翰林院则在东长安门之外，距内廷较远。进入南书房之前，朱彝尊作为翰林院一员，仅在轮班时进入内廷侍值，四年内仅见九次应制。而成为南书房翰林后，则须每日供奉内廷，珥笔禁近的次数自然骤增，应制诗文的职能也得以凸显。因而在侍值南书房的一年内，应制次数增加为十七次，且除应制体外，鲜见其他类型的诗歌创作。②

就应制体而言，应制诗的重要读者乃是帝王，应制场域乃是皇权中心，因而迎合皇帝趣味、适应政权需要、描绘皇家气象等皆是应制作者的重要诉求。这决定了应制诗自有其体式规范，如"应制

---

① （清）朱彝尊：《曝书亭集》卷三十六《荇溪诗集序》，王利民校点《曝书亭全集》，第428页。
② 《曝书亭集》为朱彝尊晚年自编诗文集，其中诗歌以编年为序，其各阶段应制诗详见（清）朱彝尊《曝书亭集》，"屠维协洽"（1679）至"阏逢困顿"（1684），王利民校点《曝书亭全集》，第157—172页。

诗非他诗可比，自是一家句法，大抵不出于典实富艳"① 等便是应制体在语词、风格上的特殊要求。从内容上看，应制诗须以颂赞功德为主。下文将结合朱彝尊南书房时期的应制创作，从三个方面探讨其应制之体的文本特征。

其一，由布衣擢词臣的特殊经历，使得朱彝尊的应制诗在词臣身份认同的规范之下具有朝野交融的特征，这是其诗风由在野至在朝这一过程的渐变体现。朱彝尊并未经过科举考试选拔，也缺少馆阁应制诗风的有序培养，且其通籍前的诗歌创作总体上以表现情韵、心声为主，保有独特气格。而骚诵、关塞之音、吴伧相杂等创作经验，恰好为其应制创作注入了鲜活灵动之气，如其《除日侍宴乾清宫夜归赋》诗曰：

> 千门除日已春融，两度椒盘侍禁中。坐听钧天仙乐后，起看珠斗上阑东。归鞍笑逐三鬖马，守岁欢迎五尺童。不是云浆浮凿落，衰颜那傍烛花红。②

此诗写除夕侍宴，"钧天仙乐""珠斗""云浆"等语词体现出"冠裳佩玉"的应制特征。而在典雅富丽、吟咏升平的传统应制框架之外，朱彝尊借助一连串侍宴过程中的动作和情态描写，引入"五尺童"这一生活化的形象，甚至还描绘了烛花衬红诗人"衰颜"的鲜活情态，使其欢欣与微醺都跃然纸上，以此映射出太平盛世之气象，也具现出内心对于皇恩之感念。总体而言，显然有以诗人之笔作词臣之诗的特色。科举出身的南书房翰林张英多除夕侍宴应制，如：

> 饯岁恩晖奉紫宸，翚飞阿阁物华新。崇阶喜接金张贵，秘殿欢陪卫霍亲。谏果特分宣口敕，衢樽频赐被温纶。来朝共庆

---

① （南宋）葛立方：《韵语阳秋》卷二，第28页。
② （清）朱彝尊：《曝书亭集》卷十一，王利民校点《曝书亭全集》，第171页。

第四章 正统性建构中的文人心态与应制创作

三微节，拜手尧年二十春。(《除夕乾清宫侍宴恭纪》)①

朱、张二人虽然都是在写除夕侍宴，但是张诗明显着意表现天家风范，大而化之，较为板重。而朱诗则侧重于表现人间情态，细处落笔，人情味儿十足，这或许与朱彝尊在市井生活中浸润已久有关。其《元日南书房宴归上复以肴果二席赐及家人恭纪》更加表现出生活气息，诗曰：

才承曲宴侍仙闱，又撤琼筵到北扉。岁酒更番移席勤，主恩一念感心微。比邻漏下惊窥户，儿女灯前笑揽衣。闲向金坡说遗事，全家赐食古来稀。②

以生活情致铺写领受皇恩之荣。张英诗中亦多记康熙帝赐食之事，其诗曰：

岁月恩波里，风光禁御中。佳辰叨法膳，备物愧愚衷。荣逮宗祊远，甘分稚子同。尧厨天酒绿，寒谷总春融。(《十二月二十八日蒙赐食品酒醴恭纪二首》其二)③

较朱诗之欢欣满溢，张诗明显更为气象端庄。同样写到皇恩施及家人，朱彝尊笔下是"儿女灯前笑揽衣"的生活场景，张英笔下则是"荣逮宗祊远，甘分稚子同"的端恭谨慎。擅长融合日常生活之心绪、情态入诗，也体现出朱彝尊之诗由骚诵、关塞之音、吴伧相杂，再至应制之体的渐变过程。

其二，在词臣身份认同的制约下，其应制之作在内容上始终不外乎歌颂盛世与感念皇恩。这不仅促使朱彝尊南书房应制的颂圣主

---

① (清) 张英：《存诚堂诗集》"应制三"，江小角、杨怀志点校《张英全集》下册，第79页。
② (清) 朱彝尊：《曝书亭集》卷十一，王利民校点《曝书亭全集》，第172页。
③ (清) 张英：《存诚堂诗集》"应制三"，江小角、杨怀志点校《张英全集》下册，第63页。

题十分突出，也成为他塑造康熙帝王形象的叙述元素。他在应制诗中不断强调自己的身份，以此来强化颂圣的叙述效果，如：

> 本作渔樵侣，翻联侍从臣。(《二十日召入南书房供奉》)①
> 端绮入春恩再恰，称诗弥愧在梁鹓。(《赐绐纪事》)②
> 素餐臣节愧，推食主恩频。(《醍醐饭》)③
> 罟师题字在，宁分小臣尝。(《梭鱼》)④

其词臣身份认同主要通过两处对比凸显出来：一为今昔对比。昔日之为"渔樵侣"，而今日却为"侍从臣"，身份由卑转尊，而变化的根源正是帝王之"主恩"，这就以昔日身份之卑来凸显今日词臣身份之尊，进而彰显皇恩之浩荡。二为君臣之对比。与巍巍帝王相比，朱彝尊自觉自己不过是尸位素餐的词臣，是"无德居位""无功食禄"的在梁之鹓，⑤是微不足道的"小臣"，这就以词臣的眇眇之身突出皇权之至高无上。对于词臣身份的双重认知贯穿于朱彝尊的应制创作中，成为他塑造君臣良好关系和一代明君形象的重要文学元素。

将身份认同作为应制创作的叙事元素，并不是朱彝尊的个人特色，它来源于应制诗的创作传统。清前，诸如"小臣叨载笔，欣此颂巍巍"⑥之类的表达已然很常见，兼具自谦与颂圣之意。康熙朝士人应制，常以"小臣"来彰显"圣君"，如张英有"小臣拜献甘泉

---

① （清）朱彝尊：《曝书亭集》卷十一《二十日召入南书房供奉》，王利民校点《曝书亭全集》，第167页。
② （清）朱彝尊：《曝书亭集》卷十一《赐绐纪事》，王利民校点《曝书亭全集》，第168页。
③ （清）朱彝尊：《曝书亭集》卷十一《醍醐饭》，王利民校点《曝书亭全集》，第169页。
④ （清）朱彝尊：《曝书亭集》卷十一《梭鱼》，王利民校点《曝书亭全集》，第171页。
⑤ 陈子展：《诗三百解题》，《诗经·曹风·候人》解题，第549页。
⑥ （唐）李乂：《奉和九月九日登慈恩寺浮图应制》，载（清）彭定求编《全唐诗》卷九十二，第三册，中华书局1979年版，第995页。

第四章　正统性建构中的文人心态与应制创作　285

赋，愿逐凫鹥捧御觞"①"自愧小臣叨侍从，得沾两度圣恩隆"② 等，高士奇有"亲见至尊挥翰藻，小臣惊喜戴神明"③ "小臣欲献巴人曲，里调何堪颂圣君"④ 等，皆体现出对前人应制书写方式的继承。对这种应制书写传统的自觉融入，是其词臣身份认同的具体表现。

其三，朱彝尊有意通过应制创作来建构康熙朝文治隆盛的盛世景象，具体表现为对于前代文治盛况的追忆与比附，如：

流传文馆记，盛世景龙稀。(《银盘菇》)⑤
烧尾闻唐日，今朝宴亦宜。(《鹿尾》)⑥
闲向金坡说遗事，全家赐食古来稀。(《元日南书房宴归上复以肴果二席赐及家人恭纪》)⑦

"文馆记"指的是武平一之《景龙文馆记》，该书记载了武平一关于唐中宗景龙年间修文馆内盛极一时的宫廷文事活动的追忆。此处乃是以康熙文治比附中宗景龙盛况。"烧尾闻唐日"甚至将宴会上的鹿尾也追溯至唐朝盛世，比附之意显而易见。"闲向金坡说遗事"，所谓"金坡说遗事"，应与钱惟演之《金坡遗事》一书相关，该书记载了宋代学士院之掌故。此处乃是以宋初文事之盛来突出全家赐食之殊恩。

需要注意的是，词臣身份认同之达致与应制之体的写作，也将朱彝尊的文学创造力束缚在清廷馆阁文风之中。对此，乾隆年间的

---

① （清）张英：《存诚堂诗集》"应制一"《瀛台赐宴赏荷恭纪应制二十韵》，江小角、杨怀志点校《张英全集》下册，第14页。
② （清）张英：《存诚堂诗集》"应制一"《南苑纪事诗十首应制》其五，江小角、杨怀志点校《张英全集》下册，第16页。
③ （清）高士奇：《随辇集》卷一《懋勤殿侍值仰瞻皇上亲洒宸翰恭纪》，《清吟堂全集》，《清代诗文集汇编》第166册，第456页。
④ （清）高士奇：《随辇集》卷四《南书房侍值咏春雪》其二，《清吟堂全集》，《清代诗文集汇编》第166册，第478页。
⑤ （清）朱彝尊：《曝书亭集》卷十一，王利民校点《曝书亭全集》，第168页。
⑥ （清）朱彝尊：《曝书亭集》卷十一，王利民校点《曝书亭全集》，第171页。
⑦ （清）朱彝尊：《曝书亭集》卷十二，王利民校点《曝书亭全集》，第172页。

文人汤大奎总结道:"竹垞佳处全在气格,初刻《文类》一编,沉实高华,自是景隆遗响;至通籍后,不过以料新调脆,炫人目睛,风格颓然放矣。"① 这种通籍前后的诗歌风格变化与应制创作对其风格的规范不无关系。正如晚清文人所言:"文字入于馆阁应制体裁,失去自由天然之性,非不圆整美好也,而真意全亡。"② 以至于朱彝尊被贬出南书房后,无论是困守京师期间,还是绝望离京之后,其文学创作都始终拘囿于词臣身份的创作框架之内。

三 词臣身份的再追求与应制体之余绪

康熙二十五年(1686),离开南书房近两年的朱彝尊将通籍以来的诗文辑为八卷,命名为《腾笑集》以自嘲。康熙二十八年(1689),朱彝尊为黄宗羲作寿序,其中有"予之出,有愧于先生"③之语,此外,这一时期朱彝尊诗歌中也多"对此临风一惆怅,归与归与范蠡湖"④;"吾今妻子返里间,明年归弃毂觫车"⑤;"已脱朝衫分卜耕,剧怜乡味算归程"⑥之类的表达,很多研究者据此认为,朱彝尊出仕后内心常有悔意。⑦

但也需要看到,朱彝尊的这些牢骚之语并没有阻碍他坚守京师长达八年之久。如果说早年应试鸿博尚且是奉朝廷之诏,那么这次留守京师则完全是朱彝尊的个人意愿。康熙二十三年(1684),其子朱昆田在家信中写道:"京师邸报已来,部议降二级调用,上止从

---

① (清)汤大奎:《炙砚琐谈》卷上,清乾隆五十七年(1792)赵怀玉亦有生斋刻本。
② (清)孙宝瑄:《忘山庐日记·戊申下》七月十七日,《续修四库全书》史部第582册,上海古籍出版社2002年版,第175页。
③ (清)朱彝尊:《曝书亭集》卷四十一《黄征君寿序》,王利民校点《曝书亭全集》,第464页。
④ (清)朱彝尊:《曝书亭集》卷十二《题王叔楚墨竹为家上舍载震赋》,王利民校点《曝书亭全集》,第173页。
⑤ (清)朱彝尊:《曝书亭集》卷十二《秋泾行示吴秀才周瑾》,王利民校点《曝书亭全集》,第178页。
⑥ (清)朱彝尊:《曝书亭集》卷十三《鲈鱼同魏坤作四首》,王利民校点《曝书亭全集》,第188页。
⑦ 刘世南:《清诗流派史》,人民文学出版社2004年版,第152页。

宽降一级。想父亲必不甘出都，将来补京官亦是京职，或于补官之日仍留词林，亦未可知也。"① "仍留词林"之语道出了朱彝尊对重拾词臣身份确有期待。后来，朱昆田又在家信中说道："数次作信苦劝南还，终不决计也。"② 康熙三十三年（1694），朱彝尊在为其妻冯孺人所撰行述中回忆道："是月，予被劾谪官。三月，移寓宣武门外。孺人寻病。病愈，以秋八月浮舟潞河还，语予曰：'君恩重，夫子且留，毋悻悻去。'自是予留京师。"③ 也透露出朱彝尊留在京师乃是因为有复官之求。

在等待恢复词臣身份的这段时间，朱彝尊以诗干谒之意颇为明显，不复有鸿博待试期间"独无笙簧舌，臆对难为音"的拘谨之态。宋荦（1634—1713）时在通永佥事任，康熙二十三年（1684）冬，朱彝尊向其求助道："今年燕台数雨雪，雪晴九陌吹回风。欲鸣不鸣曷旦鸟，得过且过寒号虫。苴裘已弊库尚典，浊酒苦贵樽常空。故人念我倘分赠，蓟门白炭盘山崧。"④ 既言四季之冬，亦言处境之冬，显然有望宋荦施以援手之盼。

这种词臣身份认同下的干谒姿态，使得朱彝尊这一时期的很多诗歌赓续了颂赞君德与吟咏太平的应制体特征。康熙二十三年（1684），康熙帝第一次南巡，失去词臣身份的朱彝尊自然无权扈从，但他仍作《嘉禾篇颂张先生》着力对康熙帝第一次南巡加以词臣的叙事建构。该诗截取了康熙第一次南巡途中的山东段加以集中叙述，先以"水旱频告凶"制造矛盾点，并借这一矛盾发生和解决过程来凸显"主贤臣良"之主题："十行诏下轸三农，薄徭放税宽

---

① 于翠玲：《朱彝尊家书与康熙"己未词科"史料——启功先生〈朱竹垞家书卷跋〉详说》，《北京师范大学学报》（社会科学版）2004年第4期。于翠玲指出："此书落款为'三月初七'，应是康熙二十三年事。"

② 于翠玲：《朱彝尊家书与康熙"己未词科"史料——启功先生〈朱竹垞家书卷跋〉详说》，《北京师范大学学报》（社会科学版）2004年第4期。

③ （清）朱彝尊：《曝书亭集》卷八十《亡妻冯孺人行述》，王利民校点《曝书亭全集》，第743页。

④ （清）朱彝尊：《曝书亭集》卷十二《简宋观察荦》，王利民校点《曝书亭全集》，第177页。

租庸"写康熙帝之恤民,"晨炊不举夜不舂,夫子下车忧忡忡。请发仓粟救鞠讻,乡师为粥吏佐饔"① 写清臣张先生之忧民,"载筐及筥包以橡,来告节使献九重"则是百姓对君贤臣良之"圣朝美政"的最高认可。君、臣、民和谐关系的展示,体现出朱彝尊词臣之笔力。

"三藩之乱"是康熙朝前期的重大历史事件。离开南书房后,朱彝尊对相关历史情况的叙述仍然带有浓厚的词臣应制色彩。康熙二十三年(1684)六月,时年六十岁的保和殿大学士李霨因病去世。在为李霨撰写的墓志铭中,他并没有单纯叙述李霨一生经历及功绩,而是将其生平、官绩与康熙正统性建构的需求紧密结合,在事件叙述中融入对康熙帝和清朝统治的政治肯定。其中,在叙述李霨在三藩之乱中的行动举止时,朱彝尊写道:

> 吴三桂倡乱,据滇黔,陷蜀,秦楚驿骚,闽粤相继逆命。察哈尔部落亦叛,天子智勇仁圣,应变若神,命将讨不庭,运筹决策,虽万里外若照烛。然公受事久,又上所倚任,参预机密,天子尝口授公起草论统兵亲藩将帅方略,退食或至夜分,或留宿阁中。出,或问以时事,默不应,其慎重不泄,识者谓得古大臣礼。②

李霨之谨慎持重本应为叙事重心,然而朱彝尊却先对康熙帝之智勇仁圣大加颂赞,为这篇私人撰述之墓志铭添加了浓厚的应制色彩。凡此种种,皆可见出朱彝尊罢官后对词臣身份的再追求,为其诗歌创作保留了诸多应制余绪。

康熙二十九年(1690),朱彝尊如愿以偿地"补原官"③,再次跻身清廷翰苑词臣行列。本年,康熙帝第一次亲征准噶尔,八月,噶尔丹请降。复职后的朱彝尊企图借助应制创作再结上知,作诗对

---

① (清)朱彝尊:《曝书亭集》卷十二,王利民校点《曝书亭全集》,第177页。
② (清)朱彝尊:《曝书亭集外诗文补辑》卷第七《光禄大夫太子太师户部尚书保和殿大学士文勤李公墓志铭》,王利民校点《曝书亭全集》,第972页。
③ 张宗友:《朱彝尊年谱》,第377页。

第四章　正统性建构中的文人心态与应制创作　　289

此事大加渲染，其序言曰：

> 臣闻柔远人则四方归，有常德而六师整。……于疆于理，无贰无虞。宜有颂声，用扬盛美。钦惟我皇上，轶尧包舜，扬武觐文。陟禹迹而方行，合轩符而在握。……靡一物不怀帝德，神人之所助者。顺允率土，莫非王臣。画谋造化之先，制胜霄旻之上。乃喀尔喀，虽修职贡，反侧靡常，与厄鲁特，妄构兵端，阢陧已甚。皇上湛恩溥博，克全仁濡义育之中。睿虑周详，不遗曲成范围之内。……于是扬葭启路，总驺回銮。百千万人，皆感恩而泣下。四十九部，益慕义而欢腾。……万年有道，千古未闻。臣幸际昌辰，式观醲化。自惭弇陋，仰沐崇深。恭赋短章，奉扬骏烈。①

此序先以"于疆于理，无贰无虞"，指出清朝在疆域上统一而不可分割，在道德上仁义且堪称典范。接着从疆域和道德两方面肯定了康熙帝平定准噶尔之战争的正义性：从疆域上来看，"顺允率土，莫非王臣"，而准噶尔"虽修职贡"，却妄构兵端，破坏一统。从仁义上来看，康熙帝"轶尧包舜，扬武觐文"，使得"靡一物不怀帝德"，而噶尔丹却违反臣道，背叛君主，最终强调在康熙帝的"仁濡义育"之下，方有了"百千万人，皆感恩而泣下。四十久部，益慕义而欢腾"的结局，以其为"万年有道，千年未闻"的仁德之举，这是典型的词臣建构手法，显示出朱彝尊短暂复官时期浓烈的词臣身份认同对其应制体创作从内容到构思上的深刻影响。

康熙三十一年（1692），竹垞再次遭谪，终于心灰意冷地离开了京师，不复入京，其诗风也进入了"五变而成牧歌，六变而作渔师田父之语"阶段。康熙元年（1662），朱彝尊为躲避魏耕等人"通海案"的风波，入永嘉王世显幕，期间在前往处州府缙云县时，途

---

① （清）朱彝尊：《曝书亭集》卷十五《皇仁绥远诗八首》，王利民校点《曝书亭全集》，第208—209页。

径严子陵钓台。清初，严子陵钓台以其所承载的历史文化意蕴成为文人悼念故明的重要意象。[1] 当此之际，也勾起了朱彝尊的故国之思，他作诗一首，诗题后以小字注曰："宋谢参军翱有《西台恸哭记》"，其诗道：

> 七里严陵濑，平生眺览初。江山谁痛哭，天地此扶舆。竹暗翻朱鸟，滩清数白鱼。扁舟如可就，吾亦钓台居。（《七里濑经严子陵钓台》）[2]

另有词作《秋霁·严子陵钓台》，此词上阕抒发"只合此中垂钓"的归隐之思，下阕则突入易代之悲：

> 当此更想、去国参军，白杨悲风、应化朱鸟。翠微深、鸧鹒飞处，半林茅屋掩秋草。历历柁楼人影小。水远山远，君看满眼江山，几人流涕，把莓苔扫。子陵，梅福女婿。恭军谓谢翱。《西台恸哭记》有"化为朱鸟兮将安居"之歌。[3]

谢翱的《西台恸哭记》乃是为哀恸宋亡而作，明遗民常暗以"化为朱鸟兮将安居"隐含朱明。无论诗词，朱彝尊都特将此记注出，试图将笔下严子陵钓台的意蕴与谢翱此记建立情感连接，"江山谁痛哭""几人流涕"等语也透露出内心对明亡的悲痛，易代之思可谓溢于言表。康熙三十七年（1698），为刊刻经籍，朱彝尊在查慎行的陪同下前往福建建阳，再次途径严州桐庐县严子陵钓台，作二诗曰：

> 桐江生薄寒，急雨晚淋漓。炊烟起山家，化作云覆屋。居

---

[1] 黄东妮：《清初文学作品中的西台书写》，硕士学位论文，北京师范大学，2020年。
[2] （清）朱彝尊：《曝书亭集》卷五，王利民校点《曝书亭全集》，第101页。
[3] （清）朱彝尊：《曝书亭集》卷二十四，王利民校点《曝书亭全集》，第285—286页。

人寂无喧,一气沉岭腹。白鹭忽飞翻,让我沙际宿。①(《桐庐雨泊》)

七里濑急鸣哀湍,严陵于此留钓坛。两崖怪石青攒攒。雨来欲上不得上,竹篙撑过鸬鹚滩。②(《七里濑》)

且不论这两首诗中所含情感与早年已截然不同,单就其抒情方式而言,综观此二诗,朱彝尊的个人情思淡化于行旅天气和沿途风物的书写之中,失却早年抒情之淋漓。严迪昌总结朱彝尊的诗歌创作变化,说道:"六变原不只是体格声调之变,而更关键的是情韵心声之变。……不是表现为噤若寒蝉,言不及义,就是演化成所谓的'渔师田父'式的远离社会现实的感情封闭。"③ 这种晚年"渔师田父"的创作转变,或许便与其诗歌呈现出经过词臣身份规范后的中正之态有关。

在这种"渔师田父"的诗风之下看似淡化、实则从未剥离的词臣身份认同在康熙帝南巡时又开始蠢蠢欲动。康熙三十八年(1699),康熙帝第三次南巡,朱彝尊至无锡迎驾。④ 康熙四十二年(1703),康熙帝第四次南巡,已经七十五岁高龄的朱彝尊"欢闻属车至,踉跄发舟,抵惠山,恰好迎驾"⑤。康熙四十四年(1705),已经七十七岁高龄的朱彝尊再次至无锡迎驾,"初九日,朝皇上于行殿,进《经义考》一套,又进皇太子《经义考》一套"⑥,康熙帝评价说"此书甚好",并"特赐'研经博物'四字匾额"⑦,作应令诗《白杜鹃花诗》。积极迎驾、进呈书籍等举动,皆显示出词臣身份认

---

① (清)朱彝尊:《曝书亭集》卷十八,王利民校点《曝书亭全集》,第229页。
② (清)朱彝尊:《曝书亭集》卷十八,王利民校点《曝书亭全集》,第229页。
③ 严迪昌:《清诗史》,第460页。
④ (清)杨谦:《朱竹垞先生年谱》,载王利民校点《曝书亭全集》,第1051页。
⑤ (清)朱彝尊:《竹垞老人晚年手牍》(其二),王利民校点《曝书亭全集》,第1004页。
⑥ (清)朱桂孙、朱稻孙:《皇清钦授征仕郎日讲官起居注翰林院检讨显祖考竹垞府君行述》,载王利民校点《曝书亭全集》,第1035页。
⑦ (清)朱桂孙、朱稻孙:《皇清钦授征仕郎日讲官起居注翰林院检讨显祖考竹垞府君行述》,载王利民校点《曝书亭全集》,第1035页。

同一直潜伏在晚年朱彝尊心中，从而促使其常在署款中自题"南书房旧史"。

朱彝尊由布衣入翰苑，又入值南书房，遭逢非常之恩遇，由"布衣"至"南书房旧史"这一词臣身份认同之达致促使其诗歌创作转变为应制之体。离开南书房后，对词臣身份的再追求使得应制体的颂圣元素仍在其诗中保持着旺盛的生命力。此外，在词臣身份意识的制约之下，其晚年诗歌也呈现为鲜见情韵、心声的"渔师田父"之语。

同时，朱彝尊由布衣至词臣之转变，不仅对其个人心态和诗风产生重要影响，也激发出某种集体心理效应。在朱彝尊和其他士人的共同书写之下，这种身份转变为清朝建构正统性制造了象征性的话题。朱彝尊将由布衣为词臣的仕宦经历置入各类文学写作中，既体现出文治策略下心态的转变，也彰显出鸣盛的词臣姿态。康熙四十一年（1702），以布衣入选的严绳孙去世，朱彝尊为其作墓志铭，回忆当年四布衣入翰苑之事道："诏下，五十人齐入翰苑。布衣与选者四人，除检讨富平李因笃、吴江潘耒，其二，予及君也。……未几，李君疏请归田养母，得旨去，三布衣者，骑驴入史局，卯入申出，监修、总裁交引相助。越二年，上命添设日讲官起居注八员，则三布衣悉与焉。……三布衣先后均有得士之目。而馆阁应奉文字，院长不轻假人，恒嘱三布衣起草。二十二年春，予又入值南书房，赐居黄瓦门左。"① 这类文学追忆也频繁出现在其他墓志铭、序文、题跋中，成为其他文人谈论"三布衣""四布衣"的第一手资料。

其他文人也对"四布衣"入选词林之事也津津乐道。王士禛特意记载在"四布衣"入选之前，康熙帝曾问及四布衣的名字。② 康熙三十三年（1694），徐釚与朱彝尊同游，以"今子又以布衣通籍，居词馆，为天子日讲、记注官，子之诗词流传江湖垂四十年，前岁

---

① （清）朱彝尊：《曝书亭集》卷七十六《承德郎日讲官起居注右春坊右中允兼翰林院编修严君墓志铭》，王利民校点《曝书亭全集》，第721页。
② （清）王士禛：《池北偶谈》卷二《四布衣》，袁世硕主编《王士禛全集》第四册，第2853—2854页。

典江南省试，文章衣被海内，则子之堂构宏矣"① 等语肯定其成就，有艳羡之意。康熙五十六年（1717），曾入值南书房的后生汪士鋐谈及已经去世的朱彝尊，说道："先生以布衣入翰林，在韩公后，而与新城公同时在史馆。三先生之升沉虽不同，而其振起文教崇奖后进则一也。"② 直到晚清，李慈铭谈及己未词科布衣之授官，仍曰："国朝康熙之初，圣祖仁皇帝特开博学宏词科，优礼备至，而吏议犹力抑之，其授官皆出特旨。"③ 由此可见，康熙帝以朱彝尊等布衣为词臣这一政治举动，不仅促进了布衣们身份意识和文学创作的嬗变，使其由"遗民诗人"转化为"国朝诗人"，也为清廷推行"振起文运"这一话语策略创造了舆论优势，还为同时及后来的士人群体制造了可资谈论与向往的词林掌故，从而收到了宣扬文治和建构正统性的特殊效果。

第三节　查慎行进入南书房后的文学创作与"慎行"心态

由于面临正统性缺失这一敏感问题，以少数民族入主中原的清朝成为文字狱发生的高峰期，尤以"康乾盛世"为多。④ 康熙朝以南书房翰林为代表的汉族文臣，最突出的身份与职务就是御用文学侍从。因此，说南书房翰林是康熙朝离危险最近的"文字工作者"，也不为过。提起康熙朝的文字狱，著名的"《明史》案"至今令人骇然。此后，约有三起文字之祸牵涉到南书房翰林。其一是康熙二十九年（1690），杨瑄因撰写佟国纲祭文用典不当而被发配奉天。这发生在杨瑄入值南书房之前。其二是康熙五十年（1711）的"戴

---

① （清）徐釚：《南州草堂集》卷二十三《游放鹤洲记》，《续修四库全书》集部第1415册，上海古籍出版社2002年版，第394页。
② （清）汪士鋐：《秋泉居士集》卷二《玉堂掌故序》，《四库未收书辑刊》第八辑第19册，北京出版社2000年版，第557页。
③ （清）李慈铭：《晋书札记》卷三，《越缦堂读史札记全编》下册，北京图书馆出版社2003年版，第655页。
④ 王汎森：《权力的毛细管作用》，（台湾）联经出版公司2014年版，第400页。

名世案",牵扯到当时的南书房翰林汪灏,以及不久后入值南书房的方苞。其三是雍正四年(1726)的"查嗣庭案",牵涉到查嗣庭曾经入值南书房的长兄——查慎行。文字狱所产生的政治效应,在于"官方的种种作为形成一个又一个暴风圈,形成一个看似模糊却又无处不在的敏感意识"①。

查慎行是康熙中后期继朱彝尊之后又一重要的浙江文人。康熙四十一年(1702)冬,康熙南巡驻跸山东德州,召查慎行前往。御试诗文后,命其入值南书房。康熙五十二年(1713),查慎行长假出都,结束了长达十年的词臣生涯。需要注意的是,在入值南书房前,查慎行曾是康熙二十八年(1689)"《长生殿》案"的受害者。前辈学者猜测此案与满汉官员之间的南北党争及吏议整治士风有关。② 因此,可以说此案也属于官方所掀起的"暴风圈"。该案改变了文学史上三位重要文人——洪昇、查慎行、赵执信的命运。此后,"昉思颠蹶终身,他山改名应举,秋谷一蹶不振"③。在入值南书房后,查慎行曾与杨瑄与汪灏同值。更有甚者,晚年辞归之后,查慎行又在雍正朝因其弟查嗣庭而亲涉文字狱。高压的政治生活促使查慎行的身与心出现"形"与"影"的悖反,从而映现出独特的世间相。④

"慎行"心态主要是指查慎行在康熙朝正统建构中的心理特征,其主要特点有三:其一,"慎行"不是放弃尘心,而是行走于世网、尤其是文网中持有的谨慎心态。其二,"慎行"心态不仅是文人心态,也外现为政治高压下的处世方式与写作原则。其三,过于紧绷的"慎行"心态,最后导致查慎行情感思想的异化。本节将以康熙朝正统建构之下的政治高压为背景,结合查慎行进入南书房后的应制创作与私人创作,分析其"慎行"心态的强化与异化,并以此为

① 王汎森:《权力的毛细管作用》,第397页。
② 详见章培恒《洪昇年谱》,上海古籍出版社1979年版,第284页;李圣华《查慎行与〈长生殿〉案》,《兰州学刊》2015年第5期。
③ (清)戴璐《藤阴杂记》卷二,上海古籍出版社1985年版,第22页。
④ 严迪昌:《清诗史》,第522页。

典型范例，考察在康熙朝正统建构的过程中士人心态之丕变。

一 入值南书房后的应制写作

查慎行充南书房翰林期间的诗歌，主要见于《赴召集》《随辇集》《直庐集》《考牧集》《甘雨集》《西阡集》《迎銮集》《还朝集》《道院集》《槐簃集》《枣东集》《长告集》《待放集》等小集中。其中，《西阡集》《迎銮集》主要作于康熙四十五年（1706）至康熙四十六年（1707）请假回乡、迎南巡銮期间。《还朝集》《道院集》《槐簃集》《枣东集》主要作于查慎行还朝后停止南书房入值、进入武英书局编书，以及此后恢复南书房入值后又因病休假、等待辞归结果等期间。需要注意的是，在告假期间，其南书房身份并未撤销。在武英书局编书更类似于"借调"，任务完成后，他便又回到了南书房入值。因此，这两个阶段的诗歌也在进入南书房后的文学作品的范畴之内。这些小集中或多或少都存有一些应制之作，反映了查慎行的词臣生活，也以应制形式展露着其"慎行"心态，主要体现在以下三个方面。

其一，作为鸿笔之臣，查慎行积极地以应制诗履彰言彰行之责，扬帝王一言一行之美。康熙中后叶，康熙几乎每年都会巡幸塞外，以避夏暑，并联系蒙古王公等。扈驾塞外出发时，他以应制诗抉发帝王巡幸的观民之意："雨余沙碛净无泥，瓜蔓秧针绿满畦。共识君王爱民意，村村驻辇看扶犁。"[1] 赏花钓鱼是君臣之间较为清雅的娱乐活动，发挥着沟通君臣的社交功能。查慎行积极地将此类活动写入应制诗中："鱼藻池边辇路平，直随仙仗到蓬瀛。官厨初饫红莲饭，御馔仍分碧涧羹。"[2] 表现出帝王优待词臣之情状。崇尚理学是康熙朝文治策略的重要组成部分，经筵活动的举行是其中具有象征性的活动。《三月二日上御经筵恭纪》便是查慎行观看此类活动后的

---

[1] （清）查慎行：《五月二十五日随驾发畅春苑晚至汤山马上口占四首》其一，范道济点校《敬业堂诗集》卷三十《随辇集》，《查慎行全集》第八册，第930页。
[2] （清）查慎行：《十八日驾幸钓鱼台召臣等随行赐膳钓鱼恭纪七言绝句八首》，范道济点校《敬业堂诗集》卷三十《随辇集》，《查慎行全集》第八册，第938页。

进呈之作。其诗曰:"云日瞻尧表,畴咨启舜编。谁能窥圣学,犹不废经筵。芳宴调羹撤,花瓷瀹茗圆。是日停止筵宴,诸臣皆赐茶而退。讲官仍入值,紫袖有炉烟。讲官工部尚书臣王鸿绪、掌詹臣陈元龙讲罢,仍入值南书房。"①注重在诗中凸显康熙崇儒重学的文德。尚武是满族的民族特性,为了保持民族的军事战斗力,康熙时常举行射猎活动。查慎行作为词臣,需以应制诗表现狩猎场景、颂赞君王武德。如其《十二日上亲射金钱豹恭纪十八韵》道:"朔漠回銮候,君王罢猎时。忽闻山下豹,正逐草间麋。讵纵颜行抗,还将余勇施。三驱争効命,七校复扬旗。金镞霜花淬,飞龙电影追。应弦疑树鹄,拔箭已连骶。直作摧穷寇,真如殪伏雌。"②称赞康熙箭法精准,诸臣争相効命、配合得当,表现出康熙君臣之英武。总体而言,查慎行在充南书房翰林期间,其应制诗围绕帝王活动为中心,着力将帝王的言行摄入应制诗中,赓扬帝王美德,这是其"慎行"心态的体现。

其二,踊跃地以应制诗纪帝王点滴之恩,构成查慎行应制的另一重要特征。其应制诗中所感念的帝王之恩主要包括三个方面:授官之恩、赏识家族之恩、赐物之恩。其中,康熙授官主要是在康熙四十二年(1703),查慎行奉旨获得参加会试的资格,名列二甲第二,康熙钦授其为翰林院庶吉士。自此,查慎行正式释褐,获得科举身份。次年十二月,又奉旨特授编修。而在此之前,他因"《长生殿》案"丢掉国子生资格,又多次参加科举未中,心存放弃仕宦之念。康熙拔擢于他而言确是大恩。《四月初四日殿廷对策恭纪》《初七日太和殿传胪恭纪》《初九日恩荣宴恭纪》《十五日保和殿引见钦授翰林院庶吉士恭纪》《十九日午门赐纱恭纪》《二十日文庙释褐恭纪》《二十一日赴畅春苑谢恩恭纪》等均是为康熙授官而作。此类应制诗中的谢恩之作,不可一概视为缺乏真情实感的模式化创作。《二十日文庙释褐恭纪》云:"数仞宫墙霄汉连,两楹俎豆故依然。

---

① (清)查慎行:《三月二日上御经筵恭纪》,范道济点校《敬业堂诗集》卷三十一《直庐集》,《查慎行全集》第八册,第964页。

② (清)查慎行:《十二日上亲射金钱豹恭纪十八韵》,范道济点校《敬业堂诗集》卷三十一《直庐集》,《查慎行全集》第八册,第953页。

第四章　正统性建构中的文人心态与应制创作　297

曾陪鼓箧三千士，重到桥门二十年。余自甲子五月入国学肄业。末学岂增科目重，非才特荷圣人怜。较他侪辈蒙恩早，独在青衫未换前。"① 重新回到国子监的文庙，查慎行不禁回忆起当年国子监肄业的情景。"蒙恩早"是指先受到康熙赏识进入南书房，然后才经由科举获得正式的仕宦身份。

赏识家族之恩主要与其家族仕宦状况有关。其子查克建是康熙三十六年（1697）年进士，二弟查嗣瑮是康熙三十九年（1700）进士，三弟查嗣庭是康熙四十五年（1706）进士，族侄查昇更是与其一同供奉南书房。当查慎行被授为庶吉士时，便在应制诗中以"文科报国惭臣分，宦牒同朝戴主恩"纪恩，并注云："胞弟嗣瑮翰林院编修，族侄昇左春坊左谕德。"② 感谢朝廷对海宁查氏家族的任用之恩。康熙还曾特意向其夸赞查克建，查慎行在《陪猎笔记》详细记录云：

> 上随令内侍传谕臣慎行云："汝儿子在束鹿县做官甚清，地方附近，朕早已知道。"臣跪奏云："臣父子俱荷主知，图报无地。臣子克建，年纪尚小，臣每每教他做官要勤慎清廉，上不负朝廷，下不负家学。臣去年在束鹿县，见他将以前陋规革去，亦不过职分所当然。今荷蒙皇上褒奖，臣当即寄家信，令其益自勉励，仰赴皇上爱民至意。"③

又作应制诗二首，其一抒发听闻帝语后的"转益臣心惧，难窥圣学精"④ 的惶恐之情，其二表达对其子"未成期月治，惊荷九

---

① （清）查慎行：《二十日文庙释褐恭纪》，范道济点校《敬业堂诗集》卷二十九《赴召集》，《查慎行全集》第八册，第923页。
② （清）查慎行：《十五日保和殿引见钦授翰林院庶吉士恭纪》，范道济点校《敬业堂诗集》卷二十九《赴召集》，《查慎行全集》第八册，此922页。
③ （清）查慎行：《陪猎笔记》，范道济点校《查慎行全集》第三册，第205页。
④ （清）查慎行：《二十日行殿召对出自值庐内侍复传谕臣慎行云汝子在束鹿县居官甚清朕已稔知感恩述事恭纪二首》，范道济点校《敬业堂诗集》卷三十《随辇集》，《查慎行全集》第八册，第939页。

重知"①的受宠若惊之情。面对帝王的简单一语，查慎行先后跪回、写寄家书、以应制诗达情，这一系列的反应尤其可以见出词臣查慎行面对皇权时积极、小心翼翼的迎合之态。

赐物纪恩诗是查慎行纪恩诗的主要类型。凡御制诗文、衣物、茶饮、食物、宴席，皆在被赐之列。赐物是康熙笼络词臣的方式之一，赐物应制诗往往以感念上恩来服务于良好君臣关系的构建。《将随驾往口外避暑蒙恩赐纱葛衣》为赐衣而作，诗曰："垂柳阴中昼卷帏，微躯宜称袭恩辉。行穿碧水丹山路，先赐含风叠雪衣。杜甫《端午赐衣诗》："细葛含风软，香罗叠雪轻。"凉逐水丝分茧馆，香随葛越出星机。序更不用愁刀尺，预算秋深扈跸归。"②因为将要远行塞外，所以康熙特赐符合时节与环境的衣物，查慎行由此表现出帝王对臣工的体念。又引杜甫《端午赐衣》，加强对君恩的感念。此外，如《御赐武夷茶芽恭纪》为赐茶而作，《连日恩赐鲜鱼恭纪》为赐食物而作，《十八日驾幸钓台召臣等随行赐膳钓鱼恭纪七言绝句八首》为赐宴、赐食而作。赐物应制诗往往结合物性来述说圣恩，如其《恩赐佛手柑恭纪》云："筠笼珍重贡炎方，罗帕玲珑照玉堂。缥蒂经时犹带绿，芳苞映日已全黄。长随锦荔迎凉到，远胜新橙透甲香。别与传柑增掌故，立秋时节赐山庄。"③先从其来源地、颜色、香味等对其物性进行体察，又结合"传柑"之典，兼表帝王之风雅与体下。面对康熙赐物，词臣理应行谢恩礼。将谢恩之意融入纪恩之诗的行为，是对谢恩之意的诗化表达，也强化了谢恩浓情。查慎行以大量的赐物纪恩诗，表现出对点滴皇恩的铭念，以此上达臣情，向君王展现出爱君、忠君之意，这可以说是他维持帝王恩宠的一种方式。

值得指出的是，纪言纪行与恭纪颂恩类的应制诗，一般由查慎

---

① （清）查慎行：《二十日行殿召对出自值庐内侍复传谕臣慎行云汝子在束鹿县居官甚清朕已稔知感恩述事恭纪二首》，范道济点校《敬业堂诗集》卷三十《随辇集》，《查慎行全集》第八册，第939页。

② （清）查慎行：《将随驾往口外避暑蒙恩赐纱葛衣：袭恭纪》，范道济点校《敬业堂诗集》卷三十《随辇集》，《查慎行全集》第八册，第929页。

③ （清）查慎行：《恩赐佛手柑恭纪》，范道济点校《敬业堂诗集》卷三十《随辇集》，《查慎行全集》第八册，第940页。

行主动进呈。康熙四十二年（1703）五月至九月，查慎行扈从塞外，此间日记对其主动进呈应制诗的行为进行了清晰记录。如六月十八日，康熙命诸臣至东宫行帐钓鱼，又以所钓鱼相赐，但并未令作应制诗。次日，查慎行却"以钓鱼诗折进呈御览"。① 事无巨细地彰扬帝德，感念帝王对自己的恩德，积极主动地履行词臣职责，这反而映衬出其内心"慎行"的一面。

其三，在颂德与纪恩之外，查慎行还负责应制代写部分御制文，御制文的书写须体现帝王口吻，尤需谨慎。关于南书房翰林是否帮助康熙代写御制文，在康熙朝其他南书房翰林的诗集中很少可以找到直接的证明材料，检视查慎行的文集，却可以清晰地看到他曾经代替康熙撰写过哪些文章，这些文章被他收入《敬业堂文集》卷一中，主要有《重修真定府龙兴寺碑记》（奉旨拟作）、《恭拟五台山广通寺碑记》（奉旨作）、《恭拟中台菩萨顶碑记》（奉旨作）、《恭拟普陀山寺碑记》（奉旨作）、《恭拟佩文斋咏物诗选序》《拟御制高旻寺浮图碑记》。由于这些拟御制作品多是碑记以及官方大型书籍的序跋，因此具有很强的公共性。查慎行在此类文章中谨慎地以帝王口吻传达着官方理念，如其《恭拟佩文斋咏物诗选序》，既可见于现存《御定佩文斋咏物诗选》的卷首，也被收入《康熙帝御制文集》。查慎行在此序中严谨地模拟帝王口吻，申诉官方诗教：

> 夫事父事君，忠孝大节也。鸟兽草木，至微也，吾夫子并举而极言之。然则诗之道，其称名也小，其取类也大。即一物之情，而关乎忠孝之旨，继自骚赋以来，未之有易也。此昔人咏物之诗所由也欤？朕自经帷进御，至于燕暇，未尝废书。于诗之道，时尽心焉。②

---

① （清）查慎行：《陪猎笔记》，范道济点校《查慎行全集》第三册，第204页。
② （清）查慎行：《恭拟佩文斋咏物诗选序》，范道济点校《敬业堂文集》卷一，《查慎行全集》第十一册，第31页。

在撰写此类御制文的过程中，查慎行必须表达符合官方理念的诗学观念，收敛起个人的诗学趣尚，这种写作既需要"慎言"表达，也磨练了查慎行的"慎行"心态。

此外，除了应制，查慎行还要应令、应教，诸如《赋得云抱两三峰应皇太子令》《赋得深屋喜炉温应八皇子教》《题元人风雨归舟图应四皇子教》便是在应令、应教活动中所写。有研究者指出："这个时期，正是皇储之争尖锐、激化时期，诸皇子各自拉拢大臣形成羽翼，窥视皇子宝座"①，而"查慎行身为南书房行走，处于斗争之中难以自拔"②。参与应令、多方应教，由此也可见出查慎行作为彼时的南书房翰林，不可避免地处于夺嫡斗争的漩涡之中。

二 从"江湖"到"庙堂"："慎行"心态的文学呈现

姚鼐评价查慎行诗风道："鼐窃论国朝诗人少时奔走四方，发言悲壮，晚遭恩遇，叙述温雅，其体不同者，莫如查他山。"③ 指出了其诗风由"悲壮"到"温雅"的嬗变。进入南书房后，查慎行的"慎行"心态迅速强化，制约着意象、语词、主体等诗歌要素的选择，由此约束着文学风貌的呈现，这是其诗风嬗变的重要原因。

（一）"江湖"世界与寒士主体

先来结合查慎行的早期诗作分析其早期"悲壮"诗风的构成要素。其早期诗风之所以"悲壮"，一方面是因为早期诗歌表现的世界是江湖。比如其《岳州》云："湖腹平吞尔许贪，湖唇一喷势难拑。力争全楚功谁最，讖应孤城户已三。客梦堠长还堠短，夕阳山北又山南。太平设险非无意，渔猎丸泥敢尚探。<small>湖中盗贼充斥，故云。</small>"④ 此诗

---

① 许文继、李娜：《南书房行走笔下的入值生活——新发现的几部南书房行走自撰史料》，《历史档案》2014 年第 2 期。
② 许文继、李娜：《南书房行走笔下的入值生活——新发现的几部南书房行走自撰史料》，《历史档案》2014 年第 2 期。
③ （清）姚鼐：《方恪敏公诗后集序》，刘季高点校《惜抱轩诗文集》，上海古籍出版社 1992 年版，第 265 页。
④ （清）查慎行：《岳州》，范道济点校《敬业堂诗集》卷四《慎旃集》下，《查慎行全集》第六册，第 287 页。

作于康熙十八年（1679）年，见于《慎旃集》下，此时三藩未平。其《慎旃集》小引道："己未夏，同邑杨以斋先生以副宪出抚黔阳，招余入幕。时西南余寇未殄，警急烽烟，传闻不一，而余忽为万里之行。"① 在前往西南途中，尤其是由湘入黔一段，二十九岁的诗人目睹战争纷乱，情难自禁，诗思汹涌。这首诗即是由此而作。战后的凋零之状以及盗贼充斥的纷乱世道，为查慎行的客梦尤添悲壮。观其风貌，不仅有沉雄之气，遣词造语还体现出刻意求生之态。赵翼在《瓯北诗话》中论其诗云："当其少年，随黔抚杨雍建南行，其时吴逆方死，余孽尚存，官军恢复黔、滇，兵戈、杀戮之惨、民苗流离之状，皆所目击，故出手即带慷慨沉雄之气，不落小家。"② 当是指此类诗歌创作。查慎行为了奔波而不得不行走于彼时纷乱的江湖之中。其诗中的"慷慨沉雄之气"，本质上也是一种江湖之气。

另一方面，作为"寒士"的主体心态是其早期诗风形成的重要原因。"寒士"查慎行，虽然在经历过"《长生殿》之案"后更为谨慎，但由于身处"江湖"，仍然可以在诗歌中充分展现个体的生活与心态。康熙三十八年（1699）五月初七是查慎行的五十岁生日，他作诗道：

> 百年突过半，千虑鲜得一。无闻世或疑，衰贱天所鹭。妄心虽渐退，始愿竟莫必。钟鼓委盲聋，主宾炫名实。穷为东野鸣，拙被南宫黜。那将桑榆晚，坐待婚嫁毕。人言庚寅降，赋命例不吉。吉祥在止止，虚白生尔室。结习顾未忘，时犹弄诗笔。可传或有在，老境知几日。③

---

① （清）查慎行撰，范道济点校：《敬业堂诗集》卷四《慎旃集》小引，《查慎行全集》第六册，第205页。

② （清）赵翼著，霍松林、胡主佑校点：《瓯北诗话》卷十《查初白诗》，人民文学出版社1963年版，第146页。

③ （清）查慎行：《五十岁生日德尹次二苏兄弟生日唱和诗为寿次达二首》，范道济点校《敬业堂诗集》卷二十六《杖家集》，《查慎行全集》第八册，第846页。

这一年查慎行在家为病重的妻子料理医药。而就在上一年年底，他刚从闽地回来，便作《闽中垂橐而归家人适告米尽口占二律》①一诗，从诗题便可见出举家穷窘之状。此时的查慎行，二应南宫被黜，妻子病重，可谓穷困潦倒，因此在诗中慨叹"百年突过半，千虑鲜得一""穷为东野鸣，拙被南宫黜"。然而，前半部分的沉郁之气，并未化为愤慨，反而因为老庄思想的介入而显得意味深长。此后，查慎行又先后历经丧妻、三应南宫被黜、遗失书籍等事。这些遭遇皆化为心中块垒，当其进入诗歌之后，既得到充分抒发，更引出诗人以佛道思想消解悲愁的情绪尝试。无论是情感的抒发，还是消解的尝试，诗人个体的情感与思想都在支配着诗脉的流动。而世事对诗人的磋磨，正是通过"寒士"主体情绪的沉淀与表达进入其诗风之中。

综上，查慎行的早期诗风乃是在"江湖"世界与"寒士"主体的综合作用下生成。而一旦其遭逢康熙特擢而进入南书房内，便面临着"江湖"既远与"寒士"释褐之变，与此同时，其诗歌中随之而来的则是"庙堂"世界与"帝王"主体。

(二)"庙堂"世界

庙堂对于查慎行这样的寒士而言，意味着极为陌生的繁华。当它走进查慎行的应制诗中，开始要求查慎行使用一些符合皇家身份的意象、物象。如其应令而作的《彤庭雪霁》云："瞳瞳霁色启黄扉，瑞霭遥生旭日辉。白玉阶墀增皎洁，丹霄台殿倍光辉。融成雨露滋仙境，化作阳和满帝畿。共喜太平真有象，宫梅苑柳渐芳菲。"②

其中，"黄扉""白玉阶墀""丹霄台殿""帝畿""宫梅""苑柳"皆是查慎行以往的诗歌中几乎没有出现过的意象。再如其《恩赐御园十种蒲桃恭纪》题下以小字注曰："十种者：一伏地公领孙，二伏地黑蒲桃，三伏地玛瑙蒲桃，四哈密公领孙，五琐琐蒲桃，六

---

① (清)查慎行：《闽中垂橐而归家人适告米尽口占二律》，范道济点校《敬业堂诗集》卷二十五《垂橐集》，《查慎行全集》第八册，第835页。
② (清)查慎行：《彤庭雪霁》(二十七日应皇太子令)，范道济点校《敬业堂诗集》卷二十九《赴召集》，《查慎行全集》第八册，第910页。

第四章 正统性建构中的文人心态与应制创作 303

哈密绿蒲桃,七哈密红蒲桃,八哈密黑蒲桃,九哈密白蒲桃,十马乳蒲桃。"并以诗颂曰:"上林名果味芳鲜,采摘均从雨露边。色借紫青相照曜,颗分大小各匀圆。流来马乳香先噀,酿出龙池品尽仙。便与樱桃同饱食,纪恩难罄益州笺。成都有十样笺。"① 还有许多宫廷事物正如这些品种繁多的蒲桃一样,作为被康熙赏赐的稀奇的宫廷物象进入到其应制诗中,兼具彰显天家富贵与帝王恩德的作用。

为了彰显皇家权威,大量具有美奂性的语词也密集出现。上文所引修饰"阶墀"的"白玉"、修饰"台殿"的"丹霄",便是此类语词。再如其《上元节西苑赐宴观灯恭纪》云:"琼岛东瞻璧月圆,《箫韶》吹彻九重天。壶倾潋滟金尊溢,盘贮芳馨玉馔鲜。绛蜡班随中使导,黄柑例许侍臣传。太平时节观灯宴,既醉惟当祝万年。"② 此诗为赐宴而作,宴会地点在西苑,又称"太液池",是重要的皇家园林。"琼""璧""金""玉""潋滟""芳馨""黄"在色彩、材质或味道层面有富丽之感,为营造热闹繁华的观灯宴会布景的同时,也装饰着皇家权威。

另需注意的是,其早年诗作中的江湖气息,作为迎合康熙的诗歌元素被引入应制诗中,并为典丽的馆阁写作增添了独特的清逸之气。相对于前期的南书房翰林,查慎行的应制集中出现"不用应制体"的特殊记录,即康熙命其应制,却指明"不用应制体"。这类现象颇可注意,如其《赴召集》中的《赋得岁寒坚后凋》一诗,诗题下注曰:"十二月十五日,御试入值体,词臣奉旨同作,不用应制。"③ 其诗曰:"物性终难改,天行岁有常。平时滋雨露,晚节炼冰霜。鹤骨清添劲,龙鳞老变刚。郁葱生意在,寒律总春阳。"④ 此

---

① (清)查慎行:《恩赐御园十种蒲桃恭纪》,范道济点校《敬业堂诗集》卷三十一《直庐集》,《查慎行全集》第八册,第983页。
② (清)查慎行:《上元节西苑赐宴观灯恭纪》,范道济点校《敬业堂诗集》卷三十一《直庐集》,《查慎行全集》第八册,第962页。
③ (清)查慎行:《赋得岁寒坚后凋》(十二月十五日御试入直词臣,奉旨同作,不用应制体),范道济点校《敬业堂诗集》卷二十九《赴召集》,《查慎行全集》第八册,第908页。
④ (清)查慎行:《赋得岁寒坚后凋》(十二月十五日御试入直词臣,奉旨同作,不用应制体),范道济点校《敬业堂诗集》卷二十九《赴召集》,《查慎行全集》第八册,第908页。

诗咏松柏后凋之物性，力求避开应制诗常用的富丽典雅的意象、物象与语词，以符合"不用应制"的要求。全诗具有一定的思理性，并不以兴象见长，体现出诗人的宋诗底蕴。虽然以"郁葱生意在，寒律总春阳"收尾，但"炼冰霜""清添劲""老变刚"等仍给诗歌蒙上了些许苦寒色彩。这首诗的江湖气息尚且不算明显，再来看其《赋得梦破蓬窗雨》一诗，诗题下有"奉睿旨，不用应制体"之注，可见乃是奉东宫之命而作。其诗曰："明灯初炧酒微消，倦枕扁舟夜沉寥。枫叶桥边看漠漠，芦花风外听潇潇。一天云气沉孤雁，两岸滩声长暗潮。唤醒江湖十年梦，起寻归路尚迢遥。"① 诗中的寂寞野逸之趣，与应制诗的庙堂气象大相径庭。这种江湖之气对于康熙及东宫而言，恰可在富丽堂皇的应制诗之外，提供别样的审美体验，同时也可见出康熙及太子对查慎行的寒士经历与此前诗风应有一定的关注。为了迎合康熙的喜好，查慎行逐渐可以将江湖之气妥帖地置入应制诗中，实现二者的完美融合，如其《连日恩赐鲜鱼恭纪》：

> 银鬣金鳞照坐隅，烹鲜连日赐行厨。感输学士蓬池脍，唐时学士赐食蓬池鲜脍。味压诗人丙穴腴。元虞集诗："鱼藏丙穴腴。"素食余惭留匕箸，加餐远信慰江湖。笠檐蓑袂平生梦，臣本烟波一钓徒。陆龟蒙诗："笠檐蓑袂有残声。"②

此诗前半部分写庙堂，后半部分写江湖，并借由"烟波钓徒"的江湖之思实现了二者的贯通。此诗颇蒙康熙赏识，查慎行由此获得了"烟波钓叟查翰林"的荣称。③ 数日之后，康熙召查慎行等南

---

① （清）查慎行：《赋得梦破蓬窗雨》，范道济点校《敬业堂诗集》卷二十九《赴召集》，《查慎行全集》第八册，第925页。
② （清）查慎行：《连日恩赐鲜鱼恭纪》，范道济点校《敬业堂诗集》卷三十《随辇集》，《查慎行全集》第八册，第937页。
③ （清）陈敬璋：《查他山先生年谱》："先是上幸南海子，捕鱼赐群臣。先生赋谢恩诗，有云：'笠簷蓑袂平生梦，臣本烟波一钓徒。'词意称旨。一日，忽奉旨：'传烟波钓徒查翰林进见。'一时以为嘉话。自是每御试诗古文词，上亲定甲乙，辄以先生为第一。"参见（清）陈敬璋《查慎行年谱》，中华书局2006年版，第26页。

书房翰林去太子行幄钓鱼,东宫又将此诗"举以示近侍",① 可见此诗在庙堂之中的影响力。这种融合庙堂与江湖的新型应制写作方式,在清诗史上可以独成一体。② 但需要注意的是,此类写作查慎行也只是为了迎合帝王的喜好而偶然一试,他的大多数应制诗,仍是典范的庙堂之作。

(三) 帝王主体

对于"寒士"查慎行而言,诗歌可以是抒情之域,自己可以是诗歌的表现主体。但成为天子近臣后,应制成为其生活的重要方面,颂圣是应制诗的核心,帝王必须是应制诗的表现主体。为了更好地在应制诗中凸显帝王主体的形象,查慎行采取了多种方法。其中,上升阐释较为常用,他竭力在应制诗中将康熙帝的常规行为上升为圣德的体现。以其《南书房敬观宸翰恭纪有序》为例。此诗作于康熙四十一年(1702)十一月初八。由于临近过年,康熙命查慎行等南书房翰林将一千四百二十七幅御制书法阅读分类,以便颁赐。此时查慎行初来南书房,得见御制书法后,写作长序并七言绝句十二章进呈御览。其序中阐明题意,强调"臣于拜观宸翰之下,仰见我皇上神功圣德,冠绝千古者,更有蠡测焉",将康熙书法及内容一一上升至圣德层面,如"我皇上宏猷伟略,冠绝千古者,其一也""我皇上仁民阜物,冠绝千古者,又其一也""我皇上崇儒重道,冠绝千古者,又其一也""我皇上圣不自圣,冠绝千古者,又其一也"。③

凸显圣德还尤其有恃于夸张手法的运用。以上诗的前两首绝句为例,其一曰:"玉检初开五色烟,淋漓元气满中天。宵衣旰食无多暇,更洒云蓝十万笺。""五色烟"与"淋漓元气",很好地表现出御制书法打开时的炫目效果,御制书法的数量是一千四百多幅,进

---

① (清) 查慎行:《十八日驾幸钓台召臣等随行赐膳钓鱼恭纪七言绝句八首》,范道济点校《敬业堂诗集》卷三十《随辇集》,《查慎行全集》第八册,第938页。
② 李圣华:《查慎行文学侍从生涯及其"烟波翰林体"考论》,《求是学刊》2014年第5期。
③ (清) 查慎行:《南书房敬观宸翰恭纪》,范道济点校《敬业堂诗集》卷二十九《赴召集》,《查慎行全集》第八册,第904页。

入应制诗中，却摇身成为"十万笺"，可见诗人应制笔法之豪。其二曰："咫尺丹霞映玉清，觚棱日射八窗明。忽闻风雨来天半，知是君王落笔声。"① 先以"丹霞"与"日射"喻御制书法之光彩，接着巧妙地以风雨之声设置悬念，凸显出帝王落笔的声势。

上升阐释与夸张手法均是词臣应制颂圣的普遍手法，查慎行对此的熟练运用，显示出其应制诗对应制场域与帝王主体的良好适应。诗记互补的方式，则构成了查慎行较其他的南书房翰林更为深切的颂圣追求。《陪猎笔记》记康熙四十二年（1703）以南书房翰林身份扈从塞外事，期间诗作主要见于《随辇集》。《南斋日记》记康熙四十三年（1704）一月至十二月入值事，其间诗作主要见于《直庐集》。将应制诗与日记对照阅读，便可二者之间的互补关系。如其《直庐集》中有《二月二十五日驾幸西苑直庐》一诗，诗曰：

> 翰墨林依紫苑东，亲承步辇出芳丛。万间广厦移天上，时直庐新经改筑，上顾臣等云："此屋比从前更觉开敞了。"三接深恩沛禁中。身作红云长伴日，心随碧草又迎风。直庐便是披香殿，月赐虚惭赤管功。②

南书房翰林在西苑也有值房，此番经过改修。此诗便写康熙驾幸改筑后值房事。对此，《南斋日记》则记载道：

> 黎明入直。阅《中州集》终卷。申刻，皇上御舟，至小东门，登岸步行，幸直庐。臣等跪迎于门外。上顾云："此屋新经改造，比前宽敞了。"前后周览。臣等复于阶下送驾乘辇回宫，乃出。③

---

① （清）查慎行：《南书房敬观宸翰恭纪》，范道济点校《敬业堂诗集》卷二十九《赴召集》，《查慎行全集》第八册，第904页。
② （清）查慎行：《二月二十五日驾幸西苑直庐恭纪》，范道济点校《敬业堂诗集》卷三十一《直庐集》，《查慎行全集》第八册，第964页。
③ （清）查慎行：《南斋日记》，范道济点校《查慎行全集》第三册，第280页。

日记后也附上了此诗。帝王也成为其个人日记中的重要表现对象。相较诗歌的典雅与抒情，日记记录了康熙驾临前查慎行的活动，对康熙驾临时的境况也记录得更为具体、朴实。二者相互配合，将颂德主旨展现得更为确切。在查慎行之前，高士奇也曾使用此法编撰了《随辇集》等诗集，并撰写了《扈从东巡日记》《扈从西巡日记》等词臣行记。当查慎行进入南书房不久，高士奇便在浙江跟随南巡回銮的圣驾再次返京，随即又返浙，不久后病逝。高士奇在返浙前"犹力疾作《纪恩》诗数十篇，汇书一册，进呈御览"，[①] 查慎行《赴召集》中有《送高江村先生南归即赐恩六章原韵》一诗，当是高士奇纪恩诗的奉和之作，由此可以窥见康熙前期与中后期两代南书房翰林的应制交流以及颂圣之法的递承。查慎行对前期南书房宠臣高士奇"诗记互补"之法的借鉴，表明他对凸显帝王主体具有明确认识，也是他积极投入地迎合皇权的具体表现。

三 "私人"写作："反慎行"心态的出现

由上文可知，在进入南书房后，庙堂和帝王不仅成为查慎行词臣生活的焦点，也是其文学表现的重心，二者要求他时刻保持"慎行"心态。若其心态只是停留在这一层面，便也只是典型词臣的词臣心态而已。其"慎行"心态之所以具有研究价值，主要还在于它反映出康熙中后期士人心态在高压政治中所产生的异化。这一异化在其仕宦中后期的"私人"书写中得到了充分体现。在其充南书房翰林期间，对其私人写作而言，有两个阶段尤其重要：其一是康熙四十五年（1706）十月至康熙四十六年（1707）年底，这一时期查慎行请假葬亲，赋闲在家，期间还曾参加南巡迎銮。相应诗歌主要集中在《西阡集》与《迎銮集》中。其二是还朝之后，自康熙四十七年（1708）五月至康熙五十二年（1713）年底，此时查慎行渐被冷落，递交辞呈后，又经历了六百余日的等待，方才获批。这一阶

[①] （清）高與《皇清诰授光禄大夫礼部侍郎兼翰林院学士加正一品又加二级显考澹人府君行述》，转引自王树林《高士奇年谱》，浙江古籍出版社2021年版，第273页。

段的诗歌主要见于《道院集》《槐簃集》《枣东集》《长告集》《待放集》。

查慎行的心态异化首先体现在对个体与皇权关系的再审视。查慎行仕宦期间的小集中应制诗的数量变化，真实地反映了他和帝王之间由近及远的关系变化。综合来看，其应制诗主要分布在《赴召集》《随辇集》《直庐集》《考牧集》及《甘雨集》中，在其假满还朝后的《还朝集》《槐簃集》《枣东集》《长告集》《代放集》中，应制诗逐渐稀少。与帝王关系的疏远，一度让查慎行心情低落，以至于从庙市上买回的梅花，也会无端触动他的心绪："根株高下手亲栽，嫩蕊多凭火力催。好与冷官添暖热，一房红日看花开。"①

汪灏的"文字狱"遭遇，在"冷官"心理感受的基础上，真正促使查慎行开始产生幻灭感。汪灏与查慎行同时进入南书房，后又同时参加会试："上召海宁举人查慎行、武进举人钱名世、长洲监生何焯、休宁监生汪灏于南书房，屡试诗及制举文，特赐焯、灏举人，明年一体会试。"②汪灏的《随銮纪恩》与查慎行的《陪猎笔记》，是二人一同扈从塞外时所作。"形影相随近十年"③的汪灏与查慎行，在日常的仕宦相处中结下了深厚的友谊。康熙五十年（1711），汪灏因"为戴名世逆书作序，混言乱语"而触犯"诽谤朝廷律"，吏议"汪灏、方苞斩立决"。④次年，汪灏因在南书房入值年久而被从宽发落，死罪虽免，但汪灏及全家仍因此事堕入深渊："案内拟绞之汪灏，在内廷纂修年久，已经革职，着从宽免死，但令家口入旗。"⑤查慎行听闻汪灏出狱，感慨良多："忽传恩赦下萧晨，病枕初疑听果真。但是旁观多感涕，谁当身被不沾巾。累朝岂少文章祸，

---

① （清）查慎行：《从庙市买梅花水仙二盆口占二绝》，范道济点校《敬业堂诗集》卷三十七《槐簃集上》，《查慎行全集》第九册，第1126页。
② （清）王士禛：《香祖笔记》卷一，袁世硕主编《王士禛全集》第六册，第4479页。
③ （清）查慎行：《次汪紫沧同年见送原韵四首》，范道济点校《敬业堂诗集》卷四十一《待放集》，《查慎行全集》第九册，第1277页。
④ 张玉：《戴名世〈南山集〉案史料》，《历史档案》2001年第2期。
⑤ 《圣祖仁皇帝实录》卷二五〇，《清实录》第六册，第473页。

第四章　正统性建构中的文人心态与应制创作　309

圣主终全侍从臣。莫怪两家忧喜共，十年同事分相亲。"① 查慎行作为"旁观者"，又何尝不是局中人呢？"邹枚"是查慎行对自己词臣身份的定位，为此，他积极应制，全力颂德，在康熙疏远与汪灏入狱之后，他开始否定自己作为"邹枚"的价值："七年供奉入乾清，三载编摹在武英。两臂病风双眼暗，枉将实事换虚名。"② 甚至不愿再作诗，在《今年拟不作诗复为友人牵率破戒口占自解》中云："年来百事多颓废，何必于诗苦用心。"③ 当回忆康熙将自己由江湖召到庙堂的过程，他仿佛隐隐识得康熙招揽的深意："忆昨公车待诏来，微名忽忝厕邹枚。主恩不以俳优畜，士气原于教养培。身作红云长傍日，心如白雪渐成灰。依稀一觉游仙梦，初自蓬山绝顶回。"④ "身依红云长傍日"的另一面，却是"心如白雪渐成灰"。虽在诗中明言"主恩不以俳优畜"，但是字里行间却是认识到帝王以其为俳优之后的心灰意冷，还以"短袖曾陪如意舞，长眉难画入时图"指明被帝王疏远的原因。⑤ 被买回作观赏之用随即又被丢弃的花朵，使他深深喟叹："京师看花人，汲汲需代匱。主少十日情，市多三倍利。方从担头买，旋向墙角弃。不念花有根，初为悦目地。赏新宜置旧，何用发深喟。"⑥ 无论是词臣的"观赏价值"，还是"失去观赏价值"后被遗弃的命运，都让查慎行产生深深的迷惘、幻灭之感。严迪昌曾言："将君臣之间的关系悟得如此渗透又直直曲曲地表述于文字的，查慎行之前很少如此。"⑦ 由此可见查慎行此类诗歌的独特

---

① （清）查慎行：《闻汪紫沧同年出狱》，范道济点校《敬业堂诗集》卷四十《长告集》，《查慎行全集》第九册，第1204页。
② （清）查慎行：《自题癸未以后诗稿四首》，范道济点校《敬业堂诗集》卷四十《长告集》，《查慎行全集》第九册，第1235页。
③ （清）查慎行：《今年拟不作诗复为友人牵率破戒口占自解》，范道济点校《敬业堂诗集》卷四十《待放集》，《查慎行全集》第九册，第1238页。
④ （清）查慎行：《残冬展假病榻消寒聊当呻吟语无伦次录存十六首》（其二），范道济点校《敬业堂诗集》卷四十《长告集》，《查慎行全集》第九册，第1233页。
⑤ （清）查慎行：《残冬展假病榻消寒聊当呻吟语无伦次录存十六首》（其三），范道济点校《敬业堂诗集》卷四十《长告集》，《查慎行全集》第九册，第1233页。
⑥ （清）查慎行：《乞归候旨未得成行寓庭杂莳草花用以遣日吟成四首》，范道济点校《敬业堂诗集》卷四十一《待放集》，《查慎行全集》第九册，第1250页。
⑦ 严迪昌：《清诗史》，第527页。

价值。

慎言慎行的高压政治促使查慎行对庙堂生活产生幻梦之感。在私人写作中,查慎行不断以"空""梦""荣枯"形容自己在仕宦期间对生活的感受,如其《留别诗社诸同人次张匠门见送原韵》曰:

> 去住何关此一官,衰年只别友朋难。烟霄过眼看如雾,草木论心臭比兰。身在梦中谁独觉,事当局外每长叹。是间着我初无谓,狮子林中一野干。《禅宗语录》有"野干随逐狮子,终不成狮"之语。①

在宫廷与官场中的迷雾与幻梦中,诗人独醒而长叹。送别汪灏时也以"梦"为劝:"不贪支俸给官薪,分定荣枯付往因。自信我为当去客,剧怜君是未归人。一身只要贫长健,万事休凭借梦当真。别后有书烦屡寄,免教北望苦驰神。"②

此类幻梦感受,与忙碌的政治生活造成的疲乏不无关系。这种疲乏感在其私人写作中时有流露,当傍晚从书局回寓,不禁感叹:"书局限孔严,晨趋事搜讨。归来日云夕,返景在林杪。槐花满中庭,铺积亦复好。小童懒无匹,安坐终日饱。故欲习其勤,时时令汛扫。清风飒然至,叶有先秋槁。颇闻蒙庄言,劳生佚以老。信书乃大缪,自计胡不蚤?"③ 当早起去书局,又道:

> 枹鼓传三千,门开九衢曙。老夫肩舆出,日与辎车遇。粉书扬铭旌,束缚同此路。死有千载瞑,生无一朝痦。嗟尔行哭

---

① (清)查慎行:《留别诗社诸同人次张匠门见送原韵》,范道济点校《敬业堂诗集》卷四十一《待放集》,《查慎行全集》第九册,第1258页。
② (清)查慎行:《次汪紫沧同年见送原韵四首》,范道济点校《敬业堂诗集》卷四十一《待放集》,《查慎行全集》第九册,第1277页。
③ (清)查慎行:《自书局回寓作》,范道济点校《敬业堂诗集》卷三十七《槐簃集上》,《查慎行全集》第九册,第1115页。

第四章　正统性建构中的文人心态与应制创作　311

人，啾啾百蚊聚。语出《楞严经》。①

这种疲乏感，不仅来源于忙碌，还与南书房内部高压的政治斗争有关。因此，当他看到蜘蛛布网时，大叹"并生天壤间，动者罗祸机"②，他在南书房中所面临的"忌者思去之"③的情形，与羽虫何其相似。康熙五十一年（1712）年初，查慎行在内廷入值，不久便因右臂病风而被停免内值，乞假百日。在内廷入值期间，还写下《元旦朝回御赐酒肴果品二席中使赍至臣家感恩恭纪》《恭和御制咏鸟枪原韵》等应制诗，吟咏圣德。休假在寓期间，却又在诗中发问："几时真大笑，撒手向悬崖。"④仕宦的忙碌、高压与虚假，使他迫不及待地想要逃离京师。

相应地，重返江湖则成为他逃离幻梦、寻找真实的解脱之法。他以"盆梅"来隐喻自己从江湖被"移植"到庙堂的人生：

> 姑射有仙人，冰肌故绰约。岁寒守岩谷，风雪从饕虐。无端被巧匠，栽接移根脚。本是桃寄生，而含梅跗萼。经冬傍花窖，渐亦喜熏灼。昨登庙市来，带土入城郭。千钱买一本，手为解其缚。我室清如冰，依然愁冷落。瓦盆一小器，局促焉足托。本性倘可回，相期返丘壑。⑤

"瓦盆"正如庙堂，为盆梅解缚是其内心渴望回丘壑的行为语言。当他看到"盆池鱼"时，也由之联想到人事："埋盆当小池，

---

① （清）查慎行：《旦入宣武门》，范道济点校《敬业堂诗集》卷三十七《槐簃集上》，《查慎行全集》第九册，第1119页。

② （清）查慎行：《观蜘蛛布网》，范道济点校《敬业堂诗集》卷四十一《待放集》，《查慎行全集》第九册，第1261页。

③ （清）全祖望：《翰林院编修初白查先生墓表》，朱铸禹汇校集注《全祖望集汇校集注》，第865页。

④ （清）查慎行：《初假十四韵》，范道济点校《敬业堂诗集》卷四十《长告集》，《查慎行全集》第九册，第1194页。

⑤ （清）查慎行：《盆梅》，范道济点校《敬业堂诗集》卷三十八《槐簃集下》，《查慎行全集》第九册，第1133页。

中贮斗斛水。红鲜二三寸，厥族殊鲫鲤。擘粒晨饲之，骈头而接尾。居然乐同队，似识争竞耻。江湖岂不宽，吾力止于此。含珠或望报，一笑可以已。"①饱尝"争竞"之苦的诗人，看到盆池鱼骈头接尾、和谐同队，慨叹小鱼尚且以"争竞"为耻，人何以堪？江湖本宽广，又何必在"盆"中争食？当他终于走上返乡之路，途经当初星驰奔赴的人生转折地——德州，最终以"十年走马走，力尽往来中"②来总结自己十年的仕宦生涯。

"盛世"与"人间"的反差，也让在庙堂之上致力于雅颂之音的查慎行，直接书写人间真相。这在其返乡途中的行旅诗中体现得较为明显。康熙四十五年（1706），查慎行告假还乡，途中的见闻让暂离庙堂繁华的他心下恻然："瀛海东来路，漫漫百里长。田荒薪比桂，潦退砝如霜。牛迹迷朝雾，鸦声散夕阳。谁怜畿内地，经眼有苍凉。"③令他吃惊的是，在畿内之地，尚且会存在如此苍凉的社会情状。冬至之日，行至山左道中，民生之凋敝再度让他难缄其口：

……满前怜冻馁，即事叹凄清。此地初荒旱，相传半死生。至尊忧独切，当事责差轻。足陌千缗给，留漕万数盈。不教移积粟，专欲活残甿。硕鼠成群聚。哀鸿四散鸣。民贫宁乐祸，官赈特空名。受爵能无愧，增阶竟冒荣。……④

从庙堂走到人间，查慎行丢掉了在宫廷中的"慎言"颂圣之态，如实地描绘出"盛世"中的民生凋敝景象，大胆地在诗中书写"民贫宁乐祸，官赈特空名"这一现实问题。当他辞归返乡，更是结合

---

① （清）查慎行：《盆池鱼》，范道济点校《敬业堂诗集》卷三十九《枣东集》，《查慎行全集》第九册，第1178页。

② （清）查慎行：《晓过德州感旧》，范道济点校《敬业堂诗集》卷四十二《计日集》，《查慎行全集》第九册，第1285页。

③ （清）查慎行：《晓发河间黄昏抵大城县》，范道济点校《敬业堂诗集》卷三十四《西阡集》，《查慎行全集》第八册，第1034页。

④ （清）查慎行：《长至日山左道中即目书怀二十四韵》，范道济点校《敬业堂诗集》卷三十四《西阡集》，《查慎行全集》第八册，第1036—1037页。

亲身体验书写了"盛世"之下的"人间",康熙五十二年(1713),查慎行终于开始了乡居生活,不久便迎来了辞归后的第一个冬天,他先是描写了连绵冬雨所引发的一系列反常迹象,最后感叹道:"田间一秃翁,所愿歌时康。侧身屋漏底,仰视天茫茫。"① 虽然也想和声鸣盛、歌颂"盛世",但是寒室漏雨的真实"人间",却让其心中茫然。由此再来看自己及时人颂诗中的"时康",实在颇具反讽意味。

值得指出的是,这种私人写作中的"反慎行"心态,到了雍正朝,也成为被官方正统所排斥的内容。雍正四年(1726),查嗣庭由于所出科举经题中有"悖逆之语"而入狱。不仅如此,雍正为其定罪的重要文字依据之一便是其私人日记:

> 朕因查嗣庭平日之为人,又见其今年科场题目,料其居心浇薄乖张,必有怨望讥刺之记载,故遣人查其寓中及行李中所有笔札,则见伊日记二本。至康熙六十一年(1723)十一月十三日,则前书圣祖皇帝升遐大事,阅数行即自书其患病曰:"痔疾大发,狼狈不堪。"其悖乱荒唐,大不敬至于如此!自雍正元年以后,凡遇朔望,或遇朝会,及朕亲行祀典之日,必书曰"大风",不然则"狂风大作",偶遇雨,则书曰"遇大雨倾盆",不然则"大冰雹"。其他讥刺时事、幸灾乐祸之语甚多。②

这些私人写作中对个人身体状况以及天气变化的记录,被雍正上升为蔑视皇权,尤其是蔑视满族皇权。除了夺嫡政治立场问题外,雍正处理查嗣庭,更有以其为典型警示汉官的目的:

> 尔等汉官读书稽古,历观前代以来,得天下未有如我本朝

---

① (清)查慎行:《腊月雨》,范道济点校《敬业堂诗集》卷四十二《计日集》,《查慎行全集》第九册,第1304页。
② 张书才:《查嗣庭文字狱案史料》(上),《历史档案》1992年第1期。

之正者。况世祖、圣祖重熙累洽八十余年，厚泽深仁，沦肌浃髓，天下亿万臣民，无不坐享升平之福。……尔等汉官当仰体朕心，各抒诚悃，交相勉励，弹竭公忠，无负平日立身立德之志。①

查慎行受此威劫，开始重拾颂圣写作。在诣狱途中，看到河冰合而复开，他以其为"河清"之祥瑞，再唱赞歌："喧传喜气动春城，河瑞曾于腊月呈。九曲竟成千里润，万年重为一人清。风云得路均沾泽，草木何心亦向荣。多少词臣应献颂，蛰虫惭愧发先声。"②此诗乃是典型的应制体，诗中一片祥和欢喜，丝毫没有举家诣狱的悲愁，更自比"蛰虫"来展现个人之微。巧合的是，早在康熙三十五年（1696），查慎行也曾见过这一景象，作《季冬朔日渡黄河》③一诗，忧心"灙凌"对出行的影响。两相对照，更可见查慎行以颂圣求全的意图。经此一案，查嗣庭父子遭戮，查嗣瑮被流放三千里，查慎行父子被释放回籍，④曾经兴盛的海宁查氏家族受到重创。查慎行晚年诗风由"漫与"趋向"悲郁"，删诗甚多，⑤当是其心态变化的表现。

查慎行的"慎行"心态在康熙朝正统建构的敏感政治环境中产生。当其进入南书房后，"慎行"心态迅速强化，促使其积极谨慎地履行词臣职责，主动地以应制诗彰显帝王言行之美，记录帝王点滴之恩，并在拟御制文章中谨慎地模拟帝王口吻，向天下传达官方的诗学理念。与此同时，其文学作品中的"江湖"与"寒士"，也为

---

① 张书才：《查嗣庭文字狱案史料》（上），《历史档案》1992年第1期。
② （清）查慎行：《去冬腊月朔渡江连遇风雪行至邵阳埭阻冰复回扬州起旱及十四日渡河则冰复开灙凌之后波平如镜可鉴人影顾语同舟此非河清之瑞乎因口占绝句云云近抵京师人刑部十余日闻各省奏报河清与余所见辄合再作七言长律纪之》，范道济点校《敬业堂诗集》续集卷五《诣狱集》，《查慎行全集》第九册，第1689页。
③ （清）查慎行：《季冬朔日渡黄河》（是日河冰合而复开，土人谓之"灙凌"），范道济点校《敬业堂诗集》卷二十二《中江集》，《查慎行全集》第七册，第757页。
④ 张书才：《查慎行文字狱案史料》（下），《历史档案》1992年第2期。
⑤ 详见李圣华《查慎行与查嗣庭案及其晚年诗风之变》，《中国文学研究》2014年第1期。

"庙堂"与"帝王"所替换,促使其诗风发生由"悲壮"到"温雅"之嬗变。如果只是考察查慎行的应制篇什,我们会将其仅仅视为一个从"江湖"走入"庙堂"后秉持着"慎行"心态而汲汲应制的词臣,但是如果检视其私人写作,便不难发现在高压的政治环境中其"慎行"心态在"反慎行"向度的发展,这体现了查慎行诗歌的心灵史意义,由此可以窥见康熙朝日益严密的正统建构措施对士人心态的影响。

余论　应制活动、应制文学与康乾时期的正统建构

　　康熙朝南书房翰林的应制创作形成了成熟的应制范式，乾隆朝士人由此产生了"圣祖仁皇帝延接儒臣，南书房应制之篇腾辉史册"[1]的认知。康熙帝与南书房翰林及朝野士人通过应制来进行文学与权力互动的方式，也为乾隆帝所效仿。康熙时期的"应制兴盛"，进而又促成了乾隆时期的"颂声大作"。应制文学为何会成为康乾文坛备受官方推崇的"当代文学"样式？它又如何书写"当代"？在文字狱盛行的康乾时代，为何一面是士人小心翼翼的自我禁抑，一面却又是应制场中的众声喧哗？这是本书在考察康熙朝南书房翰林应制创作后需要继续思考的问题。检视康熙朝的应制之作，可以发现无论是频繁的应制活动、模式化的文本内容，或是边界分明的书写方式，均与满族入关后因正统性缺失所引发的政治焦虑有关。正统论是中国古代的政权合法性理论，关系到政治权力是否是政治权威以及如何成为政治权威等问题，深刻影响着中国古代的政治格局。[2] 在正统判定标准的历史演变中，华夷之辨的民族观始终占据重要地位，并逐渐形成了文化正统、地理正统、天命正统等三项具体标准。南宋以降，民族矛盾加剧了华夷之辨，以"文化优势"抵消"空间逼窄"之痛的言说模式[3]又进一步强化了华夷区分中的文化要

---

[1]（清）阮雪浩、阮学濬编：《本朝馆阁诗》凡例，天津图书馆藏清乾隆二十三年（1758）刻本。
[2] 汪文学：《正统论》，陕西人民出版社2002年版，第1—2页。
[3] 杨念群：《何处是"江南"？：清朝正统观的确立与士林精神世界的变异》，第8页。

素，是以较其他历史政权而言，恃武力自边疆入主中原的满族统治者所面临的正统性质疑较历代为烈。正统建构在清朝始终是极其重要的政治主题。整个康乾时期均是清朝进行正统建构的关键阶段，文学及文化也由此产生特异风貌，应制文学的兴盛便是其中最为显著的文学景观之一。作为康乾时期一种突出的文学、文化甚至是政治现象，应制活动、应制文学应该得到文学研究的充分关注，其中所包涵的丰富意蕴，至少显示在以下三个层面。

一 文盛展演：应制活动的多元开展

自从孔子以"郁郁乎文"定义文治社会，于士人而言，立言可至不朽。于国家而言，"鸿文在国，圣世之验也"逐渐被视作正统王道的典型人文现象，文盛成为理想的政治叙事。[①] 相对于汉族王权，一来满族帝王更需要组织繁盛的文事活动来制造文治社会之表征，彰显文化之正统。二来这离不开满汉文人在文事活动中的创作呼应。因此，君臣赓和、应诏赋诗及主动进呈等应制行为均十分普遍。同时，满族帝王作为政治主体，集权掌政，率军征伐，又经常组织祭孔、祈雨、宴集、巡幸、亲谒明孝陵等仪式性活动来构建思想秩序。而应制活动作为文盛之展演，紧贴康乾时期的政治实践，发挥着表现、装饰、宣传之用，形成了礼典性应制、选拔性应制、日常化应制多元开展的局面。为了淡化夷狄身份，满族帝王以多元开展的应制活动来建设礼制、选拔人才、宣扬时政，制造文治社会之表征。

首先，礼制性应制与礼制建设息息相关。康熙十分重视礼制建设。康熙二十三年（1684），康熙帝敕修《大清会典》，二十九年（1690）撰成。雍正二年（1724），再次续修。乾隆则在此基础上更加着意，乾隆十二年（1747），分编典、例，增益《大清会典》，另成《大清会典则例》，逐渐建立起适合清朝本体发展的严密典章制度体系。其中的"礼部"卷，对大、小礼典及其仪注、乐章、祝文、

[①] 彭亚非：《中国正统文学观念》，第81页。

表笺等均作了详细规定,尤可见其时礼制之弘备兴盛。

检视康熙朝的应制主题,观照此际的礼文规定及礼制实践,可以发现这一时期的应制活动与王朝礼制高度关联,乾隆朝的应制活动也与此一脉相承。凡帝王亲与的礼制活动,几乎均有应制活动与之切合。以五礼而论,诸如爱新觉罗·允祺《冬至陪祀南郊》、施闰章《夏至陪祀方泽》、张廷玉《雍正二年圣主躬耕耤田诗六首并序》、张玉书《圣驾诣明太祖陵颂有序》、熊赐履《恭纪驾幸阙里诗》等便分别产生于祭祀圜丘、方泽、先农、历代帝王、先师孔子等吉礼实践中。凡嘉礼,"属于天子者,曰朝会,燕飨、册命、经筵诸典"①。爱新觉罗·弘晓《元日早朝》与《春日太和殿早朝恭纪》因"大朝仪"和"常朝仪"而作,朱彝尊《癸亥元日赐宴太和门》和陈廷敬《经筵纪事八首》生成于"元日宴"和经筵礼典。其他诸如富察·福敏《圣驾南苑大阅恭纪四首》、励杜讷《西洋贡狮子恭纪》,张英《康熙二十七年正月恭赋大行太皇太后挽辞六章》等则与军礼、宾礼、凶礼息息相关。应制活动与礼制实践的结合,有助于促进文学与礼制的互涵同构。

彰礼是礼仪性应制的典型功能。"千秋宴"是康熙五十二年(1713)新设之嘉礼。康熙六十一年(1722)正月五日,康熙帝在乾清宫前再次举办千秋宴,参与人员主要是六十五以上的满汉文武官员,共三百四十人。在宴会上,康熙帝既执礼而"命诸王、贝勒、贝子、公及闲散宗室等授爵劝饮,分颁食品如前礼"②。又开展大型应制活动,"御制七言律诗一首,命与宴满汉大臣官员各作诗纪其盛"③。礼后,康熙帝命词臣将满汉官员所作的一千余首应制诗编纂成集,名曰《御定千叟宴诗》④,"并敕为图,以示后世"⑤。考察这些应制之作,均以美帝德之形容、鸣国家之盛为旨归。诗歌、绘图、

---

① 赵尔巽:《清史稿》卷八十八,第十册,第2615页。
② 《圣祖仁皇帝实录》卷二九六,《清实录》第六册,第869页。
③ 《圣祖仁皇帝实录》卷二九六,《清实录》第六册,第869页。
④ 《御定千叟宴诗》,《景印文渊阁四库全书》,第1447册,(台湾)商务印书馆1986年版。
⑤ (清)吴振棫撰,童正伦点校:《养吉斋丛录》卷十五,第198页。

礼典形成互文的阐释体系，既彰明了"千叟宴"的尊老内涵，又以文学、文化盛会的形式，增强了清廷的文化形象。这一方式又为乾隆帝所绍承。康乾时期的千叟宴由此成为屡被后世文人追忆的"熙朝之盛事"。①

展礼构成应制与礼制的另一类互动。在不便开展礼制仪式时，或以应制活动代替。万寿节即皇帝寿辰。康熙二十二年（1683）题准，逢万寿节，卤簿、仪仗、大驾、乐器须全设，各官员须于相应宫门斋集，帝王具礼服至太皇太后、皇太后处行礼之后，须御殿、升座、奏乐，以行庆贺之礼。②康熙四十二年（1703）正月初六，在康熙帝启程南巡之前，诸大臣考虑到旅途中或逢万寿节（三月十八日），"请于驾发之前，预行庆贺礼，恭进鞍马缎匹等物"③。康熙帝则道："朕之诞辰，尔等如此进献，在外督抚，亦必效之，朕必不受。朕素嗜文学，尔诸臣有以诗文献者，朕当留览焉。"④陈廷敬之《圣德万寿诗表》《圣德万寿诗十二首》便是其本次进献帝王的诗文贺礼。以应制活动代替奢华、复杂的礼典，本质上是康熙帝昭示俭德、塑造文德的一种方式。

由帝王赐赠引发的应制活动，在康熙时期特为频繁。康熙赐赠包括赐宴、赐游、赐诗、赐物、赐书法等多种形式，含有建构新的满汉关系、实现国家认同的深意。⑤赐赠应制的礼制属性目前尚未得到关注。赐赠应制是谢恩礼的文学开展，这在讨论张英的应制创作时已经有所考察，这里不再展开。尤需指出的是，至乾隆时期，一些满族士人诸如爱新觉罗·福彭《颁赐诸王大臣瓷器恭纪》、爱新觉罗·弘昼《赐柑恭纪》《赐哈密瓜恭纪》等大量赐赠应制，其文化

---

① （清）爱新觉罗·昭梿撰，冬青校点：《啸亭杂录续录》续录卷一《千叟宴》，第273页。
② （清）伊桑阿等编著，杨一凡、宋北平主编，关志国、刘宸缨校点：《大清会典·康熙朝》第一册，第485页。
③ 《圣祖仁皇帝实录》卷二一一，《清实录》第六册，第138页。
④ 《圣祖仁皇帝实录》卷二一一，《清实录》第六册，第138—139页。
⑤ 黄建军：《康熙与清初文坛》，第137页；贺电：《康熙帝皇帝书法政治功能探析》，《社会科学战线》2017年第2期；常建华：《康熙南巡中的书法活动》，《学术界》2019年第10期；常建华：《认同与建构：西安碑林中的康熙书法》，《江海学刊》2020年第6期。

意义皆需结合清廷的礼制建设进行考察。

其次,康熙时期,文学应制尤具选才色彩,这种特色也被乾隆进一步发扬。这首先体现在中央文官的拔擢中。以庶吉士馆选而论,乾隆四年(1739),袁枚参加馆选,险些因其应制诗"语涉不庄"而落选,尹继善以其"尚未解应制体裁尔,此庶吉士之所以需教习也"为其力争而群议乃息。① 可见在庶吉士馆选及教育中应制写作能力的重要性。以翰詹大考而论,据《词林典故》记载:"(康熙)二十四年(1685)正月,御试翰詹诸臣于保和殿,经史赋一篇,《懋勤殿早春应制》五言排律诗一首。越二日,上亲擢徐乾学等十一人,再试于乾清宫,《班马异同辨》一则,《乾清宫读书记》一通,《扈从祈谷坛》七言律诗一首。"② 不久,翰林院题日讲起居注官缺,康熙优先以本次考试的前五名开列。③ 而此次考试以宋诗体作应制诗的官员钱中谐则遭受改调。此外,也有一些日常随机考核,张英《南书房记注》中记录甚悉,不再赘述。以上三类考核活动反映出应制活动在此际中央文官选拔与培养中的重要地位。而帝王在此类考核活动表现出的文学选拔标准,显然蕴含着以皇权规范文学风气的政治意图。

地方官员或士绅如要进入中央文官行列,向帝王进献诗文在当时是十分普遍的路径。这主要是因为中央文官的准入身份乃是科举翰林出身,但若以文学应制得帝王青眼,则可以跳出准入身份的约束。帝王巡幸为地方士人进呈诗文大开方便之门。据统计,从1681年至1722年,康熙帝共进行过128次巡幸。其中包括六次巡幸江南、六次前往山陕、三次前往盛京、五十余次北巡塞外。④ 更有甚者,乾隆帝在位期间巡幸超过150次。⑤ 前文已经以福建举人林佶为

---

① (清)袁枚著,顾学颉校点:《随园诗话》卷一,人民文学出版社1982年版,第5页。
② (清)鄂尔泰、张廷玉等撰:《词林典故》卷四,傅璇琮、施纯德编《翰学三书》,第88页。
③ 徐尚定标点:《康熙起居注》第三册,第148页。
④ [美]张勉治:《马背上的朝廷:巡幸与清朝统治的建构(1680—1785)》,董建中译,第58页。
⑤ 赵云田:《大清帝国的得与失:乾隆出巡记》,江西人民出版社2017年版,第283—294页。

例，探讨过巡幸应制的进身效果。类似的应制功效对士人产生强烈的文学召唤，因此每遇帝王巡幸，献诗献赋者不计其数，形成了"献诗颂者，络绎于途"① 的应制盛况。

满族文人参与应制活动，大多也是为了谋求仕进。其中满族宗室的文学应制，则有求进与求全两种政治诉求。前者以康熙诸子夺嫡为例。康熙帝对皇子的文学才华较为重视，曾在召对时告诫皇太子"作诗之道，炼字不如炼句，炼句不如炼格，炼格不如炼意"。②正因为康熙帝热衷文事，其诸子多有应制之需，且文学应制成为皇子们展现文学才能的着力点。康熙帝曾五次巡幸五台山，其集中存《龙泉寺》《自长城岭至台怀》20首相关的御制诗。皇子们在陪行途中，自然少不了应制赋诗。皇二子允礽存有《陪驾幸五台》诗。皇四子胤禛在康熙四十一年（1702）以贝勒身份扈从，作《恭谒五台过龙泉关偶题》等16首诗。二人诗歌大都以颂圣为旨归，显示出寻求帝王认可之意。后者以乾隆时期的宗室文学应制为例。爱新觉罗·弘晓生于康熙六十一年（1722），为康熙帝第十三子允祥之子。由于在处理具体事务时"毫无实心"，③乾隆帝对其颇为不满。而在乾隆朝的应制活动中却可常见其身影：乾隆生日时作《恭赋千秋寿言》，扈从时作《随驾至太平峪逢安泰陵地宫恭纪》，受到内廷行走任命时作《奉旨内廷行走乾清门恭纪》，乾隆赐宴时作《赐诸王宴及绸缎等物恭纪》，随从耕藉时作《随驾耕藉奉命登舟至瀛台恭纪》，乾隆大阅时作《皇上大阅礼成恭纪》。这些应制之作，大力歌颂圣德与盛世，积极响应乾隆朝所倡导的治世诗风，或可视为被边缘化的满族宗室向皇权示好、谋求周全的政治策略。

此外，即事性应制有宣扬时政之用。即事性应制包括国家时政应制与君臣日常应制。对国家时政迅速做出颂美反应，是文学应制的内在要求，体现出其时效性面向。康乾时期是清朝开拓地理版图

---

① （清）爱新觉罗·玄烨：《全唐诗录序》，《康熙帝御制文集》第三集卷二十，第1638页。
② （清）汪灝：《随銮纪恩》，载毕奥南整理《清代蒙古游记选辑三十四种》上册，第281页。
③ 《高宗纯皇帝实录》卷一九七，《清实录》第十一册，第535页。

的关键阶段。在广阔疆域的历史形成中，产生了一系列诸如平定三藩之乱、收复台湾、平定准噶尔之类的军国大事。对于文学应制而言，这些军国大事是宣扬盛世、建设皇权、塑造正统的绝佳机会。每当一地战捷消息传来，朝野上下、满汉官员都热切地向帝王献诗献赋，前后掀起多次应制热潮。

日常化应制往往即兴而生，需要将帝王在生活中偶然想起或看到的日常景物纳入文学应制的审美之中，彰显出君臣交往的日常化与文人化。张英的《赋良马应制二首》，便生成于此类应制活动中。对于该诗的创作缘起，诗序道："十月臣英同臣在丰扈跸南苑，上在行宫。方张灯伸纸作大书，中夜传翰林侍读学士喇沙里至前问曰：'两翰林此时作何事？'对曰：'方在值庐读书。'上曰：'可令两人各赋良马诗。'"[1] 考察张英所作诗歌，以"骅骝得傍圣人前"为主要立意，表面写马，实则颂圣，显示出此类文学应制的特质，即须在寻常景物中制造颂圣元素。张英的其他应制诗，诸如《懋勤殿盆中古梅，一株双干，花分红白，恭赋应制》《南书房盆中白梅盛作花恭赋》《懋勤殿盆中古梅又值花时恭赋四首》等，均以应制日常化、文人化的一面向世人展现着帝王的诗情雅致。

综上，以帝王主持文事来使"天下忘其为夷狄之君"[2]，从而建构文化正统，是历史上其他少数民族王权常见的正统建构方式，但是均未及康乾时期贯彻之彻底。就活动意图而言，满族帝王有意发起繁盛的应制活动，以其装饰性、表演性来彰显文盛。就参与主体而言，由于与衡才、选才关联，应制活动很好地将满族帝王与各路士人置于同一诗学系统中，进而发挥皇权对中央文官、地方官员与普通士人等满汉士林阶层的吸纳与控制作用。就文本生成而言，士人奉命而作或主动进呈的大量应制书写既能以其文学功能表现、宣

---

[1] （清）张英：《赋良马应制二首》，《存诚堂诗集》"应制一"，江小角、杨怀志点校《张英全书》下册，第19页。

[2] 孟森评论顺治应制言："天子则乐就汉人文学之士，书思对命，绰有士大夫之风，居然明中叶以前气象。正、嘉以后，童昏操切之习略无存者，天下忘其为夷狄之君。"参见孟森《清史讲义》，第137页。

传政治实践，其存在本身又能制造出文章炳蔚的文治效果。正是满族帝王的积极组织与谋划，以及满汉士林阶层的逢迎与趋附，共同催生了康乾时期盛极一时的应制活动。

二 文本建构：满族帝王正统形象之塑造

满族作为北部边疆的少数民族，其族群身份与当时的正统言论多有不相契合之处。缘此，满族帝王十分注重以各类文本塑造自身的正统形象以建构政权的合法性。应制文学以颂圣为核心，其颂圣是否得体、应制是否成功，很大程度在于是否接近帝王心中对自我身份的期许，这直接关系到帝王形象的文本塑造与文学呈现。康乾时期帝王强烈的正统建构诉求，促使士人在揣摩、迎合帝王心态的过程中，采取多种颂圣模式大力塑造满族帝王的正统身份。而正统建构则作为一种思维方式存在于应制创作中，为其设立了政治边界和评价体系，促使其形成了独特的文本内容与书写策略，这主要体现在以下三个方面。

其一，调适满族祖先的身份构成是康乾时期应制文学独特的文本功能，也是满族帝王确认正统形象的天命依据与血统基础。一方面，重塑盛京是康乾君臣制造满族祖先正统身份的一种书写策略。满族崛起于东北边疆，陪都盛京是其"龙兴之地"，且永陵为孟特穆、福满、觉昌安、塔克世等清皇室祖先墓，福陵为努尔哈赤墓，昭陵则是皇太极墓，均在盛京及周边。而在清初汉族士人的正统认知中，以盛京为中心的东北地区却充斥着"蛮气"，[1] 生于斯、长于斯的族群则被视为夷狄。为此，康熙君臣试图以"王气""佳气"来为盛京及周边地区注入天命色彩。康熙二十一年（1682），康熙帝东巡盛京，其御制诗称福陵之所在云："瑞霭钟灵阙，晴烟绕閟宫。万山皆拱北，百水尽洄东。"[2] 称昭陵道："灵山佳气迥，寝庙

---

[1] 杨念群：《何处是"江南"？：清朝正统观的确立与士林精神世界的变异》，第34页。
[2] （清）爱新觉罗·玄烨：《三月初六日告祭福陵恭述十韵》，《康熙帝御制文集》第一集卷三十六，第502页。

瑞云张。旷远临平陆，幽深逼上苍。"① 称永陵更是言其"峰峦迭迭水层层，王气氤氲护永陵。蟠伏诸山成虎踞，飞骞众壑佐龙腾"。② 在御制诗中，盛京一改东北蛮荒面目，成为王气汇聚之所，具有容纳百川、睥睨天下的王者气象，昭示出满族承天命而兴的特点。扈从汉族词臣与八旗士人的应制诗与御制诗形成互文关系。如南书房翰林高士奇颂福陵突出其"回瞻苍蔼合，俯瞰曲流通。地是排云上，天因列柱崇"③。颂昭陵曰："龙蟠依斗极，凤翥豁群方。野气青环拱，山形翠远扬。"④ 颂永陵曰："郁葱王气钟烟霭，谟烈于今奕叶承"⑤，与御制诗相辅相成，赋予三陵所在的盛京及周边地区以王者风范。本次巡幸，纳兰性德也在随从之列，其《盛京》云："拔地蛟龙宅，当关虎豹城。山连长白秀，江入混同清。"⑥ 写作视角由盛京绵延至长白山，同样有意识地在文学书写中以王气笼罩盛京及周边地区。对于清朝帝王而言，以盛京为中心的东北地区，是满族肇起的源头。而清初汉族士子囿于传统的夷夏观念，又因对北部边疆缺少认知，将以盛京为中心的东北地区想象为野蛮可怖之地。⑦ 康乾君臣在御制诗与应制诗的互文书写中，以发祥地、祖陵所在地盛京的王气汇聚来昭示满族的天命所归，这不失为淡化夷夏之分、塑造满族祖先正统身份的一条捷径。

另一方面，将爱新觉罗氏宗族血统的本源溯至本民族的神话人物，则是乾隆时期确立正统之源的另一种书写策略。攀附中华圣贤

---

① （清）爱新觉罗·玄烨：《初八日告祭昭陵恭述十二韵》，《康熙帝御制文集》第一集卷三十六，第502页。
② （清）爱新觉罗·玄烨：《三月十一日雪中诣永陵告祭》，《康熙帝御制文集》第一集卷三十六，第503页。
③ （清）高士奇：《恭和御制告祭福陵礼成》，《随辇集》卷七，《清代诗文集汇编》第一六六册，第499页。
④ （清）高士奇：《恭和御制告祭昭陵礼成》，《随辇集》卷七，《清代诗文集汇编》第一六六册，第499页。
⑤ （清）高士奇：《恭和御制告祭永陵礼成》，《随辇集》卷七，《清代诗文集汇编》第一六六册，第499页。
⑥ （清）纳兰性德：《盛京》，康奉、李宏、张志主编《纳兰成德集》，北京古籍出版社2006年版，第388页。
⑦ （清）吴伟业：《悲歌赠吴季子》，李学颖集评标校《吴梅村全集》，第257页。

为祖是中古时期异族君主改变文化血统的重要方式,[①] 而康乾时期改变满族血统的文本建构角度则显示出满族帝王保留本民族文化特质的尝试。这种书写策略在官修史书中较早出现,《太祖高皇帝实录》便指出爱新觉罗氏的始祖布库里雍顺乃是天女佛库伦吞朱果而生。[②] 乾隆八年(1743),乾隆帝东巡,作《盛京赋》,进一步对这一始祖故事加以文学剪裁:"粤我清初,肇长白山。扶舆所钟,不显不灵。周八十里,潭曰闼门。鸭绿混同爱滹三江出焉。帝女天姝,朱果是吞。爱生圣子,帝用锡以姓曰觉罗,而徽其称曰爱新。"[③] 群臣纷纷就其巡幸盛京之事献诗献赋。为了迎合乾隆帝的心意,达到颂圣目的,这些诗赋也十分注重对爱新觉罗氏的起源加以渲染与颂赞。如汪由敦所献四言古诗首章即云:"昊天有成命,集我皇清。爰降帝女,锡朱果以茹。笃生艺祖,肇是爱新,瓜瓞衍绪,长白导源,运启高山,郁郁永陵,峻极於天。"[④] 汪由敦用以书写神女事件的四言古诗形式以及"昊天有成命""笃生""瓜瓞"等词汇均来源于《诗》学系统,这种书写方式既由汉族士人的知识体系决定,也体现出满汉文化的交融。再如史贻直献颂曰:"天锡嘉符,鹊衔灵果。惟天降命,敢不负荷?"[⑤] 于振所献七言律诗云:"鸭浚仙源瞻王气,鹊衔灵果启鸿图。"[⑥] 均在颂语中强调爱新觉罗氏始祖诞生的神化色彩,进而为满族帝王血统之正统提供天命依据。

其二,塑造"君师合一"的圣君形象是凸显满族帝王的文化权力、形塑其文化身份的应制书写方式。相较于以往的汉族王朝,文

---

① 王伟:《"正统在我":中古正统建构与文学演进》,《复旦学报》(社会科学版)2021年第2期。
② 《太祖高皇帝实录》卷一,《清实录》第一册,第22页。
③ (清)爱新觉罗·弘历:《盛京赋》,《御制文初集》卷二十三,《清代诗文集汇编》第三三〇册,第205页。
④ (清)汪由敦:《圣驾东巡盛京恭谒祖陵大礼庆成雅》,(清)汪由敦:《松泉文集》卷三,《清代诗文集汇编》第二七二册,第264页。
⑤ (清)史贻直:《圣驾东巡盛京恭谒祖陵庆成颂有序》,《皇清文颖》卷三十八,《故宫珍本丛刊》第648册,第312页。
⑥ (清)于振:《圣驾东巡盛京恭谒祖陵大庆礼成诗八首有序》,《皇清文颖》卷八十七,《故宫珍本丛刊》第650册,第170页。

化身份的获取对清前期的满族帝王而言要更为重要和紧迫。边缘种族若缺少足够的文化实力，便无法在中原建立起真正的合法性，元朝便是先例。① 满族发源于边疆，恃武力入关，又先后发动"扬州十日""嘉定三屠"等武力镇压，这促使汉族士人对其产生蛮勇无文的顽固认知。可以说，文化身份的缺失是满族帝王建立正统地位的重大阻碍。或是出于对文化身份的迫切需要，康熙大力宣扬"道统在上"，突出皇权对道统的持有，试图以新型的治道关系来增强文化权力、获取文化身份。为了配合皇权需要，士人纷纷在应制诗文中通过颂美机制和理论建构来辅助帝王建立新的治道关系。

到了乾隆朝，这种策略获得了更普遍的实施。乾隆三年（1738），乾隆诣太学行释奠先师礼。礼毕，又御彝伦堂，继讲官进讲后，亲讲经书意蕴。针对此事，群臣纷纷进献应制诗赋。其中，梁诗正进诗八首，其二曰："道德符宣圣，文章接素王。崇儒风愈古，视学典重光。凤辇桥门驻，鸾旗璧水扬。莘莘看彦士，迎拜辟雍旁。"② 在道德与文章两个方面，强调乾隆对先师孔子之道的绍述。又以莘莘学子的"迎拜辟雍"来摹写士人对乾隆"圣师一体"身份的认同与信服。其三曰："圣圣心相契，尊崇礼日跻。宫墙伊古仰，藻翰自天题。德表尼山峻，光悬列宿齐。祇今瞻谒次，炳耀序东西。"③ 以康熙对释奠礼的重视与"宸翰"的挥洒来突出乾隆之"圣"与孔子之"圣"的契合。类似的应制书写继康熙朝词臣的开拓之后，成为乾隆朝临雍书写的主要模式。再来看蒋溥因为本次乾隆临雍而进献的四首应制诗：

銮舆晓度傍枨星，统合君师式典型。万仞宫墙辉释奠，九天云日照横经。先登道岸尊前圣，独契心源示在廷。乐备礼明

---

① 杨念群：《何处是"江南"？：清朝正统观的确立与士林精神世界的变异》，第13页。
② （清）梁诗正：《乾隆三年圣主临雍礼成恭纪八首》，《皇清文颖》卷七十，《故宫珍本丛刊》第649册，第363页。
③ （清）梁诗正：《乾隆三年圣主临雍礼成恭纪八首》，《皇清文颖》卷七十，《故宫珍本丛刊》第649册，第363页。

恩浩荡，春流芹藻有余声。

坦坦贤街接礼门，升堂展敬帝容温。虬松舞翠枝逾古，鸳瓦流黄制倍尊。物备两楹车服盛，爵陈三献礼仪敦。无言自有羹墙契，北面亲师对越存。

鸾旂翠葆映霄雯，午夜生徒伫大昕。香霭氤氲披御座，霞光灿烂仰天文。敷扬性命传洙泗，尚论钦明重典坟。名理会心期共喻，圜桥冠带蔚如云。

圣朝文治洽胶庠，更企宸修卜运昌。三殿瑶籖垂制作，六堂宝架焕文章。渊源早识传心法，俎豆重看发道光。今日讲帏沾教泽，无私化雨徧遐方。①

第一首诗以乾隆临雍的两个主要事件——"释奠"与"讲学"为诗歌脉络，总写乾隆临雍"礼明乐备"的特征，以此服务于"统合君师式典型"的主旨。第二首诗则将视角集中于乾隆临雍中的释奠礼，突出乾隆执礼之隆，以乾隆对孔子的礼敬有加来建构二人的羹墙之契。第三首诗则聚焦于乾隆在临雍中的帝王讲学行为，以乾隆对儒家经义的领会来将其视为赓续孔子名理的又一圣人。第四首诗则联系乾隆勤学勤撰的日常场景，形象地刻画了一位具有良好儒学修养的帝王。此类应制均着意在满族帝王"君"的身份蒙上一层"师"的色彩，致力于新型治道关系的建构，以将满族帝王的政治身份与文化身份统一起来。

其三，颂扬满族帝王"抚驭万方"的统一功绩是康熙时期应制文学颂美内容的重要构成，雍正朝、乾隆朝词臣更加以此为颂。相较于其他王朝，疆域广大是康乾时代正统建构的独特优势。康熙帝平定三藩，抵御沙俄，收服蒙古喀尔喀、西藏与台湾，雍正帝平定青海、稳定西南，乾隆帝则结束准噶尔之役，收服西北。历经康、

---

① （清）蒋溥：《乾隆三年圣主临雍礼成恭纪四首》，《皇清文颖》卷八十四，《故宫珍本丛刊》第650册，第173页。

雍、乾三朝开拓,"历史上的中国"的地理版图最终形成于十八世纪。①

在战捷应制中,满汉士人常以"冒头"来颂赞帝王的统一功绩。康熙帝曾三次亲征准噶尔,汉族士人姜宸英为此进献乐府诗,诗序篇首云:"我皇上文武圣神之德,度越前古。自御历以来,削平三孽,内消藩镇尾大之患。开郡海疆,外控浮航万里之国。神枢阖辟,出天潜地。"②继而按照时序逻辑先后叙述准噶尔肆虐、康熙帝指挥战争、战争取得胜利这一过程,最后以颂德收尾。至雍正朝,雍正二年(1724),清军平定青海,八旗士人徐元梦献诗,其诗序篇首道:"维我国家,受天眷命。版图式廓,远过汉唐。九服宁一,万姓恬熙。绝岛穷徼,罔不慕义向风,争为臣仆。"③后文同样按照罗卜藏丹津叛乱、帝王命将出征、战争取得胜利的叙事脉络谋篇布局,最终也以颂德收尾。综观康乾时期的战捷应制,颂赞帝王一统功绩的"冒头"是战捷应制程式化行文的必备要素,由此可以窥见康乾词臣以地理一统来彰显大一统、建构正统的集体意识。

值得关注的是,康熙时期的战捷应制对帝王统一功绩的颂扬,具有浓厚的理学色彩,具体表现为一统主体即帝王的道德化,这一应制书写方式也渗透至雍正、乾隆朝词臣的应制创作中。进一步而言,满族士人以道德化的帝王作为颂扬对象,则体现出理学对其思想的渗透。以徐元梦之应制诗序为例,它先是以仁与不仁的对立作为战争的起因:

> 我皇上膺图立极,缵承列圣之绪,仁孝光昭,湛恩汪濊,凡有血气之伦,胥戴生成之德。诚哉!天下归仁,四方以无拂也。罗卜藏丹津者,青海部落,逼近甘凉。自其先世内附有年,

---

① 谭其骧:《历史上的中国和中国历代疆域》,《中国边疆史地研究》1991年第1期。
② (清)姜宸英:《大驾亲平沙漠还京凯歌七篇》,《皇清文颖》卷五十五,《故宫珍本丛刊》第649册,第225页。
③ (清)徐元梦:《圣武远扬青海平定诗六首有序》,《皇清文颖》卷八十一,《故宫珍本丛刊》第650册,第104页。

圣祖仁皇帝嘉其归诚，宠以王号。兄弟数人，皆膺显爵。讵乃阴怀狡黠，敢肆跳梁。潜通逆寇，策妄阿拉蒲坦，首鼠两端，悖德灭义，同气自戕。皇上矜乃冥顽，不忍加诛。遣使开谕，至再至三。小丑执迷，帝赫斯怒。指授方畧，命将出师。①

战争意味着流血与伤亡，徐元梦通过对比帝王之仁与罗卜藏丹津的的不仁，表明此次出师并非帝王主动侵略，而是维护国家统一的必要之战，名正言顺。继而在叙述战争的经过、结果时，也紧扣理学道德观来进行叙述。徐元梦等满族士人以儒家道德标尺来规范战争书写，在颂扬的过程中持续地以理学化的帝王形象来作为一统之主体，显示出康乾时期理学对满族士人思想的涵纳。

三 文学规训：应制文学语体风貌的政治意蕴

应制本身对应着王权建设，无论是繁盛的应制活动，亦或是模式化颂圣的应制文本，皆为康乾时期政治诉求的文学化表达。以何种文学风貌展现正统风范，则关涉正统建构与应制文学关系的审美之维。在传统的文学批评语境中，应制写作与其他写作畛域分明，有着独立的评价标准，以合乎"应制体"者为佳。"应制体"由文学话语的外部因素与内部特征相互作用而成，即不只涉及语言材料与表现手法，更与君臣身份的尊卑差异、应用场域的政治属性、言说话题的公共性等外部语境息息相关。考察康乾时期的应制体，更需要一种体现文本内外互动的论究视角，语言学界的语体理论或可有所助益。语体在语境中形成，是话语交际的伴随标记，"言说所服务的对象、场合、话题以及说者的言说态度共同制约着语体的呈现"②。"正式与非正式""庄典与便俗"是语体的两对基本范畴，语

---

① （清）徐元梦：《圣武远扬青海平定诗六首有序》，《皇清文颖》卷八十一，《故宫珍本丛刊》第 650 册，第 104—105 页。

② 刘顺：《语言演变及语体完形与"一代有一代之文学"》，《上海师范大学学报》（哲学社会科学版）2017 年第 3 期。

音、词汇和句法是语体呈现的手段。① 应制体并不是特定文体，也不能等同于风格，更多是时代语境中具有特殊政治意蕴的语体。② 康乾时期，应制语体的规范化训练，成为帝王介入满汉士人文学写作过程、对其进行文学规训的重要媒质。

君臣之间的权力关系，要求应制书写具有高正式度与高庄典度。为了彰显帝王权威与政治合法性，康熙时期的应制体以典雅庄重者为佳，尤以初盛唐时期的应制作品为参考范本。考核或选拔性应制是向汉族士人倡导宗唐的具体途径。在考察、培养满洲士人应制诗写作能力的过程中，康熙帝同样以倡导应制宗唐来引导其树立宗唐意识。以康熙帝对觉罗满保与海宝的训示为例。觉罗满保与海宝皆是满洲人，且皆为进士出身、翰苑中人。康熙四十二年（1703），康熙帝巡幸塞外，觉罗满保与海宝随行扈从。五月二十六日，驾驻汤山，康熙帝"召海、满两讲官，御试《赋得绿树阴浓夏日长》七律一首"③，这明显是对二人应制诗写作水平的考察。二十八日，康熙帝又传谕二人将随行所带书籍进呈御览。在阅读二人进呈的应制诗与书籍之后，康熙帝便传谕二人道："尔等前次未赐扇，今特亲书御制诗扇赐尔等各一柄。嗣后随驾，可带性理、朱子语录、通鉴等大书。学诗当取法李白、杜甫，初唐、盛唐之诗。"④ 又将自己阅读的《唐音类聚》《选诗补注》二书发出令二人观看。康熙帝之所以亲书御制诗扇、指定诗歌取法对象、发下《唐音类聚》，表面上是教授作诗之法，实则是训示宗唐之径。要之，宗唐作为康熙朝正统建构的重要策略，形成于满族帝王与汉族高层文官的文化交流之中。通过应制宗唐等具体手段，它不仅对汉族士人发挥作用，也试图干预满洲士人的文学趣尚。

典雅庄重之达致，也即高正式度与高庄典度之形成，以心理上或者至少是文本中对王权的认同与凸显为重要前提。较高的正式度

---

① 冯胜利：《汉语韵律诗体学论稿》，商务印书馆2015年版，第67页。
② 参见刘顺《初唐应制与七言近体》，《文艺理论研究》2022年第3期。
③ （清）查慎行：《陪猎笔记》，范道济点校《查慎行全集》第三册，第192页。
④ 徐尚定标点：《康熙起居注》第七册，第126页。

余论　应制活动、应制文学与康乾时期的正统建构

与庄典度要求，为应制体设立了政治边界，其写作与批评基于王权认同方可进入、展开。在康熙朝应制文学的繁荣与渗透之后，乾隆朝对士人应制的语体要求尤其严格。如前所述，袁枚因在写作应制诗时"语涉不庄"，险些落选庶吉士。此后士人论及此事道："应制诗赋尤宜庄重，袁简斋太史己未朝考，诗题'因风想玉珂'，以'声疑来禁苑，人似隔天河'一联，几被斥，赖尹文端公力争，始获隽。"① 颇以其应制语体缺乏庄重为戒。那么，为何'声疑来禁苑，人似隔天河'句使得袁枚给考官和后世士人留下了"语涉不庄""未解应制体裁"的口实呢？对此，这段文字并没有作具体解说。袁枚集中未载全诗，仅存此句。比读相关诗作，不难发现其中端倪。本次朝考的题目为"赋得'因风想玉珂'"。袁枚自言写作此句乃是为了"刻画'想'字"②。"因风想玉珂"出自杜甫《春宿左省》颈联。此诗作于杜甫跟随肃宗任左拾遗时期间。仇兆鳌注解此诗曰："上四宿省之景，下四宿省之情。花隐鸟楼，日已暮矣。星临月近，夜而宿矣。听钥想珂，宿而起矣。问夜未央，起而待旦矣。自暮至夜，自夜至朝，叙述详明，而忠勤为国之意即在其中。"③ 仇兆鳌乃是从情思脉络层面感知到杜甫的忠勤为国之意。另一层面，诗中"玉珂""万户""九霄""金钥""玉珂"等华美壮丽的物象则以营构王权荣耀的方式展示帝王权威、构建政治认同。"玉珂"指百官上朝时马饰的响动。诗人并未听到玉珂之声，而是因风产生了联想与幻听。袁枚此句，其句中之"人"与"声"，唯有指向百官或乾隆帝，方可达成忠勤为国之意旨。杜甫之诗，并非应制诗，尚且以"金钥""玉珂"等正式、庄典之词来传达对帝王至高无上权威的政治认同，以全人臣之语体。袁枚此句，直以"声""人"等不具备政治荣耀性的语词和物象指向百官或帝王，而没有在"君—臣"结构中掌握"臣"之语体，凸显帝王权威。其批评者正是站在王权认

---

① （清）陆以湉撰，冬青校点：《冷庐杂识》，上海古籍出版社2012年版，第95页。
② （清）袁枚，顾学颉校点：《随园诗话》卷一，第5页。
③ （唐）杜甫著，（清）仇兆鳌注：《杜诗详注》卷六，中华书局1999年版，第438页。

同的立场上指责其"不庄"的。再看同期参加朝考的沈德潜，其刻画"想"字曰："节以清飚送，音缘天籁通。凭虚偕律吕，结念响玲瑢。隐隐梧垣外，遥遥银箭中"①，"清飚""天籁""梧垣""银箭"等语，无一不谨恪臣属姿态，强化王权认同。应制体的高正式度与高庄典度基于对王权的认同与强化而形成，这为我们理解康乾时期的应制兴盛提供了一种新的理解角度。让士人在揣摩正式度与庄典度的过程中培养政治认同，潜移默化地改变其精神结构，是满族帝王规训士人的重要一步。而对士人而言，向帝王进呈应制体诗文，往往意味着心理上的投诚。语法方面，在上文所述的正式、庄典之外，应制者尤其偏向选择具备正统色彩的语词与语典。语典关涉的政治考量，使其应制话语形成与康熙朝正统建构适配的语体特征体系，巩固以满族帝王为中心政治、文化认同结构。

此外，应制语体作为规训士人的手段，不仅是汉族士人经由研练应制体介入到正统建构之中，满洲士人也不例外。若要凭借应制谋求进身之阶，则其应制诗文的内容与语体便不能越出应制体之外。进入应制体之内，必须经过规范化的训练。磨炼应制技艺同样是满洲士人的必修课。嘉庆六年（1801），蒙古正黄旗人法式善回忆早年考中进士后的诗学经历云："乾隆四十五年庚子入词馆，专攻应制体，适性陶情之作寥寥焉。"② 甚至宗室皇子也向汉族士人学习应制之法，如乾隆二十二年（1757），壬戌科（1742）状元金甡入值上书房，质庄亲王永瑢为其弟子，"公善时文、应制诗，王善学之，卒以名世"。③ 在此风气之下，拟应制现象开始在乾隆朝八旗及宗室子弟中出现，如爱新觉罗·弘晓《和学庭六姨丈拟即事应制韵》便是在日常诗作中模拟应制语体而成。在研练应制体的过程中，满族士

---

① （清）沈德潜：《御试保和殿赋得因风想玉珂》，潘务正、李言校点《沈德潜诗文集》，人民文学出版社 2011 年版，第 372 页。

② （清）法式善：《存素堂诗初集录存》自序，刘青山点校《法式善诗文集》，人民文学出版社 2012 年版，第 8 页。

③ （清）爱新觉罗·昭梿撰，冬青校点《啸亭杂录 续录》杂录卷九《金海住先生》，第 214 页。

人需要进入汉语文学写作语音与语法层面。至乾隆朝,开始出现以擅长应制著称的满族士人。如满洲镶黄旗人尹继善便十分擅长应制,其集中颇存恭和御制之作,"黼座""琼筵""韶音""御宴""上林""蓬莱"等彰显太平盛世、天家气象和帝王身份的词汇与语典俯拾皆是。其《新春恩赐御书福字恭纪》其一曰:"春回异数又频加,湛露恩深未有涯。共祝升恒歌圣世,还教福祉遍臣家。"短短数语,既注重韵律,又用"春回""圣世""福祉"等词及"湛露"之典,亲圣、感恩、颂德、祝祷之意全出。袁枚称其"当其卷阿从游,柏梁应制,凌云赋而人主惊,老凤鸣而百鸟息。对天挥笔,画日成章"[①],由此可略微见之。满洲士人学习、写作应制体,其政治意蕴有三:其一,磨炼应制技法必由语音与语法等具体要素入手,这有助于弥合满汉文化差异。其二,应制写作规范化训练的过程,也是满族士人思想方式与精神结构规范化的过程。其三,满洲士人的应制诗文,向汉族士人展现了满族文化修养,便于满族文化形象的树立。

康乾时期应制体典雅庄重的语体要求,为满汉士人的文学写作设立了政治边界。入乎其内,首先需要认同与巩固以满族帝王为中心的政治结构。应制体的书写过程是满汉士人进入文学规训的过程,也促进了满族士人进入汉语诗歌学习的语法层面。满族帝王正是利用应制体的书写,一方面规范满汉写作者的文学取向、训练政治认同。另一方面,也在潜移默化中形塑着"观看者"的思维结构。为此,康乾时期出现了一些符合官方标准的"当代"文学选本,诸如前文提到的《皇清文颖》《凤池集》《本朝馆阁诗》等,大规模选入应制之作,既为写作者研练应制体提供了文学范本,也对"观看者"发挥着诗教意义。

绾言之,正统性是历代王朝政权皆需首要解决的问题,关乎政权的合法性。满族以边疆少数民族入主中原,在华夷之辨的阻隔下,

---

① (清)袁枚:《尹文端公诗集》序,尹继善撰《尹文端公诗集》,《清代诗文集汇编》第二七九册,第467页。

天然地不具备正统性。若要建构政治、文化认同，便需根据华夏文化系统中根深蒂固的正统论来调适王朝形象。于是，康乾时期，满族帝王借由应制建立起一个正统认同的诗学共同体，通过开展一场场应制活动来宣扬"鸿文在国"，淡化夷狄色彩。加强应制的擢才功能，以诗学活动行政治招揽。同时，借助满汉士人的应制书写，以"颂盛德"为文本建构的手段，将满族帝王的血统、修养、功绩等与天命、大一统联结起来，塑造满族帝王的正统形象。不仅如此，这一时期应制典雅庄重的语体要求，也为王权深入到文学写作的具体过程和语法层面来规训满汉士人、塑造权力认同提供了可行路径。

当然，对于满族帝王而言，应制文学确实具有其他文学难以比拟的正统建构效用。但立足于文学发展的进程来看，应制文学作为康乾时期最受王权推崇的"当代文学"，其本身缺乏审美价值。康熙朝南书房翰林张英侍值内廷三十余年，应制经验丰富，他向年轻翰詹传递应制写作经验时便道："凡应制诗，只如此平安无疵，足矣。"[①] 也就是说，应制体写作并不要求文人有多高的艺术创造力，也不需要文人表达个人情性，只要摸透书写方向和应制语体的套式，符合或服务于主流意识形态即可。一旦这种失却文学真性的模式化创作惯性从时代渗入个人的审美，便会悄然地改变人的审美结构，形成一个时代的"文学病"。权力导向由应制蔓延至应令、应教，以及其他交际文学，促使康乾文坛出现以文学为工具的特征，个人情性与文人本色丧失必要性，官位大小成为区分文学水平的标准。于是，赵执信、袁枚等人先后以理论、创作等文学形式起而反拨，这又是另一个话题。

[①] （清）杨名时：《入值恭纪》，《杨氏全书》三十三，《清代诗文集汇编》第二〇七册，第690页。

附录　乾清宫与南书房相对位置图

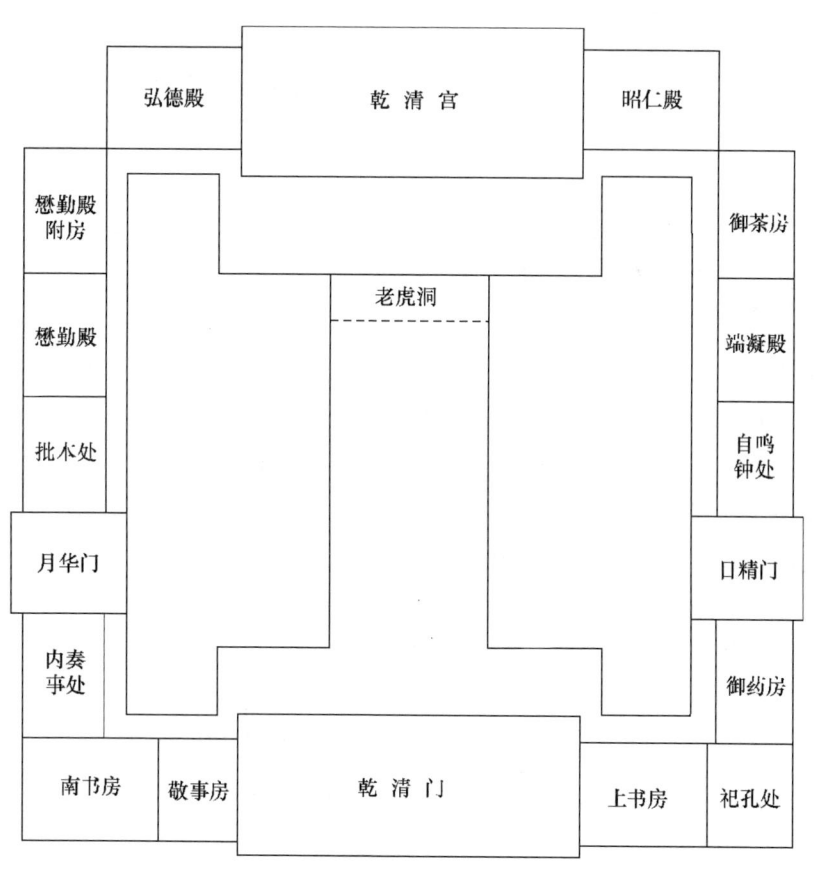

乾清宫院落平面图

参考文献

著作

爱新觉罗·弘历钦定：《八旗通志》，清文渊阁四库全书本。

爱新觉罗·玄烨：《康熙帝御制文集》，（台湾）学生书局1966年版。

爱新觉罗·玄烨钦定，（清）陈廷敬等编，李孝国等今注：《日讲四书解义》，中国书店2016年版。

爱新觉罗·玄烨钦定，（清）陈廷敬等撰，李孝国等今注：《日讲易经解义》，中国书店2016年版。

爱新觉罗·玄烨钦定，（清）库勒纳、叶方蔼等编撰，李孝国等今注：《日讲书经解义》，中国书店2016年版。

爱新觉罗·玄烨著，王志民、王则远校注：《康熙诗词集注》，内蒙古人民出版社1995年版。

白文煜：《清帝东巡研究》，辽宁大学出版社2015年版。

蔡升元：《恭纪圣恩诗》，北京图书馆康熙刻本。

蔡羽：《林屋集》，明嘉靖八年（1529）刻本。

曹学佺编选：《石仓历代诗选》，清文渊阁四库全书本。

查慎行著，范道济点校：《查慎行全集》，中华书局2017年版。

查昇：《宫詹公存稿》，《清代诗文集汇编》第一七七册，上海古籍出版社2010年版。

查嗣瑮：《查浦诗钞》，《清代诗文集汇编》第一八六册，上海古籍出版社2010年版。

陈敬璋：《查慎行年谱》，中华书局2006年版。

陈康祺著，晋石校点：《郎潜纪闻二笔三笔》，中华书局1997年版。

陈梦雷:《松鹤山房诗文集》,清康熙铜活字印本。

陈田:《明诗纪事》,上海古籍出版社1993年版。

陈廷敬、张廷玉、梁诗正编:《皇清文颖》,《故宫珍本丛刊》第646册—650册,海南出版社2000年版。

陈廷敬著,张建伟点校:《陈廷敬集》,三晋出版社2015年版。

陈元龙:《爱日堂诗集》,北京图书馆藏乾隆元年(1736)刻本。

陈子展撰述:《诗三百解题》,复旦大学出版社2001年版。

程建虎:《中古应制诗的双重观照》,人民出版社2010年版。

戴璐:《藤阴杂记》,上海古籍出版社1985年版。

邓之诚:《清诗纪事初编》,上海古籍出版社2012年版。

董仲舒:《春秋繁露》,上海古籍出版社1989年版。

杜甫著,仇兆鳌注《杜诗详注》,中华书局1999年版。

杜家骥:《杜家骥讲清代制度》,天津:天津古籍出版社2014年版。

鄂尔泰、张廷玉:《词林典故》,傅璇琮、施纯德编《翰学三书》,辽宁教育出版社2003年版。

恩华纂辑,关纪新整理、点校:《八旗艺文编目》,辽宁民族出版社2006年版。

法式善:《八旗诗话》,《中国诗话珍本丛书》第16册,北京图书出版社2004年版。

法式善著,刘青山点校:《法式善诗文集》,人民文学出版社2012年版本。

范镇:《东斋纪事》,清守山阁丛书本。

方苞著,刘季高校点:《方苞集》,上海古籍出版社1983年版。

冯胜利:《汉语韵律诗体学论稿》,商务印书馆2015年版。

高层云:《改虫斋诗略》,松江图书馆藏。

高士奇:《扈从东巡日记》,载毕奥南整理《清代蒙古游记选辑三十四种》,东方出版社2015年版。

高士奇:《蓬山密记》,《丛书集成续编》第40册,上海书店出版社1994年版。

高士奇:《清吟堂全集》,《清代诗文集汇编》第一六六册,上海古籍出版社 2010 年版。

高士奇：《唐诗掞藻》，故宫博物院图书馆藏清康熙三十二年（1693）刻本。

高士奇：《续三体唐诗》，浙江图书馆藏清康熙朗润堂刻本。

葛立方：《韵语阳秋》，上海古籍出版社 1984 年版。

顾炎武：《顾炎武全集》，上海古籍出版社 2011 年版。

归有光著，周本淳校点：《震川先生集》，上海古籍出版社 1981 年版。

郭松义主编：《清代全史》，辽宁人民出版社 1995 年版。

郭琇：《华野疏稿》，清钞本。

郭英德：《中国古代文体学论稿》，北京大学出版社 2005 年版。

韩菼：《有怀堂诗稿》，《清代诗文集汇编》第一四七册，上海古籍出版社 2010 年版。

何焯：《义门先生集》，《清代诗文集汇编》第二〇七册，上海古籍出版社 2010 年版。

胡广：《胡文穆公文集》，清乾隆十五年（1750）刻本。

胡会恩：《清芬堂存稿》，中科院图书馆藏康熙五十年刻本。

胡应麟：《诗薮》，上海古籍出版社 1979 年版。

黄建军：《康熙与清初文坛》，中华书局 2011 年版。

黄进兴：《优入圣域：权力、信仰与正当性》，陕西师范大学出版社 1998 年版。

黄佐：《翰林记》，载傅璇琮、施纯德编《翰学三书》，辽宁教育出版社 2003 年版。

纪昀等：《景印文渊阁四库全书》，（台湾）商务印书馆 1986 年版。

《江南通志》（乾隆）卷一六五，清文渊阁四库全书本。

姜南：《蓉塘诗话》，明嘉靖二十二年（1543）张国镇刻本。

蒋廷锡：《蒋廷锡诗选》，康熙四十二年（1703）宋氏宛委堂刻江左十五子诗选本。

蒋廷锡：《片云集》，北京图书馆藏康熙刻蒋西谷集本。

金幼孜：《金文靖集》，清文渊阁四库全书本。

觉罗石麟监修，（清）储大文编纂：《山西通志》，文渊阁四库全书影印本。

孔尚任：《出山异数记》，《昭代丛书·乙集》卷十八，《丛书集成汇编》第二一四册。

孔尚任著，顾国瑞、刘辉笺注：《孔尚任佚简二十封笺注》，《文献》第九辑，书目文献出版社1981年版。

孔毓圻、金居敬等编撰：《幸鲁盛典》，《景印文渊阁四库全书》第六五二册，商务印书馆1986年版。

孔兆熊、郭兰田编著：《沁源县志》，北岳文艺出版社2006年版。

孔子：《孔子诗论》，《上海博物馆藏战国楚，上海古籍出版社2001年版。

李邦华：《李忠肃先生集》，清乾隆七年（1742）徐大坤刻本。

李慈铭：《越缦堂读史札记全编》，北京图书馆出版社2003年版。

李德辉辑校：《晋唐两宋行记辑校》，辽海出版社2009年版。

李东阳：《怀麓堂文续稿》，清康熙二十年（1681）刻本。

李光地著，陈祖武校点：《榕村续语录》，中华书局1995年版。

李民、王健：《尚书译注》，上海古籍出版社2004年版。

李明军：《文统与正统之间：康雍乾时期的文化政策和文学精神》，齐鲁书社2008年版。

李元度辑：《国朝先正事略》，清同治刻本。

励杜讷：《松乔堂诗集》，国家图书馆藏抄本。

励廷仪：《双清阁诗稿》，《清代诗文集汇编》第二二四册，上海古籍出版社2010年版。

梁潜：《泊菴集》，清文渊阁四库全书本。

刘世南：《清诗流派史》，人民文学出版社2004年版。

刘勰撰、范文澜注：《文心雕龙注》，人民文学出版社1962年版。

刘昫：《旧唐书》，中华书局1975年版。

楼钥：《攻媿先生文集》，北京大学图书馆藏宋刻本。

陆棻：《雅坪诗稿》，《清代诗文集汇编》第一一九册，上海古籍出版社2010年版。

陆以湉撰，冬青校点：《冷庐杂识》，上海古籍出版社2012年版。

马大勇：《清初庙堂诗歌集群研究》，吉林人民出版社 2007 年版。

马端临：《文献通考》，中华书局 1986 年版。

毛奇龄：《西河集》，清文渊阁四库全书本。

毛奇龄著，庞晓敏主编：《毛奇龄全集》，学苑出版社 2015 年版。

孟森：《明清史论著集刊》（下），《己未词科录外录》，中华书局 2006 年版。

孟森：《清史讲义》，中华书局 2006 年版。

《明实录·明穆宗实录》，台湾"中央研究院"历史语言研究 1962—1968 年影印本。

《明实录·明宪宗实录》，台湾"中央研究院"历史语言研究 1962—1968 年影印本。

纳兰性德：《纳兰成德集》，康奉、李宏、张志主编，北京古籍出版社 2006 年版。

聂永华：《初唐宫廷诗风流变考论》，中国社会科学出版社 2002 年版。

潘江：《木厓续集》，《清代诗文集汇编》第六十九册，上海古籍出版社 2010 年版。

潘务正：《清代的翰林院与文学》，人民出版社 2014 年版。

彭定求等编：《全唐诗》，中华书局 1979 年版。

彭亚非：《中国正统文学观念》，社会科学文献出版社 2007 年版。

钱澄之：《田间诗集》，《四库禁毁书丛刊》集部第一四五册，北京出版社 1997 年版。

钱名世：《钱名世诗选》，《清代诗文集汇编》第二零五册，上海古籍出版社 2010 年版。

乾隆敕撰：《皇朝文献通考》，文渊阁四库全书本。

《清实录·高宗纯皇帝实录》，中华书局 1985 年版。

《清实录·圣祖仁皇帝实录》，中华书局 1985 年版。

《清实录·太宗文皇帝实录》，中华书局 1985 年版。

《清实录·太祖高皇帝实录》，中华书局 1985 年版。

曲景毅：《唐代"大手笔"研究》，中国社会科学出版社 2015 年版。

屈大均撰，陈永正校笺：《屈大均诗词编年校笺》，上海古籍出版社

2017年版。

全祖望撰，朱铸禹汇校集注：《全祖望集汇校集注》，上海古籍出版社2000年版。

任茂棠主编：《陈廷敬大传》，山西人民出版社2012年版。

阮雪浩、阮学濬编：《本朝馆阁诗》，天津图书馆藏清乾隆二十三年（1758）刻本。

商衍鎏：《清代科举考试述录》，故宫出版社2014年版。

尚定：《走向盛唐》，中国社会科学出版社1994年版。

沈德潜等编：《清诗别裁集》，上海古籍出版社2013年版。

沈德潜著，潘务正、李言编辑点校：《沈德潜诗文集》，人民文学出版社2011年版。

沈荃：《一研斋诗集》，《清代诗文集汇编》第九十三册，上海古籍出版社2010年版。

沈玉亮：《凤池集》，北京大学图书馆藏康熙四十四年（1705）刻本。

施闰章撰，何庆山、杨应芹点校：《施愚山集》，黄山书社1992年版。

史夔：《东祀草》，《清代诗文集汇编》第二〇七册，上海古籍出版社2010年版。

司马迁：《史记》，中华书局1959年版。

《四库全书存目丛书补编》，齐鲁书社2001年版。

孙宝瑄：《忘山庐日记》，《续修四库全书》史部第五八二册，上海古籍出版社2002年版。

孙岳颁、陈廷敬、励杜讷、张英：《别苑唱和诗册》，国家图书馆藏清稿本。

孙在丰：《孙司空诗钞》，《清代诗文集汇编》第一六三册，上海古籍出版社2010年版。

汤大奎：《炙砚琐谈》，清乾隆五十七年（1792）赵怀玉亦有生斋刻本。

汤显祖：《玉茗堂全集》，明天启刻本。

铁保辑，赵志辉校点补：《熙朝雅颂集》，辽宁大学出版社1992年版。

铁保纂辑：《白山诗词》，吉林文史出版社1991年版。

汪灏：《随銮纪恩》，载毕奥南整理《清代蒙古游记选辑三十四种》，东方出版社 2015 年版。

汪灏：《倚云阁诗集》，山东图书馆藏清刻本。

汪士鋐：《秋泉居士集》，《四库未收书辑刊》第八辑第十九册，北京出版社 2000 年版。

汪琬著，李圣华笺校：《汪琬全集笺校》，人民文学出版社 2009 年版。

汪文学：《正统论》，陕西人民出版社 2002 年版。

王汎森：《权力的毛细管作用》，（台湾）联经出版公司 2014 年版。

王夫之：《读通鉴论》，中华书局 1975 年版。

王国轩、王秀梅译注：《孔子家语》，中华书局 2011 年版。

王鸿绪：《横云山人集》，《清代诗文集汇编》第一六八册，上海古籍出版社 2010 年版。

王焕镳：《明孝陵志》，南京出版社 2006 年版。

王立群：《中国古代山水游记研究》，中国社会科学出版社 2008 年版。

王佩环：《清帝东巡》，沈阳出版社 2004 年版。

王士禛撰，袁世硕主编：《王士禛全集》，齐鲁书社 2007 年版。

王世贞：《弇州四部稿》，明万历刻本。

王树林：《高士奇年谱》，浙江古籍出版社 2021 年版。

王思治、李鸿彬主编：《清代人物传稿》上编第八卷，中华书局 1995 年版。

王图炳：《王图炳诗选》，康熙四十二年（1703）刻江左十五子诗选本。

王维著，（清）赵殿成笺注：《王右丞集笺注》，上海古籍出版社 1998 年版。

王锡爵纂：《皇明馆课经世宏辞续集》，明万历二十一年（1593）周日校刻本。

王揆：《西田集》，《清代诗文集汇编》第一六八册，上海古籍出版社 2010 年版。

王钟翰点校：《清史列传》，中华书局 1987 年版。

王钟翰：《清史十六讲》，中华书局 2009 年版。

卫庆怀编著：《陈廷敬史实年志》，山西人民出版社 2009 年版。

魏廷珍：《课忠堂诗钞》，《清代诗文集汇编》第二二四册，上海古籍出版社 2010 年版。

魏宗禹、魏文春：《陈廷敬学论》，山西人民出版社 2018 年版。

吴晗辑：《朝鲜李朝实录中的中国史料》，中华书局 1980 年版。

吴伟业著，李学颖集评、标校：《吴梅村全集》，上海古籍出版社 1990 年版。

吴汝、吴英辑：《历朝应制诗选》，明文汇堂刻本。

吴振棫撰，童正伦点校：《养吉斋丛录》，中华书局 2005 年版。

夏琳撰，林大志校注：《闽海纪要》，福建人民出版社 2008 年版。

夏完淳著，白坚笺校：《夏完淳集笺校》，上海古籍出版社 2016 年版。

夏言：《夏桂洲先生文集》，明崇祯十一年（1638）吴氏刻本。

萧奭：《永宪录》，中华书局 1997 年版。

谢铎：《桃溪净稿》，明正德十六年（1521）台州知府顾璘刻本。

熊赐履：《经义斋集》，《清代诗文集汇编》第一五〇册，上海古籍出版社 2010 年版。

熊赐履：《澡修堂集》，《清代诗文集汇编》第一五〇册，上海古籍出版社 2010 年版。

熊明遇：《文直行书诗文》，清顺治十七年（1660）熊人霖刻本。

徐乾学：《憺园文集》，《清代诗文集汇编》第一六八册，上海古籍出版社 2010 年版。

徐釚：《南州草堂集》，《续修四库全书》集部第 1415 册，上海古籍出版社 2002 年版。

徐尚定标点：《康熙起居注》，东方出版社 2013 年版。

徐世昌辑：《晚晴簃诗汇》，上海三联书店 1988 年版。

徐渭：《徐文长文集》，明刻本。

徐志啸：《历代赋论辑要》，复旦大学出版社 2001 年版。

许慎撰，（清）段玉裁注：《说文解字》，上海古籍出版社 1988 年版。

严迪昌：《清诗史》，人民文学出版社 2011 年版。

严可均辑：《全晋文》，商务印书馆 1999 年版。

严嵩：《钤山堂集》，明嘉靖二十四年（1545）刻增修本。

杨名时：《杨氏文集》，《清代诗文集汇编》第二〇七册，上海古籍出版社 2010 年版。

杨念群：《何处是"江南"？：清朝正统观的确立与士林精神世界的变异》，生活·读书·新知三联书店 2017 年版。

杨慎著，王仲镛笺证：《升庵诗话笺证》，上海古籍出版社 1987 年版。

杨瑄：《杨阁学梦村诗稿》，上海图书馆藏嘉庆二十三年（1818）书三味楼刻本。

杨钟羲著，雷恩海师、姜朝晖校点：《雪桥诗话全编》，人民文学出版社 2010 年版。

姚鼐著，刘季高点校：《惜抱轩诗文集》，上海古籍出版社 1992 年版。

姚念慈：《康熙盛世与帝王心术：评"自古得天下之正莫如我朝"》，生活·读书·新知三联书店 2015 年版。

姚希孟：《循沧集》，明清閟全集本。

叶晔：《明代中央文官制度与文学》，浙江大学出版社 2011 年版。

伊桑阿等编著，杨一凡、宋北平主编，关志国、刘宸缨校点：《大清会典·康熙朝》，凤凰出版社 2016 年版。

永瑢等：《四库全书总目》，中华书局 1965 年版。

尤袤：《全唐诗话》，《丛书集成初编》，商务印书馆 1936 年版。

于翠玲：《朱彝尊〈词综〉研究》，中华书局 2005 年版。

袁枚著，顾学颉校点：《随园诗话》，人民文学出版社 1982 年版。

张瀚：《松窗梦语》，清抄本。

张立敏：《冯溥与康熙京师诗坛》，中国社会科学出版社 2011 年版。

张书才整理：《查嗣庭文字狱案史料》（上），《历史档案》1992 年第 1 期。

张书才整理：《查嗣庭文字狱案史料》（下），《历史档案》1992 年第 2 期。

张体云：《张英年谱》，安徽人民出版社 2017 年版。

张廷璐：《咏华轩诗集》，北京图书馆藏乾隆刻本。

张廷玉等：《明史》，中华书局 1974 年版。

张廷玉著，江小角、杨怀志点校：《张廷玉全集》，安徽大学出版社 2015 年版。

张廷瓒：《传恭堂诗集》，《四库未收书辑刊》第 7 辑第 29 册，北京出版社 2000 年版。

张英著，江小角、杨怀志点校：《张英全书》，安徽大学出版社 2013 年版。

张英撰，王澈点校：《康熙十八年〈南书房记注〉》，《历史档案》1996 年第 2 期。

张英撰，王澈点校：《康熙十九年〈南书房记注〉》（一），《历史档案》1996 年第 3 期。

张英撰，王澈点校：《康熙十九年〈南书房记注〉》（二），《历史档案》1996 年第 4 期。

张英撰，王澈点校：《康熙十九年〈南书房记注〉》（一），《历史档案》1997 年第 1 期。

张英撰，王澈点校：《康熙十六年十二月〈南书房记注〉》，《历史档案》2001 年第 1 期。

张英撰，王澈点校：《康熙十七年〈南书房记注〉》，《历史档案》1995 年第 3 期。

张玉书：《张文贞公集》，《清代诗文集汇编》第一五九册，上海古籍出版社 2010 年版。

张玉整理：《戴名世〈南山集〉案史料》，《历史档案》2001 年第 2 期。

张照：《得天居士集》，《清代诗文集汇编》第二六八册，上海古籍出版社 2010 年版。

张宗友：《朱彝尊年谱》，凤凰出版社 2014 年版。

章培恒：《洪昇年谱》，上海古籍出版社 1979 年版。

昭梿撰，冬青校点：《啸亭杂录 续录》，上海古籍出版社 2012 年版。

赵尔巽：《清史稿》，中华书局 1977 年版。

赵翼、捧花生撰，曹光甫、赵丽琰校点：《檐曝杂记 秦淮画舫录》，上海古籍出版社 2012 年版。

赵云田：《大清帝国的得与失：乾隆出巡记》，江西人民出版社 2017 年版。

赵执信：《瓯北诗话》，人民文学出版社 1963 年版。

赵执信：《赵执信全集》，齐鲁书社 1993 年版。

震钧撰，顾平旦点校：《天咫偶闻》，北京古籍出版社 1982 年版。

郑樵：《通志》，浙江古籍出版社影印本 1988 年版。

挚虞：《文章流别论》，商务印书馆 1999 年版。

钟惺著，李先耕、崔重庆标校：《隐秀轩集》，上海古籍出版社 1992 年版。

周群、谢建华：《徐渭评传》，南京大学出版社 2006 年版。

朱熹：《四书章句集注》，中华书局 2011 年版。

朱彝尊著，王利民校点：《曝书亭全集》，吉林文史出版社 2009 年版。

朱则杰：《朱彝尊研究》，凤凰出版社 2020 年版。

诸雨辰：《弘道以文：文评专书与清代散文批评研究》，北京师范大学出版社 2020 年版。

[德] 扬阿斯曼：《文化记忆：早期高级文化中的文字、回忆和政治身份》，金寿福、黄晓晨译，北京大学出版社 2015 年版。

[美] 白彬菊：《君主与大臣：清中期的军机处：1723—1820》，董建中译，中国人民大学出版社 2017 年版。

[比利时] 南怀仁著，薛虹译：《鞑靼旅行记》，吉林文史出版社 1986 年版。

[美] 宇文所安：《初唐诗》，贾晋华译，生活·读书·新知三联书店 2004 年版。

[美] 张勉治：《马背上的朝廷：巡幸与清朝统治的建构（1680—1785）》，董建中译，江苏人民出版社 2019 年版。

报纸期刊

白文刚：《政治传播中话语战胜的内在机理——清前期正统性辩护话语策略的理论启示》，《社会科学战线》2017 年第 7 期。

常建华：《新纪元：康熙帝首次南巡起因泰山巡狩说》，《文史哲》

2010 年第 2 期。

常建华：《国家认同：清史研究的新视角》，《清史研究》2010 年第 4 期。

常建华：《康熙朝的翰林轮值南书房》，《紫禁城》2011 年第 7 期。

常建华：《京师周围：康熙帝巡幸畿甸初探》，《社会科学》2014 年第 12 期。

常建华：《祈福：康熙帝巡游五台山新探》，《历史研究》2016 年第 2 期。

常建华：《认同与建构：西安碑林中的康熙书法》，《江海学刊》2020 年第 6 期。

陈东：《清代经筵制度》，《孔子研究》2009 年第 3 期。

陈东：《康熙朝经筵次数及日期考》，《历史档案》2014 年第 01 期。

陈巍：《日本平安时期重阳诗宴的来源及其仪式》，《文化遗产》2014 年第 3 期。

陈彝秋：《文本沉浮与外交变迁——朝鲜权近〈应制诗〉的写作、刊刻及经典化》，《外国文学评论》2018 年第 3 期。

程建虎：《文化资本的获取和转换——从另一个角度观照初唐应制诗的嬗变》，《学术论坛》2006 年第 5 期。

程建虎：《应制诗对和诗发展的影响——以"和意"和"和韵"为观照点》，《吉林师范大学学报》（人文社会科学版）2009 年第 6 期。

程建虎：《光影陆离，五音繁会——小议应制诗的舞台美术效果和现场表演感》，《大众文艺》（理论）2009 年第 11 期。

程建虎：《应制诗"冒头"现象及其成因》，《大连大学学报》2010 年第 1 期。

程建虎：《应制诗：妥协策略下的政治文本——以梁及唐访寺应制诗中佛教因素的消长为观照点》，《西北大学学报》（哲学社会科学版）2010 年第 5 期。

程建虎：《应制诗与长安气质：性别、格调与风俗》，《华南师范大学学报》（社会科学版）2013 年第 1 期。

程建虎：《文化地理学视域中的长安气质——以唐长安应制诗中的

"地方感"和"秩序感"为考察视角》,《求是学刊》2013 年第 6 期。

代利萍:《张英应制诗与清代南书房文学生态》,《安庆师范学院学报》(社会科学版)2016 年第 5 期。

邓晓东:《顺治右文与燕台诗人群体的复古诗风》,《文学遗产》2017 年第 2 期。

杜桂萍师:《重写与回溯:清代文学创作中的"明代"想象》,《中国社会科学报》2022 年 9 月 5 日。

高萍:《王维应制诗与盛唐帝都文化》,《学术探索》2012 年第 8 期。

葛晓音:《论初、盛唐诗歌革新的基本特征》,《中国社会科学》1985 年第 2 期。

葛晓音:《论宫廷文人在初唐诗歌艺术发展中的作用》,《辽宁大学学报》(哲学社会科学版)1990 年第 4 期。

何诗海:《东晋应制诗之萧条及其文学史意蕴》,《文学遗产》2011 年第 2 期。

何诗海:《明代庶吉士与台阁体》,《文学评论》2012 年第 4 期。

何新华:《康熙十七年葡萄牙献狮研究》,《清史研究》2014 年第 1 期。

何修身:《权近应制诗创作及其诗赋外交意义》,《长春师范大学学报》2017 第 11 期。

侯立兵、郑云彩:《海外贡狮与明清应制诗赋》,《学术研究》2016 年第 7 期。

黄爱平:《南书房》,《文史知识》1983 年第 3 期。

黄建华:《康熙南巡中的书法活动》,《学术界》2019 年第 10 期。

黄建军:《陈廷敬与康熙诗文交往考论》,《山西大学学报》(哲学社会科学版)2009 年第 6 期。

黄建军:《康熙南巡与江南文坛生态之构建》,《求索》2011 年第 8 期。

黄建军:《陈廷敬与康熙〈御选唐诗〉》,《北方论丛》2013 年第 1 期。

孔勇:《清代皇帝祭孔与衍圣公陪祀之制初探》,《历史档案》2017 年第 1 期。

孔勇：《论清帝阙里祭孔与清前期统治合法性的确立》，《云南师范大学学报》（哲学社会科学版）2017 年第 5 期。

李恭忠：《康熙帝与明孝陵：关于族群征服和王朝更替的记忆重构》，《南京大学学报》（哲学·人文科学·社会科学版）2014 年第 2 期。

李娜：《南书房撤消时间考订》，《历史档案》2008 年第 1 期。

李娜：《清初南书房述论》，《清史论丛》2008 年号。

李娜：《清代南书房研究 30 年》，《中国史研究动态》2017 年第 5 期。

李乔：《康熙朝的南书房》，《文史杂志》1986 年第 3 期。

李圣华：《查慎行与查嗣庭案及其晚年诗风之变》，《中国文学研究》2014 年第 1 期。

李圣华：《查慎行文学侍从生涯及其"烟波翰林体"考论》，《求是学刊》2014 年第 5 期。

李圣华：《查慎行与〈长生殿〉案》，《兰州学刊》2015 年第 5 期。

李舜臣：《"博学鸿儒科"与康熙诗坛》，《民族文学研究》2012 年第 5 期。

梁继：《张照与康熙关系考》，《古籍整理研究学刊》2010 年第 6 期。

林盼：《"钟山山势如龙蟠，孝陵松柏何丸丸"——明清文人笔下的明孝陵》，《故宫学刊》2008 年第 1 期。

刘荣平：《论唐宋应制词》，《福建师范大学学报》2008 年第 5 期。

刘容筝：《清朝时期的两个重要机构——南书房和军机处》，《历史学习》2006 年第 4 期。

刘顺：《初唐应制与七言近体》，《文艺理论研究》2022 年第 3 期。

刘顺：《语言演变及语体完形与"一代有一代之文学"》，《上海师范大学学报》（哲学社会科学版）2017 年第 3 期。

路海洋：《论清代蒙古行记中的纪行诗》，《内蒙古社会科学》2020 年第 3 期。

罗检秋：《从"崇儒"到"重道"——清初朝廷对民间理学的认同及歧异》，《北京师范大学学报》（社会科学版）2022 年第 4 期。

罗时进：《宫廷文人的"在场"与"走出"——以清代诗人窦光鼐为

中心的讨论》，《文学遗产》2016 年第 1 期。

毛宣国：《作为清代诗学价值基础的"温柔敦厚"诗教观》，《中国文学研究》2021 年第 2 期。

木斋：《论早期应制应歌词的词史意义》，《江海学刊》2005 年第 3 期。

潘务正：《王士禛进入翰林院的诗史意义》，《文学遗产》2008 年第 2 期。

潘务正：《作为讽喻的事件——沈德潜时事讽喻诗考论》，《苏州大学学报》（哲学社会科学版）2022 年第 3 期。

祁美琴：《从清代"内廷行走"看朝臣的"近侍化"倾向》，《清史研究》2016 年第 2 期。

曲景毅：《诗国高潮的前奏——简论开元前期张说及其周围的诗人群体创作》，《文学遗产》2008 年第 4 期。

商鸿逵：《论清代的尊孔和崇奉喇嘛教》，《社会科学辑刊》1982 年第 5 期。

申旭庆：《徐渭的佯狂与狂狷书风》，《中国书法》2021 年第 10 期。

孙京荣：《论查慎行的仕宦诗》，《西北师大学报》（社会科学版）2006 年第 5 期。

谭其骧：《历史上的中国和中国历代疆域》，《中国边疆史地研究》1991 年第 1 期。

汤宇星：《明代南京城市风景的建构——从"金陵八景"到"金陵四十景"》，《艺术工作》2019 年第 5 期。

佟博：《朱彝尊与清初南书房党争》，《北京档案》2015 年第 2 期。

王克平：《朝鲜使臣在明朝的文学交流》，《南京师大学报》（社会科学版）2014 年第 1 期。

王伟：《"正统在我"：中古正统建构与文学演进》，《复旦学报》（社会科学版）2021 年第 2 期。

吴世旭：《从"展孝思"到"告成功"：清帝东巡的缘起与奠基》，《青海民族研究》2021 年第 4 期。

许结：《汉赋：极具中国特色的赋体巅峰之作》，《中国民族》2022 年第 2 期。

许文继、李娜：《南书房行走笔下的入值生活——新发现的几部南书房行走自撰史料》，《历史档案》2014 年第 2 期。

薛帅杰：《康熙时期南书房侍从崇尚董其昌书法考论》，《中国书法》2019 年第 13 期。

严迪昌：《八旗诗史案》，《西北师大学报》（社会科学版）2004 年第 3 期。

杨念群：《"道统"的坍塌》，《读书》2008 年第 11 期。

杨念群：《重估"大一统"历史观与清代政治史研究的突破》，《清史研究》2010 年第 2 期。

杨念群：《清朝统治的合法性、"大一统"与全球化以及政治能力》，《中华读书报》2011 年 9 月 13 日。

杨念群：《诠释"正统性"才是理解清朝历史的关键》，《读书》2015 年第 12 期。

杨念群：《清朝"文治"政策再研究》，《河北学刊》2019 年第 5 期。

杨念群：《"天命"如何转移：清朝"大一统"观再诠释》，《清华大学学报》（哲学社会科学版）2020 年第 6 期。

易闻晓：《论汉代赋颂文体的交越互用》，《文学评论》2012 年第 1 期。

于翠玲：《朱彝尊家书与康熙"己未词科"史料——启功先生〈朱竹垞家书卷跋〉详说》，《北京师范大学学报》（社会科学版）2004 年第 4 期。

于翠玲、刘冰欣：《康熙帝推崇唐诗的"文治"文治象征意义》，《民族文学研究》2015 年第 2 期。

于小亮、朱万曙：《清代"新正重华宫茶宴联句"考论》，《苏州大学学报》（哲学社会科学版）2020 年第 2 期。

张兵、汤静：《康熙与高士奇的君臣际遇及其相互影响》，《甘肃社会科学》2021 年第 5 期。

张志强：《超越民族主义："多元一体"的清代中国——对"新清史"的回应》，《文化纵横》2016 年第 2 期。

章建文：《清初文学批评语境下张英的文学观——以〈御选古文渊鉴〉为中心》，《社会科学辑刊》2016年第6期。

章建文：《论张英对桐城派的贡献》，《北京社会科学》2016年第8期。

章建文：《张英与清初桐城的崇白效白之风》，《社会科学论坛》2017年第4期。

章建文：《张英请假归里同僚送别活动的话语考察》，《安庆师范大学学报》（社会科学版）2020年第2期。

赵辉：《主体身份经验与文学外在向内在的转换》，《西南大学学报》（社会科学版）2017年第2期。

郑玉超：《康乾二帝拜谒明孝陵原因探析》，《中国石油大学学报》（社会科学版）2008年第5期。

朱承：《"诗礼复兴"与回溯传统的社会心态》，《探索与争鸣》2020年第8期。

朱金甫：《论康熙时期的南书房》，《故宫博物院院刊》1990年第2期。

［日］入谷仙界撰，维治译：《王维的应制诗》，《辽宁大学学报》（哲学社会科学版）1988年第4期。

学位论文

陈桂霞：《陈廷敬及其诗歌研究》，硕士学位论文，山西师范大学，2012年。

程维：《中国赋学批评范畴研究》，博士学位论文，南京大学，2015年。

代丽萍：《张英诗歌研究》，硕士学位论文，安徽大学，2017年。

甘露：《乾隆帝东巡御制诗研究》，硕士学位论文，黑龙江大学，2019年。

黄东妮：《清初文学作品中的西台书写》，硕士学位论文，北京师范大学，2020年。

黄鹏程：《清初博学鸿儒的庙堂话语与心态研究》，博士学位论文，浙江大学，2020 年。

贾先奎：《宋初应制诗研究》，硕士学位论文，广西师范大学，2008 年。

姜延达：《宋代应制词三论》，硕士学位论文，哈尔滨师范大学，2013 年。

兰延超：《高士奇及其〈扈从东巡日录〉研究》，硕士学位论文，东北师范大学，2010 年。

黎慧冉：《初唐四帝（太宗至中宗）时期应制诗研究》，硕士学位论文，温州大学，2016 年。

李玲：《唐代应制诗研究》，硕士学位论文，陕西师范大学，2008 年。

郦惠萍：《魏晋南北朝应制类诗歌研究》，硕士学位论文，温州大学，2016 年。

刘欢萍：《乾隆南巡与江南文学文化》，博士学位论文，南京大学，2013 年。

彭海洋：《康熙帝东巡与东北边疆防务》，硕士学位论文，辽宁大学，2021 年。

王楠：《北宋应制诗研究》，硕士学位论文，温州大学，2012 年。

王思浩：《盛中唐应制诗研究》，硕士学位论文，陕西理工学院，2014 年。

卫玥：《陈廷敬诗学思想与诗歌创作研究》，硕士学位论文，华中师范大学，2021 年。

魏磊：《康熙京师诗坛研究——以"博学宏词"科为中心》，博士学位论文，北京师范大学，2019 年。

吴建：《江南人文景观视角下的康乾南巡研究》，博士学位论文，苏州大学，2017 年。

吴建：《康、乾南巡期间的文化活动研究——以江南人文景观为中心》，博士学位论文，苏州大学，2017 年。

吴伊琼：《明朝与朝鲜王朝诗文酬唱外交活动考论——以〈朝鲜王朝实录〉为中心》，博士学位论文，复旦大学，2013 年。

谢凤杨：《初盛唐应制诗研究》，硕士学位论文，暨南大学，2008 年。

熊梓灼：《康熙〈御选唐诗〉研究》，硕士学位论文，四川师范大学，2018年。

许文继：《清代南书房研究》，博士学位论文，南京大学，2012年。

鄢嫣：《初唐应制诗研究》，硕士学位论文，北京师范大学，2010年。

闫雨婷：《清帝东巡盛京与清鲜关系》，硕士学位论文，山东大学，2013年。

姚燕：《陈廷敬与康熙诗坛》，硕士学位论文，安徽师范大学，2019年。

岳德虎：《初唐应制诗研究》，硕士学位论文，广西师范大学，2006年。

张晓璇：《陈廷敬文学创作研究》，硕士学位论文，西北师范大学，2020年。

张学然：《康熙帝北巡与蒙古三部落进贡考》，硕士学位论文，河北师范大学，2011年。

郑礼炬：《明代洪武至正德年间的翰林院与文学》，博士学位论文，南京师范大学，2006年。

钟国文：《清代南书房入值人员及制度研究》，硕士学位论文，中国人民大学，2009年。

后　　记

　　这本书是在博士学位论文的基础上修改而来的。于我而言，它更像是一位益友。四年来，它时刻磨砺着我，敦促我早出晚归，寒暑无辍。在它的约束下，我不敢懈怠，惟有走向坚强和自律，才能稍稍应对它的催迫。惭愧的是，最终仍然未能赋予它优良的面貌——好在来日方长，遗憾还可继续努力修补。

　　值得庆幸的是，在本书撰写与修改的过程中，我从来都不是独自前行。许多人的陪伴、指引、帮助与鼓励，既为我铸就了坚固的情感防线，也沉淀成了重要的精神力量。

　　感谢我的博士导师杜桂萍老师。读博期间，从生活到学习，从文献到方法，从选题到行文，无一不得到杜师的悉心指导和大力帮助。每一节内容写好上交后，老师除了在文档中作具体批示外，还会以一些总结性的话语直中写作要害。虽然由于个人学力有限，很多意见未及落实，但它们将是我前行路上的宝贵财富。最让我备受感染的，是杜师的人格魅力。善待学生如子女，敬爱师长如父母，明亮又豁达，有慈心也有豪情，这些是杜师教给我最重要的东西。

　　感谢我的硕士导师雷恩海老师，雷恩海师治学严谨，宽和又刚直，总是给学生以最大的善意、体谅和庇护。跟随老师品读杜诗的时光，是那样的珍贵而难忘。

　　感谢郭英德老师、张德建老师、李小龙老师一路以来对论文的指点，感谢左东岭老师、于翠玲老师、廖可斌老师、王达敏老师、孙学堂老师、张剑老师、刘同纪老师提出的宝贵意见。整理诸位老师批评意见的时候，总会格外感受到大丰收的喜悦。此外，还要感谢匿名评审专家提出的重要建议。这些意见已经并将继续指引、规范未来文章撰写与修改的方向。

感谢诸位同门友给予的温暖，线下相聚时天南海北的畅聊，"知非论坛"上激烈而热情的讨论，以及日常生活中的交流分享，消解了生活和学习中太多太多的苦恼和迷茫，诸位同门友也早已成为不可或缺的能量补给站，成为可以相互取暖、携手并进的家人。尤其要感谢孙凡晰四年来的朝夕相伴，在预答辩、论文送审之前，感谢老伙计帮我对论文进行了认真的校对工作。感谢室友赵娴京所给予的榜样力量，以及胡婧一带来的愉快时光。

感谢家人始终像大山一样默默地站在背后支持我，他们是我永远的精神支柱。

感谢首都师范大学文学院博士后流动站，为我提供了进一步从事学术研究的机会。入站以后，左东岭老师对本研究提出了很多建设性的意见，这些尚待解决的问题，又将成为我下一阶段努力的重要方向。

最后，感谢社会科学出版社的张潜老师为本书的编辑与出版所付出的诸多辛劳！

殷　红
二〇二三年冬